# OPERACIÓN CÓNDOR

# OPERACIÓN CÓNDOR

## con muertos y amores

## Daniel Nuchovich

SEAWORTHY PUBLICATIONS, INC.  •  MELBOURNE, FLORIDA

Published in the USA by:
Seaworthy Publications, Inc.
6300 N Wickham Rd.
#130-416
Melbourne, FL 32940
Phone 321-610-3634
e-mail orders@seaworthy.com
www.seaworthy.com - Your Bahamas and Caribbean Cruising Advisory

Library of Congress Cataloging-in-Publication Data

Names: Nuchovich, Daniel I., author.
Title: Operación Cóndor : con muertos y amores / Daniel Nuchovich.
Other titles: Operation Condor. Spanish
Description: Melbourne, Florida : Seaworthy Publications, 2024. | Summary: "La Operación Cóndor fue una cruel campaña de represión política y terror estatal que involucró operaciones militares, dictaduras y asesinatos en toda América del Sur. En el país de Uruguay, se impuso un gobierno autoritario dedicado a la captura, encarcelamiento, tortura y asesinato de toda oposición. Miles de trabajadores, estudiantes, disidentes y políticos fueron procesados y eliminados. El derramamiento de sangre fue horrendo. Otros fueron secuestrados, torturados y asesinados en países aliados, o transferidos ilegalmente a sus países de origen para ser ejecutados después de las operaciones del Cóndor. Luego, en Uruguay, un joven estudiante de medicina, Daniel Blum, angustiado por el secuestro y asesinato de su amada novia, y buscando venganza, concibe un plan arriesgado para encontrar a los asesinos. Ajeno al peligro, ingresa a la morgue alegando un interés en la medicina forense donde, entre cadáveres y autopsias, logra hacerse amigo de algunos de los detectives, ganándose su confianza, lo que le permite ingresar al centro policial principal. Logra obtener entrenamiento en el uso de armas de fuego, pero se encuentra impotente e incapaz de avanzar. Luego se las arregla para ayudar a un amigo a escapar de la captura de la dictadura y esto lo lleva a una organización clandestina secreta. Utilizando nuevos recursos y alianzas, trabaja para resolver el asesinato de su novia y los secuestros y asesinatos de otros jóvenes estudiantes. Luego conoce a una joven que se convierte en su compañera y amante. Con ella a su lado, intenta resolver estos misteriosos asesinatos mientras evita ser aplastado entre las poderosas fuerzas opositoras de la dictadura y la oposición"– Provided by publisher.
Identifiers: LCCN 2023037994 (print) | LCCN 2023037995 (ebook) | ISBN 9781948494816 (paperback) | ISBN 9781948494823 (epub)
Subjects: LCSH: Operación Cóndor (South American countersubversion association)– Fiction. | LCGFT: Thrillers (Fiction) | Historical fiction. | Novels.
Classification: LCC PS3614.U76 O6418 2024 (print) | LCC PS3614.U76 (ebook) | DDC 813/.6–dc23/eng/20231002

Dedicado a Ana, esposa y mejor amiga

"Sabor amargo el que tiene
un gemido de dolor
Mi pueblo estaba gimiendo
y hubo quien no lo escuchó"
— Alma y Vida

# *Prefacio*

A pesar de ser un estudiante de medicina avanzado y profesor asistente de Anatomía, Daniel Blum no vio cómo se estaba deslizando lentamente en el peligro. Ya había suficiente sangre, trauma, amores y cadáveres en sus actividades habituales, pero quería más y obtuvo lo que no esperaba. Cuando se vinculó a dos organizaciones poderosas, su vida se le complicó demasiado.

Esta es parte de la trama de mi novela: "OPERACIÓN CÓNDOR: con muertos y amores".

Corría el año 1976 y la historia se desarrolla en Montevideo, Uruguay, durante la época de la feroz dictadura que agobió al país. Allí, en medio de conflictos sociales y militares, se desarrolla la historia de Daniel Blum. El libro describe los complicados eventos, amores y muertes que rodearon su vida durante esos tiempos tan difíciles, y fue escrito utilizando obras históricas, hechos verídicos, archivos, documentos, registros militares, declaraciones oficiales, y las propias experiencias que el protagonista me relató y describió en su manuscrito. Los eventos relatados aquí y la mayoría de los sucesos descritos hablan de esos eventos y están respaldados por la recopilación de datos, las entrevistas y las revisiones de documentos. Muchas de las descripciones sobre la Operación Cóndor pueden ser confirmadas a través de búsquedas en Google, Wikipedia, The Guardian, YouTube, periódicos uruguayos y argentinos, e incluso los archivos de The New York Times y BBC.

Aunque esté escrito como novela de ficción, se basa en hechos reales y veraces ocurridos en Uruguay durante la dictadura militar.

Espero que los lectores entiendan que en este libro muchos nombres de profesores, autoridades civiles, oficiales de policía y militares tuvieron que ser cambiados o modificados para proteger a esos individuos y sus familias.

Pido aquí disculpas a todos aquellos cuyos recuerdos de dolor se reavivarán al leer este libro.

Conocí al Dr. Blum en Estados Unidos, cuando trabajamos juntos en la sala de emergencias del Centro Médico Palm Beach Gardens en Florida, y este libro narra los riesgos y desventuras que me relató en varios de nuestros encuentros. Me tomó largos meses escuchar y escribir los eventos por los que había pasado y configurar el manuscrito. Aunque sea ficción, muchas de las descripciones fueron tomadas de los horribles y angustiosos incidentes causados por ese despotismo militar uruguayo. Sin quererlo, mi amigo Daniel Blum se encontró en medio de estos conflictos, que hicieron que su rutina de amores y cadáveres se complicara. Abrumado y conflictuado, esperaba que sus problemas culminaran pronto, pero no culminaron.

# Prólogo

Uruguay se había enriquecido gracias a los conflictos bélicos europeos, pero esa bonanza duró hasta el año 1955 en el que el despilfarro económico y la corrupción política inició una decadencia financiera. Los partidos políticos tradicionales, Blancos y Colorados, ineptos y egocéntricos, permitieron una crisis económica que lentamente progresó y afectó a casi toda la población. Los ricachones, latifundistas y adinerados de siempre no la sufrieron. Así, entre el año 1955 y 1965 la moneda fue devaluada una y otra vez mientras los actos corruptivos continuaban. El inevitable deterioro social, político y económico afectó a todo el país y a cada una de las instituciones y compañías locales. Mientras el hambre, el desempleo y la miseria aumentaban, las clases media y baja comenzaron a protestar, mientras los partidos socialista y comunista, atentos a los hechos, comenzaron a organizarse. Noticias e informaciones de los sucesos de China, Rusia y Cuba alentaron a la población uruguaya, demostrando que la pobreza podría terminar, que todos podrían merecer un techo y hasta comer todos los días. La inflación comenzó a aumentar y causó estragos en los bolsillos de la clase media y baja. Las masas comenzaron a organizarse y recibieron apoyo de estudiantes, intelectuales, campesinos y obreros. Las protestas, marchas callejeras y las publicaciones antigubernamentales disgustaron a la clase dominante y a los políticos, quienes vieron que su cómodo enriquecimiento peligraba. La conflictividad comenzó y progresó. Los políticos, agrupados en los Herreristas Blancos y los Batllistas Colorados, reaccionaron y en vez de escuchar las voces de su pueblo y el clamor de las clases media y baja, optaron por la represión para acallar a aquellos que clamaban. Allí, la policía comenzó a castigar a los que se quejaban y los conflictos callejeros, a balazos y pedradas, iniciaron. Ciertos grupos de intelectuales, informados e irritados por la actitud del gobierno, se organizaron en un grupo armado que se llamó Movimiento de Liberación Nacional-Tupamaros. Al principio este grupo se dedicó a informar a la población sobre los grandes corruptos del país y hasta con nombre y apellido, pero con eso y el crecimiento de la pobreza y los reclamos, la represión aumento más aún. El gobierno y la clase alta, sordos a los justos reclamos, más preocupados aun de que su riqueza corriera peligro, llamaron al ejército para que viniera a ayudar. Los conflictos en la calle y las protestas en periódicos aumentaron y la sangre comenzó a correr. La lucha armada a través de guerrillas callejeras comenzó a desestabilizar al gobierno y a la sociedad entera. Solo faltaba un chispazo y ocurrió cuando el presidente electo, Oscar Gestido, falleció y fue sustituido por un fascista singular llamado Jorge Pacheco Areco, un desalmado, quien de inmediato congeló precios y salarios en un intento fallido de controlar la inflación y al pueblo uruguayo. La presidencia estableció un estado de emergencia con medidas de seguridad que impuso con palos, balas y bayonetas. El Parlamento y la clase alta se relamían disfrutando de cómo Pacheco Areco intentaba controlar la situación. Pero la situación no se controló y los reclamos, el revoltijo socioeconómico, la guerrilla Tupamara, las protestas obreras y estudiantiles se pusieron peor y se agudizaron aún más. Incapaz y bruto, Pacheco Areco proclamo medidas de gobierno ridículas, las cuales fueron enfrentadas por organizaciones estudiantiles y la Convención Nacional de Trabajadores. Como antítesis, por esa época aparecieron grupos de extrema derecha, como la Defensa Armada Nacionalista, que en realidad era un escuadrón represivo y la Juventud Uruguaya de Pie-JUP, cuyos objetivos eran suprimir a tiros a los militantes socialistas y opositores de izquierda, contra quienes realizaron múltiples ataques y asesinatos. Contaban con amplio apoyo del gobierno. El correr de la sangre se puso peor.

Pero la masa estudiantil, campesina y obrera no se aquietó y aumentó su fervor antifascista. Fue así que, en 1970, el presidente Jorge Pacheco Areco encomendó a las Fuerzas Armadas la conducción de la lucha contra la guerrilla Tupamara, los obreros y los estudiantes. Las mentiras se multiplicaron en periódicos y televisión, manipulando las mentes de los uruguayos. Los militares se pusieron fieros y crearon la Junta de Comandantes en Jefe y el Estado Mayor Conjunto de las Fuerzas Armadas, un conglomerado de simios rompecabezas.

Así llegamos al año 1971, el año de las últimas elecciones antes de la dictadura. El país estaba en gran desorden, la inflación era galopante, la demagogia y las mentiras de los políticos eran abrumadoras y la situación social se ponía cada vez peor. Pacheco Areco no logró ser re—elegido y en su lugar fue nombrado presidente un terrateniente, Bordaberry, tan incapaz como tartamudo, quien quiso hacer malabarismos para controlar una situación imposible, hasta que los militares, irritados de tanta estupidez y corrupción, aumentaron su poder.

Las cosas se pusieron peor, y en 1972 el parlamento uruguayo votó que el país estaba en un estado de guerra, dando pie a que las Fuerzas Armadas incrementaran aún más su poder e influencia. Así llegamos al año 1973, en el que el incompetente Juan María Bordaberry, Presidente de Uruguay, anunció tartamudeando que sustituía al Ministro de Defensa. Como resultado, las Fuerzas Armadas decidieron dar un golpe de Estado. El país entró en la dictadura y los militares anunciaron su intención de aportar seguridad, control, y colaboración en la reorganización del país. Bordaberry se quedó como un presidente títere de los generales y con sus mandatos disolvió las cámaras de

Senadores y Diputados y el país quedó sin Parlamento. Así, a mediados de 1973, el golpe militar se imponía. La democracia quedó definitivamente eliminada y los grupos de izquierda, socialistas y comunistas, fueron perseguidos, encarcelados o simplemente eliminados.

En el año 1975, la dictadura recibió el apoyo de la Operación Cóndor, la cual fue una campaña de represión política y terrorismo de Estado, que incluía operaciones de inteligencia, entrenamiento y asesinato de opositores. La operación colaboraba también con las dictaduras de Argentina, Bolivia, Chile, Brasil y Paraguay, e implicó la vigilancia, detención, interrogatorios, torturas y asesinatos de personas contrarias a las dictaduras. El Plan Cóndor se constituyó en una organización interamericana dedicada al terrorismo de Estado y a la eliminación de los movimientos de la izquierda, el sindicalismo, las agrupaciones estudiantiles, la docencia, el periodismo, y a todo movimiento de derechos humanos.

La Operación Cóndor se enfocó en promover las dictaduras, en suprimir sectores políticos democráticos, populares y de izquierda y en eliminar organizaciones juveniles, sindicales, obreras y campesinas, a la vez que en impulsar un modelo económico dedicado a dar beneficios a sectores privilegiados tanto nacionales como transnacionales.

Así llegamos al año 1976, en la cual este libro se desarrolla, en que los estudiantes universitarios Vivían en un contante peligro. Daniel Blum, estudiante de Medicina, se encontró con esa situación, pero con toda información controlada por la dictadura, no entendía la lucha entre los poderes. La relación entre la dictadura y la Operación Cóndor no era conocida.

# 1

Había pasado la medianoche. El ruido de las calles se había calmado y la ciudad de Montevideo se entregaba a la quietud nocturna. Los aromas de la noche entraban lentamente por la ventana y se mezclaban con los fuertes olores del cuarto.

Daniel Blum apretó un poco más la herida, irguió su cuerpo hacia la ventana e inhaló tratando de adivinar los detalles de la calle, aspirando los olores de la pizzería de enfrente y del gasoil de los taxis que pasaban. La noche parecía tranquila, apenas se sentían voces y había ya pocos taxis.

"No hay mucho movimiento", pensó. "Mala señal".

Pasado el sufrimiento inicial, el dolor finalmente se había calmado. Daniel esperó un poco, retiró su mano del tajo y respiró más tranquilo al ver que ya no sangraba. Miró el reloj que se inclinaba sobre la pared descascarada.

"Las dos de la mañana ya", se dijo, y se limpió la sangre de las manos con despreocupación. Un pequeño coágulo se había pegado a su reloj pulsera, pero lo limpió con la cortina, sin pensar. Los dedos se le estaban poniendo pegajosos ya de la sangre que se secaba. "Fue un cuchillo bien filoso" pensó.

Comenzó a evaluar la situación. La hemorragia causada por la cuchillada había sido alarmante, pero, a pesar del daño inicial, la herida había quedado bastante bien y el sangrado había menguado y finalmente paró. Era un corte feo y doloroso y le llevó un largo rato juntar los bordes y coserlos bien. Una de las arterias había sido cortada y controlarla le había llevado un rato. La situación requirió una transfusión.

Le dieron ganas de fumar para calmar un poco los nervios. Un grito lo distrajo. Miró el reloj otra vez. "Seis horas más hasta las ocho", suspiró y bostezó pensando qué hacer. Se quitó los guantes y los arrojó con puntería al tacho de basura donde se veían gasas de varios colores y hasta un colgajo de piel que había tenido que resecar. Se acomodó un poco la ropa, vio que tenía manchada la manga de la camisa y empezó a limpiarla.

Analizó la situación de nuevo mientras se apoyaba en la pared. Se veían algunas manchas de sangre en el piso y una más grande al pie de la camilla. No le gustó. Seguro que la nurse Matilde se iba a enojar como la vez anterior y se lo iba a hacer limpiar. Mejor se iba de allí.

Rápidamente lavó el muslo del paciente con agua oxigenada y luego con alcohol, untó la herida con crema, le puso gasa y la envolvió. Corrigió el goteo de la transfusión y ordenó al paciente:

—Usted se queda en el hospital hasta mañana, no toque el tubo de la transfusión y quédese quieto hasta que venga Matilde.

—Sí, sí, gracias —le contestó el herido.

Daniel lo palmeó en el hombro para animarlo, "va a estar bien, señor Mercedes", y decidió ir a descansar un rato. Un poco de café le vendría bien. Sí. Café con azúcar era bueno a esa hora de la madrugada. Dio unas instrucciones al paciente, llamó a la nurse para darle las indicaciones necesarias y se fue al cuarto de descanso. Matilde entró desganada.

Al alejarse oyó a Matilde gritarle:

—Pero Daniel, de nuevo ensuciaste el piso, pero. . . ¡yo no soy tu sirvienta! ¡Ven para acá!

—No. No voy.

Daniel no tenía ganas de seguir discutiendo como de costumbre y se fue al cuarto número cinco. Los practicantes usaban ese cuarto en la guardia de emergencia como lugar de descanso de la muy agitada actividad en la sala de emergencia. Habían elegido ese lugar ya que quedaba justo frente a la puerta de entrada y desde allí podían ver de inmediato qué casos entraban. Era una pieza vieja, tan vieja como todo el hospital, con paredes de color verde y pintura descascarada, con olor rancio a café viejo y humo de cigarrillos, y con mesas y sillas de metal con manchas de herrumbre, pero que tenía dos ventajas un poco inusuales para lo que era el hospital: la canilla de agua funcionaba y los enchufes eléctricos también. Allí sentados los practicantes tomaban café y mate, fumaban, charlaban y se desentendían un poco del ajetreo del Servicio de Emergencia del Hospital de Clínicas, el mayor hospital de la ciudad de Montevideo, un enorme palacio médico, antiguo, amplio, sucio y lleno de olores. Fascinante.

Esa sala de emergencia era una antesala del infierno mismo. Allí se mezclaban manchas de sangre, desesperación, olores de orina y vómito, gritos, heridos, infartos, dolores, estudiantes, doctores, enfermeras, pacientes, muertos y detectives. Y se aprendía medicina.

Daniel se sentó. Estiró la espalda y los brazos. Mojó un poco de algodón en un vaso de agua y se puso a limpiar dos manchas de sangre de la túnica. Levantó sus piernas y las apoyó en la silla. Examinó su pantalón. No tenía manchas, por suerte. Le encantaban esos pantalones de pana azul contrabandeados de un barco carguero francés.

Encendió un cigarrillo y disfrutó su primera bocanada de humo mientras el aroma del tabaco se mezclaba con el olor del mercurio cromo y del vómito del cuarto número seis. La Emergencia se había tranquilizado mucho. Otro mal presagio. No le gustaba cuando la guardia transcurría demasiado tranquila. Podía ser la calma que presagia la tormenta.

Miró su reloj. Las dos y veinte. Claudia le trajo un poco de café.

—¿Es café fresco?

—Sí, Daniel.

—¿Le pusiste azúcar?

—Sí, Daniel, sí, ¡sí! —le contestó—, ya, ya, no mires más la puerta. Me pones nerviosa.

Daniel la miró sin contestarle. Claudia era una buena muchacha, estudiosa, y su compañera de las guardias en los últimos ocho meses. Habían preparado un par de exámenes juntos. Ella era alta, de pelo negro y largo, pecho un poco chato, y se sentaba en esa silla, cuando podía, a tomar mate, a fumar cigarrillos negros y a estudiar. Bajo su túnica parcialmente abierta llevaba un buzo y tenía el clásico estetoscopio colgando de su cuello.

—Esa última sutura te quedó muy bien, Danielito —continuó—, ¿Vas a ser plástico?

—No, Claudia. Ya te lo dije cuando hablamos de la especialidad que vamos a elegir —le contestó, pasándole un cigarrillo.

—Mmmm, sí, gracias —dijo Claudia—. Ah, pero este es un cigarrillo rubio. Bueno, dámelo igual. ¿Ya fuiste al departamento?

Daniel no contestó. No tenía ganas de hablar y Claudia hablaba mucho.

Fumaron un poco. Daniel revisó un poco más su ropa buscando posibles manchas de sangre.

—Ah. Y de Tamara.. ¿supiste algo? —preguntó Claudia—. ¿La llamaste?

—Nada. . . no —Daniel sufría cada vez que le preguntaban por esa mujer imposible. Ella lo había dejado una vez más hacía ya tres semanas—. No.

—¿Y por qué no la llamas en vez de estar así mortificándote? Tamara podría. . . digo. . .

—¡Ya, ya, déjame, tranquilo con eso, Claudia! —le contestó, mientras trataba una vez más de quitarse el aguijón de amargura que Tamara le había dejado en su mente. Era la tercera vez que ella lo había dejado y Daniel finalmente se había dado cuenta de que a pesar de que ella lo quería y había llorado al despedirse, tenían una relación tumultuosa que Daniel tenía que terminar. *"¿O fui yo que la dejó?"*

—No me preguntes más por Tamara —le pidió Daniel.

—Bueno, Daniel. No sabía que. . . mmm. . . bueno. . . discúlpame —le contestó, sintiéndose culpable por haberla nombrado.

Se quedaron en silencio. Miraron un poco más la pared descascarada. Claudia se incorporó, le dio uno de sus cigarrillos y le palmeó la espalda.

—Cálmate, Dani, ¿sí?

Se mantuvieron en silencio un rato. Daniel miraba fijo la pared, como recordando. Claudia se dio cuenta y le dijo,

—Pero, tienes una atadura sexual con esa mujer, Daniel, ¡por Dios! ¡Es como una adicción!

—¡Ya, déjame, Claudia!

Guardaron silencio.

—Bueno, Daniel, ¿y qué dijo el doctor Ramírez de la clase?

—Nada, Claudia —le dijo con desgano. Miró la túnica y vio que las manchas habían salido.

—¿Cómo que nada? ¿No hablaste con Ramírez? —siguió—, mmm, ¿Daniel? ¿qué te dijo?

—Que la clase la van a dar de nuevo, mañana de tarde. Avísale a los otros.

—Ah, bueno, Daniel. Gracias —dijo Claudia, y muerta de curiosidad, y ya sin poder aguantarse más, se acomodó los lentes como para su siguiente pregunta—, cuéntame, Daniel, ¿Qué fue lo que pasó con ella? ¿Por qué esa obsesión con esa mujer? Sabes que yo soy tu amiga. Háblame un poco, ¿sí?. . . no te lo guardes adentro. Tú y yo somos. . .

—¡Ya, ya, déjame,, Claudia! —dijo Daniel con voz impaciente—, Por favor, deja el tema. Ya te dije que. . .

—¿Es por eso que andabas mal?

No le pudo contestar. La puerta de emergencia se abrió de pronto de par en par, dando un golpe contra la pared. Daniel y Claudia se sobresaltaron. Camilleros y policías irrumpieron llevando un traumatizado hacia uno de los cuartos. Daniel dejó el cigarrillo y el café y se levantó.

—¿Pero qué. . .?

—Quédate que voy yo —le dijo—, me toca a mí.

—No te metas en líos, Daniel. Cuenta hasta veinte antes de entrar. ¿Oíste?

—Sí. Sí, te oí.

Fue hasta el cuarto número ocho, pero estaba lleno de enfermeras, policías y camilleros y no se podía entrar ni ver nada. Se quedó afuera. "Uno. . . dos. . . tres. . ."

Esperó. Salieron los camilleros, una enfermera y dos policías.

—Qué desastre —dijo un camillero.

". . . cuatro. . . cinco". . . siguió contando Daniel.

—¿Viste qué joven?

—Qué pena, ¿no?

"seis. . . siete. . . ocho. . ."

—Pobre. Un balazo así.

Daniel contó hasta diez, respiró hondo y entró.

Las enfermeras estaban ocupadas.

—Llegó muerto ya —dijo una enfermera mientras le quitaba la ropa cortándola con tijera.

Daniel se puso guantes y se dispuso a ayudar.

—Levanta esa pierna, Daniel —le dijo la otra enfermera. Obedeció.

—Sácale los zapatos —le dijo. Daniel se los quitó.

Un cuerpo delgado y un poco pecoso. La piel blanca y fría. La carne flácida. Muerto.

Era un muchacho joven. Tenía mucha sangre en un lado de la cabeza. "Uno más" pensó Daniel.

Entró el doctor Pérez Cabrera, cirujano de guardia, con su túnica holgada y su olor a tabaco, y atrás de él el Doctor Millán, alto y calvo. Entre los dos revisaron todo el cuerpo con desdén.

—Un tiro en la cabeza —dijo Millán—, nada más.

—No hay marcas de agujas ni de golpes —dijo Pérez Cabrera—, sin embargo, parece haber algo inusual.

—Sí, como en el otro caso.

—Mmm. . . sí. Mira. Manchas de pólvora. Un suicidio. Lástima. Un tipo joven.

—Sí, o lo suicidaron —continuó el cirujano—, ¿qué tendría? ¿.. unos veinticinco años?

"Uno más" pensó Daniel. "Otro suicidio". Veían esas cosas en la emergencia, y este caso no era una sorpresa. Por una cosa o la otra, todas las noches había muertos allí. Asfixiados, accidentados, baleados, ataques cardíacos, allí en el Hospital de clínicas la muerte era parte de la vida. Si bien se acordaba de los primeros dos muertos que había visto, ya había visto tantos que hacía rato había perdido la cuenta.

—Escúchame —dijo Millán—, esto no es un suicidio. Esto. . .

—Ssshhh, hable bajo —dijo la enfermera.

No había mucho por hacer. Daniel iba a salir del cuarto, pero se quedó al ver que venían dos detectives. A través de la puerta principal se veían otros dos detectives más y un policía. Algo parecía diferente en ese caso, pero no sabía qué era. Una cierta intriga flotaba en el aire.

Un detective y luego otro entraron en el cuarto y corrieron tras la cortina. Uno vestía saco marrón largo, camisa de color oscuro y una corbata horrible, como era lo usual en los detectives. El otro vestía camisa floreada, también fea. Daniel vio que tenían mala cara, así que dio dos pasos hacia atrás. Le hicieron una seña a una de las enfermeras para que salga y se pusieron a hablar con los doctores Pérez Cabrera y Millán.

Daniel los miró, pero movió su cara hacia un lado y hacia abajo para que no le presten atención.

—¿Y usted que opina, MacLagan? —preguntó el doctor Millán al detective de saco largo.

—Que sí, que es el tercer caso. Sí —contestó el detective, quien portaba un arma grande como un mortero—, un problema.

El Doctor Millán se rascó el bigote. Daniel dio un paso lento hacia atrás.

—¿Qué? No, no es un suicidio —dijo el otro detective, quien llevaba un arma también—, lo trajeron de un cuartel militar.

—Pero entonces. . . ¿qué? ¿es una ejecución? —dijo Millán—, como el otro caso, ¿eh? Ejecutado por la dictadura.

Un silencio corto y espeso de pronto flotó en el aire. El detective MacLagan se limpió la sangre con su pañuelo mientras miraba al otro detective. Se decían algo con la mirada. Pérez Cabrera los miró a los dos con curiosidad, sabiendo lo que pensaban. Daniel miraba a los cuatro tratando de adivinar qué pasaba. El silencio era tajante. Pérez Cabrera apretó el brazo del doctor Millán.

Algo denso flotaba en el aire.

—¿Qué me quiere decir? —preguntó Pérez Cabrera en voz baja.

—Lo que usted ya sabe. Que es un caso similar. Mire, ¿ve? —dijo el detective—. ¿Ve aquí? Marcas de esposas en las muñecas y en los tobillos.

—Mmmm, sí, veo. ¿De dónde?. . . pero, ¿de qué cuartel? ¿víctima de la dictadura?

—Ssshhh, doctor, de eso no se habla. No sabemos. No sabemos por qué ni sabemos de dónde, pero seguramente son muchachos miembros del partido comunista o relacionados con los Tupamaros. Sí. Por eso.

—Sí. Seguramente —dijo el otro detective.

—Pero Pranchín —dijo Pérez Cabrera al detective de camisa floreada—, habrían sido torturados, y miren, ni una marca, ni una cortadura. Acá. . . acá hay algo raro. ¿Están seguros?

—¿Asesinados por los militares? —preguntó el doctor Millán—, pero no se puede. . .

—Sí. Parece ser el tercero —dijo el tal MacLagan—. Voy a llamar a los de la técnica para que hagan la identificación del cuerpo.

—No, mira, MacLagan, es el cuarto caso. ¿Te acuerdas de la chica aquella?

—Ah, sí.

—Ay, lo ejecutaron —dijo la enfermera al verlo—. Un muchacho joven. Hijos de mala madre. . .

—Cállese —dijo MacLagan—, tranquila.

Por un rato se quedaron todos quietos de nuevo, otra vez en silencio, mirando el cuerpo con respeto, como tratando de no saber lo que ya sabían.

En esas, al darse vuelta, el detective MacLagan vio a Daniel en el rincón del cuarto tratando de disfrazarse de pared, aguantando la respiración y rezando para que no lo vean.

—Pero, ¿quién es este? —gritó señalándolo—. ¿Quién eres tú?

El corazón de Daniel se paró. Lo iban a golpear.

—Ah, es un estudiante —dijo el doctor Millán—, Daniel, ¿qué estás haciendo acá? ¿eh?

Daniel se puso pálido. Se le secó la boca y la lengua se le trabó. No pudo responder. El miedo le acuchilló las tripas.

—No pongas cara de bobo —gritó el detective, de pronto frunciendo el ceño, mirando a Daniel con furia.

—¿Eh? ¿Qué estás haciendo acá?

—Estaba ayudando —dijo la enfermera que se había quedado—, no lo asusten así, pobrecito.

—Escúchame Daniel —dijo MacLagan, abriendo el saco y dejando ver su arma—. No sé por qué estas acá, pero te advierto: ni estuviste aquí ni escuchaste nada. ¿Oíste?

—Ay, no seas malo con él, MacLagan — pidió la nurse—, ¿no ven el miedo que tiene?

Daniel veía el revolver y supo que su vida cambiaría. El MacLagan ese parecía un enviado de la mafia, tenía cara de malo y como un olor ocre que inspiraba muerte. Con camisa oscura, peinado para atrás, con su saco largo, y una cara agresiva, asustaba.

—Sí. . . sí. . . —dijo, tratando de escabullirse, mientas olía el olor del arma mezclado con el olor de colonia barata que venía del agente.

—Ay, ay —dijo la enfermera—, es Daniel. No lo asustes así MacLagan, que es tiernito.

—Sí, déjelo —dijo el doctor Millán—, es un estudiante.

—Quédate ahí y no te muevas —dio la orden el otro detective—, y cállate, ¿oíste?, ¡no hables!

Millán y Pérez Cabrera pusieron sus dedos en sus labios indicándole a Daniel que se mantuviera en silencio. La enfermera le hizo una mueca.

Los cuatro siguieron hablando e intercambiando opiniones mientras la mirada de Daniel iba de los ojos apremiantes de los detectives a los ojos sin vida del muerto. La mancha de sangre en su cabeza aún sangraba. Su cara sin vida parecía esperar que uno de los cuatro hombres que allí estaban le diera un toque mágico para recobrar la vida que se le había ido. "Tan joven", pensó Daniel, "es menor que yo".

—Hay que limpiarlo un poco para la técnica —dijo una voz.

—¿Para qué? —dijo el detective Pranchín, el de la camisa floreada, en voz baja—, no ves que es otro asesinato político y no lo vamos a poder investigar.

—Sssshhhh, no hables de eso —dijo MacLagan, nervioso.

—Pero.. tú sabes bien que..

—Ya basta. Hay que seguir las reglas. Límpialo un poco.

—Sí, pero no, espera, espera, no quiero borrar las marcas. Mmmmm. . . esperen, no, mejor no, no limpien nada por ahora. ¿No hay una cámara aquí? ¿Dónde está?

—No. No tenemos —dijo Millán, poniendo sus manos regordetas en los bolsillos de su gran túnica.

—No hay —afirmó la nurse.

—¿Qué? ¿No tienen una cámara? Qué lástima —dijo uno de ellos.

—Una cámara siempre hace falta —dijo MacLagan, rascándose la barbilla.

—Yyyyo. . . yo tengo —dijo Daniel, levantando un poco la mano, inmediatamente arrepentido por haber hablado.

Silencio. Los cuatro lo miraron con sorpresa y enojo por haber abierto la boca. Daniel se achicó y se pegó a la pared y supo que lo iban a atacar.

Saliendo de su sorpresa, los agentes se miraron entre ellos con aprobación.

—¿Cómo es que tienes una cámara aquí? —preguntó el cirujano—, no puedes traer cámaras aquí.

—Es que los doctores Carvajal y. . . y el "Ruso" Sepansky me pidieron que. . . que la trajera hace dos días para sacar fotos de colgajos de piel y suturas y yo pensé. . . para la cirugía plástica. . . por fotos de los colgajos. . . y. . . y yo pensé que. . .

—¿Ah sí?

—¿Y qué camarita es, Daniel? —preguntó Pérez Cabrera con tono burlón—, ¿de esas de cumpleaños?. . . ¿de esas chiquititas para nenes?

—No, es una camarita —respondió Daniel—. Es una Asahi-Pentax, con 3 lentes, un lente de 35-150, filtros y rollo de 400. Y tengo flash.

—¡Ja!, mira al nenito este. Haciéndose el hombre —dijo el doctor Millán.

Se volvieron a mirarse entre ellos con aprobación.

—Bueno, tráela.

Daniel no se movió.

—Salí y tráela sin hablar con nadie, ¿oíste? Dale, rápido.

Daniel salió rápidamente, fue al escritorio de la jefa de las enfermeras y le pidió su bolso, el cual ella guardaba bajo candado para evitar el robo. Volvió al cuarto número ocho y les mostró su cámara.

—Prepárala —dijo MacLagan—, de cada toma, sacas una con flash y otra sin flash, ¿oíste? —y se puso los guantes. Hicieron que Daniel sacara varias fotos de la zona de impacto, desde varios ángulos, y luego de varias partes del cuerpo.

Los dos médicos miraban sin hablar, un poco sorprendidos que Daniel supiera cómo interpretar las órdenes de los agentes y fuera tan diestro con su cámara.

—Bueno. Ya está —dijo el agente de camisa floreada—. Bueno. Dame la cámara con el rollo.

—¿Qué?. . . No. La cámara y el rollo son míos.

—Cállate —dijo el agente MacLagan—. Eso que tienes en tu cámara es evidencia Policial. ¡Dame el rollo!

—No. ¡Es mío! —dijo Daniel, poniéndose a la defensiva y corriendo hacia la puerta.

—¡Ven acá, Daniel, y dámelo! —gritó el detective de camisa floreada.

—No seas atrevido, Daniel —gritó el cirujano—. Dáselo. Pero. . .

—No. Van a dañar la cámara y el rollo —dijo Daniel nervioso y medio asustado, pero a la vez malhumorado, sabiendo que los médicos lo protegerían si la cosa se ponía más brava.

—¡Dale el rollo, Daniel! —exigió Millán—. Son policías. No los enojes.

—No. Es mío —contestó respirando fuerte, abriendo sus ojos e irguiéndose con un poco de valentía—. Yo lo revelo y les doy las fotos.

—Pero. . . —dijo la enfermera—, bueno, dáselo, Daniel, antes de que te pase algo.

—¡No!

—Pero este imberbe. . .¿Quién te crees que eres, guanaco? —dijo el detective MacLagan—, mira que vas a pasar la noche en una celda de la comisaría. ¿Es eso lo que quieres? ¡Dámelo ya! Tú bien sabes que es evidencia criminal.

El enojo de los agentes aumentaba mientras Daniel se paraba derecho con los brazos atrás sosteniendo la cámara, y como haciéndoles frente. Ellos se sorprendían de la actitud de Daniel, y los médicos no entendían cómo se animaba a hacerles frente. En un breve momento de silencio le fue claro a Daniel que no le iría bien. La energía agresiva de los dos agentes era superior a la que el trataba de mostrar. Iba a salir perdiendo.

—Bueno, está bien —dijo. Enrolló el rollo, lo sacó y se los dio—. Pero tengo fotos ahí que necesito.

MacLagan lo miraba con furia.

—No me mire así como si no supiera de lo que hablo —le dijo Daniel en voz alta, con osadía de atrevido. —Tengo fotos mías aquí.

Todos lo miraban con sorpresa.

—¿Ah, ¿sí? Bueno, ven mañana después de las cinco a la jefatura de policía, tercer piso, y se te devuelve el rollo, revelado, con las fotos tuyas. Y estate agradecido que te dejamos quedarte con la cámara y no te arrestemos.

—¡Malagradecido! —le dijo Daniel al detective, ya saliendo del susto inicial y recuperando su personalidad de respondón e imprudente—, así me agradece.

—Pero cállate, bobo —le gritó el detective Pranchín—, ¿no te das cuenta de con quién estás hablando?

—No me pierda el rollo que quiero las fotos —le increpó Daniel, en voz alta, quien no sabía cuándo no ser atrevido.

—¡¡Salí de acá, nenito maleducado!! —le gritó MacLagan, furioso—. ¡Fuera!

—No seas insolente —le gritó Millán.

—Ay, pero cálmate, Daniel —dijo la nurse—, que aquí hay un cuerpo.

—Usted es un. . .

—Ya, cállate, Daniel —advirtió la enfermera—. No te metas en más problemas.

—Mejor vete de aquí, Daniel —dijo Millán, palmeándole el hombro—, ya, ya, tranquilo.

Daniel salió del cuarto entre furioso y asustado y se fue al corredor. Claudia estaba allí.

—Te venía a rescatar antes de que te maten —le dijo—, o te cortarán esa lengua larga que tienes.

Daniel la miró sin responder.

—¿No sabes cuando callarte? Ándate a dormir antes de que te metas en más líos —agregó Claudia acariciándole el pelo.

Daniel se quedó allí. No quería ir.

—Pero, qué calidad que tienes de meterte en líos, Daniel. Ándate ya. . . dale, vete a dormir.

Daniel se fue al cuarto de descanso, se hizo un té, fumó un cigarrillo, se tranquilizó y se fue al dormitorio de estudiantes, donde un mar de ronquidos lo recibieron. Envolturas de chocolate por el piso, tazas sucias, un sándwich a medio comer y dos cucarachas se expandían en la mesa. Raúl estaba en la cama de Marta acostado con Rosa, Marta estaba en la cama de Daniel, Alberto y Luis estaban en la cama de Raúl, todos acostados con ropa y túnica, como se duerme en la guardia. La luz del baño estaba prendida y había envolturas de caramelos y pedazos de galleta en el piso. Empujó a Marta hacia la pared y se acostó al lado de ella. Olía bien Marta, y por suerte no roncaba. Le desabrochó un botón de la túnica, la tapó un poco con la frazada y le quitó el estetoscopio del cuello y lo puso junto con el suyo y las lapiceras en el piso. Metió la cámara en un bolso y lo colgó al lado de la cama. Se desabrochó la túnica, y se tapó con la manta. Olió un poco más a Marta acercando la nariz a su pelo, y reclinó la cabeza preparándose a dormir. En cuanto puso la cabeza sobre la almohada, le vinieron imágenes del muerto. "¿Quién habrá sido?", se preguntó "Pobre muchacho, tan joven. ¿Sería un asesinato?"

A las siete y media de la mañana, Marta le dio un codazo para que se despertara. Se levantó y se lavó la cara y los dientes, tomó el café que Rosa le dio, comió media galleta y se fue a clase.

—No te olvides del bolso —le recordó Marta

Estuvo de clase en clase en el piso octavo del Hospital de Clínicas, examinó pacientes y dialogó con dos profesores sobre un caso de hipertensión pulmonar. Salió a las doce, bajo rápido a la calle, cruzó hacia la pizzería, se comió una pizza, y se tomó un taxi a la facultad de Medicina a dar su clase diaria de Anatomía. El viaje demoró porque la calle estaba congestionada de autos, pero no le importó. Le gustaba Montevideo, le gustaba la ciudad. Llegó a la facultad, bajó al subsuelo y se puso su túnica larga y cruzada de disecar. Daniel era profesor asistente de la cátedra de Anatomía y tenía dos grupos de estudiantes asignados, a quien enseñaba mientras disecaba cadáveres formalizados.

Sus alumnos no le dieron problema, por suerte, al ver su cara de cansado, sabiendo que venía de la guardia. Daniel ayudó a sus estudiantes a disecar la región axilar en un cadáver que por suerte estaba fresco y no muy formalizado y luego les habló de las ramas del plexo braquial, mientras se esforzaba por mantener la mente tranquila y alejada del saber que tendría que ir a la jefatura de policía y enfrentarse solito a los leones. "Me van a despellejar" pensaba "pero tengo que rescatar ese rollo".

Dos horas más tarde se tomó un breve descanso frente al cadáver mientras comía chocolate que un estudiante le dio y fumaba un cigarrillo que otro estudiante le pasó. Hablaron de películas para distraerse un poco.

A las cinco de la tarde se tomó un taxi a la jefatura de Policía, allí en la calle San José, esquina Yi. La calle gris y la hojarasca de la calle no parecían anunciar nada bueno. A la entrada, un gorila feo y peludo envuelto en uniforme de policía y con una metralleta, le preguntó a dónde iba. Daniel le explicó y el simio le mostró el ascensor.

Subió al tercer piso y se identificó y dijo a qué venía. Unos minutos más tarde se aparecieron tres detectives, incluyendo dos de la noche anterior, sonriendo y cantando palabrotas. Habían hecho lo que Daniel temía. Habían visto ciertas fotos que tenía en el rollo y que quería evitar que vieran.

—Así que colgajos, ¿eh? —dijo Pranchín, el agente de camisa floreada—, mmmm, que col-ga-ji-tos. Uy, uy, uy.

—Sí, cortes anatómicos, ¿eh? —dijo el otro. Y sacaron a relucir las fotos de Carmen, quien mostraba sus buenas virtudes físicas. Hicieron comentarios mientras se reían. Daniel estaba rojo de vergüenza e indignación.

—Qué lindos colgajos que ella tiene en el pecho. Ay, ay, ay.

La sala estaba llena de escritorios viejos, repletos de papeles y carpetas. Los agentes vestían camisas oscuras y las clásicas corbatas feas que nunca parecían quedarles bien. El Pranchín ese lucía su misma camisa floreada horrible. "¿De dónde habrá sacado esa camisa?". Había un olor ocre mezclado con olor a papel viejo y colonia barata.

—Por favor. Es Carmen —dijo Daniel.

—Uy, perdón, no sabíamos que era Carmen —dijo uno de los agentes, riéndose más aún—, ay, ay, es Carmen. Escuchen.

—Ah, sí, pero si es Carmen. Sí —dijo el tercer detective riéndose.

El tal MacLagan estaba parado ahí, de saco largo, serio, mirándolo con ojos medio entrecerrados, como enojado y evaluándolo. Su cara de malvado había cambiado a una expresión de curiosidad ante ese muchacho osado.

"Está pensando donde pegarme el tiro" pensó Daniel.

Había también olor a café y cigarrillos y una antipatía que flotaba en el aire. Un ventilador del fondo chirriaba.

—Ah, ah, era la Carmen de las fotos quirúrgicas, ay sí, disculpe señor. Voluptuosa la chica, ¿eh?

—Pero que colgajos científicos tiene la Carmen, che —dijo un agente medio gordo, con cara de actor. MacLagan seguía mirándolo sin hablar. "Seguro que todavía está enojado" pensó, "y piensa si me deja ir o me encierra".

—Es una amiga. Es. . . no importa —dijo Daniel—, por favor.

—¿Ah, sí? Degeneradito —le increpó uno de los agentes.

—Pero qué pícaro el imberbe.

—No soy. No —protestó Daniel — Es Carmen, Carmencita, del burdel El Ensueño de la calle Convención y Canelones, en el Barrio Sur. Le saqué fotos.

—Escúchame bien, Daniel — finalmente habló MacLagan, enojado — la próxima vez que me hagas frente hablándome así en el. . .

—Sshh, sshh, MacLagan, cálmate —dijo Pranchín—, aguanta los nervios.

—Sí, tranquilo, che —dijo el agente gordito—, no te pongas malo.

—Pero tú no sabes cómo el nenito este me levantó la voz allí en el hospital —protestó MacLagan.

—Y bueno. Vos no sos su padre ni tampoco un santo, así que no lo asustes por gusto —dijo un agente alto de bigote grande que estaba en el fondo.

—Bueno. Con respecto a las fotos. ¿Tu mamita sabe?

—Ah, ah, y. . .¿le sacaste las fotos antes o depués de acostarte con ella?

—Antes y también despúes.

—Ah, pero que pícaro el mocito —comentó el detective gordito desde el escritorio—, no es bobito como parece.

—Ah, ja, ja, ¿y cuánto te cobra? ¿eh, gil?

—Nada. Ella a mí no me cobra nada. Es amiga. ¿Me puede dar los negativos?

—Sí, toma, estos son los negativos tuyos —habló MacLagan—. Los otros los recortamos y quedan acá.

Daniel tomó el sobre.

—¿Y estas otras fotos? ¿dónde es esto? —preguntó otro de los detectives.

—Son todas tomas del mismo burdel, de la pared, de las pinturas, esa es la portera. Esa es otra muchacha, Patricia.

—Son lindas fotos. ¿Por qué algunas son marrones? —preguntó el de camisa floreada.

—Es sepia. Uso filtros especiales para dar un aspecto de sepia —respondió Daniel—. ¿Me las puedes dar ya?

—Ah, ¿y estas tomas?, parecen bien de cerca, casi como que se ven los poros. ¿Qué es?

—Son tomas macro que se hacen con lente especial.

—Mmmmm. . . interesante. ¿Y por qué está desnuda en algunas fotos y vestida con ropas diferentes en otras?

—Para que pueda presentarlas a diferentes agencias.

—¿Qué agencias?

—Mmmm. . . ya veo. ¿Y quién es esa Carmen? ¿quién es? —preguntó Maclagan con seriedad de policía que interroga.

—Es maestra en el barrio Paso Molino y quiere ser modelo. Estas fotos la van a ayudar. Le estoy preparando una carpeta para que ella pueda presentarla luego a varias agencias. ¿Me puedo ir?

—¿Y cómo la vas a ayudar?—preguntó el gordito mientras se acercaba, curioso.

—Ya veré. La voy a ayudar a salir del barro.

—¿Del barro?

—Sí. Del barro de la pobreza. Le estoy armando un buen catálogo, para que ella pueda salir de allí y entrar en una agencia de modelaje o algo así. Le va a ser útil.

Se quedaron todos en silencio. Las palabras de Daniel los tomaron por sorpresa.

—¿Y tú? ¿sacas fotos? Veo que sabes. . .¿tomaste cursos?

—Sí. Tomé cursos. ¿Me puedo ir ya?y diga, qué se sabe del muchacho de anoche que. . .

—¡Cállate!

—De eso no se puede hablar. ¿Escuchaste?

—Te dije anoche que de eso no hables ni preguntes. Tú sabes que tenemos las manos atadas. No lo vamos a poder investigar. Estamos en una dictadura.

—Pero..

—Pero nada, ya, fuera, vete de aquí.

Le dieron las fotos. Les agradeció. Les iba a decir unas palabras ácidas de las suyas, pero en ese lugar había olor a armas y a celdas y decidió callarse. Los miró tranquilo y se dio vuelta para irse. Tenía miedo de que lo insulten y lo hicieran sentirse mal, pero nadie dijo nada. Se habían quedado callados de nuevo. Daniel se fue yendo despacio. Cuando estaba en la puerta se dio vuelta. Los detectives se habían quedado allí, mirándolo, pensando quién sabe qué. Daniel miró a ese grupo, Pranchín de camisa floreada, MacLagan el antipático de saco largo, el gordito con cara de actor y el agente de bigote grande del fondo, otro agente escribía algo en un cuaderno. Los examinó con la mirada. Había algo raro, como misterioso, en ese grupo. Algo que estaba debajo de sus cascaras de agresividad. Algo especial, algo que ya no asustaba. Daniel no sabía qué era, pero se le ocurrió algo. Tomó dos de las mejores fotos de Carmencita, las que la mostraban más elegante, y volvió hacia ellos. Les dejó las fotos en la mesa, y se fue. Casi al salir, miró un poco hacia ellos y los vio mirándolo fijo, abstraídos en sus pensamientos, en silencio y sin moverse.

Daniel salió a la vereda a enfrentarse con la hojarasca de la calle San José. Caminó sin rumbo mientras la adrenalina se le disipaba, mirando vitrinas, esquivando caca de perro. Todo había sido una experiencia fuera de lo normal, pensó. Giró hacia la plaza Libertad y se sentó en uno de sus bancos a practicar uno de sus entretenimientos favoritos: mirar gente pasar. Ya más tranquilo, se puso a recordar a Tamara. La extrañaba mucho.

Corría el año 1976 y la brutalidad de la dictadura uruguaya se ponía peor.

# 2

—Y me fui. ¿Qué iba a hacer? —dijo Daniel a sus amigos, sorbiendo café en el bar.

Era jueves. Daniel estaba reunido con sus viejos amigos en el café y bar Añón de la calle 21 de setiembre esquina Ellauri, en el barrio Pocitos. Ellos lo habían llamado ya varias veces para hablar con él y animarlo luego de que Tamara lo dejó. Sabían que la separación de la muchacha lo había dejado mal y buscaban alentarlo.

Los mozos pasaban llevando pizza hacia una mesa o café y cervezas a otra mesa.

—Un asesinato, que terrible, y luego vos en la jefatura —dijo Manuel—, qué espantoso. Qué lío.

—¡Tres medialunas de queso para la mesa cuatro! —gritó un mozo—, ¿Y la pizza para la mesa tres?

—Ya sale.

Manuel, su compañero de fútbol y fotografía, se había ido a hacer un curso a España y le había traído un libro de técnicas fotográficas. Los dos compartían la pasión por la fotografía y cada tanto salían de excursión por Montevideo, con sus cámaras Cannon y Asahi Pentax, a sacar fotos de calles y gentes.

—Tenemos que ponernos al día, Daniel —le dijo Manuel, animándolo—, salir como antes, a fotografiar gente, paisajes y cumpleaños.

—Sí —le contestó Daniel—, le agregué a la Asahi-Pentax dos lentes nuevos. Después de la semana entrante estoy listo.

Pablo y Carlos, estudiantes de Agronomía, también estaban allí, y sorbían café. Ernesto y el Pepe los escuchaban mientras tomaban cerveza. Estaban todos intrigados por esa obsesión de Daniel con Tamara y querían animarlo y criticarlo a la vez.

Hablaron de sus trabajos, sus estudios, sus conquistas y de fútbol, entre café y cervezas, hasta que entraron en el tema de lo que acontecía con Daniel.

—¡Tres muzzarelas! —gritó un mozo—, para la mesa dos.

Otro mozo pasó con dos tazas de café.

—¿Y fue un asesinato, entonces? Un muchacho así, de nuestra edad, ¿ejecutado?

—Pero eso es. . . es horrible —agregó Ernesto, el elegante del grupo—, esta dictadura está asesinando gente.

—Pero esto es Uruguay, che, estamos en Montevideo y esas cosas no pueden pasar. No puede ser.

—No, no —recalcó Pepe—, no puede ser que esto. . .

—Sí puede ser, Pepe, para que sepas. Estamos en 1976 y en este año las cosas se han puesto más feas. Hay más muertos. La dictadura mata gente por todos lados.

—Qué brutal.

—Sí. Así es. Y parece que hay más, que hubo otros —agregó Daniel, pensativo—, pero no, no se pueden investigar.

—¿Ocurrió en un cuartel? Estos militares. . . están matando a la muchachada —dijo Pepe—, ejecutan a muchachos. ¡Por Dios!

—Es la dictadura. Así son, y no hay nada que se pueda hacer. Ey, pídeme otro café.

—Los torturan, los hacen cantar y luego los matan —dijo Carlos entre sorbo y sorbo de su café—, así no más. ¡Los matan!

Varios compañeros míos desaparecieron.

—Esto es horrible —dijo Pablo—, y. . . ¿y por qué no lo pueden investigar?

—No pueden. No hay nada que la policía pueda hacer.

—¿Y. . . por qué no? —dijo Manuel, prendiendo un cigarrillo—, esto es. . .

—Porque vivimos en una dictadura y ni el ejército ni ningún cuartel militar van a permitir que policías o detectives metan sus narices en sus asuntos.

—Fue una ejecución no más. Es espantoso. Los militares, la Policía o las Fuerzas Conjuntas te agarran ya por cualquier cosa.

Se quedaron todos en silencio un rato, absortos, pensando en el muerto que Daniel había contado. Un mozo pasó gritando su pedido de milanesas can papas fritas. El bar estaba agradable y no había mucha gente. Carlos y Ernesto tomaron un sorbo de café y prendieron un cigarrillo cada uno mientras miraban por la ventana viendo autos pasar.

—Bueno —preguntó Pepe—, y Daniel, dejando eso de lado, ¿cómo te está yendo en las guardias?

Daniel les contó de sus peripecias en la sala de emergencia del Hospital de Clínicas, de las cosas que aprendía y de lo mucho que le gustaba.

El mozo vino y trajo cinco cafés, más cerveza y más pizza. Estaban todos alrededor de una mesa grande, llena de vasos. A través de la ventana se veía pasar a la gente, algunos abrigados y otros no. Un auto le tocó bocina a una vieja que cruzaba.

Daniel prendió un cigarrillo y siguió contando sobre su puesto en la cátedra de Anatomía, de sus alumnos, de los cadáveres y de sus disecciones anatómicas.

—Ah, pero sos profesor.

—No, no. Estoy de grado uno —contestó Daniel—, es algo así como asistente de la cátedra de anatomía. Aprendo mucho a la vez que enseño. Me califica para luego poder dar el concurso y pasar a grado dos. Pero a mis padres no les gusta nada.

—Pero.. ¡estás rodeado de cadáveres, viejo! Tus padres te van a dejar de querer.

—Ay, Daniel, tu vida, con muertos y sin amor.

—Sí. Pero. . . y con razón, che. Muertos y. . . y cadáveres, eso es horrible.

—¡Qué asco, Daniel! —dijo Pablo—. ¡Cadáveres! Te das cuenta de que de pronto tu vida se ha llenado de muertos y sangre.

—Eh, no me hablen así —dijo Daniel. Sacudían sus cabezas de un lado a otro como negando lo que Daniel les contó. Pepe prendió un cigarrillo. Carlos y Manuel tomaron sorbos de café. El olor a humo se mezclaba con el aroma de la pizza.

—Ay, ay, Daniel —dijo Carlos—, estás en un camino con mucho muerto y poco amor, como dice tu vecina.

—¿Te referís a lo de la muchacha aquella? —preguntó Pepe, entrando en el tema principal—. ¿Se llamaba. . . eh. . . Tamara, no?lo de poco amor, ¿es por ella?

—Uy, sí, la Tamara, sí, pero no entres en el tema, Pepe —dijo Carlos—, no revuelvas la herida.

—Sí —contestó Daniel—, déjame. No me la recuerdes ahora.

Hubo un poco de silencio. Daniel miró hacia la calle. No quería que le pregunten. Desde que Tamara lo había dejado había quedado con un hueco en el pecho.

—Mmmm.. quizás si debiéramos hablar de ella, Daniel —agregó el Pepe—. Esa mujer te tenía mal. Nos tenías preocupados. Por suerte finalmente lograste dejarla.

Daniel siguió sin hablar. No quería entrar en ese tema.

—¿Qué pasó, Daniel? No nos dejes así. Se te ve el dolor en la cara.

Daniel no contestó. El corazón le latía con sensación de vacío.

—Tienes que salir de ese drama, Danielito —lo criticó Carlos—. Ya lo hablamos. Tienes que madurar, che.

—Eh, Carlos, no le digas eso. Es difícil pasar por una cosa así.

—¿Y vos que sabes, Pepe? —respondió Pablo—, ¿no sabes lo que era la mujer esa? ¡Un peligro!

Daniel no quería entrar en el tema. Bastantes veces Pablo y Carlos le habían advertido que la dejara. "Esa mujerota es un problema para ti y la tenés que dejar" le había dicho Carlos. "Estás embobado con una bomba de tiempo" le advirtió Pablo una y otra vez, "tú mismo nos dijiste que era medio Tupamara. ¡Estás loco!"

—¿Quieres contar? —preguntó Pepe—, esa Tamara, era. . . ¿era aquella grandota de pelo castaño con quien te vi en el centro?

—Sí —dijo Pablo—, ¿robusta, ¿eh? Grandota.

—¿Qué hacías con una mujer tan grande?

—Quererla. Eso hacía —contestó Daniel. "Tienen razón", pensó.

—Pero. . . Qué enganche psicológico que tenías con ella, Daniel —dijo Pablo—. Tenías una relación traumática, bobo. ¿Cómo no te dabas cuenta?

—Prendido a una teta peligrosa. ¡¡Inmaduro!!

—Ya déjalo, Pablo. Fue su primer gran amor. Eso duele.

—¡Mmm!.. estabas como bebito prendido a la teta, che —agregó Pablo, enojado—, y una teta peligrosa y vos lo sabes bien. Tenías una adicción carnal.

—¡Pablo!.. ¡Pablo!.. cállate ya.

—No. No me callo, Carlos. Daniel habla de este gran amor, pero el degeneradito tenía una obsesión sexual con ella. Lo mejor que le pudo haber pasado es que esa mujer lo dejara.

—¡Ya, Pablo! ¡Pablo!

—Ya, Pablo —pidió Ernesto—, no le hables de esa manera.

—Y sí, Daniel, nos tenías preocupados por esa mujerota peligrosa y vos lo. . .

—¡Pero déjalo ya, Pablo! —exigió Ernesto.

—¡Ya, ya, Pablo, ¡déjalo tranquilo!

—No. Pablo tiene razón —agregó Carlos—, mucha razón.

—Ya, eh, todos, mejor hablemos de fútbol —exigió Pepe.

Tomaron un sorbo de cerveza o café, prendieron cigarrillos, miraron hacia la ventana viendo gente pasar y esperaron unos minutos para que el tema se vaya de la mesa.

—Bueno, bueno. Cambiemos de tema. Es un nuevo año, un año bueno lleno de vida y muertos para disecar, Daniel —continuó Manuel, tratando de reanimarlo—, y lleno de proyectos fotográficos. ¿Sí?

—Sí, eso. Tienes que enfocarte en la fotografía, en fútbol, en el cine, ¿eh?

—Tienes que salir. Deja un poco los libros. Salgamos todos juntos a ver un partido o al teatro, ¿sí?

Se hizo silencio en la mesa. Tomaron más sorbos de su bebida y trataron de enfriar la conversación. Hablaron de fútbol, de fotografía, de la dictadura, de la falta de libertad y de los presos políticos.

Charlaron una hora más entre pizzas y cafés, cambiaron luego de tema, criticaron a los políticos, al partido colorado hasta que se despidieron con abrazos y se fueron.

Daniel caminó lentamente hacia su casa por la calle 21 de septiembre, recordando aquella mujer que hasta hacía poco había sido suya. Tamara. Qué mujer. Cómo la había querido. Se olió las manos. Le parecía que el olor de la piel de Tamara todavía se sentía. Se la imaginaba en el café, se la imaginaba en la cama, amando y discutiendo. Qué relación turbulenta. Qué mujer difícil. El haberla perdido le estrujaba el corazón.

"Tamara".

Entró a su casa lleno de melancolía, saludó a su madre y a su vecina Marisa y se fue a su cuarto a estudiar. Horas más tarde les dio las buenas noches a sus padres y se acostó a dormir, pero no quiso cerrar los ojos. Veía a Tamara vestida, la veía en la ducha, la veía con su vestido verde, la veía en el hotel que frecuentaban. Y la veía a su lado.

Esa noche tuvo visiones poco antes de dormirse, pero no se preocupó, se le aparecían cada tanto. Eran unas imágenes de personas que a veces brillaban en el fondo de su cuarto.

# 3

Con el paso de los días, Daniel fue tratando de dejar su dolor de lado. Había conocido otras muchachas, pero Tamara había sido su primer gran amor. Había tratado de analizar sus sentimientos por ella, pero no podía explicarlos. Era como una fuerza magnética, poderosa, que lo atraía a esa mujer. "Tu mujer prohibida, Daniel". Una mujer vinculada al peligro de quien no se había podido separar. Esa misma fuerza le creaba ahora un vacío enorme del cual le costaba recuperarse. Tampoco sabía si quería recuperarse, pensando que quizás, en un futuro, cuando la situación social de Uruguay se aquietase, ella volvería a estar con él.

"Tamara".

"Tienes un enganche psicológico con una mujer que para ti es un peligro" le decían Pablo y Carlos, y tenían razón.

Daniel se reintegró a su rutina de cursos y clases. Canalizó su angustia en curiosidad y sed de aprender los cuales le hacían devorar libros. Iba a bibliotecas y librerías y se pasaba los fines de semana estudiando.

Al haberse integrado a la cátedra de Anatomía como profesor asistente, había mejorado su vida con cadáveres y disecciones, y se convenció a sí mismo de que la tristeza se le iría algún día. "Tamara".

Daba clases en el salón "B", en el segundo piso. Ese era un salón bien amplio, viejo, con solo dos mesas grandes, y un cadáver formalizado en cada una. Tenía dos grupos de unos veinte estudiantes cada uno, cada uno en su mesa de disección.

"Tamara".

Se dedicó a enseñar y a conseguir más libros así que sus horas de estudio aumentaron. Su vida social se achicó y sus salidas con amigos menguaron mucho, pero lo compensaban sus pasos avanzando en conocimiento y su incursión en la docencia. A la vez, cuando podía, visitaba bibliotecas y se expandía culturalmente leyendo medicina y Anatomía, pero también otros tipos de libros, como de política, sociología, socialismo y hasta ciencia ficción. Su vida había empezado definitivamente a cambiar.

Así transcurrían los días. Daniel disecaba cadáveres y tenía su grupo de alumnos que iban rotando cada tres meses. La Anatomía le gustaba mucho, y sentía pasión por ella, y estudiarla y enseñarla le fascinaba. Ciertas disecciones del cuerpo humano eran más interesantes que otras, como las regiones supraclavicular y femoral, que eran siempre lindas de enseñar y disecar separando arterias, nervios y venas. Le gustaba mucho sentir cómo el conocimiento anatómico de sus alumnos iba avanzando.

Esos alumnos suyos eran de todo tipo, ricos, pobres, clase media, de la ciudad y del interior. Había chicas y varones, y su relación de amistad se iba cultivando a lo largo de las semanas. Traían comida, pizza y coracanes para comer mientras disecaban. Los días que abrían el abdomen y luego el intestino, Daniel les decía que no trajeran comida y que trajeran más cigarrillos, por qué ese día había que sacar materia y era en general un poco desagradable.

Cuando Daniel contaba sus actividades a la hora de la cena, su madre no podía más que reprocharlo.

—Tu mundo es cadavérico, Daniel —le decía su mamá—, es. . . es horrible lo que haces.

—Ay Daniel, tu vida es de muchos muertos y poco amor —decía su vecina Marisa, riéndose.

Usualmente él estaba en clase de ocho de la mañana hasta las doce, en el Hospital de Clínicas o en el Pereira Rossell, y de ahí se iba a comer algo y luego se iba a anatomía y daba su clase de dos a cinco. Terminada la clase, se quedaba charlando con alguno de los alumnos o con los otros disectores, fumando un cigarrillo o tomando un café. A veces tomaban café o comían un bizcocho o un pedazo de torta mientras disecaban el cadáver.

—Ah, pero qué espantoso, Daniel —decía Estela, su otra vecina, cuando le contaba de sus actividades—. ¿Cómo puedes comer al lado de un muerto? Pero por Dios.

—Pero, ¿qué hijo he criado? —se quejaba su madre

Pero no todos los muertos eran iguales. Había muertos y muertos. Los cadáveres que se disecaban en Anatomía eran para Daniel como muñecos formalizados, vestigios de lo que en su momento había sido un ser humano. Sin embargo, los cadáveres de la morgue eran frescos, reflejaban la ausencia de vida, olían y causaban, aun a los anatomistas, un desagrado. Era por eso que casi ninguno de los docentes de la cátedra de Anatomía bajaba a la morgue. Sentían que las salas de anatomía eran salas de enseñanza, pero que la morgue era la sala de la muerte. Por eso, casi nadie de ellos usaba la escalera caracol del fondo del departamento, la cual conectaba el departamento de anatomía con la morgue que quedaba dos pisos más abajo. Esa escalera era para ellos una imagen desagradable y una conexión que preferían ignorar. Esa era una escalera vieja, con peldaños de mármol blanco gastado, que serpenteaba por kilómetros hacia los abismos mismos de la tierra en donde se conectaba a través de una puerta infernal con la morgue, conocida también como Instituto Forense. Daba horror pasar cerca del lugar donde la escalera desembocaba en el mundo de los vivos. Como advertencia a los mortales, un cartel viejo que decía "Morgue" estaba clavado en el comienzo, y una flecha apuntando hacia abajo anunciaba que el que por allí bajara quizás no volvería. Para empeorar las cosas, un olor que mezclaba podredumbre y desinfectante rondaba en el aire al comienzo de la escalera. Ese olor era una advertencia para los que tuvieran duda e indicaba que esa era la escalera de la muerte. Daniel sabía lo que el cartel y el olor presagiaban, que el que por allí bajara entraría inexorablemente en el círculo rojo de la muerte. "Nadie que baje al mundo de los muertos puede pretender que su vida corra igual".

Daniel pasaba por el corredor mirando esa escalera que sin duda llegaba hasta el infierno mismo y se repetía las palabras de Dante de que quien por ahí bajara perdería toda esperanza. Sus escalones sucios y añejos, su baranda de metal pintado de verde viejo, invitaban a las almas perdidas a descender hasta las profundidades de la morbosidad y el horror. En alguna ocasión se había parado al borde de la escalera oliendo ese olor extraño que por ahí subía, imaginándose cadáveres y ataúdes y temiendo que un tentáculo invisible lo arrastrara hacia el abismo. Nunca se había animado a bajar. Le venía carne de gallina y su mente se invadía de espanto. Sin embargo, tenía también una curiosidad creciente hacia ese inimaginable horror, una atracción morbosa hacia lo terrible. Tenía miedo, pero a la vez una atracción que no podía explicar. Algo lo llamaba desde ahí abajo. No sabía si era un llamado lo que sentía o nada más que ese atractivo que siente el suicida frente al arma con la cual se va a matar. Se fue al patio a fumar y pensar, pero no pudo sacar ninguna otra conclusión: la muerte lo llamaba.

Como Daniel se dedicaba a enseñar a sus estudiantes y quería que aprendieran bien, al llegar al tema de la rodilla y tratar de disecarla, notó que las piernas del cadáver estaban muy secas y se le ocurrió pedirle a Juan, el ayudante de la cátedra, si le podía traer una pieza fresca de la morgue, una linda rodilla, fresca y recién cortada, para mostrar a los estudiantes los meniscos y ligamentos durante la clase. Daniel se había hecho amigo de Juan, a quien llamaban Juan-Un-Ojo, y a quien con frecuencia convidaba con cigarrillos y chocolates.

—¡Seguro Daniel! —le respondió—. No hay problema, amigo. Sí. Baja a eso de las tres a la morgue a buscarla que te la preparo.

—Eh. . . pero yo. . .

—Sí, sí, ven que te espero. Bajás por la escalera blanca y tomas el corredor a la izquierda después de la escalera. No tomes el corredor de la derecha porque. . . eh. . . no importa. Dobla hacia la izquierda y seguí por el corredor.

Daniel se quedó congelado, sabiendo que no podía negarse a la invitación. Supo en ese momento que a las tres de la tarde tendría una cita con la muerte. Cuando fue a dar la clase los nervios le cortaron las palabras, y se dedicó a observar la disección de los estudiantes y a fumar. Se reprochaba a sí mismo el haber pedido la pieza y hasta se le ocurrió hacerse el enfermo y escaparse temprano. Pero se quedó. Sabía dentro de sí que había llegado el día y la hora del enfrentamiento. Sintió también que Juan-Un-Ojo obedecía a ciertas fuerzas ocultas que lo habían mandado llamar.

"¿Qué es lo que me llama? ¿Quién quiere que yo baje por ahí?" pensó, "¿para qué?". Se fue derecho al patio a fumarse otro cigarrillo, pero no pudo pensar. Los estudiantes lo distraían con saludos, preguntas y pedazos de torta.

Volvió a la sala de disección. Se hicieron las dos cuarenta y cinco, y un latido le hizo recordar que la muerte lo esperaba. Prendió otro cigarrillo. Trató de calmarse, pero los nervios le hacían cosquillas en el estómago. "¿Por qué le habré pedido eso a Juan?" se dijo.

Los minutos iban pasando mientras su corazón se aceleraba. Fumaba nervioso; les dijo a los muchachos que la guardia de la noche anterior lo dejó sin dormir. Se apartó del grupo de estudiantes y se reclinó en una de las mesas.

Dos cincuenta y cinco.. . . qué espanto.

La boca se le secaba.

Miró el reloj, dos y cincuenta y siete. "Ay".

Dos cincuenta y ocho. Los muslos se le pusieron duros, no querían ir, no querían bajar por esa escalera. Miraba alrededor suyo sin ver mientras el pulso le latía en la sien. Él había visto muertos frescos antes, en su rotación en el servicio de emergencia. Eran cuerpos que hasta hace un ratito tenían vida y hablaban y pensaban y hacían cosas. En ellos, la ausencia de vida y la presencia de la muerte eran más patentes, más crudas. Y si habían sido operados o heridos y se veían sus carnes interiores, era aún peor. Esos recuerdos se le combinaban en la mente con los slores que había percibido y la sangre y las tripas que había visto en salas de cirugía y el revoltijo mental le creaba angustias.

Las tres. El mundo se paralizó. Los sonidos y las voces desaparecieron.

El encuentro con la muerte había llegado.

Les dijo a los muchachos que volvería en un rato y lentamente salió de la sala, caminando con muslos de madera. Bajó al primer piso donde la Gestapo lo esperaba para meterlo en la cámara de gas, tomó el corredor principal y se fue acercando a la escalera. No quería pensar.

Tomó coraje y comenzó a bajar por la escalera caracol de mármol blanco gastado que lo llevaba hacia la ducha final del campo de concentración donde dejaría de existir. Sus piernas no eran fieles y se tuvo que agarrar de la baranda. Mientras bajaba, las imágenes de documentales que había visto sobre la segunda guerra mundial le invadían la mente, y casi podía ver a los violinistas judíos tocando su música triste mientras los oficiales nazis los apuntaban con sus Luggers obligándolos a marchar. En las paredes había imágenes que se movían y le pedían que no siguiera bajando. Un par de veces pensó en detenerse. Una vez abajo, se detuvo frente a la puerta de metal mientras percibía un olor fétido que se filtraba por las ranuras. Los gritos de los muertos lo amenazaban a que no entrara. Sostuvo la manija en sus manos, asustado con la idea de entrar. Luego de un momento de duda, abrió la puerta misma de la muerte y entró a la morgue.

Un olor nauseabundo se abalanzó sobre él y Daniel supo que era el invisible espíritu de los muertos que trataba de ahuyentarlo. Era su última advertencia. Se detuvo, congelado, con su piel toda erizada. Se apoyó en la pared y se serenó. Se encontraba en un corredor angosto que a la izquierda daba a otro corredor ancho que seguía hasta el frente. Había otro corredor a la derecha, pero Daniel sabía que no debería tomarlo. "Si Juan, que me conoce, me dijo que no, mejor por ahí no voy" se dijo.

Se concentró y logró eliminar su miedo. Al doblar hacia el corredor de la izquierda, pudo ver una camilla donde yacía un muerto que parecía fresco tapado parcialmente por una sábana y con una etiqueta en el dedo gordo del pie que confirmaba su muerte con un número. "El número de la mala suerte" pensó. Había olor a descomposición y a desinfectante mezclados con el inconfundible hedor a muerte. Había otra camilla más allá y luego otra, cada una con un desafortunado. A su derecha había dos cámaras frigoríficas que solo el diablo mismo sabía qué contenían. Siguió caminando lentamente por el corredor de baldosas anchas y paredes de color verde oscuro, pasando por la cámara fría y el laboratorio que estaban a la izquierda. Unos laboratoristas lo saludaron sin prestarle atención. No podía retroceder ni tenía valentía para dar un paso más, sobre todo viendo que a unos metros el corredor se abría en una sala donde había cinco mesas de mármol, inclinadas, dos de ellas con un cajón arriba y una de ellas con un cadáver al descubierto. El susto inicial se estaba lentamente diluyendo y una atracción especial lo hacía avanzar. "¿Es curiosidad? ¿Qué hago acá?" pensó.

Tres personas, quizás doctores, quizás estudiantes, trabajaban afanosamente descuartizando el cuerpo inerte de lo que había sido una mujer. Sangre oscura y vieja chorreaba al piso. Levantaron la cabeza y lo saludaron con un gesto amistoso dándole una cortés bienvenida al más allá.

Una mano sucia de sangre oscura le hizo un gesto. Una voz le dijo "¡Hola!". Le daban la bienvenida en el infierno.

Respondió el saludo sin hablar, temiendo que su voz delatara el espanto que se le iba y venía. Caminó despacio, mientras los descuartizadores se jactaban de haber encontrado lo que buscaban, lo ponían en una bandeja y se iban al laboratorio, dejándolo solo para enfrentar su destino.

—¡Ah Daniel!.. Aquí estás —dijo Juan-Un-Ojo—, ven, ven. . . ah. . . es tu primera vez aquí, ah. . . bueno. . . después de aquello que pasó. . . pobre señor ese. . .¿Lo conociste?

—¿Eh? ¿A quién?

—Ah, no era paciente tuyo, claro, me confundí con el otro asistente, mmmm. . . Bermúdez, sí —dijo Juan—. Pero. . . vení que te muestro.

Juan-Un-Ojo tenía un solo ojo. El otro lo había perdido, se decía, en una tanguería por robarle la mujer a un delincuente quien luego lo esperó afuera y lo molió a puñetazos. Delgado, canoso, simpático, era un tipo muy agradable.

A continuación, y con la misma gentileza y gracia que un confitero muestra sus delicias, le mostró cuarto por cuarto y abrió las cámaras donde se apilaban cadáveres tal como había visto en fotos de la segunda guerra mundial. Le mostró dos ataúdes y abrió uno de ellos para que Daniel pudiera disfrutar más del momento. Había un hombre adentro, pálido y amortajado. Horrible. Luego Juan lo llevó al patio desde dónde se salía a la calle, y le explicó que esa era la salida oficial de la morgue, pero que él la podía usar cuando quisiera, y hasta podía salir y entrar de la la facultad de medicina por allí, como hacían otros, ya que se conectaba con las oficinas centrales a través de la escalera de mármol.

—Fumar se puede sin problema, pero no se debe hablar en voz alta ni menos hacer chistes o cantar cuando en el patio están los deudos esperando el cajón —le recalcó.

—Sí, sí.

—Ah, y si hay deudos en el patio, sobre todo si están llorando, no salgas con la túnica puesta ni con guantes, porque se impresionan mucho. ¿Oíste? —recalcó Juan—. Mejor no salgas, pero si salís, salí con ropa limpia y las manos lavadas.

Daniel prendió un cigarrillo.

—Ah, también, sí, si hay deudos en el patio —le dijo—, asegúrate de, al salir, de saludarlos cortésmente y deciles algunas palabras de alivio. Acordate que están con mucho dolor y cualquier palabra buena será bien recibida. Y no te cargues ni a la viuda ni a las hijas como hace Domínguez, porque eso no está bien.

—¿Domínguez?

—Sí, es uno de los detectives que viene por acá. Uno medio gordito, con cara de actor. Ya lo vas a ver.

Lo llevó luego adentro, y sin mucho explicar, tomó la sierra y otros instrumentos de la inquisición y los puso entre los pies de la desafortunada mujer. El abdomen de la víctima permanecía abierto y Daniel pudo notar que el hígado y las vísceras pélvicas se habían extirpado. De la nariz de la muerta salía sangre seca, y su cara era demasiado pálida. "Esta mujer hablaba y comía hasta hace dos o tres días atrás, tenía. . ."

—No la mires mucho, Daniel —le dijo Juan—, se te ve en la cara que estás filosofando.

Era su primer encuentro directo con un muerto fresco y los dos estaban en rigor mortis.

Juan trajo una bandeja y procedió a abrir la carne del muslo con un cuchillo de carnicero. Separó los músculos a unos diez centímetros por arriba de la rodilla y luego se dedicó a la pantorrilla. "Aaaah, esta está linda" dijo, y con su cuchillo cortó hasta llegar al hueso, prendió la sierra eléctrica, cortó hueso con destreza, tomó la pieza, escurrió y limpió la sangre oscura color vino que goteaba, la envolvió en una bolsa de plástico, limpió un poco y dijo "mmmm, buena pieza". El corazón de Daniel no latió más y sus pulmones no respiraron durante todo ese macabro momento en que él se hacía parte del descuartizamiento parcial de un ser humano. Cuando Juan lo vio, se puso a reír.

—Estás verde —le dijo—, respira, Daniel, eh, ¡respira!

Daniel no quiso tomar la bolsa.

—Bueno, bueno, espera que lo lave un poco —dijo Juan. Llevó la bolsa a la pileta, sacó la pieza, la lavó, quitó la sangre, tomó una bolsa limpia, puso la pieza y se la dio a Daniel.

Daniel tomó la bolsa, le agradeció, y se fue asustado mientras Juan se reía.

—Qué tengas buenos sueños hoy de noche —le dijo.

Daniel huyó de ese lugar sintiéndose asqueado y sabiendo que había sido cómplice de un sacrilegio. Subió de nuevo por la escalera caracol como un ladrón, sabiendo que los ojos de los muertos lo miraban y lo acusaban por haber robado algo que no debería cruzar al mundo de los vivos. Las ánimas clamaban desde la fosa que devolviera la pieza. En las paredes se veían sombras que se movían. La muerte misma trataba de clavar sus garras en su espalda y lo tironeaba de la túnica para que no siga subiendo.

Perseguido por fantasmas, asustado y nauseabundo, volvió al mundo de los vivos, caminó por el corredor, les dio la bolsa a los muchachos, y les dijo que ya volvía. Bajó de nuevo a la planta baja, se sacó la túnica, la dejó en el cuarto de los profesores, y salió de la facultad a tomar aire. Se fue al bar, se sentó afuera, se pidió un agua tónica y un café y se fumó otro cigarrillo. Se quedó allí una media hora, meditando, y se tranquilizó. Trató de borrar de su mente lo que ya jamás se borraría. Luego volvió a la clase, donde disecaron la rodilla robada y pudieron ver bien los meniscos y sobre todo la estructura de los ligamentos cruzados. Más tarde, cuando se tomó el ómnibus para volver a su casa, los ojos acusadores de los que viajaban lo señalaban. Varios de los pasajeros lo miraban sabiendo que él había estado donde no debería haber ido. Se bajó a mitad de camino y se fue caminando hasta su casa para quemar la adrenalina.

Esa noche, en su cuarto, Daniel tuvo más visiones de lo usual. Estaba acostado, cuando pasada la medianoche, imágenes de gente que él no conocía brillaban desde el ropero del fondo. Supo que eran producto de estar en el umbral del sueño, pero se intrigó por ellas, no estando seguro si era el que trataba de imaginarlo todo o era alguna energía que él no comprendía y que quería que Daniel viera esas imágenes. "No sé qué son. Serán los muertos que. . . me quieren avisar de algo. ¿Visiones?". Era como una nebulosa con ciertas formas. Como había pasado antes, aceptaba esas imágenes sin entender el porqué.

Al día siguiente Daniel se levantó sabiendo que había cruzado un umbral y que lo de Juan había sido un pretexto de una fuerza mayor que quería que el bajara a la morgue. "Pero ¿Por qué?" se preguntó sin saber, pero sabía que se tenía que sacar el miedo. "Tengo que superar esto. Yo, ateo, no puedo aceptar eso" se dijo "¡la predestinación es una estupidez de ignorantes!"

Esa tarde, cuando se fue de la clase de disección, en vez de salir por la entrada principal de la facultad, bajó por la escalera caracol de nuevo con la intención de salir de la morgue a la calle. El asco, el pavor y las cosas que veía en su imaginación lo persiguieron y eran como ánimas que flotaban y lo mordían. Caminó por el corredor de la izquierda con las nalgas apretadas y sin querer mirar atrás, sabiendo que lo seguían. Salió por la morgue hacia la calle, suspirando, "no puedo seguir así" se dijo. Juan estaba afuera fumando.

—¡Aaaahh!.. ¿te sentís mejor ya?

—Mmmm sí. No.

—¿Te estás fogueando con la morgue y esta salida, ¿eh? Ya te vas a sentir mejor.

—Sí —le dijo—, más vale que me acostumbre. Me tengo que sacar el asco y. . .

—Ya te vas a acostumbrar. Este es un paso importante el que has tomado.

—¿Por qué lo dices, Juan?

—Ya lo vas a ver. Lo vas a descubrir solo. Nadie te obligó a bajar aquí. Lo hiciste tú y solo tú por alguna razón.

—¿Qué razón? ¿Por qué?

—Ya te dije. Eso lo vas a descubrir tú.

—No entiendo.

—No importa. Lo importante es que es un buen día para empezar —le siguió diciendo, mirando el cielo—, está bien lindo el tiempo.

—Sí —le respondió Daniel, mirando el cielo también, preguntándose a qué se refería Juan-Un-Ojo. Unas aves sobrevolaban la zona y volaban de cable en cable de los postes.

—Son cuervos —dijo Juan—, ¡cuervos de mierda! Siempre andan por acá, sobre todo cuando Domínguez viene a la morgue. Maggiolo dice que los gritos de los muertos los atraen. Yo creo que es algo que tiene que ver con Domínguez y un día te lo voy a contar. Son de mal agüero.

—Sí. . . cuervos —repitió Daniel—, no me gustan los cuervos. "Cuervos de mierda" pensó.

Se fue. Se tomó el ómnibus y de nuevo sintió esa rara sensación de que todos los pasajeros se daban cuenta de que él llevaba el olor y la marca de la muerte, pero en realidad nadie lo miró ni se dio cuenta. Se fue a caminar un poco por el centro, mirando a la gente, pensando si se darían cuenta de que él venía del centro de la carnicería humana, pero nadie le prestó atención.

El único que sentía algo era él mismo, y tenía el claro presentimiento de que una etapa nueva había comenzado, pero no entendía que etapa podría ser.

Caminar entre la gente le hizo bien. Entró en el bar Chivito de Oro y se tranquilizó con un café cortado y una media luna de jamón y queso, pero estando allí una desazón lo invadió al recordar a Tamara. Habían estado allí los dos no hacía mucho y el aire del bar aún tenía su perfume. Le pareció verla cruzando la calle, entrando en el bar, sonriendo. Le dolía mucho el haberla perdido. Se pidió un postre de guayaba para consolarse, pero por la mitad la amargura lo hizo dejarlo y se fue sin terminarlo.

Al salir, un manicero en la calle gritaba "¡Maní caliente, caliente el maní, maní! ¡¡Vengan a escuchar la historia de Daniel y los muertos!! ¡Maní! ¡Maní, maní, calentito! ¡Vengan a conocer a Daniel!"

"Manicero de mierda" pensó Daniel.

# 4

A medida que sus clases de Anatomía mejoraban y se hacían más detalladas, Daniel necesitó una y otra vez diferentes piezas anatómicas para usos didácticos. Tenía su propia clase y con sus propios alumnos, por quienes era responsable de que aprendieran. Lentamente comenzó a notar que su responsabilidad y dedicación eran recompensadas y que disfrutaba mucho sus clases de anatomía. Le gustaba enseñar y se asombraba a sí mismo encontrando satisfacción en transmitir conocimiento. Pronto comprendió la ventaja didáctica de enseñar ciertas partes, como rodilla, codo, tobillo y mano, usando piezas frescas, por lo que, y con el afán de proveer mejor y más detallado conocimiento a sus estudiantes, comenzó a visitar la morgue con más frecuencia. Le pedía a uno de los funcionarios o a uno de los forenses que le cortaran la pieza elegida, y así fue así que empezó a relacionarse con los profesionales y médicos que por allí pululaban.

Así, sus visitas a la Morgue, parte del Instituto Forense, se fueron haciendo más y más frecuentes, y su relación con la gente que allí trabajaba se hizo más y más amistosa, hasta que, guiado por esa eterna curiosidad, comenzó a presenciar y a veces hasta asistir en autopsias a los médicos que conocía, dándoles una mano en sus quehaceres. No tardó mucho en encontrar allí al inspector Pranchín y luego al oficial Domínguez, quienes lo reconocieron de cuando había visitado la jefatura de Policía y lo saludaron con apretón de mano. "Ay, pero si es el Carmencito".

—Sí. Sí. ¿Cómo está Carmen hoy?

Daniel les hizo una mueca burlona.

También vio al antipático de MacLagan en un par de ocasiones, a quien había visto en aquella noche amarga en el hospital y quien lo saludó en forma muy formal, ya que era un amargado y hasta parecía enojado. A veces venía también el grandote de bigote ancho que había visto en la jefatura, un tal Martínez, con cara de seco y constipado, quien ni lo miraba. Había algo en la presencia de esos cuatro que los hacía diferentes. ¿La relación entre ellos? ¿Sus miradas? ¿Qué era? ¿Era un aura de. . . de qué? En esos tiempos de dura dictadura, tan llena de policías odiados e injusticias, cuando la calle y su gente odiaba a los uniformados, esos cuatro creaban otro tipo de sentimiento. "¿Qué será?" pensó.

Además de ellos, venían otros inspectores, policías y agentes que acudían a la morgue como parte de la investigación forense y Policial de diversas muertes. Daniel no comprendía aún a qué distintas divisiones y departamentos pertenecían cada uno de ellos ni qué funciones cumplían en las distintas etapas de la investigación del crimen, ni tampoco entendía qué diferencia había entre detective, inspector y comisario. Tampoco entendía la diferencia entre la morgue y el instituto forense ni por qué había representantes del poder judicial y hasta notarios. Daniel iba a lo suyo, miraba, charlaba, ayudaba, obtenía su kilo de carne y se iba. Había aprendido a cuidarse de con cuál autopsia se enredaba, ya que no quería estar en ninguna en que el cuerpo estuviera medio pasadito por qué el olor a podrido le resultaba espantoso. Aprendió que, si la pared abdominal tenía una gran mancha verde, o si el abdomen estaba hinchado, ese partido no era el suyo y se retiraba estratégicamente. Descubrió también que ciertas víctimas de crimen tenían el cuerpo más fresco porque la autopsia era necesaria como parte de la investigación. Era interesante para el ver los detalles de cómo una o más balas o puñaladas habían hecho daño en los órganos produciendo la muerte de la víctima. Varias veces filosofó sobre la paradoja de la muerte. ¿Cómo podía ser que la tan complicada y fascinantemente compleja biología de un ser humano de pronto sucumbiera por una balita calibre 22?

Pronto empezó a sacar de la biblioteca libros sobre medicina forense y técnicas de autopsia, los cuales leía como pasatiempo mientras aprendía importantes detalles del quehacer forense.

Su presencia en la morgue pasó a ser un evento común, y como él sabía mucho de fotografía, varios de los detectives y agentes le pedían su asistencia en sacar fotos especiales y detalladas de los muertos, enteros o abiertos, y de varias piezas de órganos o de piel.

Muchas de las fotos eran sacadas por los agentes de la policía técnica, quienes traían su propia cámara, en general una Cannon. Si había mucho trabajo, en ocasiones, el inspector Pranchín tomaba la cámara y sacaba fotos también, aunque sus fotos no eran buenas. Para peor, un día se trancó la Cannon y Pranchín la forcejeó y la rompió. Luego de gritos y disculpas, pidieron a Daniel que se encargara de las tomas fotográficas que en ese momento se necesitaban. Daniel explicó que su cámara estaba en el hospital, así que pidieron a Daniel que trajera su cámara y lentes al mediodía siguiente. Daniel lo hizo, sintiendo en todo eso una extraña oportunidad. Sus fotos fueron bien recibidas y, gracias a su técnica y sus fotos, su relación con profesores, oficiales y personal de la jefatura de Policía fue aumentando, y Daniel, sin saberlo, avanzaba más en el círculo rojo.

Así, Daniel traía su bolso fotográfico con la Asahi Pentax, con varios lentes, trípode corto, y filtros especiales y les sacaba fotos con película de alta sensibilidad para absorber los detalles. Preparaba fotos y diapositivas para varios de los profesores, pero a la vez, cuando era necesario, los detectives le pedían que sacara fotos aquí y allá de muertos, balazos, puñaladas y de autopsias mismas, que luego ellos utilizaban para sus reportes. Las fotos salían perfectas y a todos les significó buena ayuda, lo cual le fue abriendo varias puertas y le permitió conocer mucha gente. Él ayudaba sin intención de obtener nada a cambio, pero sentía dentro de sí que ese era, en ese momento, parte del camino que estaba tomando.

En una ocasión le pidieron que llevara las fotos a la jefatura de Policía. Daniel no quiso hacerlo, odiaba la idea de entrar en la cueva "de esos torturadores hijos de puta" y titubeando trató de dar excusas, pero no tuvo más remedio que hacerlo porque se trataba de un favor. Se lo había pedido el doctor Maggiolo, quien era amigo de su tío. Daniel las puso en un sobre, lo llevaron a la jefatura en un carro Policial al cual tembló antes de subir. Se disgustó al llegar a la puerta, recordando la vez anterior, le explicó al gorila uniformado de la entrada a donde iba y se le dijo que subiera a la división de criminología. Subió, le dio el sobre a un tal Gómez, firmó unos papeles, y se fue sin saludar. Salió de la jefatura con el asco de haber estado de nuevo en una cloaca.

Ese sentimiento no le duró mucho y la curiosidad y la fascinación de estar en un lugar prohibido y peligroso le fue cambiando las neuronas. Así que poco tiempo después, en seguidas ocasiones, siguió llevando fotos a la jefatura de policía, donde fue dejando su asco y repulsión por los agentes y detectives y lentamente se acostumbró a tratar con ellos.

Algo de allí le empezó a gustar.

Fue así que comenzó a relacionarse con agentes, sub-comisarios, notarios y asistentes legales y judiciales por una razón u otra. Seco y tímido al principio, se fue dando cuenta de que los policías no mordían y que los agentes de civil no olían sus ideas de izquierda ni lo iban a estrangular en los corredores. Así, se fue ablandando y hasta de vez en cuando, si la luna favorecía, lograba sonreír. Hasta comenzó a devolver el saludo. En ocasiones, funcionarios y representantes del Poder Judicial lo llevaban al notario para certificar las fotos o a hablar con el juez. Allí, nervioso y asustado, con miedo de que detecten sus ideas liberales, tuvo que explicar detalles anatómicos y patológicos a oficiales de la Policía técnica y de los servicios especiales de la jefatura, o al juez, quien no entendía quién era Daniel o cuáles eran sus funciones.

En la morgue, conoció a los doctores Maggiolo y Etcheverry, directores de la morgue y del Instituto Forense, quienes practicaban autopsias didácticas para enseñar a estudiantes, inspectores, médicos y técnicos, quienes se reunían alrededor del cadáver para el festín académico y para escucharlos con devoción. La sesión culminaba a veces con un par de fotos sacadas por Daniel.

Hubo algunas cosas que, sin embargo, dejaron a Daniel preocupado. Cosas nocturnas. En varias ocasiones, luego de haber presenciado una autopsia de un crimen, ciertas imágenes nebulosas, vagas y borrosas, pero a veces más nítidas, se le aparecían de noche, tarde, cuando se había acostado en su cama. Le había pasado antes, pero ahora algunas imágenes eran más grandes, aunque apenas se veían. De nuevo Daniel se preguntaba qué serían. No sabía si eran la penumbra de un sueño, si era su imaginación, si se habían creado sola, pero le venía la idea de que podrían estar relacionadas al muerto que había visto. "¿Será posible?". Sin embargo, la idea de que fueran algo así como enviadas o como un llamado no lo intranquilizaban porque pronto dormiría. Le había pasado antes, pero no sabía qué significado darle. Prefería pensar que eran producto del cansancio. "¿Qué serán?".

De mañana se levantaba y apenas se acordaba de las imágenes. Sin embargo, algunas mañanas su cuarto tenía un aroma de azufre.

En esas estaba Daniel cuando se enfrentó a una serie de preguntas.

—Eres un asqueroso, Daniel —le decían su mamá y su vecina Marisa, turbadas, cuando él les contaba—. ¿A dónde quieres llegar con todo eso?. . . Vas por tu vida marchando con muertos y verdugos a la vez.

—Anatomía, cadáveres, morgue y ahora la jefatura, Daniel —le dijo Manuel—.¿Qué te pasa? ¿Qué es lo que te llama para que vayas por ese camino?

Cuando escuchaba esos comentarios, a Daniel le venían dudas con respecto al camino que estaba tomando. "¿Estoy en uno de los muchos caminos de la medicina?" se preguntaba, "¿o me he apartado de mi ruta?". "¿A dónde voy con todo esto?".

Hasta que un día el doctor Maggiolo y el doctor Etcheverry, directores de la morgue y del Instituto Forense, lo vieron medio apartado y pensativo y lo llevaron a su oficina.

—Bueno, Daniel, ya veo que te has metido aquí. No, no nos expliques —dijo Etcheverry—. Hemos visto a otros hacer lo mismo. No eres el primero que viene aquí porque lo llaman los muertos.

—Yo no me..

—Espera, Daniel, escucha. No te estamos criticando —dijo Maggiolo—. Nosotros también tuvimos ese llamado, hace ya muchos años. La pregunta que tienes que hacerte es si esto es una aventura temporal, como lo ha sido para otros, o este es un camino que a los golpes estás tomando sin saber exactamente cuál es el rumbo a seguir.

—Mmmmm.. yo sé que..

—Mira, Daniel —le habló el doctor Etcheverry—. Todos los años elegimos a uno de los estudiantes que vienen aquí para colaborar y aprender en la jefatura. Es un cargo de auxiliar, sin pago y sin horario fijo. Es para darle la oportunidad a los que tienen interés de avanzar en lo que pueda interesarle.

—Ah, yo. . .

—No. No nos contestes ahora. Quizás no tengas tampoco la respuesta que buscas. Explora el campo y descubrí los caminos. Descubre tu camino, el tuyo. Aquí, una mano siempre se te va a dar si la necesitas.

—Sí, gracias.

—Vivimos épocas muy difíciles. Todos tenemos que cuidarnos. Suerte, Daniel.

Daniel esperó un rato. Vino uno de los técnicos con las fotos reveladas del hombre apuñalado del día anterior, luego vino el ayudante de notario a firmar las fotos y autentificarlas, las metieron en un sobre y se las dieron a Daniel, quien se tomó el autobús y se fue a la jefatura, saludó al gorila de turno de la entrada y se fue al tercer piso. Los tres conocidos no estaban, así que golpeó la puerta del oficial Martínez, el bigotón jefe con cara de constipado, y le dio las fotos. Estaba por salir cuando Martínez se acarició su grueso bigote y le dijo que se volviera y se sentara.

—Quiero que me digas algo, Daniel. ¿A qué venís acá? ¿qué es lo que te trae?

—Vine a traer las fotos.

—Un agente las podía haber traído o uno de los muchachos. ¿Por qué vos?, ¿por qué las trajiste vos? —dijo Martínez con cara muy seria—. Quieres algo de este lugar? Esto es la jefatura de Policía, viejo, ¿qué es lo que te atrae?

—Pero.. yo no.. —dijo Daniel, y se quedó callado, pensando. "Tiene razón. ¿Qué hago acá? Esta gente anda armada. ¿Para qué me metí en este lugar?"

Silencio. Martínez lo miraba fijo.

—Me las dieron y me dijeron que las trajera. Me mandaron traerlas. No sé. . . no sé qué. . .

Daniel miraba el piso, sin saber qué más decir. El cuarto estaba silencioso, pero se escuchaban los ruidos del ascensor y de las máquinas de escribir del otro lado del corredor. Alguien a lo lejos pidió un café. Los minutos pasaban. Daniel levantó la mirada, examinó las carpetas viejas que llenaban el escritorio y se miró con Martínez, quien era enorme y estaba armado. "Este se enoja y me caga a balazos" pensó.

—No sé —dijo— No sé qué decirle.

—Piénsalo. ¿Te equivocaste de camino?

—Es que. . . ha sido como una sucesión de eventos y. . . y. . . y de cosas que. . . no sé. . . pasaron. Pasaron así.

—¿Tienes algo más que decir? Contéstate a ti esta pregunta y luego me la contestas. ¿Estás aquí sin rumbo y sin planes o con un rumbo fijo y un plan?

—No sé. Yo. . . mmm. . . Las cosas salieron así. Yo. . . Lo voy a pensar. Sí.

—Vete ahora, —le dio la orden—, y quiero saber pronto esa respuesta.

Daniel salió a la calle, pensativo, con ideas confusas. "¿Qué camino estoy tomando?". Recordó lo que le dijeron, "¿qué camino estás tomando, Daniel?" le había preguntado Maggiolo, "¿qué es lo que te llama para que vayas por ese camino?" le dijo Manuel. Caminó por la calle San José, pero dobló para tomar Soriano. La tarde estaba templada y la calle estaba linda para caminar, había poca gente. Pensó en entrar en la panadería, pero se le fueron las ganas. "¿Por qué la morgue?, ¿por qué la jefatura?". . . y le pareció encontrar la respuesta cuando se dijo "porque algo me llama".

"¿Qué me llama? ¿Quién?" pensó "¿tendrán algo que ver esas visiones nocturnas?"

No tenía respuesta. Pensó en ir a consultar con el Rabino, pero cambió de opinión.

Caminó media cuadra y pensó que unos buenos bizcochos lo ayudarían a pensar. Siempre había una buena razón para comer bizcochos. Entró en una panadería y se pidió un bizcocho grande y una porción de tarta, "¿Es de guayaba?", "Bueno señor, tiene de membrillo y guayaba". Se compró las dos. Mientras comía se le ocurrió una de las respuestas "explora el campo, estudia los caminos". "Eso es lo que voy a hacer" se dijo, "voy a explorar el campo forense, Policial, judicial y el de la salud pública a ver qué descubro".

De pronto se paró, bizcocho en mano, nervioso, sintiendo piel de gallina, sintió que la repuesta se le acercaba. "¿Qué respuesta?". Sintió un estremecimiento y arrojó el bizcocho y la tarta a un tacho, siguió caminando y sintió que había una confluencia de eventos que lo preparaba para algo. "¿Para algo que se viene?" pensó y se quedó pensando.

Se detuvo. "Algo ocurrió".

— — — —

Pocos días más tarde, a tan solo tres cuadras de la misma panadería, otro drama se debatía. A la madrugada, junto al basural de la esquina de la calle Soriano, tres gatos arañaban las bolsas de basura, abriéndolas buscando comida. Frecuentemente, los vecinos del lugar arrojaban la basura y dejaban un poco de comida para los pobres gatos. Uno de esos gatos, al mover una de las bolsas, dejó al descubierto una pierna de mujer. La piel blanca tenía manchas de sangre seca. Los gatos se quedaron quietos, mirando a ese cuerpo que parecía dormido y maullaron un poco tratando de despertar a la mujer, quien estaba parcialmente tapada por bolsas. Dos mujeres que habían salido a caminar se detuvieron espantadas al ver el cuerpo y por un momento se quedaron mirando. Una de ellas tomó un palo y descorrió las bolsas. Al quedar el cuerpo al descubierto, se llevaron las manos a la boca, acongojadas. El cuerpo desnudo de una mujer comenzaba a iluminarse con la luz del sol. La cara pecosa era de una mujer bonita y su pelo lacio marrón claro se expandía entre la basura. Una rosa roja se abría de un lado de su cabeza. Le habían dado un tiro. Un hombre y luego otro se pararon a mirar.

Había algo peculiar en ese contraste entre la belleza de esa mujer y el espantoso vacío de la muerte que su cuerpo reflejaba.

Los cuatro estaban como hipnotizados mirando a la muerta hasta que pasó un patrullero, quien llamó a la central y media hora más tarde se hacía el levantamiento del cadáver.

El cuerpo inerte de la mujer fue llevado al Hospital de Clínicas donde se la declaró muerta, pero donde causó consternación entre médicos y estudiantes al ver que una mujer así había sido asesinada. "Otra asesinada más" protestó un médico. Varios estudiantes colgaron un cartel de una de las ventanas del hospital que decía "DICTADURA ASESINA". Hubo gritos afuera. Vinieron policías y soldados, hubo empujones, pero al final el cuerpo se cargó en una camioneta del ejército y fue llevado a la morgue. Una vez allí, la indignación de forenses, personal y agentes ante lo que había sido claramente un asesinato a sangre fría provocó revuelo y fue continuado por la llegada de muchos estudiantes de la facultad. Hubo más gritos, pedradas a los autos y ya se iniciaba una marcha cuando cayeron cuatro carros del ejército, dispersaron a los estudiantes, pusieron el cajón de la muerta en un carro fúnebre quien se fue con escolta al cementerio seguido por los autos de parientes y amigos.

Dos soldados se quedaron en la puerta de la morgue por veinticuatro horas para asegurar que la cosa se aquietara.

Y la cosa se aquietó. O parecía que se aquietaba.

En realidad, no se aquietó.

Ese día Daniel recibió una noticia inesperada.

# 5

Había ocurrido una tragedia que hizo que las cosas cambiaran. Daniel había recibido una información inesperada y se enfrentaba a nuevos eventos. Había pensado mucho, consultado con quienes sabían y tomó una decisión. Ahora tenía un plan.

Supo que su vida cambiaría, pero tenía un objetivo y sabía lo que quería. Hasta había hablado con el espejo para estar seguro. Fue así que días más tarde se levantó una mañana con energía, decidido y sabiendo lo que iba a hacer.

Tomó su café, se dio una ducha, camino rápido a la parada de autobús, fue a clase y luego del mediodía fue a dar su clase de anatomía. A las cuatro y media bajo a la morgue, levantó un sobre, salió por la puerta central, se tomó el autobús número 149, se bajó en la calle San José, caminó una cuadra y entró decidido a la Jefatura de Policía, decidido a desarrollar su plan.

El gorila de la entrada ya le conocía la cara y lo dejó entrar. Daniel subió al tercer piso y se presentó a la oficina de investigaciones. Los detectives no estaban y el secretario le indicó la oficina de Martínez. Daniel fue y tocó a su puerta.

—Pase —dijo Martínez—, ah, eres tú.

En el cuarto había olor a café y a cenicero lleno. Martínez tenía puesta una enorme pistola en el costado, con la cual parecía aún más grande y hasta su bigote lucía más espeso. Vestía camisa verde clara y una corbata ridícula. "Se vistió como se visten ellos: horrible".

—Sí, buenas tardes. Aquí traigo las fotos del banquero asesinado.

—Muy bien —dijo Martínez—, déjalas allí, sobre la mesa. Y escúchame Daniel, recibí el llamado del profesor Etcheverry de la morgue. Me dijo que te eligieron como auxiliar. ¿Estás seguro de lo que quieres hacer?

—Sí. Seguro, sí. Me dijo que todos los años elijen a uno, así que. . .

—¿Tiene que ver con lo que habíamos hablado? —preguntó peinándose el bigote con los dedos.

"Ahí van a saltar las pulgas de ese bigote" pensó Daniel.

—Sí señor — mintió—, voy a venir como auxiliar. Sí.

—¿Y qué? ¿Cómo fue que Etcheverry te eligió?

—Bueno. . . yo. . . el que me propuso y eligió fue el doctor Maggiolo. Me dijo que. . . que si yo tenía interés en la medicina forense que. . . y bueno. Me dijo que el año pasado eligieron a un auxiliar que. . .

—Sí, pero no duró mucho.

—¿Ah, sí? Bueno. Los doctores me explicaron que otros estudiantes. . .

Martínez se reclinó en su silla. Prendió un cigarrillo, dio una pitada.

—Sé bien lo que estás haciendo. . . y lo que venís haciendo. . . —le dijo mientras soplaba el humo del cigarrillo—, pero esto es ya más serio. Acompañar a los investigadores a la escena del crimen y sacar fotos de las escenas mismas puede ser algo muy fuerte. No es aconsejable.

—Sí. Entiendo, pero. . .

—Eso va más allá de ser un auxiliar. ¿Qué hay acá? Eres un estudiante de Medicina, tu camino es recibirte de médico, ¿Qué vas a andar perdiendo tiempo de estudio y estimulándote con cuestiones Policiales? No te parece que. . .

—Es que lo quiero hacer. Es un campo que me atrae y uno de mis objetivos —dijo Daniel, muy seguro de sus falsas palabras.

—Déjeme seguir hablando, ¿no te parece que como auxiliar te estás metiendo en cosas raras?

—Es que yo. . .

—Decime, ¿Cuál es la verdad? —le preguntó Martínez con ojos duros—. ¿Por qué te quieres meter en la jefatura?

Daniel sabía que el enfrentamiento ocurriría y había preparado bien su engaño. No había otro camino. "Cuidado con lo que decís, Daniel" le había advertido Maggiolo.

En eso se escuchó ruido y conversaciones. Los investigadores habían vuelto. Martínez se levantó y los llamó. Los tres que entraron eran los que Daniel ya había visto. "El trío dinámico". Ya había hablado con ellos.

—Uy, es el Carmencito Daniel —dijo uno de ellos.

—Ah, pero aquí está el dulce compañero de las putas.

Martínez y Maclagan se miraron seriamente. Algo malo pasaba. Daniel se puso nervioso. "¿Se darán cuenta?"

—¿Ustedes ya sabían lo que Daniel quiere? —preguntó Martínez.

—Sí —dijo Pranchín, el de la camisa floreada — ya nos había hablado. Los profes de la morgue le ofrecieron ser auxiliar.

"Ay, pero qué horrible su camisa" pensó Daniel.

—Yo le dije que no. Que se vaya de acá —dijo MacLagan. Duro, antipático, ácido, con su mismo olor a colonia barata.

"Qué mierda el tipo este" pensó Daniel, pero respiró hondo y se preparó. "No hay otro camino".

—Y le dijimos que hablara contigo, Martínez —agregó el gordito con cara de actor.

—¿Se dan cuenta de lo que pide? En forma no oficial, acompañando al fotógrafo de la técnica, quiere salir con algunos de ustedes a sacar fotografías de la escena del crimen.

—No sé qué tiene en su cabecita —agregó el gordito con cara de actor.

—Es lo que nos dijo, Domínguez —dijo MacLagan—, y no entiendo por qué lo hace. Es un imberbe atrevido. Tampoco me gusta nada y yo te diría que. . .

"Así que el gordito se llama Domínguez, mmm"

—¡Sí, eso pedí! —interrumpió Daniel antes de que el agente termine su frase, y como haciéndole frente—, y los doctores de la morgue me eligieron. Sí. A pesar. . . A pesar. . . no, nada.

—¿A pesar de qué?

—Nada.

MacLagan puso cara de que se iba a deleitar en poner a Daniel en una celda. Pero Daniel sabía que no podría.

Hubo un pequeño silencio. Daniel miró a Martínez, el bigotón, quien fumaba nervioso y miraba fijo a MacLagan, de mientras, Pranchi y Domínguez cuchicheaban.

—Antes que yo fueron otros auxiliares —protestó Daniel.

—Sí, pero fueron auxiliares en la parte del judicial o la oficina del notario y no en esta sección; no en esta división —le gritó Martínez—, ¿ves la diferencia?

—Sí que lo encuentro raro —dijo MacLagan—, tiene que haber una razón de fondo. Voy a llamar a Maggiolo.

—Ya hablé con él.

—¿Y con Etcheverry?

—También. Lo eligieron, sí. Así es. Es cierto.

—Uh, ¿es verdad entonces?

Otro silencio. Los agentes masticaban mentalmente el concepto de tener a Daniel allí.

—No. Va a ser una molestia. Va a ser un estorbo. Tú sabes muy bien que este judío come-putas va a. . .

—¡No hables así, William MacLagan! —gritó Martínez—, aguanta tu lengua británica.

—¡Sí, MacLagan, no se habla así! ¡No seas racista, inglesito! —exigió Domínguez en voz alta—, Y tú Daniel, ¿Qué verdaderas razones tienes para hacer esto? ¿Qué estás escondiendo?

—Nada, nada, no estoy escondiendo nada —mintió Daniel.

—Explícanos un poco cuál es tu plan —le dijo el de la camisa floreada—, ¿Qué plan tienes? ¿Por qué quieres hacer esto?

—Sí. Después de todo sos un estudiante de medicina y tu objetivo es ser un doctor, ¿Qué te vas a estar mezclando ahora con muertos?

—¡Sí, eso! ¡Mezclándote con muertos y con nosotros! —exigió MacLagan.

—Sssshhhh. . . MacLagan, ya, cálmate.

—Es que yo ya estoy mezclado con muertos —respondió Daniel—, y ustedes ya lo saben.

—Bueno, siéntate y habla, Daniel —dijo Martínez—, siéntense todos. Bueno, a ver, empieza.

—Empieza a hablar —dijo MacLagan con franca antipatía.

"Este constipado me va a hacer ir al baño" pensó Daniel.

Pero Daniel había previsto ese momento y había preparado la verdad a medias qué iba a decir. Puso una cara impasible mientras comenzaba a desarrollar su historia.

—Sí. Bueno. Ustedes ya saben que soy estudiante de medicina y mis cursos son en el Hospital de Clínicas. También saben que soy profesor asistente de anatomía y enseño a mis alumnos mientras diseco cadáveres. Con mis estudiantes disecamos unos veinte a veinticinco cadáveres por año.

—Ay Danielito —dijo Pranchín—, tu vida está llena de muertos.

—Un par de veces por semana bajo a la morgue, que queda dos pisos por debajo del departamento y cruzando un corredor largo, a buscar piezas frescas para enseñar a mis alumnos.

—Ya sabemos. ¡Ve al grano! —gritó MacLagan, enojado.

—Sí, bueno. Fue así que fui conociendo a los médicos forenses y a sus ayudantes —siguió Daniel, quien les fue relatando a los cuatro de cómo su interés y experiencia iban avanzando. Martínez lo detuvo y le dijo que se enfocara en el asunto central.

—¡Ya déjate de estupideces! —le gritó.

Daniel se asustó por el grito y se quedó quieto. Se concentró, enfocó sus ideas, endureció su mente y se preparó para seguir con su cuento. "Tienes que convencerlos" le había dicho Etcheverry. . . "Tengo que convencerlos".

—No le grites, no lo asustes. No hay necesidad, che —le espetó Domínguez

—No es un criminal, déjalo hablar —dijo Pranchín—. No seas malo.

Daniel siguió contándoles de sus actividades en el hospital, en la morgue y sus experiencias fotográficas. Habló de disecciones y de casos que había visto en el hospital.

—Pero. . . ¿estás jodiendo? Estás hablando de cualquier cosa menos de lo que te pregunto —dijo Martínez enojado.

—Mira, Daniel, te hablo bien —dijo Domínguez, el gordito—, escúchame, si eres estudiante de medicina es por qué vas a ser doctor, ¿ves?, vas a ser doctor. Entonces, para qué mierda te quieres meter en la jefatura como ayudante o lo que sea de la policía técnica. ¿Para qué?

—Eso. ¿Para qué? —preguntó Pranchín, ya nervioso también.

—Tengo planes —contestó Daniel—, pero no me gusta hablar de mis planes.

—¿Por qué? —vociferó MacLagan, nervioso por como hablaba Daniel.

—Porque no sé si luego van a cumplirse.

Martínez y MacLagan se miraron como a punto de perder la paciencia. Les salían chispas de la cabeza. El enojo de MacLagan lo hacía sudar y se quitó el saco.

Hubo un momento de silencio como que los agentes trataran de controlarse. Daniel sabía que debía seguir controlando su cuento e hizo lo que pudo para enfriar su nerviosismo.

—Mira, Carmencito, mejor será que expliques tus planes acá y ahora.

Daniel se quedó en silencio, calculando sus palabras. Tragó saliva "No se deben dar cuenta" se dijo. El silencio se fue prolongando hasta que Daniel habló.

—Bueno. El laboratorio fotográfico es parte de la policía técnica, la cual es parte de la División de Investigaciones. Allí se realizan análisis y pericias sobre hechos delictivos —siguió Daniel—, pero lo importante para mí es que es parte de la División de Investigación Criminal de la jefatura. Y esa División y la jefatura misma están comandadas por el jefe máximo, el comisario general y capitán Yamandú Solano Boresky, quien a su vez es parte del Estado Mayor Policial.

MacLagan estaba exasperado, sus ojos brillaban de ira. Martínez se agarraba los pelos. Pranchín aguantaba una sonrisa.

—¡Ja!, estuviste metiendo tus narices, ¿eh?

—Ustedes le dicen "el ruso", ¿no? Porque se parece a Stalin.

—Ssssshhhhh. . . cállate, Daniel, no repitas eso que si te oye te mata —dijo Pranchín tratando de no reír.

—Y. . . y. . . y cuídate porque el ruso oye a través de las paredes.

—Sí. Bueno. Y ese Estado Mayor depende y está ligado al Ministerio del Interior.

—¿De dónde aprendiste eso?

—Metí las narices.

—¿A dónde vas con eso? —preguntó Pranchín

—Por favor no se enojen conmigo. La morgue, donde ya estoy, tiene a su jefe, el médico ese que es el director de Medicina Forense y a la vez es el encargado principal del Instituto Técnico-Forense que depende del Poder Judicial.

—Sí, ¿y?

—Que la fotografía técnica, que es parte de la Dirección Nacional de Policía Técnica, enlaza al Ministerio del Interior y al Poder Judicial. La fotografía agrupa gente de dos directorios.

—Aaaahhh.

—¿Entonces?

—Que, además, la medicina en este país está controlada por el Ministerio de Salud Pública.

—Nos estás entreverando.

"Sí, ya sé que te estás entreverando".

—¿Y qué con eso?

—Que hay una oficina en el Poder Judicial que pocos conocen y que se llama DEMEM, Departamento Médico de Enlace Ministerial, que tiene funciones múltiples, incluyendo criminología, enlaces con tribunales, con relaciones interministeriales, con el departamento de estado mayor de la Policía y del ejército, con el directorio nacional de policía técnica, tiene enlaces con el Ministerio de Salud Pública, ministerio del Interior y además. . .

—Ay, ay, ¿de qué estás hablando? ¿Cómo sabes eso?

—Metí las narices.

Los cuatro prestaban atención.

—¿Y qué quieres con eso?

—Que hay una rama del DEMEM aquí en la jefatura y en cuatro ministerios, incluyendo el ministerio del interior y el de Salud Pública, pero la oficina central está en la sede del Poder Judicial.

—Bueno, yo no sé de esas cosas, pero. . . ¿y qué? ¿Para qué necesitas saber eso?

—En un futuro, yo quiero entrar en el DEMEM —dijo Daniel, quien se cuidaba de cómo dar la información que había juntado en su mente. "Háblales del DEMEM" le dijo Maggiolo, "hacelos enfocarse en el DEMEM. Mentí, con cara de piedra". Había practicado esas frases frente a más de un espejo.

—¿Ese es tu objetivo?

—¿Es eso, entonces?

—¿De dónde sabes eso?

—Sí. Y no se entra allí por concurso ni examen. Se entra por relaciones y recomendaciones. ¿Entienden?

—¿Qué?

—Que para entrar allí tengo que relacionarme y hacerme conocer.

Todos se quedaron en silencio. No podían contradecirlo, Daniel tenía el cuento bien preparado. "Controla tu miedo, Daniel" le había dicho el doctor Maggiolo, "enfría tu sangre".

—¿Y tú quieres entrar a la jefatura para que comiencen a conocerte, para comenzar a relacionarte, ¿eh?

—Sí, ese es el camino. Ayudar para ser ayudado luego. Ese es mi objetivo.

—¿Y por qué no lo haces a través del Ministerio de Salud Pública?

—Porque por ahí no se va. Si hago las cosas bien, quizás me vaya bien —siguió Daniel—. Ustedes me pueden dar una patada y echarme de acá, o pueden permitir que siga mi camino. Prometo no molestar.

—Pero, ¿Por qué no vas derecho al Poder Judicial y te haces voluntario allí?

—No. Primero porque es muy aburrido, segundo porque tendría que tomar un curso, estudiarme unas libretas y pasar un examen y otras complicaciones para poder entrar. Es mucho más difícil.

—¿Cómo sabes eso?

—Metí mis narices —siguió mintiendo Daniel.

—Eres bueno en eso, ¿eh?

—Tu nariz es un tentáculo maquiavélico —agregó Domínguez.

—¿Y quién te ayudó a averiguar y saber todo eso?

—El doctor Maggiolo y el doctor Etcheverry.

—¿Los de la morgue. . . los del Instituto Forense?

—Sí. Esos.

—Aaaahhhh.

De nuevo hubo silencio. Daniel medía sus palabras y no tenía intención alguna de revelar sus planes.

—¿Y. . .? ¿y ellos cómo saben?

—Porque el doctor Etcheverry es el sub-director de DEMEM. ¿Y a que no adivinan quién es el secretario general del DEMEM?

—¿Quién?

—El doctor Maggiolo.

—Aaaahhh.

—Por eso. . .

—Eres vivo tu.

—¿Y lo venías calculando así?

—No, Domínguez. Las cosas salieron así. No sé por qué me metí en la morgue, no sé por qué me metí en Anatomía, las cosas salieron así.

—¿Vas a hacer el curso para el judicial?

—Sí, pero solo le dan el curso a los que vienen recomendados. Ya pedí para hacer ese curso, pero me dijeron que no. Tengo que buscar la forma de entrar. "Sí. Tengo que hacer que me crean".

Siguieron hablando, siguieron las preguntas, hasta que el tema se agotó y Daniel se levantó con intención de hacerse desaparecer. Su plan estaba en marcha.

—Bueno, me voy. Si más tarde deciden algo, me avisan —se quedó quieto y sin hablar. "Mierda, me pueden descubrir", pensó.

MacLagan y Martínez lo miraban sin entender del todo. Inteligentes como eran, presentían y sentían que había otra razón o razones de por qué Daniel estaba allí, aunque sabían que ese no era el momento de indagarlo. Miraron a Daniel con sospecha.

Daniel los miró sabiendo lo que ellos dos pensaban y supo que ese era el momento de salir.

Llegó a la calle, respiró aire puro, y esta vez se fue a caminar al 18 de Julio, para distraerse. Sabía que el paso que estaba dando y los pasos que iba a dar eran riesgosos, pero lo había pensado mucho y no pensaba cambiar su rumbo. Sabía que si no daba ese paso se arrepentiría para siempre y pensaba darlo mintiendo a quien tuviera que mentir. Siguió caminando, oliendo el café de los bares, mirando a la gente que caminaba de un lado a otro. Se sentó luego en un banco de la plaza y prendió un cigarrillo. Le gustaba mirar mujeres y hacer un breve análisis de su Anatomía. Un manicero estaba cerca y vendía maníes calientes mientras gritaba "Maní, maní, ¡está calentito el maní, maní!" Daniel lo escuchaba. "Maní, maní, vengan a conocer a Daniel el mentiroso. Vengan, escuchen cómo les mintió a los policías. ¡Maní, maní!

Asombrado, Daniel se levantó y se fue. "Odio a los maniceros. Pero ¿De dónde saben eso?"

—¡¡Maní, maní, está calentito el maní, maní!!

# 6

La Morgue era un mundo de personas, con funcionarios, gente de la jefatura y médicos de varios departamentos que pasaban de un lado a otro. Tenía una amplia sala en el frente donde estaban las cinco camillas rodeando una mesa central, todas blancas y semi-inclinadas para facilitar el drenaje. El piso era de baldosas grandes, grises, dispuestas en un pequeño declive, lo cual permitía que los líquidos que chorreaba no se estancaran, si no que circularan hacia las alcantarillas. Las camillas y la mesa se limpiaban todos los días con desinfectante y ambientador. Hacia la derecha de esa sala de la muerte se abría una puerta que iba al patio, donde había bancos viejos y descascarados para sentarse, y por donde uno podía cruzar y salir a la calle a través de un portón. Por esa puerta grande entraban y salían ambulancias, carros fúnebres, autos de la Policía, jeeps del ejército y muchedumbres de acongojados deudos.

Allí, en ese patio de los dolores, se concentraban con frecuencia los parientes y amigos de los muertos, serios, tristes, a veces impacientes, a veces llorando, mientras aguardaban que el muerto o la muerta fueran liberados para ser llevados por la camioneta de la empresa funeraria. Era una obligación saludarlos cuando uno pasaba por allí y a veces decir unas palabras buenas de alivio si había congoja, por lo cual, la puerta que llevaba al patio tenía una ventanita con rejillas por donde se podía ver y tener una sinopsis del ambiente que había afuera. Si había mucha gente llorando, mejor era no salir por allí y tomar la puerta del fondo. Si la cosa estaba seria y con muchos fumando, los de la morgue salían y hablaban un poco con la gente y pedían o convidaban cigarrillos. Muchos salían con ropa de civil, pero los que iban a salir de túnica debían quitarse la que estaban usando y ponerse una de las limpias que estaban colgadas al lado de la puerta bajo un letrero que decía "No salir con túnica manchada. Ponerse esta túnica limpia antes de salir. Abrochar".

Domínguez, Cabrera y Castro-Aronceda, tres de los inspectores que frecuentemente acudían allí, miraban para ver si entre los familiares del difunto o la difunta había alguna mujer que valiera la pena, ya que eran unos tigres para el asalto, y sabían cómo ayudar a las que sufrían. Ellos sabían que los familiares que estaban allí miraban a los que salían de ese antro, con túnica o sin ella, como si fueran mensajeros de los dioses, capaz de moverse en esa dimensión que separa la vida de la muerte, y que podían salir y entrar al infierno y al reino de los cielos y volver a la tierra como quisieran, como que fueran unos intocables semidioses. Esos seres, sobre todo los entunicados, tenían poderes especiales y podían decir cosas horribles, pero también podían dar bendiciones santas con su mirada y sus palabras. Ellos, esos semidioses, podían decidir si el muerto iba al cielo o al infierno, y podían tener una palabra con Dios para que lo dejara entrar en su reino o hasta con el diablo mismo para que el castigo no fuera grande. En medio de su dolor, los deudos sabían bien que esos hombres semidioses eran el último contacto que sus seres queridos tendrían con la vida humana. Darles la mano era una bendición y escucharlos era recibir mensajes del más allá. Daniel sintió eso cuando les hablaba y se le puso la piel de gallina. Allí, en ese patio, mirando a los deudos del muerto, sentía que lo contemplaban con la última esperanza de un milagro imposible, rezando para sus adentros que la muerte no sea eterna y que quizás la vida de su ser querido resurgiera. Luego de los primeros encuentros de ese tipo, Daniel quedaba emocionalmente afectado. Les preguntó a los forenses y a los detectives y se lo explicaron.

—No es lo que tú piensas y sabes lo que aquí cuenta, Daniel —le dijo Cabrera con una mano sobre su corazón—, si no lo que ellos sienten y creen saber. Cuando tú hablas con esos acongojados deudos, siempre tienes que tener en cuenta que sos un mensajero divino y debes comportarte como tal.

—Pero si. . . —intentó Daniel.

—Sssshhh, escucha, escucha. Es así. Así lo ve y lo siente la gente —dijo Domínguez—. Además, en ese dolor horrible que ellos sienten, cualquier palabra o gesto bueno trae un poco de alivio. El consuelo es parte de tu misión.

—Sí, sí, eso.

—Pero. . .

—El consuelo es parte de tu misión, Carmencito. Sos ateo, pero ellos tienen fe, y necesitan esa fe para sostenerse en ese momento tan difícil. Ayúdalos. Nunca dudes en brindar alivio.

Daniel quedó emocionado y con los ojos húmedos al escuchar esas palabras. Si decían algo así como "el ya está en mejor lugar, todo va a estar bien para él" era darle a la familia doliente un mensaje divino, todos lloraban agradecidos y les daban la mano. Si decían "ya nunca más va a sufrir" o "ya nunca más va a padecer dolor", o "aliviemos nuestro dolor sabiendo que ella ahora está con nuestro señor", la gente lloraba y lo abrazaba. Daniel no podía evitar que su corazón se le estrujara y siempre lagrimeaba. Como él era nuevo, lo mandaban muchas veces a hacerlo y a enfrentarse solo a los deudos, sabiendo que le produciría gran efecto. "Es tu misión" le argumentaban. Daniel iba con una piedra en su corazón. Al decir sus palabras, la gente se emocionaba, algunos le daban la mano, otros lloriqueaban doblando sus rodillas y persignándose, como aceptando la bendición, mientras que otros lloraban mucho y lo abrazaban llenos de dolor. Él se abrazaba con ellos. Era un dolor profundo y duro y Daniel se quedaba turbado por varias horas, afectado por la emoción de la gente. "Es parte de tu aprendizaje" le decían. A veces se le despertaba el dolor que tenía guardado y se ponía a lagrimear. Los funcionarios que lo mandaban, inmunes ya a la muerte y al dolor, endurecidos por la vida, lo veían volver de su misión con su cara de banana triste, afectado por el evento, y se mataban de la risa al verlo acongojado. El pobre Daniel volvía, entraba en la antesala de la morgue y se sentaba con la cara larga, mientras ellos se agarraban de las mesas doblados en carcajadas silenciosas. Luego venían Domínguez y Cabrera a palmearle la espalda y calmarlo.

Hubo ocasiones, sin embargo, sobre todo al principio, cuando Daniel no estaba acostumbrado, en que el dolor de la gente era muy grande y los gemidos y lloros lo afectaban demasiado y él se quedaba allí, congelado, con una mano en la cara para ocultar su pena y sus lágrimas. Entonces salían Domínguez, Pranchín, Cabrera o alguno de los otros a rescatarlo; lo abrazaban y se lo llevaban adentro y lo tranquilizaban con café, cigarrillos y algún sopapo cariñoso. "Es así, Daniel, la vida viene así".

—Sí, Daniel, estás en un umbral muy especial, y esta misión y estos mensajes se tienen que hacer.

—Ay, el Carmencito está triste. . . ¿qué tendrá el Carmencito? —le decían algunos, riéndose.

Era horrible, pero Daniel no se enojaba porque sabía que no lo hacían con maldad. Las bromas y risotadas eran parte de las defensas de cada uno para mantener la sanidad en ese bajo mundo.

Sin embargo, pronto comprendió que para ese Domínguez y ese Cabrera esas misiones tenían a veces un significado muy amplio. Eran mujeriegos.

Si entre los deudos había alguna que otra mujer que valiera la pena, Domínguez y Cabrera, y alguno que otro detective, se ponían la túnica y salían también en misión secreta, daban las palabras indicadas e iniciaban una relación que continuaban luego en el velorio o en el entierro. Para muchas de esas mujeres, acostarse con esos semidioses era una bendición y una ocasión de redimir al deudo y ponerlo en gracia con Dios. No era pecaminoso, al contrario. Los semidioses aseguraban en repetidas salidas que el difunto fuera bien atendido en el reino de los cielos, o que se le tuviera consideración en el infierno. Cuando contaban de sus fechorías en los usuales hoteles y casas de citas, Daniel se quedaba asombrado por la falta de consideración hacia la mujer de la cual se aprovechaban, y no podía entender cómo ellas seguían saliendo con ellos. Hasta los pasaban a buscar en sus autos.

—Es una liberación, Daniel, y sos muy joven para entenderlo.

—Las viudas a veces son difíciles —le dijo Cabrera—. Las hermanas y las hijas de los muertos son mejores.

Nunca nadie criticó esas aventuras ni nunca hubo mujer que se quejara, al contrario, mandaban regalos, postres y comidas caseras a la gente de la morgue y a los oficiales de la jefatura agradeciendo los servicios prestados y hasta cartas y tarjetas de agradecimiento. A Daniel todo eso lo tenía muy sorprendido, no podía entenderlo. Un día al enterarse de uno de los casos, dijo "Pero no puede ser, Domínguez, no puede ser. Te acostaste con la pobre viuda mientras el cuerpo del marido estaba todavía tibio".

—Eres muy chico para entenderlo —le dijo el doctor Bermúdez, que había escuchado.

Domínguez le dijo al día siguiente "¿Qué mejor alivio para una viuda, Daniel? ¿Qué mejor alivio para una mujer abrumada por el dolor de haber perdido a su marido o a su padre o a su madre que una persona como yo haciéndole olvidar su dolor con erotismo fenomenal, asegurándole que su familiar perdido estará bien para toda la eternidad?"

Daniel los miraba y escuchaba sus cuentos como hipnotizado, sobre todo cuando contaban sobre sus fogosos encuentros y los detalles sexuales de sus relaciones. Daniel decidió no comentar nada, pero se quedó turbado e intrigado.

Aquí y allá Daniel se enteró de otros casos de muchachos que habían sido asesinados al igual de aquel caso que había visto. "¿Acaso ese pobre muchacho había sido uno más?". Los inspectores mencionaron otros casos, pero le prohibían a Daniel hablar de eso. Algunos casos habían ocurrido tras el pago de rescate. "Qué espantoso" pensó "Los militares estaban ejecutando muchachos y a la vez robándole el dinero a los padres, pidiendo rescate"... "Qué injusticia".

Daniel ya lo sabía, estaban matando muchachos. Varios de sus amigos del hospital comentaron de otros muchachos y muchachas que habían sido traídos a la emergencia por ambulancias o patrulleros. Eran todos jóvenes y todos con un balazo en el costado de la cabeza. Cuando eso pasaba, gente del ejército o de la Policía venía rápido y se llevaba el cuerpo y no permitía preguntas. Muchos médicos estaban indignados, pero no había nada que se pudiera hacer. "Sí, así están las cosas en la dictadura militar de este país" se dijo.

Un día Daniel se preguntó, "pero ¿Cuántos muchachos han matado así tras pedir un rescate?". No tenía respuesta. Aprovechó un día y se lo preguntó a Domínguez, quien lo llevó a un lado y de nuevo le dijo "Daniel, Daniel, por favor, de eso no se puede hablar". Domínguez era bueno y simpático, pero de eso no se hablaba. "No toques el tema".

Pero el asunto de los muchachos no terminó ahí. En la morgue Daniel se enteró que esos chicos y chicas asesinados eran una tragedia horrible para las familias y vio cómo una gran muchedumbre se juntaba en el patio cuando eso pasaba. Había gritos, reclamos y protestas y varias veces personal de la policía o del ejército venía a dispersar a la gente y enfriar la situación. Se decía que los familiares gritaban que habían pagado rescate. Gritaban cosas como "Pagamos y lo mataron igual. Asesinos", "hijos de puta, me hicieron pagar y la mataron igual". Con eso se fue formando la idea de que los ejecutores de la dictadura pedían rescate a los pobres padres.

Trató de nuevo de hablarlo con Domínguez y luego con Cabrera, "¿secuestran a muchachos y piden rescate?" les preguntó. De nuevo lo llevaron a un rincón y con voz muy dura le dijeron "de esto no puedes hablar", "¡de esto no se habla porque te matan, Daniel!".

—Daniel, Daniel, escúchanos. Estamos bajo una dictadura espantosa y cruel. Encarcelados, desaparecidos y asesinados pasan seguido y no hay nada que podamos hacer —le aseveró Cabrera—, no metas la nariz en eso. No preguntes. No lo hables. Te puede pasar lo mismo.

Él terminó asustándose y no preguntó más.

Enfrentado a una desaparición o un asesinato, era poco y nada lo que una persona normal podía hacer sin datos, sin testigos, sin ayuda y sin poder. Era la realidad de esa época. Mucha gente desaparecía y los parientes no podían hacer nada ni averiguar nada. Tenían que dejarlo de lado y continuar con su vida. Así lo entendió. Por su lado, la policía no podía hacer nada ante un asesinato si se sospechaba que agentes de la dictadura estaban involucrados.

Pero Daniel se daba cuenta de que las muertes de las que se enteraba no habían sido crímenes aislados, sino que esas muertes habían sido producto de la continuada violencia que subyugaba a Uruguay, y que la muerte cruel salpicaba a mucha gente con la sangre de un ser querido y que otra que llorar sus angustias no había nada que podía hacer. "Ladrones además de asesinos. Piden rescate. Qué horrible". Nada ni nadie había preparado a esa gente para ese momento de su vida en que se enfrentaban a la abrupta desaparición de un amor o un ser querido.

"Rescate. Y encima los matan".

Esos pensamientos lo indignaban y le causaban una gran frustración. Pero así estaban las cosas.

No había nada que se pudiera hacer.

Había algo más que le llamaba la atención. Las visiones nocturnas en su cuarto parecían un poco más intensas, sobre todo si había estado en la morgue ese día. "¿Qué relación tendrán? ¿Qué son esas imágenes?"

# 7

Días más tarde Daniel llevó un sobre con fotos y documentos a la jefatura. Cuando Pranchín lo vio le dijo que Martínez lo esperaba.

—Estuvimos pensando en lo que dijiste. Te vamos a permitir que hagas como estás planeando y como. . .

—Ah, gracias, gracias —lo interrumpió Daniel.

—Espera, espera, porque la cosa no es tan fácil —agregó Martínez, mirándolo fijo—, hay ciertos requisitos que vas a tener que cumplir.

—Sí. ¿Cuáles?

—Ya te voy a decir. Tengo que averiguarlo. Ahora. . .ahora vete, gil. Ya te haré saber.

Daniel se levantó y salió de su oficina. Pero en vez de ir hacia el ascensor, dio vuelta y tomó el otro corredor. Vio una oficina, la abrió, saludó a las dos secretarias, cerró la puerta y siguió por el corredor. Saludó a Gómez, que siempre estaba de buen humor. Se acercó a otra oficina, entró y saludo diciendo "Hola, soy Daniel". Así conoció a la "llorona" Susana, aunque no se animó a preguntarle por qué la llamaban así. "Y también, con esa cara fea y ese perfume horrible cómo no va a llorar". Caminó por el corredor hasta el fondo, llegó a la escalera, bajó por ella hasta el segundo piso, y caminó por ese piso hasta el ascensor. Bajó luego hasta la calle, saludó al simio de la ametralladora y se fue caminando por la calle San José hasta la calle Ejido. Se sintió satisfecho. Se había hecho un mapa mental de varias de las oficinas, en varias de las cuales había mostrado su cara para que lo empezaran a conocer y había saludado a la secretaria del sub-director de informática. Sabía que ese iba a ser un proceso y que nada podía hacer hasta que tuviera acceso a la información. "¿Dónde está esa información?" Se paró en una esquina y prendió un cigarrillo para calmar los nervios. Trató de quitarse la pena y el enojo mientras veía gente pasar. Al llegar a la calle Ejido, vio a un manicero con su carrito, se dio vuelta, cruzó la calle y se fue hacia el otro lado. "Manicero de mierda, ¿qué me vas a decir ahora?"

Al pasar los días, Daniel se fue aclimatando más y más a su nueva rutina, y lentamente se fue expandiendo en otras actividades. Clases y estudios de mañana, anatomía de tarde, guardias por la noche, morgue y jefatura algunas tardes.

—¿Y dormir, Daniel? —le decían Estela y Marisa, sus vecinas—, ¿Cuándo vas a dormir?

—¿Y mujeres? ¿Y amores, Daniel? —le decían la modista y la gallega de al lado —no puedes seguir así, con esta vida de muertos y sin amor.

En varias ocasiones tuvo que ir a la jefatura a complementar informes o a llevar de apuro fotografías para complementar reportes que se necesitaban de urgencia. Cada vez que iba, aprovechaba para caminar por los corredores y visitar o saludar a una de las tantas oficinas y divisiones de la jefatura. Trataba así de que lo conocieran, aunque no supieran bien cuál era su función.

Daniel buscaba algo y se había propuesto a encontrarlo. continuó así a relacionarse más y más con la gente y sobre todo a relacionarse con agentes de diferentes divisiones dentro del centro Policial.

"¿Qué es lo que busco?" se decía, "¿Cómo sabré cuándo lo encuentre?".

Más como producto de la necesidad, Martínez y MacLagan, aparentemente hombres fuertes en la jefatura solicitaron a los directores de la morgue que a Daniel le sea permitido prestar declaración jurada cuando llevaba reportes y fotos a la central Policial, ya que eso les facilitaba las tareas. Se hacía con la intención de clarificar y avalar los datos e imágenes frente al juez de turno y otras oficinas de la jefatura y del poder judicial. Concedido el permiso, diferentes agregados de la corte y escribanos le tomaban declaración cuando llevaba la información, y de esa manera el reporte tomaba carácter oficial y era válido para la corte. Eso también le servía a Daniel ya que así lo empezaron a conocer en otras divisiones de la jefatura a la vez que le permitía relacionarse con gente del poder judicial y meter un poco sus narices en algunas oficinas. Esas actividades con frecuencia llevaban tiempo, lo cual le requería salir más temprano de Anatomía o salir temprano de sus clases Clínicas. Todo eso no pasó desapercibido por Martínez ni por MacLagan, quienes un día lo llamaron para que se sentara con ellos a tomar un café en la oficina del fondo. El teniente Rodolfo Martínez Carlotti, a quien llamaban simplemente "Martínez", comisario y director del departamento, miembro del estado mayor, se alisó su gran bigote, limpió sus lentes y le dijo en voz grave:

—¿Qué buscas tanto, Daniel?

—Nada, yo. . . —lo habían agarrado desprevenido y se puso nervioso preparando su cuento.

—¿Qué más nos quieres decir? —dijo MacLagan, abriendo su saco largo y dejando ver su arma, gesto que Daniel había notado que le gustaba hacer para intimidar—, ¿Qué es lo que andas buscando?

Daniel ya había leído algo sobre MacLagan. William MacLagan era de familia británica, pero se había cambiado de nombre a Guillermo. Se decía que nadie que lo llamara "Guille" debía esperar a seguir viviendo. Hombre alto, duro, seco, antipático, siempre andaba armado y tenía olor a aceite de limpiar armas mezclado con lavanda inglesa. "Este debe estar con mucho estreñimiento para estar así", pensó Daniel, "inglés caca-dura". El tipo tenía tres armas favoritas, pero Daniel solo sabía de una de ellas, la Beretta 38 plateada. Cuando hacía relaciones callejeras le gustaba abrir su saco y permitir que el brillo plateado de su arma se notara bien como un mensaje. A nadie se le escapaba ese detalle convincente. Pelo marrón, peinado hacia atrás, mirada mala, tomaba te en vez de café. En la calle, los perros le ladraban y los gatos lo miraban con recelo.

—Nada —mintió Daniel, endureciendo su mente y su rostro y poniendo cara de inocente—, no sé qué más. Ya les dije.

—Estás metiendo mucho las narices por acá —le dijo MacLagan con voz de verdugo—. ¿Buscas algo? Habla.

—Nada. Estoy aprendiendo. ¿Qué esperaban? —dijo Daniel en voz alta. "Tengo que contraatacar"—. . .¿Qué me sentara en un rincón, quietito, hasta que me asignen la tarea? Yo no me llamo "quietito".

—Ya nos vamos dando cuenta de eso —le gritó Martínez, parándose—, y que eres medio atrevido también.

—¿Te piensas que somos bobos?

Daniel vio que MacLagan estaba furioso. Se sintió acobardado. "A Martínez háblale como te dijimos, háblale bien, es un hombre derecho. MacLagan va a ser uno de los que te va a dar problemas" le advirtió Etcheverry, "sé duro y sospecha de todos. Controla tus palabras".

—Vimos tu prontuario, Daniel, sabemos quién eres y sabemos de tu papá. ¿Qué es lo que quieres encontrar acá?

"Mierda. . . esta no me la esperaba".

—Nada —respondió con cara seria—, nada, Martínez.

Hubo silencio que duró un buen rato. Daniel se estaba sintiendo disminuido y asustado, pero de pronto, recordó las palabras del doctor Maggiolo: "Pase lo que pase y cuando pase, acuérdate de por qué lo estás haciendo". Eso le dio fuerza, respiró hondo y se preparó mentalmente para seguir el inevitable enfrentamiento. Los dos agentes trataban de calmarse y prendieron cigarrillos.

"Vas a tener encontronazos con los oficiales de arriba, Daniel" le había advertido Etcheverry, "tienes que estar preparado y mantenerte duro".

Los dos oficiales estaban irritados. Miraban a Daniel pensando y él los miraba a ellos. Él sabía que estos dos maestros en reconocer verdades ocultas, quienes luego de haber interrogado mil criminales sabrían cuando alguien esconde algo, y muy seguramente se daban cuenta que él escondía algo, "pero entonces, ¿por qué no me dan una patada y me echan?".

Se quedaron mirando a la ventana. Daniel supo que debía ponerse fuerte o estos podrían arruinar sus planes. "No deben, no deben saber la verdad".

—Yo no me llamo "quietito" —volvió a decir Daniel.

—Ya cállate —dijo MacLagan, fumando como tratando de sacarle el jugo al cigarrillo. "Este no debe querer ni a su imagen en el espejo" pensó Daniel. "¡Puajjj!, mierda británica".

Los tres se serenaron. Daniel se puso a pensar sobre por qué ellos dos no lo echaban de la jefatura si es que Daniel les causaba enojo. "Se han dado cuenta de algo, pero sin embargo. . .¿van a dejar que me quede?" pensó, "están enojados, quieren saber, pero parece que por alguna razón no me quieren echar".

¿Había acaso algo que Daniel no sabía? "¿Qué es lo que saben o sospechan que hace que no me echen? ¿Qué pasa acá? Voy a pedirles un cigarrillo, si me lo dan, me quedo, si me lo niegan, quiere decir que me echan" se dijo.

—Eh. . . eh. . .¿me da un cigarrillo? ¿sí?

—Toma uno y cállate —dijo Martínez ofreciendo la cajetilla, mientras Daniel veía que MacLagan intentaba ofrecer la suya—, y no molestes más.

"Los dos!" se dijo Daniel, "los dos me ofrecieron. Pero. . .¿Qué pasa acá?" pensó. "Ellos saben que busco algo, pero no saben qué. ¿Quizás ellos buscan algo también? ¿estamos atrás de lo mismo?"

—Mientras —dijo Martínez, serenándose—, dentro de los requisitos que debes cumplir está el curso ese del Judicial que debes tomar. Tienes que ir a la oficina central del Poder Judicial y hablar con la encargada que se llama Berta o con su administradora, una tal Rosario. Y, además, deberás entrenarte en las armas.

—Sí —dijo MacLagan—, y vas a tener que aprender a usar armas.

—Bueno. Pero quiero que sepa que. . .

—Cállate, ya. No irrites. Es un requisito. Es que, si vas a salir en algún momento con los agentes a escenas de crimen, deberás aprender a usar armas. Es parte del reglamento. Vas a tomar el curso básico de manejo de armas. Se te va a avisar cuando sea el momento.

—Sí, sí, gracias.

Martínez guardó silencio y luego dijo:

—Y mira, Daniel, hay algo más contigo y ya veo que no lo vas a decir. Si cambias de parecer, ya sabes dónde estoy.

—Sí, sí.

—Y ya vete, ya, que ya no queremos oír tu voz.

A Daniel le quedó claro de que ambas partes sabían de que había un algo más del cual no se hablaba.

# 8

Con sus idas y venidas a la jefatura, llevando fotos y reportes y prestando declaraciones juradas, Daniel se cruzaba con otros inspectores, así como con ladrones, prostitutas y criminales. Conoció a varios inspectores y subcomisarios más, pero más que nada de vista. Había un subcomisario inspector a quien le decían "el Orina-Gómez", y Daniel había hablado con él, pero no le pareció prudente preguntar por qué lo llamaban así.

En esas estaba, en su rutina de hospital, anatomía, morgue y jefatura, cuando un nuevo problema le hizo frente. En forma inesperada, el caso Levinsky le cayó encima y lo desviaría del camino que se había trazado.

Y así, sin más, Daniel saltaba de los cadáveres a los problemas.

Un sábado, cuando fue a una charla a la Hashomer Atzair, la organización sionista a la que pertenecía, se encontró con un problema. David Levinsky, amigo suyo desde hacía años, estaba siendo requerido por las fuerzas armadas. No es que estuviera limpio. Daniel sabía que él venía metiéndose cada vez más con los Tupamaros y que eso iba a pasar tarde o temprano. Hasta su hermana Dorita lo sabía. Pero Levinsky, estudiante de ingeniería, muy inteligente y gran amante de la ciencia-ficción como él, terco como ninguno, siguió con lo que él consideraba "un compromiso histórico".

"Es mi responsabilidad, Daniel" le había dicho hacía casi un año. Gran ideólogo, gran socialista, ahora estaba encerrado en el sótano de la casa del tío sin poder ver la luz del día. Su casa y la casa de varios familiares habían sido allanadas buscándolo.

—Están atrás de su cabeza y lo van a encontrar Daniel —le dijo Dorita, su hermana—, no sé qué hacer, ¡¡me lo van a matar!!.. ay, Daniel.

Y así, sin quererlo, el caso Levinsky le cayó en las manos gracias a Dorita, su hermana lengualarga.

Y qué hermana esa Dorita. De mediana estatura, pelo marrón oscuro y cortado medio corto, nariz grande y bien judía, labios gruesotes y sexis, un busto que daba de qué hablar, y unas caderas que invitaban. Él había salido con ella en tiempos pasados, buscando quizás un consuelo. Se habían conocido en una charla sobre sionismo organizada por la Hashomer Atzair y a Daniel le había gustado lo discutidora e informada que estaba. Inicialmente no quiso prestarle atención porque era la hermana de su amigo y no quiso problemas, pero a la segunda vez que la vio en la Hashomer, notó que ella había cometido un error muy grave y fatal: se había venido de lentes y vestida con una polera Lacoste oscura y con sostén flojo, lo cual permitía adivinar cierta suculencia en su delantera. Para peor, se había puesto un perfume muy bueno, "Opium", y eso aumentaba su atractivo y su mala suerte. Daniel no pudo pasar por alto esos detalles. Sus pechos le ablandaban el cerebro. Trató de resistirla, hizo lo mejor que pudo, pero su carne era débil y una hora más tarde la invitó a tomar un café, donde charlaron por un par de horas y luego se fueron a caminar. Él pensaba llevarla a su casa, y hacer el esfuerzo de aguantarse y despedirse sin tocarla, pero ella se había propuesto no dejar pasar la oportunidad. Sin Daniel saberlo ella lo había llevado hasta la puerta de la casa de su tía, la cual estaba en Piriapolis. Lo hizo pasar en forma muy inocente a tomar un té, "un té, nada más", mientras Daniel sentía ya que entraba en zona peligrosa. Saborearon la infusión en silencio sintiendo un fuego interior que crecía. Daniel no podía creer que su cuerpo y su mente estuvieran tan poseídos y enfocados en una sola cosa. Su mente latía pensando en el mundo de sorpresas tibias que podría encontrar debajo de esa polera. Quiso besarla despacio, quiso hacerlo todo lentamente y comenzar con besos nada más y quizás verse otro día y luego, quizás, ver cómo marchan las cosas, porque después de todo ella era la hermana de un amigo, y las hermanas de los amigos se respetan. Es una de las leyes de la calle. "Sí. La beso un poco y me voy". Pero de pronto, empujada quizás por su lentitud y decidida a no dejar pasar ese momento, ella se quitó esa Lacoste azul, y se quedó allí, cerca suyo, con sus lentes, su aroma a mujer y a Opium, y su cuerpo cálido. Daniel se quedó mirándola, quieto en su asombro, mientras la imagen producía estallidos de sangre en su cerebro y chispazos entre sus neuronas. La besó, tranquilo y despacio, y luego bajó los breteles de su sostén de seda azul y los deslizó hacia abajo pasando el codo. Se quedó asombrado admirando el atractivo de los pechos que ella le ofrecía. Dorita brillaba como un sol mientras Daniel la liberaba de la ropa y la miraba como ya la linda mujer que ella era. Y qué mujer la Dorita Levinsky. La pasión de esa noche encendió una relación que duró varias semanas, en las cuales no se cansaban de intimar y descubrirse el uno al otro. Se deleitaban en confiterías, iban al cine y a dos de las tanguerías que a Daniel le gustaban, aunque ella no era buena para el tango. A veces ella llevaba tortas al hotel, a veces él llevaba postres de la confitería

Hamburgo. A Daniel le gustaba desvestirla, luego vestirla y desvestirla otra vez. Sus pechos tibios eran un encanto.

Sin embargo, Daniel la tuvo que dejar porque ella era muy posesiva, quería salir todos los días sin importarle que él tuviera que estudiar, no le gustaba nada que él enseñara usando cadáveres, "eres un necrófilo" le decía, "quieres más a los cadáveres que a mí", "báñate con detergente antes de tocarme, ¿oíste?", y odiaba que él fuera a la jefatura. Para peor, no le interesaba ni bailar ni leer, y, para mucho peor, insinuaba que estaba buscando un novio firme para casarse, lo cual ponía a Daniel muy nervioso. Muy nervioso. Peor aún, venía a su casa, andaba a las grandes simpatías con Lila, la madre de Daniel, y varias veces intentó arreglar su cuarto y ponerlo más prolijo. La situación se puso critica cuando un día Daniel volvió de Anatomía. "Ah, hola, Daniel" le dijo su madre desde la cocina, "Dorita está en tu cuarto leyendo". Al entrar en su cuarto la encontró desnuda de la cintura hacia arriba y Daniel la tuvo que vestir de apuro y decirle que, con sus padres en casa, no. "Eso no se hace".

Esas señales no daban buen augurio, y Daniel vio venir un posible embarazo "por descuido", así que optó por un escape cordial. Le habló y le explicó y quedaron como amigos. Por suerte, ella no quedó dolida porque entendió que él no era lo que ella buscaba. "Además, no me gusta que haya tantos cadáveres en tu vida" le dijo, "ni tanto Policía". Sin embargo, más adelante, cada tanto ella lo llamaba cuando estaba sola y necesitaba consuelo, o él la llamaba cuando necesitaba un pecho donde ahogar sus desesperanzas. Sabían que podían contar el uno con el otro.

Así que aquí estaba la Dorita contándole sobre su hermano.

—Daniel, lo van a agarrar tarde o temprano. . . ¿qué se puede hacer? —le dijo llorando—, me lo van a matar.

Él no sabía qué decir, ni sabía cómo ayudar. Sabía que si lo agarraban lo torturarían y seguramente lo matarían. El cuerpo del pobre David sería encontrado en algún basural.. si es que lo encontraban. "Pobre David", pensaba. La idea de que a su amigo lo iban a agarrar tarde o temprano y que él no tuviera ninguna chance, le parecía horrible. Daniel lo conocía desde hace años, conocía a sus padres y su familia.

"¿Y si hubiera alguna manera?", pensó.

—Daniel —lloraba la Dorita—, lo van a matar. La dictadura lo va a torturar hasta matármelo. Es mi hermanito. . . mi único hermano.

Salieron a caminar, trató de consolarla, pero no había consuelo. Daniel no sabía qué hacer. "No hay nada que se pueda hacer. Qué espantoso".

"Lo van a matar como a un perro". No había salida. Pobre David. Pobre familia.

"¿Y si hubiera alguna manera?", pensó cuando volvió a casa. "¿Para qué vino a contármelo a mí?".

Trató de dormir, pero no pudo. Dio vueltas en la cama. Trató de no ver las visiones nocturnas, que esa noche parecían más intensas. Se sentó. Estaba sudoroso. Habló consigo mismo. Miró las imágenes y pidió que lo dejaran tranquilo. Pensó. Se acordó de algo, "a veces la vida te pone en circunstancias inusuales para que hagas algo inusual". . . "¿Qué? ¿quién mierda dijo eso?" se dijo, "ah, Bernstein, el rabino. . . mmmm. . . tenía que ser el viejo ese golpeándome en la sien". Decidió ir a hablar con el viejo.

A la tarde siguiente, entró en la sinagoga Vada Ir de la calle Canelones. La mujer del rabino lo miró con mala cara y le dijo "¿Por qué no lo dejas tranquilo? Cada vez que hablas con él lo dejas nervioso".

—Necesito hablar con él.

—¡¡Ya!! Ya déjalo tranquilo, Daniel. No vengas acá con tus problemas, canalla.

El rabino Bernstein estaba en su escritorio estudiando un tablero de ajedrez. Daniel lo saludó y se sentó.

—Sí, entra nomás sin pedir permiso —le dijo—. ¿No te enseñaron a golpear la puerta?.. Mmmm, uy, tienes cara de perro mojado.

—Sí, así ando.

El rabino armó las piezas del juego y le dijo:

—Empieza a jugar y a contarme, que ya veo que te pasa algo.

Daniel le empezó a contar lo que sucedía, y mientras movía las fichas. Le contó del hospital, de Anatomía, de la morgue, de la jefatura y de David y Dorita. Bernstein lo escuchaba cada vez con más atención. El cuarto olía a libros viejos.

—No, deja ese alfil quieto. Mueve tu caballo, protege ese peón. Decime Daniel, ¿no se te ocurrió pensar que los muertos no te iban a llevar a nada bueno?

Daniel dejó su alfil y movió el caballo.

—El peón, te dije, el peón. Tu vida es un mar de muertos, Daniel. Y cada vez más. Cada vez peor.

—Me temo que sí.

—Entraste en el círculo rojo. Nadie te hizo entrar ni te empujó para que entres. Entraste por voluntad propia. ¿Te acuerdas de lo que habíamos hablado?

—Sí, me acuerdo, pero.. no es así, es que. . .

—Y además saliste con la Dorita. Tú mismo te clavas los clavos.

—Bueno. . .

—Y en la calle, Daniel —insistió el rabino—, ¿nunca te dijeron en la calle que si te metes con la hermana de un amigo tarde o temprano eso es para líos y problemas? Y. . . y. . . sobre todo, la Dorita. Pero, ¡la Dorita, Daniel! ¡¡Dorita!! Parece que te hubieras criado en un sótano. Vez un poco de carne y ahí vas corriendo.

—Bueno, ella es buena. Y yo pensé que. . .

—Es como que tú y yo nunca hubiéramos hablado. No puedes acostarte con quien se te dé la gana. Ya veo, pensaste muy bien. Pensaste con la ingle, muchacho —le dijo y le comió el caballo—. ¿Quieres café?

—Mmmm. . . no gracias. Mmm, no vi esa jugada —dijo al ver que Bernstein le comía la reina.

—¿Seguís con tus visiones?

—Sí, de noche. Aquí y allá. A veces veo gente, de noche, pero no sé qué quieren.

—A lo mejor esas visiones quieren que te salgas de la jefatura de policía. Por Dios, Daniel. ¿Qué estás haciendo allí con esos matarifes? Los policías matan gente.

—No, esos no. Son distintos. Me estoy abriendo camino. Dos profesores me han aconsejado.

—¿Y la morgue tiene que ver con eso?

—Sí.

—¿Y tus visiones? ¿No se te pusieron peor con todo eso?

—Sí. Me vienen más. No sé qué hacer al respecto.

—Mmmm. . . supongo que alguna vez lo sabrás. Quizás te digan cómo mejorar tu ajedrez. No juegas bien. Tendrías que jugar más seguido. Y ahora estás en una encrucijada, otra vez. Yo no sé cómo resolver esto. No hay nada en la Torá que te ayude. . . ni pueda ayudar a David. Él también tenía que haber sabido que se metería en problemas. Y ya deja de jugar que veo que hoy tu ajedrez es un desastre.

—Pero. . . ¿qué puedo hacer?

—No sé Daniel. No sé cómo ayudarlo. Pero.. pero.. mmmm.. me da miedo lo que le pueda pasar. Me da miedo.

—A mí también.

—Daniel, cadáveres, morgue, jefatura y visiones. ¿Qué. . . qué te sugiere eso?

—No sé. No sé qué conexión hay.

—Pero hay una cosa que. . . eh. . . no sé. . . como que me causa angustia sabiendo lo que me contaste. No creo que te gusten tanto los muertos, sino que. . . mmmm. . . ¿Cómo decirlo? Es como que algo te lleva por un camino y vos no te das cuenta. No sé. Es que.. es como los muertos no son tu meta, pero parte de tu camino. . . eh. . . como que están en el camino para llegar a cierto objetivo. Algo así.

—No sé. . . sí, quizás. Mmmm. . . yo tampoco sé.

—Escúchame, Daniel. Hay gente que se queda toda la vida en la misma casa, en la misma esquina del mismo barrio. Y hay otros que salen a buscar su. . . su camino, su destino, su encuentro.

—¿Qué destino, Bernstein? ¿Qué encuentro? ¿Qué me dices?

—No sé. No sé. Vas a llegar a algo y no sé qué es. Quizás tus visiones te lo aclaren. Estás como yendo a algo, y yo veo el camino que ya recorriste, pero no veo a dónde vas.

Daniel se despidió, salió y se fue. Al salir, vio de nuevo a su mujer que le dijo:

—Ya, ya, déjalo en paz.

—Necesitaba hablar con el —le contestó.

—Bueno, ya lo hiciste, ya me jodiste el día, ahora ándate y no vuelvas.

Se fue caminando por la calle Canelones. Se sentía apesadumbrado. Dos cuadras más tarde, vio la puerta del burdel El Ensueño, pensó en Carmen, ¿Cómo estaría?, pero decidió seguir caminando. Caminó luego por la calle Soriano. Se tomó un café en el bar de Soriano y Río Branco. Camino hasta la panadería de la calle San José, pero al entrar, cambió de parecer. Se fue a su casa. No pudo estudiar. Miró televisión hasta la hora de acostarse. Se acostó, pero media hora más tarde se sentó en la cama, "¿Y si hubiera alguna forma de ayudarlo. . . en forma inusual?" . . . "¿y si lo hubiera? ¿Cómo?"

La neblina de una imagen se le apareció. Tenía forma de hombre. "No" dijo, "hoy no. Déjenme tranquilo".

Fue a la cocina, tomó un poco de agua. "¿algo inusual?" . . . "inusual. . . ¿Cómo qué?"

De mañana se levantó, tomó café y se fue a clase. Estuvo pensando casi todo el día sobre qué hacer. "Si lo agarran, va a terminar como los otros, muerto", "¿Qué hacer?" . . . "¿Qué cosa inusual puedo hacer?"

"Ay, Daniel, me lo van a matar" decía la Dorita. Tenía razón, lo iban a matar. "¿Y si pido consejo? Pero ¿a quién?"

"Pero. . . ¿Quién me podría aconsejar?" . . . "Nadie, nadie".

No sabía con quién hablarlo. Vivía en una dictadura peligrosa y no había nadie con quien obtener consejo. Sus pensamientos lo mortificaban.

Preocupado, decidió ir a hablar con Martínez, el jefe de la sección en la jefatura, pensando que quizás le pudiera dar alguna idea de algo. Cuando fue a su oficina, nervioso y asustado, y le empezó a decir cuánto le preocupaba ese muchacho y a explicarle por qué y dónde podría averiguar de alguien que lo ayudara, Martínez lo cortó, enojado. "¿Pero tú eres un idiota?" le gritó. Le dijo irritado que de eso no se habla, "de estas cosas no se habla, Daniel", "te lo dije yo y te lo dijeron los otros. No se habla". Y le ordenó en forma brusca que saliera de su oficina, "¿estás loco?". Daniel se dio cuenta de su error, se achicó, se calló y salió de su oficina, asustado y muy preocupado. Decidió irse y salir a la calle para calmar los ánimos y poder pensar.

"Pero qué error que cometí" se dijo. "¿Por qué abrí mi boca?"

No sabía qué hacer y para peor ya estaba asustado por habérselo contado a un oficial grande de la jefatura. Agarró sus cosas y se marchó. Sin embargo, cuando iba bajando la escalera, vino Martínez, que parecía más grande y más malo, se le acercó con su cara de comer judíos y le dijo al oído "mañana, cinco de la tarde, Colonia y Tristán Narvaja. No lo hables ni con tus padres" y se fue diciendo "ni con tus padres" y pasó un dedo por su cuello de lado a lado, como indicando que si decía algo lo degollaban. Daniel se quedó con las rodillas flojas, sin entender mucho, nervioso, sabiendo que se había metido en un problema grave. Una vez en la calle su voz resonó en su mente diciendo "de esas cosas no se habla", "ni con tus padres". Ya se había metido en líos, otra vez. Sabía que de esa ya no salía limpio. "¿Qué hice? Me van a matar en esa esquina". Un dolor de barriga le anticipaba una urgencia. Se metió en un bar y fue al baño.

"De esas cosas no se habla" había dicho MacLagan una vez.

"¿Qué habrá querido decir Martínez con eso? Mmmm" "¿Martínez? No, no podía ser". "Pero ¿Quién era este Martínez?". Sabía muy poco de él, pero sabía que no era un debilucho, sino un hombre muy bravo y misterioso. "Es un verdadero macho" había dicho Pranchín de él. "Martínez puede ser muy cruel" le habían dicho, "cuídate Daniel". "Es un hombre temible, Daniel" le dijo Gómez.

Se imaginó a sí mismo tirado en la calle, baleado, con su sangre y su vida que se escapaban por una alcantarilla.

Bueno, ¿Qué hacer?

De noche acostado y a la mañana siguiente se preguntaba a sí mismo qué pasaría en esa esquina. "Ahí nomás me fusilan" se dijo, "ni se bajarán del auto, me dispararán desde la ventana".

"¿Qué me va a pasar?". "De un zarpazo de la dictadura podría perder todo, mis estudios, mi carrera, mi trabajo, mi futuro, todo. . . todo", "me meten en el baúl de un coche y me tiran a los perros", pensó. Su mente no descansaba, se imaginaba los titulares en el periódico, "hermoso estudiante de medicina acribillado a balazos en la esquina de Colonia y Tristán Narvaja" se dijo, "joven judío uruguayo muere baleado, velorio el domingo a las diez de la mañana". Su mente no lo dejaba descansar.

Cuando llegó la hora, allí parado en esa esquina, despistado, sin saber qué es lo que pasaba, Daniel sentía que tenía hormigas en la cola. Miraba las ventanas de las casas cercanas buscando un francotirador. Pasó una mujer y luego otra, y luego un señor con un perrito. "¿Qué hacer? ¿a quién espero? ¿a mi verdugo?", pensaba, "joven estudiante acuchillado en la calle". Le empezó a doler la barriga de nuevo. Un señor de lentes pasó con un mapa de Montevideo con cara de despistado y le pidió instrucciones de cómo llegar a un lugar del centro. Daniel tuvo que hacer un esfuerzo en tranquilizar su mente y conectar las palabras, pero cuando le estaba explicando, el señor le dio un papelito con dos números telefónicos y le dijo que primero necesitaban cuatro fotos tipo carnet del muchacho y sus datos completos, y cuando los tuviera, que llamara a esos números por instrucciones.

—¿De qué color es su pelo? ¿Largo o corto? ¿usa bigote?

Daniel le explicó.

—Tiene que cambiar. Debe cambiar. Pelo bien corto, bien rubio, sacarse el bigote, y poner una caravana en una oreja. Le advirtió que el muchacho se quedara dónde estaba, que no se moviera, "que ni respires, ¿oíste?", que Daniel no lo podía hablar con nadie, "¡con nadie!, ¿oíste?, porque lo matan, ni siquiera con sus padres", que la responsabilidad era toda de Daniel y el riesgo también, que no vaya a cometer un error, que el plan era que, con identificación nueva, salía de Uruguay como turista, que le diga al muchacho que no diga nada a nadie, y agregó "y seguí caminando como que aquí no pasó nada, dale". Y agregó en voz alta "muchas gracias por las instrucciones", se fue agradecido y sonriente. Daniel lo vio subirse a un Mercedes negro a media cuadra mientras él seguía caminando medio cagado del susto. El sudor le corría por la camisa. Le demoró varias cuadras y dos idas la baño para tranquilizarse.

"¡Mierda!.. ¿y ahora?" pensó. "¿En qué me había metido?"

Llamó a Dorita, se encontró con ella en un café, y le contó lo que pasó. Ella lo miró asombrada sin entender, pero agradecida. "No me preguntes. No digas nada". Le hizo muchas preguntas que Daniel no podía contestar. Le dijo que todo eso lo tenía asustado, que había peligro, que se apure y que tome todas las precauciones posibles y que no lo hable con nadie. "No uses el teléfono". Al día siguiente, vino su mamá de la feria diciendo que una vecina que trabajaba en una librería le había dado un libro que el había encargado. El libro estaba atado con hilo. Lo abrió, había un pequeño sobre adentro, vio las fotos, y un papel con datos. "David estaba bien rubio". Bajó, fue al bar de la esquina, llamó al número que le habían dado, le dijeron que en media hora saliera a caminar por Tomás Diago. A tres cuadras de su casa, un auto pasó despacio y alguien de adentro dijo "¿Daniel?". Él se acercó, le dio el sobre diciendo en voz alta "voy a comprar el asado y voy para allá", y siguió caminando con las nalgas duras y el corazón latiendo rápido. Los árboles lo espiaban y los perros que pasaban sospechaban de él. Un hombre que pasó lo miró con ojos acusadores.

Al día siguiente, cuando estaba en clase en el Hospital de Clínicas, vino un médico y le dio una revista médica del CASMU donde había un sobre. Le dijo que el muchacho tenía que estar muy bien vestido, de saco muy elegante y pantalones caros, "tiene que lucir como un ricachón elegante", perfumado, con valija cara, y que salía con el ómnibus TTL a San Paulo en dos días, que se despida de sus padres solamente, "solo de sus padres, nadie debe saber nada", que nadie use teléfono, "prohibido usar el teléfono", que no se hable con nadie, que cada persona notificada multiplicaba el riesgo, y le dio el pasaje y otros detalles. En San Pablo lo esperaban miembros de la organización y le darían pasaje, dinero y salvoconducto a donde él quisiera. "Escuchame bien" agregó "un error y lo matan". Y se dio media vuelta y se fue. Daniel se quedó allí, parado, sintiendo que de pronto había entrado en algo que desconocía. Él había pensado que pasaba las fotos, daba los datos y ahí se acababa su intervención en el asunto. Sin embargo, era claro que había una organización, y que de pronto él, inevitablemente, ya estaba involucrado con ella. Si retrocedía, el muchacho podría ser agarrado y quizás asesinado. Si proseguía, se vinculaba más. Verdugos ucranianos lo atraparían pronto y lo descuartizarían para dar una lección a otros, "igual que en la segunda guerra". El corazón se le paró y se conectó con sus tripas. Daniel se fue al baño, donde, allí sentado, trató de meditar y buscar una salida, pero las opciones eran claras. Si fallaba, David podría perder su vida. No había mucho para pensar.

Llamó a Dorita, nervioso, y le dijo que se venga al hospital de Clínicas con la excusa de ver a un pariente suyo que se estaba recuperando. Vino en taxi y subió al piso nueve donde Daniel la esperaba y le dio una credencial y una cédula de identidad de su hermano con nombre y apellido distintos, rubio en la foto, y le explicó el plan. Le dio el pasaje de TTL y le dijo que no lo hablara con nadie porque le podría costar la vida a su hermano. Hizo hincapié en la necesidad de un secreto absoluto. Le dijo que la vería en dos días en la TTL. Dorita se puso pálida, hizo muchas preguntas que Daniel no pudo contestar, "ya no más preguntas", quiso abrazarlo, pero el susto la contuvo. Se apoyó en la pared, lagrimeó. Daniel le dijo que la llamaría al día siguiente a su casa preguntando por su tía, si le decía cosas buenas era que todo estaba encaminándose bien, si no, que le avisara rápido. "Mucho cuidado, Dorita, la cosa va a estar en tus manos". Se fue asombrada y temblorosa.

Daniel trató de continuar con su rutina lo mejor que pudo, pero de noche no dormía por el miedo.

Al día siguiente, trató de dar su clase de anatomía en forma normal, pero andaba con ansiedad. Fumaba, miraba por la ventana. Le tocó abrir el abdomen del cadáver, algo que en general encontraba atractivo y muy interesante, pero lo abrió rápido y y mal y anduvo moviendo el epiplón y los intestinos hacia la derecha y hacia la izquierda, de nuevo a la derecha, de un lado para el otro, nervioso.

—¿Buscas algo en esas tripas? —le dijo un alumno.

—Eh, ¿perdiste las llaves? —le dijo otro alumno.

—¿Eh?, no nada —contestó—, dormí mal de nuevo.

—Vas a despertar al muerto —le dijo una estudiante.

Esa tarde llamó a Dorita desde una pizzería.

—Ah, hola, y. . .¿Cómo está tu tía?

—Ay, gracias por preguntar. Sí. Está mejor, sí. Se está poniendo muy bien. Sí —le dijo.

A los dos días del encuentro en el hospital, salió temprano de anatomía y se fue a la estación de autobuses de TTL, nervioso. Allí estaban los dos mastodontes azules que decían TTL. Había guardia Policial y guardia del ejército controlando documentos. Esperó. Prendió un cigarrillo. "¿Qué pasa que no vienen?" pensó. La gente pasaba. Los policías se miraban como sabiendo que esperaban a una víctima especial. "Uy, ¿y ahora?"

Al rato apareció una familia ruidosa, con un hijo rubio muy bien vestido y llevando unos bolsos caros, luciendo una bufanda de seda. Su padre le decía cosas de las mujeres de Brasil. Todo parecía estar bien y no iba a ocurrir ningún problema. En ese momento uno de los soldados que llevaba ametralladora llamó al oficial que estaba adentro. El oficial salió y se puso a hablar con el soldado. David estaba alegre, sonriendo, a un metro de ellos mezclado con otras personas. El oficial comenzó a hacer preguntas y revisar documentos. Aparentemente se alarmó por algo, hizo gestos, vino otro soldado. Uno de ellos se fue acercando a David. Los segundos corrían. Algo había pasado. El oficial señaló hacia David, "ay, lo van a agarrar", pero el soldado se acercó a él y tomó del brazo a una mujer que estaba a su lado y se la llevó hacia adentro mientras ella gritaba. Hubo gritos, varios policías se pusieron nerviosos, pero la escena se tranquilizó y siguieron su control de rutina. El corazón se le salió a Daniel del pecho. Revisaron los documentos de David, pero él ni se parecía ni lucía siquiera a nadie de los que buscaban. David miró a Daniel a la distancia, moviendo sus cejas y guiñando un ojo, se despidió con un movimiento de cabeza, se subió, y el ómnibus al ratito se fue. Daniel quedó con piel de gallina, piernas de hielo, el corazón parado y las tripas en un espasmo. "Pucha. Qué susto".

"Misión cumplida. ¡Uuuuffff!"

Cuando ya hacía un rato que el ómnibus se había ido, y Daniel ya podía moverse y respirar, Dorita se acercó con sus padres y su familia, lo miraron sin saludar, pero con lágrimas en los ojos que decían que lo agradecían todo.

Daniel vio en sus miradas cuán preocupados habían estado de que su hijo fuera apresado y muriera torturado en manos de la dictadura y cuán aliviados y agradecidos estaban. Le hicieron soltar algunas lágrimas. Ese David, que era para él nada más que un amigo, era para ellos el único hijo y hermano y la luz de sus ojos. Sus corazones palpitaban por él. Su temor, su dolor y ahora su agradecimiento eran enormes y se reflejaban en esos lagrimones. Daniel no pudo aguantarse y los abrazó. Se quedaron así en silencio un rato, abrazados. Más lágrimas. Besos. Despedida. Y se fueron todos. A la media cuadra un empleado joven vino corriendo con un sobre en la mano "¡señor!, ¡señor!. . . ¡su recibo, señor!. . . su recibo y su llave" y le dio a Daniel el sobre. Se lo puso en el bolsillo, y siguió caminando. Ya cerca de la parada del autobús, puso la mano en su bolsillo, "¿Recibo? ¿Llave?" pensó, "¿qué recibo y qué llave?". Sacó el sobrecito de su bolsillo, donde encontró un pedazo de hilo grueso con una llave y unas monedas atadas y un recibo de TTL que tenía algo escrito: "Primero, acordate que favor con favor se paga, y segundo, cuidado con lo que pedís porque te lo puedo dar". "Mierda, y este mensaje? ¿Qué significaba?" pensó. Examinó la llave, era vieja y no indicaba nada. No era una llave de candado ni una llave moderna. Era una llave larga, vieja, medio oxidada, de esas que se usan para abrir portones. Miró el hilo que sujetaba la llave, y vio que parecía un hilo común, pero tenía unas filigranas rojas y doradas. Las monedas que estaban enganchadas al hilo eran en realidad unas chapitas de metal con unas marcas extrañas. Tenían grabados algo que parecía como un compás abierto hacia una regla angulada y con la letra "G" en el medio. Qué extraño. ¿Qué llave sería? ¿Llave de qué, para qué? ¿Qué sería esa chapita?. . . Las otras dos chapitas eran chiquitas y redondas, una tenía una cruz de forma rara y la otra una Estrella de David de seis puntas. No entendía. ¿Qué era eso? Se puso a caminar y de pronto le vino piel de gallina. Una nota, el hilo, la llave. Se la mandaba el que había organizado el escape desde detrás de la cortina y le indicaba que lo conocía. . . y que de alguna manera ahora estaba en deuda con esa organización.

"Entonces sí, hay una organización acá" pensó, "y saben bien quien soy". Supo allí que se había metido en algo demasiado grande y en lo cual no debería haberse metido, "pero no tuve opción" se dijo, "si no lo hacía, David terminaba muerto". . . "perdón señor juez, lo hice por David", "¿ah sí?, ¡maten al judío a hachazos!" gritó el juez ucraniano.

—Ay —se dijo, acordándose de lo que había leído sobre la segunda guerra mundial.

Se quedó el resto de la tarde como flotando en sus cavilaciones. El hilo de mierda ese, la llave. ¿Qué pasaba aquí? Martínez. . . ¿estaría ligado e eso?

No tenía respuestas y supo que, dadas las circunstancias, mejor era no hacer preguntas ni averiguar nada.

Al igual que antes, no tenía nadie con quien hablarlo porque con nadie se podía hablar. Ni siquiera con sus padres o sus amigos o sus tíos. No sabía de nadie que le pudiera contestar las preguntas.

Así que siguió con su rutina.

No se animó a ir a la jefatura por varios días. No sabía cómo enfrentarse a la presencia de Martínez. ¿cómo enfrentarse al bigotón ese si uno le debe un favor así? ¿Qué le pedirá a cambio?

Pero luego tuvo que llevar unas fotos a la jefatura y prestar declaración jurada. El comisario Martínez se le cruzó en el corredor, lo vio, pero ni lo saludo, como era costumbre, dándole a entender un mensaje de silencio. No había nada para hablar. Daniel trago saliva, relajo el nudo de sus tripas y siguió con lo suyo.

Al salir de la jefatura, le vino una rara sensación al saber que había cruzado una raya invisible y había entrado en otro campo del cual no sabía nada. "Esto tiene que ser parte del círculo rojo". Camino pateando la hojarasca de los plátanos y se fue a la plaza Libertad donde se sentó en la escalinata a ver gente pasar. "¿Qué es todo esto?" pensó, "¿en qué me metí?". La gente pasaba sin mirarlo, un niño lo saludo, pasaban parejas charlando. De su izquierda venía olor a café y de su derecha olor a maní caliente.

—¡Está calentito el maní, maní! —gritó el manicero—. ¡Maní! ¡Maní caliente!

Daniel no tenía respuestas.

—Calentito el maní, maní. Vengan todos a escuchar cómo Daniel ayudó a escapar a un delincuente. Es un criminal. Llamen a la Policía. Calentito el maní. Maní, maní.

"Odio a estos maniceros. ¿De dónde saben esas cosas?" se dijo. "Manicero de mierda".

Se levantó y tomó hacia la izquierda, se compró un café y se fue.

# 9

Dos o tres días más tarde, Dorita lo llamó para decirle de ir a cenar. Estaba vestida con tacos altos, un vestido ajustado color verde oscuro, y sin sostén. A Daniel se le derritió el cerebro en cuanto la vio. Ella lo llevó a cenar langostinos, de ahí fueron derecho al hotel Carrasco Inn, donde primero le rascó la espalda y luego lo poseyó como fuego. Daniel se dejó llevar por la circunstancia de dejar de lado sus pensamientos por Tamara, y gracias a un poco de alcohol y mucho amor, se dedicó a quererla toda la noche. Descansando, ella le dijo que sus padres y su familia le querían regalar algo importante por lo que había hecho.

—Dorita. No quiero nada. No puede haber pago. Es una cuestión de conciencia.

—Pero. . . Daniel..

—Dorita. ¿Cuánto puede valer tu hermano?. . . ¿Cuánto puede valer la vida de ese ser humano? ¿ves?, no hay regalo ni dinero que pueda pagar eso.

—Pero todos queremos regalarte algo que tú. . .

—Dora, Dorita, tu hermano David no tiene precio. No hay regalo que me pueda dar más que el haber hecho lo que la conciencia me dictaba y tener la mente tranquila ahora.

Sus ojos se llenaron de lágrimas. La abrazó, la tranquilizó y acarició su cuerpo. Más tarde, en la ducha, se tomaron su tiempo en apreciarse uno al otro, acariciándose con jabón. Los pechos de Dorita eran una pasión para él.

—Tú con tus conceptos, Dani.

—Esto no es solo para mí y por ti. Es mucho más grande. Una sociedad se debe basar en justicia y buena conciencia, o no va a funcionar.

Volvió a las nueve de la mañana a casa. Dorita, se bajó de su auto y lo abrazó besándolo y refregando su cuerpo contra el suyo.

—Espero haberte ayudado a olvidar a esa Tamara.

—Sí.

Se subió a su auto y se fue. Daniel se despidió con la mano y una gran sonrisa mientras se iba. Al darse vuelta, vio a las vecinas, Estela, Marisa, la modista y la Gallega, quienes estaban en plena patrulla matinal, mirándolo sonriendo y medio asombradas.

—¿Esa es tu terapista, ¿eh? —dijo Estela—, ¿siempre te saluda así?

—¿Así que volviste con ella? ¿hay casamiento?

—¿Casamiento con barriguita? —le preguntó Marisa, riéndose—. Degenerado.

—Pero. . . te hizo buena terapia, ya veo.

La Gallega y la modista lo miraban asqueadas. "Eres una mezcla impía de muertos y pecados". Le dijeron y se persignaron.

Las miró preguntándose cómo hacían para estar tan al tanto y cuánto tiempo se pasarían en la calle. Se fue a dormir. Se sentía ya mucho mejor. Dorita era buena y lo ayudaba a limpiarle un poco el alma.

Cuando se despertó, ya eran las tres de la tarde y esa noche de domingo tenía guardia. Almorzó los tortelines dominicales de tradición y se sentó a mirar televisión con sus padres. Luego fueron a dar una vuelta juntos y a las ocho ya estaba en la guardia de emergencia del hospital de clínicas. Su primer caso fue una insuficiencia cardíaca la cual trató con el médico de guardia. Abrió un par de abscesos y calmó a una señora con migraña. Hizo varias curas a mordeduras. Le siguió lo que pareció ser una diverticulitis que terminó siendo una apendicitis y marchó al quirófano. De ahí en adelante la noche se cargó con fracturas así que a eso de las tres se fue al cuarto a dormir. "Acuéstate ahí y no ronques" le dijo Claudia, "y no te pongas a hablar". Ella estaba en su cama, vestida y con túnica. Él se recostó a su lado, puso el estetoscopio en el suelo, y quiso contarle. Ella le dio un codazo y le dijo que se calle.

—Pero, Claudia, escucha, yo. . .

—No. Cállate.

A Daniel le gustaban las guardias de emergencia. Veía casos interesantes y siempre había algo nuevo para aprender. Cardiopatías, neumopatías y todo tipo de enfermedades digestivas caían por allí. Hemorragias intestinales, accidentes cerebrales, traumatizados, baleados, vivos y muertos, eran pan de todos los días. Había todo tipo de heridas para suturar y eso le encantaba. Cosía piernas, brazos y cuero cabelludo. Ayudaba a cirujanos en las heridas complicadas, asistía a traumatólogos en arreglar fracturas, intervenía en partos y cesáreas. Discutían los casos complicados que se presentaban. Era un gran gusto para Daniel estar allí, y una gran experiencia. En sus clases aprendía medicina y en las guardias la ponía en práctica.

Dos o tres días por semana su jornada en la emergencia era larga. Dormía algo entre las cuatro y las siete de la mañana, vestido y con túnica puesta, en el cuarto de guardia, a veces con Claudia, a veces con Marta o con Liliana; al despertarse una de ellas le daba café, media pitada de cigarrillo y alguien le daba medio bizcocho o un pedazo de torta.

Las muchachas lo estimaban y les daba pena sus problemas con Tamara. Los jueves le tocaba a él traer bizcochos, así que los compraba en la panadería de la gallega. "Ay, Daniel, ¿te estás cuidando?", le decía cada vez, "¿Tienes un poco de amor, por lo menos?". De la guardia nocturna se iba a clase de la mañana, luego unas pizzas rápidas al mediodía, de ahí a Anatomía en la facultad a dar clase, luego una visita a la morgue, donde a veces lo esperaban con ciertas partes de autopsias para que sacara fotos, complementaba un par de reportes comiendo de apuro algún pedazo de torta que le guardaban, tomaba un café sucio, y cuando se iba de la facultad pasaba por la jefatura a dejar las fotos, firmar alguna declaración o levantar un reporte. En ocasiones, al irse de la facultad bajaba por la escalera blanca de la muerte, inmune ya a sus fantasmas y a sus nazis, y salía a la calle por el portón de la morgue donde algún policía de civil o un inspector o algún funcionario de una empresa fúnebre le hacía el favor de llevarlo hasta la jefatura. Si luego le decía de llevarlo a casa, inventaba excusas para evitarlo. No quería que sus vecinos lo vieran llegar en un carro Policial y menos en un coche fúnebre.

Pocos días después, Daniel se encontró con Pranchín en los corredores de la jefatura, quien le dijo:

—Hola Carmencito. Ya te estábamos extrañando.

Pranchín le sonreía. Era un buen tipo, con cara de bueno y sonrisa fácil. Flaco, narigón, despeinado, siempre andaba con camisas floreadas feas, traje arrugado y con una corbata horrible, mal anudada que nunca hacía juego. Su nombre completo era Julio Donnatto Pranchínnettti, pero le decían Pranchín, y era oficial inspector de la división de homicidios. Era de sangre italiana y por eso se llevaba tan bien con Martínez. Siempre parecía que había dormido con la ropa puesta. A veces usaba un sombrero chico o una boina para tapar su media pelada. Con un cigarrillo a medio fumar colgándole de la comisura de los labios, parecía medio vagabundo y pobretón que para nada delataban su gran inteligencia, sus medallas ni su enorme experiencia en resolver crímenes de todo tipo. Era todo un cerebro, lleno de cultura, libros y cine y se conocía cada rincón de la ciudad.

Un día, Cabrera le dijo sobre Pranchín:

—Este Panchinetti. . . despista. Parece un bonachón y nada más, pero es muy vivo. Se conoce a todos los burdeles de la ciudad y es gran amigo de todas las prostitutas, a quien ayuda cuando puede. Ellas son para él una gran fuente de información, gracias a lo cual él ha capturado muchos criminales. Él conoce bien a tu Carmencita, y fue él quien nos dijo a todos que tu historia era cierta.

"¿Conoce a Carmencita?" se preguntó Daniel. "¡¡Mierda!!..quizás conozca también a los maniceros. . ."

Domínguez era sargento inspector del departamento de vigilancia, pero a la vez era uno de los oficiales del centro de investigación criminal. A Daniel, este Alfredo José Domínguez le resultaba un individuo agradable y amistoso. Era un tipo muy dulce, medio gordito, de pelo negro un poco enrulado y bien peinado, con cara de actor de cine, usaba siempre camisas lindas, limpias y planchadas. Siempre olía bien y decía que compraba su colonia en la farmacia de Río Negro y San José. "Yo solo uso colonias y preservativos importados" decía. Era a la vez muy cristiano, "yo soy un hombre de Dios y de las mujeres", decía. Su especialidad: viudas recientes. "Son las que más están necesitadas, Daniel", decía "La muerte es horrible. Muchas de esas mujeres, esas hijas, sufrieron mucho con la muerte de su ser querido. Yo las libero, las ayudo" y le contaba a Daniel y a Cabrera los más íntimos detalles de sus aventuras amorosas.

—¿Y no se resisten? —preguntó Daniel.

—A veces.

Había algo muy peculiar con ese Domínguez. Cada vez que iba a la morgue, varios cuervos se posaban en los árboles y columnas que rodeaban el patio. Su chillido era típico. Uno creería que siempre estaban allí, pero se iban cuando Domínguez se marchaba.

—Esos cuervos son las ánimas de las mujeres que Domínguez jodió —decía Juan Un Ojo—. Son cosas que vos no sabes. Ese degenerado Domínguez no es el buen tipo que tú ves. Ha hecho cosas malas con muchas mujeres y por eso. . .

—¿Qué? ¿Qué fue lo que hizo?

—No voy a ser yo quien te lo diga. Los cuervos saben y un día se van a vengar.

—Son pájaros, Juan. Los pájaros no se vengan.

—Ya vas a ver. Ya vas a ver.

Así, en forma indirecta o directa, Daniel fue aprendiendo algunas cosas de la jefatura, como donde estaba la sección técnica, donde estaban los archivos y en qué parte estaba esa misteriosa sección que se llamaba Interpol. También fue visualizando que los comisarios y oficiales de la jefatura no se relacionaban con las fuerzas conjuntas ni con los del ejército, se mantenían alejados de ellos y de ninguna manera se consideraban parte del aparato represivo de la dictadura.

Daniel también conoció a uno de los jefes, un tal capitán general Yamandú Solano Boresky, quien aparentemente tenía allí mucho poder y era un hombre duro, seco, muy serio, a quien se le veía muy poco. Alto, ancho y de bigote macizo como el de Stalin, este capitán Yamandú Boresky era jefe de la División de Homicidios y del Departamento de Investigación Criminal y uno de los principales de la comandancia de la jefatura. Era integrante del Estado Mayor y era jefe de la sección de Martínez. Era un hombre enorme, con manos grandes con uñas de oso, hijo de madre rusa de quien se decía que había luchado en Stalingrado y había sido una fiera.

—Su madre mató nazis, Daniel. Imagínate. La vieja esa mató nazis —le dijo un día Domínguez—. Una bestia. mató nazis con sus manos.

—Ja, ja. Y los debe de haber matado con sus garras, sí —agregó un agente—, da miedo pensarlo. Y ese Yamandú, su hijo, es capaz de hacer lo mismo.

"Debe ser por eso que Yamandú tiene un aire de Stalin", pensó Daniel, "y es por eso que tiene esa cara dura y esos ojos penetrantes", y pensó "el día que este se enoje Aquí, todos se hacen pichi".

—Vos fíjate, Daniel —le dijo un día Pranchín—, que las moscas no vuelan cerca de Yamandú. Se cuidan.

—Ay, y si supieras. . . —le dijo Domínguez—, ¿Viste sus manos? El ruso ese tiene marcas de los huesos de la gente que ha triturado.

—Cállate, cállate Domínguez —advirtió Pranchín—, que si se entera te mata. Te puede oír.

Daniel conoció también al oficial Stachenko, un hijo de ucranianos, "ese es un hijo de puta", quien ponía nervioso a Daniel con solo mirarlo, "tiene cara de come-niños y de carnicero como todos los Ucranianos", pensó y se puso a recordar lo que había leído. Un estimado de un millón y medio de judíos habían sido asesinados en Ucrania entre 1940 y 1944 por las garras de los ucranianos, quienes ayudaban a los nazis alemanes a masacrar a sus vecinos judíos. Los ucranianos disfrutaban mucho de esa violencia masiva contra los judíos, y de esas masacres y hasta de los brutales campos de exterminio durante la guerra. "Así fue" recordó, "se decía que su brutalidad contra los judíos era peor que la de los nazis. Esos ucranianos tomaban los ataques sangrientos contra barrios judíos como una diversión, y la violencia sexual contra las mujeres como un entretenimiento. Sí. Hijos de puta, racistas".

—Mmm. . .¡¡Esos ucranianos!! —le dijo a Domínguez—. Violaban sexualmente a las muchachas judías en calles, hogares, centros de detención y en guetos. Era bien sabido cómo asesinaban niños y sometían a sus madres a diversas formas de humillación y abuso sexual. Puajjjj. . . ¡¡ucranianos de mierda!!

—Sssshhhh. . . Cuídate, porque Stachenko y el ruso Yamandú son amigos.

Ninguno de los dos le hablaba, ya que lo miraban con antipatía y daban claras muestras de no querer verlo en ese lugar.

# 10

Unos días más tarde, Martínez lo llamó a su despacho en relación con varias de las fotografías.

—Ahora que sabes lo que sabes, ¿Qué tal si me haces saber lo que debo saber? —le dijo, masajeando su gran bigote.

—¿Sobre qué?

—Sobre la verdadera razón de por qué estás aquí. Eso.

—Es que yo. . . no puedo. . . yo quiero ser auxiliar. . . sí.

—Mira Daniel, deja de ocultar lo que está pasando. Vi tu prontuario y además hice un poco de investigación sobre tu pasado y pude ver lo que hiciste antes de entrar en la facultad de Medicina. Yo ya sé que tú no estás tan limpio, y qué hiciste cosas que no debías.

—Prefiero no hablar de eso. No es conductivo.

—¿Qué? ¿conductivo? ¿qué quieres decir?

—Que no conduce a nada.

Martínez se irritó. "Martínez te va a interrogar, Daniel, cuidado" le había dicho Maggiolo, "y se va a enojar, te va a gritar, pero tú vas a tener que aguantarlo y sin decir nada". Ahora el momento había llegado y Daniel estaba nervioso. Todo podía salir mal.

—¿Ah no? Yo sé por qué se retiró tu papá de la comisaría y de las investigaciones, y del balazo que le dieron —dijo Martínez, enojado—, y sé muy bien, porque lo vi en los informes, que tú ayudaste en ciertas investigaciones antes de entrar en facultad, y que por..

—Por favor, deje el tema, yo.. —trató Daniel de evadirse. Se empezó a poner nervioso.

—¡Déjame hablar! —gritó Martínez—. Y que por eso entraste dos años tarde a la facultad. Trabajaste en investigaciones, viejo. Lo sé. Ayudabas a tu papá en ciertas. . . ciertas investigaciones cuando él era subcomisario en la zona del barrio Capurro y después.. ¡No me mientas! No me tomes por. . .

—Es que yo solo hacía mandados —interrumpió Daniel—. No me metía en nada. Yo.. es que yo. . .

—¡Deja de mentir, Daniel! Deja de hacerte el bobo. Yo sé lo del falso carnet de periodista y de las dos fiestas aquellas.

—Ay, Martínez.

—Yo fui a la biblioteca pública y busqué los libros de investigación que allí tienen, vi tu nombre en el registro. ¡Vi tu nombre, Daniel! Te los leíste todos. Y.. y no quise hacer preguntas a ciertas personas para no comprometerte. Tú te leíste esos libros. Tú. ¿Qué buscabas? —le gritó.

—¡Yo no! —mintió Daniel, manteniendo la mente firme—, los miré un poco por arriba.

—¡Vamos, Daniel! ¡Tú, sí! Ya deja de mentir —le gritó—, ¡Di la verdad! Has estado metido antes en investigación y ahora pusiste un pie en la jefatura. ¿Tu papá te mandó?

—¡No, no!.. mi papa no tiene nada que ver. Fui yo que. . . no, nada.

—¿Fuiste tú que qué?

—Nada. No.

—¿No? Entonces, ¿Qué?. . .¿Te metiste solo? ¿para qué? ¿para investigar qué?

—Yo soy un estudiante. Un es-tu-dian-te. Yo no investigo nada —dijo Daniel, ya con dolor de barriga. "Ay, no ahora"

—¿Qué estás buscando o investigando acá? —le gritó Martínez—. ¿Es tu barriga la que hace esos ruidos? ¿Necesitas ir al baño o me vas a cagar la oficina?

—No. Sí. Estoy bien —respondió—. Pero nada. Nada. Yo. . . yo solo vengo a traer las fotos y formar el informe, y a veces me quedo para un café.

Martínez sabía que había algo y que ese algo tenía que ver con los doctores Maggiolo y Etcheverry. Se quedó en silencio, primero mirando a Daniel, luego se levantó, caminó un poco por el cuarto, se rascó el bigote. Ya más tranquilo, volvió a hablar.

—Habla, Daniel, habla —dijo Martínez, menos irritado—. ¿Qué estás tratando de investigar?

Daniel esperó. Tenía que aguantar esa tormenta. "Debo resistir. Martínez no debe saber".

Hubo otro largo silencio. Daniel sabía sobre Martínez, y Martínez sabía sobre Daniel.

Se miraron. Se escuchaban voces del corredor. Al final Daniel habló.

—No puedo, Martínez. No puedo —dijo poniéndose las manos en la cara y luego mirándolo firme y con dolor—. No puedo hablar.

"Martínez se va a poner malo" le había dicho Maggiolo, "de esa no te vas a escapar. Estate preparado"

—¿Por qué no? —dijo Martínez, tratando de no estallar, pero sabiendo que si estallaba Daniel se marcharía y no lo podría acusar de nada. Se contuvo. Algo lo intrigaba, algo pasaba.

—No puedo —repitió Daniel, mientras Martínez se agarraba la cabeza y la doblaba hacia la mesa—, no puedo hablar.

Daniel lo miraba con lágrimas en sus ojos y los labios apretados hacia adentro. Martínez supo que algo pasaba, pero no entendía qué podía ser.

"Aunque estés asustado, respira hondo y aguanta" le dijeron.

—Vos sabes que te puedo echar de acá. Sabes que te puedo dar una patada en el culo para que no vuelvas por aquí —le dijo enojado.

Daniel se quedó en silencio. Respiró hondo. Se miraron, uno con susto, el otro con enojo. "Debes hacer lo que debes hacer" le había dicho Etcheverry.

—Ya sé. No puedo decirlo ahora —respondió Daniel usando su mejor arma: su mirada. Él sabía que el oficial era muy inteligente y perceptivo y captaría en su mirada la sinceridad, la necesidad y la inhabilidad de Daniel de explicar la verdadera razón—. No puedo. Deme tiempo.

Daniel miró al piso un rato y de nuevo levantó sus ojos y lo miro. Había algo en ese estudiante que Martínez no comprendía. "¿Quién era ese Daniel? ¿Qué es lo que trata de averiguar?"

—¿Y si te echo? —le dijo, entendiendo que había dudas, preguntas y algo más que flotaba en el aire.

Daniel esperó. Se mordió el labio. Bajó la cabeza, pensó, y dijo:

—Si lo hace, nunca sabrá a qué he venido. Se quedará sin saberlo. Yo sé quién es usted, sé de su puesto y su posición. No estoy en nada malo. Es que hay algo que debo hacer. Deme tiempo.

Martínez se puso las manos en la cara. Silencio. Solo se escuchaban los ruidos del corredor y de un teléfono lejano. Esperó un rato. Luego echó un suspiro y miró hacia el techo, y trató de serenarse. Guardó silencio por un buen rato.

—Pero contéstame una cosa —suspiró—, ¿Tú leíste esos libros o no?

—Sí, me los estudié.

—¿Tiene eso alguna relación con lo que estás haciendo aquí?

—Sí.

—Entre nosotros, ¿hay algo más? ¿hay un propósito?

—Sí.

—¿Tiene que ver con Maggiolo o con Etcheverry?

—Sí. Los dos.

—¿Me lo vas a decir cuando llegue el momento?

—Sí. Sí, teniente Martínez. Sí.

Martínez se metió los dedos entre sus pelos y le dijo:

—Ya, vete. Vete que ya..

Al abrir la puerta se cruzó con MacLagan, quien lo miró mal.

—Déjalo —dijo Martínez—, ya, déjalo tranquilo.

Daniel se fue, pero quedó preocupado por haberle dicho al comisario más de lo que hubiera querido que sepa. Sabía que todo se podría complicar. Tenía que pensar. Se fue caminando hasta el bar de la calle Yaguarón mientras miraba vitrinas, pero había mucha gente en el bar, así que se fue caminando hacia el Municipio. A media cuadra vio un manicero, quien ya lo miraba con curiosidad. "Manicero de mierda" se dijo, "ya me va a gritar algo". Se tomó el 149 y se fue a Pocitos. Se bajó en Boulevard Artigas frente al Parque Rodó y caminó hasta uno de los bancos de piedra. La tarde estaba fresca y una brisa con olor a pino perfumaba el aire. "Necesito despejar la mente", pensó, "y necesito hablar con Maggiolo o Etcheverry a ver qué hago. Pero de mientras, necesito sacarme a la Dorita esa de la cabeza. No. A Tamara. Mmm. . . eh. . . a las dos".

# 11

En la jefatura de policía, Daniel aprendía mucho y aquí y allá fue descubriendo las diferentes divisiones, incluyendo la oficina del Estado Mayor Policial. Él ponía cara de visitante y decía que encontraba todo muy interesante y que algunas funciones de ciertas oficinas las encontraba fascinantes. Aprovechó para averiguar por qué llamaban al "Orina-Gómez" de esa manera. "Porque siempre anda calculando cuánto una persona orina de acuerdo a su talla y complexión", le dijo Martínez, "y luego te ve y te dice "ah, hoy debiste de orinar ya medio litro", y no nos agrada".

—Sí —le recalcó Domínguez—, y si te ve justo cuando saliste del baño, te empieza a hacer preguntas sobre cuánto measte, si era amarillento o no, y cosas así. Es un pesado bárbaro. Muy inteligente, sí, pero es un tipo difícil.

Sin embargo, todos admiraban la enorme sabiduría que este Gómez tenía. "Es una enciclopedia este tipo. Sabe de todo".

"Además, el Gómez ese es un tipo amoroso. Una vez por semana trae masitas de la confitería Hamburgo para todos".

Daniel conoció a mucha gente y se relacionó con otros comisarios, algunos de los cuales ya lo conocían por las fotos. Estuvo con la mente abierta mientras se relacionaba con las personas de las diferentes divisiones tratando de adivinar si alguien le hablaba sobre algo relacionado al centro de información. "¿Me darán una indicación?", pensaba. En una de las oficinas vio de nuevo al oficial ucraniano Stachenko, que algunos decían que se llamaba Wiktor y otros que se llamaba Boris. Aparentemente, no se sabía bien cuál era su nombre, pero en general no se sabía mucho de él. "Pero qué feo es este tipo". No le gustó ni su mirada ni su semblante, "Perro Ucraniano, ¿a cuántas niñas judías habrán matado tú o tus padres y abuelos? Ucraniano de mierda", pensó.

Al final decidió ir a visitar al "Orina-Gómez", quien estaba tomando café con "la llorona" Susana, con la excusa de la fotografía.

—Ah, Daniel, a esta hora de la tarde ya debes de haber orinado una tres veces y por lo menos unos doscientos mililitros cada vez, ¿sí? Decime —dijo con dulzura y gran simpatía—, ¿era amarillenta o clara?

—Eh. . . amarillito claro, pero. . . ¿Puedo preguntarle algo?

Le preguntó sobre varias de las subdivisiones y el Orina se lo explicó. Al día siguiente, así como sin importancia, le pidió que lo llevara a mostrarle diferentes oficinas, y así conoció varias áreas como la del departamento de logística, la oficina central de delitos, la Interpol y hasta la División central de informática, una oficina enorme en el primer piso, llena de computadoras, con entrada muy restringida, donde había una antecámara con rejas y dos oficiales boinas azules armados con metralleta entre la reja y la puerta. "Eh. . . es una especie de Interpol, digamos. . . eh. . . una Interpol interna. De allí adentro hay una escalera que va derecho al subsuelo, sin puerta en la planta baja"., le dijo el Orina. Cuando no había orina de por medio, Gómez era un individuo muy agradable.

"¿Subsuelo?" pensó, "Si tiene entrada al subsuelo, debe de haber una entrada en el subsuelo, donde se podría entrar". . .¿Qué habría en el subsuelo? "¿Qué habrá en ese cuarto?". Pero se desilusionó al ver que la entrada de ese centro de informática y computadoras estaba tan custodiado.

—El ejército no permite entrar ahí —le dijo el Orina.

—¿Por qué?

—Esas computadoras se enlazan con las del ejército y las de las fuerzas conjuntas. No se puede. Solo gente de la Interpol con permiso de Yamandú o los de arriba pueden entrar.

Daniel supo que había encontrado algo importante. Se fue de la jefatura con ciertas ideas un poco más claras. "Mmm, hay algo así como dos Interpol, una interna para las Fuerzas Conjuntas, y la otra es la Interpol oficial".

Se fue a su casa en ómnibus, pero se bajó a mitad de camino, por el Parque Rodo, para pensar mejor mientras caminaba.

# 12

Marisa, su vecina, estaba en la calle, y una vez más le dijo "ay, Daniel, Daniel, ¿Cuándo vas a dormir un poco?", y "Ay, ay, Daniel, así es tu vida, con muertos y poco amor" y se reía.

—Anda y llama a la Dorita, a ver si te quita esa cara de muerto que tienes —le gritó Estela.

Era cierto, hacía un tiempo que Daniel no tenía un consuelo amoroso que no fuera Dorita. A veces caminaba por la calle como lobo hambriento buscando una víctima, pero sin suerte. Extrañaba mucho a Tamara y no sabía qué hacer.

La vecina, Lucía, una carnosa mujer de fuego, le daba consuelo carnal, "¡¡y qué consuelo!!", pero siendo mayor que él y habiendo pasado por dos divorcios, ya no era amor lo que daba. Además, ni sabía ni quería bailar. Salió unas veces con Dinora, con quien le gustaba ir a bailar tango en el Club Sudamérica y visitar los lindos moteles de la ciudad, pero siendo chata y muy delgada, le daba amor, pero no consuelo. "Ay, pechos chatos, amor chato" se decía. Además, era sobrina de su tía Julia.

Sintió que su fortuna cambiaba cuando conoció a Victoria, a quien llamaban Vicky, en el Hospital de Clínicas. Era una chica muy bonita, de pelo negro grueso y largo, de sonrisa fácil y que tenía dos grandes cualidades, una a cada lado del pecho. Para mejorar la vista usaba además poleras de nylon, apretadas, usualmente de color celeste oscuro. Daniel se sintió espiritualmente muy atraído y la invitó a salir. Luego de un café con torta, caminaron por la calle Soriano, y en sus zonas oscuras Daniel la besó y la manoseó. Sintiendo sus manos bajo el sostén y un calor que subía, ella quiso frenarlo diciendo que era muy católica, "esas cosas no, Daniel", pero Daniel le confesó que él también lo era católico y rezo con ella una importante oración de Padre Nuestro que había memorizado ya hacía tiempo y que usaba en momentos como ese. Ella se sintió más serena y segura, mientras Daniel la llevaba entra besos y poesías a la esquina de las calles Soriano y Cuareim. Allí, en su parte oscura, donde otras víctimas habían caído, le hablo de Jesucristo y de uno de los evangelios mientras se la comía a besos y la manoseaba con malísimas intenciones debajo de la polera. Para cuando ella salió de su frenesí y volvió en sí, se encontró a sí misma desnuda junto a Daniel, en un motel. Lloro un poco, pero Daniel la revivió acariciándola y ella volvió a sucumbir ante la pasión que de nuevo la poseía. Su cuerpo entero era para Daniel una delicia.

Salieron cinco o seis veces más, hasta que ella se enteró de que él era judío y lo dejó.

—Pero, Vicky —le dijo—. Jesús mismo era judío.

—Lávate la boca, judío impuro. ¡¡¡Degenerado, pervertido!! —le gritó ella.

Así que la cosa terminó. "Mmm. . . ¿Cómo supo eso de mí?"

De mientras, Dorita lo consolaba y le daba de todo un poco, pero el buscaba salir de esa relación. Daniel pidió a los cielos y la fortuna le sonrió. El vuelo de las aves le auguro una promesa de amor y consuelo cuando salió con Isabel. Ella era una compañera del hospital en la que Daniel no se había fijado por qué era muy "bolche", agresiva, no se arreglaba bien y no era sexy. Se decía que no le gustaban los hombres. Era, sin embargo, bonita. Era una morocha alta, flaca, de pelo largo, de cejas gruesas, que un día se apareció distinta, con lentes de marco grueso y la túnica semiabierta delatando unos pechos considerables que a Daniel no se le pasaron por alto. Además, tenía puesto un perfume riquísimo y con eso ella sello su suerte. Daniel le hablo en forma casual tratando de descubrir su punto débil: las películas francesas. Preparó su trampa y dos horas más tarde la busco fuera de clase y la invitó al Cine Universitario a ver un drama francés con Yves Montand.

Salieron a caminar luego del cine. Daniel hablaba de arte cinematográfico y hablaron un largo rato de política y libros. Entraron en un bar y tomaron un vermut de parados y luego siguieron caminando. Guiada por Daniel, se iban internando en una de las zonas de ataque que Daniel conocía bien, la zona oscura de las calles Soriano y Cuareim, donde otras de sus víctimas habían caído. Y fue allí, luego de una larga conversación sobre literatura y poesía, y mientras él le recitaba un poema de Nicolas Guillen, que ella quedó a merced del destino. Allí, donde otras muchachas cayeron víctimas de su lascivia, Daniel la agarró distraída y le dio un beso malintencionado que la dejó medio desarmada. En la confusión inicial, y mientras ella trataba de salir de su sorpresa, Daniel la acercó hacia él, cadera con cadera, y abrió su boca con la suya y arrojó su carnada. Para cuando ella pudo reaccionar, ya había dado un paso que aparentemente se había prometido no dar, pero ya estaba hecho y ya no podía volver atrás. No había como arreglar la situación. Había quedado congelada ante ese beso animal y sin saber que hacer. En su duda, Daniel le dio otros besos y otros, y ella ya quedó sin defensa ante una tempestad hormonal que le subía la temperatura y el pulso y la dejaba a la merced de la bestia que se la quería llevar a la cama. Estuvo abrumada por un momento sabiendo que ya nada en la vida se podría hacer para borrar lo que había hecho porque esos besos no habían sido un accidente y eran, definitivamente, imborrables. Daniel le comió los labios y la cara y puso sus manos bajo el sostén y con eso supo que se le entreveraban las neuronas. Cuando ella empezó a mover los muslos, Daniel supo que el calor aumentaba, deslizó sus manos más abajo y prendió fuego a sus carnes, le cambió el corazón de un lado al otro y le hizo circular la sangre al revés. Ella no quiso aceptar ir a la casa de citas, que Daniel bien sabía que estaba a una cuadra y que conocía bien, "pero yo apenas te conozco" le dijo, "ay, pero Daniel, yo no estoy lista para eso" le recordó, pero Daniel, salivando de hambre animal, le prometió que "no va a pasar nada, Isabel", "vamos ahí un ratito, estamos juntos, pero no vamos a hacer nada, ya vas a ver". Isabel luchó diciendo "pero. . . pero yo no sé si tenerte confianza", pero ya era tarde. Daniel ya la acariciaba sin piedad y contra ese ataque ella ya no pudo hacer nada porque el cerebro ya se le derretía. En un estupor que la fascino y le dijo "sí, llévame". Entraron a la casa de citas, donde Daniel se dedicó a desvestirla y acariciarla suavemente y sin compasión hasta que ella se prendió fuego con un calor que no conocía, su alma se hizo lava y se entregó a la lascivia. Al rato, sudada, cansada y asombrada de su pasión, miraba a Daniel con sus ojos grandes como viendo a su redentor. "Ay, pero. . . eres un animal y. . . y. . . yo también" le dijo. Al día siguiente lo llamó, desconcertada, no sabiendo qué decir. Quería quererlo, pero no quería quererlo, no sabía si ser querida o no, no entendía, no le tenía confianza, no sabía qué hacer. Le dijo que prefería que no se vieran más, pero lo llamó al día siguiente y le dijo que la ayudara a sentir lo que de pronto ella sentía y no podía comprender. Daniel la ayudó a entenderlo esa noche y a la noche siguiente cuando la fue desvistiendo muy muy despacio y la acarició toda, haciéndola sudar y arder aun antes de hacerle el amor. Y ella entendió bien de qué se trataba. De ahí en adelante se hicieron una pareja informal y salían para disfrutar de la calle, del cine, de los hoteles y de la cultura montevideana. Daniel la llevó a bailar tango en el Sudamérica y en el Club Gardel y quedó maravillado por lo bien que bailaba. Sin embargo, Isabel no estaba tranquila.

—Pero. . . ¿Qué somos tú y yo? —le preguntó, confundida con sus propios sentimientos—, yo no te pertenezco, Daniel, pero entonces, ¿tú me perteneces?

—Somos una pareja, Isabel, una pareja. . . nada más. Lo nuestro es muy espiritual —le dijo.

Ella, Isabel, era de izquierda de corazón y tripas, y conocía bien la historia política del país. Una tarde, luego de que los dos participaran en una manifestación contra el gobierno, donde hubo gritos, empujones e intervención policial, se fueron a un bar a tomar un gin. Tomaron, luego un taxi y se fueron al hotel. Isabel, muy politizada, había descubierto en ella misma una pasión que venía negando y un deseo sexual exuberante que desmoronaba sus ideologías. Vivía conflictuada por su cariño, y su conflicto se puso aún peor cuando varias semanas más tarde ella, sus padres y sus hermanos se tuvieron que ir del país de apuro, porque el padre era periodista, la madre era maestra, los dos eran miembros del partido socialista y el gobierno los había marcado. Todo fue tan rápido que apenas pudo despedirse por teléfono. Pobre Isabel, cómo lloraba. Trató de consolarla jurándole amor eterno. Se quedó triste unos cuantos días, hasta que se le pasó. No supo a qué país se fueron ni nunca más la vio ni supo de ella.

Así que ahí se le escapó la Isabel de entre las manos, pero se consolaba a sí mismo diciéndose que menos mal, porque ni usaba desodorante ni perfume y odiaba la idea de bañarse juntos. Peor aún, Daniel ya le estaba tomando cariño y ya como que la estaba queriendo y eso lo preocupaba. Su gran amor había sido Tamara, a quien no quería ni sabía olvidar.

Una vez más, Dorita vino al rescate, lo llevó a comer camarones y luego a la casa de la tía. Tomaron una copa de Frangelico, pusieron una luz roja, y se comieron uno al otro.

# 13

Su vida siguió igual, con mucho muerto y poco amor, como le decía Marisa y le repetía Estela.

Al día siguiente, al volver, Marisa lo llamó para que viniera a su casa a hablar, "a ver qué pasa contigo que tienes esa cara de culo" le dijo.

Allí estaba Estela, quien había traído una pascualina, y la modista.

—Bueno. ¿Qué te pasa ahora? Cuéntanos.

Daniel les contó que estaba mortificado porque Vicky e Isabel se habían ido y que la pena por la ausencia de Tamara se le puso peor. Desde que Tamara se había ido sentía un vacío en su alma.

—Dale tiempo al tiempo —lo aconsejó la modista—. El amor es bueno, pero puede ser muy malo, Daniel, lo habíamos hablado antes.

—Sí, y tu obsesión con la Tamara esa te pone peor —agregó Estela—, es una obsesión maligna. Menos mal que te dejó.

—Sí, Daniel, es una obsesión. Eso ya no es un amor. Cuéntanos un poco, ¿Cómo. . . eh. . . cómo empezaste con esta locura?

—Sí, sí, a ver si te entendemos un poco. ¿cómo te empezó esta obsesión que te destroza?

—Bueno, eh. . . todo había empezado el año anterior, en mi primer año de la Facultad de Medicina. Conocí mucha gente nueva, y me hice una enormidad de amigos y amigas. Ahí nomás comencé mis contactos con los izquierdistas, quienes, en medio de conversaciones o discusiones, argumentaban cosas que yo había leído en ciertos libros y artículos. Salir del mundo de mi colegio judío y de pronto entrar a la facultad fue casi un choque cultural, donde un mundo de cosas nuevas emborrachaba mi existencia.

—Sí, borrachito, come un poco de pascualina.

Mientras comía la tarta, les contó cómo había conocido a Tamara y cómo había sido su relación. Y de cómo se separaron.

—¿Y de qué te quejas, llorón? Saltas de mujer a mujer —dijo Marisa.

—¡Marisa!.. déjalo.

Él siguió recordando. Se había fascinado con las conversaciones con los fascistas, los centristas-demócratas y los socialistas, y fue así que de pronto se vio a sí mismo descubriendo libros de todo tipo que detallaban el sufrimiento histórico, la interminable explotación, la evolución del capitalismo y el imperialismo y los conceptos de la eterna lucha de clases. Exploró los libros de Frederick Engels, Rosa Luxemburo, Kalezstein y Trotzky entre otros, pero su despertar ocurrió bajo el impacto de Andre Malreaux y su "Condición Humana". Descubrió otro mundo en esas hojas y su mente comenzó a cambiar. Se fue apartando del contrabando y los burdeles para enfocarse en estudios, en libros sociopolíticos y en el cariño carnal de varias compañeras. Ahí, en esos corredores, en esas fumadas, comenzó su despertar social y político. Y ahí, en esa época, sin saberlo, su rumbo comenzó a cambiar. Sin que se diera cuenta, el pellejo de su adolescencia y de sus veintiún, años, se empezó a descamar a consecuencia del ambiente sociocultural, liberal y académico en el que se desenvolvía, y una mente nueva, más inquieta, más curiosa y más lujuriosa, se desarrollaba.

—¿Te sentís bien, degeneradito? —preguntó Marisa.

—Ya, Marisa. No lo fustigues —pidió la modista.

Les contó que descubrió que la cultura política tenía una ventaja especial: las muchachas de izquierda eran más liberales, y de cama en cama mejoraron su educación. Había sido un año de evolución cultural y carnal y Daniel aprendía rápido. Despreocupado y libre, descubrió que quitarle el sostén a una mujer era más interesante que el contrabando.

—¡Ah! —exclamó Estela—, ahí está una de las raíces. Las tetas de las mujeres te esclavizaron.

—Sí. Creo que sí.

—¡Carnicero!

—No, Estela, yo. . .

—Ya, Estela, déjalo que cuente.

—Sí. Bueno, sigo contando. Fue así que, habiendo comido de muchos platos, dormido en muchas camas, sabiendo que no habría mujer que me amarrara, me fui a una reunión política en la Universidad, y fue allí, discutiendo sobre cuestiones políticas y sobre la peste del colonialismo, que conocí a la Tamara Marcketowitch, una muchacha linda, fuerte y grandota.

—Oh, ahí fue que la. . .

—Cállate, Estela, deja que siga.

Siguió contando. Supo que no era para él, porque era muy grande y alta, pero se quedó mirándola porque había en ella algo interesante, aunque él no sabía qué. La escuchó hablar con varios de sus amigos y se dio cuenta que era inteligente, muy intelectual, muy comunista y muy pro-Tupamara. Un desafío. Se metió en la conversación y charlaron un rato. No era para él, pero era interesante. Cuando vio que Tamara salía al patio a fumar, le habló, le dijo de ir a tomar un café al día siguiente, y ella accedió. Se encontraron en el café Sorocabana. Daniel se estaba preguntando para que invitó a esa grandota a salir, "¿para qué? ¿Más problemas?", cuando ella se apareció con una polera negra ajustada, sostén flojo, y con lentes de marco grueso, tres factores que transformaban a Daniel en un licántropo. Para peor le dio a Daniel un beso al llegar que lo envenenó.

—¡¡Ja!!.. la sirena te atraía con sus encantos para que te estrelles contra las rocas —dijo la modista, riéndose—, como a Agamenón.

—Como a Ulises, bruta.

—Agárrate más pascualina, mira Daniel, este pedazo tiene huevo, te va a gustar.

—Gracias. Bueno, eh. . . hablamos de algo, no sé, pero ya me quería ir de allí. Ella estaba muy atractiva y yo necesitaba un rincón para poder clavarle los colmillos. Al salir del Sorocabana tomamos la calle Cuareim hacia Soriano. . .

—Uy, uy, la llevaste al matadero.

—Sí. Seguro. Hasta que llegamos a la calle Paraguay adonde la calle se ponía más oscura. Yo tenía malas intenciones, y al llegar allí la hice bajar de la vereda, así yo quedaba más alto, y en una fracción de segundo la supe agarrar desprevenida y la besé una y otra vez.

—Eres un animal peligroso, Daniel.

—Bueno, sí, y no. Yo creí que serían unos besos seductores para controlarla y llevarla a la casa de citas que estaba cerca y que yo conocía, pero no fue así. Me vino algo. . . algo como un magnetismo caluroso, algo así, y me invadió el cuerpo y me quedé sin planes y sin defensas. Allí, en esa misma calle donde otras muchachas habían caído, no pude hacer nada. La llevé luego a su casa en taxi y ni la toqué. Volví a casa embobado y sin entender qué había pasado.

—¡¡Hechicera!! Ahí está la cuestión.

—Sí, sí. Te embrujó. ¡Ahí! Ahí está la raíz de tu desgracia. Sus tetas embrujadas se apoderaron de ti.

—¡Ay!, ¡No hables así, Marisa!

—¡¡Basta Marisa!!

—Él mismo te lo está diciendo.

—Mmm, Daniel, me parece que Marisa tiene razón —dijo la modista—. Marisa, dale un poco de gin así se relaja un poco.

—No le cuenten nada a mi mamá.

—No te preocupes.

En eso se abrió la puerta y entraron la Gallega con su hija. Luego de saludar, las tres mujeres las pusieron al día.

—Uy, uy, que bueno. Sí. Cuenta, cuenta —dijo la hija—, ¿estás hablando de Tamara o de la otra que. . .?

—¡¡De Tamara, bruta!! —corrigió Estela.

—Ah, y. . . y. . .¿cómo era. . .? ¿Cómo era ella? —preguntó la Gallega.

—Ella. . . ella era encantadora. Como muchos uruguayos, tenía una mezcolanza genética y alguien de su pasado le había otorgado esa altura y esa robustez, y unos ojos almendrados de gata, color verde, y una boca grande con labios gruesos que invitaba a besar. Tenía las mejillas anchas de polaca y..

—Ay, qué romántico.

—Qué dulce.

—. . . y un cuerpo que emanaba energía. Era atractiva, atractiva como un animal. Unos genes centroeuropeos les habían dado un tamaño y sensualidad muy particular a sus senos y cuando yo. . .

—¡Cochinadas no, Daniel!! —protestó la Gallega.

—Cuidado con los detalles, degeneradito —exigió Estela—. Estás con tus vecinas.

—Bueno, ¿y luego? ¿Qué pasó?

—Bueno, sí, dos días más tarde ella me llamó para que fuera a su casa a tomar el té. "Un té, nada más". Yo me aparecí con dudosas intenciones, no sabiendo si atacar o no, si quedarme quieto o qué. Tamara estaba encantadora, sus labios de polaca rodeados de pecas se combinaban con unos ojos verde oscuro que le daban un aire misterioso. Titubeando y sin saber si los astros me ayudarían, tomé el té, me acerqué a ella y la besé una y otra vez pasando al ataque. Fue un deleite besarla y sentirla en mis manos.

—Pero qué romántico —dijo la Gallega.

—Sí —dijo la hija—, qué sentimental. Cómo sabe respetar.

—Sí, bueno, eh. . . si. . . eh. . . la comencé a desvestir abriéndole la camisa y yendo derecho al sostén verde oscuro que llevaba. Se lo quité y con cuidado y sensualidad acaricié sus pechos como si nunca hubiera comido. Nuestras. . .

—¿Qué? ¡Ah, no, no, nosotras nos vamos! —dijo la Gallega, roja de asombro—. Ya te dije. No podemos escuchar cochinadas.

—Yo me quedo, mamá —dijo la hija, interesada en saber—. Quiero escucharlo.

—¡No! ¡Vamos! No quiero que oigas eso —y mirando a Daniel agregó—. ¡Cochino!

Las dos se fueron entre cuchicheos.

—Te dije que tengas cuidado con los detalles. Estás hablando con mujeres, no con los animales de tus amigos.

—Viste, cerdo, asustaste a tu vecina. Bueno, seguí contando, pecador.

Daniel siguió relatando y sus vecinas disfrutando de sus descripciones. Les contó cómo sus pasiones se encendieron, se desvistieron mutuamente en la alfombra y se amaron. Descansaron y se amaron de nuevo.

—Aquella noche yo sentí por primera vez algo que no era la satisfacción de la conquista ni la gloria sexual de triunfo, si no que era algo como un agradecimiento por algo nuevo que ella me había dado y que aún no comprendía y que más tarde descubrí que se llamaba amor.

—¡Aaaaah. . .!

—Ay, Daniel. Qué maravilloso.

—Descubriste el amor. Sí. Un amor embrujado. ¿Qué sentiste?

En eso entró la hija de la Gallega, diciendo "no le digan a mamá que volví. Ay, Daniel, sí, decime los detalles"

—No le digas nada —protestó Estela—, no le pudras la mente.

Daniel continuó. Contó que no había podido explicarlo, que había sido un sentimiento nuevo, un regocijo de dos mentes que se encontraron. Estuvo todo el día siguiente pensando en ella. Había algo muy encantador y diferente en esa mujer que no se borraba de su mente. Sentía algo que iba mucho más allá de la conquista sexual. Nunca le había pasado eso.

Comenzaron a verse dos o tres veces por semana. Ella lo pasaba a buscar en su Citroen y a propósito se ponía la polera negra. "Te gusta, eh?". No perdían el tiempo con un café ni con tostadas, sino que visitaban diferentes moteles de la ciudad, donde se desvestían apresuradamente y se comían uno al otro como con hambre atrasada.

—A veces, para trastornarme, nos encontrábamos en La Pasiva y ella venía con polera oscura, sin sostén, con sus lentes de marco grueso y perfumada con "Opium". Me enloquecía. Yo la desvestía, luego la vestía y la volvía a desvestir, y de nuevo lo mismo. Ella me decía que yo era un pervertido sucio.

—Sí —recalcó Estela—, bien que lo eras. Y lo seguís siendo.

—Ay, sí, Daniel. Tienes la mente sucia.

—Es que es muy delicadito —dijo la modista—, Daniel, como un bebé de pecho. Se trastorna fácilmente.

—Ya veo que te tenía embrujado.

—No. Los muertos lo pusieron así. Le jodieron la moral.

—¡¡Ja, ja!! —agregó Marisa, riéndose—, tenía tetas con ventosas embrujadas, como tentáculos que te atraparon.

Daniel comió otro pedazo de pascualina y lo bajo con gin. Siguió relatando.

Pasadas esas calenturas iniciales, sin embargo, se fueron haciendo más y más compañeros. Iban al cine, a pasear, y a caminar por la ciudad. Hasta iban a una tanguería oscura en la Ciudad Vieja en donde bailaban música típica hasta pasada la medianoche.

Sin embargo, a la vez que la conocía y la quería más y más, Daniel se daba cuenta de que ella no era para él y comenzó a pensar que seguramente ella se daba cuenta también que él era para ella como un bebito, menor que ella, más bajo e inmaduro. Ella era más alta que él y tres o cuatro años mayor. Era cristiana y media tupamara, lo cual hacía de la relación un poco peligrosa. Era demasiada mujer para él y él lo sabía. La relación se puso incómoda y Daniel decidió cortarla. Le habló y le explicó y ella estuvo de acuerdo. Allí, en el café de la avenida Brasil, se dieron un beso y se separaron.

Daniel había quedado con un poco de melancolía por la separación, así que tres semanas más tarde la invitó al café de 18 de Julio y Bulevar Artigas para charlar. Media hora más tarde estaba con ella en el motel Montjui donde se comieron el uno al otro con hambre atrasada. Al mediodía siguiente fueron a otro motel, y a la noche a otro.

La pasión los devoraba.

Daniel estaba enamorado. Tamara era su primer gran amor. Estuvieron saliendo largos meses, paseando, yendo al Cine Universitario y al Cine Club, compartiendo el ir a la feria o al parque. Les encantaba caminar por toda la calle Sarandí, por 18 de Julio y por Agraciada. A ella le gustaba amarlo, y a él le encantaba quererla. Sin embargo, él se iba preocupando de nuevo de que la relación se estaba convirtiendo en un algo más mientras que era peligrosa. Ella colaboraba con varios operativos de los Tupamaros y tenía amigos considerados peligrosos para la época en que vivían. Daniel se tuvo que enfrentar a la realidad de que con ella corría cierto riesgo, sobre todo considerando que ella era comunista, muy cristiana, muy alta y activa con los Tupamaros. Y mayor que él. Todo hacía que ella fuera para él una mujer prohibida.

—A la mierda, Daniel querido —dijo la modista—, te enganchaste de una mujer prohibida.

—Y hechicera. Por Dios.

—Sí. Yo la quería mucho, pero el momento inevitable vino, y como ella era más fuerte, fue ella la que finalmente tomó la decisión, habló conmigo con firmeza, y allí mismito, esa vez con mucha pena, la cosa se acabó. Los dos echamos unas lágrimas, pero nos mantuvimos firmes. "Es mejor así", le dije, desconsolado, y ella me contestó "Sí, Daniel, es mejor así", y se subió a su Citroën y se fue. Me quedé allí parado en la vereda, solito y dolido, viendo cómo se alejaba.

Las tres mujeres y Daniel tenían lágrimas en los ojos y callaron.

—¿La volviste a ver?

—No. Ya no la vi más. Se había acabado. Eh. . . no la vi más.

Se quedaron los cuatro en silencio. Marisa se levantó y trajo gin y copitas para todos. Tomaron un trago.

—¡¡A la mierda con esa mujer, Daniel!! —dijo la modista—, ya nos amargaste.

—Es que así fue.

—Te metiste con una Tupamara hechicera. Una sirena que te cantó y te hizo chocar contra las rocas.

—Ay, ay, Daniel. Qué locura.

—Así que andarás con el corazón roto.

—No —agregó Estela—, pero se sabe consolar. Ahí anduvo con la Lucía, y con esa. . . esa. . . cómo se llama. . . ah, Isabel. Sí.

—Y la Dorita, pobre, que cada tanto lo consuela. Pobre muchacha, haciendo lo posible para mantenerte sano.

—Eh, sano no sé —corrigió Marisa—, pero por lo menos lo mantiene vivo.

—Pobre chica, lo que hace por ti.

—Mmm. . . sí.

Siguió recordando, pero los recuerdos le producían dolor. Al final, se fue a su casa, llamó a Dorita. Una hora más tarde ella lo llevó al Hotel Lancaster, lo duchó, lo lavó y lo consoló.

—Daniel, tienes que quitártela de la cabeza.

# 14

En la jefatura de Policía, él paraba las antenas tratando de comprender el centro ese de informática. "El subsuelo" se acordó, "¿Qué habrá en el subsuelo?" pensó, "¿A dónde llevara la escalera de mierda esa?" "¿Se podría entrar por allí?"

—Pero. . . ¿Qué hay en el subsuelo? —preguntó un día, recordando que le habían dicho que la escalera del centro de informática descendía derecho allí. "Vení, que te mostramos" le contestaron.

Lo llevaron hacia el primer piso y de allí, por una escalera, bajaron a la planta baja, tomaron el corredor de la administración, y de allí bajaron al subsuelo. Le mostraron las diferentes secciones de la cárcel, el corredor central, el fortín del medio con cuatro ametralladoras, los corredores laterales, la parte de crímenes menores, la de los crímenes mayores, las celdas de los mentalmente alterados y psicóticos, el almacén. Tuvieron que pasar reja tras reja. "Por aquí no pasan ni las pulgas sin que las controlen" se dijo, "No hay manera de entrar por aquí".

—Qué control —dijo—, y. . . ¿están así veinticuatro horas al día?

—Sí, y sábados y domingos.

—Y ese lugar, ¿Qué es? —dijo señalando una zona grande con un portón de seguridad que quedaba al fondo.

—Ah, eso no son celdas —le dijo el oficial—. Eso es la rama subsuelo de la sección de informática, está llena de archivos, teléfonos y computadoras y solo entran los oficiales de servicios especiales del ejército o de las Fuerzas Conjuntas.

Al día siguiente, después del café, se fue a clase y estuvo todo el día pensando qué hacer. Tenía que hablar con Maggiolo. Pasó por la morgue, pero no había ningún caso. Fue a la sala de descanso. Allí estaban MacLagan y Domínguez. Preguntó por Maggiolo. No estaba.

—¿Y Etcheverry?

—Tampoco está, Carmencito insolente —dijo MacLagan y le dio un sobre—. Toma, llévalo a la jefatura y dáselo a Cabrera. Y ándate, que si no te veo es mejor.

Daniel lo miró con recelo. MacLagan era alto, duro y olía a esa colonia inglesa que siempre usaba. "Antipático y agresivo" pensó.

—Pero no seas malo, Guillermo —dijo Domínguez—, no le hables así, che.

—¡¡Te dije que no me llames Guillermo, che!!

—¿Cuándo vienen los doctores? —preguntó Daniel.

—No sabemos —volvió a decir Domínguez—, vete tranquilo, Daniel, que yo le hablo al bestia este. Espera que voy contigo a la puerta.

Domínguez lo acompañó hasta la puerta y le palmeó el brazo.

—No te preocupes —le dijo—, El MacLagan ese no quiere a nadie. Es por cosas que pasaron en su vida.

—¿Qué cosas?

—No importa ahora.

Daniel salió al patio y luego a la calle por la entrada principal. Escuchó a los cuervos, y vio a ocho o diez de ellos en lo alto de las columnas y en los árboles. Chillaban por turno. "Cuervos de mierda", pensó, "están ahí por Domínguez, al acecho de su alma".

Se tomó el autobús y se fue.

# 15

A día siguiente, Daniel se levantó sabiendo que no sabía cómo avanzar. De pronto se había dado cuenta que el campo era demasiado grande y los caminos numerosos. "¿Y ahora qué hago?".

De tarde entró en la morgue y preguntó, pero le dijeron que el doctor Maggiolo y el doctor Etcheverry estaban en la oficina de la División Criminológica del Poder Judicial.

"Tengo que hablar con uno de ellos" se dijo, y salió a la calle a buscar un taxi. Un patrullero se le acercó, "ay, mierda". El oficial lo conocía.

—Escúchame Daniel, te están esperando —le dijo—, vete yendo hacia allá, para el otro lado y sigue derecho hasta que veas un Mercedes Benz.

Curioso, Daniel caminó hacia donde le había dicho. "Acá sí que me jodí" se dijo, "me van a hacer mierda. ¿Qué habrá pasado? ¿Qué habré hecho?".

Allí fue, intrigado y nervioso, con la conciencia culpable por cosas que recordaba, para encontrarse con un Mercedes Benz de los grandes a dos cuadras de la facultad. Él había visto antes ese auto. El chofer estaba recostado en el auto y al verlo le dijo "Hola, ¿Usted es Daniel?". Le dijo que sí y el chofer le abrió la puerta trasera y le dijo "por favor".

Cuando entró en el auto, el chofer cerró la puerta y se apartó. Adentro había un señor veterano, muy bien vestido, peinado a la gomina, oliendo a colonia extranjera. Su saco de alpaca importada estaba colgado al costado, y Daniel vio que tenía una esmeralda verde en la solapa. También tenía un anillo con una esmeralda grande. Lo saludó por su nombre, hablándole en forma agradable. Hablaba como esas personas que estaban mucho más alto que el dinero. Le dijo que había algo que Daniel debía saber con respecto a cierta persona que él había conocido recientemente, y que quizás tuviera algo en común. Daniel se sentía como en una cueva, pensando en las cosas malas que había hecho y le costaba reaccionar. Pensó que quizás sería alguien del servicio de aduana que había venido por lo del contrabando. "O es algún pariente de

Isabel". El hombre le dijo a Daniel que se tranquilizara y le explicó cómo él y su organización habían logrado sacar a su amigo David del país. Daniel se quedó asombrado.

—¿Usted?

—Sí. Me imagino lo que estás pensando —dijo el tipo—, que quién soy yo, qué es lo que quiero y cómo te vas a salir de esta.. ¿no? Bueno, escucha un momento lo que te voy a decir.

Daniel se puso tenso.

—Pero no, no te pongas nervioso. ¿No te gustó el regalito de cédula y credencial falsas para tu amigo David? ¿No te alivió obtener de inmediato los documentos y pasajes necesarios para salvarle el cuello? ¿Ves? Yo no estoy contra ti, no soy tu enemigo.

—¿Usted? ¿usted arregló todo?

—Bueno, no solo yo, sino mi organización digamos. A tu amigo lo esperaban en São Paulo, lo alojaron en un hotel y le dieron a elegir a que destino quería ir. Para allá se fue y llegó bien.

—Muchas gracias.

—Pero se hizo todo bien. Nosotros lo hicimos bien, pero nosotros ya tenemos experiencia, las felicitaciones van más que nada para ustedes, porque captaron de entrada las reglas del proceso.

—¿Nosotros?

—Sí. Tú y la Dorita esa. Linda muchacha, Daniel.

—¿Qué reglas? ¿A qué reglas se refiere?

—Velocidad y máximo secreto. Sí.

—¿Sí?

—Sí. Una vez que se decide sacar a una persona, hay que hacerlo lo más rápido posible y en el mayor silencio. Velocidad y secreto. A veces no hay que decirle nada al pasajero hasta el último momento, hay veces que ni a los padres se les debe decir, nunca se sabe quién va a ufanarse con quién o quién va a llamar a quién.

—Sí, bueno. . .

—Bueno. Espero que estes más tranquilo. Supongo que habrás recibido mi notita sobre el asunto de los favores.

—Sí. Eso quiere decir que seguramente tiene planes para mí, ¿no?

—Luego te explico. Hay que ver que sos un individuo complicado, che.

—Bueno. . . sí —dijo; y pensó "¿Qué sabrá de mí?"

—Escúchame Daniel, tu vida es un revoltijo de libros, muertos, clases, anatomía, estudio, cine y mujeres, aunque con más de una te mandaste flor de cagadas. Y lo del Palacio Salvo y lo del contrabando fueron unas cagadas horribles.

—No me haga sentir incómodo.

—No. No te quiero hacer sentir incómodo. Pero. . . ¿Cómo hiciste esas cosas?

—No me gusta hablar de ello. Fue antes de entrar a la facultad.

—¿Y qué? Hiciste esas cagadas sabiendo lo que hacías. Esa la del Palacio. . .

—Por favor.

—Como metiste las narices en la comisaría séptima fue algo que. . .

—Ya, por favor.

—Bueno, bueno. Escucha, Daniel —le dijo—. Te quiero contar algo, pero antes de empezar tenía que decirte eso, que sacar a esos muchachos es una de las tantas tareas de nuestra organización, pero que hacemos las cosas en silencio y en secreto y solo con personas confiables. A ti ya te conocemos, y sabemos que sos confiable. Quizás sea momento de que pases a una etapa siguiente.

—¿Qué etapa? Yo no estoy en ninguna etapa.

—Estas sí. Al haberte mezclado en el escape de Levinsky te metiste en una etapa.

—No. Lo hice para hacerle un. . .

—¿Ah sí? ¿Alguien te obligó a meterte o te metiste solo? Nadie te obligó.

—No. Yo solamente lo hice. . .

—¡Oye bien! —le dijo el señor de la esmeralda—. Solo tienes que saber que hay una etapa que no te voy a explicar.

—Sí. Pero, entonces, ¿usted quién es?

—En este momento no importa tanto quien soy —contestó—, ya lo vas a saber en su momento. Lo que sí es importante es que entiendas algunas cosas. La primera es que de lo que hiciste no lo puedes hablar con amigos ni con nadie. El secreto y el silencio deben continuar. ¡Nada de ufanarse, narcisito!

—Entiendo.

—Menos mal, porque no todos lo entienden. Quiero que sepas que, si bien nuestra organización es vulnerable, si rompes nuestro secreto nosotros podemos contraatacar. Es importante que entiendas ese detalle. Todo lo que tenga que ver con esa escapada de Levinsky no lo puedes hablar ni con tus padres ni con amigos íntimos. ¡Con nadie! Nunca sabes quién se va a ufanar en secreto con quien.

—Sí.

—Con nadie. ¿Oíste bien? ¿Entendiste bien que podríamos destruirte si abrís la boca o haces algo contra nuestra organización?

—Sí. Sí —respondió Daniel, ya con un atisbo de dolor de barriga.

—¿Es tu barriga la que hace esos ruidos?

—Sí. Pero estoy bien.

—La segunda cosa es que tú ahora eres parte de nuestro engranaje y tienes que aceptarlo y ayudar cuando te necesitemos, como por ejemplo el doctor que te vino a hablar en el hospital aquella vez, el señor de la calle, ¿ves?, ellos son todos engranajes silenciosos. Todos tienen su vida, pero nos dan una mano en ciertos momentos. ¿De acuerdo?

Daniel se quedó en silencio, recordando esa gente.

—¿De acuerdo? —repitió el viejo.

—Sí, de acuerdo. Pero. . . esto es. . . usted no me dice quién es ni para qué me necesita. . . ni qué tipo de organización tiene. . . es medio confuso todo. Yo. . . yo no sé. . . ¿qué tal si me lo explica?

—¡No te apures tanto!, ya te dije que te necesitamos. Entenderás otras cosas en su tiempo.

—Pero. . . ¿Por qué a mí? ¿Por qué yo? Lo único que hice fue dar una mano a un amigo en apuro. Yo no me anoté ni me hice miembro de ninguna organización. Yo no pedí integrarme a nada. ¿Por qué ahora todo esto?

—¡Porque así pasó! —le dijo el señor de la esmeralda verde en voz alta, medio irritado—. Porque así las cosas pasan. Porque así apareciste, y porque así vinieron las. . . no importa. Y porque además tú estás en una encrucijada muy especial entre la judería uruguaya, los izquierdistas judíos de tu colectividad que no sé cómo te tienen confianza sabiendo que ayudas a los de la jefatura, los izquierdistas y bolches de la facultad que no entiendo cómo pueden respetarte siendo tú un judío contradictorio, bocón y guarango, los de la jefatura que no sé cómo te aceptaron con ese pelo largo como de mujer y tus ideas retorcidas de izquierda, tu posición en la facultad, y además por el hecho de que te podemos controlar con tu secreto. Ya, ¡ahí lo tienes!

"Mierda" se dijo Daniel "ha pintado mi vida".

—Piénsalo un momento. Te has metido donde te has metido sin que nadie te invite. Estás en lugares donde uno se pregunta cómo es que estás ahí. ¿No te sabes quedar en un rincón quietito mirando televisión? Eres un gil con suerte. Y mira que yo sé bien de tu pasado. Un mete narices con suerte.

—¿Ah sí? ¿Qué sabe?

—¿Tu eres tonto? Yo sé de tu prontuario —dijo—. ¿Te piensas que no conozco a varios de los comisarios y al capitán ese de la división, el ruso ese? El ruso bigotón. . . Boresky.

—Yamandú. Lo llaman Yamandú. Me dijeron que si uno lo llama como usted dijo, él se enoja mucho.

—Sí, ya sé, ya sé. ¿Viste cómo se parece a Stalin? Je, je, cuando va a la playa, la gente se aparta. ¡Ja!

—Sí, tiene cara de malo —dijo Daniel—, mmmm. . . sí.

—Y ya que estamos en el tema, ¿Qué mierda estás haciendo en la jefatura de policía?

—Esas son cosas mías.

—Ay, seguro. Estás ahí por una razón, seguro. ¿Qué estas buscando allí?

—Nada. Me estoy relacionando para en un futuro poder entrar en el DEMEM, el departamento Médico. . .

—Ya sé lo que es. ¿Pero qué? ¿estás bromeando? Yo sé de cómo participaste en investigaciones cuando tu padre era subcomisario. Lo leí. Sé muy bien por qué se retiró tu padre de la criminología y sé del balazo que le dieron.

—Ya deje el tema.

—Estabas metido en investigaciones entonces y seguro que también ahora. ¿Qué buscas allí en la jefatura?

—Ya le dije. . . ¿Puede dejarme tranquilo con eso? —contestó Daniel, y pensó "si este viejo tiene contactos, ¿podría ayudarme?"

El viejo lo miró, pensando, sabiendo que Daniel ocultaba algo.

—Bueno, ¿qué quiere?— le dijo Daniel, tratando de cambiar el tema

—Hay algo en ti, Daniel, que despierta confianza, y quizás por eso y por tu cara de papa frita es que te aceptan en todos lados, y por eso te necesitamos en la calle y por eso yo me tengo que quedar en la penumbra. Mira, ¡dejémoslo ahí! ¿Está bien? Pero te vamos a necesitar.

—Yo ya me siento mal con todo esto. ¿No entiende que yo solo soy un estudiante que hizo un favor a un amigo?

—No. No te sientas mal. Esto no es una trampa. Vas a tener una misión. No te sientas mal, porque favores con favores se pagan, y el que favores hace, favores recibe, y el que los hace sin pago, recibe su pago de alguna manera.

—¿Cómo dijo?

—Eso. Lo escuchaste bien.

—Entonces, esto quiere decir que, en cualquier momento, tanto usted o algún enviado me van a ubicar y arrinconar para que haga algo o ayude a alguien o me meta en algo que no debo, y quizás corra peligro, y hasta quizás el peligro sea bien bravo, ¿eh? ¿Porque no va y elige a otro? ¿cómo se yo que mi vida no va a estar en peligro?

—¿Qué? Escúchame Daniel. Tú ya te metiste solo, tu vida ya ha estado en peligro y esta no fue la primera vez. Te hayas dado cuenta o no. Tú. Solito tú. Tú y solo tú fue quien golpeó en nuestra puerta pidiendo ayuda. Tú.

—¿Pero por qué. . .?

—¡No Daniel!, ¡No, Daniel!, lo estás encarando mal. Nadie quiere que corras peligro. Si tú corres peligro y algo te pasa, el objetivo queda destruido, porque queriendo aliviar un problema se hizo más daño que bien. Si algo te pasa, no podríamos perdonarnos, nuestros planes se hunden, y la oportunidad se pierde —dijo—. Además, ya tenemos a otros, pero te queremos a ti adentro. Nuestra organización está ligada a otras personalidades del gobierno militar de Brasil, Argentina, Chile y otros países, quienes también permanecen en la penumbra.

—Ah. . .¿son internacionales?? No es. . .¿No son un grupo estrictamente uruguayo entonces?

—Sí, somos una organización que se maneja en varios países, separados en grupitos y unidades, entrelazados. Y cada unidad tiene su gente y sus. . . digamos. . . sus colaboradores.

—Sus "agents collaborateurs", ¿eh?

—Sí. Eso.

—Eso es lo que quiere de mí. Que sea Daniel el "agent collaborateur", ¿eh?

—Algo así.

—¿Y cómo se llama esa organización? Yo no me quiero sentir que estoy ayudando a una organización internacional que controla a la gente.

—Espera, espera, no largues frases equivocadas.

Daniel se quedó callado. No sabía qué responder.

—Vivimos en una dictadura horrible —continuó Daniel—, y las personas a quien usted me pide que ayude parecen representar de alguna manera el engranaje de esa dictadura.

Se quedó callado.

—Te voy a decir que como jovencito que eres, eres un localista y eres incapaz de ver el cuadro grande de lo que está pasando. Tú no puedes ni debes juzgar si la dictadura es mala o buena basándote en que Juancito tenga hambre o en que a Susanita la torturaron o en que los obreros de la esquina no tienen lo que comer. ¡No Daniel!, tú tienes que mirar todo en forma global. No te olvides que la organización y los dictámenes de la Cuarta Internacional comunista nos afecta a todos. A todos. Solo la Operación Cóndor puede frenar esa invasión.

"Pucha" pensó Daniel "¿de qué está hablando?".

—¿Cóndor, dijo? ¿Operación Cóndor?

—Sí. Gran campaña.

—¿Esa campaña Cóndor es la que saca gente?

—Oh, no, Danielito, mucho más que eso. La Operación Cóndor es mucho más que eso. Es una organización interamericana bien fuerte y necesaria. Gracias a su justa lucha se va a vencer a la guerrilla comunista.

—¿Cómo? Pero ahí están los Tupamaros —dijo Daniel—, levantándose contra las injusticias que hay en Uruguay. ¿Me va a decir que están equivocados?

—No, no, no empieces a joder con esos Tupamaros, Daniel. Están equivocados. Ya sé que lo que Batlle y los colorados y luego los blancos del colegiado hicieron contra la rica economía uruguaya no tiene perdón. Echegoyen, Haedo y Beltran y sus ministros fueron uno incompetentes y hundieron la economía. Conozco la historia y sé muy bien cómo los jefes del Batllismo Colorado reventaron y hundieron a un país tan rico como el nuestro y sé bien que los Tupamaros son una respuesta contra lo que causaron. Sí, ya sé todo eso. Pero eso no justifica a esos criminales que se auto llamen justicieros. ¿Oíste? Ni soy ciego ni soy bobo. Se muy bien como los mismos políticos Uruguayos, tanto Blancos como Colorados robaron y hundieron a Uruguay en el barro de la pobreza. Lo sé bien.

—Mmmm. . . Pero así fue —respondió Daniel—, y ellos, los Tupamaros, se levantaron contra la injusticia de los políticos. No se levantaron contra el pueblo. Y ahora. . .

— Ahora nada. ¡No sabes nada! Además del relajo, los Tupamaros no han traído una solución ni puesto ideas sobre la mesa, y le han dado una mano a la internacional comunista para que se infiltre en el país, así que hay que sacarlos del medio. Además, están vinculados al marxismo internacional. Sobre todo, teniendo en cuenta de que están vinculados con Cuba, con Rusia y con la Cuarta, de quienes reciben armas, dinero e instrucciones. Por eso hay que sacarlos del medio, che.

—¿Matarlos?

—Sacarlos del medio, dije. No matarlos. Y en esas estamos. La Operación Cóndor está organizada y está haciendo las cosas bien.

—¿Organizada? ¿Organizada para romper cabezas y torturar? ¿De eso se trata la organización Cóndor esa?

—Ay, ay, espera. No pienses así. ¡El avance del comunismo es horrible, horrible! Esa ola marxista que trata de invadir América del Sur es espantosa y es espantoso lo que podrían hacer. Tú ves a la dictadura como una reacción violenta contra los clamores de hambre de los pobres, pero yo la veo como una reacción necesaria de Uruguay para frenar los avances del comunismo internacional que se infiltra en nuestro país, y veo a los gobiernos de Brasil, Chile, Paraguay y Argentina integrados en la misma reacción, en un plan conjunto, en una idea integrada, una idea panamericana que va más allá de las fronteras. Un excelente programa.

En un momento de intuición Daniel le pregunto:

—¿Es eso la Operación Cóndor? ¿una idea panamericana?

—Sí. Es eso. La operación Cóndor es una gran organización panamericana ya puesta en marcha desde hace tiempo. Es una fuerte respuesta organizada, militar e interamericana, contra el tsunami comunista que busca invadir nuestro continente. Pero, atención, no puedes hablar con nadie de esto. ¡Cuidadito!

—Pero. . . yo sentí que esa organización controla grupos paramilitares en Latinoamérica.

—¿Quién te lo dijo? Bueno, sí, a veces. . . a veces hay que usarlos, sí.

—Lo dijeron en la facultad. Los de la izquierda lo saben. El Cóndor fortalece a las dictaduras, ¿no es así?

—Bueno. . . sí, por supuesto. Así debe ser.

Daniel se quedó quieto, abrumado. "Uuuy, ¿en qué me he metido?". Todo eso sonaba demasiado grande y peligroso como para seguir preguntando y enroscarse. Mejor sería salirse por la tangente. Se quedó pensando.

Pero en ese momento, de pronto, un chispazo cerebral le hizo ver una oportunidad. . . ¿Podría ser? Un escalofrío le recorrió la espalda. ¿Podría ser esta la oportunidad? Respiró hondo. ¿Qué había dicho el rabino? ". . . que, si la vida te da la oportunidad, tómala". ¿Podría ser esta la oportunidad de averiguar ciertas cosas? "pero. . . ¿Cómo no meterme?. . . ¿Cómo sí meterme?".. . . "No me meto, no, mejor me voy".

Sin embargo, Daniel sintió que no podía perder esa oportunidad. "Pero, ¿Qué oportunidad? ¿de meterme en peligro?"

Se quedó callado. Miró por la ventana. El viejo se acomodó el saco.

—A todo eso —continuó Daniel—, se suma ahora algo nuevo que he encontrado; todavía más estiércol en mi camino. Sí, por si fuera poco, ahora están secuestrando muchachos y piden rescate a sus familias. Y todavía van y los matan. Todo se ha puesto peor delante mío, y me ha tocado de muy cerca.

—Sí. He sentido de eso. Es parte del proceso.

—Sí. Se llevan muchachos, piden rescate y luego los matan.

—No, noo. . . no es así, no es cierto, ¡no! Solo capturan a los que se meten en líos comunistas y con los Tupamaros. Deja el tema. No hables sin saber. Solamente se los llevan encapuchados cuando están requeridos por la justicia actual para ser procesados como es debido. Invadir sus casas y llevárselos para enjuiciarlos o interrogarlos es parte de este necesario proceso contra la delincuencia.

—Sí, algunos. Otros son devueltos o asesinados luego que los padres pagan rescate. ¿Entiende? Piden rescate y los matan.

—No, no, me niego a aceptarlo. Eso no es así. No ensucies con tu bocota el justo proceso de controlar la subversión —aclaró el viejo, alisándose el pelo

—Aquí no se pide rescate a nadie, ¿oíste?, ni a padres ni a nadie, y yo lo sé muy bien. No entres en ese tema, Daniel.

—¡Es verdad!.. Piden rescate.

—¿De dónde sacaste eso Daniel? ¿De dónde sabes eso? —pregunto— ¿alguno de esos comunistas te pasó un chisme?

—No. No. Lo vi yo mismo en. . . en. . . en la morgue y también en el hospital. Usted tendría. . .

—¿Qué? ¿Qué es lo que estás insinuando aquí?

—¡No estoy insinuando nada!.. ¡lo estoy afirmando!

El viejo de la esmeralda guardó silencio y se quedó mirando por la ventana. Movía los labios como si hablara con la puerta.

—No sé qué decirte —le dijo. Y se quedó callado.

Hubo un largo silencio mientras el viejo pensaba.

—Mira. . . mira Daniel, voy a averiguarlo. Pero ya te digo que seguís confundido.

—Tengo razón. Usted no quiere aceptarlo.

—¿Y qué quieres?

—Pues. . .pues. . . No lo acepte. Averígüelo, indague, investigue un poco, y luego.. y luego, si no tengo razón, échemelo en la cara.

El viejo, muy serio, se quedó callado.

—¿Sería capaz de hacer algo bueno e indagar un poco?

El viejo guardó silencio. Daniel se quedó quieto, se puso a mirar el piso y a mirar su mano, pensando.

—Mire, se lo digo porque lo sé.

—No sé qué decirte. Nosotros somos parte de una organización más grande, donde no me dicen todo lo que debo saber. Hay. . . bueno, hay. . . hay una lucha callejera en donde hay muertos y heridos de ambos lados, y es posible que. . .

—No. Yo los vi. No están muertos de balazos en cualquier lado, ¡no! Tienen un balazo en la sien. ¡En la sien! Al estilo de ejecución.

El viejo lo miró fijo, guardó silencio. Pasó un rato antes de que hablara.

—Bueno, bueno, Daniel. No te alteres. Está bien. Voy a indagar. Sí. No te prometo que puedo indagar, pero lo voy a hacer.

De mientras. . . bueno, necesito saber si estarías disponible —agregó y volvió a mirarlo fijo—. Escúchame. La Operación Cóndor ayuda a mucha gente, pero ni yo ni mi gente podemos intervenir en la batalla campal entre la dictadura militar, los Tupamaros y un comunismo que se infiltra en Uruguay, Brasil, Paraguay, Bolivia y. . . y bueno. Y hay gente que cae muerta.

—Y. . . y en el extranjero, en otros países. . . ¿hay un sistema que. . . digo. . . que es parte de la Operación Cóndor?

—Sí. Veo que entendiste. Gracias a eso se salvó tu amigo.

Daniel se quedó en silencio un largo rato. "Acá tendré que hacer un trueque. Si lo ayudo quizás logre averiguar algo" pensó. Se puso nervioso. Una voz le decía "no te metas", "peligro", mientras que otra voz le decía "no pierdas esta oportunidad".

Al final habló sin mirarlo:

—Mire. . . no puedo borrar de mi mente que mi amigo esté a salvo —dijo hablando bien suave y tranquilo—. No puedo evitar sentirme agradecido por lo que hizo, no sé qué hacer ni cómo hacerlo, pero le juego el partido. . . eh. . . le doy una mano con lo que me pide si me da una mano con lo mío.

Silencio.

—Haré lo que me pida —habló Daniel en voz baja—, si me ayuda a averiguar algo que para mí es importante.

—¿A qué ayuda te estás refiriendo?. . .¿con qué y cómo quieres que te ayude?

—A eso que le dije.

Daniel se quedó en silencio.

El viejo se acomodó en el asiento y torció su cuerpo un poco hacia Daniel.

—¿Qué buscas, Daniel? ¿Entonces sí, ¿eh? ¿Estás investigando algo? ¿Qué es lo que estás haciendo?

Daniel se acomodó en el asiento y le explicó su problema y que es lo que buscaba. Le dio varios detalles. Al terminar, se quedó en silencio. El viejo se quedó callado y quieto también. Daniel esperó. El viejo mordió su anillo.

Afuera no pasaban autos ya y las aves se trancaron a medio vuelo. El aire dejó de correr. Los relojes se pararon. La gente se detuvo. El viejo pensaba. Pasó un rato.

—Esto es muy serio, Daniel. Muy pero muy serio.

Se quedaron un rato más en silencio los dos.

—Bueno, está bien —dijo el viejo—, pero de mientras no hagas nada. Por ahora nada. Simplemente vete, gil, y no hables de esto con nadie ni con tus padres. Piensa en todo lo que te dije. Voy a ver que averiguo.

—Sí.

—Guárdate lo que te dije en secreto. Cuando te necesitemos, si es que te necesitamos, ya vas a saberlo. Cuídate. Cuídate bien, sobre todo en la jefatura. De mientras, lucha por tu camiseta, no por la camiseta de otros, gil. Ya te contactaremos. Toma este número, guárdalo bien. Muy seguramente te haré saber con otra persona, y tu sabrás quién es esa persona por algo que te va a dar o decir. Acuérdate, no digas nada ni lo hables con nadie.

Abrió la puerta y grito al chofer:

—¡Joaquín!, vamos.

Daniel se bajó y se quedó parado.

—Chau Daniel —y cerró la puerta. Abrió un poco la ventana, le dijo en vos alta—, ya veo que te elegimos bien, eres más vivo e inteligente, mejor persona, más despierto y más mierdita de lo que yo pensaba. ¡No te malgastes Daniel! No seas tan enamoradizo y ni tan bobo, papa frita. No corras tanto atrás de las tetas ni de ideologías que no son tuyas. Toma, guarda esto contigo, guárdate este recuerdo —y le dio un sobre—, Tenlo contigo para la suerte.

El auto se fue rápido. Daniel abrió el sobre y vio que tenía una llave vieja y unas chapitas atadas con un pedacito de la misma cuerdita que había visto antes. La miró con un poco más de atención, y vio que de nuevo no era una cuerdita simple, sino que tenía como unos hilos dorados y otros rojos entretejidos. Era la misma cuerdita media rara que había visto antes, en la estación de TTL, y tenía sujeta el mismo tipo de llave vieja y larga. Las chapitas eran iguales a la de la vez anterior. Las examinó. Tenía grabados los mismos dibujos. Una tenía grabado un compás abierto enfrentando una regla angulada con la misma letra "G" en el medio. Las otras eran como la vez anterior, una con una cruz y la otra con la estrella de David. No sabía para qué era la llave, pero en ese momento recordó que podría ser un símbolo de algo. Una de las chapitas sería un símbolo cristiano o algo así, y la otra era el símbolo judío, pero, ¿Por qué? ¿Qué significarían? ¿símbolos de qué? ¿Qué se suponía que él debería hacer con ellos? Se la guardó en el bolsillo. "¿Guardármelas para la suerte?"

Caminó hasta la avenida San Martín y pasó debajo de unos árboles enormes. La tarde estaba fresca y los olores de Montevideo le acariciaban la cara. Había dado un paso increíble, había estado con un representante del poder quien lo había enganchado en algo que el aún no comprendía. "Ese poder me podría ayudar" se dijo, pero no sabía cómo. Sintió olor a café y a pizza y se puso a caminar hacia el bar. Tenía hambre.

Daniel se sentía de una manera especial. Algo distinto le había tocado su existencia y no lograba entender qué era todo ese enjambre de Operación Cóndor que de pronto se exponía delante suyo. Llegó al bar. La pizza estaba muy buena. De pronto se acordó de que tenía que ir al Judicial, se tomó un taxi, pero para cuando llegó, Etcheverry y Maggiolo ya se habían ido.

Se fue caminando por el centro hasta la Plaza Libertad, donde bajó las escaleras hacia la calle Rondeau pateando hojarasca. La gente pasaba sin apuro. Había mucha gente, jóvenes, viejos, niños. Se sentó en la escalinata a ver gente pasar.

—¡Está caliente el maní, maní! —gritó un manicero—. ¡Maní!.. ¡maní caliente!.. ¡Calentito!

El olor a maní tostado mezclado con el humo que salía de la pequeña chimenea le daba al aire un olor especial. Le vino la tentación y se compró une buena porción de maní caliente.

—¿Te guardaste la llave? —le preguntó el manicero—. No la pierdas.

Daniel lo miró con sorpresa. No sabía qué contestar.

—¿Qué te dijo el viejo? —volvió a preguntar el manicero—. ¡Esa llave no es un recuerdito, tonto! Tiene un significado.

Daniel lo miraba estupefacto.

—¿Se siente bien, señor? —le preguntó el manicero dándole el vuelto.

—Si. . . sí. Estoy bien —dijo y se fue caminando y pensando, "no me gustan estos maniceros. Chismosos. Lengualargas. Saben demasiado".

De ahí se fue a tomar el ómnibus.

En el viaje se puso a pensar. La sensación de meterse en algo desconocido no le era confortable. Su vida ya estaba demasiado ocupada. ¿Qué hacer?

Llegó a su casa, se fue a su cuarto y examinó el sobre de nuevo. Comparó la llave con la otra. ¿Qué era la llave? ¿La llave de qué? Recordó algo que le habían contado. ¿Era un símbolo sefardí o marrano, qué diferencia había? ¿Por qué era un símbolo? ¿Qué significaba, qué puerta abría?

Comió. Hablo con sus padres. Estaba cansado. Se fue a acostar.

Al día siguiente se levantó con un mal gusto en la boca. Era sábado, no tenía clase, estaba irritado por lo del señor ese de la esmeralda, "el viejo de la esmeralda verde" decidió llamarlo, "¿o lo llamo "viejo verde"?", y ya tenía la mente cansada y complicada. Además, la imagen de mujer dolorida que se le había aparecido a la medianoche le amargó la noche. "Era Isabel, sí, pobre, la mataron a ella también". "¡Pero mmmmmmm!" se dijo, "¡cada vez que pasa algo en la morgue se me vienen más visiones de noche!".

No le gustaban los sábados, "tengo que despejar mi mente", se dijo, "me voy a la feria". Bajó, saludó a la gallega de al lado, le agradeció por las masitas, subió luego por el 21 de Setiembre hasta la calle Berro y de ahí se metió en la feria de Villa Biarritz. Fue recibido por un aroma de frutas y verduras que apaciguaron su mente. El dulce olor de las naranjas se mezclaba con el de las flores, los quesos y las verduras. El aroma de las diversas frutas era un deleite. Los duraznos lucían muy bien, las manzanas mejor. Saludó al florista. Había sol, y la mañana estaba brillante. Caminó un rato entre manzanas, tomates y papas.

—Tengo perejil, romero fresco y nuez moscada —gritó uno—. ¡Albahaca fresca!

—A quince las berenjenas —gritaba otro.

Pasó luego por los carros de granja y media cuadra más tarde se encontró con Pepe y Manuel que habían comprado de todo. Arreglaron en encontrarse a tomar un café luego del almuerzo, en la casa del profesor Pereira.

Se fue a su casa, y se echó en el sofá hasta la hora del almuerzo. Comió, tomó un café y luego se fue a la casa del profesor.

Daniel conocía a Jorge Pereira Bauza, a quien llamaban "el Pocho", desde hacía tiempo. Había sido su profesor de literatura en el Colegio, y no le gustaba que lo llamaran así. Alto, delgado, medio pelado, con pelos cortos y enrulados, era extremadamente culto. Hablaba siempre gesticulando. Era de izquierda y odiaba a los políticos, a los militares y a las películas argentinas.

Los cuatro tomaron café y recordaron épocas pasadas. Hablaron de la dictadura, de tango y de libros. Pereira sabía algo de lo de Tamara y Daniel no se pudo escapar de que le preguntara. Pero Daniel cambió de tema y ellos no insistieron.

# 16

Dorita lo llamó al día siguiente y la muy boba dejó recado con su madre de que su hermano David había llamado desde Miami y que estaba súper bien. A Daniel lo alegró la noticia, pero no le gustó que la Dorita haya sido descuidada y haya dejado un recado de esa clase por teléfono. La llamó y se encontró con ella a tomar un café. Charlaron un poco y él le dijo que fuera más discreta y no dejara recados. Le dijo del peligro y se lo repitió varias veces. Ella pareció entender, pero no le importó.

Ocupado con sus cursos, sus guardias y anatomía, pasó varios días hasta que volvió a la morgue. Las guardias de emergencia habían estado muy ocupadas y sus clases de clínica médica eran largas y difíciles. Unos días más tarde, cuando se estaba yendo de la emergencia a las siete de la mañana, una secretaria le dijo que llamara a su casa. "Los doctores Maggiolo y Etcheverry quieren hablar contigo", le dijo su madre. Llamó al número que le dio e hizo una cita. Se fue a clase, salió temprano y se tomó un taxi a su casa a dormir un poco. Se estaba durmiendo parado. Comió un bocado y se durmió una hora de siesta. Se levantó, se vistió, y se fue a anatomía. A las cinco de la tarde entró en la morgue pensando en lo que tenía que decir.

El doctor Etcheverry se acercó, le pasó el brazo por el hombro, le cacheteó la cara y le dijo:

—Espero que te vayas fortaleciendo.

Entraron en la oficina, cerraron la puerta y se sentaron. El doctor Maggiolo estaba en el sillón, a un costado, leyendo. Se levantó a saludar. Hablaron un poco de la morgue y sus problemas, de los estudios de Daniel y de cosas generales. Le sirvieron café y prendieron cigarrillos. Maggiolo se levantó y trancó la puerta.

—¿Y Daniel? ¿Averiguaste algo?

—En esas estoy. Es difícil.

—¿Explicaste lo del departamento Médico-Forense, el DEMEM?

—Sí, claro.

—¿Te interrogó Martínez como te dijimos? ¿Y MacLagan?

—Sí. Los dos. Me hicieron sudar.

—Era de esperar. ¿MacLagan se puso agresivo? —preguntó Etcheverry.

—Sí. Se puso malo como ustedes me advirtieron. Y Martínez también.

—Me lo suponía. Era de esperarse —dijo Maggiolo—. estamos en tiempos difíciles y de pronto vos apareciste metiendo la nariz. Bueno. Me supongo que te estarás dando cuenta que la cosa es más complicada de lo que parecía, ¿no?

—No sé qué voy a hacer ahora. Es que es más de lo que. . .

—¿Viste? Es más complicado. No es que si metías las narices allí en la jefatura todo iba a estar claro. Hay cosas, muchas cosas, que ellos no pueden hacer. No se pueden meter. Pranchinetti es muy bueno y Martínez es un genio, pero. . . ¿y qué?. . . se tienen que cuidar. Estamos en una dictadura dura.

—Ya veo. Pero ¿qué plan puedo yo tener?

—Tenemos que ir a lo básico —dijo Maggiolo—, encarar el problema de nuevo.

—Sí. Bueno —agregó Daniel, sirviéndose un poco de café.

Etcheverry se levantó, se quitó la túnica y la colgó. El cuarto tenía paredes viejas color verde oscuro, y estaba lleno de libros viejos y nuevos. Al costado, sobre una mesita, había una tetera y una cafetera. La mesa era amplia, con muchos papeles desparramados, tres ceniceros sucios y pedazos de una cámara fotográfica. En la pared del costado se veía una pileta chica con cuatro tasas esperando ser lavadas desde hace tiempo. Un pequeño mostrador tenía una caja con pipas, fósforos, y fotos de familia y amigos.

Maggiolo prendió su pipa de pensar y se quedó callado. Daniel tomó un poco de café. Etcheverry le dio un pedazo de su chocolate.

—Sí. Tenemos que ir a lo básico y empezar. . .

Los tres se quedaron un rato en silencio, pensando.

—¿Viste los dos cuartos esos que te dijimos, Daniel?

—Sí. Ahí están. Uno tiene guardia armada en la entrada. Ahí no entra nadie.

—Mmmmm. . .

—Hay otra cosa que te queríamos decir —le dijo Etcheverry.

Le hablaron explicando e insistiendo de que era necesario que él aprendiera todo eso de la medicina forense y de su relación con el Poder Judicial y su oficina Médico-Judicial, y que era tiempo de que empezara a entender el funcionamiento y administración de ese lugar y sus conexiones.

—Esa es tu. . . eh. . . ese es tu camino oficial, digamos. Es la versión oficial y lo tienes que saber bien. Esto tiene que quedar claro. Esto es la base que te permite avanzar en el otro plan. Ya sabemos que. . . mmmm. . . —le dijo el profesor doctor Etcheverry, tocándole el hombro amistosamente—, sabemos que. . . que, bueno, que podemos pasar a palabras mayores.

—Sí. Claro —dijo Daniel.

—Mira Daniel, si vas a ir pensando en la posibilidad de elegir este camino tan lleno de muerte y dolor, si estás tan seguro de que te quieres vincular a lo que habíamos discutido —le dijo el profesor doctor Maggiolo, limpiando su pipa—, mejor será que entiendas cómo todo este relajo funciona. Queremos que hagas el curso de entrenamiento en el Poder Judicial, que entiendas su relación con nuestro departamento y como es nuestra relación con la Jefatura de Policía, con la Policía Técnica, el Ministerio del Interior y otros organismos del estado. ¿Oíste?

—Sí.. . . sí, claro, sí.

—No te preocupes —dijo Maggiolo—. Vete al Poder Judicial a aprender bien las cosas. Habla con Berta, en el segundo piso y llévale esta carta. Y no hagas cagadas allí, ¿oíste? Y aquí tienes la lista de personas que debes contactar allí en el Poder Judicial. Cuando te vayas voy a llamar a algunos para que te estén esperando. Vas a tener que tomar unas clases. En el futuro, si quieres, podrás entrar en el DEMEM.

—Sí, sí. . . gracias Dr. Maggiolo.

— Esa es la primera parte de lo que habíamos discutido. Pero sin esta parte, la segunda parte se puede desmoronar.

—No estás obligado —agregó Etcheverry—, no es obligación. Ah, además tienes que saber que pasarás por una etapa de aprendizaje en la jefatura de policía, lo cual ya estás haciendo.

—Si haces las cosas bien, por ese camino entrarías al DEMEM. Oye, ve y habla con Berta.

—Sí, sí. Voy a hacer eso.

—Pero ve bien vestido, che —dijo Etcheverry, quien era el director general del Instituto Técnico Forense—, y muestra buena educación y no seas respondón. No hagas sinvergüenzadas y pórtate bien. Acuérdate que vas a estar en el Poder Judicial y allí las muchachas no se tocan.

—Sí. El DEMEM es cosa seria.

—Sí, Daniel —dijo Maggiolo—. Tu educación y entrenamiento son requisitos para que puedas seguir avanzando.

—Sí, gracias Dr. Etcheverry. Gracias Dr. Maggiolo.

—Por nada —dijo el doctor Maggiolo—. Como ya te dije, es el camino que luego lleva a ser médico forense, profesor de medicina legal, forense criminalista y otras posibilidades que ya vas a descubrir tanto sea aquí o en el Judicial o lo que tú elijas.

—Sí. . . sí, lo voy a hacer.

—Bueno, ¿está claro? Vayamos ahora al siguiente asunto.

Maggiolo dejó su pipa. El otro doctor puso agua para el té, se aflojo la corbata y se sentó en la otra silla.

—Y de esto, como ya sabes, no lo puedes hablar con nadie y ni siquiera con tus padres, y yo nunca te lo dije. ¿De acuerdo?

—Sí. Sí.

—Después de nuestra conversación inicial, en la que planteamos ciertas posibilidades de averiguar ciertas cosas. . . Bueno, estuvimos viendo que se han juntado en ti varios factores. Te apareciste por aquí como un zorro mete-narices que busca algo y antes de que uno se diera cuenta ya metiste los deditos tuyos en cada rincón. espera, espera, no saltes. No te estoy acusando. Es que justo necesitábamos alguien así y andábamos ya medio. . . y entonces. . . bueno, apareciste tú, y averiguamos, de que habías estado involucrado en investigaciones con tu papá, hasta que lo balearon. Bueno, ya lo habíamos hablado.

—Sí. Bueno.

—Sí. Sabemos, Daniel, sabemos. Y sabemos que tu papá te cambió el apellido para protegerte.

—Por favor, por favor. . .

—Sssssshhhh, ya, a nadie pensamos decirle.

—Pero dale viejo. Yamandú y Martínez nos mostraron tu prontuario y de ahí lo sabemos., ¿tú te piensas que son bobos allí? Saben todo de vos.

—Y. . . ¿ustedes vieron mi prontuario?

Etcheverry se puso a reír y dijo:

—¡Ja!, acaso tú te piensas que los de la jefatura son ciegos?

—Vimos fotos tuyas —dijo Maggiolo—, te gusta meterte en problemas, ¿eh?

"¡Mierda!" se dijo Daniel, "pero qué mierda con esta gente!"

—¿Qué? ¡No! —dijo Daniel—. ¡La mayor parte son mentiras!

—Sí, seguro Daniel —le frenó Maggiolo—, seguro. Sí. Son todo mentiras. ¿Me vas a decir que lo del contrabando y lo de las putas aquellas es todo mentira?. . . Pero ¿vos andas sacando fotos a las putas? ¿Qué mierda. . .?

—No. Solo de algunas, más que nada de la Carmen, porque yo. . .

—Aaaaahh, de la Carmen, sí, seguro. Si. Carmen.

—Es para poder. . .

—Claro, claro, lo haces de puro bueno que eres. Todo corazón. —recalcó Etcheverry—. Bueno, dejemos el tema.

—¿Y lo del contrabando? ¿También lo hiciste por bueno? —preguntó Maggiolo—, ¿y lo de la fiesta del ministro en el Palacio Salvo también? Qué pícaro que fuiste con eso, che. . . pero ¿no tienes conciencia? ¿quieres que siga? ¿quieres hablar de Carmen, de Patricia, Zulma y de sus amigas?

—N-no —contestó Daniel medio arrinconado y avergonzado. No podía entender cómo sabían todo eso tras haber leído un prontuario—, no. . . mmmm. . . ¿Para qué me lo trae ahora?

"¿cómo puede estar todo eso en una ficha Policial? ¿Cómo pueden saber todo eso?"

—Tranquilo hermano, que no te estoy acusando —dijo Maggiolo.

—Pero, ¿por qué me lo refriega en la cara así? Yo era más joven y los amigos me llevaron a. . .

—Yo sé. Yo sé. Pudiste hacerlo porque sabías que, si pasaba algo, tu papá, que era en esa época subcomisario, te sacaba del lío. Te sentías protegido. Si no hubiera sido por eso, no habrías hecho ciertas cosas. Y te digo más, lo de la fiesta del ministro en el palacio no lo debiste hacer por qué. . .

—¡¡Un ministro hijo de puta, Etcheverry!! —contestó Daniel—, esa gran fiesta que hizo fue con dinero de. . .

—Sssssshhhh, sssshhhh, no te alteres.

—Bueno. . . bueno. . . ahora nada —siguió Maggiolo—. Eso simplemente y claramente nos muestra que tenés una picardía especial para hacer ciertas cosas y que, de alguna manera, que ni nosotros ni Yamandú ni Martínez entendemos, caes parado como los gatos. ¿Querías entrar o no en la jefatura a tratar de investigar algo? ¿Eh? Y te ayudamos a que lo hagas.

—Pero. . . ya entré allí. Yo. . .

—Escucha, Daniel. . . Daniel, escucha un poco. Óyeme, terco!

Daniel se quedó callado.

—Tranquilízate, che.

—Yo quiero. . . yo quiero. . .

Pasó un rato. Maggiolo se sentó, luego se levantó y se preparó un té mientras suspiraba.

Prendieron cigarrillos. Abrieron una ventanita para que se despeje el humo.

—¡Escucha, terco! No es solo lo que tú quieres. Acá hay otras cosas.

—¿Qué cosas?

—Acuérdate bien lo que te habíamos dicho.

—¿Pero? ¿Cuántos? Yo solo supe de. . .

—No importa eso ahora.

—Entonces. . . ¿no me van a ayudar?

—Nadie dijo eso, Daniel —recalcó Etcheverry, gesticulando—. Pero hay algo importante que debes entender. Además de lo que tú sabes, hubo otros que fueron asesinados de esa manera.

Daniel se levantó, estiro las piernas y volvió a sentarse. No habló por un rato mientras los dos doctores se miraban.

—Mataron ya a muchos, Daniel. El problema. . .el problema es. . .eh. . .más grande de lo que tú sabes.

—Bueno, entonces. . .¿entonces qué?

—Escúchanos, Daniel. ¿Qué pasaría con esa cualidad que vos pareces tener si. . . eh. . . si estuviera focalizada y. . . y ayudada. . .y. . . dedicada a encontrar la causa y el origen de. . . de esas muertes? —le dijo Maggiolo mirándolo fijo a los ojos—. Ayuda, ¿ves?

Daniel se quedó petrificado por su mirada inteligente, esperando entender.

—¿Mmmm? ¿Qué pasaría?

Hubo un pequeño silencio. Daniel comenzó a entender y la piel de la espalda se le erizó. Tragó saliva y dejó de respirar. Estaba entendiendo algo que no podía ser. Algo terrible.

—¿Qué pasaría? —dijo Etcheverry—. Mmmm. . .¿eh? Si en vez de tú solito buscando lo que andas buscando en la jefatura no lo hicieras tan solito? ¿Qué tal si hubiera otras personas que desde las sombras te pudieran ayudar?

Daniel se quedó inmóvil. Sentía cómo que lo empujaban en un túnel y le abrían una puerta a algo, pero no sabía a qué. Sintió una electricidad en la mente.

—¿Mmmm? —repitió Maggiolo—. ¿Qué pasaría, Daniel, eh?

La imaginación de Daniel explotó en imágenes. "¡Mierda!" pensó.

—La cosa es que quizás. . . quizás. . . si te ayudamos a subir más alto, te encuentres en ocasiones.. eh.. en ocasiones especiales en que puedas poner en uso tus ganas de averiguar qué fue lo que pasó. Otros te podrían ayudar y además lo que puedas averiguar podría ayudar a muchos de esos otros. ¿Entendiste?

—Sí, ayudar.

—Ayudar a muchos otros, Daniel —repitió Etcheverry—. Tú no serías el único. ¿entendéis?

—Sí, veo, sí.

—Mira Daniel —dijo Maggiolo—, tú ya viste que por tu cuenta no pudiste avanzar mucho en la central Policial, ¿eh? ¿Vas captando?

—Sí.

—Me imagino que a estas alturas te habrás dado cuenta de que con entrar en la jefatura no averiguas nada. Pensaste que al entrar allí encontrarías pistas, datos y hasta un cartelito que diga "este es el asesino", ¿eh?

—Mmmmm. . . sí.

—Y ya viste que no pudiste averiguar nada. Conociste gente, metiste tu nariz en varios lados, pero más allá de eso no supiste nada nuevo.

—Yo pensé que habría. . .

—Sí, pensaste. Pero ya viste. Sin ayuda y sin un plan. . . y sin alguien que sepa —explicó Etcheverry—, tu curiosidad y tu osadía no van a descubrir nada. ¿De acuerdo? Sin embargo, si tuvieras poder y te unieras con personas que saben indagar, podrías llegar a encontrar lo que buscas.

—Sí. ¿Poder? ¿Personas?. . . ¿Eh? ¿Cómo?

—Te vamos a ayudar, pero vos tenés que cooperar con la ayuda —continuó Maggiolo—, jugar pelota y no hacerte el antipático ni ponerte terco, ¿oíste?

—Tenés que ser parte de un engranaje y no un lobo solitario, como te llama el doctor Fierro.

—Entiendo, sí. . .sí —dijo Daniel—. Ah, ¿lo conocen?

—Claro que conocemos a Fierro. Gran doctor.

—Bueno, Daniel —siguió Etcheverry—. Y si te preguntas por qué, por qué todo esto, basta con decirte que esos que viste muertos no fueron los únicos. Hubo muchos más. Nosotros sabemos de muy de cerca lo que esas muertes significan.

El dolor de esa frase le impactó la mente. Los dos profesores miraron a Daniel con ojos grandes de jefes mandones, pero mirando a uno y a otro pudo ver un atisbo de dolor detrás de sus miradas. Un aura de pena de pronto rodeó a los profesores, y un silencio triste ennegrecía la poca luz del cuarto. Daniel no tuvo necesidad de preguntar detalles, se les adivinaban en su mirar. Podía ver que los dos estaban recordando cosas qué les pasaron a sus seres queridos y veían imágenes en sus mentes de gente que ya se había ido. Se quedó en silencio, respetando sus recuerdos y las angustias que los asaltaban.

"Así que se trata de algo más. ¿Cuántos más?" pensó.

Al rato, secándose los ojos y la nariz, Maggiolo habló con voz más suave.

—¿Te vas dando cuenta?

—Sí, doctor Maggiolo, me doy cuenta —contestó—, pero. . . pero ¿Cuántos muertos más hubo?

—No sé, es que. . .

—¿Cuántos, Maggiolo —insistió Daniel.

—¡No sabemos! No sabemos, Daniel —aclaró Maggiolo—, es que ya no sabemos. Muchos. Es horrible.

—Muchos, Daniel —aclaró Etcheverry—, muchos, pero no sabemos cuántos.

Maggiolo se sentó. Hubo un largo silencio.

—Mira, Daniel. Vas a necesitar ayuda y vas a necesitar poder —dijo Maggiolo—. Sin eso no vas a avanzar. Y nosotros haremos algo al respecto.

—¿Eh? ¿Cómo qué?

Maggiolo lo miró, como titubeando. Etcheverry se irguió, fue hasta él y le palmeó el hombro.

Maggiolo se metió la mano en el bolsillo y sacó un llavero. Etcheverry hizo lo mismo y ambos pusieron algo sobre la mesa. Eran dos llaveros, hechos de la misma cuerdita con filigranas rojas y doradas y que sujetaban una llave vieja y larga y las mismas chapitas que había visto antes, una con un compás, otra con la estrella y la tercera con la cruz.

Se quedó mirando las llaves asombrado. "¡Mierda!", era lo mismo que había visto sobre la mesa de su cuarto esa mañana, la misma cuerdita, y una llave parecida. Igual a la que le habían dado antes. Igual a la que el señor del Mercedes le había dado. Entendió de inmediato de qué se trataba. Había hecho preguntas y había averiguado algo. La llave sefardí. Un símbolo. La chapita, otro símbolo. Las cruces, el compás, la letra "G". No sabía qué eran, pero le estaban diciendo mucho. ¿Era un signo masón? Quizás. Esos llaveros le indicaban que ellos eran parte de lo que el ya pensaba, de que había un grupo secreto que estaba organizando algo en las penumbras. Un grupo secreto, incalculable, pero por lo visto integrado por cuatro sociedades distintas. Y el viejo de le esmeralda verde estaba conectado con eso. "Uuufff. . . esto es algo fuerte", pensó, "¿Por qué están conectadas? ¿Para qué?

—Las viste antes, ¿no?

—Sí —dijo—. Entonces. . . usted quiere decir que. . .

—Que por ese camino tendrás acceso al poder. . . ¿vas entendiendo?

—Sí. Veo. No, no veo. ¿Cómo dice?

—Al poder, Danielito.

Daniel pensó un poco y se imaginó el resto. ¿Podía ser? ¿Ellos?

—Me doy cuenta —se animó a decir—, pero. . .

—Pero nada. No dije nada. Tú no viste nada —y se guardaron sus llaves—. No dijimos nada de eso. De esto no se habló, ¿oíste?

—Sí. Sí.

—Algunos de nosotros uruguayos sabemos que debemos hacer lo que tenemos que hacer. Ciertas fuerzas malévolas se han lanzado contra nuestro país, y de la quietud en que estábamos, debemos hacer unos ajustes.

—Pero nadie lo puede hacer solo, Daniel. Esas llaves te indican que hay cierta gente en este país que entiende que ciertas barreras se tienen que dejar de lado para hacer lo que se debe hacer.

—Pero tú no viste nada.

—No. No vi nada, ya sé. Pero. . . ¿debo suponer que tengo algo así como una misión? ¿una tarea?

—Cállate —increpó Maggiolo—. Comprende primero, que se haga lo que se haga, no se debe hacer solo. No podéis ni debéis hacerlo solo, sin ayuda y sin poder. Ya metiste tus narices en la central Policial y ya viste que solito y solo no vas a encontrar lo que buscas.

—No hay remedio, Daniel. Tenemos que hacer lo que tenemos que hacer, pero nada se debe hacer por la acción solitaria de un individuo con la cabeza caliente. ¿Oíste?

—En estos tiempos tan duros —agregó Maggiolo—, es necesario. . . mmm. . . es necesario que. . .

—Sí, Daniel. ¡Es una oportunidad! —dijo Maggiolo—. Y. . . y. . . será una misión si quisieras que lo sea y aquí no hay obligación. No hay nada que podamos decir para impulsarte a hacerlo. Solo tu curiosidad natural, tu cualidad de meter la nariz, combinados con un centro de informática, podrían resolver ese enigma que ya quitó la vida a muchas personas. Pero. . . recuerda que yo no te dije nada, porque de eso no se habla.

"No se habla, no se habla, pero bien que él lo habla y me da una misión" pensó Daniel, entusiasmado y preocupado a la vez de aventurarse en lugares prohibidos.

—Pero, hablando mal y claro. ¿Y por qué Martínez o los otros no averiguan?

—Ya te dijimos. Se tienen que cuidar. Si hacen algo para averiguar, los de las temibles fuerzas conjuntas lo sabrían y los quitarían del medio. O los del ejército.

Daniel estaba nervioso y su barriga lo denunció. Ruidos.

—No sabemos quién está detrás de esas desapariciones en las que piden rescate. ¿Acaso son soldados?, ¿oficiales?, ¿policías?, ¿funcionarios?. . . no sabemos. Quizás sea gente del ministerio. O de comisarías. Ni sabemos cuántos son.

—Ya se trató con otros y no funcionó. Quienquiera que sean ellos, cuando alguien investiga, se esfuman, nada se encuentra, desaparecen.

—¿No hay idea?

—No. ¿Te das cuentas, Daniel? —siguió Etcheverry—, si saben que los estamos buscando, desaparecen entre los demás. Hay que hacerlo sin que nadie sepa y por eso tiene que ser alguien de afuera.

—Pero yo. . . yo soy un estudiante. . . un estudiante.

—Ya sabemos. Nadie te obliga, pero hay gente desesperada.

—Espero que te des cuenta. No tienes que hacerlo si no quieres. Nadie lo va a saber. Pero alguien de afuera, sigiloso y sinvergüenza, que ya viene con impulso, si lo acercamos a la informática, no va a abrir sospecha, y quizás encuentre algo.

—Quizás encuentres algo, Daniel.

—Mmmm.. ya veo —respondió Daniel, cuya barriga seguía con ruidos.

Hubo silencio. "Sí. Voy a encontrar una bala en mi cabeza", pensó. Daniel masticaba mentalmente lo que le dijeron. Los nervios le dieron más dolor de barriga.

—Mmmmm. . . Interesante.

—¿Es tu barriga la que hace esos ruidos?

—Sí. No. Estoy bien. Sí. Mi barriga está bien, sí. Bueno, sí, aquí solo hablamos de cursos en el Judicial —dijo Daniel—, nada más. No se habló de otra cosa.

—Muy bien. ¿Necesitas ir al baño?

—No, gracias. Bueno. Está bien. ¿Qué hago ahora?

—Ahora necesitamos un plan. Y vas a necesitar alguien que te ayude. Vas a necesitar ayuda y poder.

"Sí, ayuda para ir al baño" pensó.

—¿Quién?. . . ¿alguien?

—Sí. Ya sabemos quién. Son dos, Berta, la sub-directora de uno de los departamentos, y la otra es la sobrina de Martínez. Pero que no se te vaya a escapar ese dato. También hay una tal Rosario, quizás también ayude.

—¿Dos mujeres? ¿Tres?

—Sí. Más vivas y más inteligentes de lo que te pensás.

Daniel se quedó parado allí, luego se sentó despacio, estremecido por todo lo que acababa de entender, y con la piel de gallina. Una emoción muy particular le vino a la mente. "Morgue, detectives, jefatura de Policía, y ahora el Poder Judicial. ¿Qué estoy haciendo?"

—¿Quién es la sobrina esa de Martínez? ¿Cómo se llama?

—Gina. Ella sabe de todo esto. Con ella nos podemos comunicar más libremente y con ella trazaremos los planes. Ella te dará ayuda intelectual.

—¿Gina? ¿y dónde la encuentro? ¿Qué sabe, cuánto sabe de. . .?

—Ya, ya, dejalo ahí. Ella te va a encontrar a ti. Ya vas a entender. Pero, mucho cuidado, no lo podés hablar con Martínez ni con nadie. Ni con tus padres. Primero andá al Poder judicial y hablá con Berta.

—Mmmmm. . .

—Y no hagas ninguna cagada con esta Gina, ¿oíste? Es buena persona. Sus ideas te van a servir y va a ser tu conexión con Berta.

—S, bueno. Eh. . . pero. . .

—Recuerda. Es un paso importante.

Daniel miró la cafetera, luego la pared y luego la mesa. Levantó la mirada y los vio a los dos, mirándolo no con cara de mandones si no con cara de preocupados. Entendió muchas cosas de pronto. Ante la muerte de sus seres queridos no había nada que se podía hacer ni decir, pero cierta gente estaba organizando algo.

—Sí. Está bien. Me doy cuenta —dijo.

Se quedó en silencio, sentado. Se paró luego, se acercó a ellos y en silencio les dio la mano, haciéndoles entender que había comprendido bien lo que no-se-le-dijo. En un momento, se ve que no se contuvieron, cada uno le dio un abrazo y echó una lágrima. Daniel salió del cuarto con los ojos llorosos y ya sabiendo que, de pronto, tenía otro camino en la vida. "¿En qué me metí?".

Entendió bien lo que le dijeron. Y también entendió que se metía en algo de lo cual no tenía la más remota idea. Calmada su emoción, se puso a cavilar mientras caminaba y subía por la escalera blanca de la muerte. De las paredes de la escalera las voces de los muertos le cuchicheaban advertencias. Gritos inaudibles de nazis y víctimas del holocausto le avisaban que se internaba en otro círculo rojo de la muerte y parecían decirle mensajes de alerta. Daniel miró hacia las imágenes buscando quizás una respuesta, pero las advertencias en la pared estaban claras.

"¿Qué estoy haciendo? ¿pero en qué me estoy metiendo?"

Llegó al corredor, dejó la túnica en el cuarto de Anatomía y se fue a caminar por la avenida. "¿En qué los he dejado que me metan?". . . "¿Qué camino es este? ¿A dónde me lleva?"

No tenía respuestas porque sabía que no había respuestas. "Nada se hace porque nada se puede hacer", "algunos uruguayos nos hemos propuesto a hacer lo que se debe hacer".

Se fue a su casa, pero no podía subir. Algo lo aquietaba. Se fue al parque Biarritz, se sentó en un banco a fumar y espero a tranquilizar la mente. "¿Qué pasa acá? Por lo visto hay una organización. . . ¿Una organización? ¿Por qué esa llave con la chapita? ¿Qué tiene que ver? ¿Es la llave simbólica de los sefardíes? ¿y por qué me la dio el viejo? ¿Qué relación hay. . .?

El parque estaba agradable y tranquilo, pero Daniel no salía de sus pensamientos. Un viento cálido movía la hojarasca de un lado a otro.

# 17

Volvió a su trabajo y se dedicó a su rutina. Tenía que ir al Judicial a contactarse con la tal Berta. En esas estaba cuando, sin quererlo ni pedirlo, las cosas se le complicaron. El segundo caso se le vino arriba. Un compañero suyo un día dejó de venir a clase. Daniel pensó que estaba enfermo. Era Guillermo Nolender, un amigo suyo desde el primer día de facultad que estuvo en su grupo por varios meses ya que los dos tenían la misma primera letra de apellido. Muy inteligente, ateo hasta la médula, marxista de nacimiento, guevarista de corazón y amante de la ciencia-ficción como él. Al segundo día de no venir a clase, Daniel llamó a la casa a ver qué había pasado. Atendió la madre y le contestó evasivas. Daniel no entendió, así que llamó al padre al negocio quien también le respondió con evasivas, pero cuando él siguió preguntando la conversación se cortó. Era claro. Andaba a la disparada o se lo habían llevado. ¿Qué hacer? Llamo a la tía, quien le dijo que no podía hablar. Al día siguiente se enteró a través de un amigo de su padre que lo habían ido a buscar, pero él se escapó por la ventana. Allanaron su casa, y las de los vecinos y las de las tías y de los abuelos, pero nada. No se sabía dónde estaba.

Al día siguiente, mientras tomaba café en su casa, sonó el timbre. Era una amiga de su madre con una amiga, quien parecía conocida. Era la prima del padre de Dorita y había visto a Daniel en la TTL. Era también muy amiga de la madre de Guillermo. Les dijo que el Guille estaba escondido en una casa, en el sótano, y no se animaba a salir porque estaba requerido por las fuerzas armadas. Lo iban a agarrar, encarcelar y torturar, era solo cuestión de tiempo. Y mientras hablaba, miraba a Daniel directamente. Él sabía lo que su mirada le decía, pero también sabía cómo las fuerzas Conjuntas trataban a los colaboracionistas, los hacían coladores. Daniel se quedó quieto y callado, no dijo nada. Las dos mujeres se fueron. Él se vistió y se fue a clase tratando de no pensar. Sin embargo, a media mañana se le vino el asunto a la cabeza y pensó que "si la mujer esta sabe, entonces Dorita y sus padres lo deben de saber también. Mierrrrrda con esa Dorita. Me metió en peligro", pensó saliendo del hospital. Al llegar a la facultad, Dorita estaba en la puerta en su auto. Se quedó parado. No quería entrar en su auto. No quería hablar con ella.

—¡Dale Daniel!, subí, no quiero hablar acá en la calle.

Subió al auto.

—¿Por qué estás tan preocupado? —le dijo—. ¿Tenés miedo que te lleve a la cama ahora? ¿ahora les tenés miedo a mis pechos, miedoso? Yo no vine a eso, Daniel. Vine por lo de Guille. Si no se hace nada, lo agarran y lo matan. ¿Podrás vivir con eso?

—Dorita, estamos en una época horrible y hacer algo o tan solo tratar de hacer algo nos puede costar demasiado caro a ti y a mí —le dijo—, escuchame Dorita, a los colaboracionistas los matan.

—Es tu amigo, Daniel. Y es mi amigo también. Si se hizo con David, se podrá hacer con el Guille.

—Bueno, yo. . . Ya, Dorita. Ya callate.

—Callate tú —siguió Dorita—, ¿cómo nos vamos a sentir el día que lo agarren y sepamos que lo mataron a torturas y no hicimos nada sabiendo que lo podíamos haber salvado? ¿Eh? Salvaste a David, Daniel, ¡¡también podés salvar a Guillermo!!

—Estoy asustado Dorita. Nos pueden matar a los dos.

—Todos estamos asustados, Daniel, pero a diferencia de todos, tu podés ayudar, los otros no pueden hacer nada.

—¡No sé qué hacer!.. no sé qué hacer. . .¿no ves que no soy nadie como para hacer algo? —respondió—, me da miedo, che, nos pueden agarrar y ya sabés lo que puede pasar.

Se quedaron en silencio.

—Te acordás del cuento "Cuando vinieron por mi vecino, no hice nada por qué no me tocaban a mí, hasta que un día vinieron por mi. . ."?

—Si. . . sí, me acuerdo.

—¿Y cuando vengan por ti, Daniel?. . .¿Y si algún día vienen por ti?

—¡Gracias, Gata!

—De nada come-niñas!

—Sos una caca de cómo me amargaste el día.

—Y vos eras un caca de mucho antes.

Se bajó. Dio la clase, pero luego se fue a caminar al parque. Dorita tenía razón, pero si bien un paso puede ser accidente, un segundo paso lo transformaba en un colaboracionista, en un agente de las sombras, con todo el riesgo que eso significaba. Se sentía con mucho miedo y tenía dudas sobre mí mismo. Se sentía como Chen en el libro de Andre Malreaux, "La Condición

Humana", ya no era la puñalada lo que lo asustaba, sino el saber que al darla él se transformaría de inmediato en un asesino, y así, no era que él no quisiera ayudar al Guille, gran amigo de tantos años, sino que sabía que, al hacerlo, y al haber ayudado a David Lewinsky, pasaría a ser inexorablemente un "agent collaborateur", y de ahí en adelante, lo agarren o no, él viviría con esa invisible marca en su frente en plena dictadura. O peor aún, no tendría excusa frente a un posible juez de las Fuerzas Conjuntas.

Necesitaba un trago de algo fuerte. Necesitaba pensar. Se sentó en el Bar Facal y se puso a meditar mientras se tomaba un whiskey, pero la mente no se le aclaró. Se fue caminando a su casa por Bulevar España y luego por la calle Ellauri, recordando y pensando. "¿Cómo seguir mi camino en forma imperturbable cuando una mano que me pide ayuda me hace desviar?". Caminaba dialogando consigo mismo. Si lo hacía, lo haría a través de esa organización, pero. . .¿Qué era esa organización? ¿Qué era esa llave? ¿Quiénes eran? Se dio cuenta que no sabía. Conocía a uno, pero ¿y los otros? ¿los otros que conoció? ¿serían miembros o solamente participantes? Pero ¿miembros de qué? Y este tipo. . . el viejo ese del Mercedes, ¿Quién es? ¿Y cómo es eso de que le daba poder? ¿Qué poder? Pero, poder. . .¿para qué?

Siguió caminando y pensando, ¿y cuál sería el significado de esa llave? ¿Acaso la llave con las chapitas era un símbolo de esa poderosa organización? ¿Eran lo mismo o dos cosas separadas? "Ni sé en que estoy metido ya".

Cuando llegó a su casa, se tomó otro whiskey, que, si bien lo relajó, no le aclaró nada y le dio dolor de cabeza. Le mostró la llave y la chapita a sus padres, pero no sabían qué podían ser. Supuso que la almohada lo aconsejaría.

La almohada no lo ayudó. Las imágenes nocturnas tampoco.

# 18

De mientras, la vida de los uruguayos continuaba sufriendo bajo la violenta bota de los militares. Arrestos callejeros e invasión de hogares era un diario acontecer y recordaba fuertemente la época nazi en Alemania.

El nazismo uruguayo estaba en apogeo, y la picana eléctrica también. Mucha gente fue visitada sorpresivamente por los soldados, luego encapuchados y llevados a centros de detención donde fueron torturados. La represión era terrible y el país entero estaba bajo una dictadura brutal. Era típico ver cómo militares y soldados empujaban a la gente, a veces con palos, a veces a culatazos, a veces con balas.

No había libertad de prensa ni seguridad personal. La población vivía con miedo y asustada.

La picana eléctrica, en la cual la víctima era atada, luego mojada, y sometida a descargas eléctricas por diferentes partes del cuerpo, se hizo tristemente famosa y muchas vidas se perdieron entre esos electrodos. Los lugares favoritos de los que usaban la picana eran los genitales y los senos, zonas muy dolorosas. La descarga y el dolor muchas veces mataba al preso o a la presa.

Los torturadores eran Montevideanos torturando compatriotas Montevideanos. Horrible. No eran europeos, americanos o asiáticos. No. Eran todos uruguayos torturando a alguien que podría ser su vecino. Eran los mismos Montevideanos, personas del barrio, vecinos quizás, quienes ejecutaban cosas espantosas a sus compatriotas. Verdaderos caníbales sociales.

Hasta el mismo Daniel fue detenido un par de veces en la calle, pero gracias a una llamada del oficial, lo dejaron ir. "¿A quién habrán llamado? ¿A un ángel protector?"

Así que ahí andaba Daniel con su llavecita. Mostró la llave a sus tíos, pero cada uno tenía una teoría distinta. Le preguntó a Pereira y a otro profesor, pero sin pistas. Así que se fue con su llave a la Sinagoga Vada Ir de la calle Canelones.

Sofía, la mujer, estaba cerca de la puerta y lo miró mal. Movió su cabeza indicándole que se fuera.

—No entres. Ándate lejos de aquí, putañero, criminal.

—Por favor, yo...

—Ya, Daniel, ¡¡putañero sucio!! Es tiempo de que lo dejéis en paz. Cada vez lo angustias más.

Daniel no le hizo caso y entró al cuarto del rabino. El lugar olía a cera y libros viejos. Había muchos libros en hebreo y en Yiddish. El escritorio estaba lleno de papeles. El Rabino Ioseff Bernstein, de barba gris corta, lo miró con sospecha.

—Hola Bernstein, ¿Cómo está?

—Uy, Daniel, Daniel, ¿Qué hiciste ahora? —dijo el rabino al verlo llegar—, cada vez que venís por aquí es por algo horrible. ¿Ajedrez?

—No, ahora no. Es otra cosa.

Se sentó cerca de su silla y le mostró la llave con los escuditos. Él los tomó en sus manos y los acarició con cuidado.

—¿A quién se los sacaste, Daniel? ¿Qué fue lo que hiciste? ¿abriste un ataúd y se lo sacaste a un pobre muerto? ¿los robaste?

—No. No hice nada, Bernstein. Nada. Me los dieron.

—¿Quién te lo dio? Estas cosas no se dan, Daniel. Yo te conozco. ¿A quién se lo sacaste? ¿Qué pasa acá?

—Ya le dije. Yo...

—Daniel, estas cosas no se dan, no se dan. ¿Qué hiciste esta vez? ¿Robaste?

Daniel le contó entonces cómo se la dieron y en qué momentos. Hacía ya años ya que él venía a ver al rabino contando cosas que le habían pasado, buscando su consejo, por lo tanto, el viejo no se asombró de lo que le decía.

—Un día me vas a matar de un susto.

—Bueno, vine aquí buscando su consejo. ¿Qué piensa?

—Que la próxima vez que te vea venir, mejor me escondo.

No había mucha luz. El rabino se quedó pensativo. Tenía como un olor a moho.

—A ti te pasan muchas cosas. Demasiadas. Sos como un imán para problemas.

—Bueno, bueno.

—Mirá, Daniel. El hilo representa las filigranas de la ciudad de Toledo en España, ¿ves?, esos colores son típicos. Representan y recuerdan la pertenencia a Toledo y la represión española. La llave es un símbolo Sefardí, y es la llave que muchos de ellos guardan década tras década desde que salieron de España escapando de la inquisición. Dejaron cerradas sus casas y guardaron sus llaves esperando volver algún día. Fue horrible lo que los españoles hicieron a los judíos y estos símbolos son para recordar todo eso... y... y para sentirse unido a esa gente y a ese pasado. Los españoles piensan que nos hemos olvidado de su alevosía, pero, aquí tenés, no nos hemos olvidado. Los españoles, con su gran cultura, siguen siendo la misma mierda antisemita que antes. Y orgullosos de una monarquía estúpida y vergonzosa.

—¿Luego de todos esos años?

—Sí. Pero el antisemitismo español fue y sigue siendo fuerte, aun hoy en día, y no pudieron volver. La furia anti-judía del pueblo español ha sido muy grande. Y aún es así. Y sus propias iglesias lo son también, hoy día, sucias de racismo y antisemitismo.

—Pero eso pasó ya hace mucho tiempo.

—Sigue estando fresco en esas familias.

—¿Y el gobierno español?

—Siguen siendo antisemitas allí en España. Mirá, Daniel, Alemania ha hecho lo imposible para ser perdonada, con compensaciones, pagos, etc. Y hoy uno mira a Alemania con otros ojos. ¿Pero España? ¿qué han hecho la monarquía o los ministros españoles para limpiar la sangre judía que empapa su historia? ¡Nada!

—Pero, Bernstein. . .

—Daniel, antes de seguir, y en presencia de esta llave, yo lo quiero recalcar. La historia de España está manchada de sangre judía.

—Bueno, pero. . . pero volviendo al tema del. . .

—Oh. Sí. Así que. . . Oh sí, es un símbolo Sefardí muy fuerte, Daniel. La llave es un símbolo de su pertenencia, de su origen en España, de la traición de ese país y de las amarguras y el dolor que han pasado por culpa de España. La llave les recuerda la salvajada del pueblo y del gobierno español que los humilló y les quitó sus pertenencias.

—¿Tan horrible España fue?

—Horrible. Y sigue todavía. El antisemitismo español continúa. Los burros españoles todavía siguen culpando a los judíos de clavar a su Cristo en la cruz. ¡¡Coño!!, ¿Cuándo aceptarán de que Jesucristo era judío como nosotros y tenía el pipí cortado igual que tú y yo?

—¿Y los apóstoles?

—¡¡Ja!!.. los apóstoles eran más judíos que yo. Lee la historia. La Santa Biblia les enseña que los apóstoles originales de Jesús fueron Pedro, Santiago, Juan, Andrés, Felipe, Judas Iscariote, Mateo, Tomás, Santiago hijo de Alfeo, Bartolomé, Judas Tadeo y Simón. Ninguno era cristiano. Eran todos judíos. Todos con el pipí cortado. Todos. Y la iglesia católica. . .

—Bueno, bueno, sí, ¿y lo otro?

—Ah, los escuditos, sí, ah, eso es más complejo. Ves aquí el compás y la regla en ángulo, ¿ves aquí?, se llama escuadra, y tiene la letra "G", sí, es el símbolo de los Masones.

—¿Masones? ¿se refiere a la masonería? ¿Qué es esa organización?

—Es una fraternidad, es algo así como una institución filosófica dedicada a fomentar procesos sociales, no sé bien. Ni tampoco sé que significa la "G". Pero te digo que el origen de la masonería se remonta a siglos atrás. Hay algo mítico, algo medieval y sagrado en sus orígenes, algo poderoso pero positivo que permanece invisible. Son fuertes, pero se dedican al bien.

—Pero, ¿Quiénes son?

—No sé bien, secretamente se reúnen y organizan un lineamiento para mantener la justicia y la cordura gubernamental lo mejor posible.

—¿Y las cruces?

—Mmmm. . . la chapita con las cruces, esta y esta, ¿ves?, representan una rama de la iglesia católica. Y la estrella ya sabés lo que es. Todo esto representa algo. . . mmmm. . . algo extraño. Es como que todo esto. . . no sé. . . Es como que esto representara a una especie de unión de Sefardíes, Masones, Ashkenazis y Catolicos en una sola fraternidad. Y supongo que secreta y para algún fin, o por alguna razón. Vamos, Daniel, ¿A quién le sacaste esto?

—A nadie. Me lo dieron.

—¿Ah sí? ¿no podés pasarte un tiempo sin meterte en problemas? ¡Lo contrabandeaste!

—No, no. No me agregue más preocupación.

—Esto es. . . mmm. . . esto es algo que. . . no se. . . esto es inusual —dijo Bernstein—, solo un fin común, importante, severo y fundamental podría unir estos grupos. Y quizás sean más, sí, lo más probable. Sí, sí, algo lo une. No entiendo por qué ni para qué. Pero, ¿A quién se lo robaste? Has robado antes.

—¡No!, no la robé. Me la dieron. Pero ¿y qué. . .? Digo, ¿Cómo interpreto el hecho de que me la dieron?

—Se supondría que algo así no debería haber caído en tus manos, ya que esto debe ser un secreto. Una cosa así no se da a alguien sin esperar algo, sin tener cierto grado de confianza, sin. . . eh. . . eh. . . no se da a alguien como vos.

—¿Por qué lo dice?

—Porque. . . porque es como que yo te diera las llaves de mi casa, o como si tu vecino te diera las llaves de su auto para que las guardes por alguna emergencia, ¿ves? O como si yo dejara a mi sobrina en tu casa para que me la cuides.

—Mmmm. . .

—Sí. Estos símbolos suponen una relación, una confianza, un secreto. . . quizás el secreto de algo grande que ni se ve y no se puede ver, pero que existe como. . . como. . . ¿cómo diría yo? Ah, como una hermandad invisible, sí, eso.

—Pero. . . ¿Por qué será que me lo dieron?

—No sé. Quizás. . . mmm. . . quizás como un mensaje. . . eh. . . como que te comunican que están compartiendo algo contigo. ¿Y qué vas a hacer con eso? ¿Eh, Daniel? No hagas una de las tuyas. Esto. . . mmmm. . . es como que te comunican que ellos están contigo. . . como que te hacen parte. Es extraño.

—No sé qué hacer —dijo Daniel al levantarse—, tengo que pensarlo.

—Sí, eso. Piensa en eso.

—Gracias —dijo Daniel saliendo—, gracias rabino Bernstein, gracias.

—Ay, cada vez que te vas me quedo preocupado. Daniel, Daniel, escucha, si te han dado la llave quizás es porque te necesitan. . . no sé. . . quizás. . . sí. Te necesitan. Mirá, mejor andate.

—Sí. Chau, Bernstein —se despidió al salir.

Al llegar a la puerta del templo, la vieja Sofia le hizo gestos de que se fuera.

—Ya no vuelvas, hereje —le espetó—, ¿cada vez que te metes en problemas tenés que venir a molestarlo? Degenerado, contrabandista.

—Mire, señora, lo que pasa es que. . .

—¡Lo que pasa es que sos un jodón! Un impertinente. ¡¡Delincuente!! ¡¡Anda con tus putas!!

Se fue de la sinagoga, "qué perra mala esta" pensó, y se puso a caminar por la calle Canelones, "¿Cómo sabrá eso de mí?" Luego subió por la calle Andes y siguió por San José. Caminaba y pensaba, pero cuanto más pensaba, más confuso parecía todo.

No tenía respuesta.

En San José y la calle Río Negro vio a un manicero. "¡Mierda!" Se dio vuelta y se fue a tomar el ómnibus.

Se levantó al día siguiente decidido. Quizás lo ayudó a decidirse el hecho de sentir que pertenecía a algo grande, aunque no visible. Llamó a Dorita y le dijo que lo tenía que ayudar, tenía que sigilosamente averiguar dónde lo tenían. Llamó a los teléfonos que le habían dado antes, atendió una mujer muy simpática y le dijo quién era y que tenía otro encargo y necesitaba más mercadería. Se fue a clase.

# 19

A eso del mediodía, cuando terminaba la clase, y estaba charlando con Claudia, vino una doctora de la cátedra de pediatría y se lo puso a mirar fijo y le hizo seña de que la siga. Entró en un cuarto, cerró la puerta, le preguntó detalles sobre el caso, le hizo saber que correría un gran riesgo, le dio un sermón, y le preguntó qué pasaba. Daniel le contó más sobre el muchacho. Ella le dijo de nuevo el riesgo que corría y que si lo hacía pasaría ser un colaboracionista y que esa gente podía tener la vida muy corta.

Se fue a la facultad. Luego de Anatomía se fue a caminar, pero no se pudo concentrar. Llegó a su casa, cenaron mirando televisión. A eso de la medianoche llaman a su casa. Un muchacho le dijo que una amiga suya le mandaba decir que había encontrado el libro que él buscaba, y corto. De mañana fue a clase, pero al salir, al mediodía, ahí estaba la Gata Dorita, tremendamente sexy, plantándole un beso como si fuera un encuentro de novios, y diciéndole que había traído su revista favorita. En el auto vio las fotos del Guille entre las páginas de la revista. La Gata sabía ya dónde estaba el Guille. Pararon en el bar de la calle Soca y Ocho de Octubre, llamó y dijo que tenía unas fotos muy lindas. Le preguntaron dónde estaba, les dijo, y le dijeron que en una hora estuviera en la confitería Hamburgo. Allí estuvieron. Entró una pareja que nunca habían visto, muy bien vestida, y los saludó como si fueran hermanos. Comieron masitas y cuando la moza se alejó, les pidieron las fotos y les detallaron el plan. Como el Guille era pelirrojo, se tenía que teñir de morocho y usar espejuelos de culo de botella, y cuando estuviera listo que se sacara fotos nuevas y con corbata. Tenía que lucir súper pulcro y vestido con ropa cara. El secreto debería ser total. Nada de usar teléfono. Nada de contárselo a nadie. Si la cosa reventaba, les dijeron, "váyanse del país como puedan o escóndanse en el rincón más oscuro y ni respiren por un mes". Chau. Y se fueron.

Hablaron de otros detalles y se despidieron. El reloj marchaba. A la mañana siguiente, Dorita vino a su casa y le dio las nuevas fotos de Guille y lo llevó al hospital. En el camino, se abrió la camisa, bajó sus breteles, expuso sus pechos y le dijo "¿no querés un adelanto?", "no, Dorita, tengo clase". Dorita se abrió la camisa más aún, le mostró lo que no debía y le dijo "¿no querés un poco?", pero Daniel le contestó "ya, ya, llévame a clase". Llamó, luego, por teléfono, desde el hospital en cuanto llegó y a media mañana la misma doctora lo ubicó. Le dio las fotos y ella le dijo que le avisarían. Le repitió que el secreto total y la rapidez eran esenciales. Daniel pasó el día entero con palpitaciones de ansiedad. Tenía un presentimiento de que la cosa no iba a salir bien.

A la mañana siguiente, casi al salir al hospital, tocaron timbre. Se sobresaltó.

—Ay, ay, Daniel, es el timbre, nada más —dijo su madre.

Miró por el balcón y vio un Mercedes negro. "Ay, mierda, algo pasó". Una chica subió con flores y bombones y se fue. Adentro de la caja de bombones había una cédula de identidad y una credencial con fotos de un muchacho de pelo negro y de lentes gruesos, y un pasaje de TTL para ese mismo día. También una nota que decía que un favor paga otro favor, y la cuerdita de colores de antes, sin chapitas. Llamó a Dorita y le dijo "hoy", "¡hoy mismo, Gata!".

—¿Qué pasa? —preguntaron sus padres.

—Tengo examen —les dijo—, un examen sorpresa.

Se fue a clase. Al mediodía se fue en taxi a un bar de la calle Rivera donde la Gata lo esperaba. Le dio los papeles en la misma caja de bombones, y le dijo "hoy a las siete y media". Le dijo que estaba todo arreglado y bien, le quiso decir dónde estaba el Guille y él le dijo que no se lo dijera. Le dio instrucciones y le dijo que no le diga a nadie, "Mira Gata que te la estás jugando". Ella lo llevó a Anatomía. "Te traje un poco de pascualina y la hice como a ti te gusta" le dijo la Gata Dorita. Daniel abrió el paquete y se la comió. "¡¡Y no me digas Gata, putañero!!" le recalcó. Daniel dio la clase como medio zombi, distraído. Les dijo que estaba cansado por la guardia. Hizo tiempo luego que salió, caminó, leyó el diario, fumó, le vino dolor de barriga por los nervios y corrió al baño, "Ay, esa pascualina", tomó café, hasta que se hizo la hora y se fue aproximando a la estación de la TTL atrás del cine Plaza. Un dolor de barriga lo llevó al baño del cine Plaza. "¿Por qué habré comido esa pascualina?" salió del cine y se quedó allí en un rincón, leyendo el diario, mirando los dos autobuses de TTL. Los autobuses decían São Paulo. Contemplo a los policías y a los uniformados del ejército que cuidaban todo como perros guardianes. La barriga le dolía de nuevo. "Ay, voy a sufrir hasta que la pascualina termine de salir". Había un Mercedes Benz negro parado a media cuadra, pero, aunque lo vio, no le prestó mucha atención.

Las siete. Los pasajeros habían empezado a subir, pero nadie conocido había aparecido. ¿Habría pasado algo?

Prendió otro cigarrillo. Estaba preocupado. Había demasiada vigilancia. "¿Por qué tanta vigilancia sino es porque saben que gente culpable tratará de escaparse. ¿Alguien cantó?"

Siete y cuarto. Nada. El Guille no se aparecía. Seguro que lo agarraron. "¿Y la Gata?"

Los uniformados caminaban mirando a todos con sospecha mientras que sus armas mostraban ganas de escupir fuego. Había agresividad en el aire.

"Alguien canto. Esto no terminará bien".

Siete y veinte. "Puta madre, ¡¡lo agarraron!!", pensó. La barriga le hacía ruido. Estaba nervioso. Tenía la boca seca de los nervios y la nicotina le quemaba la lengua. Comprendió que todo había ocurrido demasiado rápido para la poca experiencia que tenía. "¿Cómo fue que me metí de nuevo en esto cuando me prometí que no lo iba a hacer?" se dijo. Su estómago se quejó con un ruido, "La Gata me jodió con esa pascualina" se dijo.

La guardia militar munida de ametralladoras caminaba nerviosa alrededor del autobús. "Ay, ay, ellos saben".

No, no podía ser. "Alguien les dijo".

A las siete y media, cuando ya el autobús había prendido el motor y los nervios, los cigarrillos y la barriga lo estaban matando, se paró un auto y una pareja salió contenta, con valijas finas. Él era un morocho de traje de alpaca gris claro, fino, caro, muy elegante, y con corbata y pañuelo de seda verde, y su novia de vestido floreado y un llamativo escote que mostraba más de lo que debía. "Ay, Gata, me vas a matar del susto" pensó. La pareja se reía mientras llevaban las valijas. Eran el Guille y la Gata, que de apuro se despidieron prometiéndose amor eterno mientras los policías celosos y los oficiales del ejército examinaban los documentos y, de reojo, el escote. Que pícara la Gata. Todo estaba en orden. El Guille lo buscó con la mirada y lo miró de lejos un rato. Le pareció que se le pusieron los ojos vidriosos.

No se hicieron ninguna seña. Lo siguió mirando cuando se subió, mientras los pelos de Daniel se erizaban. El autobús arrancó enseguida y se fue. Daniel se quedó un rato allí apoyado contra una columna, duro por los nervios. Dorita y los cinco familiares que vinieron a despedirlo lo miraron de media distancia y, tal como habían arreglado, ni se acercaron ni movieron una ceja. Saludaron al autobús con la mano y se fueron contentos y lloriqueando. Vio que el Mercedes negro se iba y se fue caminando para tranquilizar los nervios. "Entre el escape y la pascualina, la Gata casi me mata". Cruzó la plaza pateando hojarasca, agarró la calle San José y se fue a tomar el autobús 116 para ir a su casa. Por el camino vio otro manicero, se dio media vuelta y se fue. "No quiero escuchar lo que me va a gritar".

El autobús estaba lleno de ojos acusadores. La gente lo miraba sabiendo que él era un colaborador.

La Gata lo estaba esperando en su casa cuando llegó y delante de su madre, Marisa y Estela, se lo comió a besos. Le dijo que viniera con ella que tenía una gran sorpresa.

—Sí, andá —dijo Marisa—, andá que vas a conocer a tu hijo, vas a ver qué sorpresa.

—Sí, ponele de nombre Pablito a la sorpresa —dijo Estela—. Lila, ¿Por qué no vas vos también así conoces a tu nietito?

"Estas no aflojaban nunca", pensó Daniel. Su madre, Lila, estaba contenta porque Dorita le gustaba.

Se fueron. Dorita le dijo que tenía para él un convite especial.

—Pero nada de pascualina, Dorita.

—¿Por qué?, ¿no te gusto, malagradecido?

—Es que me dio dolor de barriga.

—Es que vos sos un cagueta, Daniel.

—No, no soy, es que me parece que hay algo que tú le ponés a la pascualina.

—Le pongo amor, Daniel.

Ella lo llevó al Columbia Plaza Hotel, donde les esperaba una suite, con comida fina. Era su regalo y agradecimiento. Le dio una copa de vino y le masajeó la espalda mientras Daniel se dejaba llevar por su encanto. Él necesitaba alivio por lo nervioso que había estado. La suite del hotel era fabulosa. La comida estuvo deliciosa. Dorita también.

Dorita lo llevó de mañana a su casa, se cambió de ropa y se fue a clase. Estuvo todo el día preocupado por dos cosas. Había participado en otro escape y eso lo metía más aún en el peligro, "peligro de que me agarren", y su relación con Dorita lo preocupaba más aún. "Esta Gata me puede meter en otro escape" . . . "me tengo que distanciar de ella. Mmm. . . además no nos cuidamos y todavía puede quedar embarazada. Y quizás eso es lo que ella quiere. Mejor me separo a tiempo".

Se acordó de que tenía que ir al Poder Judicial. "¿Una tal Berta?"

# 20

Al día siguiente era su cita en el Poder Judicial.

Salió de anatomía bien temprano, se fue a su casa, se dio una ducha y se tomó un taxi al Poder Judicial. Entró allí como le indicaron, fue derecho a la oficina de la Suprema Corte de Justicia, donde un doctor titular de algo de la fiscalía departamental lo recibió con un apretón de manos, le explicó algo en chino y lo llevó a la Dirección General de los Servicios Administrativos del Poder Judicial. Era una oficina grande, decorada interiormente con azulejos, y donde otro director de algo y su secretaria los esperaban. Lo pasearon por corredores confusos, le mostraron oficinas feas, le explicaron cosas en otro idioma y le dieron el manual de la burocracia. Luego lo llevaron a la oficina de Berta, quien lo recibió y comenzó su explicación.

—Como ves Daniel, la Dirección General de estos servicios administrativos del Poder Judicial tiene muchas ramas que incluyen arquitectos, ingenieros, la división planeamiento, la división jurídica, la dirección nacional de defensores públicos y el Instituto Técnico Forense, totalmente controlado y dependiente de nuestro Poder Judicial, y cuyo director es el Profesor Doctor Etcheverry —explicaba Berta, la sub-directora—, ¿vas viendo? Y dentro de este instituto está el Departamento Médico-Forense que se relaciona con ministerios, cuyo director es el Profesor Doctor Maggiolo-Cruz que tú conoces, y el cual se enlaza con órganos ministeriales. Lo llamamos el DEMEM.

—Ah, sí. Sí.

—La oficina esa que ves allí es el DEMEM, ¿Te hablaron de eso?

—Sí.

—Bueno. Ahí no puedes entrar. Bajo sus mandatos están todos esos médicos forenses que tú has visto en la Morgue, la cual es dependencia nuestra y no de la facultad como pensabas.

Berta continuó explicando detalles del lugar y sobre el departamento de medicina criminológica, la oficina técnica y el laboratorio de química toxicológica, todas englobadas dentro del Poder Judicial y con integrantes que asesoraban en los juzgados, en la central de archivos penales, y que colaboraban con la jefatura de policía y la oficina de defensores públicos. Lo aburrió con más información y luego de darle otros dos manuales para estudiar, le presentó a sus "manos derechas", Lourdes, José Pedro, Gina y María del Rosario, quienes culminarían su enseñanza. "Así que esta es Gina" pensó Daniel. Berta se despidió y se fue. Daniel saludó a los cuatro educadamente. María del Rosario era muy linda, con dientes, pechos y labios de tamaño ideal, "grandes, sí" pensó Daniel, quien ya se la imaginaba desnuda. Gina se dio cuenta de su mirada. Tenía mirada de mala y no le agradó. "¿Será esta la Gina que me dijeron?". La miró, le movió una ceja, pero no hubo señal. Parecía antipática. Lurdes, más robusta, presentaba también un cuerpo atractivo, "¡¡qué delantera!!"

Las tres chicas y el muchacho, funcionarios del departamento, estaban vestidos con túnica gris larga y tenían cara de desganados. Se sentaron en uno de los cuartos que tenía un escritorio grande y un pizarrón y los cuatro le empezaron a explicar sus dos manuales y le dieron otro para leer. Trató de mirar a Gina para ver si le daba una señal, pero nada, ni lo miraba. "Mmmm, qué seca que es", pensó, "es como que no me mira a propósito, ¿me conocerá de algún lado?". La sesión de burocracia duró más de dos horas y cada uno de los cuatro le habló de cosas aburridas. "Pero. . . esto es muy aburrido". Sin embargo, lo entretuvieron las imágenes pectorales de las tres chicas, sobre todo la de Rosario, que tenía los pechos más grandes.

Se leyó las libretas en tres noches, tres idas al baño y tres viajes de autobús. Las encontró aburridas. Llamó a Berta por teléfono y le confesó que su horario era un problema por sus clases de anatomía y sus horas como estudiante, y que no iba a poder cumplir con los requisitos. Berta aceptó darle la oportunidad de encontrarse con los otros cuatro fuera de hora y darle algunas de las clases en un café entre pizza y pizza, ya que el Judicial cerraba a la seis. Se encontraron a las seis y veinte de la tarde, dos días más tarde, en el bar de San José y Yaguarón. Rosario no pudo venir. "Qué pena, pensaba conocerla. Está linda" pensó Daniel. Gina estaba allí, antipática como antes.

"¿Será ella?". Lourdes estaba vestida sin túnica, con un vestido marrón claro, cinturón ancho y lucía dos pechos que cautivaron a Daniel de inmediato. "De esas aguas tengo que probar", se dijo a sí mismo, imaginándose a ella ya desnuda en el auto. Gina se dio cuenta de nuevo y desvió su mirada, pasando a tener una actitud negativa.

"Mmm", pensó Daniel, "¿Será ella? Es seca y no me presta atención. . . mmm, seguro que no es ella. Pero es como que me tuviera una antipatía por algo".

—Recuerda siempre que estás en clase —aclaró desde el inicio Lourdes—, así que presta atención y no te distraigas. Tenéis que leer y estudiar las libretas que te damos. Esas son exigencias de la directiva y nosotros tenemos que reportar a Berta y a la dirección y al final hacer un reporte.

A Daniel no le interesaban las libretas. "Libretas de mierda". Miró de nuevo a Gina, "A esta Gina le dijeron algo malo de mí".

—Bueno, sí —dijo Daniel, sabiendo ya que no las iba a estudiar.

Lourdes y José Pedro le explicaron algunas cosas mientras tomaban café. Era aburrido.

—¿Entendés eso? Los médicos forenses son dependientes del Poder Judicial y trabajan en la Morgue y en muchos lados más —dijo José Pedro, mientras comía pizza—. Eh. . .¿te aburre esto?

—¿Prestas atención o estás enfocado en nuestros pechos? —le ladró Lourdes.

Le dieron dos libretas para estudiar y hablaron de encontrarse dos días más tarde en el bar de San José y Río Negro para la siguiente clase. "¿Dos libretas más? ¿Qué voy a hacer con esto?".

—¿Por qué ponéis esa cara de aburrido? —lo increpó Lourdes—. ¿No quieres venir a aprender?

Daniel no sabía cómo explicarles.

—No sé. No puedo. . .

—Eres un tiempo perdido —le dijo José Pedro—, así no podemos seguir. No eres un tipo agradable. Yo me voy. No vengo más.

Daniel se achicó. Gina estaba seca y con cara de aburrida. Lurdes siguió explicado un poco más.

—Escucha bien. Forense es del Judicial, mientras que el Departamento de Medicina Legal depende de la facultad de medicina, y son más que nada personal docente, pueden colaborar y hasta hacer autopsias siempre y cuando no interfieran con las actividades del Instituto Forense —agregó Lurdes—, pero sucede que varios de ellos tienen varios puestos en. . .¿escucháis o no?

Daniel no quería seguir con esas instrucciones, "¿Y cómo les digo?".

Gina no hablaba. Con sus dientes chiquitos, boca de malvada y su melena recogida hacia atrás, parecía interesante si no fuera por su antipatía.

Ninguna otra Gina se había comunicado con él, así que de nuevo pensó "¿Será esta o no la enviada por Maggiolo y Etcheverry? ¿y por qué tan seca esta tipa? ¿tiene culo de princesa?"

Había todo tipo de gente en el bar, algunos comiendo pizza, otros solo fumando y tomando café. La señora de al lado charlaba con su acompañante mientras comía una milanesa.

—No te olvides de que estás en clase —aclaró Lourdes, al notar que su mirada hacia ellas había cambiado y apuntaba a ambos lados del corazón—, la directiva de los Servicios Administrativos coordina. . .¿Escuchas? ¡eh Daniel!, ¿escuchas o no?

—Sí. . . sí —contestó, poniéndose medio acalorado—, pero. . .¿Cuánto. . .?

—¡Deja de mirarnos el busto! —le exigió Gina con voz agresiva—, no es agradable. Sos un maleducado.

—Bueno. . . sí, perdón, ay. . . sí, esta bien —dijo poniéndose rojo de la vergüenza al ver que Gina lo miraba con ojos agresivos—. Perdón, por favor.

—No seas descortés —dijo Lourdes—, es una cuestión de educación. Estas clases son importantes así que no te hagas el estúpido.

—Sí, pero entiendan que yo vengo de clase y además. . . no me queda mucho tiempo para. . .

—¿Ah sí?, si no tomás estas clases se lo reportamos a Berta.

—No seas mala, Lourdes —pidió Daniel—, no es por falta de interés, es por falta de tiempo.

—¡Yo me voy! —dijo José Pedro—, con este tipo no se puede nada. No le interesa nada. Chau. Chau.

Así que José Pedro se fue. Allí, en el café, entre medialunas de jamón y queso y café cortado, discutieron un rato más sobre lo que había aprendido en las libretas que le habían dado. Mientras ellas hablaban, la mente de Daniel se iba, escapándose. Un murmullo de voces y servilletas dominaba el aire. Una chica pasó con un ramo de flores. Una pareja entró y otra se fue. Un rato más y el aburrimiento de Daniel lo desconectó de la clase y lo hizo mirar terrenos prohibidos.

—¡Pero, mierdita! ¿Estás aquí, Daniel? ¿O estás entre mis tetas? —dijo Gina, con voz agresiva de disgusto—. Así no se puede seguir. Estas clases habrá que terminarlas. Ya me quiero ir.

Daniel se congeló, y se quedó quieto. "¿Será esta la Gina o no será?" pensó, "tiene cara de mala". La gente de la otra mesa parecía haber escuchado. La señora de la milanesa lo miró mientras masticaba, sabiendo lo que ocurría. Un mozo que pasaba lo miró y le levantó las cejas en advertencia. "Ay" pensó Daniel.

Otro mozo gritó un pedido de otra mesa: "¡¡Tres cafés y dos media lunas!!".

—Perdón —dijo, poniéndose rojo de nuevo. Toda la situación lo ponía incómodo—. Por favor no lo tomen a mal. . . yo no. . . no. . . eh. . . disculpen. Yo no quiero que se sientan así. Yo. . . es que no tengo. . .

Trajeron un bizcocho a la mesa y Lurdes se puso a comerlo de mala gana, irritada. Gina prendió un cigarrillo y puso cara de que se quería ir de una vez.

—¡Sos un chiquilín maleducado! —le dijo Gina—. ¡estas clases no van a servir!

Más personas vinieron al café, se sentaron aquí y allá, pidieron té, pizza y bizcochos. Nadie se había sentado cerca, por suerte, pero para Daniel todos parecían saber lo que pasaba. Se quedó callado mientras el aroma de café fresco, jamón recién cortado y sándwiches calientes se mezclaba con el olor del humo de cigarrillos.

Él se daba cuenta de su acción, pero no podía evitarlo. Si las miraba de frente era un problema, si miraba al costado era un problema, si miraba el café y no las miraba, también era un problema. Ya no sabía para qué lado mirar y que luciera como que les prestaba atención. Por lo menos el aroma de comida en el aire parecía estimularlo y lo consolaba.

Ellas se quedaron un rato sin hablar y Daniel no dijo nada.

—¿Te pasa algo, Daniel? —preguntó Gina, con voz un poco agresiva, mientras sorbía de mala gana su café cortado.

—Nnnno. . . nada —contestó, preocupado—, estoy bien. "¿Qué hacer? ¿Qué mierda le pasa a esta antipática?", pensó.

—¡Cuatro cortados! —gritó otro mozo—. Dos mozzarellas.

La clase terminó y ellas se fueron, mientras Daniel se quedó en la mesa un rato más, calmando su torbellino mental, revolviendo el azúcar en una taza casi vacía que tenía el sello del bar. Su búsqueda hasta ese momento había sido inutil. Necesitaba cierta información que no estaba a su alcance. "Y ni siquiera sé dónde está". Con su cara apollada en la otra mano se resignó a su frustración. "No es ella. Ya no voy a averiguar nada".

Pensó en cuanto había avanzado y como en realidad no había llegado a nada. "No llegó a nada. ¿qué me queda por hacer?".

La amargura se le vino arriba, mientras revolvía el azúcar en la taza. "¿Cuándo voy a salir de esta?" pensó. "Estas clases son aburridas y me están matando. No puedo seguir con esto, pero tampoco avanzo en lo otro". Respiró hondo, miró por la ventana del bar, pensativo, y se encontró con los ojos de Gina, quien lo miraba tratando de adivinar qué es lo que le pasaba y qué era lo que le causaba esa melancolía. Al ver que él la había visto, ella se dio vuelta y se fue rápido con Lurdes y se pusieron a hablar. "¿Y qué le pasa a esta Gina ahora?". Suspiró hondo y prendió un cigarrillo.

Daniel se quedó un rato más. La señora de la milanesa lo miró como diciendo "estúpido, te jodiste por idiota".

El mozo vino a llevarse algunos de los platos y le dijo "contra dos mujeres a la vez nunca vas a ganar. ¿Querés más café?".

—No, gracias, tráigame una Salus, por favor.

Se quedó allí, pensando, mirando la mesa y la libreta. Minutos más tarde sintió una presencia a su lado. Gina, alta y esbelta, de pelo negro y ahora desparramado como de leona, de lentes, de labios gruesos, pómulos finos, con sus colmillos finos y vistosos, vestida con un vestido de lino color gris claro, se sentó frente a Daniel sin decir palabra. Lo miró con ojos grandes de quien trata de tener paciencia.

Estuvieron un rato ahí, sin decir nada. "Entonces, esta debe ser la Gina que me dijeron". Ella de pronto le resultaba más atractiva que antes. Había algo distinto en ella y su semblante agresivo había cambiado.

—Te pasa algo, ¿eh Daniel?

"Ella sabe" pensó Daniel, "es ella. Pero, ¿Qué le importa ahora?. . . ¿Qué hacer? "

Se quedaron en silencio. Daniel miraba la mesa, y la miraba a ella. Una voz dijo "algo más señor?". Daniel miró hacia el costado. El mozo estaba al lado suyo.

—¿Algo más señor? —dijo.

—¿Mmmmm? No. . . nada más —le dijo Daniel mientras le pagaba.

—Suerte, señor. Que le sea leve.

Esperaron.

—¿Sos la Gina que me dijeron?

—Sí. Y ya veo que sos el mierdita maleducado que me dijeron.

—No lo tomés así.

—No, seguro, ¿Cómo querés que lo tome? Estás en clase y nos miras desnudándonos con la mirada. ¿Qué? ¿Venís de la cárcel?

—Pero. . . no, no es eso.

—Te portas como que ni te dieron de comer ni te hubieran dado bastante sopapos de chico, Daniel. ¿Vos no te das cuenta de que fuiste un baboso con María del Rosario? No debes hablar ni mirar a una mujer así, como un cerdo en celo. ¡¡Baboso!!

Daniel no tuvo respuesta. "Qué cagada".

La señora de la milanesa levantó un tenedor amenasante. Una pareja se dio vuelta y lo acusaba. "Ya todos saben, solo falta el manicero".

Se levantaron y empezaron a caminar sin hablar y sin rumbo por la avenida 18 de Julio. De pronto, Gina le parecía todavía más atractiva que antes. "Tiene razón. Fui un grosero".

—Fui un grosero, Gina. Sí. Me disculpo. Pero. . . me dijeron que me podés ayudar.

—No sé. No sé si mereces ayuda. Mereces más un sopapo y una clase de educación.

—Sí, bueno. Yo. . . mirá. . . fui un grosero, sí, perdón, es que. . . eh. . . admito, sí, a veces no me porto bien.

—Además, parece más que tenés un problema, o varios problemas, pero hay algo de obsesión aquí.

—Pero, es que. . . sí, tengo ese problema. ¿Te contaron algo?

—Sí. Pero las obsesiones son peligrosas y eso no es buena noticia.

—Tenés que entender, Gina.

—¿Entender? ¿¿Entender?? ¿qué sos un inmaduro? Yo entiendo que quizás ensucies con mierda todo lo que toques —le increpó—, bueno, allá tú. Decime que sucede, qué sabes.

Mientras caminaban se pusieron a hablar sobre lo que había pasado. Daniel le contó algo de lo que había hecho. Gina le recalcó que no se trataba de su problema personal, sino de problemas similares de muchas otras personas.

—Tenés que salir de encararlo como tu problema privado y asumirlo como un problema de mucha gente a quien debes ayudar. . . si es que te interesa ayudar. Puerco —le dijo.

—Pero, Gina, ¿de cuántas personas estás hablando?

—¡Muchas, Daniel! Hay mucho dolor.

Él se detuvo y le preguntó en voz baja

—Pero, ¿cuántos muertos? ¿Cuántos muchachos fueron asesinados así?

—Muchos. Pero no se sabe la cantidad. Los militares esconden la verdad y los números. Todos. . . o la mayoría, con pedido de rescate de por medio.

Daniel se asombró de nuevo de lo mismo que los forenses le habían dicho.

—¿Quiénes? ¿Cuántos hay? ¿Qué ha venido pasando que yo no sé?

—Bueno, la cosa es si querés saber eso y si querés ayudar.

—Ayudar, ayudar. Ayudar significa meterme en algo, en una organización de. . .

—Sí. Significa eso —le dijo deteniendo su paso.

Daniel se acercó un poco a ella y le dijo

—Pero, ¿Cómo hago? ¿Qué hago ahora?

Al estar parados allí, una pequeña brisa trajo hacia Daniel el aroma corporal de Gina. Era un olor a mujer, a una mujer animal, "olor a carne de hembra" pensó Daniel.

—¡Salí! —dijo Gina—, ¡no te me acerques con esa mirada de lobo! Mirá, me voy. Contigo no se puede hablar.

—Pero, no —dijo Daniel separándose—, espera.

—¿Ah no? Me estás mirando a través de mi ropa con una lascivia repugnante. ¡¡Cerdo!! —le gritó.

Gina bajó a la calle y paró un taxi.

—Déjame ir contigo. Tenemos que hablar.

—Habla contigo mismo —le gritó—. Sácate la calentura con la Carmencita esa. Come putas.

—¿Qué? ¿Quién te contó?

—Chau. Ya, ya, fuera. —le gritó de nuevo y cerró la puerta del taxi y se fue—. ¡¡Se acabaron las clases contigo!!

Daniel se quedó allí en la calle. Dos hombres que pasaban le gritaron "te jodiste, gil". Una mujer lo miró orgullosa de que otra mujer lo dejara plantado, "¡¡lo tienes bien merecido!!" Un viejo se quitó la gorra saludándolo y riéndose. Daniel se dio media vuelta y se puso a caminar, frustrado.

La cosa no quedó en nada.

Para peor, al día siguiente tampoco pasó nada. "Ahí está, me jodí".

# 21

Dos días más tarde, una muchacha se le acercó en su visita médica en el hospital de clínicas.

—¿Daniel? Gina te espera a las doce y media en el café de la calle Soca esquina 8 de Octubre.

Daniel se apuró y la encontró allí, sentada afuera, fumando. Se sentó al lado de ella.

—Hola.

—Mira Daniel, hay cosas que debes aprender sobre el Poder Judicial y las tienes que aprender ahora.

—Sí, dale, estoy de acuerdo. Pero no me lo hagas aburrido ni me hables mal.

Gina le empezó a explicar las premisas del Poder Judicial, de sus diferentes centros, de cómo se manejan, del manejo de la Morgue y su relación con la Jefatura, de la interacción entre detectives y policías con los médicos y docentes en una labor conjunta, de la integración de la jefatura y las fases del equipo de investigación.

—¿Ves? La autopsia no es simplemente destripar y descuartizar un cadáver buscando a ciegas cualquier cosa —le dijo Gina—. ¿Oíste Daniel? ¡Escucha, coño! La autopsia debe seguir un método definido, y tienes que seguir el ABC que el cuadernillo te dice y seguir esos lineamientos. No debes empezar si no tienes a alguien de toxicología contigo para tomar las muestras y un testigo para corroborar los hallazgos. ¿Oíste?

—Sí. . . Sí.

—Muchos de los que tú conoces están envueltos en la docencia y en la investigación medicolegal y también hacen autopsias en la Morgue. Tres de los asesores del departamento de medicina legal son oficiales de la jefatura y uno de ellos es subcomisario, MacLagan, a quien conociste ya. MacLagan tiene enlaces a su vez con varias de nuestras oficinas y con oficinas del Hospital de Clínicas, Hospital Maciel, la Morgue y los juzgados. De paso, ¿Por qué te llaman Carmencito allí?

—¿Eh?, ¿Quién te dijo?

—Mozo, mozo —gritó un tipo desde su mesa—. Dos Cocas y dos mozzarellas.

—Yamandú, y Domínguez también. ¿Eh, Daniel? ¿Por qué?

—Nada, no sé. No importa.

El café no estaba muy lleno. El mozo les trajo café y un agua mineral. Estaban los dos sentados medio de costado, mirado a la calle.

—Decime. Daniel, decime. ¿Es por la Carmen?

—Sí, pero dejame, con ese tema. Callate con eso.

—Tres pizzas y un cortado —gritó otro mozo.

—Ah, ¿querés que yo lo averigüe sola? ¿eh, Carmencito?

—No, pucha, no me llames así. Es por una tal Carmen. No importa —dijo, pero al ver que no iba a ceder le dijo—, es una prostituta que trabaja en el burdel El Ensueño. Yo le sacaba fotos. Ella es maestra y quería ser modelo. Yo le sacaba fotos que ella luego usaba para promoverse y mejorar en la vida. Ya ha conseguido algo, me dijeron.

—Ay, pero sos un generoso putañero, ¡Daniel! Pero qué buena persona que sos, acostándote con putas para sacarles fotos. Eres un. . .

—Cierra la cuatro —aviso un mozo al cajero—, tres figazzas para la dos.

—Fui, Gina, fui. Esa época ya pasó. Ahora soy bueno.

—Sí. Buen animal. Cuanta más mierda habrá habido en tu vida. ¡Mierdita que eres. Carmencito de mierda que eres.

—Ya, ya, no me castigues.

—Pero. . . pero. . . ¿Dónde se vio? Aquí esta Danielito Toulouse Lautrec sacándole fotos a las putas —dijo en voz alta—. ¡Degenerado!... ¿Qué? Salí, no me toques con esas manos. ¡Sucio!

—Ya, no me grites. Son cosas de antes. De antes.

Se quedaron los dos en silencio. Ella irritada, él angustiado. Se pidió un café. "Acá no llegó a nada".

—Gina, no me puedo quedar mucho. Tengo que ir a anatomía.

Ella se quedó sin hablar, pensando. Daniel se puso a mirar la calle. "Mejor me voy. Con esta Gina no voy a llegar a nada".

—¿Cuánto querés avanzar en esto, Daniel? ¿Cuánto querés involucrarte, cuanto querés ayudar. . . ayudar a tratar de encontrar algo?

—Sí. Yo quiero. . .

—Yo quiero, yo quiero, yo quiero. Ya, Daniel. Esto vas más allá de tus objetivos de hacer tu investigación personal. ¿Entendés eso? ¿te puede entrar eso en tu cabecita de putañero aventurero?

Gina tenía el pelo revuelto como de leona y un sostén no muy ajustado. Daniel hacía un esfuerzo para no mirar allí y se enfocaba en el pasar de los autos.

—No seas mala, Gina.

Una pareja se sentó en la mesa de al lado y pidieron pizza. Miraron hacia ellos como si supieran lo que pasaba. La mujer le cuchicheó al hombre "ese es el come-muertos y mujeriego que te dije".

Gina se quedó moviendo la cabeza, callada. Estaba irritada por algo. Había algo en Daniel que le molestaba y no sabía si tenerle confianza.

—Es que no sé si tenerte confianza.

—Gina, no seas mala.

Varios autos tocaron bocina a una vieja que cruzaba. Un mozo le sirvió un sándwich caliente a un par de ancianas sentadas al otro lado, y que miraban a Daniel como sabiendo todo. "¿Qué mirá la vieja de mierda esa?" Había ruido de calle.

Daniel sentía que estaba a la expectativa.

—¿Tú me conoces de antes?

—No importa. Lo importante es que entiendas de que no se trata solo de lo tuyo, Daniel, se trata de varias muchachas y de muchachos también. Es una tragedia. Hay mucha gente con dolor y tú estás en una posición particular de poder ayudarlos.

—¿Pero cómo? ¿Qué debo hacer?

Ella se quedó en silencio, elaborando sus pensamientos.

—No sé —respondió ella—. Si no fuera porque el profe Maggiolo me llamó y me pidió.. no sé..

Gina siguió pensando. A Daniel le pareció que trataba de decidir si él era de confianza o no. Miró hacia la avenida. Los autos pasaban despacio debido a una barrera que estaba a media cuadra. Una señora gorda y fea pasó con un perrito. Dos muchachas pasaron llevando pan y bebidas. Había olor a comidas en el aire, de la derecha venía el aroma a milanesas, de la izquierda venía olor a pescado frito y de las viejas venía el olor del sándwich. "Vieja de mierda". A Daniel le vino hambre, pero no quiso pedir nada por temor a que Gina se irritara. "No voy a llegar a nada con ella".

—No sé —dijo ella—, no sé si meterte en esto.

—Gina, yo. . .

De nuevo ella se quedó callada. "Esta Gina me va a mandar a cagar en cualquier momento. . . a menos que haga algo o diga algo".

—Tengo hambre. Me quiero ir —dijo ella.

—¿Pido unas pizzas? —dijo el con intención de hacer las paces. "Tengo que hacer algo".

—No. Vamos a caminar hasta la panadería. Quiero bizcochos.

Se levantaron, caminaron hasta la esquina, doblaron, caminaron media cuadra esquivando baldosas rotas, caca de perro y un kisoko y luego llegaron a la panadería. Daniel presentía que algo le pasaba a Gina. "¿Qué bicho le habrá picado para estar así?".

Se pidieron unos bizcochos y se fueron caminando. Comieron dos bizcochos cada uno, miraron vidrieras. Casi no hablaron, pero aquí y allá sus manos se rozaron y Daniel notó que ella no retiraba la mano. "Algo le pasa a ella", pensó. Tomó la decisión, contó diez pasos más, "ahora o nunca, o me grita o se enoja y se va", y le tomó la mano. Ella no la retiró y cruzaron los dedos. Caminaron de la mano unos pasos más y Daniel la soltó. No se dijeron nada ni se miraron. Daniel contó diez pasos más, respiró hondo y pasó al segundo ataque, la tomó suavemente del brazo. Ella no lo rechazó. "Algo le duele a ella" sintió Daniel. Llegaron a la parada sin decirse nada.

—Me tengo que ir a anatomía —le dijo.

—Ya sé.

Esperaron en la parada diciéndose palabras sueltas. Cuando el autobús llegó, antes de subir, Daniel le dijo "Chau" y le tiró suavemente del brazo, la atrajo hacia él, y como de apuro le dio un beso largo en la boca. Se separó, la soltó y la miró. Supo que ella quedó mitad desarmada y mitad turbada. Se corrió para que suba la gente y antes de subir le dio otro beso largo. "Chau" le dijo de nuevo y se subió ya sin mirar. Al marchar el autobús la vio quedándose en el mismo lugar mirando hacia él.

—La embrujaste —le dijo el conductor—, no te cobro boleto.

—Que indecente —dijo una vieja—, así, en la calle.

—Ya la dejaste mal, cerdo —le dijo una mujer—, ay, estos hombres son animales.

Daniel se quedó pensativo. Estaba alegre, pero se dijo "Acá todo se va a complicar. No la tendría que haber besado". "Sí, tuve que besarla". . . "No, no debí hacerlo, ¿tuve? ¿Cómo que tuve?. . . no la besé porque tuve que hacerlo, lo hice porque. . . porque. . . mmm. . . no sé".

"Ahora se jode todo".

Se fue a anatomía y se desquitó descuartizando el hombro de un cadáver.

—Eh, ¿te peleaste con alguien? —le preguntó un alumno.

—No te enojes con el cadáver —le dijo otro.

De Anatomía se fue a la morgue buscando otro cadáver para castigar. "Esta Gina me dejó eléctrico".

—No hay nada —le dijo Juan-Un-Ojo—, no hay clientes. Volvé mañana.

Daniel se fue a caminar un poco para quemar la adrenalina. Supo que, de acuerdo a lo que Gina le dijo, y a su comportamiento con las clases y las libretas, más lo de los besos, que lo del Judicial y la ayuda de Gina se había acabado. "Ya jodí todo". Eso no le cayó bien. No sabía qué hacer de ahí en adelante. "Si Maggiolo y Etcheverry se enteran, y se van a enterar, mis planes se desmoronan".

"¿Qué hacer?"

Siguió caminando.

Al día siguiente decidió ni ir a la morgue ni ir a la jefatura. No quería ver a los profesores ni a Martínez, que por lo visto era el tío de Gina, "¿o el primo?" como le habían dicho. "A lo mejor se enteró y me manda fusilar".

"Pero. ¿qué hacer?".. "Espero, no espero.. espero, no espero". No tenía cómo localizar a la muchacha, "y aunque la llame, ¿qué?.. ¿qué le voy a decir?"

Salió temprano de Anatomía y se fue a caminar. Cruzó la plaza del Palacio Legislativo y tomó la avenida Agraciada, masticando el barro de la derrota. Tenía que decidir, tenía que aclarar su mente. "Pero qué mierda, estoy en la nada". De pronto, le vino una chispa cerebral, se tomó un taxi y se fue al Poder Judicial. "Si ella me va a mandar a la mierda, pues que lo haga y me lo diga y se acabó". Estuvo a punto de decirle al taxista que no, que lo deje por el camino. "Tengo que hacerlo".

—¿Te peleaste con alguien? —le preguntó el taxista—. ¿Una mujer, ¿eh? Se te nota.

—Sí, pero ella. . .

—Ellas siempre tienen razón. Hazte perdonar hoy o pagarás hoy y mañana.

Llegó a las cinco y cuarenta y cinco. "Pide perdón" le dijo el taxista.

Sabía que ella saldría a las seis. Se puso a esperar en la vereda de enfrente. Prendió un cigarrillo, se apoyó en un auto y contó las palomas. Pasaban autos, pasaba gente y pasó un manicero. Dos señoras que pasaron lo miraron sabiendo que tenía malas intenciones. "¿Se me nota?". El manicero gritaba cosas como advirtiendo a la población de que Daniel era peligroso.

—¡¡Caliente, caliente el maní!! ¡¡Caliente, caliente esta Daniel!! Échenlo de aquí. ¡¡Que se vaya!! Maní, maní.

"Pero caramba con estos maniceros".

Un ómnibus pasó y los pasajeros lo miraron acusándolo y haciéndole señales para la mala suerte. Dos mujeres, que venían caminando, lo vieron, le dijeron "ándate para tu casa" y apuraron el paso.

"Pero ¿qué tiene la gente hoy?"

A las seis y cinco vio salir a Lurdes, Rosario y Gina. Las tres hechiceras lo habían visto y aminoraron su marcha. Se detuvieron, dos de ellas pusieron su mano en la cara y movían la cabeza mientras hablaban. "Ya no me puedo ir, me jodí". El tiempo se detuvo, los autos quedaron parados y toda la gente dejó de respirar. El manicero se quedó mudo, aguantándose. Las palomas ni se movían. Pero Rosario y Lurdes se despidieron de Gina, quien cruzó lentamente la calle hacia Daniel. Lo miró mientras se acercaba, y siguió mirándolo. Daniel subió a la vereda y la espero allí, mientras ella se detenía frente a él. Parecía turbada, confusa. Daniel parecía entender. Ella, educada como era, habiendo sentido rechazo hacia Daniel quien sabe por qué, gallarda y altanera como era, siendo mujer fuerte como parecía, ahora estaba sin argumentos y sin defensa ante una pasión que no había previsto. Se había cuidado, había calculado, pero los dos besos que él le dio la derrotaron y ella lo sabía. "Ay, la envenené. No quise". Se notaba que el corazón se le salía del pecho y que ella no sabía qué hacer. Daniel se le acercó un poco y le dio un beso largo en la boca. "Sí quise. Sí". Caminaron un rato. "No. No quise. Solo quise besarla". Tomaron un café de parados en un bar. Charlaron poco. Daniel trataba de analizar en su mente el enorme efecto de los pequeños besos que le había robado al subir al autobús. Luego él la tomó de la mano, le dio otro beso largo y se fueron caminando hacia la calle Soriano, por donde él sabía que pasaba menos gente. Ella caminó a su lado casi sin hablar, afectada por algo que sentía y que no había conocido. Al llegar a Soriano, doblaron y siguieron caminando hacia la zona preferida de Daniel. Una cuadra más y él se apoyó en el guardabarro de un auto, la atrajo hacia él y la besó hasta que ella se entibió. Al besarla, él sintió en ella cómo su resistencia a sentir lo que allí sentía se iba desvaneciendo y se transformaba en pasión. La casa de citas estaba a una cuadra y Daniel había pensado en arrojarla ahí adentro y devorarla, pero de pronto pensó que no sería justo. Parados allí, contra el auto, cuando ella ya estaba vencida y tibia, hubo algo que lo detuvo y le dijo "ándate, quedémonos en esto, ¿sí?" y la puso en un taxi y la dejó escapar antes de que le pasara algo serio. Se intercambiaron números de teléfonos. "Chau" le dijo. La vio alejarse en el taxi y se dijo "sí, basta por hoy, más vale que te escapes mientras puedas". Ella se fue, turbada, como pensando, sin mirarlo.

Al día siguiente volvió a su rutina de medicina, emergencia y Anatomía. Pensaba salir temprano e ir a caminar, pero lo llamaron de la morgue para que sacara unas fotos. Habían apuñalado a dos mujeres y necesitaban fotos para el juzgado y para la jefatura. Fue a la morgue, preparó la cámara, sacó más de tres docenas de fotos, primero de los sitios de las puñaladas y luego, cuando el forense abrió los cuerpos, de las trayectorias de cada una de ellas y de los daños internos que habían causado. Había mucha hemorragia interna, el hígado estaba cortado en una, el bazo en la otra. Cuando una de las muertas giró su cabeza y le cuchicheó algo, Daniel decidió pararse detrás del forense. "Que no me hable esta loca ahora" pensó, "Que se quede muerta sin moverse". La misma muerta le cuchicheó "diles a los detectives que fue. . ." Daniel retrocedió, no quiso escucharla, quitó el rollo y lo puso en un sobre sellado. Un detective y un notario sellaron y firmaron el sobre y Cabrera se llevó a Daniel con sobre y rollo al juzgado y luego a la jefatura. Allí estaba cuando un rato más tarde vino Yamandú a dejar unos papeles, lo vio y se fue sacudiendo la cabeza. "Este no me quiere nada". Al rato vino una secretaria, "teléfono, Daniel", era Gina. "Pero. . . ¿esta mujer tiene conexiones aquí?".

—Hola.

Gina lo saludó y le dijo que esa tarde salió temprano, se había ido a su casa a dormir la siesta y que si quería lo pasaba a buscar.

—¿Te paso a buscar por allí?

—Bueno. ¿Sabes dónde estoy?

—En la jefatura, bobo.

Saludó a varias personas de dos oficinas y se fue a hablar con el "orina" Gómez. Luego bajo y se quedó al lado del gorila de la entrada. Prendió un cigarrillo y le dio uno al gorila, quien tenía una ametralladora anti-elefantes que olía a aceite de armas. Pasó Domínguez y lo palmeó cariñosamente. "¿Te llevo?" le dijo.

—No, gracias. Ya me voy —contestó, y miró hacia arriba, hacia los árboles. Sí, los cuervos estaban ahí en las ramas. "¿Qué querrán esos pájaros con Domínguez?"

Se apoyó en la pared, esperando. Cabrera bajó y se puso a hablar con el gorila. Al rato se aparece una muchacha de pelo negro largo, ondulado y desparramado, con busto grande, montada en una motocicleta. Lucía una solera verde, tenía lentes negros anchos y un jean cortado y con agujeros. Daniel la miró, pero no sabía quién era, y siguió ahí en la puerta, charlando con Cabrera y el gorila. Vino el Orina-Gómez que se iba.

—¡Daniel! —gritó la muchacha, pero él la ignoró.

—Mirá Daniel —le dijo el Orina-Gómez—. Martínez tiene razón, ¿sabes? No podéis hablarle así a la gente tan solo porque. . .

—¡Hola! ¡Hola! —escuchó Daniel, viendo que la chica, muy llamativa, había detenido su moto al lado suyo—. Hola, Daniel —le dijo y le sonrió mientras él se ponía tenso. Su solera color verde claro era muy linda e interesante, teniendo en cuenta su delantera. Siguió mirando a Daniel y sonriendo a la vez que él se sorprendía.

—Hola, soy Gina. . . Gina —y le dio un beso—. Subí que nos vamos —le dijo.

Los pies de plomo de Daniel se soldaron al piso y no se pudo mover. El gorila murmuró algo y se dio vuelta para reírse.

—Dale, vamos —repitió Gina.

—Anda, no seas bobo —le dijo el gorila riéndose—. ¿O queréis que te empuje? Vete nomás, arrójate a la leona esa.

Hubo gente que salió de adentro del edificio a verlos. Daniel estaba rojo y sentía el calor en la cara. Para cuando se subió a la moto, muchos ojos los miraban. Él sabía ya que le iban a hacer bromas por eso por diez años.

# 22

Gina paró la moto en el Parque de los Aliados, atrás del Hospital de Clínicas, al lado del monumento de la carreta, y se fueron a caminar. Se tomaron un helado y hablaron mucho. Daniel descubrió que era muy agradable charlar con ella, ya que su cultura era vasta. La tarde invitaba a caminar y siguieron andando por entre los árboles del parque. Al darse cuenta de su intelecto, él empezó a mirarla con otros ojos. Era más bonita de lo que él había notado y sus ojos verdes eran muy atractivos. Tenía cejas anchas que no se había depilado y su pelo negro era un revoltijo. Era apenas más baja que él y su cuerpo era agradable de mirar. "¿Qué está pasando aquí?". Seguía hablando con ella y escuchándola, pero por momentos él se separaba y la seguía analizando. El aroma corporal de esa mujer despertaba algo especial en su mente. Algo que iba más allá del sexo. Cuando él hablaba, comentaba y criticaba, ella prestaba atención, como que lo estuviera estudiando también. Poco a poco la admiración por su cuerpo fue dejada de lado por su percepción de la mente de Gina, de su intelecto, sus ideas, su diálogo, su conversación. Era doble la Gina. Por un lado, esa belleza física y por otro lado esa mente tan interesante. Daniel se encontró a sí mismo dejando de mirar sus caderas y sus pechos robustos y enfocándose en su sonrisa fácil, en sus labios, en sus comisuras labiales y en como movía la nariz cuando hablaba. Allí, cuando sintió su belleza interior, cuando avanzo más allá de su costra de carne y descubría la energía y los colores de su mente, en ese momento, sintió algo por ella, un atractivo especial que no entendía bien. La tomó del hombro y se acercó a ella y la besó con besos largos.

La noche caía, así que se fueron a tomar algo al Expreso Pocitos, en Benito Blanco y Avenida Brasil, donde entre Negronis y sándwiches calientes siguieron hablando. "Pucha.. qué interesante que es ella" pensó Daniel.

Gina era muy intelectual y bien izquierdista. Su abuelo había sido un caudillo del partido Blanco conservador y había sido herido en la batalla de San Mataro, así que, no pudiendo combatir más, mantuvo su cargo de coronel y se hizo profesor de literatura. Herrerista y derechista, había dictado sus ideas a toda la familia. Con el tiempo, sin embargo, ella leyó muchos libros, abrió su mente y se desvió de la línea familiar y se hizo izquierdista lo cual no fue para nada bien visto en su familia. Decidió sin embargo seguir los pasos de su abuelo, estudio mucho y luego de graduarse comenzó a trabajar como profesora de literatura y de biología en el IATU, y su intelecto la llevó a hacerse miembro del partido batllista, en donde se enfrentó a un gran conflicto ideológico. Dio varios exámenes y entró a trabajar en un cargo importante en el Poder Judicial. Su conversación era muy agradable.

—¿Por qué al principio estabas tan seca y antipática?

—No importa.

—Contame.

—Yo era amiga de Isabel. Ella era muy buena. Tú la enamoraste y la sedujiste. Casi como que la empujaste a la cama, cerdo. Y cuando la pobre se tuvo que ir, tú te portaste como un cerdo de nuevo y ella se fue con el corazón roto. Lloró mucho por ti. Te odié por eso. Te portaste como la mierda.

Daniel le explicó como habían sido las cosas, y como había tratado de comunicarse inútilmente. Luego la invitó a ir al ver el mar, con lo que se subieron a la motocicleta y se fueron a la entrada del faro de Punta Carretas, donde ella paró la moto justo en el lugar donde Daniel decapitaba a sus víctimas y comía su carne cruda. Siguieron hablando de temas favoritos y de literatura española y Latina, y lentamente fueron entrando en el tema que los preocupaba.

—¿Qué hacemos ahora, Gina?. . .¿Qué planes hay?

—Mirá Daniel, tú estás trancado en lo tuyo, nosotros estamos trancados en lo nuestro, los de la jefatura no se van a meter en nada, así que no sabemos cómo proseguir.

—¿Quiénes son ustedes?. . .¿Cuántos son?

—Eso ahora no importa. ¿qué ideas tenés tú? ¿Qué harías tú?

Daniel se apoyó en la moto. Miró al mar. La miró a ella. Pensó un poco.

—Me faltan datos. No sé cuántos son los que murieron asesinados así. Se que pidieron rescate, pero. . .

—Por otros también.

—Ah. Necesito saber todo eso, con edades y. . . y. . . datos sobre autopsias y. . . y. . . mmm. . . datos como dónde fueron encontrados, datos de detalles, no sé, datos de. . . no sé. . . .¿Qué datos más?

—Entendés que hay riesgo.

—Sí. Pero necesito información. . . y no sé qué información pueda ser pertinente.

—Voy a ver qué consigo, Daniel.

Los dos se quedaron pensando. Luego hablaron un poco más, intercambiando ideas.

El suave murmullo de las olas se mezclaba con su diálogo, mientras del mar venía un aroma a mariscos. Estaban en eso cuando de pronto Daniel se dio cuenta de que la noche se les iba en charla y de que, allí, frente al mar, en medio de esa noche tan calmada, había que pasar a las carnes y apoderarse de lo que la solera ocultaba. Se acercó a ella y la besó ya como saboreándola. En pocos minutos bajó sus manos hasta la solera y encontró lo que buscaba. Con cuidado le bajó la solera y acarició sus pechos, pero ella, viendo su intención y de cómo le chorreaba la saliva de sus colmillos de vampiro, supo frenar al monstruo sin ajo y sin cruz y le dijo "¿por qué mejor no esperamos un poco?". Daniel no quiso arruinar el encuentro ni la noche, y estuvo de acuerdo. "Igual, ¿Cuánto puedo hacer arriba de una motocicleta?" se dijo. Ella lo llevó a su casa, se bajó, lo abrazó y lo besó. Daniel no entendió cómo no podían intimar esa noche, pero decidió dejarlo ahí. Su día, después de todo, había sido ya bien largo. La vio irse galopando en su moto y se quedó pensando en ella.

—Caíste bajo, Daniel —escuchó decir a la Gallega—, te buscaste una india. ¿Quién es esa rea?

Daniel se dio vuelta. La Gallega había salido a fumar a la vereda y estaba hablando con su hija y Marisa cuando él llegó.

—Ave María, la pobre Tamara, si pudiera verte. Y pobre tu madre, si se entera que andas con una aborigen así. Pero ¿de qué cárcel se escapó?

—Te trajo una delincuente de la jefatura, ¿eh? ¿Recién la soltaron?

El marido de la Gallega salió y le dijo a Daniel "subí a tu casa porque estas te despellejan"

Daniel las miró, las vio reírse, y no dijo nada. Se fue a dormir.

Los siguientes días lo tuvieron muy ocupado con guardias y un examen de clínica quirúrgica. A la tercera tarde finalmente quedó libre, y salió temprano de anatomía y llamó a Gina. Ella quería verlo y vendría a buscarlo. "Ay, me jodí la noche" pensó.

—No te preocupes, que no voy con la moto.

A eso de las diez de la noche, Daniel salió de su apartamento en el séptimo piso de la calle 21 de Setiembre y bajó a la calle a esperarla en la puerta de su edificio. La tarde estaba fresca y agradable. La brisa traía los olores de los árboles. El escuadrón estaba allí: Marisa hablando con Estela, la modista y la Gallega.

—Aaah, bien perfumado, tu buena camisa, ya veo que salís a matar —dijo Estela—, pobre víctima.

—¡Mmmm!, pobre la mujer —agregó la Gallega—. Espero que la sepas respetar.

—Tus pecados te condenan —le dijo Marisa—, le voy a contar a tu mamá.

El Fiat de Gina paró, ella se bajó y vino hacia el caminando despacio. Parecía entregada a la pasión. Luego de cien años de educación cristiana, conservadora y derechista, se había hecho izquierdista desviándose de la tradición de su familia. Eso había sido un paso dramático y creó conflictos y discusiones. Ahora, de pronto, se sentía atraída a un muchacho judío, ateo, reo, irreverente, putañero, y se desviaba aún más de la sagrada línea familiar. Eso le creaba conflicto, pero, sin embargo, aun sabiendo eso, se sentía sin defensas y a la merced de un sentimiento nuevo que la devoraba y la llevaba. Daniel ya había hecho la paz con sus fantasmas y pudo ver en su mirada que ella trataba de hacer la paz con sus dioses. La pasión y el fuego interno de Gina se notaban como un aura de color que emanaba del cuerpo de un animal. Hasta Marisa lo notó y se quedó callada. Eso que venía caminando era una mujer entregada al fuego lento que la consumía. La Gallega se quedó sin hablar, lo cual era gran cosa. Gina parecía otra, arreglada y vestida, con el pelo recogido hacia atrás, con tacos y un vestido oscuro. Caminaba despacio y lucía bellísima e increíblemente sexy y se le notaba que no venía a conversar: venía a buscar a ese otro animal cuya pasión la había encendido. Saludó cálidamente a la Gallega, a Marisa, a la modista y a Estela, quienes se quedaron enmudecidas ante lo que se daban cuenta. Luego a Daniel con un beso. "Hola".

Se fueron enseguida dejando a sus vecinas sin poder hablar. Como ella no sabía adónde ir, Daniel le dijo de ir al campito del faro de Punta Carretas donde habían parado la moto en su salida anterior. Al llegar se fueron al asiento trasero. Allí, frente al mar, sintiendo el ruido de las olas a través de la ventana abierta, y con la complicidad de la noche, él se acercó a ella. La besó despacio sintiendo el corazón de Gina latiendo como un tambor por un fuego que la superaba. Mientras la besaba, Daniel fue bajando las manos y corriéndole el vestido. Ella lo abrazaba con sensualidad mientras él descubría su cuerpo. En pocos minutos el vestido se dejó de lado y la camisa de Daniel también. Ella tenía un gran aroma a mujer y un calor que ya no podía contener y se dejó llevar por un amor que desconocía. Daniel le quitó el sostén y admiró su belleza y luego la desvistió despacio y la amó con cuidado y pasión.

Un rato más tarde, ya tranquilos los dos, se quedaron abrazados, mirándose. Habían encontrado algo que no esperaban. En la plateada luz de la noche Daniel pudo ver la profundidad de sus ojos y sentir su energía mental. Miró sus pechos y los acarició con manos de amante mientras se regocijaba por la confluencia de dos mentes que se habían encontrado.

El mar estaba frente a ellos y había cada tanto un ruido a olas y gaviotas. Una brisa leve entraba en el auto y traía olor a mar revuelto.

—Daniel —le dijo ella—. Daniel.

Calmados, se pusieron a charlar. Salieron del auto y se recostaron contra la puerta, fumando, mirando el mar. Comieron un poco de chocolate que ella había traído. Un rato más y Daniel le quitaba el sostén de nuevo y la acariciaba hasta que volvieron a entrar al auto para quererse más.

# 23

Se volvieron a encontrar a los dos días en el Parque de los Aliados para hablar tranquilos. Hablaron de sus actividades hasta que se enfocaron en la jefatura.

—Tenemos que ver cómo hacemos, Daniel.

—Ya, no me lo digas. Ya sé. Háblame de MacLagan y Yamandú —dijo Daniel, terminando su cigarrillo.

—MacLagan y sus jefes Martínez y Yamandú son personas claves. ¿Entendéis, Carmencito? Esos tres son personas claves. ¿Te das cuenta de lo que eso significa o puede llegar a significar?

—No sigas con eso de Carmencito —se quejó Daniel—, pero ¿Por qué decís eso de "claves", Gina? ¿Por qué haces hincapié en eso que acabas de decir?

—¿¿Mmmmm??

—No me digas "mmmm". ¿Por qué haces hincapié en que yo entienda que son personas clave? ¿Qué pasa?

—Mirá, no es por casualidad que Berta nos asignó a Lurdes, Rosario y a mí a que te ayudemos. Ay, ay, ¿Para qué las nombré?, si las mirabas como lobo en celo. Qué vergüenza. Bueno, se te dijo que había tres factores, ¿te acordás? Tres. Se necesita informática, pero también curiosidad e impulso, o no se llega a nada. ¿Te acordás? ¿no te lo dijeron Maggiolo y Etcheverry?

—Sí, no, no sé, no sé. ¡No me acuerdo!

—Bueno, en realidad son cuatro factores. ¿No lo leíste en las libretas? Bruto. Cuatro. Y eso es parte de tu formación.

—¿Rosario, Lurdes, tú? ¿mi formación? ¿Berta?. . . No me entreveres con palabras. Gina, acá hay cosas que no me decís.

Ella se quedó callada y lo tomó de la mano.

—Es para lo que debes hacer, ¿entendés? ¿entendés?

—¿Qué? ¿entender qué? Que. . . no me entreveres con esos factores.

—¿Tú no entedés lo que pasa? Están matando muchachos, Daniel. Es terrible.

—Ya sé, ya sé, ya lo hablamos, pero.. ¿De dónde salió eso de los factores?

—Del capítulo de criminología gubernamental y corporativa, que está en una de las libretas que se te dio y vos no estudiaste. ¿Ves? Tendrías que saberlo. No leíste lo que te dimos. El cuarto factor es el poder, Danielito visitador de putas, el poder.

—No me llames así, Gina.

—¡¡Poder!! ¿Entendiste, Daniel? Poder. Así es, viejo. Informática, impulso, curiosidad y poder. Con esos cuatro se avanza —respondió—. Con eso avanzas y sin eso no avanzas. Te lo digo bien claro para que se te grabe en tu cabecita. Y piensa en eso. Es más lo que tú tienes que concluir en tu mente que lo que yo te pueda decir. Aunque de momento te cueste entender.

—Y sí. . . me cuesta entender esto. Me entreveras con palabras enigmáticas.

—¿Ah sí? No serían enigmáticas si hubieras leído las libretas.

—Ay, Gina, explícamelo un poco.

—Bueno, te das una caminata y lo piensas. De mientras sábete esto: la responsabilidad de los enlaces está basada en el Pacto Administrativo número ocho, el cual especifica esas colaboraciones y es una comunión de responsabilidades legislativas y jurisdiccionales. . .

—¡¡No me jodas más con eso, Gina!!

—Está bien, te lo resumo. Necesitas poder para tener acceso.

—¿Por qué? Yo. . . ¡hablá claro!

Gina prendió un cigarrillo y se lo pasó.

—Ay, pero qué cabeza dura. Ya sabemos que tenés impulso y curiosidad. Ahora necesitas poder para llegar a la informática. Poder. El acceso al poder que puedes llegar a tener, yo no te lo puedo dar. Tú, Daniel, tú tienes que buscar qué o quién te pueden dar ese poder.

Daniel se apoyó en una baranda. Miró a lo lejos y luego la miró a ella. El parque estaba agradable y había muy poca gente.

—Si tú no te das cuenta, yo no te lo voy a dar con cucharita, Daniel. ¿No entiendes lo que te digo? Has estado en la jefatura, pero no has tenido acceso. No has podido avanzar. Si no encuentras esa fuente de poder, no vas a avanzar.

—Entiendo y no entiendo. . . ¿en dónde?

—En ciertas secciones de la jefatura de Policía. ¿Viste?

—¿Qué? Si ya entre en la jefatura, Gina. Voy allí por lo menos una o dos veces por semana a llevar fotos y. . .

—Sí, Daniel. Ya se eso, pero me refiero a otra cosa. Una cosa es visitar la jefatura y ayudar, y otra cosa es entrar a lo que necesitas. Si encuentras esa fuente de poder, podrías tener acceso a la sección de inteligencia, la cual se enlaza con la del ejército y de la Interpol —le dijo—. Y tarde o temprano entrarías en el campo de la inteligencia, y ese sería un paso importante. Y tienes que darte cuenta tú solo que sin ese factor nada podrás hacer. Yo no lo puedo hacer por ti. Tú mismo, tu, tienes que avanzar en esa dirección.

—¿Qué? ¿Cómo sabes eso? ¿tú sabes algo que yo no sé? —le dijo.

—No te entreveres. Quiero que los entiendas. Y de nada te sirve ese ímpetu y esa curiosidad de mierda que tienes sin lo que te dije.

—Ya me estás entreverando con factores y...

—Tenéis que entender que no es con curiosidad que vas a avanzar, sino que gracias a esos factores. Por más que accedas a la parte de inteligencia, si no sabes lo que buscas y no tenéis el poder en la mano, vas a estar como un mono frente al reloj. Eso lo tienes que masticar bien. Con tu cabecita solo no vas a avanzar, con los factores que te digo sí.

—Bueno. Acepto.

—¿Aceptas? ¿Tú aceptas?... Ay, Daniel, no se trata solo de que tú aceptes, sino que... sino que entiendas que es algo más grande que eso... decime Daniel, mira... Esta es... mmmm... esta es de pronto una oportunidad de ser parte de un grupo de cien o doscientas o más personas que perdieron un hijo, un novio o una hermana en circunstancias similares... ¿ves?... no puedes seguir enganchado en tu cuestión personal.

Daniel se quedó sin hablar, pensando en sus palabras. Se quedó mirándola, dándose cuenta de lo que decía. Unas palomas detuvieron su vuelo y se pararon cerca de ellos.

—¿De eso se trata entonces? Es eso. Me están lanzando a la cacería.

—Sí, pero una cacería inteligente, no bruta —le dijo mirándolo muy seriamente con los ojos bien abiertos y lagrimeando—, ¿te vas dando cuenta? No estarías en plan de búsqueda ciega, serías parte de una cacería inteligente.

—Sí. Me voy dando cuenta.

—Eso. Así nomás. Te estamos lanzando a la cacería por qué tú estás adentro y nosotros desde afuera no lo podemos hacer. Es una cacería usando tu cerebro.

—Mmmmm.. yo..

—Ya que tenés ese ímpetu y esa curiosidad y sos un medio mierdita con suerte, ¿qué pasaría si de pronto obtenés poder y te enfrentas a la informática? ¿Ves? ¿Ves, Daniel? ¿Qué pasaría si de pronto tuvieras eso?

—¿Por qué yo? Hay otros que...

—No. No hay otros. ¿Qué otros? ¿Gente de la jefatura, del Judicial, policías, detectives? No Daniel. No se sabe quiénes son ni donde se esconden. No se sabe nada de ellos. No se sabe de qué rama de las fuerzas armadas o si son de una comisaría o que. No se sabe si son policías o técnicos o si el Nubio está metido en esto.

—¿Eh? ¿Qué sabés del Nubio?

—El Nubio es un asesino que tiene su base en el barrio Capurro.

—Mmmm. . .

—Esa gente puede estar refugiada detrás de escritorios del poder Judicial o de la jefatura. No sabemos nada. Quizás son privados, quizás no. Si se lanza una investigación, se podrían esconder y desaparecer. Se trató antes de investigar y se desaparecieron y nada se supo. No. Tenía que ser alguien especial, alguien de afuera —dijo Gina prendiendo otro cigarrillo—, alguien de afuera, Daniel.

—¿Y usar gente de la jefatura?. . .¿Yamandú? ¿MacLagan? ¿Inspectores?

—No se pudo ni se puede. Entendé eso bien, no se ha podido ni tampoco se puede. Se darían cuenta de una manera u otra y se esconderían. No. Tiene que ser alguien de afuera, alguien confiable. Esa gente necesita alguien como tú, alguien que haya sido tocado por esa desgracia, alguien que haya caído en el barro del dolor y se haya podido reponer solo, que esté motivado, alguien medio vivo y medio gil, medio querendón y medio bruto. . . y sigiloso, y. . . putañero, y. . . y. . . medio inteligente y. . . y medio mierda.. lo demás ya lo vas a ir comprendiendo.

—¿Quiénes son esas gentes?

—No importa ahora. Pero rezaban para que apareciera alguien medio malandra como tú.

—Mmmm. . . me doy cuenta de lo que pensás de mí. Y lo nuestro, ¿Qué?, era también parte del plan de. . .

—No, Daniel, sabés que no. Me resistí lo que pude, lo sabes bien. Tú me viste, traté de mantenerme alejada. Ya viste que en las clases traté de evitarte y en nuestra primera salida seguí tratando de evitarte y no permití que tus sucias manos me tocaran. No quería engancharme contigo como se enganchó Isabel. No quería que te engancharas conmigo ni yo quería engancharme contigo.

—Mmmm. . .

—Pero ahí me agarraste, brujo, ¡sucio!, con ese beso. Ahí, delante de la gente, en la parada del autobús, como un perro callejero. Me envenenaste. . . me. . . me. . .

Se quedaron en silencio. Daniel se le acercó y le dio un beso largo. Ella lo abrazó y se separó.

— Bueno. . .¿Lo vas viendo? Y ya no te puedo decir más.

—¿Qué pasa? ¿Qué es lo que pasa que yo no sé ni se me dice?

—¿Entendiste? Mira Daniel, no estás dando ningún paso ni tampoco vas a dar ningún paso que tú no quieras dar. Escucha bien, que tú no quieras dar. Hubo y hay una conjunción de eventos y un camino que de pronto se abre y gente que va a haber por ese camino que de pronto te ayudan o de pronto no, pero siempre podés volver a anatomía y dejarlo todo.

—Mmmm. . .¿Qué más? ¿Qué más hay?

Gina se sentó en una de las sillas del parque, se quedó allí un ratito, se paró y se puso a caminar.

—Nada. ¿Oíste? Siempre podés dejarlo todo y volver a tus estudios y a Anatomía y nadie te va a reprochar.

Daniel estaba pensativo. Estiró sus brazos mientras caminaba, pensó un rato y luego dijo:

—Hay algo más. . .¿Qué más hay Gina?

—¡Nada! Hay cosas de las que no se puede hablar ni se puede preguntar por motivos de seguridad, así que dejá el tema. ¿Oíste? —se paró y lo miró—. Yo no te dije nada, solo te estoy dando clases particulares, nada más.

—Vamos Gina, aquí hay algo. . .

—¡Daniel!.. Daniel. ¿Oíste lo que te dije? Nada más.

—¿Qué pasa aquí, Gina? —le dijo mirándola seriamente y levantando la voz—. ¿Qué más sabes?

—Ay, ay, no me grites así —dijo con lágrimas en los ojos—. Hay cosas que no se pueden hablar y vas a tener que aceptarlo. No es de mala que te lo digo. ¿Oíste? Déjame.

Se quedó mirándola entendiendo que había un algo más, pero de lo cual solo se le podía decir un poco cada tanto.

—Sí. Entendí —dijo, abrazándola.

—Bueno, volvamos al tema, Daniel —dijo, secándose las lágrimas y los mocos con su manga—. Lo tenés explicado en tus libretas y. . . y. . . —y se puso a llorar. Apoyó su frente en el brazo de Daniel y lloró a moco tendido.

Él la abrazó. Ella lloraba mucho y él la dejó hacerlo.

—Hay más que un simple algo más, ¿eh? —le dijo.

—Sí.

—¿Quién? Decime.. ¿qué?

—Mi prima. . . mi prima Alejandra. . . y mi tía. Yo las quiero tanto. Son tan dulces, Daniel —decía llorando—. Se las llevaron encapuchadas. Yo dormía en su casa, me pasaban a buscar por el liceo, íbamos al cine juntas, yo. . . yo. . . ni se dónde están, ni qué les paso. Y yo. . . yo las quiero tanto. Tengo miedo de que un día estén las dos en la morgue.

Ella se puso a llorar con mucho dolor. Gemía sin poder parar. Daniel la tuvo abrazada.

—Un día. . . un día se las llevaron, no sé por qué, Daniel, encapuchadas. De pronto no supe más de ellas. . . ay, son unos monstruos, Daniel. . . son unos monstruos. . . tienes que hacer algo. . . — y se puso a llorar mucho más—. Yo las quiero. Mi primita Alejandra es tan divina, Daniel.

Daniel le acarició la espalda.

—Es horrible y. . . y. . . ¿te das cuenta? Siendo uruguayas e inocentes fueron detenidas por otros uruguayos. ¡¡Uruguayos!!, y. . . esto es uruguayos torturando y matando uruguayos. Uruguayos contra uruguayos. Horrible.

La sostuvo en sus brazos hasta que se calmó. Cuando Gina se tranquilizó, Daniel decidió dejar el tema. Su ropa estaba mojada de llanto y mocos. Ya estaba mareado con el orden de los factores, pero algo le había quedado claro, sabía que necesitaba poder para llegar a la informática. Pero tenía una buena idea de cómo llegar al poder. "El viejo verde. Sí".

Daniel la serenó a besos y deslizó su mano bajo su sostén para cambiarle las neuronas. Dieron la vuelta y se fueron hasta los carros que vendían chorizos al lado del estadio. Comieron un buen chorizo al pan cada uno, luego compartieron otro y lo bajaron con gaseosa. Al dejarla en su casa, Daniel se despidió con besos largos y se fue a caminar. Cinco cuadras más tarde las cosas se le aclararon. Sabía dónde encontrar lo que quería.

# 24

Dos días más tarde, Daniel consideró que era tiempo de llevarla a un hotel.

—Me trajiste al antro de la perdición, Daniel —le dijo mientras el cerraba y trancaba la puerta—, ya veo que al entrar aquí debo perder toda esperanza.

—Así es —le dijo mientras la besaba, la desarmaba y la desvestía. Por un rato se quedó ahí, admirando su cuerpo desnudo, la curva de la cadera, la suavidad de sus pechos, la sensualidad de su pubis. La acarició despacio mientras la llevaba a la cama donde se dedicó a adorarla sin apuro.

Un rato más tarde se pusieron a conversar.

—¿Qué estuviste leyendo, Gina? No te enojes. . . decime, quiero saber.

—¿Quieres saber? Bueno, pero no me ladres. No es que ellos simplemente te eligieron. Ellos necesitaban a alguien y no sabían a quién. No había nadie que les pareciera adecuado.

—¿Ellos? ¿Quiénes. . .?

—No importa ahora. No podían encontrar a nadie que diera indicios de que pudiera hacerlo. Buscaron en silencio, trataron en vano, pero no había nadie que fuera vivo y mierda a la vez. De mientras, tú te metiste solo en la morgue, como atrevido que sos. Tú metiste las narices en autopsias. Tú te metiste a sacar fotos y un día caíste en la jefatura. Hubo gente que se quedó sorprendida de tu osadía. "¿qué hace?, ¿Quién es ese judío?, ¿Qué busca?" se preguntaba.

—Yo no me creo especial.

—¿Ah no? Tú solito te empezaste a relacionar con forenses y los de la jefatura. Tú. Y ahí andabas. Un atrevido. Yamandú y Martínez, ay, ese Martínez, se preguntaban de dónde saliste que metías las narices en todos lados sin que nadie te pegara un sopapo.

—Bueno, es que. . .

—No sé cómo hiciste, Daniel, sos como una rata. Bueno, cállate un poco. Tú y solo tú andabas llenando reportes, dando declaraciones al juez, ¡al juez!, pero. . . ¡pero por dios!, ¡al juez!.. ¿Cómo mierda fuiste a meterte ahí? Y el juez te escuchaba y te prestaba atención. Uno no lo podía creer. Ah, ah, y. . . luego vino el caso de ese judío comunista, ese. . . Eh. . .

—Levinsky. ¿Tú supiste de eso?

—¡Ja!, ¿Cómo no me voy a enterar? ¡Ja! Yamandú se quedó rascándose la cabeza pensando como mierda lograste hacer una cosa así. De pura mierdita con suerte que sos, Daniel. ¡Inconsciente!

—No me digas mierdita.

—Ya no sé cuántas cosas llamarte, Daniel. Bueno la cosa es que tú te metiste en esto porque tú ya venías metiéndote en caminos raros. No sabíamos si era de inocente, de puro bobo o si tenías un objetivo que nadie sabía. Martínez, mi tío, sospecho que estabas atrás de algo, pero no sabía qué.

—Yo no me metí, me sentí llevado por. . . eh. . . mmm. ¿Qué leíste de mí?

—Ya no importa, Daniel. Déjame.

—Sí me importa.. . . ¿ves? Estás medio enojada —dijo—, ven. . . ven aquí, decime nena, ¿Qué estuviste leyendo?

—¡De tus hazañas, animal! Sos un animal. De cómo te metiste en una fiesta en el Palacio como hijo de un cónsul con un amigo y te sentaste en la mesa con rostro de piedra. ¿Sos loco? De tus contrabandeadas. De cómo le robaste los recuerdos de guerra al alemán aquel. ¿Querés que siga? ¡Sos un insolente, Daniel!, ¿no ves que sos medio loco?

—No. No soy. El nazi ese se lo merecía. Era un nazi, Gina, y yo me enteré de. . .

—Y. . . ¿Cómo fue que te colaste en la fiesta esa del palacio? No. No me digas. No quiero saber.. ¿y luego en el casamiento de la nieta de Herrera? Pero hasta bailaste con ella, pero, ¿estabas borracho?. . . pero ¿Cómo hiciste para entrar allí?

—Prometí no contar.

—¿Prometiste? ¿prometiste? Pero. . . y también vi la carpeta naranja esa. ¡Tu prontuario! Decime, ¿tu mamá nunca te abrazó llorando desconsolada, diciéndote que no sos muy normal pero que te quiere igual y todo va a estar bien?

—Ah, no jodás, che. Ya, termínala. Fueron locuras de jovencito. Aflójame, Gina.

—¿Nunca te agarró un comisario y te habló para que te empieces a portar bien?

—Tres. Me hablaron tres. Pero yo era más joven, ya te dije.

—Sí, jovencito loco de la cabeza. De lo que hiciste en el Palacio. . . Pero ¿no tienes conciencia o eres estúpido? ¿Y de cuándo te sacaron del barco? ¿Eh? ¡Te sacaron del barco francés, Daniel! Y casi te llevan por contrabandista.

—Ah, esas dos cosas estuvieron buenas.

—¿Estuvieron buenas? Pero, ¿Qué tenés en esa cabeza? Te falta conciencia, eso.

—Fueron cagadas de joven. Dejalo ahí en el pasado, che. Hace años de eso ya. Gina, no me acuses así. Fueron errores de jovencito. Yo ya no soy así.

—¿De joven? Yo no soy boba, ¡Daniel! Eso fue hace poco, hace pocos años. Te digo que lo leía y me daba vergüenza.

—No hables así. Yo ya no soy así.

—¿Ah no? ¿Ah no? Eso fue hace poco. Tú eres el mismo. Te digo que cuando lo leí me dio hasta pena por tus padres. Y hace unos días me acordé de lo que había leído sobre vos y bien que me dio vergüenza de saber que estaba saliendo contigo, de verdad. Me dije a mí misma "¿y este es el hijo de puta que me baja la bombacha?" . . . "¿Cómo me dejó manosear el cuerpo por un cerdo pecador e inconsciente como este?" . . . ¡Vergüenza me dio, Daniel!. . . ¡vergüenza!

—¡Son cosas que pasaron!.. y nunca las hice con maldad. Por favor, fueron cosas de joven, Gina. No ves que ya se me pasó, ya estoy normal.

—¿Normal? ¿Normal vos? ¡Ja! Me manoseas los pechos como un lobo y me. . .

—Bueno, Gina, es que tú. . .

—¡Cállate, puerco!

—Por favor.

—Y lo que no se entiende. . . —dijo furiosa—, y lo que no podía entender, es cómo te pudiste zafar y cada vez te. . . te dejaban ir y ni a tus padres les dijeron. Mierda contigo, Daniel, ni a tus padres les dijeron. Los policías se enojaban horrible contigo, escribían reportes, pero a tus padres no se los. . . ¿Cómo carajo hiciste? Eres un escurridizo, Eres un descarado, tienes tres caras, cinco caras, las pocas veces que los inspectores te agarraban, sabe Dios qué les decías, por qué te dejaban ir. . . mierda, ¡te dejaban ir!. . . ¿cómo mierda te dejaban ir? ¿sobornaste o qué?. . .

—No, es que soy bueno, y yo. . .

—Ah, ya sé, sí, ya sé. Es por lo que fue tu papito. Sí, claro. Sabían quién había sido tu papá cuando estaba activo. Claro. Y te perdonaban por respeto a tu papito. Pero. . . qué mierdita aprovechador que eres Daniel.

—No me hables así, por favor, no te enojes conmigo. . . Todo quedó atrás, en el pasado, che. Ya cambié. Soy bueno ahora. . . mírame, ¿no ves que soy bueno?

—¡Ja! ¡Cambiaste!.. "soy bueno" ¡ja! ¿Y cómo te liberaste de todo eso? No lo podíamos entender cuando leíamos tu prontuario, aún sabiendo sobre tu padre.

—¿Quiénes? ¿Quiénes leían mi prontuario?

—No importa.

—Sí me importa.

—La gente que te eligió para esto. Y no te digo más.

—¿Quiénes, Gina?

—No te digo. Pero quiero que sepas que esa gente necesitaba alguien como tú.

—¿Dónde está ese prontuario? ¿Dónde está?

—En algún lugar de la jefatura. Eres medio caca, Daniel. Eres. . . Eres. . . Eres medio. . . ya no sé. . . —dijo ya poniéndose nerviosa—, ya no sé qué mierda eres. Y no sé por qué mierda te quiero tampoco. ¡Y no te quiero querer!

—Gina, soy bueno ahora —dijo tratando de abrazarla—. Pero ¿para qué. . . eh. . .¿Y cómo hago para destruir ese prontuario?

—No tengo la respuesta, ni se quién te eligió exactamente. El prontuario debe de estar en algún lugar especial donde guardan todos los prontuarios y yo no sé dónde es. Supongo que ya lo sabrás en su momento, pero para cuando encuentres tu prontuario habrás entrado en un centro de informática muy grande, donde podrás encontrar otras cosas. Cosas importantes. Y para entrar allí necesitas la llave del poder. ¿Vas viendo?

—¿Qué cosas?

—No sé Daniel. De verdad que no sé. Se que ese centro que está en la jefatura está ligado y enlazado a la central de las fuerzas armadas, a la Interpol y a varios ministerios y oficinas del gobierno, y si logras meter la nariz allí, quizás puedas averiguar algo de que es lo que está pasando con la gente. Eso. Cuanto más avances, cuanto más se te ayude a avanzar, más cerca vas a estar de los otros factores.

—Entiendo. Sí —dijo Daniel—, ahora ven acá conmigo.

—No, déjame. No me toques. . . Y aquí. . . y aquí estoy acostada contigo. Yo me juré que nunca. . . yo no quería. . . Es como que. . . ay. . .

Daniel se quedó pensando un rato largo. La tomó de la mano y la miró preocupado.

—No te preocupes —dijo ella—. Ya te vas a arreglar. Vas a ver.

Se vistieron. Daniel la quiso ayudar con el sostén. "No me toques por un rato, cerdito" le dijo ella. Se fueron y manejaron hasta Pocitos. Daniel estuvo sin hablar todo el camino. Al llegar a su casa, Gina le habló de nuevo.

—Quizás te dije lo que no te debía decir, pero no me pareció justo que no lo supieras —le dijo con lágrimas en los ojos—. Perdoname, no te quise lastimar. Se que te dije cosas feas. No te enojes conmigo.

—¡Mmmm!

—Te dije más de lo que debía y también te dije esos insultos, ya sé. Un poco te los merecías. No estés enojado conmigo, perdoname. Mirá tu camino, mirá hacia delante.

—Sí, pero por lo visto hay gente que anda mirando en mi camino del pasado. . . y la verdad es que me venía preguntando si lo hicieron para poder controlarme mejor.

—No, no, no digas eso. . . . no. Lo hicieron para conocerte mejor. Necesitaban alguien como tú. Si esas cosas fueran realmente un problema, ya te habrías enterado. Los pocos que lo saben lo han dejado de lado. Hace lo mismo, dejalo de lado y seguí por el camino que tenéis delante.

Daniel se quedó callado, pensando. Gina lo miraba con preocupación.

—Y Gina. . . decime, ¿qué es eso del Nubio ese que nombraste?

—¿Nunca lo oíste nombrar?

—¿Quién es?

—No sé bien, pero sé que ese Nubio es un criminal feroz, contrabandista, que maneja ventas de drogas y otras cosas. Nuestro grupo piensa que tuvo mucho que ver con los asesinatos.

—¿Que sea el asesino? ¿y qué más? ¿Qué otros datos hay?

—No sé. No sé más. Cuídate, Daniel. Vas a entrar en zona peligrosa. No sé si es el Nubio ese o no es o quién fue, pero vas a correr peligro —le recalcó mientras le tomaba la cara entre sus manos y lo miraba con ojos llorosos—. Cuídate. Vos haces locuras, pero no las puedes hacer contra las balas.

—Sí. Eso debe ser parte del círculo rojo.

—¿Qué círculo?

—Nada. Bueno. . . Sí. . . ¿me vas a ayudar?

—Sabes que sí —se dieron un beso.

—Me enojé contigo por lo que me enteré, pero ya sé que cambiaste. Estoy contigo, Daniel.

—Bueno, chau —dijo ella y se bajó lloriqueando—. Y no me llames. Yo no te quiero querer.

Él la vio salir. Ella dio unos pasos, enlenteció su marcha y se detuvo. Allí parada sintió que separarse de él la consumía y que caía en un vacío. Poseída por pasión, se dio vuelta mientras el corazón saltaba de su pecho y se enfrentó a Daniel. Hechizada, volvió al auto, se sentó, movió la palanca para bajar el respaldo, abrió su camisa y atrajo hacia ella a la bestia que la devoró.

Más tarde, Daniel se fue a su casa, pero no pudo dormir con todo lo que ella le había dicho. Se tomó un whiskey y bajo a caminar y a pensar.

Esa era la verdad. Le atraía muchísimo el desarrollarse en la medicina forense y en la ciencia criminalística nacional e internacional, se había metido donde quería meterse, y por sus pecados del pasado lo dejaron entrar y le dieron lo que él quería. Nadie lo empujaba, solo le abrían las puertas que él mismo quería abrir. Sin embargo, sus sentimientos habían cambiado y habían sido lentamente suplantados por otra realidad. Ahora había voces escondidas de mucha gente dolorida que pedían ayuda a las que se sumaban la voz de Gina y sus propias voces interiores. ¿Cómo no escuchar esas voces? ¿Cómo darse vuelta e ignorarlas? "¿Cómo no ayudar?"

Volvió a su cuarto y a su cama y esperó dormirse rápido, pero no fue tan así. Ya estaba entregándose al sueño cuando la nebulosa apareció. Esta vez pudo ver no una, sino varias figuras, borrosas, como de varias personas que querían salir por un agujero estrecho y querían decirle algo. "Mierda con estas visiones, es mi imaginación". Se dio vuelta en la cama. "Váyanse, quiero dormir". Pero el resplandor cálido no se iba. "¿Qué quieren?" les preguntó, pero solo obtuvo miradas y gesticulaciones. "¿Qué quieren que haga? ¿Qué buscan?". Varias de esas imágenes lo miraban. "¿Qué pasa? ¿Qué es lo que quieren?". Las miró un rato y creyó sentir lo que le transmitían. El sueño lo venció y se durmió.

A la mañana siguiente se levantó despejado, decidido y muy tranquilo consigo mismo. Sabía que él se había metido solo por ese largo corredor donde había muertos, sangre y lastimados. Y dónde había gente que pedía ayuda. "Nadie te pidió que entraras" se dijo, "entraste tú solito".

"Tú solito te metiste en el círculo rojo de la muerte, Daniel" le había dicho Pereira.

Decidió que ese día saldría temprano de anatomía e iría derecho al Cine Universitario. "Una buena película me hará bien".

Por suerte el día estuvo suave, así que, más aliviado, se encaminó primero al bar a saludar a un amigo. Pasó por el lado de afuera de la morgue y vio una docena de cuervos en el árbol del patio. "Seguro que Domínguez esta allí" pensó. Afuera, en la calle, había un carro de policía con Cabrera al volante, quien lo saludó con la mano. Daniel entró en el bar, pero vio que Susana estaba allí así que se fue rápido. Era bonita la Susana, con grandes ojos verdes, "pero hoy no quiero lío con esta". Se tomó el autobús y se fue al Cine Universitario de la calle Soriano a ver alguna película extranjera. Se bajó a dos cuadras del cine y se puso a caminar sin apuro. Una mujer muy bonita se le acercó distraídamente y le pidió direcciones de cómo llegar a una farmacia que había por allí. Daniel le explicó y le empezó a dar detalles cuando ella lo interrumpió y le dijo "cállate idiota y escucha", habían averiguado que lo de los secuestros era cierto, estaban haciendo una lista de casos, habían hablado con varios de los padres, "no digas absolutamente nada a nadie, y te haremos saber dentro de poco", y agregó con voz baja "Chau gil, cuídate esas nalgas, ¡¡cara-de-caca!!", y se fue agradeciendo en voz alta las instrucciones que él le había dado. Lo dejó sorprendido, envenenado y con palpitaciones. "Ay, ¿pero ¿quién era ese diablo?". Siguió caminando. "Mierda, ¿Quién era esa yegua puta? ". Al rato se dijo "Pucha, se habían puesto a investigar en serio. . . ¿pero quién es?, ¿quiénes eran ellos? ¿quién era esa gente? ". Se fue al cine. Se quedó luego todo el resto de la tarde y de la noche pensando sobre el problema. "Y ahora. . . qué va a pasar?". No tenía respuesta. No había nada que pudiera averiguar, ni había nadie con quien hablarlo.

"No hay con quién hablar y no hay nada que se pueda hacer". El recuerdo de esa mujer y de lo que le dijo le volvía a la mente, pero no sabía qué esperar.

De noche, las imágenes al lado de su cama gesticulaban mucho. "¿Será por lo de la rubia esa de la calle?". "Déjenme tranquilo" les dijo y se fue a dormir a la sala.

# 25

Días más tarde volvió a la jefatura. La secretaria estaba esperándolo y lo llevó a la oficina central del comando de la Policía y le presentó al sub-jefe, un inspector mayor con cara de estiércol. Luego ella junto con Pranchín lo llevaron de nuevo a la División homicidios. Le dieron una clase larga de criminalística y de levantamiento de cadáver, y de allí fueron a visitar la sección de delitos complejos, donde un sargento le dio una breve charla sobre los crímenes horribles que les tocaba investigar.

—¿Qué?, yo no pienso levantar ningún cadáver —protestó.

—Callate —le dijeron, y le dieron un cuadernillo para estudiar.

—Y no quiero más cuadernillos —dijo.

—¿Ah sí? ¿querés que le diga al ucraniano? —le dijeron. Daniel se asustó y tomó el cuadernillo.

Su enseñanza continuaba. El manual de investigación criminal empezaba recalcando la importancia del buen razonamiento en la escena del crimen.

A lo largo de los días, en casa o en el ómnibus, se leyó capítulo por capítulo, pasando por las páginas de metodología, análisis de informes, prerrogativas procesales, el síndrome de Estocolmo, huellas dactilares, fotografía forense y los conceptos dramáticos de Kensey-Acevedo. El capítulo del francés Michenaux era espantoso.

—La lucha contra la delincuencia no admite desmayos, Daniel —había dicho Yamandú—, el planeamiento de cada investigación criminal requiere conceptos de criminología y derecho penal. Este libro te revelará los detalles de la escena del crimen que deben ser buscados, la importancia de las señas del delito y el estudio exhaustivo del escenario. Recuerda. A los muertos hablan y hay que saber escucharlos.

Esa frase retumbó en su mente "Recuerda que los muertos hablan".

Lo llevaron un par de veces con ellos a la escena del crimen, "Así aprenderás" le dijeron. Las primeras dos o tres veces que lo llevaron vieron que él no era un estorbo, sino que se cuidaba de no alterar evidencias y que su curiosidad les ayudaba a completar su tarea en forma más efectiva.

—Siempre recuerda la importancia de la protección del lugar del crimen —le dijo MacLagan—, lo cual son todas aquellas actuaciones y medidas adoptadas, tendientes a asegurar, proteger y preservar el lugar del crimen. No toques nada.

—Y fijarte en la verdadera extensión de la escena, establecer escenarios secundarios, y determinar la metodología a emplear —siguió Martínez, mientras tomaban café, y mientras le daba las libretas "Inspección Técnico-Ocular" y la de "Manejo Técnico de Evidencias" y "Cadena Técnico-Legal de Custodia" las cuales Daniel leyó luego en su casa y en la playa.

Le dieron una clase de Fijación Fotográfica y de Fotografía Forense, le probaron varios lentes y filtros, y le dieron para usar una cámara rusa especial. Lo sentaron a tomar un café, le dieron la cámara, le explicaron cómo funcionaba y le dijeron "esta cámara rusa la tienes que cuidar mucho. Es para sacar ciertas fotos en casos de asesinados". La cámara rusa que le dieron era una Kiev-88, maravillosa. Daniel sabía que la producción de cámaras en los países de la Unión Soviética era a la vez extensa y variada. Su fama era reconocida en los terrenos de la tecnología y de la óptica, así como en los terrenos del espionaje y el campo militar. Era una reflex modular de formato Hasslebard, con lentes Leika de cuatro tipos y un fabuloso 28-80 sin distorsión. Tenía un Tek-Nit de 4-80 y era una joyita. Cuando le enseñaron a usarla, le dieron un estuche con lentes opcionales marca Moskwa-23, polarizados, con filtro azul, rojo y amarillo. Una belleza. Tenía además un lente negro de polarización negativa, película de magnesio sin plata, y un aditivo infrarrojo Zorki-16 que aumenta la sensibilidad y a la vez elimina detalles luminosos. Una maravilla.

Con Zorki o con Moskwa, la cámara rusa era un deleite de la tecnología.

—Tenés que tener en cuenta la responsabilidad de cada disparo —le dijo un sargento de la técnica que era fotógrafo forense —usa el adaptador adecuado, ajusta el obturador y concéntrate en la iluminación, y siempre seguí las reglas del protocolo. Recuerda que tus fotos pueden terminar en una exposición en la sala de tribunal y no querés que un juez quede descontento.

Lo entrenaron bien cómo usar la rusa, pero le dijeron que podía complementar el trabajo con su Pentax.

Además, en la jefatura, había una enorme cantidad de información sobre balística y armas, y estando allí, Daniel se podía contactar con varios de los expertos que allí trabajaban, y sobre todo con el "Orina-Gómez", quien siempre estaba listo para asesorarlo y para contarle de sus cálculos de cuanto orinaba cada inspector.

Los detectives lo llamaban a veces en mitad de la noche para acompañarlos a una escena de crimen, con cadáver fresco y los familiares llorando afuera. Algunos de esos momentos eran bien bravos, porque a veces los hijos del baleado o de la baleada estaban allí, con una pena bárbara. En algunos eventos de muertes muy desagradables los detectives le avisaban para que no entrara, que se quedara afuera y esperaban que vinieran los de la técnica, porque sabían que él era muy jovencito y, sobre todo, delicadito. "Hay cosas que mejor tu no veas aun", le decían. Un par de veces vio lo que no debía haber visto y tuvo que salir y vomitar afuera de tanto espanto e impresión.

Vio cosas horribles en aquella época. Domínguez y MacLagan lo veían allí, absorto, poseído por una angustia existencial, y se lo llevaban afuera, a tomar aire. "Trabajamos en tierra de nadie, Daniel", le decían", entre dos mundos".

Una vez lo llevaron a una casa por el cerro donde los dos muertos habían sido baleados cinco días antes. Daniel llegó a la puerta, olió, se dio vuelta y salió. No quiso entrar. Esos olores eran horribles.

—Yo me quedo afuera —dijo—, ¡ya les dije que muertos pasaditos no!

El olor a podrido era algo que no podía soportar. Le venían arcadas. Si estaban los sesos desparramados por la pared o había un charco de sangre o lo habían cocido a balazos, no le importaba mientras estuviera fresquito.

Los otros, sin embargo, estaban acostumbrados, y no les hacía mella si la cosa estaba fresca o pasadita o si los cuerpos estaban hinchados.

# 26

El trabajo de detectives era un poco dificultoso y complicado. Primero entraban a la casa y luego a la escena misma del crimen. Sacaban unas fotos con la cámara rusa, con lente bien abierto, pero sin ángulo de distorsión. El material del film que usaba Daniel tenía polynitrato de plata mezclado con sulfito y perclorato de dicromato y sales de índigo del Perú, los cual daban una imagen especial cuando usaban un flash de trimanganato de tungsteno, con lo cual salía un fogonazo azulado-violeta. Eso permitía dejar marcas en la película de dónde había habido un fogonazo de arma en las últimas 24-48 horas. Cuanto más brillante la imagen, más reciente había sido el tiro. Había que tener cuidado con no confundirse con el brillo de cigarrillos, pero con experiencia se daban cuenta bien. En ocasiones usaban dos cámaras simultaneas, con filtro rebajado, separadas un metro una de la otra y con un ángulo de 68 grados, las cuales registraban las fotos en forma tridimensional bastante complicada. Así, con esa técnica, podían saber si se habían disparado tiros o no y cuantos. Luego Daniel sacaba fotos con la cámara rusa y con la Pentax, y tomaba fotos de toda la casa y donde había sangre se veía en color naranja. Las fotos con la rusa salían en un blanco y negro azulado, pero las manchas de sangre eran como en naranjita, incluyendo las fotos del cadáver. Si había habido sangre en un lugar, pero alguien la había limpiado, las manchas salían de un color azulado. Tomaban muestra del aire, como abriendo una cajita de petri y circulando por la casa, y con ello podían saber qué clase de sulfitos tenía la pólvora, con lo cual se informaban sobre el tipo de arma se había usado. Sabían que las balas hechas en Brasil tenían alta concentración de fósforo mezclado con el sulfito, mientras que las de argentina tenían trimanganato y las americanas tenían un componente que lo llaman "porlatt" que es una mata-humo para que los balazos no hagan tanto ruido. El porcentaje de nitritos y nitratos variaba con el país de origen. Las balas belgas y francesas tenían también su característica. Todo eso Daniel lo aprendió en un par de cursos y se lo tuvo que estudiar al detalle. Al analizar las cajitas de petri esas, los técnicos podían saber qué tipo de bala habían usado y, por ende, qué tipo o tipos de arma se habían usado. Era muy interesante, y Daniel aprendió mucho. Una vez encontraron un tipo de unos 30 años que se había suicidado. Un típico suicidio. No había nada que llamara la atención. Hicieron todo este trabajo de pesquisa, pero la cajita mostró que no había pólvora en el aire, y las fotos mostraron que no había manchas naranjas. Las otras fotos tampoco mostraron nada. Ahí supieron que al pobre tipo lo mataron en algún otro lugar y luego lo trajeron a la casa cuando los padres no estaban y lo arreglaron todo como que fue un suicidio. Entonces los detectives llamaron a la técnica, quien tomó muchas huellas, y con eso agarraron a los culpables. Otra vez un hombre mató a un ladrón de dos balazos y dijo que era en defensa propia, pero cuando luego hicieron su investigación, las fotos, las petri y los datos mostraron que los balazos habían ocurrido en el dormitorio y que el ladrón había sido en realidad el celoso marido de una vecina que había venido a reclamarle al tipo. Daniel fue a ver la autopsia, pero cuando el muerto giró su cabeza y le dijo "fue mi vecino" Daniel se dio vuelta y se fue. "Qué porquería, ahora los muertos me hablan".

No supo qué hacer. "¿Con quién lo hablo? ¿A quién le digo?"

Decidió correr un riesgo y habló con MacLagan. Le dijo que el asesino había sido el vecino.

—Ya lo sabemos —le contestó el inglés —Pero, ¿De dónde lo supiste?

Daniel no se animó a decirle, pero, interrogado por MacLagan, le confesó.

—Yo ya no sé qué pensar de ti, Daniel.

# 27

Todas esas idas y venidas con los de la jefatura eran a veces como una aventura.

Una tarde, aprovechando que salía temprano, se fue al Judicial a ver a Gina. Lurdes salió y le dijo que Gina se había ido temprano porque le madre estaba enferma. Daniel vio eso como una oportunidad para hablar con Berta a solas y tratar de encontrar ciertas respuestas.

—Hola. ¿Qué pasa? —preguntó Berta al verlo. Su escritorio estaba en el segundo piso y era un cuarto grande con una mesa enrome, vieja y abrillantada. Había olor a papel viejo y a café. Berta lo miraba intrigada, con su cabello plateado corto, su cara de mujer bonita, sus ojos grises de malvada y sus labios finos fijos en una sonrisa sarcástica.

Daniel sintió sus vibraciones inquisitivas.

—¿Puedo tomar un café?—preguntó dudoso. Ella lo miró con sospecha. Le sirvió un café y por su mirada adivino que tenía que cerrar la puerta.

—Viniste con los colmillos afuera, ¿eh?

—¿Quién me eligió, Berta, y por qué?

—¿Mmmm? ¡No vengas aquí a hacerte el machito!

—No me hagas "mmmm" Berta, ¿Quién me eligió y para qué? —repitió, y comenzó a comentar lo que sabía y a preguntarle detalles. Berta no quería hablar. Daniel insistió.

—¿Quiénes Berta? ¿Quiénes? Y ¿por qué yo?¿Por qué no otro?

—¡No hay otro, Daniel! Tiene que ser alguien de afuera, no conocido. No sabemos si es gente de las fuerzas armadas o de las Fuerzas Conjuntas o de la jefatura o de dónde. Pueden ser secretarios, policías y hasta quizás alguno de los inspectores. Puede ser gente del juzgado, de una comisaría, de uno de los ministerios —dijo Berta—. Hay tanta corrupción y la dictadura esta tan metida que puede ser cualquier grupo de cualquier lado. Y si se enteran que se está investigando, se esfuman y desaparecen. Por eso.

—Yo no sé. . . no sé qué hacer. ¿Dónde empiezo?. . .

—Ay, Daniel, hay peligro. Peligro —dijo Berta con ojos húmedos—, peligro de que te maten. Peligro. Volvé a tu casa, Daniel. Deja todo esto. Esto es algo desconocido. . . y peligroso. Están matando hombres jóvenes —sacó un pañuelo y se secó los ojos —yo veo a Gina feliz ahora, contenta, no quiero que le pase nada. Yo.. yo.. si a ti te pasa algo yo..

—Pero, Berta. . .

—Daniel, otros. . . estamos en plena dictadura horrible, horrible. Todos tenemos parientes o conocidos que han desaparecido y nada se puede hacer.

—¡Berta!.. ¡escúchame!. . . ¿cuál es el propósito? ¿Dónde empiezo? ¿Quién me ayuda?

Ella tomó otro sorbo de su café con azúcar. Se aclaró la voz y le explicó.

—No es una misión clara, Daniel —dijo y tosió—. Se trata de ayudarte a remontar lo más alto posible para que te acerques al centro ese de informática y a otros centros donde se recopilan los datos de aquellos que fueron asesinados. De alguna manera esos datos no aparecen en las comisarías seccionales y no llegan al Poder Judicial. Varios jueces trataron de obtener esos informes, pero de alguna manera desaparecen.

—Pero. . . ¿dónde. . .?

—Cállate y escucha. Alguien o algunos mueven sus influencias de alguna manera y los datos y archivos luego no se encuentran. Y no se sabe quiénes lo hacen ni cómo. Los centros de informática de las fuerzas armadas son inaccesibles, pero. . . pero. . . parece que tienen su conexión con el centro de la Interpol.

—¿Cómo sabes?

—Porque esas son regulaciones internacionales. Interesante, ¿eh? El centro ese está en la jefatura, pero en una sección resguardada por un grupo selecto de las fuerzas armadas. La puerta es blindada y tiene una antecámara con reja y custodia militar. Lo hacen porque allí, o en el centro militar, están todos los datos de los Tupamaros, los vivos, los muertos y los encarcelados. Por eso nadie puede entrar allí. Allí tienen todo clasificado y archivado.

—Mmmm. . .

—Varios operarios pueden llevar archivos e informes, los cuales se pasan a través de una ventana blindada, pero no pueden entrar. Los empleados que allí trabajan son técnicos del ejército, gente seleccionada, y entran allí a través de una entrada del subsuelo, que cruza un garito militar y tiene su propia escalera. Ni una mosca pasa por allí sin ser controlada.

—Y. . . ¿y entonces?

—Vas captando, ¿eh? Ese es tu objetivo. Ahí puede o no puede haber una clave que aclare el problema principal: la desaparición y muerte de muchos muchachos, cuyos padres están desesperados. Es una situación horrible, Daniel. Cada muchacho es hijo, hermano, primo, novio, sobrino de otros, y así cada desaparición afecta a muchas personas. Hay cientos y cientos de personas sufriendo por todo esto. Pero el gobierno lo niega, el ejército lo niega y las Fuerzas Conjuntas no lo aceptan. La gente no tiene a quien reclamar y nada puede hacerse.

—Y yo, ¿Por qué me lo dieron a mí?

—Nadie te lo dio. Te lo buscaste solo. Tú solo te metiste en la rendija. Nosotros solo te abrimos las puertas que tú mismo querías abrir.

—¿Y por qué no se hace un grupo fuerte y se investiga?

—¿Investigar qué? No se sabe dónde, no se sabe a quién, todo se viene negando, no se sabe nada. Abogados y cónsules han tratado de averiguar. Reporteros y embajadores extranjeros han tratado de hacer presión para que se investigue, ha habido presión internacional, pero de nada sirvió. El problema no existe y no hay forma de hacer nada. Así que buscábamos un zorro vivo y sinvergüenza para meterlo en el castillo, y un día, de pronto, apareció uno sin llamarlo, un mete-narices con una cara de bobo que despista, escurridizo y a quien de pronto se le despertó un odio y una sed de venganza, que no quiere mostrar.

Daniel se quedó mirándola mientras el asombro lo poseía y la piel se le ponía de gallina.

—¿Entendiste algo? De eso se trata, de que te remontes bien arriba, con ayuda, hasta que tus vueltas te acerquen al poder y al centro de informática. . . Te lo dije. . . ¿Estás satisfecho?

—¿Y de dónde obtengo ayuda y poder para lograr eso?

—¡De las tinieblas, Daniel! De gente que está en las tinieblas y que se va a acercar a ti.

—¿Cuándo? ¿Cómo?

—Ya lo vas a ver, si no lo estás viendo. Ya te vas a dar cuenta. Vete ahora, bobito, y quiere mucho a Gina.

—Sí, Berta. Está bien. Y. . . otra pregunta. ¿Quién es el Nubio?

—Mmmm. . . ese Nubio. . . Es un mercenario de Bélgica que anda rondando por aquí. Se dice que provee armas a tupamaros, a delincuentes y a los del ejército. Un mercader de la muerte. Nadie conoce su cara. Muy seguramente es el asesino. Hay gente que dice que sí, hay gente que dice que no. No sé más. Bueno. . . ya vete. No me hagas hablar más.

—Sí, Chau.

—Y no hagas chanchadas con Gina. ¡Cerdo!

Daniel se levantó pensando. Al llegar a la puerta sintió la voz de Berta, se dio vuelta y ahí estaba ella con ojos llorosos, quien lo abrazó fuerte, le dio un beso en la mejilla, y le dijo al oído "Recuerda de que tienes ayuda divina", y lo dejó que se fuera.

Daniel salió a la calle y caminó hacia la parada del autobús sabiendo que todos lo miraban y sabían. Se secó un lagrimón con la manga y siguió su camino. "Así que en esas estamos" se dijo. "Ayuda divina, visiones nocturnas, muertos que me hablan. Voy derecho al manicomio".

Llegó a la parada del ómnibus donde le pareció que la gente que estaba allí sabía lo que el hacia y lo vigilaban. Para peor, había un manicero allí quien ya lo estaba mirando mal. Se fue a la otra parada.

# 28

Dorita lo llamó y lo pasó a buscar. Estaba preocupada por algo. Daniel la esperó en la puerta de su edificio. Sus vecinas estaban allí. Cuando la Gata llegó Marisa y Estela se empezaron a reír.

—¿Vas a ir a ver a tu hijito? —le dijo Marisa—. ¿a Pablito?

—¿Querés que le avise a tu mamá que vas a buscar a su nietito?

Se subió al auto y ella arrancó. Quería llevarlo a un hotel, pero Daniel le explicó de su relación con Gina.

—Qué bien. Qué bien. Ahora no querés más mi pascualina y no querés más mi cuerpo. Malagradecido de mierda que sos. Egoísta.

—No soy. No.

En realidad, Daniel sabía muy bien que una noche con la Gata sería una noche cálida, pero sentía que su relación honesta con Gina era más importante. Había algo en esa Gina que le parecía importante mantener puro y no mancharlo con la Gata. Había además otro asunto. Su relación con la Dorita se había tornado peligrosa. Dos escapes habían ocurrido debido a la presión de ella sobre él, y quién sabe qué más iba a suceder con esta mujer que era chusma como ninguna. Se sentía muy bien por haber salvado a esos dos amigos, pero eso no quitaba que los dos casos habían venido a través de ella. Ya bastante peligro se presentaba y más aún se iba a presentar y la relación con la Gata aumentaba el peligro mucho más.

Le dijo que parara el auto en la rambla y salieron a caminar. Él le explicó su relación con Gina, buscando no herirla.

La Gata lo vio preocupado y afectado por sus pensamientos y entendió que no era un rechazo si no que algo le pasaba. Se acercó, lo abrazó y le dijo "se te ve la preocupación y me doy cuenta de que no me lo puedes decir".

Se quedaron un rato fumando en silencio. Luego ella lo llevó a su casa. "Gracias, Dora, gracias por entender". "Sos un pedazo de caca, igual" le dijo ella y le dio un beso.

Qué alivio.

Al día siguiente, cuando volvía del hospital, el escuadrón estaba allí.

—¿Conociste a tu hijo, Daniel?. . . —dijo Marisa —. ¿viste a Pablito?

—Ya Marisa.

—Ya le avisaste a tu mamá que hay casorio, mmm, ¿¿eh??. . . casorio con hijo, ¿¿eh??

—Ya Estela —le respondía riéndose de sus chistes.

—¿Y qué vas a hacer con la pobre Gina, degenerado?

Se enteró días más tarde que el Guille llamó desde Londres y habló con sus padres y les dijo que todo había salido súper bien. Dorita le dijo más tarde que los padres le querían regalar algo, pero Daniel le dijo que les dijera que eso estaba prohibido en este tipo de juego y que se sigan comportando como les había dicho, como que su hijo seguía desaparecido y temían lo peor, que eso es lo que les tenían que decir a todos.

Así, la cosa se aquietó y no pasó nada más.

Daniel se quedó satisfecho por haber cumplido con la tarea de ayudar a escapar a alguien por segunda vez, y sabía que podría volver a su rutina en paz.

Eso pensó.

Estaba equivocado.

# 29

El sábado siguiente fue a la feria. Le gustaba caminar hasta cansarse por ese mar de frutas y verduras, tan lleno de olores y colores y gente conocida. Se cruzó con varios vecinos y dos amigos, saludó a los padres de otro amigo, charló con los verduleros, y hasta se encontró con el Pocho Pereira, quien lo invitó a venir a su casa entre semana a charlar de la vida. "Y no te voy a preguntar nada. Tengo una nueva botella de Gin" le dijo.

Cuando volvió de la feria, su madre le dijo "te llamó una maleducada, ay qué agresiva, que dijo que eres un mal hijo y dejó su número. Pero. . .¿Quién es ese animal?"

—No sé —dijo Daniel discando el número. Una vos le contestó "menos mal que llamaste, eunuco, ve la esquina de Roque Graseras a tres cuadras de 21"

—Ah, no era nada, mamá. Me olvidé de algo, vengo en un rato.

Bajó, caminó, llegó hasta la esquina. La malparida esa que había visto en la calle cerca de la farmacia lo esperaba apoyada en el Mercedes Benz negro y con cara agresiva le dijo "subí idiota" y se fue a caminar. "¿Y a esta mujer qué le pasa?" pensó Daniel.

—Hola Daniel —le dijo el señor del Mercedes. Se dieron la mano. El viejo tenía la misma esmeralda verde en la solapa y su mismo anillo con esmeralda grande.

—Mmm. . . te felicito por lo del Guillermo ese.

—Sí. Gracias. ¿Quién es esa mujer que me habla mal?

—No importa. No importa. Lo que importante son otras cosas —le dijo y se puso a explicarle sobre como habían organizado el trabajo de escape y lo bien que estuvieron él y la Dorita. Lo felicitó de nuevo.

Conversaron y el tema se fue desviando hacia la política actual y otros temas. Daniel se fue quedando en silencio.

—¿Qué te pasa?

—Nada. . . es que. . . es que. . . yo siento todavía que estoy ayudando a los de arriba, a los ricachones, a los. . . a los. . .

—A los malos de arriba, ¿eh? Sentís que estás ayudando a los de arriba, a los que joden a los pobres, ¿eh?

—¡Sî!, eso. Sí. Siento que estoy ayudando a los oligarcas, a la clase dominante.

—Daniel, nosotros somos los verdaderos pilares de la economía. No los de abajo. Nosotros sacamos a tus amigos, no los pobres. Si fuera por ellos tus amigos estarían ya muertos —dijo el viejo—. Mirá Daniel, tu cerebro está contaminado por ideas izquierdistas y tupamaras de esta época. No sos objetivo.

—Si lo soy. Si los pobres quieren comer todos los días y tener un techo que no gotee no son ideas de izquierda, sino humanitarias. El problema es que gente como usted, que tienen tanto dinero y están tan a la derecha, ven a los del centro y a los humanitarios como gente de izquierda y comunistas.

—Ay, ay, Daniel, Daniel, no sabes nada. escucha esto y escúchalo bien. Con los pobres no se levanta un país, ni se sostiene la economía. Con los pobres no se va a ningún lado. Los de la clase baja y los de clase media baja solo parasitan del país y ni construyen ni aportan nada. Basar la economía en ellos es fundir al país. Con la gente de la clase media alta y la clase alta, que saben tener suerte y éxito y hacer fortuna, con esos se levanta la economía y se produce desarrollo. Con ellos se construye un país. Y yo estoy con ellos.

—Mmmm

—Gil, con los humildes hombres de esta tierra no llegas a nada. Los proletarios no son constructivos porque no tienen cabeza para eso, les falta cerebro. El pequeño agricultor, que tanto se queja de que no tiene más tierra, no aportaría nada a la economía si se le diera más terreno. escucha esto porque es una verdad mundial. Donde pisa el pobre no crece el pasto.

—Pero. . . con esos grandes empresarios y latifundistas que, si construyen al país, el obrero y el campesino quedan aplastados por una gran miseria, sin comida, ni techo, ni salud ni..

—Ay, ay, Daniel, no me largues frases hechas por otros. Estas escupiendo propaganda. Vos necesitas un enema mental para sacarte esa mierda de la cabeza.

—¡No es mierda! Es una. . . Es una. . .

—Ah, cállate. No sabes nada. Sabes un poco de algo y ya piensas que eso es toda la verdad. Tu puedes decir lo que quieras, pero es una realidad que la izquierda uruguaya, los socialistas y comunistoides, están sucios del marxismo ruso que intenta poner su pie en Uruguay. Ese izquierdismo que se expande en Uruguay, esas ideas marxistas, esa guerrilla urbana, no son más que reflejos de un imperialismo ruso que avanza.

—No es así. No.

—No sabes nada, Daniel. Tu tienes un cerebro contaminado de anticapitalismo. Estás como trancado ahí y no ves la realidad mundial ni la geopolítica del cono sur —agregó—. Estás mezclando la pena que sentís y el humanismo que sientes con anti-capitalismo y dándole por eso la razón a los izquierdistas. Al igual que muchos, tienes una ensalada mental.

Daniel no supo responder.

—Vamos, señor, eh. . . yo no puedo ignorar la realidad de Uruguay ni todo el abuso y empobrecimiento que ha ocurrido. El país y su gente han sido despojados.

—Sí, de acuerdo. Sí —respondió—. Pero eso no significa que la izquierda va a traer una mejoría ni poner una solución sobre la mesa; ni ellos ni los Tupamaros, que de paso te digo que ni saben lo que quieren.

—Saben, sí.

—No. No saben. No saben. No tienen una buena humanidad para gobernar y, no tienen ni condición ni calidad para gobernar la economía y para peor, son unos antisemitas de mierda.

Daniel se puso a pensar sobre lo que decía.

—Y te voy a dar la clave, Daniel, para que veas lo mierda que son y lo equivocados que están —siguió—, La clave es que los izquierdistas montevideanos, sean estudiantes, obreros o comunistas, obedeciendo las directivas rusas, son pro-árabes y antisemitas. Si fueran tan originales en sus ideas, tan independientes como claman ser, aceptarían que Israel tiene el mejor de los socialismos. Pero no, no. Ellos ignoran la realidad de los israelíes y se aferran a las mentiras cocinadas por los rusos solamente porque los rusos se lo dijeron. ¿Te das cuenta o no? Te lo repito. Ellos abrazan la mentira y rechazan la verdad israelí, tan solo por lamerle el culo a los rusos. ¿Y a esos tú les darías el manejo del país?

Daniel escuchaba sin contestar.

—Te digo más. Si los izquierdistoides y pseudo-socialistas de Uruguay aceptaran que Israel tiene el mejor de los socialismos, y si los Tupamaros aceptaran eso también, serían todos ellos pro-semitas, pro-judíos, y muy anti-árabes, en vez de lo que en realidad son, lambeculos de los rusos, antisemitas y pro-árabes. Israel tiene el mejor de los socialismos, pero ¿alguna vez escuchaste de un tupamaro que alabara a Israel? ¿alguna vez oíste a alguien del partido socialista o comunista del Uruguay clamando a favor de Israel? ¡No! Porque son todos lambeculos del tsunami ruso que busca avanzar en este país.

—Bueno, pero. . . pero. . .

—Pero, nada. Todos los de la izquierda uruguaya. . . y todos los de toda la América del Sur, ¿oíste?. . . todos son unos antisemitas. Incluyendo a los Tupamaros, sí, y todos los del partido socialista y comunista del Uruguay. ¡Todos! Y la única razón porque son antisemitas, ¿oís bien? Es porque son pro-rusos. Nada más. Son eso.

Daniel seguía callado.

—Eso que dice no puede ser.

—¿No? Los izquerdistas, los socialistas, los comunistas y los Tupamaros son todos unos anti-semitas, aunque lo disfracen de anti-sionistas. Y si Rusia les dice que coman caca, allá irían ellos lamiendo los baños, comiendo mierda, pero declarando que lo hacen por sus propias ideologías originales.

—No. No hable así.

—¿Ah no? Y si los rusos o los cubanos les dicen que beban pichi de vaca, ahí irán los izquierdistas uruguayos tomando pichi y vociferando que lo hacen como parte de la unión universal de la izquierda contra el imperialismo. Yo te digo que el día que Cuba y Rusia les digan a los de la izquierda uruguaya que usen bosta para peinarse en vez de gomina, tú los vas a ver bien peinaditos a todos y oliendo a bosta. Y los vas a ver robando. Así va a ser.

Daniel no le pudo argumentar. Sabía que era cierto. La izquierda uruguaya era anti-semita, y la cicatriz que llevaba en la frente, por la pedrada de un uruguayo izquierdista, en el liceo, era una bonita prueba.

Se quedó quieto. Tenía razón.

—Tú sos muy localista en tus conceptos y no ves el partido entero —continuó—, tú me largas que los pobres tienen frío y pasan hambre, que los campesinos sufren, que los obreros padecen miseria. Y yo a eso te contesto que tenéis razón. Pero lo que tú no ves e ignoras es el globalismo. Y si no entendéis eso, te va a costar entender por q un plan interamericano como la Operación Cóndor es tan necesario y vital.

"Mierda" pensó, "a este tipo no le faltaban argumentos".

—Está bien —le dijo—, pero. . . pero,

—Pero sí, Daniel. Con Paraguay y Chile a la cabeza, gracias a los queridos hermanos Pinochet y Stroessner, el militarismo sudamericano se está organizando muy bien para vencer este ataque del comunismo internacional. ¿Te das cuenta? Y esa organización es el operativo Cóndor. Armas, dinero, entrenamiento, coordinación, apoyo mutuo, Uruguay tiene de todo para enfrentarse al problema. A los tupamaros de nuestro país y los grupos similares de cada país los van a hacer pure.

—Sí, ya veo. Y por el medio, muchos inocentes serán masacrados y serán. . .

—En toda guerra hay víctimas inocentes, Daniel. No escupas eso.

—Pero. . . las víctimas. . .

—Pero nada, Daniel. Hay que luchar y hay que vencer. ¿O queréis otra Cuba aquí? Y sí, la operación Cóndor provee armas, entrena a paramilitares, enseña a interrogar, trae especialistas y además. . .

—Bueno, bueno —le habló Daniel—, ahora qué. . . y ahora qué. . . Ya veo que se acaloró.

—Primero quería retrucarte tu atrevimiento de hablar así. Ignorante.Eres un atrevido, pero en vez de levantarte la vos, te quise demostrar que ni tienes la justa ni la última palabra —le espetó, y con razón—, Segundo, eh. . . bueno. . . otra cosa. . . eh. . . dejémoslo ahí.

Daniel calló, luego habló y dijo:

—¿Qué hay de lo mío?. . . de lo que le pedí, eso de los asesinatos.

—No me olvidé. Ciertos contactos míos han averiguado que sí, parece que hay algo de eso. Mmmm, eso es muy feo. Lo vamos a averiguar más. Parece que hubo varios asesinatos injustificados. Y con dinero de rescate de por medio. Feo, feo, muy feo.

—Necesito ayuda en eso —pidió Daniel. "Sí. Aquí está", pensó, "este es el representante del poder que necesito".

—¿Estás metiendo tus narices en la jefatura? —dijo el senior del Mercedes—. ¿Mmmm?

—Sí, en esas ando. Hay un cuarto ahí medio secreto, donde parece haber gran información, pero es inaccesible.

—Bueno, déjame, averiguar. En cuanto sepa algo, te aviso.

—Solo no lo voy a poder hacer. Hay. . . eh. . . hay una escalera secreta que permite llegar a ese cuarto desde el subsuelo pero está. . .

—¿Ah sí? Mmmm. . . seguí husmeando.

—Sí, pienso seguir. Sí. Necesito información. Solo no puedo.

—Mmmmm. . . ya voy a ver.

—Necesito una mano en esto —recalcó Daniel.

El viejo lo miró fijo y sacudió su cabeza haciéndole saber que había entendido.

—Y además. . .¿Quién es ese que lo llaman el Nubio?

—Mmm. . . no. . . no Nubio. Anubis. Lo llaman Anubis. Es un tipo que a veces hace. . . que hace favores. Un mercenario. Un asesino brutal.

—Sí, pero, ¿Qué? ¿Quién es?

—Dejalo ahí. No importa. ¿Por qué preguntas?

—Me dijeron que. . . que el Nubio. . . eh. . .¿Por qué lo llaman Anubis? ¿pero quién es él?

—Ese es un tema difícil, che. Dejalo ahí que otro día te explicó —recalcó el viejo verde—. Y a otra cosa, Daniel, y ya sé que lo vas a tomar mal. Estamos en tiempos bravos, donde cosas inesperadas le pasan a la gente inesperadamente.

—Sí. ¿Y?

—¿Sabés usar un arma? ¿No? Bueno, me parece que deberías aprender.

—No. Nunca.

—Por protección. Por las dudas. Por seguridad.

—¿Danielito Blum, "agent colaborateur", agente armado? Olvídese. Yo soy un estudiante. No. Y me voy.

—Bueno, andate, pero si se te presenta la oportunidad de aprender, aprovecha. Cuidate, cuidate mucho. Mirá Daniel, hay pugnas entre poderes aquí en Uruguay, de algunas sabes, de otras no, tené mucho cuidado. Si estás en el medio, te matan.

—Sí. Entiendo. Ya sé.

Se despidieron y Daniel salió del auto.

Se estiró al salir. Dio tres pasos y vio que la rubia se acercaba.

—Otra vez límpiate la cola antes de salir de tu casa, cochino —le dijo en vos alta y con cara de mala.

Daniel se asustó. "Viene a darme un golpe" pensó y se corrió. No quiso problemas y se fue rápido. "Malparida" pensó, "¿quién será esta puta rubia?".

Caminó de vuelta a su casa masticando sus pensamientos.

Y así, sabiendo o no sabiendo, creyendo que sabía lo que aún no entendía, Daniel avanzaba en el medio de la pugna entre poderes y un invisible círculo rojo.

De noche, las nebulosas imágenes que se le aparecían de un umbral frente al armario eran más nítidas y le hacían gestos. "¿Serán advertencias?"

# 30

Su desenvolvimiento en Anatomía iba madurando y sus clases se hacían mejores. Había descubierto en la docencia una veta de catarsis y satisfacción, impregnando a sus estudiantes con fascinantes conocimientos de los detalles más íntimos del ser humano. Le fascinaba el arte de transmitir conocimiento a sus alumnos y saber que al año siguiente su conocimiento de la Anatomía persistiría en parte gracias a él.

Marisa y la gallega de al lado le decían que él se tomaba la Anatomía muy a pecho, "¿pero cuando vas a tomar también del otro pecho?, ay Daniel, así no puede ser tu vida, con tantos muertos y tan poco amor. ¿Qué va a ser de ti?".

—No es cierto —les decía—, tengo a Gina.

Seguía con las guardias en la puerta de emergencia del Hospital de Clínicas. Una o dos veces por semana se iba derecho de Anatomía al hospital, donde subía al piso de guardia, se daba una ducha para sacarse las bacterias de Anatomía, se ponía uniforme y túnica y bajaba a emergencia a cumplir su rotación de doce a catorce horas. Cocía tajos, abría abscesos y ayudaba a curar gente bajo la atenta supervisión de sus profesores. Ayudaba a intubar, a tratar heridos y gente con fracturas, y colaboraba en tratamientos de enfermedades cardíacas, pulmonares e intestinales. Caía de todo en la puerta del Clínicas y las guardias estaban llenas de aprendizaje. Allí, a través de las guardias, en medio de esos olores y dolores humanos conoció lo que es el infierno y se convenció que realmente la medicina era el mejor camino que podría haber tomado y que en la emergencia y en el infierno había un lugar para él. Sus conocimientos anatómicos eran de increíble ayuda y pronto se encontró en quirófanos asistiendo en cirugías de emergencia.

Por el lado de la jefatura su progreso lo llevó a una nueva etapa, "inesperadamente", como le había dicho el senior del Mercedes.

—El momento ha llegado para que aprendas a tirar con varias armas. Es parte de tu formación —le dijeron, y sin más, lo llevaron al polígono de tiro.

Su enfrentamiento con las mismas armas que el diablo carga había llegado.

Parecía que lo hicieron como agradecimiento por lo que él los ayudaba, y su curiosidad hacía todo eso de las armas le hizo aceptar su propuesta. Le dijeron que aprender sobre armas y balística era parte de lo que ellos consideraban su aprendizaje. La evolución de sus pasos lo requería, y, por lo tanto, este paso de armas y balística era necesario.

—Es una etapa natural en tu desarrollo, Daniel.

—Morgue, judicial o jefatura, cualquiera de esos caminos que elijas requieren un conocimiento de las armas.

Se dejó convencer porque la idea le atraía. Las armas serían una cosa horrible, pero él nunca había estado expuesto a ellas y no quería perder esa oportunidad. Había algo que le fascinaba en esos instrumentos de muerte. Así que trajeron un par de instructores que tenían gran experiencia no solo en tirar, sino en enseñar.

Le midieron la mano, para ver cual arma le convenía. "Una buena mano para tomar un arma" le dijeron. Le enseñaron primero cómo agarrar la canana, cómo poner los dedos así y asá, cómo poner los brazos, cómo poner los pies y balancear el cuerpo. Primero usaron una pistola pesada y vacía y le enseñaron a balancearse y evitar que el choque del arma lo empuje hacia atrás. Claro que él, entusiasmado y bobito, opinó que cuanto más grande el arma mejor. Así que le hicieron tirar primero con una Colt 45 1911, donde pusieron una sola bala. Daniel apuntó, disparó, y salió empujado hacia atrás golpeado por el arma. Casi se cae. La mano y el orgullo le quedaron doliendo. Luego que dejaron de reírse le dijeron que así aprendería que más grande no es mejor. Para probar su puntería le hicieron probar varias armas.

—Vas a aprender con una 22, Daniel —le dijo el instructor.

Aprendió mucho. Probó una Glock 17, austríaca, dura y pesada, un arma de combate que no era de su gusto. Probó las alemanas Walter P99AS y la Walter PPK. El instructor le mostró como desarmarlas y volverlas a armar y como lubricarlas con el aceite especial mientras le explicaba cuán confiables y poderosas eran.

El instructor le mostró la pistola suiza SigSauer, que no le gustó, y luego una americanas Smith & Wesson, pero eran muy ponderosas y grandes. Le explicó como desarmar y limpiar las pistolas y separar el disparador, gatillo, percutor, cañón y la corredera, que encaja sobre el armazón. Le hizo armar y desarmar varias pistolas, insertar cargadores, retraer la corredera sin lastimar sus deditos finos y delicados, y como amartillar el arma.

—Balística forense es la ciencia y arte que estudia las armas de fuego, el alcance y la dirección de los proyectiles que disparan y los efectos que producen en el cuerpo humano —le explicó el instructor, un tal Valdemar, hijo de brasileros, quien le explicó además sobre la balística interior, que estudia el tipo de arma y todo lo relativo a su estructura, y la balística exterior, que estudia la trayectoria del proyectil y los elementos que la afectan.

Otro instructor lo hizo disparar con varias armas mientras le explicaba sobre la subclasificación de las armas de fuego, de acuerdo a su forma de carga, de empleo, de disparo, de la cantidad y tipo de proyectil que disparan y de la ojiva.

Una instructora llamada Matilde le explicó más todavía.

—El uso reciente de un arma se manifiesta por la presencia en la piel del signo de Mendell-Koch, que es la presencia de restos de pólvora semi-combustionada, que da al hisopo color naranja con el reactivo de Griess, que es una alfa-carbo-naftil amina mezclado con ácido acético —le dijo Matilde—. El color naranja oscuro, o rojizo ladrillo, se debe a los nitritos. Si lo haces en el campo y queréis que tenga fuerza legal, tenéis que usar un hisopo sellado del Poder Judicial y tenéis que tener uno o dos testigos, si no, aunque sea positivo, no tendrá valor en la corte. ¿Oíste gil? ¿O esto es muy difícil para ti?

—Oooooohhh. . . ¡un hisopo! —se rio Daniel, haciendo gestos con los dedos—, qué bueno, un hisopo, sí, muy bueno

—¡Presta atención, maleducado!

—Sí señora maestra Matilde. Usted, ¿usa hisopo?

—Ssshh, ssshh, callate, ¡no seas guaranguito! ¿Entendiste esto que te dije? ¿lo anotaste?

—Sí, Matilde. Lo anoté aquí. Pero ¿Quién sirve de testigo? Supongo que debe ser alguien avalado por el Judicial o por la Jefatura misma, no?

—Exactamente. Y eso es importantísimo. Cuanto más reconocido y oficial es el testigo, más fuerza tiene la evidencia. Un hisopo sin testigos, casi no tiene valor.

Le explicó lo de balística interior, el cañón, el percutor, los diferentes tipos, el extractor, el botador, el cargador, la recámara, y todas las partes de las armas de fuego. A Daniel todo eso lo aburría. Se pasó casi tres horas en esa clase, y encima Matilde le dio dos libretas para estudiar. "No, más libretas no, Matilde". Le dijo que las tenía que estudiar para la semana siguiente o Ferreira Garzón se iba a enojar y mandar un mal reporte y "Yamandú se iba a enojar y le iba a decir al ucraniano Stachenko", "¿y vos queréis ver al ucraniano ese enojado?".

—A vos, Matilde, MacLagan te debe de haber dicho algo sobre el tipo ese, ¿eh? —le dijo Daniel

—No sos el único que no le tiene simpatía a ese ucraniano cara-de-destripador.

A la semana siguiente tuvo clase de microscopia balística, de dispositivos fotográficos, de fotogramas, y otras cosas más. Luego paso a tirar con más armas. Todo eso ya lo tenía aburrido y se lo dijo a Matilde.

—Si no te gusta, en cualquier momento te puedes volver a la casita de tu mamita y papito y olvidarte de todo este asunto. Nadie te está entrenando para nada, che, es que estás en la jefatura y sería hasta inmoral no enseñarte a usar un arma. Nunca podrás salir con los muchachos si no sabes usar un arma. Es el reglamento.

Daniel prefirió tomar lo de las armas como una aventura, aunque iba creciendo en su mente la idea de que había una razón siniestra detrás de todo ese entrenamiento. La sola idea de tener un enfrentamiento le daba ganas de ir al baño. Así que decidió tomarlo todo como una etapa interesante y educativa. Y siguió probando armas. Probo un Bersa 22, livianita, pero con un gatillo muy sensible. Le dejaron tirar un par de tiros con la pistola Mauser C-96, y luego con una Astra y otra Beretta especial.

En las aulas del polígono le dieron más clases de todo tipo sobre balística.

—El estudio de los efectos de la balística es complejo —dijo uno de los instructores—, la determinación de los orificios de entrada y salida es esencial, así como el ángulo de incidencia. Cuando el proyectil, la bala, incide sobre la piel y los músculos, se produce primeramente una depresión con elongación de los tejidos, los que, al ser vencida su elasticidad y resistencia, son perforados dejando una herida circular u ovoidal de acuerdo al ángulo. El efecto varía de acuerdo al tipo de tejido y la zona del cuerpo, y también de acuerdo a la ojiva, la velocidad, rotación, orientación, posición e incidencia.

Le dio varios ejemplos en el pizarrón y los remarcó en la libreta que le daban para estudiar. Lo acompañó con fotos de un proyector.

—Mira, ¿ves aquí? Este es el anillo de Fisch, que es la zona circular de características contuso-exfoliativas que marcan la zona de entrada. ¿Ves aquí? Ese es el anillo de Fisch, ¿lo ves? También lo llaman anillo de enyugamiento, y tiene su zona de acentuamiento a medida que se aleja el proyectil. . . aquí. . . y aquí. . .¿lo ves?

—Sí. . . sí, lo veo.

—Recuerda que el diámetro y daño en el orificio de entrada no indica por sí solo el calibre del arma usada —le dijo luego Matilde—. Pero el ángulo lo puedes calcular con el signo de Belaunde, y los ves aquí. . . y ahí, ¿ves?. . . la zona del anillo de Fisch puede estar seguida o no de la zona de ahusamiento, si el tiro fue de cerca, y la zona de tatuaje, conforme a la distancia a la que se haya producido el disparo.

—A sí, ya veo. Sí.

—Antes de que me olvide, Daniel —siguió Matilde—, recuerda siempre de buscar lo que no se ve. Investiga mucho lo que descubras, sí, pero siempre piensa en lo que no se ve.

Le mostraron varias fotos para darle ejemplos.

—En el disparo a quemarropa, de menos de diez centímetros de distancia, los humos producen una suciedad en la piel, muchas veces lavable, producida por pólvora quemada —explicó el instructor—. Esa mugre o mancha, conocida coma la mancha del humo, da la pauta de la distancia de acuerdo a cuán lavable es y cuánto ha quemado la piel. Es también llamado falso tatuaje.

—El tatuaje verdadero está constituido por partículas de granos semi-combustionados y no combustionados de pólvora y partículas metálicas desprendidas del proyectil —dijo Matilde, mientras dibujaba en el pizarrón y mostraba varias fotos en la pantalla.

Daniel dejó el café de lado. "Esta clase va en serio. Esto es importante" pensó.

Le mostraron muchas fotos y le hicieron muchos esquemas para mostrarle tatuajes verdaderos, tatuajes falsos, restos de fulminante en la piel, hallazgos forenses, la escarapela de Simonin, el golpe de mina de Hoffman, el signo de Benassí, como diagnosticar un disparo a boca de jarro, tiros a quemarropa. Los signos de Bourchett y el de Altoid lo impresionaron mucho. Quedó borracho de tantos detalles.

Cuando el otro instructor se fue y quedaron solos en el aula, Matilde se paró, se acercó y le dijo:

—Acordate bien de este día. Esto que se te está enseñando es por algo. Daniel, te repito, acordate siempre de buscar lo que no se ve —dijo mirándolo fijo con ojos grandes—. Investiga mucho lo que encontrás, sí, pero siempre pensá en lo que no se ve. No te guíes solo por lo que estás viendo. Hay cosas de las que no se puede hablar, pero sí se puede buscar en el silencio de los archivos y de las fotos.

—¿Qué? —dijo Daniel, sobresaltado por lo que ella dijo. "¿Por qué me dice eso? ¿Quién es ella?"

—Así como vas, tarde o temprano, te enfrentarás a una fuente de información, donde las piezas no estén claras. Acordate entonces de esta frase que hoy te digo: "buscá lo que no se ve para hilvanar los datos".

A Daniel se le erizaron los pelos de la espalda. "¿Qué sabe la perra esta?" pensó. "¿Había un mensaje aquí?". La adrenalina le fluía por todo el cuerpo, y en su mirada supo que Matilde supo que él había captado el mensaje. "Pero, ¿Quién es esta mujer?"... "... acordate de lo que se te va a enseñar" le había dicho Etcheverry. "Ay, eso lo explicaba" "Qué horrible. ¿A quién habrá perdido ella?". Daniel comprendió. Esa mujer que tenía delante seguramente perdió a un hijo o a una hermana y no hubo nada que pudo hacer ni nadie a quien reclamar en esta dictadura dura.

Daniel la miró con ojos grandes y supo ver en sus ojos húmedos que ella supo que el entendía. Se acercó a él antes de salir de la clase, con ojos húmedos, y le dio un abrazo largo. Daniel salió secándose los ojos. "Mierrrrrrrda. Cada vez que me acercó a alguien brotan las lágrimas".

Luego le explicaron y le mostraron el signo destructivo de Gómez-Smith, que era la zona de destrucción a exactamente tres centímetros del orificio de entrada y que varía de órgano a órgano.

—Esa zona de destrucción varía con el calibre y la masa del proyectil, Daniel, y con su fuerza centrífuga. Una bala de gran calibre, disparada a corta distancia, tiene impacto, pero poca fuerza centrífuga, y una bala chica, digamos una 22 forrada, disparada con rifle de precisión a larga distancia, tiene poco golpe y mucha fuerza centrífuga, así usando la regla de Gómez-Smith, uno puede calcular masa y calibre y distancia y hasta el tipo de arma. El ángulo complementa la información.

La clase siguiente fue sobre tipos de pólvora y su análisis en la zona del crimen y en el laboratorio.

Al día siguiente lo llamaron a clase para decirle que tres asaltantes habían sido muy generosos en donar sus vidas para que el aprendiera. Los habían cocido a balazos. Matilde y uno de los instructores lo esperaban en la morgue para mostrarle tiro por tiro los detalles forenses de cada uno. Ahí estaban los tres cadáveres de los desafortunados que hasta el día anterior estaban con vida. Pálidos muñecos sin vida, como durmiendo un sueño largo, imperturbables ya, exonerados de la miseria que los había llevado a la violencia.

Uno de los muertos giro su cabeza y le dijo a Daniel "toma tus fotos de una vez".

Otro muerto le preguntó "¿nos abren o no nos abren?"

Daniel se puso tenso, mirando si alguien más lo había notado. No. Nadie.

Le hicieron sacar fotos de cada tiro que recibieron y le dijeron que las guarde como parte de su aprendizaje. "Sí, guárdalas" le dijo el tercer muerto, "a ver si te recuerdas de nosotros". Daniel se puso nervioso, tenso, pero vio que nadie lo notaba. "Me lo imagino". Luego le hicieron preguntas sobre todo lo que le habían explicado y sobre cosas de la libreta. Matilde se sorprendió de lo que Daniel sabía ya.

—Quizás tan, pero tan bobo no sos después de todo. Tu fealdad despista. Mmmmm. . . y quizás esa cara de salame que tenés confunde —le dijo sonriendo—. Espero que recuerdes lo más importante.

—Sí —le dijo—, me voy a acordar de lo más importante. Del hisopo.

—¡Que te vaya bien. . . gil! —le dijo y se acercó.

—Gracias. Tuve una buena maestra —le dijo—, no muy higiénica, pero sí muy dulce y buena.

—¡Mmmm! —dijo saliendo con él al patio de la morgue y prendiendo un cigarrillo—, así que enamoraste a Gina, ¿eh? Quierela, no le hagas daño. Soy amiga de Berta y me dijo de ti.

—¿La conoces? No, yo no le voy a hacer daño.

—Bueno. Y recuerda bien de lo que te digo. Uní cabos, ¿oíste?

—¿Mmmm?

—Tarde o temprano vas a llegar a donde queréis llegar. Ese día las cosas no van a estar claras. Vas a tener que pensar. Que esto te quede claro, ¿oíste?, cuando no se ve lo que se busca hay que saber unir cabos. Es parte de la investigación criminalística.

—Explícame.

—Grábatelo en la memoria. Cuando uno se encuentra con un montón de información, es difícil saber lo que es y lo que no es pertinente. Por lo tanto, se debe encontrar lo que se ve y a la vez buscar lo que no se ve y uno no lo puede ver. Entonces uno debe de unir cabos que parecen sueltos, entre lo que ve y lo que no ve, como armando un rompecabezas donde faltan piezas. Eso, sí, ese ejemplo es bueno.

—Repítemelo más claramente.

Matilde se lo repitió. Lo discutieron.

Le dio un abrazo largo que se lo decía todo, y le dijo con una lágrima en los ojos "te voy a ayudar en lo que pueda".

Daniel se fue antes de que le vea su lágrima. "Mierda, ¿es todo con lágrimas esto?"

"Unir cabos" pensó. Se fue y salió a caminar hacia la parada. Se quedó pensando sobre el dolor que vio en Matilde. "Y cómo no va a ser con lágrimas" pensó "si todos y cada uno ha sufrido y sufre por la pérdida de un ser querido en manos de esta dictadura de mierda".

Prendió un cigarrillo y caminó un poco para despejarse. "Unir cabos". . . "buscar lo que no se ve". Se puso a pensar en todo lo que pasaba. De pronto. . . ¿Podría ser lo que se le estaba ocurriendo? ¿Podía ser posible eso?. . . Y, ¿si fuera posible? ¿Qué hacer? ¿con quién hablarlo? "Ay", la ansiedad le invadió el cuerpo. "Unir cabos. . .¿Cuáles cabos?" pensó ". . .¿cabos sueltos? O sea, ¿unir datos separados y posiblemente sin ninguna relación entre sí?". "Ay, ay, y si estudio los datos e informes de las otras autopsias. . .¿podré encontrar pistas y datos en común? ¿sería posible?"

"Pero. . .¿Dónde estará la información de esas autopsias?"

Siguió caminando y pensando.

Se iba poniendo más claro que necesitaría un centro de información.

"Se entra por el subsuelo" le habían dicho en la jefatura. Mmmm.

"Ahora sé un poco más" se dijo, "ahora necesito el poder". Tenía que pensar. "El poder, Daniel, el poder".

"Es como te dije. El poder, Daniel, el poder"

"Loco. Voy a terminar loco. Imágenes nocturnas, muertos que me hablan, unir cabos, buscar lo que no se ve, los cuervos, muertos por doquier. Voy a terminar mal".

# 31

Le hicieron tirar con un revolver Americano Colt 38, otro revolver alemán H & K y otro Smith & Wesson, pero no le gustaron, eran pesados. Le trajeron la pistola semi-automática P-64 9mm, y luego una Tokarev TT rusa y también con una Makarov PM, también Rusa. "Son armas de combate" le dijo el instructor "y no para gente común".

No fue hasta que le trajeron una Remington modelo 51, americana, calibre 32, que sintió que se entendía con el arma. Bien balanceada, agradable en la mano, hecha de una aleación especial para que no sea pesada, daba muy poco golpe y era muy ágil. Era fácil sacarla del bolsillo y disparar enseguida. A Daniel le gustó.

—Ah, mirá al Carmencito, le cae bien la Remington. Qué bien.

—Es que tiene la mano chiquita.

Le trajeron el arma y le explicaron.

—Daniel, entrénate con esta pistola que parece que te calza bien. Practica tiro, recarga y todo lo demás. Cuando estes más acostumbrado, me avisas. Usa la bala 9 milímetros corta, que se conoce como 32. ¿La ves? Esta linda. Cuando te acostumbres a ella un poco, vas a usar la siguiente, que no la tengo acá.

Descubrió que tenía buena puntería.

Todo eso de la educación armamentista había llegado a fastidiarlo y busco desligarse. Pero había algo más. La idea de meterse a averiguar los detalles de la autopsia de los asesinados iba tomando cuerpo en su mente. ¿sería posible averiguar detalles? Y. . .¿Qué haría con esos detalles?

Se quedó enroscado en sus pensamientos. Le entró un disgusto. No. No quería ni pensar en eso.

— — — — —

Daniel finalizó su curso de armas y balas habiendo elegido la Remington 51 como favorita. Domínguez lo esperaba con una coca-cola fría y un par de bizcochos y lo felicito mucho. Hablaron de mujeres, de política y de cristianismo por el camino.

"Este Domínguez es un buen tipo".

Daniel se sintió aliviado de que su entrenamiento armamentista había terminado, y teniendo en cuenta todas las barbaridades que se había aguantado de decir, no le había ido mal.

Así que eso había que festejarlo. Se encontró con Gina en el Expreso Pocitos y festejaron con licor Frangélico. Se subieron a la motocicleta y decidieron ir a un hotel chiquito, viejo, pero muy lindo, donde la casera se esmeraba en hacer que la estadía de las parejas fuera confortable. Cuando Daniel le quitó la camisa, muy despacio, ella seguía hablando de literatura y de política. Sus pechos, en la semipenumbra, eran una maravilla, y a Daniel le apasionaba mirarlos y acariciarlos. La desnudó y admiró su cuerpo mientras ella sonreía y hablaba. La hizo callar a besos y caricias.

Más tarde, sentados al lado de la ventana, tomando un té caliente y fumando, Daniel le preguntó sobre la cuarta internacional, la cual no entendía bien. Ella se dio una ducha rápida, se envolvió en una toalla y se puso a explicarle.

—La Cuarta Internacional es una organización internacional de partidos comunistas seguidores de las ideas de Marx, Engels, Lenin y Trostsky —le explicó—. Todo había empezado por el siglo XIX con la Primera Internacional en un intento de organizar a los obreros del mundo en una masa intelectual y activa común. Una idea hermosa. La Segunda Internacional fue por finales de ese siglo y la dirigió el Engels mismito. ¿Sabes quién era él?

—Sí, lo leí. Pero ¿Por qué es importante en todo esto?

—Sshh, sshh, espera. Si quieres entender qué está pasando en Uruguay y por qué, tienes que escuchar esto. La Tercera fue la internacional bolchevique y se descreditó al poco tiempo porque pasó a ser un instrumento ruso Estalinista con más intenciones imperialistas que humanistas. Mira Daniel, tenéis que mirar a la Internacional como una organización que intenta y planea organizar a todos los grupos y movimientos obreros del mundo en una gran masa de pensamiento y acciones similares, ¿entendéis? —dijo mientras se ajustaba el toallón a su alrededor—, es el movimiento obrero de cada país uniéndose y adoptando una política internacionalista, y controlando a sus gobiernos. Mmmmm. . . ¿ves? Son.. son todos los proletarios del mundo unidos en una sola entidad y con un fin común.

—Sí Gina, pero.. ¿y lo de Trotsky?

—Bueno, sí, ahí se armó lío. La Cuarta Internacional era la gran heredera de todas las organizaciones obreras, pero ahí es donde se armó cocoa, porque fue organizada por el Trotsky mismo, quien entendía la Internacional como un partido mundial de la revolución proletaria. Y se armó cocoa porque el tipo proclamaba, y con razón, que la tercera internacional había abandonado la bandera del proletariado internacional para dedicarse a besarle el culo imperialista de Stalin, ¿ves?. . . debes acordarte. . . la tercera se había convertido en un instrumento Estalinista.

—Sí, recuerdo eso. Fue una época bien brava.

—Y bien que lo fue. Al expandirse el estalinismo por Europa, como Francia, Alemania, Lituania, y otros países, las masas obreras locales se habían hecho estalinistas a su vez. Trotsky, un gran intelectual, proclamó que eso era una traición, que el estalinismo era una traición al mundo obrero y que Stalin, un gran bruto oportunista, era un traidor. Con esa ideología y mentalidad se fundó la Cuarta Internacional. Ahí tienes.

Daniel se quedó pensando.

—¿Sabes algo del Trotsky ese, Daniel? —le preguntó.

—Nnnno. . . no mucho.

—Bueno, deberías, porque era como vos, un judío no religioso lleno de ideas raras. Fue el quinto hijo de una familia judía y su verdadero nombre era Lev Davidovich Bronstein, era un "moishele" como tú, y tenía el pito cortado como vos. Así, chiquitito y cortado como el tuyo, ja.

—¿¡Qué!? ¡Gina!

Le siguió contando. El Trotsky ese se proclamaba antiestalinista y esa actitud le costó que finalmente Stalin lo hiciera matar en 1940 para sacarse de arriba el estorbo. La Cuarta proclamaba la teoría de una revolución internacional permanente, y ahí es donde los trotskistas se separan de los marxistas-leninistas lambeculos de Moscú. El problema fue que el mundo se empezó a modernizar y a complicar, continuó Gina, y la corriente del comunismo internacional se dividió entre los besadores del culo de Stalin, o sea los estalinistas, y los trotskistas, que eran antiestalinistas, y luego vino Mao, quien empezó a exportar el maoísmo, luego vino Cuba, y ya muchos comunistas cambiaron de rumbo.

—¿Ves Daniel? Y así llegamos a los sesentas —continuó Gina—, con una gran masa obrera, estudiantil, campesina y pobre desperdigada por toda Latinoamérica y siendo propagandeada por los internacionales trotskistas, por los maoístas, por los estalinistas centristas, por los castristas, y por grupos más liberales y otros más ortodoxos, y cada uno de esos leones quiere ser el león-rey de la sabana. Eso te explica el relajo que ves en Uruguay, en Argentina, en Brasil y en los demás países.

—Bruto relajo —dijo Daniel—, relajo violento.

Gina se quitó la toalla y se paró desnuda frente a él diciendo "¿entendiste Danielito? ¿mmmm?" mientras caminaba hacia el borde de la cama y se daba vuelta exponiéndose toda a él. Parada allí, desnuda y gallarda, con sus senos mirándolo con esas areolas rosadas, con sus ojos grandes, y con un vello púbico abultado, triangular y frondoso, le explicó ideas socialistas y proclamas de la izquierda. Daniel estaba asombrado. Ella le increpó "eres un corto de vista, Danielito-bebé. Tú ves solamente la injusticia del obrero, el hambre de los campesinos y la injusticia local. Eso te estruja el corazón y te llena de pena y tus lágrimas de ignorante no te permiten ver todo el concepto global —continuó mientras sacudía sus senos de lado a lado lentamente mientras hablaba y gesticulaba—. No se trata de abrazar la izquierda porque eso le va a dar de comer a Juancito o va a hacer que a Susanita le paguen más. No. Se trata de organizar a todos los Juancitos, a todas las Susanitas, a todos los Josesitos y a las Marías de todos los países latinos en una organización común, en una organización despierta, activa, pujante y proclamante para que todos ellos, ¡todos!, tengan un mejor pasar. ¿Vas vislumbrando, taradito? De eso se trata la Cuarta Internacional, bobito.. ¿o acaso la cabecita no te da para ver el cuadro global? ¿eh? ¿quizás entre muertos y sexo se te degeneró la mente, ¿mi bebito?

Daniel se quedó hipnotizado ante esa brutal mezcla de hermoso cuerpo desnudo con un sopapo intelectual y no pudo responder.

—Ssssí, Gina. . . Gracias por esta explicación —dijo mientras se tiraba en la cama y ella venía hacia él. Su cuerpo estaba cálido y el aroma a mujer de su piel era embriagante. Se deleitó con Gina muy despacito.

De mañana, temprano, la señora les trajo unos cortados y bizcochos frescos. Se sentaron al lado de la ventana a tomarlos. Era lindo estar sentados allí mientras entraba el ruido a calle, los olores de la panadería de al lado y los aromas del bar de enfrente. El bullicio matinal comenzaba.

—Y hay algo más, Daniel, y ya termino —siguió Gina—, los gobiernos y dictaduras latinoamericanas están tratando de frenar ese avance armado de todas esas izquierdas organizándose en una asociación de lucha que se llama Operación Cóndor, donde obtienen logística para una batalla común.

—Y. . .¿Cómo sabés eso? ¿Cómo sabés tanto?

—Ya te voy a decir otro día. De mientras aprende esto. La izquierda o comunismo están divididos en varias facciones, como te dije, marxistas, trotskistas, maoístas, castristas, etc., y todos buscan conquistar las mentes y las actitudes de los obreros, los estudiantes, los pobres, los jornaleros y demás. No lo hacen por ayudarlos a ser y estar mejor, sino como para conquistarlos y poder avanzar sus planes imperialistas en ese país. La izquierda es una masa humana, polifacética, que avanza y conquista.

—Sí, pero ¿Y la pobreza, los campesinos?. . . eso es real.

—Sí. Saben que hay pobreza y desventaja y lo usan como propaganda y medios de infiltración. Lo hacen en Uruguay, Argentina, Brasil, Chiles, Paraguay, etc. Te hacen creer que es una justicia social lo que avanza cuando en realidad es una infiltración imperialista de la izquierda, con el estalinismo ruso disfrazado. La única manera de frenarlo es por los países sudamericanos uniéndose, pero los gobiernos de todos esos países están comandados por políticos corruptos, ignorantes y demagogos, incapaces de hacer algo en su propio país y mucho menos unirse con otros países y sus inútiles políticos para crear un frente y una lucha en común. Fíjate tan solo aquí, en Uruguay, qué ineficaces que fueron.

—Sí, ya sé —dijo Daniel.

—Y en Argentina, Paraguay y Brasil es lo mismo. La misma degeneración político-económica desorganizando la sociedad y permitiendo el avance imperialista de los rusos, ah, y de los chinos también.

—Me doy cuenta. Sí.

—¿Entones qué? —siguió Gina, moviendo sus pechos de lado a lado como bailarina—. Eh, no te distraigas. Las grandes corporaciones, los militares de alto rango y los americanos vieron que la única solución en todos esos países era derrocar esos gobiernos con golpes militares, sacar a patadas a los políticos, imponer dictaduras brutales y unirse en un frente común. Todo eso con información, entrenamiento y armas que los americanos proveen. Y esa organización común, esa operación, se llama la Operación Cóndor. Así, eso es lo que pasa. ¿Ves?

—Sí.

—Y así, en tierra uruguaya, tenéis la pugna del frente militar luchando contra el frente izquierdista, por así llamarlo. Pero por el medio las libertades están anuladas, hay muchos presos e incontables muertes. Hay una lucha entre poderes, una batalla con muchas víctimas inocentes.

—Horrible.

—Sí, horrible. Y a mí. . .a mí me preocupa que vos te estás deslizando para estar en el medio de esa lucha. Dos grupos muy fuertes, visibles y no visibles, están peleando y Danielito va y se pone en el medio.

Daniel se quedó pensando. Hablaron un poco más al respecto y Daniel se quedó callado. Bebieron, fumaron un poco.

—Además sos un morboso, y te estás metiendo en un juego peligroso, en cosas de crímenes en la jefatura misma, en cosas en que no debes meterte, que tú sabés bien que no debes meterte, pero te metes igual.

—Pero hay algo más —Daniel titubeaba entre contarle y no contarle—. Eh.. algo que. . .yo..

Y entonces le contó lo de los dos muchachos que ayudó a salir del país, y lo del señor del Mercedes negro. Le explicó los dos casos, porque en el fondo necesitaba su opinión. Gina lo miraba con ojos grandes y sorprendidos. Al final le dijo que eso lo tenía nervioso y preocupado porque le parecía que se había excedido y se había metido en más problemas todavía y que eso lo tenía medio nervioso y no lo podía hablar con nadie.

Gina lo seguía mirando, quizás sin poder creer lo que acababa de escuchar. Estuvo callada un rato, al final dijo:

—Ya veo que te superaste. Ya has avanzado de la etapa en que te buscabas problemas a la etapa en que los problemas te buscan a ti. Como que avanzaste de ser un bobito a ser un bobo peligroso.

—No Gina. . . no es así. Es que..

—¿Ah no? Dentro de poco en vez de tu tener que ir a donde están los muertos, los muertos te van a venir a ver a ti. Estas hecho un tiro.

—¿Y qué podía hacer? ¿Dejar que los agarren? ¿No hacer nada? — y así le contó sus dudas, su problemática interior con respecto al tema y cómo se conflictuó antes de hacerlo.

—¿Sabes qué? No eres humanista, no. Eres un existencialista y por eso tu mente es una ensalada de cosas y pasiones y frustraciones y tetas y política y sangre y mujeres y muertos y además. . .

—Ya, ya, Gina.

—Ya, Gina, ¡no! Tu mente es una maraña de cables pelados. Decime. . .¿tu mamá nunca te abrazó llorando y diciendo que no eres normal, pero que igual te quiere?

—Ya me dijiste antes eso.

—¡Me imagino, ja! Mira. . . Mira, dejémoslo ahí. Ya no sé qué pensar, me hablaste de muchas cosas y estoy medio entreverada. Vamos, ven que te llevo a tu casa antes de que todavía me cuentes más cosas.. . . ¡Ya! ¡Ya no me cuentes más nada!.. ¿oíste? No me cuentes más cosas. Tu eres.. ¡no me toques! Eres un. . . Seguimos otro día.

Luego, ella lo llevó a su casa.

Llegó a su casa, ahí en el 21 de Septiembre, a eso de las nueve de la mañana. Ella arrimó su motocicleta al cordón. Su largo pelo negro estaba todo revoloteado, su camisa media abierta, sus jeans todos cortados. Daniel se bajó, hablaron un poco. Daniel estaba preocupado por todas las cosas que le había dicho. Ella le dio un beso, lo consoló un poco con un abrazo, "ya nos sentaremos y lo hablamos con calma", arreglaron para verse, ella le dio otro gran beso y se fue galopando ruidosamente. Daniel se dio vuelta para entrar en su casa y allí vio al escuadrón militar: su mamá, Marisa, Estela y Zulema, la Gallega, con sus dos hijas.

Él estaba con la camisa afuera y mal abrochada y despeinado. No tenía cómo explicar nada y la situación lo delataba claramente. Las miró, sorprendido. "¿Pero qué hacen. . .?". La gallega y una de sus hijas se tapaban la boca con la mano, y una de ellas dijo "Ay, viene de hacer cochinadas". Estela lo miraba, fumando, como quien mira a un asesino prófugo.

—Así vas a quedar, animal —le dijo—, entre muertos y esas mujeres.

—¡Animal!

Ellas estaban en pleno chismerío de sábado de mañana, allí en la vereda, sin esperar que algo así pasara. Estaban todas sorprendidas, calladas, mirándolo. Daniel se quedó parado un momento, mirándolas, y empezó a caminar despacio hacia el edificio. La escena había sido tan evidente que cualquier comentario que hiciera solo podría ensuciar más la situación.

Su madre logró decir "pero. . . si. . . pero si dijiste que fuiste a trabajar" . . . "¿y la guardia?"

—¿Y esa india prófuga? —le dijo Estela.

— Ay, ay, ¿De dónde se escapó esa indígena, Daniel? —le gritó Marisa.

—Ay, señora Lila —dijo la Gallega—, qué horrible. El salta de cadáveres a cochinadas. ¿Qué va a ser de él?

Daniel las miraba, absorto. Al pasar al lado de ellas, su madre le dijo "¿En qué te estás transformando? ¿y si la pobre Dorita se entera?"

—¿Quién era esa mujer salvaje, Daniel?

—Te viniste con esa india erótica a tu barrio, pero. . . ¿Cómo? ¿No tenés un poco de vergüenza?. . . andar exponiéndote así.

—Sí, sí, ¡¡una india erótica!!

# 32

Daniel salió con Gina muchas veces y descubrió en ella un compañerismo muy especial.

Fue gracioso que tres semanas más tarde ella lo vino a buscar con el auto del padre. Iban a un casamiento de un amigo de Daniel de la facultad y ella se vino de vestido y con el pelo todo arreglado y recogido hacia atrás. Daniel, por supuesto, estaba de traje. Marisa, Estela y su madre los vieron abajo antes de irse. Estaban los dos muy formales, y Lila y Marisa quedaron muy conformes con el aspecto de la chica con quien su querido Daniel salía. Al día siguiente las tres le dijeron que estaban contentas porque él las había escuchado finalmente y había cambiado y se había encontrado una chica bien y normal, "sí, normal, muy bien", "no como la india esa", "esa aborigen", que lo había traído al otro día. Así que lo felicitaron, y Daniel se quedó mirándolas con una sonrisa sarcástica. No les dijo que era la misma Gina.

A los dos días una voz muy dulce de mujer lo llamó y le preguntó si podría estar en una hora en la esquina de Bulevar España y Roque Graseras.

Allí se fue y antes de llegar se encontró al viejo del Mercedes, apoyado en el auto, fumando y charlando con el chofer. Se había venido todo coqueto, con saco de pana azul y bucito amarillo. "Se sabe vestir el veterano", pensó Daniel. Le dijo que habían averiguado que había más secuestros de lo que se pensaba y no entendían quiénes eran ni por qué lo hacían, pero que el alto mando de las fuerzas conjuntas y los oficiales de las fuerzas armadas no tenían idea que eso estaba sucediendo, aunque muchos dieron su aprobación de todas maneras. La cosa debía ser indagada, y había que iniciar una investigación, pero la investigación debería ser secreta, sin que nadie sepa y que en ese proceso quizás se necesitaría la cooperación de algún civil.

—¿Entrarías tú en eso? ¿Participarías?

—¡Sí, quiero!.. pero usted sabe muy bien que es un campo donde matan gente y yo no tengo ningún poder que me proteja.

—Y, ¿si tuvieras ese poder? ¿eh? ¿si tuvieras un poco de poder?

—¿Mmmm? —dijo Daniel, "sí, sí, llévalo así, tranquilo"—. Qué. . . ¿Qué me dice?

—Mira Daniel, pongamos un poco las cartas sobre la mesa. No te hagas el bobito, ¿eh? Yo ya sé que estás metido en esto, ¿oíste?, y ya sé que has hecho progresos. Y lo has hecho de tu propia decisión. ¿Qué? No te hagas el sorprendido. Sí, ya lo hablé con Maggiolo y Etcheverry, ¿En qué piensas?

"¡Pero mierda con este tipo! Entonces, hay una conexión entre él y Etcheverry y Maggiolo"

—Mmm, sí, escucho.

—¿Por qué pensáis que te mostraron sus llaves? ¿Eh? ¿por qué pensáis que yo te di una igual con el hilo ese?

"Ay, más mierda, no lo había asociado antes" pensó, "claro, el viejo verde es parte del Cóndor y a la vez está conectado a ese grupo sefardí-masón-católico o lo que sea.. ¡a la Madonna!"

Daniel se quedó pensando en todo eso. "¿Quiénes son?"

— Y decime, ¿te pensáis que no conozco a Yamandú y a los otros y a Rosario y Gina y a esa. . . como se llama? ¿Ah, Berta? ¿Y que no hable con ellos? De paso, está linda la Gina, ¿eh? ¿es o no es una criatura tan amorosa? ¿no te da. . .?

"Pero. . . ¿ya todos me conocen hasta el calzoncillo?"

—No, este. . . sí. . . Ella. . .

—Muy bien. La chica es un encanto.

—Sí. "Este tipo sabe todo"

—Y dejaste a la Dorita. Hiciste bien. Mira que eres medio. . .

—¡Por favor! Dejemos el tema.

—Bueno, bueno. Volvamos a lo nuestro. Estamos frente a un campo con muchas madrigueras. En una de ellas se esconde lo que buscamos. Yo no puedo buscar sin que se me detecte, y así muchos no pueden tampoco sin ser detectados. Necesitamos un zorro medio maligno, medio silencioso, medio escurridizo, que se pueda meter sigilosamente y encontrar lo que necesitamos. . .

—Sí, ya me dijeron eso. Ya me pusieron muchos adjetivos. Ya se eso. Ya se habló. Ya estamos en eso.

— Bueno. Pero quiero dejar claro que ni yo ni los míos podemos entrar, pero podemos hacer que el zorro sea fuerte y tenga poder.

"Muy bien, muy bien, nos acercamos. Sí"

—¿A qué se refiere? Yo. . . ¿poder de qué? —dijo Daniel, ocultando su emoción ante tal ofrecimiento y sabiendo que estaba llegando a lo que necesitaba—. ¿Cómo poder? ¿Cómo?

—Ya te voy a decir luego, cuando aclare unas cosas más, pero estoy muy seguro, mi zorrito, que entiendas bien lo que te estoy diciendo. ¿Captas?

—Sí. Capto muy bien. "Sí, capto bien de que me vas a dar algo. Dale"

—Perfecto.

—Bueno, ¿y? —dijo Daniel—. ¿Qué poder me da?

—Ya vas a ver. Tranquilo.

—¿Y lo de las armas? ¿Cómo se engancha eso en el cuento? —siguió Daniel, aprovechando para encarar el tema de las armas, el cual el sospechaba que tenía un objetivo que no se le había divulgado.

—Mira. Y no te calientes. Es una cuestión de conciencia. No se sabe a qué te vas a enfrentar, no sabemos en qué circunstancia te vas a encontrar. Si fueras mi hijo, quisiera que sepas cómo usar un arma y que la llevarás contigo.

—Si fuera su hijo, ¿me hubiera involucrado en esto?

—Ya te vas a sorprender cuando encuentras esa respuesta.

—¿No me lo va a decir ahora?

—No. Y no me tires de la lengua. Bueno, te quería decir esto, y decirte que lo vamos a llevar a niveles superiores y vamos a iniciar un proceso. Te mantendré al tanto. Mmmm, sí, un poco de poder no te vendría mal. . .

—Y. . . espere, ¿Qué se sabe del Nubio o Anubis ese?

—Ah, ¿del Belga? Todavía no sabemos si. . .

—¿Qué?

—Veo que no sabes. Mira, hay ciertos asesinos que son algo más. Tienen conexiones. El Belga ese es uno de ellos. Lo llaman El Nubio. Eh. . . otros. . . otros lo llaman Anubis. No sé por qué.

—Pero ¿Quién es? ¿de qué habla?

—Ahora no. Ya lo vas a averiguar. Cuando sepamos más sobre ese asesino te haremos saber.

Daniel se molestó por las evasivas.

—Ven que te dejó cerca de tu casa. ¿No vas a volver con la Dorita, cierto?

—No, ya no. . . bueno. . . uno nunca sabe. Usted debería. . .

—Sí, sí, ya sé. . .

Lo dejó en Ellauri y Scoseria y Daniel se fue caminando pensando en que es lo que habría querido decir con eso del "poder", pero no le importaban los detalles. Lo más importante es que se le había ofrecido algún tipo de poder el cual él pensaba utilizar para adentrarse en la central de informática.

"Recuerda, vas a necesitar esos factores, y el poder es una de ellas" le habían dicho.

— — — —

# 33

Los días pasaron y él comenzó a verse con Gina más y más. Empezaron a compartir conversaciones en cafés, ir al cine y a hacer juntos largas caminatas por la rambla de Pocitos y por las calles Montevideanas. Aquí y allá él la esperaba a la salida de sus clases o ella lo esperaba a él e iban a tomar un café o a visitar algún lugar o a caminar por todo 18 de Julio o tomaban Bulevar Artigas y luego Avenida Brasil hasta el Bar Facal o el Expreso Pocitos. Si Daniel veía un manicero, cruzaba la calle para evitarlo.

A ella le gustaba ese doble juego de vestirse a veces de rea y otras veces de mujer elegantona. Tenía varios vestidos y varias soleras también, de diferentes colores. No había color que no le produjera a Daniel efectos purulentos en su cerebro. "Sí, Daniel, tenéis la mente podrida". Ella lo llevó varias veces a su casa en la motocicleta con su solera de color y su cabello todo revoloteado. Otras veces lo venía a buscar en taxi o en ómnibus, vestidita elegantemente y con el pelo recogido hacia atrás. Parecía otra mujer. Y si se ponía tacos y se maquillaba quedaba casi irreconocible. A veces subía a buscarlo y hablaba con uno de sus padres, a quienes les caía muy bien porque era elegante, agradable, intelectual y bien bonita, "aunque tiene demasiado pecho, Daniel", le dijo su madre, "vos seguís con esas cosas ya veo".

Y por supuesto que su madre lo hablaba con la modista, y con Marisa y Estela, siempre deseosas de saber y poder guiarlo por el camino del bien.

—Ya estás loco, Daniel —le decía su madre, no sabiendo que era la misma—, estás ahora saliendo con dos a la vez. . .¿Y si se enteran? Se van a enterar, vas a ver. . .¿Por qué mierda no tienes un poco de decencia y dejas a la india esa y te dedicas a Gina?

Un día Marisa, que no terminaba de captar cuál de las dos era Gina, no se contuvo más y le dijo que lo pensara, que si la chica linda se enteraba que él además tenía a la indígena esa de la moto lo iba a dejar "Esas cosas tuyas con la india esa se van a saber, se va a enterar la pobre chica y vas a tener un lío muy grande".

—Daniel, eso no se hace —le recalcó Estela.

Varias veces Gina y él fueron al teatro, aunque él iba más que nada para acompañarla. Luego se iban caminando del Teatro Solís por la ciudad vieja o por toda la avenida 18 o de Julio hasta El Gaucho. Ella vivía en Bulevar España y Benito Blanco, a la vuelta de la casa de Pablo.

Vueltas van, vueltas vienen, hasta que un día pasó lo inevitable. Daniel estaba tomando un café y charlando con sus padres en la cocina cuando Marisa entró en la casa, como asustada. Había visto al diablo. Sudaba. Miró a Daniel a los ojos y le gritó "¡Cerdo!.. ¡cerdo!". Estaba toda turbada y le costaba explicarse, "Cerdo, ¿cómo pudiste?". . . "¡¡ay, Lila, Lila!!".

—¿Qué pasa, Marisa? ¿Qué? —dijeron sus padres.

—Pero. . . ay, Lila. . . si te dijera. . . ¡ay, que espantoso!. . . Daniel es. . . es. . . ¡un cerdo!

Marisa se compuso un poco y dijo que ella estaba entrando al edificio cuando vio a la indígena esa, "a esa india salvaje, Lila", parar su moto en la entrada, "vestida con esa solera indecente de prostituta color naranja, ay, Lila, Lila. ¡Color naranja!".

—Yo ni la quise mirar —dijo—, qué desagradable. Ni tenía sostén debajo.

Pero para su sorpresa la indecente se le había acercado y la saludó diciendo "Hola, Marisa", sonriendo, a lo cual ella ni le quiso contestar hasta que de pronto ella le dice "Hola, soy yo, Gina".

—Y me di vuelta, la miró y la miró y la estoy mirando. . . ay Lila, ay Lila, dejame, sentarme, la miró y la miró y. . . era Gina, ¡¡Lila!!, era la mismita Gina.

—¿Qué? ¿son dos Ginas? —dijo su madre, mientras Daniel se regocijaba de su confusión y su padre miraba sin entender—. ¿Cómo. . .?

—No, no, es una sola. . . es una sola, es la misma. . . Es la misma, Lila, ¡ay!.. no son dos, es una sola, ¡¡una sola!!. . . parece que a veces viene vestida así, otras veces viene vestida asá. . . pero. . . ¿qué tipo de animal sos, Daniel?

—Pero. . . Marisa, ¿Cómo que. . . pero entonces, cuántas Ginas hay?

En eso sonó el timbre y su padre fue a abrir. Gina entró con un short de pana desgarrado y deshilachado, una solera color naranja, y su gran melena revoloteada. Lucía estupenda. Su padre entendió enseguida, la saludó y no hizo comentario. Gina entró sonriendo a la cocina, saludo a Daniel y luego saludó a su madre y a Marisa, quienes estaban semicongeladas en medio de la cocina. Gina estaba increíblemente atractiva y Daniel la miraba como quien mira un chupete de naranja. No era solo el volumen de su busto lo que resaltaba, sino la elegancia de cómo lo llevaba. Estuvo un rato hablando y contando sus peripecias del día anterior bajo la atenta mirada de las dos mujeres que apenas lograban balbucear algunas palabras debido a su sorpresa. Lentamente se fueron dando cuenta de que era la misma persona que había venido tan elegantemente vestida hacia días atrás, y se fueron endulzando al darse cuenta de que era la misma Gina. Sin embargo, les costó varios días acostumbrarse a la idea.

Ni su madre ni Marisa hablaron más del asunto. Para ellas, de pronto, la bella y la bestia eran la misma persona y no sabían qué decir.

—Cochino —le gritó la Gallega cuando lo vio.

# 34

Así pasaron varios días sin altibajos. Sin embargo, aquí y allá, Daniel comenzó a sentir una picazón de intranquilidad. Había algo que lo preocupaba y no sabía bien qué era.

Como había hecho antes, una tarde al volver de anatomía se fue a caminar por el parque de a la vuelta de su casa. Se sentó en un banco para distraerse mirando como jugaban al tenis. Prendió un cigarrillo y estaba pensando en Gina cuando escuchó la voz de Pereira, su ex-profesor de literatura.

—Mirá Quique —le dijo al perro, señalando a Daniel—. Aquí está el delegado del humanismo, el señor Daniel Blum en persona, el de las bolas pesadas, amigo de las prostitutas, judío ateo y contrabandista, junta cadáveres, filosofando en el banco. Ládrale, Quique, muerdelo, antes de que se ponga a joder con los valores humanos, la igualdad de los giles, la espiritualidad de las gallinas y la bosta de las vacas. Dios nos libre de este infame que se mete en locuras.

—Hola Pereira.

—¿Trajiste cigarrillos? —dijo

—Sí. ¿Cómo estás?

—Yo bien. Tú con la cara de culo conflictuado.

Daniel le contó un poco de sus novedades.

—¡Ja! ¿No te lo dije?. . . ¿No te lo dije antes de que te metas con los cadáveres?

—Pero si no sabés lo que te voy a decir.

—Se te ve la cara de preocupación y angustia a media cuadra, Daniel, y basta ver a la chica con la que andabas al otro día, con su moto, para saber que por falta de amor no es. ¿qué pasó? Volvió la rubia esa. . . ¿cómo se llamaba? ¿Amanda, eh? Qué rica piba esa, te dije que no la dejaras así. ¿O acaso es por aquellas grandota? Esa que querías tanto, mmm. . . esa. . . ¿Tamara? Sí Tamara, esa era la que te. . .

—Sí. No. Pero no, no es por eso.

Prendieron los dos un cigarrillo y Daniel le contó sus peripecias desde la última vez que se habían visto. Le contó sobre la morgue, sobre sus trabajitos en la jefatura, sobre las armas y del Judicial. Para cuando prendieron el tercer cigarrillo le iba a contar sobre como sacaron a los dos muchachos del país, pero decidió dejarlo de lado. El Pocho Pereira se agachó y se agarró la cabeza con las manos, diciendo,

—Ay Daniel, Daniel, ¡¡puta contigo!!, como te metes en cosas así? ¡Sí!.. ¡ya sé!.. esas cosas te vienes solas, ¿no?

—Sí. Yo no me las busco.

—¿Ah no?

—¡No, Pereira!

—¿Sabes qué? ¡Se olía!. . . se olía cuando yo te daba clase en el colegio que tú tenías hormigas en la cola. Metías las narices en cuanta cosa que no debías. Eres un imán para los problemas. Me acuerdo lo que hiciste con los comisionados, sí, y me acuerdo de lo que hiciste en la oficina del señor Martell, ¿viste?, no me olvidé. Y aquí estás. Te dije, ¿te recuerdas?, cuando ibas a entrar en Anatomía, que estabas entrando en contacto con la muerte y que algo iba a pasar. Y cuando pensabas entrar en la morgue también te dije que entrabas en una dimensión desconocida, la dimensión de la muerte, donde cosas inusuales pasan, donde los círculos rojos se cierran. ¿Recuerdas nuestra charla? Te metiste en el círculo rojo, che.

—Sí, me acuerdo.

—Te dije, te dije, no te metas en la muerte porque puedes quedar a merced de los espíritus. Y aquí estás. Entraste en el círculo rojo y vos lo sabés bien.

—Vamos Pereira, no sea fatalista. Ni soy el único ni soy el primero que hace eso. Hay otros que también. . .

—Sí, sí, Daniel, hay soldados que van a la guerra y vuelven bien y contentos, hay corredores de autos y aviadores a los que nunca les pasa nada, pero eso no quiere decir que no estén arriesgándose a cada paso.

—¡No fue así!. . . bueno. . . yo. . .

—Pero, ¿Qué carajo hace un humanista como tú entre los muertos? ¿Qué querés lograr? ¿hablarles y explicarles a ver si se recuperan?

—Yo. . . no es tan así. . .

—Sí, sí, Daniel, es así.

—Y. . . y, digo, ¿Qué hace un izquierdista como tú entre los fascistas de la jefatura? Pero vos. . . eh. . .¿Qué es lo que te. . .?

—No, Pereira, escúchame, yo. . .

—Daniel, puedes argumentar lo que quieras, pero la prueba es que mira en que estás metido. No puede ser.

—Sí —y le siguió contando de las cosas que pasaron y de la espina mental que tenía y que no sabía por qué.

—Aaaahhh. . . Así que ahora, además de todo lo que haces, te metiste en sacar gente requerida y quieres averiguar qué pasó con los muchachos esos. Gente como tú tiene tendencia a desaparecer, ¿sabes?. . . pero. . . te vas a convertir en un "agent colaborateur", Daniel, a ese tipo de gente los encuentran muertos a balazos en baldíos comidos por las ratas.. . . ¡comidos por las ratas, Daniel!.. por favor, che, ¡date cuenta!

—Eso no me preocupa tanto como el hecho de lo que sufrirían mis padres.

—Ah, ¿eso no te preocupa tanto? Yo no te. . .

—No sé.

—De ahí tu conflicto, ¿eh? Las ratas no te importan, ¿eh?, que te maten tampoco. Ay, ay, Daniel.

—Sí, creo que sí. . . y no, las ratas ni me importan, digo sí, me importan.

—¿Y con la chica esa, Gina, te llevas bien?

—Sí. Pero también sé que mis actividades podrían hacerla peligrar a ella. Eso me preocupa, Pereira, y quizás sea eso lo que me molesta.

—¿Y tus padres? ¿no te importan tus padres?

—Sí, sí, claro. También, sí. Y yo. . . no sé cómo sentirme, tengo como hormigas en la cola. Pero. . . ¿ves?, a pesar de la angustia que me causa y la preocupación que me hace sentir, no hago nada para desvincularme.

—Sí, en eso no cambiaste. Y tampoco cambiaste tu conciencia, Daniel —dijo Pereira.

—¿Qué?

—Sí, es un problema de conciencia. Es esa conciencia humana la que no deja a los hombres tranquilos. ¿qué hace de un intelectual un tupamaro? ¿qué hace que un profesor se haga guerrillero? ¿qué hace que una maestra se haga misionera? ¿Cultura? ¿amor al peligro? ¡No!, ¿qué? ¿picazón en la cola? ¿locura?, tampoco. Son actos de conciencia. Eso es lo que te guía Daniel, tu conciencia. Y ya se te notaba en el colegio, por eso el director nunca te sancionó por las cosas que hiciste, porque supo que fueron cosas de conciencia. Por eso se fue Amanda, por tu conciencia. Y eso lo lleva a uno a hacer cosas que a veces no lucen bien ante los ojos de los demás y hasta parecen cosas malas.

—Mmmm. . . Sí. Quizás.

—Así es. El otro gran elemento es la búsqueda, el afán de buscar, que enferma a tanta gente. Cuando hombres y mujeres tienen esa inquietud de estar buscando algo, quizás buscándose a sí mismos, quizás buscando respuestas, a veces enfrascados en una búsqueda existencialista. Y ahí los ves, viajando, cruzando, escalando, peleando en guerras lejanas, explorando. Yo por suerte no tengo ni conciencia ni búsqueda y vivo tranquilo con mi mamá, mi perro y mi buen dinero que disfruto cada día. Vivo sin problemas. Pero si tú tuvieras el dinero y la casa que yo tengo, y tuvieras mi edad y estuvieras ya retirado, aun así, estarías en conflicto por el empuje de esas dos mierdas que tienes en el cerebro, conciencia y búsqueda. Eso, en gran parte, es el problema contigo, porque tienes esas dos enfermedades. No sé cuánto has leído al respecto, pero lo que tienes es un típico conflicto existencialista.

—¿Mmmm? ¿qué?

—Sí, Daniel, estás turbado por no encontrar el equilibrio entre la significancia y la insignificancia de tu ser. ¿No leíste a Schopenhauer?

—No, sentí hablar de él, hablamos de él en la clase en el colegio, pero no, no lo leí.

—Sí, me acuerdo que siempre andabas leyendo esas porquerías de ciencia-ficción. Bueno, la cosa es que ahí estás, clavado con tus propios clavos, enfermo de tu propia mierda. Si tuvieras solo la búsqueda, pero sin conciencia, y fueras un inconsciente, tu vida sería sin mucho conflicto ni meditación. Si tuvieras solo tu conciencia, pero sin búsqueda, estarías satisfecho con ayudar a los que vienen a verte en tu rinconcito, como una putita de burdel. Yo no tengo ninguna de las dos, por eso vivo tranquilo. Pero vos tenés las dos, búsqueda y conciencia. Eso te ha llevado y te sigue llevando a meterte en problemas. Ay Daniel, pobres tus padres. Gente como tú combate en batallas extrañas y en países lejanos, como los americanos en la guerra civil española, como los misioneros en África, y uno se pregunta ¿Qué mierda hacen allí?, y yo te veo y te escucho hablando de cadáveres, morgue, pistolas, entrenamiento de armas, yendo a escenas de crímenes con los detectives, ayudando a gente a escaparse, y me digo la misma pregunta: ¿Qué mierda estás haciendo allí?

—Yo trató de. . .

—No!, ¡no me digas!, yo sé la respuesta. Son esas dos enfermedades mentales que tienes. Es tu conflicto existencialista lo que te escarba, y quién sabe a dónde te va a llevar. Por suerte me hiciste caso y dejaste de ser putañero y contrabandista como eras. Qué vergüenza. Pero te lo vi en la chispa de tus ojos antes de que entraras en la morgue, y te dije que entrabas en la dimensión de los muertos, donde cosas inesperadas pasan a gente como tú.

—¡¡Mmmm!!.. pero. . .¿y ahora?, ¿qué hago?

—Ahora ya estás adentro, dejá que tu conciencia te guíe, no hagas nada malo, ayuda al que puedas, cuidate la espalda, y te deseo mucha suerte porque la vas a necesitar. Acordate lo de las ratas.

—Entonces ¿no hay una fórmula mágica?

—No Daniel, tu no tenés una fórmula mágica. Pero cuidado, vas por un camino que te va a llevar a enfrentarte con un poder demasiado grande y los que se dejan llevar por la curiosidad y se acercan demasiado al fuego, se queman. Tomá conciencia de tus dos enfermedades y fíjate como puedes controlarlas antes de que te hagas daño. Si te enfrentas al poder, ten cuidado. Gente como tú se acerca demasiado. Hace lo por tus padres. Yo, de mientras, esperaría seguirte viendo muchos años más y seguir fumando y tomando gin contigo, pero, así como viene la cosa me parece que no va a poder ser. De nuevo te digo, piensa en lo que te dije, a gente como tú los encuentran en los basurales comidos por las ratas.

Y se levantó. Miró a Daniel mientras masticaba un poco una ramita que se había puesto en la boca.

—Suerte Daniel —le dijo y se fue con su perro—, pensá cada paso. Si podés seguir algún consejo, te diría que disminuyas tu búsqueda y aumentes tu conciencia.

—Gracias.

—Y otra cosa, y no te va a gustar. Los círculos rojos de la muerte terminan en muerte, será bueno que lo sepas. Si sobrevivís, sería conveniente que vayas pensando en terminar tu carrera fuera del país. Chau.

—Bueno, yo. . .

—¡Bueno nada! Vamos, Quique, que este muchacho es un peligro.

Daniel se quedó ahí sentado un rato más, pensativo. Prendió otro cigarrillo y miró a su alrededor, meditando. El parque de Villa Biarritz siempre le había gustado. Tenía unos árboles hermosos, estaba lleno de pájaros y flores y tenía un aroma agradable. A lo lejos se veía gente contenta jugando al tenis. La brisa traía olores de la basura que había dejado la feria el día anterior. En esa época del año el gran ombú del parque estaba lleno de hojas y el pasto estaba bien verde.

Respiró hondo, se levantó y se fue caminando, pero decidió cruzar el parque hacia Ellauri para ir a vichar el puesto de revistas que estaba al lado del bar Añon. Se compró una revista Gente y se fue para su casa.

# 35

Volvía a su casa a la tarde siguiente cuando la mujer que había visto antes le gritó una palabrota desde su auto.

—Pero. . .¿vos quién sos? ¿por qué sos tan mala? —le dijo Daniel.

Ella se bajó del auto y le apuntó con el dedo la calle a tomar. Era una robusta mujer, de estatura mediana, pelo marrón claro un poco ondulado, boca ancha con labios gruesos de mala y dientes finos y filosos de víbora cascabel. Sus pechos grandes atractivos no engañaban: esa mujer era mala.

—Callate y andate —le dijo con voz de malvada callejera—, ¿o queréis tener lío aquí en la puerta de tu edificio?

Daniel no dijo nada y se fue. "Capaz que si le digo algo me ataca y me da un golpe feo" pensó, "justo aquí, en la puerta de mi casa. ¿Pero quién es ella?" pensó.

Caminó y se encontró con el Mercedes parado sobre la calle Tomás Diago, con el viejo de la esmeralda parado afuera, fumando. El chofer volvía de la panadería trayendo bizcochos y le hizo un gesto como que las cosas no estaban bien.

—Siempre me gustó esta esquina, con vereda ancha y sus árboles —dijo el viejo, con voz de preocupado. El viejo estaba elegante con su traje gris y su corbata verde cara. Tenía una esmeralda en la solapa y otra grande en el anillo igual que antes. No le quedaba mejor adjetivo que el de "viejo verde".

—¿Qué estás pensando, Daniel?

—¿Cuánta fuerza tiene ese Cóndor? Que si el Cóndor es bueno o es malo —dijo, mirando hacia los árboles que los rodeaban.

—Las dos cosas. Ya lo vas a entender —contestó—. Bueno. ¿Queréis un bizcocho?

—No, no quiero bizcocho, gracias. Mmmm. . .

Mientras los árboles se movían con la brisa, creando un murmullo de hojas y ramas, el viejo verde le explicó que de allí en adelante los agentes de cada operativo tendrían documentación para frenar a cualquier fuerza interventora. La documentación será distinta para cada caso y todo se hará de acuerdo a las reglas de la Operación Cóndor. Daniel tendría una documentación especial respaldada por el Cóndor lo cual le daba una protección especial.

—No sé qué planes tenés, pera así se hará. Es como si tuvieras una documentación de la Interpol —le dijo.

—Está bien.

—¿Y no vas a rezongar?

—No.

—Bueno, nada más. Vete nomás. Cuídate. Trata bien a Gina que es una buena chica.

—Sí, gracias —dijo—, pero dígame, ¿Quién es esa chica mala, rubia, que a veces viene a decirme que usted me quiere ver?

—No importa. Trabaja para mí.

—Ah. ¿Y por qué es mala y grosera?

—Mmmmm. . . un día te lo voy a explicar. ¿Queréis un bizcocho para el camino?

—No, gracias —contestó Daniel mientras se iba acompañado por el ventoso revoloteo de los árboles

Volvió a su casa, tranquilo. Se fue a dormir temprano.

Al día siguiente fue a su rutina usual y de noche fue a la guardia de emergencia.

A la tarde salió temprano de Anatomía y se fue a caminar y vichar vidrieras. Su tranquilidad estaba volviendo. Se fue a tienda London-Paris a dejar la carpeta con las fotos de Carmen, esperando que quizás le dieran trabajo allí. Las fotos gustaron y le dijeron que querían entrevistarlo. Luego se fue a una compañía de publicidad y dejó otras copias de las mismas fotos. También le dijeron que lo iban a entrevistar. Eso lo puso alegre.

El sábado Gina lo vino a buscar y se fueron a la feria del parque Biarritz donde caminaron mucho y compraron verdura y fruta. De noche fueron a bailar a Lancelot, un lugar que les encantaba a los dos, y luego se vinieron caminando por la calle Rivera. Hablaron mucho, se contaron de sus vacaciones pasadas, de sus viajes. Descubrieron que los dos habían estado en Europa, pero en diferentes países. Daniel había estado en España y ella no. Él le contó de su estadía en la madre patria y de la ciudad que más le había gustado, Barcelona.

—¿Y por qué?

—Porque es como Montevideo. Me gustó mucho —le dijo, mientras le describía la Plaza de la Cataluña y el mercado La Boquería—. Algún día, quizás, ¿Quién sabe, no?, podría ir de nuevo. O podríamos ir juntos.

# 36

Había días en que la Morgue estaba medio vacía y casi no había cadáveres.

En esos días si caía un muerto fresco todos se le tiraban como buitres y la autopsia era una carnicería. Cada uno quería su tajada. Se juntaban el forense con dos o tres anatomistas, uno o dos de anatomía patológica, estudiantes, algún médico legal que otro, y abrían cada pedazo del muerto estudiando lo que ya sabían y buscando tesoros incontables. Si para peor el muerto o la muerta no tenía reclamo, es decir, nadie había pedido el cadáver para enterrarlo, los participantes se repartían trofeos y depositaban en bandejas restos humanos que luego se llevarían, todos contentos, a formolisar, estudiar, cortar, analizar y quien sabe qué más. Un verdadero festín. Ese día era uno de esos, y sangre oscura chorreaba hacia la alcantarilla. La cabeza de lo que había sido una mujer joven ya había sido abierta y su cerebro descansaba a la izquierda. El corazón y el bazo en otra bandeja. Los brazos ya no estaban ni tampoco las rodillas. Un ojo ya no estaba. No satisfechos, los buitres seguían descuartizando la víctima. Un gran pedazo de piel fue llevado por los detectives para pruebas de balística. La laringe, los riñones y las manos estaban a un costado, en manos de Castiglioni, uno de los disectores, quien se relamía de alegría por el buen estado de sus piezas. Daniel se acercó a ver; casi dos tercios de la mujer se estaban desvaneciendo. Sin embargo, notó que la mujer viraba su cabeza, lo miraba con su único ojo, y le dijo "deciles que terminen de descuartizarme. Esto no puede ser". Nadie lo había notado, era su imaginación. Tenía que ser. La mujer habló de nuevo y dijo "dile al gordito que me ponga el otro ojo de nuevo". Daniel dio un paso atrás.

—Ah. . . hola Daniel —dijo Castiglioni—. ¿Cómo te va?. . . acá estamos. . . espero que no nos pase como con la tipa esa de hace dos semanas.

Le contó que, dos semanas atrás, al finalizar una de estas carnicerías, golpearon la puerta de la morgue. Eran los padres del muerto que venían a despedirse y reclamar el cadáver para enterrarlo en el cementerio con los santos sacramentos. El cura, otros familiares y amigos estaban en el patio. Se habían enterado tarde de la muerte, por eso hasta ese momento no lo habían reclamado. Se armó un vendaval. Con muchas piezas ya llevadas, hubo que armar y rellenar de apuro el cuerpo con pedazos de otros muertos y algodón, pero no quedaba bien. Ya los brazos y los pies no estaban, faltaba una rodilla y otras articulaciones. El pecho estaba todo abierto. Corazón, pulmones e hígado habían marchado a anatomía, y no había tiempo de rescatarlos. Los funcionarios no sabían qué hacer. Se les dijo a la gente que espere afuera. No había forma de armar el cadáver para que quedara elegante. Uno de los médicos tuvo una idea brillante. Sacaron todo el cadáver del cajón y le cortaron la cabeza bien arriba contra la laringe, luego trajeron otro cadáver de la cámara fría, le cortaron la cabeza y le pusieron y cosieron la cabeza del primero. Lo colocaron en el cajón envuelto de una mortaja limpia que siempre tenían guardada y lo envolvieron elegantemente con ella, usaron base de maquillaje para esconder las costuras en el cuello, echaron un poco de desodorizador y desinfectante, lo peinaron un poco y hasta uno de ellos le puso una moneda en cada ojo y una cruz en el pecho. Limpiaron de apuro el piso, corrieron un par de cortinas. Hicieron pasar a los padres y al cura, disculpándose por la demora, quienes reconocieron el cadáver. Se mostraron todos muy amables y muy agradecidos, sin dar sospecha de lo que habían hecho con el hijo. "Él ya está en un mejor lugar" dijo el forense, el doctor Maggiolo, quien se había puesto túnica limpia, "ya no sufre más en la tierra. Nos alivia saber que nos mira desde el cielo". Los padres lloraron y los médicos los abrazaron consolándolos. El doctor Etcheverry se presentó y dijo "Fue una buena persona. Fue bien recibido en los cielos. Regocijémonos". Se llevaron el muerto y nunca se supo nada. No fue ni la primera ni la última vez que eso pasaba.

Si el cadáver era de algún criminal, su suerte estaba sellada. O terminaba descuartizado o terminaba formolizado, pero de la morgue no salía.

—Je, je —decía el doctor Maggiolo cuando traían el cuerpo de algún criminal—, tú que entras aquí pierdes toda tu esperanza.

Daniel charló un poco con los médicos y luego se fue al cuarto del fondo donde estaban los inspectores y tomó café, comió galletas dulces y charló con todos. De allí salió con varios de ellos a sacar fotos de un lugar donde habían encontrado una anciana muerta de dos puñaladas. Era una laguna de sangre. Investigaron para ver si hubo crimen o si la tipa se tiró sobre el cuchillo. Sacaron fotos y se fueron. Lo llevaron a su casa haciendo chistes por el camino, "Ja, ¡¡cómo se jodió la vieja!!"

En casa estaba Dorita charlando con su madre. Lo abrazó, lo besó y le dio su regalo.

# 37

Martes. Se fue al hospital de mañana y luego a Anatomía de tarde. Cuando estaba dando la clase, vino la secretaria de Anatomía a decirle que su papá había llamado y dijo que le dijera si podía salir más temprano porque necesitaba ayuda en el negocio. Su padre, ya hacía tiempo que se había alejado de todo quehacer Policial, tenía un negocio de confección de bombachas de gaucho y a veces Daniel iba a ayudarlo. Así que salió más temprano y estaba yendo a la parada cuando pasó aquella misma mujer que había visto en la calle y le dijo "aprétá las nalgas, sucio, hediento, y andá dos cuadras para allá que te esperan" y se fue. "Pero qué perra malparida" pensó, "¿Qué le pasa? Un día me va a agarrar mal y le voy a. . . le voy a. . . mejor no hago nada porque me pega y me patea, la muy yegua". Caminó hacia donde le dijo y se subió al Mercedes.

—Te vas a tener que poner en el piso porque ni quiero que tú veas ni quiero que te vean —le dijo el viejo verde. Obedeció. "Ahora sí que las cosas se van a enroscar" pensó. "Aquí me deslizo de la sartén al fuego".

—Pero, ¿Quién es esa malparida que me habla tan mal?

—Después te explico. Callate.

El auto comenzó a marchar rápido.

—Pero. . .¿Qué tiene esa mujer? ¿Por qué. . .?

—Ya, ya, más tarde te cuento.

La barriga le empezó a hacer ruidos. "Ay, ¿Tendrá baño este auto?"

—¿Es tu barriga la que hace esos ruidos?

—La pizza me cayó mal.

—Quédate agachado.

Anduvieron largo rato y entraron luego en un lugar. Al bajarse se dio cuenta de que era una unidad del ejército.

—¿Ves, Daniel? Querías algo y aquí empiezo a dártelo. Te dije. El que favores hace, favores recibe.

Había soldados armados con ametralladoras por doquier. Fusiles, bayonetas, olor a muerte y a vibraciones malignas. Entraron en un edificio y luego de un corredor pasaron a un cuarto. "Estoy dentro de la Gestapo. Acá se acaba todo". El cuarto estaba medio en penumbra. Había allí dos oficiales, pero Daniel no los podía ver bien. Había poca luz. "Ay, es el interrogatorio Nazi antes de la tortura". Pasó un buen rato y ellos seguían sin decir nada. "¿Y estos?... ¿Quiénes son? ¿por qué no me dicen nada?". Daniel estaba asustado. La mirada del viejo de la esmeralda verde era dura.

Al final Daniel habló:

—¿Y? Y... ¿qué pasa?

—Estamos esperando ver tu reacción.

Daniel estaba nervioso, "Ay, acá no hay baño".

—¿Estoy detenido? —preguntó.

—No, no estás detenido.

—Tranquilo, Daniel, tranquilo.

—Mmmm, muy bien... —dijo uno de los oficiales—. Tú no nos puedes ver bien, y es importante que no sepas dónde estás ni sepas nuestros nombres. Bueno, mira Daniel, tenemos aquí una carpeta que muestra... que tiene lo que tú querías.

—Sí —dijo el otro oficial—, esta carpeta contiene lo que vos pediste. La descripción de los casos que tú querías saber. Los asesinatos.

Daniel se quedó mudo, duro de sorpresa, y abrió grande los ojos. "No puede ser".

—¿Qué? ¿tiene lo que... yo... la carpeta? —dijo, mitad sin poder creer—, ¿Cómo?

—Sí. Tú querías datos, y aquí están. En esta carpeta.

—Ahí está lo que me pediste, Daniel —dijo el señor del Mercedes.

—Esto nos afecta a todos.

—¿A ustedes? ¿Cómo es que...?

—Mira, Daniel —le dijo el oficial, ya más tranquilo—, te voy a decir algo. Mis dos hijas son frenteamplistas y bien de izquierda y es un constante problema para mí el evitar que se metan en líos, y una de las razones de que estoy en esto es por miedo a que les pase algo así.

—Oh... eh... ¿usted? —dijo Daniel lleno de sorpresa y ansiedad—. ¿Usted?

—Te dije —dijo el tipo del Mercedes.

—¡¡Sí!!... sí, es un problema —dijo el otro oficial—, desde el momento que muchachas como esas, izquierdistas, comunistas, tupas, ponen en riesgo la seguridad del país, son un problema para nosotros. Y mis sobrinos son así.

—Ah sí, tiene razón —dijo Daniel—, esas chicas... esos muchachos liberales...

—Sshh, sssshhh, no saltes con tu lengua —dijo el viejo verde—. Tranquilo.

—Mira Daniel, eso que tú descubriste lo veníamos sabiendo ya desde hace unos meses. Hay un problema de secuestros y no sabemos ni como ocurre ni que hacer al respecto.

—Ya sé.

—Espera, Daniel.

—Dentro del contexto general —siguió el oficial—, hay muchos hombres y mujeres que son comunistas y tupas y nosotros los del ejército junto con el total de las fuerzas armadas estamos dedicados a arrancar ese problema. Estés tú de acuerdo o no, nosotros consideramos nuestra tarea muy importante. Pero han surgido varios problemas.

—No somos todos iguales —habló el segundo oficial—. Muchos oficiales como nosotros opinamos que es cierto que en nuestro país hay muchas injusticias y que quizás el izquierdismo, o como podríamos llamarlo la "izquierdización" popular, es una respuesta a las injusticias socioeconómicas que la engendraron. ¿Te das cuenta?

—Sí, sí.

—La solución sería mejorar las raíces mismas que han provocado todo esto —siguió el oficial—, hacer una reforma socio-política-económica y a la misma ves iniciar un proceso legal, ¡legal!, de detener y enjuiciar a los elementos de izquierda que se pasen de la raya. No se trata de arrestar a cada uno que piensa torcido, sino que solamente, ¡solamente!, a aquellos que verdaderamente infringen la ley. ¿Entendéis? Hay que limpiar el país, pero secuestrar, torturar y esto de pedir rescate, y ejecutar es algo inadmisible.

Daniel se puso muy sorprendido. "¿Y esto?"

—¿Vas entendiendo? —dijo el otro oficial—, nosotros somos uruguayos y queremos a nuestro Uruguay, pero las cosas se están yendo para el lado equivocado. Ahora están arrestando a todo ciudadano bajo sospecha, y a veces con mínima sospecha y sin sospecha también. Los llevan a centros de detención donde los someten a torturas y vejámenes que un uruguayo no debería, bajo ninguna circunstancia, cometer contra otro uruguayo.

—Sí. Ya sé. Pero ustedes. . .

—Espera. Escucha. Es una vergüenza, es horrible, no debería pasar. Muchos oficiales como nosotros no están de acuerdo. Nos es muy difícil, desde nuestra posición, luchar abiertamente contra esa fuerza superior, vas viendo?

—¿Viendo qué?

—Que necesitamos alguien de afuera.

—Sí, qué bueno.

—¿Vas entendiendo por qué te necesitamos?

—Sí, ya entendí de antes. Ya me hicieron ese cuento.

—Muy bien. Nosotros no podemos encarar y atacar todo el problema en conjunto, pero si podemos, desde la penumbra, tratar de mejorar o eliminar varios de los problemas en que todo esto se ha degenerado. ¿Vas viendo o no vas viendo, Danielito? Las torturas son un problema que se nos está yendo de las manos y estamos planeando algo al respecto. Vamos a crear una situación en que la tortura sea eliminada. Estamos evaluando varios planes.

—Sí. Y ahora vamos a lo tuyo, Daniel —siguió el otro—, Tu pregunta original llegó hasta nosotros. Y sí. Uno de los problemas que hemos notado es que hay muchachos y muchachas apolíticos, sin afiliación izquierdista de ningún tipo, que son apresados, encapuchados y retenidos en centros de detención, y luego liberados, o a veces ejecutados, tras el pago de un rescate.

—Lo sé bien. En eso estoy.

—Daniel, nosotros lo sabemos desde antes que tú lo supieras, desde mucho antes. Eso nos ensucia a todos. Ensucia no solo a las fuerzas armadas o a las fuerzas conjuntas, si no que al Uruguay entero. Es diabólico.

—¿Ustedes saben bien de los casos que. . .?

—Sí, de esos casos sabemos bien. Esas cosas no pueden pasar.

Hubo silencio por un rato.

—¿Y entonces? —dijo Daniel—, ¿. . .qué hago yo?

—Entonces necesitamos investigarlo. Necesitamos datos de todo ese asunto. Pero no lo podemos investigar nosotros ni nuestros subordinados ni los de la Policía ni nadie del gobierno.

—¿Por qué? ¿Por qué no?

—Porque no sabemos quién está envuelto. No sabemos quiénes son, ni dónde está su base y pidamos a quien pidamos y cómo lo pidamos, la voz se va a correr y los culpables se esfumarán. Pueden ser civiles, o gente de la armada o del judicial o de comisarías, ¿Quién sabe? —explicó el oficial—. Nunca sabríamos nada. ¿Entendés eso? No podemos confiar en nadie.

—Ya veo. Ya me dijeron.

—Nosotros no lo podemos hacer, y si se lo pedimos a alguien. . .¿A quién se lo pedimos? Si usamos la fuerza Policial o las fuerzas armadas o las conjuntas, el chusmerío va a hacer que los culpables se oculten y desaparezcan.

—Pero hay otra cosa —dijo el otro oficial—, no podemos investigarlo porque oficiales superiores no nos permiten. Nos han dicho que esto desprestigiaría tanto a las fuerzas armadas que es mejor ignorarlo.

—Necesitamos alguien de afuera. Alguien desconocido y sin relaciones con ningún organismo. Alguien libre de actuar a quien le podamos dar poder y acercarlo a las fuentes de información y datos. ¿Oíste? Como tú.

—Y todo. . . y todo debe hacerse en secreto, por eso tú no debes saber nuestro nombre ni dónde estás.

—Nosotros, Daniel, nosotros no lo podemos hacer, pero podemos hacer que tengas el poder para hacerlo. ¿Entendiste lo que te quiero decir?

"Poder", pensó Daniel, "aquí me lo dan. Este es el momento" pensó. . . "¡¡Mierda!!". Allí se le presentaba en bandeja algo que necesitaba. Se quedó quieto, masticando sus pensamientos. Se lo estaban ofreciendo. Y Daniel no lo iba a dejar pasar.

—Sí, entendí muy bien.

—Sí, Daniel. Te encontramos gracias a tu amigo aquí presente. Nosotros andábamos buscando a alguien como él, mientras que él andaba buscando a alguien como nosotros.

—Muy bien —dijo Daniel. "Aquí está. Lo querías y te lo van a dar"

—Todo debe de hacerse en secreto, ¿me escuchas?

—Sí. Ya sé. Pero. . . ¿Usted sabe el peligro en que voy a estar? —protestó Daniel. "Vamos a ver cómo los manejo".

—Sabemos. Pero no queremos que el buen nombre de las fuerzas armadas se manche por la mala acción de unos pocos. Y no podemos permitir que algo tan feo como eso continue. Por lo que hemos averiguado, ciertos oficiales se asociaron con el Belga Anubis y pensamos que esa sea la raíz del problema.

—Te vamos a proteger. Te vamos a proteger mucho más de lo que te parezca. Pero no te acerques al barrio Capurro ni al Anubis ese.

—Para cuando abras esta carpeta —explicó el otro oficial—, te vas a dar cuenta de que la persona elegida va a tener que encarar un peligro inesperado.

—Daniel, la prensa y la opinión internacional nos está mirando, y nosotros estamos mirando a nuestro pueblo.

—Te vamos a proteger de lejos. Te vamos a proteger más de lo que siquiera puedes pensar. Vamos a saber dónde estás por cualquier cosa que pase. Te vamos a dar la documentación, la identidad y el acceso necesarios para que lleves a cabo esta tarea. Además. . . planearemos una manera de pagarte que tu encuentres adecuada.

—¿Pagarme?

—Más de lo que te imaginas. Sabemos que es un riesgo enorme, pero tú ni te imaginas el alcance que puede tener el agradecimiento de las fuerzas armadas.

—Sí. Entiendo.

—Pero no te vamos a obligar. Si no lo queréis hacer, no te vamos a obligar a hacerlo. Allá tú. Si no queréis ubicar a quienes hicieron algo así con esas muchachadas, no hay obligación. Llévate esta carpeta y estúdiatela, y luego destrúyela.

Hemos logrado que gente amiga te instruya en criminología y demás. Ciertas personas te han dado datos, te han abierto puertas y te han entrenado en el uso de armas. Has aprendido mucho. Ahora te queda pensar en un plan.

"A la Madonna. ¡¡Me han entrenado a ser un agente secreto sin que me diera cuenta!!"

—Piensa en un plan o en varios planes. Un emisario nuestro se contactará contigo en unos días y le das tu respuesta. El caballero aquí presente será tu contacto. Si queréis, podéis incluir en tu plan cual sería la manera que tú quisieras que te recompensemos o te paguemos, contad con eso.

"¡¡Mi Dios!!" pensó, "Danielito Blum "agent collaborateur"

—Recuerda Necesitamos un plan. Un plan coherente, y la carpeta te va a ayudar. Nosotros te vamos a apoyar y proteger mucho más de lo que te pensáis. Nosotros queremos solucionar esto.

Daniel se quedó pensando. Se quedó sentado ahí y no se movió.

Se acomodó en la silla, se metió las manos en los bolsillos.

—¿Qué te pasa? —preguntó uno de los oficiales.

—Que aquí hay algo más y ustedes no me lo dicen. ¿Quién es ese Anubis? O Nubio. . .¿Quién es? ¿Es un tipo de Bélgica?

—No es Nubio. Es Anubis. Lo llaman así porque Anubis es el dios de la muerte. Todo aquel que se le acerca tiene tendencia a morir. Es un belga criminal que trafica en drogas, armas, medicinas, lo que venga. Tiene su sede en Bruselas, allí en Bélgica y por eso algunos lo llaman el Belga. Tenemos gran sospecha de que él esté detrás de todo esto.

—No te vayas a acercar a él. Te mata.

"Ah, Anubis es el Belga".

—Quizás sea uno de los culpables, Daniel. Él y sus compinches oficiales.

—Cuidado. Sus compinches han sido vistos por el barrio Capurro metidos en un contrabando grande de armas y drogas para ciertas unidades de la Policía, pero también para los tupamaros. Son muy peligrosos.

—Sí. Es posible que esté involucrado. Él y sus compinches son gente muy mala, gente que mata.

—Se lo ha visto en Madrid, en Lisboa y en Río. Nunca se sabe bien donde esta. No hay fotos de él —siguió el oficial—, sabemos que está conectado con varias embajadas a la vez que con Rusia y las fábricas de armas de Polonia e Italia. Obtiene y vende información diplomática a quien le pague.

—Sí. Hay información que lo vincula a venta de armas en Uruguay. Parece que se traen en un barco carguero y luego se las contrabandea a través de la playa y puerto del barrio Capurro.

—Esa zona está llena de criminales, y tú y tu papá lo saben bien.

—Sí. Ya lo sabía.

—Bueno. Las armas que vende son de Rusia y Polonia y de otros países. Hay armas cortas y largas, y los criminales las venden a la Policía, a los Tupamaros, a gente local y del ejército. Un gran negocio. Y esa gente mataría a quien se les interponga.

—Qué feroces.

—Sí. Matarían a cualquiera., recuerda que quien se acerque al Belga muere. Cuídate. Cuídate mucho.

Daniel se levantó, todavía nervioso, con la carpeta en la mano y salieron. Entraron en el Mercedes y el tipo lo llevó al negocio de su padre. Impresionado por lo que había pasado, Daniel no habló durante el viaje. Ayudó a su padre un par de horas y luego se fueron a su casa.

—¿Quién es ese que te trajo con el Mercedes? —preguntó su padre—, he visto ese auto antes.

—Es el que me ayudó a sacar los muchachos.

—¿Salieron bien?

—Sí —dijo.

Esa noche casi no durmió. La carpeta reveló cosas horribles. Leyó cosas que le hicieron estallar las lágrimas en los ojos. Vio las fotos y datos de muchachos y chicas y no pudo contener sus silenciosos sollozos. Bastante pasada ya la medianoche se acostó y cerró los ojos, pero el resplandor de una nebulosa lo hizo abrirlos. "No. No ahora. Quiero dormir". Era como una nube redonda, como la había visto antes, casi como una ventana. Una figura se deslizó por ahí y luego otra. Las dos eran mujeres y gesticulaban, señalaban y parecían hablar. Había un hombre también. Un eco en sus oídos sugería una voz que salía de esas figuras. "¿Qué me quieren decir estas visiones?"

—¿Qué? ¿Qué me quieren decir? —preguntó. Las tres figuras se movían lentamente y parecían señalar algo hacia la derecha y abajo, donde estaba la carpeta. La extraña voz continuaba en sus oídos como un cuchicheo de varias personas.

—¿Qué? —dijo—. ¿Qué quieren?

Se sentó en la cama. Las figuras gesticulaban. Miró de nuevo hacia donde las figuras señalaban y vio la carpeta en esa dirección. Tomó la carpeta en sus manos y de inmediato el murmullo cambió y se hizo más intenso. Supo en ese momento que esas figuras tenían algo que ver con los muertos de la carpeta. "¿Qué hago?"

Abrió la carpeta, leyó algunos detalles más. "No. No puede ser". Se recostó. Las figuras se fueron. Dormitó. Se despertó y se volvió a dormir. Durmió poco y mal.

A la mañana siguiente, amaneció con la cara en la carpeta, cansado. Tomó un café, y la siguió estudiando. Todo ese asunto era más grande de lo que él había pensado.

Se paró, miró por la ventana. Él no había querido una misión, "pero por mis pecados me la dieron y ahora no la voy a dejar".

Se sentó en el sillón de su cuarto a analizar los datos de la carpeta.

Allí estaban. Había habido muchos secuestros y varios casos más que no estaban claros. Sumaban casi cuarenta y cuatro, y habían ocurrido en el plazo de dos, no, tres años.

"¡Pa!.. ¡¡cuarenta y cuatro!!" se dijo. "Qué espantoso".

"Pero ¿Cómo no se sabía de esto? ¿No se sabía?. . . sí se sabía, pero no se publicaba".

"Cuarenta y cuatro".

Es que estaba todo mezclado con la guerra sucia contra los tupamaros y los comunistas y las detenciones y los ataques. Secuestros y detenciones lucen igual en la calle. Y la dictadura no permite publicar nada. "Pero. . . ¿cuarenta y cuatro? Qué locura".

"¿cómo puede ser?"

Pero de todos ellos, treinta y ocho secuestros fueron casos claros y documentados, treinta y ocho. De esos, dieciocho volvieron vivos tras el pago de rescate, y catorce fueron entregados muertos, asesinados. De los otros no se sabía nada. Sin embargo, había un total de más muertos "No fueron treinta y ocho. Hay más".

Dio vuelta su cara y miró hacia la ventana. "¿Cuarenta y cuatro?. . . pero ¿Cómo mierda pudo pasar esto?".

Sin embargo, los muertos no habían sido torturados. Los que volvieron vivos no habían sido torturados tampoco. Nadie quería hablar. Los que volvieron no querían hablar. Los padres no querían hablar.

Leyó los reportes de las autopsias. Todas las víctimas habían sido liquidadas de un tiro en la cabeza. Examinó las fotos. Se había hecho lo posible para buscar evidencias en cada cadáver, y las autopsias habían sido minuciosas. Había fotos y documentación de veinticuatro cadáveres, pero no todos habían caído secuestrados. Allí estaba también la foto del muchacho aquel, pobre. . . Y allí estaba la foto de la muchacha que habían traído a la morgue cuando él estaba. Le vino una tristeza enorme. Siempre le venía una tristeza así cuando veía cadáveres de mujeres jóvenes, quizás porque la vida de cada mujer es una vida hermosa, quizás porque no era solo una vida hermosa la que se perdía, sino que las posibles vidas que ese cuerpo podría haber procreado, por saber y sentir que ese útero suyo ya se descomponía y la procreación era negada en forma brutal.

Nunca entendía bien ese sentimiento, era algo que le salía de adentro. Quizás por el amor que ese cuerpo podría haber dado y recibido y ya nunca lo podría hacer porque su existencia había sido ya apagada y era horriblemente injusto que solo una descomposición cadavérica le quedaba por delante a ese divino cuerpo. Se quedó meditando en esa pena mientras las lágrimas le corrían. Dejó todo, hundió su cara en la almohada y lloró hasta quedarse dormido.

Se despertó. Eran la cuatro de la mañana.

Cerró la carpeta con lágrimas en los ojos. "Basta. Contrólate y mantente frío".

Se levantó. No podía seguir. Se fue al balcón a serenarse. Luego volvió y siguió.

La carpeta tenía muchos datos, pero faltaban muchos detalles de todo tipo. La información no estaba completa.

En la mayoría de las fotos habían afeitado la zona del balazo para ver mejor la herida y la entrada del proyectil. En doce de la víctimas se veía claramente el signo de Trimber-Gómez, la media luna abierta hacia atrás y el abanico del polvorazo expandiéndose hacia la nuca. Los médicos forenses habían hecho análisis bien detallado, más detallado de lo usual, quizás intuyendo que sería útil en caso de investigación profunda, pero muchos de los reportes estaban incompletos. ¿Dónde estaría el resto de la información? Habían hecho un análisis toxicológico y bioquímico exhaustivo de los tejidos, pero el reporte de cada uno no estaba allí. "¿Dónde está?". Varios cortes de cada víctima se habían enviado con sobre sellado a anatomía patológica, pero usaron números privados para que los nombres quedaran ocultos, y los datos faltaban. "¿Cómo? ¿por qué?"

Se puso a estudiar el desparramo y el tatuaje del polvorazo, el cual se veía bien en veinte de las veinticuatro fotos. En todos los impactos el collarete de limpieza causado por el proyectil tenía el mismo patrón y no era circular. Es más. El anillo de Fisch era oblicuo. Los forenses habían hecho un buen trabajo y el signo de Belaunde se había estudiado hasta con microscopio. "Muy bien, sí". Los que hicieron la autopsia sabían lo que buscaban y habían usado la cámara de filtro verde polarizado para obtener más datos. Pero faltaban fotos y datos.

"Mmmm. . . ¿sospecharían algo los técnicos?"

Allí se veía bien, la zona media del orificio de entrada del proyectil mostraba características de necrosis traumática y contenía claras señales de los residuos del disparo. "Mmm, sí, los técnicos sospechaban".

Se acordó de las enseñanzas de Matilde. "Busca, Daniel, busca".

Los restos metálicos de la herida se habían analizado. No cabía duda, había sido un revolver y no una semiautomática, y las balas no eran blindadas.

"Ah, eso era interesante. No habían sido balas parabellum. Mmmmm. . ."

Recorrió con la vista los reportes. No. No había sido una parabellum. "Mmmmm. . . buen trabajo".

El tipo de plomo se estudió en microscopia y hasta se había hecho un análisis químico en cada caso. Revisando cada caso no pudo encontrar las características del plomo de cada bala. ¿Dónde estarían esos datos? Todas las víctimas tenían un fuerte y profundo tatuaje causado por la pólvora, sugiriendo una ejecución a corta distancia, quizás a quemarropa. Las zonas que habían sufrido la escarapela de Simonin y el efecto de los gases de la deflagración del Golpe de Hoffman se habían estudiado con más atención. "Muy bien". Los técnicos estuvieron bien. Se habían hecho estudios de la masa encefálica. La muchacha aquella y muchos de los otros tenían un pedazo de fulminante incrustado en el cerebro. "Mierda". El fulminante se analizó en uno de los departamentos de la facultad de química, pero los resultados no estaban allí. "Eh, ¿Por qué no?". No sabía.

Luego de un rato se arrancó de allí, y se fue al balcón de nuevo a despejarse.

—¿Estás bien? —preguntó su madre.

—Sí, sí, me vino la alergia.

Se preparó un poco de café con azúcar. Se lavó la cara. "Basta. Aguántate. Mantente frío".

Antes de entrar de nuevo en su cuarto se dijo: "¿Quién los mató? Ayúdenme".

Se sentó, abrió una revista y paso unos minutos despejando su mente.

"Pero. . . faltan datos. Faltan datos de estos que tengo acá, y faltan datos de otros que no están acá".

Mas tranquilo, abrió la carpeta y siguió leyendo. Había granos de pólvora incrustados en la parte profunda de las heridas y hasta en el cerebro, confirmando en seis de las víctimas que el tiro se había hecho a quemarropa y hasta empujando el cañón contra la sien. El análisis cromatográfico de la pólvora no estaba por ningún lado. Doce de los cuerpos tenían los huesos del cráneo volados por los gases de la deflagración. Restos de tejidos se habían enviado a anatomía patológica, a la división de ingeniería militar y al departamento de química. Se estudiaron los porcentajes y tipos de nitritos y los nitratos de la pólvora en cada caso, brillante idea, pero faltaba los reportes. "¿Dónde están esos reportes?" Los forenses encargados habían hecho un trabajo excelente. A lo largo de las horas, analizando esos datos y los datos de la determinación de partículas metálicas y el estudio de los restos de fulminante, y comparando los análisis de la pólvora, pudo darse cuenta de un dato que le heló la sangre. Parecía que todos los balazos mortales se habían hecho con la misma arma y usando el mismo tipo de bala, pero había que confirmar esos detalles con los estudios que faltaban. ¿Dónde estaban? Todas las víctimas tenían una sola entrada de bala.

"¿Dónde están los reportes que faltan?".

Catorce de las víctimas tenían el orificio y el collarete en forma estrellada y presentaban un tatuaje profundo, evidenciando que el tiro había sido a bocajarro, con el cañón de arma apoyado fuertemente sobre la víctima. Hasta se habían hecho estudios con espectrofotometría roja de barrido y se habían evaluado los estudios con un análisis químico del antimonio y el boro, pero el resultado no estaba allí. "Sí, los técnicos sospechaban algo y siguieron las pistas".

De pronto se despertó. Se había dormido sobre la carpeta. "¿Soñé esos datos o los leí?". Revisó los datos de nuevo.

Examinó las fotos de nuevo y leyó el detalle de lo que se encontró en el cerebro. Estudió de nuevo las fotos que mostraban el falso tatuaje y el anillo de Fisch. El agujero de bala era siempre del mismo lado izquierdo, la trayectoria en la masa cerebral era de diez a veinte grados hacia la derecha y el calibre siempre era 38. Los vestigios de plomo mezclado con otros metales quizás podrían indicar si las balas eran o no de tipo común, y si esas balas se vendían en armerías a la gente civil o no. ¿Podría ser la misma persona, que ejecutaba siempre con su mismo estilo y con la víctima sentada y quieta".

Volvió a examinar la trayectoria del proyectil. Mostraba una línea ligeramente ascendente, sugiriendo, de acuerdo al ángulo, que la mano que sostuvo el arma sería de una persona de aproximadamente un metro setenta.

Examinó las pruebas de balística. Había sido un revolver, y no una automática. Un revolver, siempre el mismo revolver. Y siempre una 38. ¿Quizás siempre el mismo tipo de bala? Ninguna víctima recibió un balazo de una automática 38 o 44, como usaban los oficiales, los inspectores de la jefatura, y los poderosos oficiales de las fuerzas conjuntas. Esas llevan camisa. Y muchas son parabellum.

Un revolver 38. Disparado por alguien que no es oficial. "¿Un ejecutor del Belga ese?"

"Te voy a agarrar, hijo de las mil putas".

"Pero. . .¿Por qué el Belga Anubis ese los mataría? Ya tenía el dinero".

Las trayectorias de los proyectiles eran similares en dieciocho de las veinticuatro víctimas. El ejecutor parecía entonces ser la misma persona en esos dieciocho casos, de altura mediana, derecho, usando su revolver para el tiro fatal. Marcas en las muñecas indicaba que todos habían estado atados. No había ninguna marca de abuso sexual o de violencia. El examen del periné mostró incontinencia. "Hijo de puta, las víctimas sabían que la iban a matar, veían al asesino y se mearon todas. Pobrecitas". Por lo tanto, esto no había sido accidente, si no una fría, lenta, calculada acción.

Revisó todo de nuevo. No. Fueron más que dieciocho y quizás muchos más.

De modo que las víctimas ni estaban acostadas ni de espalda, ni escapándose, ni paradas. No había sido un tiro de fusil disparado en un intento mal calculado de detener la fuga, ni tampoco un accidente o calentura del momento. No. Había sido un hecho bien pensado, frío, con la víctima siempre sentada y atada. Sí, una ejecución. Y por lo visto, siempre con un revólver calibre 38. ¿Pero por qué?, el rescate había sido pagado. ¿Por qué matar a esos y no a los otros? ¿qué tenían esos catorce, o dieciocho o los veinticuatro? Invocó a sus visiones. "Háblenme, den una señal".

Examinó los reportes toxicológicos, todos estaban incompletos. Nada. Revisó el reporte de las uñas y del pelo, pero las pistas no estaban. El examen interno de las víctimas se había hecho en forma sistemática, pero no había arrojado pistas de valor. Los estómagos habían estado vacíos. Uno de los estómagos tenía un pedazo de papel arrugado con el número 91, que parecía la esquina de un libro. En otro estómago se encontró un anillo que no era de la víctima, pero era un anillo común sin ningún detalle, pero también se encontró un papel donde decía "marta 91". Tres víctimas se habían tatuado un número, una con algo metálico se tatuó el número 16, en la pantorrilla, y las otras dos se tatuaron el número 91, con tinta, en el muslo. "Mmm, ¿será 16 o un 91 dado vuelta?". "¿Qué significado tendrá el 91?" En tres estómagos se encontraron restos de carne. Dos de las muchachas se llamaban Marta.

A quemarropa, a bocajarro. ¿Por qué? ¿Por qué el número ese?

Tres de los muertos se encontraron en el mismo basural de la calle Durazno y Ejido, y otro se encontró a dos cuadras de allí. ¿Por qué? ¿Qué hay por allí?

Número 91, Durazno y Ejido, ¿Qué indica?

El examen médico de los que volvieron con vida no indicaba nada. Comparo las edades de los dos grupos, el color de los pelos, pero nada.

—Daniel, es Gina al teléfono.

Habló con ella. Le dijo que tenía que estudiar. La llamaba luego. Sí. Volvió a la carpeta.

¡Coño!, veintiséis. Varios representantes de las fuerzas armadas contactaron a los sobrevivientes y a los familiares de los muertos y no pudieron averiguar nada. Los detectives de la jefatura tampoco pudieron indagar. Había gran miedo de hablar, todos tenían miedo. Nadie dijo nada. El temor a posibles represalias era muy grande. Una mujer detective, "¿eh?, ¿sería la misma malparida que me paró en la calle?", se hizo pasar por trabajadora social, pero tampoco pudo averiguar ningún detalle. No se avanzó nada. No se sabía nada. Trataron a través de parientes, pero nada. No se sabía ningún detalle y los reportes estaban incompletos. ¿Dónde mierda estabas los reportes y los datos que faltaban?

Pucha, no se sabía nada. Le vino sueño, se recostó. Las imágenes nocturnas le cuchicheaban algo.

Cerró la carpeta, pero las imágenes le hacían gestos de que la abriera.

Se despertó. No sabía si sus ideas eran suyas o las imágenes se las habían dado. "¿me estarán dando información mientras duermo?"

Su madre le increpó el olor a azufre del cuarto. "¡¡Abrí la ventana!!" le dijo.

Se vistió. Era sábado y se fue a la feria a caminar y pensar. Era la feria de Villa Biarritz que le gustaba tanto pero que ahora parecía distinta. Había muerte en el ambiente. Las sandías abiertas tenían color a sangre. Vio a uno de los muchachos muertos tendido en una de las mesas de verdura. La gente lo miraba como sabiendo en lo que se había metido mientras el vendedor de flores vigilaba la entrada al cementerio. Le pareció ver una mujer muerta sobre el puesto de manzanas. Había sangre y muertos debajo de las frutas. Manos y dedos de muertos aparecían entre las bananas. Los vendedores corrían peligro. "¡No!".

—Tengo manzanas y peras. . . ¡especiales! —gritó uno.

Salió de su abstracción. Se sintió trastornado y se sentó en una de las raíces del ombú que estaba al lado de dónde vendían frutillas sangrientas recién extirpadas de los cadáveres. "¿qué hago? ¿Me meto en algo así y trató de ayudar corriendo un riesgo o dejó que las cosas se desarrollen sin mí y continúo con mi vida?". De todos modos, esta podredumbre él no la había traído y no veía por qué tendría que mezclarse con eso. Pero. . . ¿Qué? ¿Cómo que no veía que debería hacerlo?

—Manzanas, las mejores bananas —gritó un vendedor. Daniel se sobresaltó.

No sabía qué hacer. Él no era detective ni era de la Policía, "soy un estudiante", ¿por qué carajo tenía el que meterse en un caso así? Pero los detectives a quienes les fue asignada la tarea no habían avanzado mucho. Quizás por miedo.

—Hay tomates. . . ¡¡tomates!! —gritó alguien.

Dos mujeres que pasaron lo miraron con ojos acusadores. La feria estaba llena de gente que lo miraba mal.

La realidad lo sopapeaba. Lo tenía que hablar con alguien. Su propio humanismo le decía que una pesadilla así no se podía dejar sin averiguar, aunque la documentación indicaba que los casos se habían archivado y no había intención alguna de proseguir una investigación. Los reclamos de los familiares se habían acallado y los muertos se habían quedado bajo tierra sin poder decirnos nada.

¿Dónde estarían los reportes que faltaban?

La brisa sacudía las ramas del ombú y traía el olor del carro de productos de granja. Un delicioso aroma de salame y queso lo sedujo y mejoro su moral. Se levantó, fue hacia el carro, y se compró medio salamín cortadito en rodajitas.

—¿Un poco de queso? ¿Longaniza?

—Ah, sí, también, gracias.

Se puso a comer el salamín. A Daniel siempre le subía la moral cuando comía salame. Le refrescaba el cerebro. Se volvió al ombú. Un perrito le ladró. Otro perro vació sus tripas a un metro de él. Pasó la gorda esa de la joyería y lo saludó. "Uy, qué fea que se puso".

"No me puedo meter en una cosa así" pensó, sentado a la sombra del árbol, "pero sí me debo meter". Algo lo llamaba a meterse en esto, pero trataba de resistirlo. "No debo. . . no puede ser que me meta en este lío. Matan gente. Mataron mucha gente ya". Pero. . . ¿quién pudo hacer una animalada así? La curiosidad y la indignación le pedían que hiciera algo y le estaban amargando el salamín.

—¡Tengo azafrán! ¡¡Azafrán y nuez moscada!! —gritó el pobre muchachito de siempre.

"¿Venderá algo alguna vez?" se preguntó Daniel mientras le compraba un poco de azafrán. A Daniel le gustaba comer lentejas con azafrán, manteca y un chorrito de aceite de oliva.

Siguió hablando consigo mismo. Pero. . . ¿por qué mataron a esos veinte y no a los otros? ¿y eran veinte o eran catorce?. . . no, eran veinticuatro, no, no, los casos eran. . . ¿Cuántos? ¿cuarenta y cuatro? "ya estoy mareado con los números" . . . "pero ¿Por qué ese que los mato, esa misma persona, ese hijo de puta, ¿Por qué los mató? ¿y para qué? Si ya tenía el dinero".

"¿Y a las muchachas?, si ya las tenía delante, atadas, y estaba armado, ¿por qué no las violó? Bueno quizás alguna no le gustaría, pero, eran lindas, sí, ¿Por qué no abusarse? ¿Por qué no?"

El bullicio de la feria se estaba ya calmando, pero los olores de las frutas y verduras todavía inundaba el aire. Pensó que con los ojos cerrados él podría saber en qué parte de la feria estaba simplemente por el olor y el ruido típico de cada parte. Le encantaba la feria y le encantaba el parque. Toda Villa Biarritz era linda y agradable y todo Pocitos también, donde cada zona tenía su olor típico y sus casas y sus árboles todos diferentes y todos. . .

Pero. . . pero. . . quizás. . .

Un fuerte olor a banana y duraznos lo detuvo. "No puedo seguir así. Tengo que descansar la mente".

Se fue a su casa a almorzar. De noche salió con Gina al cine y a comer mucha pizza. Pero comió mucha pizza y tomó mucha cerveza como con desesperación para calmar su ansiedad.

—Cálmate, Daniel —dijo Gina—, ¡estás matando a la pizza!

No dijo nada.

—¿Me vas a decir qué te pasa?

—Nada

—Se te nota, che, no empieces con eso de "nada" cuando yo veo que hay un cuco que te persigue.

—No te puedo. . . no te debo contar. Dame un poco de tiempo.

—¿Por qué?

—Espera Gina, dame un poco de tiempo.

Se fueron caminando hasta el apartamento de la tía que estaba en Bulevar España y Roque Graceras. La tía se las pasaba en Punta del Este y le dejaba usar el apartamento a Gina cuando quisiera. Se dieron una ducha, pero Daniel estaba medio ido y medio perseguido por los fantasmas de los muertos como para quererla esa noche. Ella lo había visto así antes y no insistió. Decidió darle un poco de Gin en copa de coñac, como a él le gustaba, y luego le rascó la espalda hasta que se durmió.

A la mañana siguiente, tomando café, Gina le dijo,

—Daniel. . . ¿soy yo? ¿te pasa algo conmigo? —dijo con ojos llorosos.

Daniel levantó la mirada y se dio cuenta de que estaba preocupada por la relación entre ellos. Supo en ese momento que la quería y le dijo:

—No, no —le dijo y la abrazó—, es otra cosa la que me come. Son los muertos que me comen vivo. Pero me da miedo hablarlo contigo. No puedo dar ese paso.

—Mirá Daniel, estoy muy preocupada, yo. . .

—No te puedo contar. No sé qué hacer. No te quiero mezclar con esta cosa horrible. ¡Es horrible!

Daniel se tiró en la cama. No podía llorar, no quería hablar, no sabía qué hacer. Se sentó luego en el sillón mientras Gina le traía un café y lo dejaba tranquilo con sus fantasmas. Daniel se quedó quieto, pensando. Al final se dio cuenta que sin la ayuda de Gina no iba a lograr nada. La llamó y le dijo.

—Pasó algo hace unos días y no te lo había querido contar —comenzó. Le contó de cómo el viejo lo llevó al cuartel, qué fue lo que había pasado y lo de la carpeta. Le habló un poco del contenido de esa carpeta. Gina se agarró de la cabeza.

—Es horrible, Gina —dijo tapándose la cara.

—¿Cuarenta y cuatro? —gritó ella y se tiró en la cama. Por media hora lloró y gimió como una mezcla de cabra y hiena y tirando mocos para todos lados. Luego se quedó callada y dijo—: ¿y por qué no vas y lo hablas con ese profesor amigo tuyo? A ver qué te dice.

Daniel lo llamó y le dijo que pasara antes del mediodía por su casa y que traiga puchos. Daniel se puso más aliviado el saber que podría hablarlo con alguien.

Terminó su café y se vistió. Gina se puso una salida de baño y lo acompañó al ascensor.

—¿Viste?. . . te lo dije. ¿Te dije que llegaría el día en que los muertos vendrían hacia ti, recuerdas?

—Sí.

—Daniel, escúchame bien. Esto no lo puedes hacer solo. Necesitas gente que te ayude.

—Sí, yo. . .

—Oídme bien, terquito. No estés solo en esto.

Daniel la miró fijo, acordándose de aquella conversación. Hablaron un poco y se despidieron, pero antes de cerrar la puerta ella se quitó la salida de baño y dio dos pasos hacia atrás mostrándole su hermoso cuerpo desnudo y dijo "ay mi cachorrito, recuerda que hay alguien que te quiere" y cerró la puerta. Daniel se quedó riendo.

Bajo pensándolo mucho que disfrutaba su personalidad, su compañerismo, su chispa, su amistad y el sentirla allí al lado suyo y el sentirse allí al lado de ella. ¡Pucha!,

Se fue a comprar cigarrillos y luego a lo del Pocho Pereira.

# 38

—Hola Pereira.

—Te vi en el parque al lado del ombú y ya supe que me ibas a llamar. Estabas ahí en tu lugar apropiado, entreverado con la caca de los perros y comiendo carroña. Ahí deberías quedarte. Ese es tu lugar. ¿Qué pasó? ¿Acaso descubriste de pronto que hay algo más allá en la carne de Gina? ¿Mmmm? ¿algo que trasciende lo anatómico y va más allá de la carne de sus senos, eh, bobito? ¿Estás todavía en la etapa carnal o acaso ya vas descubriendo que detrás de los pechos de una mujer hay un alma poderosa y un espíritu que te quiere y te ama y que trasciende del simple acto sexual?

Daniel se quedó mirándolo, asombrado. "¿Cómo sabe esas cosas?"

—Sssssí. . . sí, estoy comprendiendo eso —dijo sorprendido—. Estoy viendo que hay algo más, sí, pero me cuesta definirlo. ¿Acaso el amor espiritual hacia una mujer y la pasión carnal son dos cosas distintas y separadas, o acaso son dos manifestaciones de un mismo sentimiento? Y si es así, entonces cuanto más se quiere a una mujer, cuanto más puro es el amor, más la sexualidad debe separarse y disminuir? O, al contrario, ¿la sexualidad debería aumentar al aumentar la pureza de la pasión?

—¡Aaahh! Daniel, Daniel. Ya veo que de nuevo estás haciendo incursiones en el existencialismo, ¿eh? Estuviste leyendo a Simone de Beauvoir de nuevo.

—Sí.

—Te dije que no la leyeras, que te iba a entreverar la mente todavía más. Mmm. . . Bueno. Ya sabía yo que el día iba a llegar en que un vello de pubis te iba a hacer cambiar las neuronas. Muy bien. Muy bien. Y supongo que ya habrás descubierto que detrás de las tetas está encapullada un alma que quiere amar y ser amada en forma reciproca, ¿eh? ¿O no lo descubriste todavía?

—Eeehh. . . sí, algo así, sí. . . yo. . .

—Muy bien.

—Muy bien y no muy bien. Pero vengo por otra cosa.

—A ver, a ver, a ti siempre se te vienen problemas arriba, ¡oh sorpresa!

—Asesinatos. Sucedió después del escape —empezó. Y ahí le contó lo de su entrevista con los oficiales, lo que le habían pedido, y como eso se sumaba a lo que los profesores de la morgue le habían pedido. Sabía que el Pocho Pereira era de confiar. Le contó los detalles de la carpeta que le habían dado. Le hizo ver cómo lo que le pedían los dos oficiales coincidía con lo que Maggiolo y Etcheverry le habían dicho. Al terminar se quedó callado. Pereira se quedó callado también y prendió otro cigarrillo. Se levantó sin decir nada y se paró frente a la ventana.

—Esto ya es demasiado serio.

Empujó un sillón frente a la ventana, tomó un cenicero, y se sentó. Estuvo pensando un largo rato.

—¡Pucha contigo, Daniel!.. ya veo que estás progresando. Antes ibas a donde estaban los muertos y los crímenes, ahora ya vienen solos a ti. Cierro los ojos y te veo tirado en un baldío, sin los ojos ni las orejas, comido por las ratas.

—Sí, pucha conmigo. No sé qué hacer, no sé qué decidir y no sé cómo siquiera estar listo para decidirlo.

—Esto va más allá de los asesinatos y de tu situación con respecto a los oficiales o al viejo verde ese del Mercedes. Este es un enfrentamiento ante la pugna entre el bien y el mal. Esto es complejo. Pero. . .¿Cómo haces para que estás mierdas te caigan arriba? ¿Qué mierda haces, Daniel?

Daniel no dijo nada. Pereira se quedó callado un rato largo, luego habló.

—Esto nos va a hacer escudriñar en lo profundo de nuestra condición humana. Ni tú ni yo vamos a ser los mismos cuando esto termine, mejor será que lo vayas sabiendo.

—Yo ya no soy el mismo de todas maneras —contestó Daniel, suspirando—, pero, ¿Por qué dice "nos"?

—¿Por qué? —respondió—. Aaaaahhh. . . Daniel, Daniel, te digo "nos" porque este es un desafío demasiado complicado para que yo lo deje pasar.

—Suena muy complicado, Pereira, y peligroso, yo no me siento preparado para enfrentarme a. . .

—Cállate. Oí bien. Tú no te sentís preparado para enfrentar este problema, pero sin embargo tampoco dijiste en ningún momento que no lo vas a hacer. No te has negado. Solo te estás quejando de su complejidad, y tenés dudas, pero no te estás negando. ¿Ves?. . . lo que tienes es un verdadero drama. Quieres solucionar un problema inherente a la condición de ciertos uruguayos, y ni sabes cómo hacerlo y ni siquiera donde empezar. Y uno de los problemas es que no te sentís listo para esa decisión.

—¿Y qué debo hacer para estar más listo?

—No lo vas a estar. Tienes que preguntarte si al nivel en que estás de relaciones, conocimiento, entrenamiento y demás, te consideras preparado para enfrentar el problema, sabiendo que no hay grado de preparación ni entrenamiento que te puedan ayudar a estar listo. Fíjate, ¿cuántos soldados estuvieron superlistos y entrenados para la batalla y los mataron el primer día? ¿eh? ¿Cuán listo y preparado esta un médico en su primera noche de guardia? ¿Ves? ¿Cuánto puede uno prepararse para enfrentarse a lo diabólico? ¿Entendiste el trabalenguas? Uno nunca está listo. ¡Nunca! Y con respecto a sentirse listo, el asunto es todavía peor, porque individuos con dramón existencialista en su mente nunca se sienten listos para enfrentarse a un desafío. ¿Ves? Tú nunca vas a estar listo ni te sentiríais listo.

—Gracias por el estímulo. ¿Y entonces?

—¡Entonces te jodiste! Ya te digo que no puedes esperar a estar o a sentirte listo, nunca lo vas a estar. Tu sobrevivencia y tu victoria ante el desafío no dependen de cuán listo puedas sentirte, o sea, no debes esperar a ese momento para actuar.

—Yo. . . yo. . . Usted. . . tú hablas muy entreverado. Lo mío es mucho más superficial, es más. . .

—No. Lo tuyo, por el contrario, es mucho más profundo y filosófico. Te lo estás cuestionando, lo estás analizando, estás meditando sobre el asunto, y la prueba es que estás aquí, hablando conmigo, tratando de entender ese proceso filosófico cuando podrías haber renunciado a eso o haber dicho que no de entrada cuando te increparon.

Daniel pensó un poco lo que le dijo.

—No creo, señor trabalenguas. Estás mezclando filosofía en este problema. Lo hemos discutido antes.

Pereira pensó un poco. Prendió otro cigarrillo.

—Ay, Daniel, tenéis el conflicto, pero no tenéis la respuesta. No existe para alguien como tú el estar listo o la seguridad de que necesitáis ayuda. No existe para ti porque sos un existencialista y condenado a ser un inmaduro. Vamos, Daniel, te has cuestionado cosas y vivencias de cada muchacha con la que saliste. Me acuerdo que la primera vez que te duchaste con una muchacha viniste aquí y en ese mismo sillón te pusiste a cuestionar la levedad del ser y la dualidad de los sentimientos y que sé yo que más, y no hubo consejo mío que te pudiera servir. El haber enjabonado a esa muchacha te causó un cataclismo mental. ¿Y la crisis de cuando te enamoraste de Tamara? Ay, Daniel.

—Sí. . . no, digo. . . creo que. . . —intentó decir Daniel, y se quedó callado.

—Mira, Daniel, te enfrentas a problemas que requieren una dosis de humanismo y en vez de decir que sí o que no siguiendo cánones de otros, queréis resolverlos tú, con tus pensamientos y tus acciones y sin que nadie te diga cómo, lo cual te vuelca en una meditación cada vez diferente en la que te enroscas y no sabes cómo salir. ¿Y sabes qué? No hay salida. Para la gente como tú, no hay una salida clara, sino un avance y una progresión llena de dudas y pensamientos ambiguos. Vas a ser una tormenta de meditaciones que avanza y actúa y medita de nuevo y ataca de nuevo y así sigue.

—Sí, entiendo. Pero me dijiste muchas cosas y me entrevero. Yo quiero. . . yo pienso que quiero crear mi propio significado —agregó Daniel.

—Mmmmmm. . . ya veo que seguís enroscado. . . espero sin embargo que algo de lo que te dije te haya entrado. Te voy a decir lo que va a pasar —dijo Pereira—, no vas a poder salir de esto hasta que te sientas libre de sentir, que lo estás haciendo por ti y no por ellos. Tenéis que ver las cosas desde lejos, estar solo, sin influencias. Ahí, en ese momento, separado de todo, ahora independiente, desde ese rinconcito, decidí y te propones si queréis o no vincularte a esa problemática de la condición humana en la que te estás enroscando. Y avísame enseguida.

—¿Para qué?

—Porque si entras en el partido, yo entro contigo.

—¿Qué? ¡No!.. tú no puedes meterte en esto!

—¿Por qué? A ver, ¿por qué no? ¿Porque es riesgoso?

—¡Sí! Mucho.

—¿Y te piensas que por peligro o por miedo al riesgo yo me voy a perder algo así? Ni lo pienses. Ja, ahí estas tú, boludo, sabiendo que es riesgoso y te metes igual. Llámame enseguida que decidas eso, que iré pensando en algunas ideas de mientras. Y ahora, vete porque tengo un almuerzo de negocios.

Daniel se fue. Se quedó más tranquilo, aunque le llevó un rato masticar todo lo que el Pocho le dijo. Esa noche se acostó rumiando todavía todo lo que le había dicho.

Al día siguiente antes de Anatomía, llamó y dijo que estaba enfermo, que no podía ir. Salió del hospital al mediodía y caminó hasta la calle Larrañaga, viró hacia la derecha y se tomó el largo camino hacia el mar. Pensó mucho por el camino y habló consigo mismo. Se compró un refresco en un almacén y se sentó en una plaza a tomarlo. Comprendió varias cosas.

Volvió a su casa. Ayudó a su madre, cenó tranquilo. De noche, abrió la carpeta y examinó de nuevo los datos.

"Daniel, busca lo que no se ve. . ." le había dicho Matilde", busca lo que no se ve". "Le volaron la cabeza de un balazo". "Te van a encontrar en un baldío comido por las ratas".

"No lo puedes hacer solo" le había dicho Gina.

"Daniel, recuerda de unir los cabos" había dicho Matilde, "unir los cabos". "Pero. . .¿Qué cabos? ¿Unir qué?"

"Matilde, ¿unir qué?". . . "enfócate en lo que no se ve".

"Tengo que conseguir ayuda" se dijo a sí mismo, "alguien que me ayude a ver las cosas mejor".

Los reportes no estaban completos, le faltaban detalles. Leía lo mismo una y otra vez, pero no encontraba pistas.

De noche, las imágenes que veía o creía ver, le hacían gestos.

—Háblenme, den una señal —pero nada, solo un cuchicheo—, ¿Cómo continuó?

No obtuvo respuesta.

—¿Quién los mato? —les pregunto. El cuchicheo iba y venía, las figuras parecían gesticular más rápidamente y señalaban la carpeta una y otra vez. Una figura femenina, delgada, chata, le hacía gestos, y le pareció sentir una voz. "No puede ser, no puede ser". Un aire cálido, con un aroma conocido, lo envolvió y le daba sueño. Se durmió.

# 39

Al día siguiente, volvió a su casa cansado. Cenó una rodaja gruesa de matambre con ensalada rusa mientras miraba televisión con sus padres. De noche, tarde, abrió la carpeta y volvió a examinar los datos. "Daniel, sumérgete en lo que no se ve", le había dicho Matilde.

Los pensamientos y recuerdos relampagueaban en su cabeza.

"Te van a volar la cabeza a ti también" le había dicho el Rabino Bernstein. "¡¡carnicero!!"

Trató de consultar a los detectives.

—¿Los muertos te hablan? —le dijo MacLagan—, ¿Cómo decís que te hablan? ¿Visiones, imágenes, muertos que te hablan? Esas son locuras. Ya, déjame, no me hables más de eso. Enloquécete tú solito.

—Daniel, recuerda conectar los puntos —le había dicho Matilde.

"¿Conectar qué puntos?" pensó. "¿unir qué?".

"Los muertos te hablan y depende de ti escuchar". Le dijo Pereira, "No hay peor sordo que el que no quiere oír".

Seguía dándose cuenta de que los informes no estaban completos, pero no entendía qué era lo que faltaba.

—Nececitás datos, Daniel —le dijo Gina—, pero no sé cuáles.

Encontró más datos. Las marcas en las muñecas indicaban que fueron esposados y no atados, y ciertas marcas y posiciones confirmaban que habían estado todos sentados cuando recibieron el disparo. Estudió los hallazgos químicos de nuevo, pero no estaban completos. "Acordate de buscar. . ." le había dicho Matilde.

—¿Qué es lo que no veo?, ¡caramba! —se dijo—, ¿o no lo veo porque no está, o porque lo han sacado?

Las palabras de Pereira volvían a su mente. "¡¡No!!. . . ¡No debo!"

Se acostaba de noche y creía ver las imágenes nebulosas que le señalaban la carpeta. Si ponía la carpeta a la derecha, las imágenes señalaban a la derecha, si la ponía sobre el sillón a la izquierda, las imágenes señalaban a la izquierda. "Ellas saben", "¿O soy yo que lo imagino?" "Esto no puede ser. . . no puede ser"

—Háblenme, digan quién los mato.

Las visiones parecían alterarse. Cuanto más les preguntaba, más se agitaban.

Se despertaba a veces de noche por soñar con esa carpeta, y la abría y la volvía a examinar. ¿Dónde están los datos que faltan?

Pasaron los días y nadie lo llamó ni le pidió nada. Sus imágenes nocturnas se intensificaban, su cuchicheo se hacía más intenso. "No puedo seguir así. . . ¿estoy loco?". Cuando se despertaba tenía conclusiones en la mente, pero sentía que fueron las imágenes que se las daban. "Estoy trastornado, los sueños me hablan, mierrrrrda".

Hasta que una noche un sueño le largó un chispazo mental, ¿o fue la imagen? "¿fue la imagen que me habló?" Se incorporó, abrió la carpeta, la luz de la nebulosa estaba más intensa, era como que había más gente. Los brazos de esas imágenes se movían con mayor excitación. Contempló lo que le indicaban: la carpeta. Allí había estado, delante suyo, a la vista, y él no lo había visto porque no se veía. "Busca lo que no se ve" le dijo Matilde y tenía razón. Varias cosas faltaban. El análisis bioquímico de los tejidos que se había mandado a la facultad de química no estaba completo. Estaba la página uno que ofrecía un reporte preliminar y parecía todo, pero abajo a la derecha decía "página 1 de 2". Faltaban las segundas páginas de los reportes. Varias páginas decían en su borde "página 1 de 2" o "página 1 de 3". "Ay, ay, ¿cómo no lo vi antes?" Segundo, el análisis del tipo de plomo se había estudiado en espectroscopia en la facultad de química y en más de veinte casos volvió como un análisis de cifras, pero sin el reporte final. Esos reportes no estaban. Tercero, el análisis de la pólvora se hizo en la jefatura, pero el análisis del porcentaje de nitritos, nitratos, sulfatos y contaminantes, también se había hecho en la facultad de química y nunca se obtuvo el reporte final, en ninguno de los casos. Ahí decía en varios lados "ver página 3B" y las páginas 3B no estaban. "¡Faltan los datos! ¡No! No es que faltan, los sacaron, los hicieron desaparecer". Volvió a revisar. Muchos de los reportes indicaban una página siguiente que no estaba.

¡Ahí!.. ¡ahí estaba la cosa!.. tal como se lo dijo la mujer. . . "busca lo que no se ve", y él no la había entendido, no lo había vislumbrado. Ahora se daba cuenta, no buscar en lo que se ve, sino que buscar los datos que no se ven por qué no están allí por qué alguien los oculto. ¡Muy bien!

"Muy bien. Sí. ¡¡Eso!! Buscar los datos que no se ven por qué no están. Buscar donde están".

Daniel sabía por experiencia que la facultad de química estaba obligada por ley a mandar los reportes a la jefatura de Policía. Podía mandar un duplicado a la morgue si alguien lo pedía, pero eso ya no era obligación. Aquí había omisión, error, complicidad, o algún otro problema, pero daba qué pensar y necesitaba ser investigado. Es más, ahí podría haber información vital y hasta datos de un posible cómplice. Eso no olía bien. Esa cagada la iba a investigar no importara lo que pasara, y lo iba a hacer por su propia decisión. Y ahí se le ocurrió que toda esa información debería estar en un lugar reservado donde se guarda todos esos datos y el acceso es restringido: el centro de informática de la jefatura. Y para entrar allí necesitaba poder, un poder vil, un poder que estuviera por encima del jefe de Policía, un poder fuerte, secreto y casi diabólico. Necesitaba… necesitaba del Cóndor. Necesitaba del poder que se le había ya ofrecido. No sabía bien qué era, no lo comprendía bien, pero el señor del Mercedes era su representante y por lo tanto representaba ese poder para poder entrar allí. ¿sería ese el significado de la llave que le dio el primer día? ¿acaso esa llave simbolizaba el hecho de que él podría tener acceso a lo que quisiera siempre y cuando supiera lo que buscaba? "Bueno, ahora sé lo que busco y la Operación Cóndor me lo va a dar".

Se le erizaron los pelos.

Se sentó en su sillón. Se sintió más libre. Se fue a clase, más aliviado, y hasta caminaba más ligero. A media mañana bajó al teléfono público y llamó al número que le habían dado. Le dijo, al que lo atendió, quién era y le dijo que entraba en el partido, que sí, que iba a investigar lo que le habían dicho, pero que necesitaba una lista de cosas. "Si como no" le contestó y colgó.

Volvió a clase y en el recreo, mientras caminaba por el corredor entre las salas, una doctora de la sala de cardiología se le acercó y le preguntó que iba a necesitar.

—¿Cuál es tu menú? —le dijo en un murmullo.

Le dijo que le consiguiera seis mapas de la ciudad de Montevideo, dinero para taxis y gastos, una cédula y una credencial falsas con su foto y a nombre de Alberto Batlle Herrera, Servicios Especiales, Ministerio de algo, para que inspire miedo o respeto a quien lo detenga. También una notificación a los dos oficiales para que estén listos a darle una mano en cuanto lo necesite, un fantasma que lo siguiera cuando pueda, de lejos, para eliminar posibles estorbos, y notificación a Martínez o a Yamandú para que le den una mano si la necesitaba. Ah, también los números de teléfono de todos los hogares en donde murió un muchacho o muchacha.

—¿Algo más, Daniel? ¿un lanzagranada, tres machetes, la Remington, mmmm?

—No. Nada más —dijo Daniel, agradeciendo la broma con una sonrisa.

Entró en la cafetería del hospital sintiéndose muy bien y festejó su decisión con un buen cortado.

Terminó su clase de anatomía temprano y se fue a su casa a estudiar. Los exámenes se aproximaban. Cenó con sus padres tranquilo, luego vino Gina, comió torta y se fue porque tenía que estudiar también. Nada más pasó ese día.

Dos días pasaron y no le avisaron nada. Al tercer día, al salir de anatomía pasó por la morgue, pero no había nada interesante. Los cuervos no estaban, "Así que Domínguez no está". Se fue al cuarto del fondo a tomar café.

Pensaba salir por dentro, pero para eso el camino era más largo, así que salió por el patio de la morgue. Había un grupo de gente, los acongojados deudos de siempre, así que volvió a entrar en la morgue, cerró la puerta, abrió el cajón y saludó al cadáver de la mujer. La mujer abrió los ojos y le dijo "me despertaste, cierra el cajón y vete", "Pero ¿Cómo se llama usted?" le preguntó, "¿está cómoda?", "Soy María Luisa, me llaman Cuqui, sí, estoy bien. Cierra el cajón". Volvió a salir. Se acercó a los deudos y les dijo cómo era la tradición "Ella ya está libre de este mundo. El alma de nuestra Cuqui ya va a estar mejor". En eso los familiares y amigos rompieron en llanto y lo abrazaron uno por uno agradeciéndole. Daniel salió a la calle lleno de lágrimas ajenas y las suyas propias. "Mierrrrrda, mi camino está lleno de lágrimas".

Juan-Un-Ojo estaba allí, recostado contra la pared de la puerta, fumando, con un café en la mano, mirando los autos y la calle. Le pidió un cigarrillo y hablaron un rato.

—¿Te hicieron llorar, eh? Eres un debilucho. ¿Viste? ¿Viste? Al no estar Domínguez los cuervos no vienen.

—Sí. Ya me di cuenta —le dijo y se fue caminando hacia la esquina de la calle General Flores.

A la vuelta de la esquina encontró a la misma mujer malparida de siempre. "¡Perra!" pensó. "¡Yegua malparida!"

La mujer se acercó, y le dio un libro. Daniel lo miró. Era un libro atado con piolines como cuando usualmente se le da a un estudiante cuando pide un libro de otra biblioteca.

—Te lo manda ya sabes quién de regalo —le dijo con cara de mala—, el resto de las cosas te llega hoy a tu casa. . . a menos que quieras que te lo lleve a la casa esa tetona desagradable de la moto, eh, ¿culo sucio?. . . degenerado —y se fue rápido antes de que él pudiera responderle la insolencia. "Pero qué mala yegua esta tipa" pensó, "Yegua malparida". Lo dejó de nuevo congelado por su maldad al hablar. "Qué mala mujer. Un día le voy a decir algo y. . . y. . . y no, mejor no, todavía me va a dar un golpe".

Era un libro de Isaac Asimov, sin nada en particular, con una nota adentro que decía "muy bien". Era una manera de decirle que su mensaje había sido bienvenido.

Cuando llegó a su casa, saludo a su mamá y a Marisa, comió y se puso a estudiar. A eso de las nueve, tocan el timbre de abajo, su mamá bajó a abrir y volvió con una caja cerrada de chocolates Garoto que un mensajero le dio. Adentro encontró los documentos, los mapas y el dinero. Había una nota con dos teléfonos, y que decía "estás independiente pero no solo, si necesitas dinero, ayuda o la Remington, avisa". "Y dale Juan con la Remington" se dijo.

Mientras leía la nota, su madre reviso la caja y se agarró un bombón.

—¿Quién es este Alberto Batlle. . .? ¿ese no es. . .? ¡ay Daniel, es tu foto! —dijo y abrió la credencial—, ¡ay, ay, es tu foto, Daniel!. . . y. . . ¿Qué es esto? Y, ¿y este dinero? ¡Nada!. . . no me digas nada! Me voy a dormir y a morir. No vi nada —y se fue a la cocina y escupió el bombón.

—Me vas a matar, Daniel. Eres mi hijo, pero. . . nada. Nada. Chau.

Daniel llamó al Pocho Pereira, quien le dijo que desplegara el mapa y lo pusiera del lado de atrás de la puerta y que comprara dos cajas de chinches de colores y un par de cuadernos.

—Y Daniel, te hace falta más gente.

A la mañana siguiente lo fue a ver antes de ir a clase y charlaron un poco. Charlaron otro poco al mediodía cuando se encontraron en el bar de Avenida de Italia y Soca, en la esquina del Clínicas. Entre pizza y cortados discutieron qué hacer.

—Necesitáis un centro de información y datos, Daniel. Necesitáis meter más gente en esto.

—Ya sé, sí. Y sé dónde está.

—Y necesitás alguien de súper confianza que te ayude. Necesitáis a Gina. Yo sé que corre riesgo, pero la necesitáis si queréis progresar en esto. Vas a tener que entrevistar gente y solo no lo vas a poder hacer. Gina te tiene que ayudar. Yo te puedo ayudar, pero necesitáis más gente.

—Sí.

—Bueno, pero mira —dijo Pereira—, escucha, hay otro problema que tenéis que encarar. Aunque logres entrar, aunque tengas libertad de indagar, ¿oíste?, aunque pudieras meter las narices a tus anchas, no sabrías por dónde empezar, en qué archivo o sección buscar, ni cómo usar la computadora, ¿ves? No sabrías la manera de cómo encontrar los datos, ¿ves?

—Sí, tenéis razón. Y entonces?

—Que antes de entrar necesitas alguien que sepa buscar en archivos, que sepa encontrar cosas en la computadora, que sepa usar archivos y computadora, los dos, y que esté de tú lado. Piensa en eso. ¿Quién? ¿Quién podrá ser esa persona? ¿Ves? No se trata solamente de entrar, necesitás a alguien que sepa buscar. Es más, escucha, necesitas por lo menos dos personas, uno experto en computadoras y otro experto en archivos y secciones y fojas y cosas así.

—Y uno que me haga entrar, son tres.

—Y contigo son cuatro. Y alguien que te proteja, son cinco. Y conmigo somos seis.

—Y alguien armado, sí, por protección, también. Mejor dos, así que van a ser por lo menos dos más, así que ocho, o nueve. Sí.

—Sí, dos armados. Sí. Si queréis ir más rápido, vas a necesitar otro experto en archivos, comunicaciones y cosas así. Diez.

—Uuuuufffff, diez. Mierda. Y ahí no se entra fácil. Y quizás alguien más, once.

Se despidieron. Daniel se quedó pensando en cómo resolver lo que Pereira le dijo.

Habló con Gina, se encontró con ella y le expuso sus ideas. "Es riesgoso, Gina", "Yo debo ayudarte, Daniel, por ti y por esa gente", "me da miedo por ti", "y a mí me da miedo por ti, pero sé que me muero por ayudarte".

Llamó por teléfono al Orina-Gómez y se encontraron en un bar y luego caminaron mientras Daniel le explicaba la situación.

—Ja!!.. ¡Lo sabía!. Yo lo supe, sí. Yo supe que algo te traías en la manga cuando empezaste a venir. Despistaste a todos, pero yo me di cuenta de que venías con una misión.

—Sí.

—No te pregunté por qué. Sabía que de todos modos no me ibas a decir.

—Gracias por entender.

—Daniel. Podéis contar conmigo cien por cien. Revolver a la orden. ¿Te acordáis ese serial?

—Sí, Gómez.

—Ah, ¿y qué te pareció la torta de queso al otro día.

—Muy rica, Gómez. Sí. Gracias

—Si quieres te hago una especial para ti. De semillas de amapola. Tengo la receta. ¿Sí? A tu mamá le va a gustar.

—Me encantaría.

Esa tarde fueron los tres a la casa del muchacho aquel que él había visto en emergencia aquella noche. Daniel quería poder consolar a los padres, pero no había consuelo. Tomaron todos unos sorbitos de vino garnacha y dijeron "salud". Se quedaron allí otro rato hasta que les hizo efecto el alcohol y luego fueron a la sala donde los esperaban con un café. Se abrazaron todo un rato y luego empezaron a hablar. El pago se hizo entre dos autos que se cruzaron en el Parque de los Aliados. El otro auto era un Renault color marrón claro. No sabía nada más. Daniel le dio los teléfonos de las otras familias y le pidió a los padres que llamaran a todos y les dieran su nombre ficticio y el de Gina, quien se llamaría Rebeca Goldberg, pero que les aclararan que esta investigación no era oficial, pero si era secreta, que por favor les pidieran que los ayuden, y que él o Rebeca irían a verlos. También les dijo que les digan a los padres que otro enviado, quizás Gómez u otro hombre los entrevistaría, pero se presentaría dando siempre el mismo nombre falso de Daniel. Arreglaron algunos detalles y se fueron luego de más abrazos y lágrimas. Una vez en la calle, Gina le dijo "menudo nombre de judía que me diste, "Rebeca Golberg". Ahí sí que te inspiraste".

—Me pareció que te encantaría —le dijo riéndose.

—Ah sí, ah sí.

Llegaron a su cuarto con el corazón dolorido todavía, se sentaron en la cama y tomaron la carpeta. Decidieron numerar cada caso de acuerdo a la fecha en que los soltaron o mataron, pero cuando Daniel llamó a Pereira al día siguiente él le dijo que lo haga de acuerdo a cuando fueron apresados. Decidió hacer las dos cosas.

Revisaron la lista de los que soltaron vivos, y fueron a ver a la persona número cinco, un tal Carlos, estudiante de medicina, quien no se acordaba de nada. Cuando Daniel empezó a intensificar sus preguntas, Carlos recordó ruidos y olores en ciertos días. Gina pregunto detalles de olores y comidas, de voces y uniformes, y anotó todo.

Pereira lo llamó. Gómez había venido a su casa y estaban charlando y comiendo torta. Daniel y Gina se fueron allí y estuvieron charlando un rato.

—Eh, prueben, prueben la torta que hizo Gómez. Es de frutillas con crema.

Gina dijo que Lurdes iba a ayudar en las entrevistas. Había que dividirse el trabajo.

A la tarde siguiente Gina fue sola a la casa de una de las familias. Más tarde se encontró con un tal Alberto Guzmán en el living de su casa, quien era el caso número nueve. La llamada de uno de los padres facilitó los encuentros. Le preguntó también de voces, uniformes, comidas, olores, eventos. Le dio algunos datos, pero era todo muy vago. Gina fue anotando todo en su cuaderno. María de las Mercedes Yanipetro, nieta del doctor Yanipietro, había sido la primera en ser capturada y vivía cerca, así que Daniel la llamó y la fue a ver. Linda piba, estudiante de química. Tampoco había sido torturada ni manoseada siquiera. Llamaba la atención. El rescate se pagó igual, a través de dos autos que se cruzaron en el mismo parque, y el padre recordaba el mismo Renault marrón claro. Hablaron de comidas, olores, perfumes, ocupación de los padres, voces, tos, y varios detalles más. Se volvió a su casa. No, pensó, si la hubieran secuestrado mujeres ella lo habría recordado. Qué raro.

Gina y Lurdes visitaron varios padres. No obtuvieron más datos.

Daniel se reunió con Pereira y Gómez y discutieron la posibilidad de entrar en la facultad de química.

—Mira, Daniel, si vas a la facultad de química y los pedís, o vas con un policía amigo y los exigís, o los pedís a través de un profesor amigo, de una manera u otra estarás alertando al posible cómplice del asesino. Olvídate. Lo poco que ganarías te cagaría toda la investigación. Acuerdate que no se sabe quiénes son. ¿Y si fuera un grupo con ramas en la morgue o en la facultad de química? ¿Eh? Nunca se sabe.

—¿Y entonces qué?

—Mmmmm. . . necesitarías. . . —dijo Pereira—. Necesitarías meterte allí sin que se sepa y lo tendrías que hacer con los mismos tipos de personas que te ayudarán luego en el centro de informática, llamemos a esa clase de persona un investigador, no, no, mejor llamémoslo un buscador. Y. . . eh. . . necesitas de alguien que sepa manejar computadoras.

—No sé quién —dijo Gina

—¿Y entonces? —preguntó Gómez.

—Mmmm, no sé. Pero, ¿no vas al cine, no lees libros, Daniel? —dijo de pronto Pereira—, si recordamos películas quizás se nos venga alguna buena idea.

—No sé Pereira.

—Pensá. A ver, ¿Dónde pueden estar esos reportes? ¿en un cajón? ¿entreverados con otros papeles? ¿Quién podrá tener acceso? ¿estarán en la computadora? ¿en cuál? ¿Quién de afuera podría entrar en esa computadora?

—Pero, ¿Quién podría ser el buscador, eh, eh? —agregó Gómez—. ¿Quiénes son los más brillantes expertos en computadoras en nuestro país?

—No sé. . .

—Yo tampoco. ¡Ah!.. ¡¡esperá!! —habló Gómez excitado—. Aaahhh. . . sí. . . claro. . . los que enseñan computación en la facultad de ingeniería. ¡Ya está, ya está! Ve primero a la facultad de química y pon cara de papanatas y fíjate en qué piso y en qué oficina, en qué lugar, están las computadoras y los archivos electrónicos que manejan ese tipo de información. Pero no digas nada. Luego piensa quién en la jefatura o en el Judicial te pueden conectar con los cerebros primero a la facultad de química y pone cara de papanatas y fíjate en qué piso y en qué oficina, en qué lugar, están las computadoras y los archivos electrónicos que manejan ese tipo de información. Pero no digas nada. Luego piensa quién en la jefatura o en el Judicial te pueden conectar con los cerebros en computación en la facultad de ingeniería. Tiene que ser una persona especial, alguien que no le tenga mucho cariño al gobierno, que sepa callarse, que o lo haga por amor o por el placer de joder al gobierno. Piensa en eso. Un buscador en ese campo. Y allí luego planificamos el golpe.

—Yo sé —dijo Gina—, la gente de Ingeniería nos ayuda con nuestra sección de informática y sabemos a quién contactar. Conozco unos cuantos de ellos.

—¡¡Brillante, che!!

Tres días más tarde, luego de llamadas y consultas, Daniel entró en la facultad de química como ayudante de dos inspectores de la compañía de luz a revisar los contadores internos. Alguien de los de arriba lo había arreglado así. Le habían dado el poder y dicho como hacerlo. Él estaba con uniforme, mal afeitado y parecía muy distraído. Revisaron también fusibles y tomaron nota de los contadores y conexiones que necesitaban arreglo. Fueron al segundo piso y revisaron conexiones. No les prestaron mucha atención. Cambiaron fusibles, revisaron piso por piso, hasta que en un cuarto cerrado y refrigerado del segundo piso encontraron la computadora central, donde había un cartel prohibiendo la entrada y un policía con boina azul custodiando. El policía estaba armado y tenía un teléfono al lado suyo. Salieron sabiendo lo que tenían que saber.

Un año atrás había habido un problema en la facultad de ingeniería que se trató de mantener en privado. Fue un crimen relacionado con drogas y dinero y los catedráticos envueltos en el problema pidieron a los inspectores de la jefatura máxima discreción. MacLagan y Domínguez resolvieron el problema y no se supo más nada. Ahora había llegado el momento de devolver el favor.

—Sí, será un placer —les dijo el ingeniero Passogui Prieto, catedrático de ingeniería civil de la facultad de ingeniería, mientras charlaban en su oficina—. El hombre que usted necesita es el ingeniero doctor Ramos. Su esposa es una presa política y el estará muy contento en ayudarlo. Espere un poco.

Levantó el teléfono y llamó. A los cinco minutos se apareció el ingeniero. Daniel lo llevó a un costado y le explicó lo que necesitaba, pero sin dar muchas explicaciones ni detalles. A Ramos le encantó la idea. Él sabía muy bien cómo ayudarlos.

—Cuando quiera y como quiera —le dijo.

Todavía necesitaba a alguien experto en archivos y datos. Decidió preguntarle a Gina, quién lo llevó con Berta, del Judicial, y le pidieron si allí habría alguien de confianza. Berta los abrazó y besó y vio en sus ojos que planeaban algo.

—Tu hombre, Daniel, es el subcomisario Alfredo Pérez Gómez de la división narcóticos.

—¿Qué? ¿el Orina-Gómez?

—Nadie como él. Inteligente, es una enciclopedia. Sabe guardar secretos, sabe de los asesinatos y odia a los del ejército desde que su sobrina y su vecina fueron torturadas.

—Ah bueno. Él ya está en el grupo.

Le demoró a Daniel un par de días contactar a la gente que necesitaba. Al Pocho no había manera de decirle que no viniera. "Yo esta no me la voy a perder".

# 40

Tres noches más tarde, después de la cena, todo el equipo se reunió en un café de la calle Rivera con el tal Doctor Ramos, genio de computadoras de la facultad de ingeniería, y a quien las aventuras le gustaban. El Orina-Gómez vino con ropa deportiva y con un arma en la cadera y otra en el tobillo. Todos los otros estaban allí, bien dispuestos. Dieron unas vueltas, fumaron para matar el tiempo, y a eso de la medianoche se encontraron todos en la entrada de la facultad de química: el Pocho Pereira, Daniel, el Doctor Ramos, el ladrón experto en llaves y cerraduras que el conocía, un experto en alarmas que Gómez había traído y en quien confiaba, Gómez y tres policías amigos personales de Martínez, incluyendo el Pancho, un bruto cara marcada de cinco metros de altura con quien nadie se hacía el vivo.

La noche estaba cálida y tranquila. Había algunas nubes en el cielo, que cada tanto ocultaban la luna. El café de la esquina aún estaba abierto y expandía en el aire un aroma de pizza y café.

Entraron, los policías hablaron con los guardias de la noche y les advirtieron. El Pancho les dio la mano a los dos.

—Cuando el Pancho te da la mano —explicó Gómez—, es que nunca te va a olvidar, para bien y para mal. Él lleva en su bolsillo una navaja sevillana que usa para venganzas especiales, y los policías lo saben.

Fueron derecho al segundo piso, a la oficina de los datos que Daniel buscaba. Allí, frente a la puerta había dos policías de boina azul, custodiando. Uno de los agentes fue con Pancho a saludarlos. Les dieron la mano, hablaron un rato y las boinas azules se retiraron saliendo por una de las puertas. Antes de salir, el Pancho le dio una moneda a cada uno.

—¿Por qué les dio una moneda? —preguntó Daniel.

—Ssshhh Dani, es para decirles que le deben algo. Es una. . . eh. . . es una señal un poco brava. Cuando el Pancho te da una moneda. . . eh. . . mejor deja el tema. Mejor que no sepas.

Abrieron la cerradura y el candado y entraron en la cámara donde estaba la computadora. Daniel estaba nervioso y la barriga le hacía ruidos molestos.

—¿Es tu barriga la que hace esos ruidos?

—Sí. Me cayó mal la pizza.

—EresSun cagueta, Daniel.

Le tomó a Ramos apenas veinte minutos encontrar la fuente de los datos que buscaban, pero no estaban completos. Una nota en la misma computadora decía que se habían mandado a la central de la jefatura, y luego de la confirmación de entrega, los bancos de datos se habían borrado. Allí estaba la fuente de los reportes de los que ajusticiaron, pero la información sobre el análisis bioquímico de los tejidos de cada uno, el análisis del tipo de plomo de cada balazo, los resultados de la espectroscopia, las gráficas de Shiograma, y lo otros reportes, no estaban. "¡Hijos de una mala puta!" Para peor, los datos en la computadora describían noventa y ocho muertos, a los cuales Ramos tuvo que ajustar los datos e informes y quedó con cincuenta y cuatro muertos. "No puede ser" dijo, e hizo varios ajustes en el banco de datos y obtuvo tan solo treinta y siete, pero quizás tan solo veintiocho correspondían a los que buscaban. "No. Cincuenta y cuatro. Eh. . . faltan datos". También faltaban los análisis de la pólvora con el porcentaje de nitritos, nitratos, sulfatos y contaminantes, que se había hecho por examen espectro-magneto-forético y cada uno tenía un reporte propio que también se había enviado a la jefatura con sobre sellado cumpliendo con la ley, y los originales se habían tirado a la basura luego de que el recibo que confirmaba su llegada a la jefatura había llegado pocos días después. "Estabas cerca, Danielito, pero los números quizás no sean correctos".

—¿Entonces?

—Quizás hubo error, algún problema con el mensajero —agregó Ramos—, complicidad, o quien sabe, pero eso lo sabremos luego.

—Fíjate en la otra computadora —dijo Gómez.

Ramos busco allí y al rato dijo,

—Ah, acá hay fotos, y más números y datos. Sí. Mira aquí, sí —agregó el ingeniero—, sí. Mira. Los números. . . parece que hubo más. Son probablemente. . . son. . . no puede ser. Daniel, Gómez, mataron aún más. Esto es horrible.

De pronto Ramos clavó sus ojos en la pantalla, y giró su cabeza a un costado. Tenía lágrimas en sus ojos, sacó su pañuelo, se secó los ojos y se alejó de la computadora. Había reconocido a dos de sus alumnas.

—Por eso nunca más las vi. Pensé que se habían escapado, que habían logrado huir. . . pero.. pero.. las mataron. Pobrecitas. Eran tan lindas y . . . Ay,

Daniel, mirá lo que me hiciste descubrir. A la mierda contigo, Daniel. Es verdad lo que dicen de ti.

—¿Qué dicen de mí?

—Que cualquiera que se te acerque demasiado termina llorando. ¡¡Brujo!!

Se abrazaron un rato.

No encontraron ningún dato más que sirviera para avanzar en la investigación, ya que todo se había enviado a la central de informática y archivo de la bendita jefatura. Apenas quedaban los nombres e identificación de cada uno. Ramos imprimió todo lo que pudo, incluyendo la información de los muertos.

—Daniel, acá hubo una mano no santa —dijo Ramos—, esos informes no desaparecieron porque sí. Alguien los hizo desaparecer, alguien de aquí, ¿entendéis?

—Sí, entiendo.

—Tiene razón tu amigo Pereira —continuó Ramos—, el que borró esto es alguien que maneja esta computadora, esta misma computadora. Es alguien de aquí, de este piso de la facultad de química. Aquí hubo complicidad.

—Sí, por lo visto. Acá no hubo error o problema con el mensajero, hubo cómplices.

—¿Puedes copiar la memoria? —preguntó Gómez.

—Sí, pero no hay mucho. Mira, ¿ves?

—Debe de haber cómplices a dos puntas, aquí y en la jefatura —dijo Daniel—. ¿Quién es el que recibe los reportes en la jefatura? ¿Quién supervisa eso allí?

—En general es el ucraniano Statchenko. Ya lo conoces, Dani.

—¡¡Mmm!! Tenía que ser el ucraniano antisemita hijo de puta ese.

—¿Qué? ¿No te gustan los ucranianos?

—¡No! Son unos antisemitas, racistas y mafiosos.

—Vamos, Daniel. No es para tanto.

—¿Ah no? El Holocausto en Ucrania fue la persecución, deportación y exterminio sistemático de judíos en manos de ucranianos. Eran grandes amigos de los Nazis. Parientes míos se enfrentaron a una política represiva que venía del pueblo mismo, de la clase media y de la iglesia misma.

—No sabía eso.

—Pues sí. La historia de Ucrania está llena de sangre y cicatrices judías. El país entero es un semillero de antisemitismo cruel.

Guardaron silencio.

—¿Saben lo que era un pogrom?

—Eh, no.

—El antisemitismo ucraniano era tan fuerte y salvaje que el pueblo se organizaba en grupos armados con pistolas, hachas y espadas e invadían a golpes los barrios judíos. Mataban a quien querían, violaban en grupos a las muchachas, se divertían decapitando bebes. Eso era un pogrom, y contaba con la bendición de las iglesias.

—Ah, mierda, no sabía nada de eso.

—Qué horrible, Daniel. ¿De dónde lo sabes?

—De información histórica y de lo que me contaron muchos viejos. Y ustedes pensarán que fue a causa del populacho, pero no, no. La mayoría de los pogroms estaban compuestos de gente de la clase media, estudiantes, sacerdotes, profesionales, oficiales, farmacéuticos y hasta abogados. Entraban en los barrios judíos a fornicar y a matar.

—Pero, Daniel, qué espantoso.

—Sí. Cada vez que leo al respecto me digo lo mismo, que ojalá algún día entren los rusos y les den la paliza que se merecen.

—¡¡Estoy de acuerdo!! —dijo Ramos.

—Sí.

Se quedaron un rato en silencio. Comenzaron a evaluar las posibilidades.

—Bueno, sigamos con lo nuestro. Parece que acá terminamos.

—Mmmm, sí. Bueno, Daniel, ¿Entendéis eso? Cuando salgamos de aquí hay que dejar todo como estaba y hay que asegurarse de que nadie sepa que estuvimos aquí.

Sí, Vámonos.

—No sé qué más llevarme —dijo Ramos—, nunca imaginé algo tan horrible.

Salieron con los magros reportes en mano. Los policías se llevaron a los guardias aparte para advertirles de nuevo y tomaron sus datos. Les dieron un poco de dinero a la vez que los amenazaron. Les indicaron que, si esa entrada se sabía, volverían por ellos. El Pancho saludo a las boinas azules y luego a los dos policías de la entrada. Ninguno de ellos tuvo duda de lo que les podría pasar si abrían la boca; ya habían escuchado sobre el Pancho antes.

—Pero ¿Quién es ese Pancho?

—Mejor que no sepas.

Daniel les agradeció a todos, se despidieron todos con un sincero "A la orden, cuando quieran" que se dijeron unos a otros, y se fueron.

Pereira y Daniel se fueron en su auto, escupiendo palabrotas. Pereira estaba caliente con el mundo. Pararon en un bar nocturno a tomar un gin y conversaron sobre el asunto.

—Por lo menos, ahora ya sabéis donde tenéis que entrar. Ya no hay vuelta.

—Sí —dijo—, y contigo y con Ramos y con todos los demás.

—Y con dos guardias especiales, muy especiales —dijo Pereira, mientras saboreaba su gin—. Esta ya no va a ser un vichada o una simple mirada, esto va a ser un operativo y tenéis que buscar alguien que sepa de operativos para que te ayude a planificarlo bien. Yo no sé de esas cosas, búscate alguien mucho más vivo. Ramos te puede servir o quizás no. Tenéis que llevar contigo alguien que sepa buscar en archivos, lo cual no es tan fácil. Creo que el Gómez ese te puede servir. ¿Por qué le dicen orina?

—Es porque se pasa calculando cuánto orinan los demás. No sé a quién preguntar que sepa de operativos.

—Bueno, che, piensa y ya se te va a ocurrir. ¿Quién puede estar sediento de venganza y daría cualquier cosa por poder ayudarte? Piensa.

Terminaron el trago, pagaron y salieron.

—¡¡Piensa, boludo!!

—No sé, no sé, Pocho.

—Mierda, te dije que no me llames Pocho.

—Uuuuhh, perdón, perdón, eh. . . en cuanto sepa, te aviso, Pereira. Gracias.

Se despidieron. Daniel se fue caminando a su casa.

A la mañana siguiente su madre le preguntó, "¿Dormiste en el comedor? ¿Y por qué había olor a ceniza y a azufre en tu cuarto?" Daniel no le quiso explicar. "¿Qué le voy a decir? ¿Que en el cuarto hay una entrada al más allá?"

Gina fue con Lurdes a ver unas familias más. No trajo datos nuevos. "El mismo Renault, Daniel".

Después de eso Gina quedó mal y ya no quiso hacer más entrevistas. "El dolor de esa gente es espantoso. No puedo".

Dos o tres veces por semana se reunían con Pereira para discutir los casos. Fue en una de esas reuniones que entre gin, cigarrillos y comentarios de películas que habían visto, que se les ocurrió el siguiente paso: entrar en grupo en el centro de informática.

—¿Por qué no? —dijo Pereira—. Hay que hacerlo. Es una locura tan grande que nadie se lo espera. Nadie esperaría que alguien como vos y tu gente se animaran a entrar allí. y menos en pleno día.

—Pero. . . es una locura, además es. . . es. . . ¿yo? ¿meternos allí? Yo no soy un buscador. Nos van a llenar de plomo, Pocho.

—¡Ya te dije que no me llames Pocho, Carmencito putañero!! Ya lo hablamos. Anda, vete con con Ramos, y. . .

—No, necesito más gente. Necesito otro buscador. Dos es mejor que uno, como la vez pasada.

—Gómez. Tú mismo me lo dijiste. Él parece saber de eso.

—Pero si lo descubren, lo matan.

—Y te matan a ti y a Ramos también, gil. y matan al que vaya contigo. Ay, Daniel, abrí esa mente. Necesitas ayuda. Habla con el viejo verde.

—Es que. . . Tienes que entender. . .

—Pero destráncate, bobito. ¡Filósofo anormal! ¡Schopenauer de bolsillo! Vete a hablar con el viejo. Si tú sabes que te quiere ayudar.

—Sí. Tienes razón. Muy bien.

—Pero cuando vayas —dijo Pereira—, piensa ya en un plan. Mmmm. . . quizás alguna película te dé una idea, no sé.

—Sí. Eso es una buena idea. Piensa y recuerda algunas películas y planifica algo. y pide al viejo si sabe de alguien de súper confianza que ayude a planificar un operativo. Sí.

Ahí ya no pudo dormir casi, pensando qué hacer y cómo hacer. Para peor, sus imágenes nocturnas era un enjambre de gente que gesticulaba. "Déjenme dormir" les dijo. De mañana fue a clase, al mediodía fue a comer con Gina y de tarde fue a Anatomía. Decidió hacer la clase corta y sentarse con sus alumnos a hablar de películas a ver si se le ocurría algo que haya pasado en el cine. Hablaron de películas musicales, de las de espionaje, de las de robos y de varios otros tipos. Cuando salió a la calle siguió recordando películas que había visto, y para cuando llegó a su casa ya se le había formado una idea. Llamó al viejo verde, se encontró con él y le explicó.

—¿Qué? ¿Un experto en que operativos? ¡¡Por Dios, Daniel!!

Daniel le explicó. Tenía que ser un experto de gran confianza.

El viejo de la esmeralda verde lo miró con ojos grandes y sin hablar. En su mirada Daniel pudo ver como su imaginación le mostraba sus planes.

—Pero ¿un experto en operativos para planificar qué? ¿Qué. . . qué. . . qué es lo. . .?

—Ssshhh. . . mejor que usted no sepa.

—Ya veo. Ya veo que lo que me dijeron de ti era cierto.

A la tarde siguiente, la malparida lo llamó para decirle que un caballero lo esperaba en el Café de Boulevard Artigas y 21 de Setiembre. Daniel se tomó un taxi y se encontró con un oficial vestido de civil, el coronel Carvajal Lopes. Se presentaron, hablaron amigablemente y Daniel fue al grano. El coronel se levantó, "ya vengo", y se fue a caminar. Un rato más tarde volvió y le presentó a Daniel el plan. "Y yo ya me comunico con el viejo". Se dieron la mano y se despidieron.

Al mediodía siguiente una doctora le dijo que lo esperaban. Salió del hospital, caminó una cuadra, y entró en el Mercedes.

Cambiaron algunas palabras, pararon a una cuadras y Daniel le dijo su plan.

—El gran jefe director de la jefatura de Policía es parte del sistema del Ministerio del Interior, lo cual sugiere que, si el ministro le da una orden o le hace un pedido, eso se tendría que cumplir. ¿No le parece?

—¿De qué hablas? ¿Qué mierda te entró en la cabeza?

Entonces le explicó. Era el plan del coronel Carvajal Lopes. El ministro era el general Pedro Minart Blum y a ese nadie le mojaba la oreja. Si alguien, de alguna forma, pudiera pedirle algo especial, algo como un favor moral, que hiciera que el mismo ministro le sugiriera al jefe de Policía un poco de cooperación al respecto y sin que nadie supiera, quizás él podría, con un poco de suerte, deslizarse con su grupito, en forma sumamente discreta y sin comprometer a nadie, en la central de informática y obtener los datos que necesitaban.

—Ay, ay. ¿Qué grupito, por Dios? ¿de dónde sacaste esa locura? ¿Qué datos? ¿de qué datos estás hablando?

Entonces Daniel le contó cómo entró en la facultad de química y por qué.

—¿Tú? ¿Tú hiciste eso? ¡¡pero por amor de Dios!!.. Pero seguís con tus aventuras, che. Está prohibido entrar allí. Yo no puedo. . .

—Ssshhh, espere, no rezongue —le dijo Daniel y le contó cómo se metieron en la computadora, pero cómo los detalles de los datos y varios reportes faltaban, lo cual se había hecho a propósito. Le explicó por qué eran tan importantes y por qué el sospechaba que debían estar allí.

—¿El Pancho? ¿Ramos? ¿quiénes son.

—No importa.

El viejo estaba estupefacto.

—¿Y no había nada en la facultad de química? Pero. . . pero eso sugiere que allí en esa facultad hay un cómplice, ¿no te parece?

—Sí. Nos dimos cuenta, pero lo buscaremos después. Ya lo vamos a agarrar, pero. . . digamos que el mismo ministro pudiera hacerle un gran favor, digamos, algo como sugerirle al jefe de la Policía un poco de cooperación.

—¿Cooperación, Daniel?, ¿tú sabes lo que me estas pidiendo? Ay, ay, ay. . . en medio de esta dictadura pedirle al ministro y al señor jefe de la Policía un poco de cooperación. Esto es una pesadilla.

El viejo se puso rojo y luego blanco. Miró por la ventana y besó la esmeralda de su anillo.

—Sí —le contestó—. Algo así como, sin que nadie lo sepa, permitir que un grupo discreto de personas ingresen secretamente a la jefatura de Policía y se metan en el centro de información para obtener muy secretamente los datos que necesitan. Sí. Pero necesito más. Necesito once uniformes de la IBM de tamaño adulto mediano, para. . .

—¿Qué? ¿de qué mierda estás. . .? ¿uniformes de. . .? pero, ¿Qué vas a. . . Ay!

—Sí.

—¿Un grupo? ¿Un grupo? ¿Qué grupo? ¿De dónde sacaste esa idea? —preguntó el viejo mordiendo su anillo.

—Ya le dije. Del coronel. Así fue. Y, como le decía, necesito varias tarjetas de identificación de IBM con nombres ficticios —continuó Daniel—. Cualquier nombre. y además necesito dos hombres que sepan usar armas y que no tengan empacho en usarlas, armados y uniformados y con boina azul, para que nos protejan.

—¿Grupo de personas, armados? ¿De qué. . . de qué uniformes estás hablando? ¡¡Hereje!! ¡Ay! ¡vas a causar un conflicto político-militar!

—No. Calle y escuche.

—Pero ¿Qué comiste anoche? Pero. . . ¿Qué es eso de tarjetas de identificación falsas?

El viejo Saravia-Cohen estaba muy intranquilo. Sudaba.

—Escuche, escuche —dijo Daniel en voz alta—. ¡¡Lo necesito!!

—Está bien, no te enojes, polvorita. Bueno, muy bien —dijo—, dime más.

—Mire. y no me gusta revelar mis cosas. La gente está programada para esperar lo esperado, pero no esperan lo inesperado. ¿Cómo se piensa que me escabullí en el palacio? ¿por una ventana del fondo? No, por la puerta principal, caminando despacio delante de los guardias con una copa de champán en la mano. Todos creyeron que yo era uno de los invitados y nadie me pregunto nada. No esperaban lo inesperado.

—¿Y para qué lo hiciste? ¿Para qué entraste en el Palacio?

—Eso quizás usted no lo pueda entender. La curiosidad y la imposibilidad de hacerlo eran tan grandes que la tentación ante el desafío era embriagante. Además, era el casamiento del ministro Arellanes Penco, un reverendo malvado, y hacer uso de su fiesta era una tentación irresistible.

—Sos un loco.

—Sí. Pero había otra cosa, me había enterado que traían una orquesta de tango de Argentina, y bailar tango con orquesta es fascinante. Me encanta. Y me encanto más cuando saque a bailar a una de las hermanas del Penco ese.

—Ah. ¿¿Y con quien más bailaste??

—Con la hermana del novio, una tal María. . .

—¿María Elena? ¿Con ella? ¡Ay!

—Ah, la conoce. Buen pecho, ¿eh? Bonita.

—Estaba casada, animal. El marido había tenido que viajar. No debiste. ¡Inmoral!

—Ella no me dijo nada, nada de nada, como en la poesía de García Lorca.

—¿Qué poesía?

—"La casada Infiel". ¿Se acuerda? "Me porté como un gitano legítimo, y no quise enamorarme porque, teniendo marido, me dijo que era mozuela cuando la llevaba al Río". A mí me gustan las casadas.

—Ay, animal. Es amiga de mi familia. ¡Ay, ay!.. pero. . . ¿Y? ¿La llevaste al Río? ¡Por dios!

—Por dos días. Al Río de la Plata, sí, en la costanera, enfrente, esta ese hotel bien lindo. ¿Le sigo la poesía?

—A ver, degenerado, ¿qué pasó?

—Como decía Lorca, "Yo me quité la corbata, ella se quitó el vestido, yo el cinturón con revolver, ella sus cuatro corpiños. Ni nardos ni caracolas. . ."

—¡Basta!.. ¡basta, animal!! Ya cállate. Me ensucias la mente. Cambiemos de tema.

—Bueno. Yo le iba a contar sobre. . .

—¡No!!.. ya, no cuentes más.

El viejo lo llevó a Anatomía.

—¿Le habrá contado algo a mi mujer? —preguntó.

—Y. . . las mujeres siempre se cuentan esas cosas.

—Ay, ay. Horrible. Horrible. Bueno. No hablemos más de eso. Decime algo de tu plan.

Daniel le contó algo de su plan, sin dar mucho detalle, y le explicó varias posibilidades y alternativas, como para entreverarle la mente. Lo hablaron un rato.

—Y. . . y ¿Por qué necesitas personal armado?

—Para protegernos.

—¿Protegerlos de qué? Nada, nada, no me lo digas. Pero. . . ay. . . Voy a prender una vela por ti.

—Mejor diga un "Baruj Ata Adonai Eloheinu. . .".

—No seas atrevido. Te estás metiendo en un juego peligroso, Daniel, y lo estás tomando como si fuera una aventura —aseveró el viejo mirándolo—. Mmm. . . por tu cara me doy cuenta de que no es la primera vez. Entiendo que hay cosas de ti que no se sabe.

—Así es.

—Entonces. . . entonces es cierto de que estuviste involucrado en lo que pasó en el barrio Capurro.

—Sí. Hice lo que debía. Pero todavía me quedan cuentas pendientes.

—Ahora entiendo por qué no se te permite entrar en ese barrio. Tú fuiste. . .

—Ya deje el tema. Se va a agarrar un disgusto y no va a poder dormir.

Al llegar a Anatomía, antes de bajarse del auto, Daniel le preguntó sobre Anubis, el Belga.

—El Anubis ese, a quien llaman el Belga —le dijo el viejo verde—, y también lo conocen como el Nubio, es un alacrán. Tiene las manos sucias en todo esto. Me lo dijeron en el alto comando. Sus asociados han estado vendiendo armas, medicinas y drogas a oficiales del ejército, pero también a los Tupamaros. Es gente muy agresiva y ya ha habido varias balaceras con ellos.. y varias muertes. Querías saber así que te lo digo bien claro, ellos ejecutan sin pensar. No te acerques allí. No dejes que ni Domínguez ni Pranchín ni el inglés antipático contacten a nadie en el barrio Capurro.

—Mierda.

—Sí. Se piensa que este Belga tiene tratos con gente del ejército a la vez que, con una rama derechista de los masones, como te habían dicho, y también con Tupamaros y Brasileros. Tenemos gran sospecha que su grupo es el culpable de los asesinatos de los muchachos. Cuídate mucho. Y se piensa que tiene uno o dos contactos en la jefatura de Policía.

—Ah, seguramente con el ucraniano. El Statchenko ese.

—Seguramente.

—Sí. Tiene una cara de antisemita. Debe ser un come-judíos como todos los ucranianos. Asesinos, violadores. Hasta los sacerdotes y los profesionales, todos, antisemitas y mata-judíos.

—No abras las venas. No me hagas recordar lo que me decían mis abuelas y mis tías.

—¿Eran de allá?

—Sí. De las afueras de Kyev. El antisemitismo ucraniano era violento en esa zona, y en varios de los pogroms mataron a miembros de sus familias. Horrible. El pueblo de Ucrania, los de la clase media y alta, la Policía, los políticos, todos, todos, violentamente antisemitas. Mira, no quiero ponerme a recordar. Cambiemos de tema, ¿eh Daniel?

—Sí. Sí. Bueno. Hablemos del Nubio ese.

—Mira Daniel, el Belga ese y su gente son muy peligrosos y se sabe que han asesinado varias personas. Si Statchenko está con ellos, es más peligroso de lo que pensabas. Quizás. . . no se. . . quizás esté relacionado con el ejecutor de los muchachos. Pero hay algo más, como te dije. Encontramos evidencias mostrando que el Anubis ese está detrás de todo esto. Mucho cuidado. No te puedes acercar al Anubis ese. El tipo mata.

—¿Ah sí? ¿En serio?

—Sí. En serio. Con diferentes datos nos fuimos haciendo la idea de que el Nubio es la raíz de todas esas muertes, y que su base está en la comisaría del barrio Capurro. Desde allí, sus tentáculos humanos se despliegan por todos lados, incluyendo la Policía y el ejército. No indagues allí, no te acerques allí, porque te matan.

—Saravia, pero yo quiero. . .

—¡Te matan, Daniel!! ¿O no me estás escuchando?

—Sí. Sí. Está bien. No me asuste. Pero, digo, ¿y por qué no lo buscan y lo matan?

—Ni se sabe dónde está. No se le conoce la cara. Se sabe además que tiene conexiones con los rusos, con los brasileros, los chinos y los americanos. En cierta manera, sus conexiones lo protegen. El que se acerque a él es asesinado. Daniel, no podés acercarte. Te asesinara antes de darte cuenta.

—Bueno. Sí.

—Por eso te advierto. Una vez que avances en lo que buscas, vas a tener que apartarte porque te pueden matar. En esto que haces no vas a poder seguir hasta el final. Se va a poner demasiado peligroso.

—Sí. Entiendo. Tiene razón, pero debo contactar a. . .

—¿Entendiste? No tienes que contactar a nadie allí. No te acerques. Y te digo más, antes del final deberás salirte del juego. Y no te encapriches con eso. No me mires así. No debes quedarte en todo este lio hasta el final; tu vida ya corre peligro.

# 41

Por varios días Daniel se dedicó a sus estudios y a su trabajo y no quiso pensar en lo que había conversado con el señor del Mercedes.

Había pasado casi una semana cuando una tarde, al salir de Anatomía e ir yendo a la parada del autobús, la misma tipa malparida de siempre detuvo su auto y le dijo que lo esperaban en la avenida San Martín, que siga derecho.

Se encontró con el Mercedes y se subió. Mientras lo llevaba a su casa, el viejo de la esmeralda le explicó.

—En este paquete esta todo lo que me pediste y lo que pediste ya está arreglado. Animalito.

—¿Me lo dice por María Elena?

—Sí. Cerdo. Le pregunté muy discretamente a mi mujer, mierda, y hasta mi hija lo supo, y las cosas que me dijeron. Mentiroso, no fueron dos días, estuviste casi una semana con ella y la llevaste. . . la llevaste a. . . Ay, pero sos un cerdito. Un cerdo con poesía. Sí. Sos un cerdo poético.

—Sí. Pero un cerdo Kosher. Bueno, sí, dígame ¿Cómo lo logró? —le dijo.

—Gracias a mi bondad y mi gentileza —dijo y se empezó a reír sarcásticamente—, ya un día te lo voy a decir. . . si te portas bien. De mientras, ¿hay algo que quieras saber?

—Sí. Vamos. ¿Cómo lo hizo? ¿Cómo pudo arreglar todo eso?

—Mira. En tu limitado mundito hay cosas que no sabes. Lo hice todo con la ayuda del general Pedro Minart Blum, ministro del interior. Solo alguien como él podría darte la carta blanca y la llave de la central que necesitas. El general se llama Minart de su padre y de su abuelo, todos españoles, y Minart viene de minarete, y es un apellido Sefardí. Judío Sefardí. El apellido Blum viene de otro lado. Sus abuelos eran Blumstein, Ashkenazis, pero se lo habían cambiado cuando comenzaron a hacer fortuna y no quisieron que la conservadora sociedad uruguaya supiera que eran judíos.

—¿Judío? ¿él? Pero no. . .

—Así fue, Moishe Blumstein se hizo Moises Blum, y más tarde Juan Carlos Blum y su nieta, o hija, muy hermosa ella, pasó de ser Shoshana Blumstein a llamarse Susana Blum, quien en una fiesta conoció al joven doctor Minart que luego sería su esposo. Su segundo hijo fue Pedro, quien luego se convertiría en general. O fue algo así, mezcla de Sefardíes con Ashkenazis. Bueno, bastó un pequeño diálogo íntimo entre él, yo y un representante mío, en que hablamos de nuestros orígenes, para pedirle un favor muy especial, al cual no se quiso negar.

—Mmmmm.

—Ahora, Daniel-mete-lío, no vayas a meter lío. Todo eso que te dije es supersecreto. Ah, de paso te digo, las llaves del centro, de la puerta de arriba y del subsuelo, están en una cajita de plástico adentro del paquete. Los nombres y teléfonos de los dos ayudantes que necesitas también están allí. Ellos esperan tu llamado. Cuando termines o lo destruyes todo bien destruido o dámelo de vuelta para que yo lo haga. Si te agarran, no vayas a decir quién eres. ¿oíste bien?, que no se te escape, no vayas a decir tu nombre y diles a los otros que no digan su nombre, tienes que decir que llamen a Garrido Lopes, el subsecretario del general Minart, de apuro. ¿Entendiste bien? No vayas a decir otra cosa. Garrido Lopes.

—Sí, sí —contestó Daniel, ya medio preocupado—. Garrido Lopes. ¿ya dijo el Baruj Ata Adonai por mí?

—Ya te dije que no seas atrevido. Bájate. Mierda contigo, Daniel, eres imposible, chau.

Y se bajó.

Subió a su casa a estar con sus padres, a cenar tranquilo, a hablar con su madre y su padre, por las dudas de que no hubiera otro momento familiar así.

Al día siguiente estuvo haciendo llamadas por teléfono de mañana, al mediodía y de noche. Se encontró a tomar café con unos y luego con otros, a conversar sobre el operativo. Ramos y el Orina-Gómez estaban a disposición y ansiosos de participar. Una de sus llamadas lo contactó con el coronel Carvajal Lopes, quien se reunió con él y Pereira. Era un experto en operativos, hombre conocido por el viejo verde del Mercedes, quien analizó de nuevo el plan y la situación.

Casi al despedirse les dijo que tenía órdenes de acompañarlos para asegurar el éxito de la misión y para poder brindar protección en caso de problemas. Él vendría con su amigo Walter, el silencioso.

—¿Quién? —preguntó Pereira.

—Lo llamó así. Es mi pistola favorita, una Walter, y la traigo con silenciador.

—Ah, bueno, eh. . .¿La ha usado alguna vez? —preguntó Daniel, asombrado.

—Sí, claro. Y nunca me falló.

Daniel y Pereira quedaron asombrados. "Pa. . . mierrrrrda". Nunca había estado al lado de alguien así que haya matado gente. No sabían si asustarse o alegrarse de que alguien así los protegiera. Se miraron preocupados. Sabían que el riesgo era grande y los errores posibles eran muchos. Lo que acababa de decir el oficial fue de pronto un sopapo mental que les hizo ver una realidad que no veían. El peligro iba a ser verdadero.

Sin embargo, la invitación a ese tipo de riesgo y la ansiedad por descubrir los datos lo comían vivo a Daniel, y la idea de meterse en un lugar tan prohibido era cautivante. Sabiendo del peligro, se moría de ganas de entrar allí.

Cuando el oficial se fue, el Pocho Pereira le dijo:

—Creo que el peligro que vamos a correr es más grande de lo que pensábamos, Daniel. ¿Por qué no te quedas en tu casa?

—Sí —le dijo—, pero no, tengo que ir, tengo que estar allí para asegurarme de que encontramos lo que busco.

A la mañana siguiente llamó por teléfono desde el hospital, y arregló todo para hacerlo el domingo, cuando todo estaba quieto.

# 42

Ese domingo fue un domingo tranquilo. La calle estaba bastante quieta, pocos autos pasaban y el tiempo estaba bueno. No pasó nada importante en la jefatura de Policía. Había un buen partido de fútbol y ese iba a ser el evento del día. El sábado de noche la oficina de guardia había sido notificada de parte del jefe de Policía de que había un desperfecto en las computadoras de la central de informática, pero que no había que preocuparse porque los técnicos de la IBM habían sido notificados, y que, por favor, en cuanto los técnicos se presentaran al día siguiente, les abrieran la puerta de la central para que puedan hacer su trabajo. Los de la guardia preguntaron si iban a cortar la luz, así que se les prometió que los técnicos traerían un televisor auxiliar y lo conectarían a otra fuente eléctrica en caso de que eso pasara. Ningún problema. A la mañana siguiente, once técnicos de la IBM escoltados por dos guardias del ministerio y un teniente coronel del ejército, todos armados, llegaron a la jefatura y mostraron sus credenciales. La jefatura estaba rodeada de soldados con ametralladoras, pero todo parecía en orden. Los agentes de la oficina de guardia estaban notificados y los llevaron a la central de informática. Hubo un saludo cordial y les abrieron la puerta. Todos fueron muy amables. Los dos guardias se quedaron afuera asegurando que los técnicos no fueran molestados. No había ninguna razón para preocuparse. El Pancho repartió unas monedas, pero las boinas azules no entendieron.

Pocos minutos después, dos de los técnicos salieron, fueron hasta su camión, trajeron un televisor a pilas y lo enchufaron en la sala de los policías de guardia. El partido de fútbol estaba en marcha.

Una vez adentro de la sala de informática, el ingeniero Ramos y su ayudante se encargaron de las computadoras, mientras Pereira y Daniel trataban de adivinar el orden en ese desorden. El Orina-Gómez y otro técnico, conocedores del sistema de archivos, los ayudaron a buscar e indagar en los archivos electrónicos los datos que buscaban. A medida que los datos se encontraban, se copiaban a través de una fotocopiadora y también se fotografiaban. La información encontrada en las computadoras no estaba completa por lo que, un par de horas más tarde, decidieron bajar a buscar los otros archivos por la escalera del subsuelo. Al llegar allí encontraron que la escalera iba hacia arriba, a una segunda sala de informática, pero también llevaba hacia abajo, a un cuarto grande.

Un cartel con letras rojas anunciaba al pie de la escalera que solo gente allegada a la Interpol podía descender a la sala del subsuelo. "Prohibido el paso. Deténgase: solamente Interpol" decía el aviso. Descendieron en silencio, y llegaron al cuarto grande, donde un aviso advertía "Solo Interpol". La puerta estaba cerrada y trancada con dos cerraduras, pero Daniel la abrió con sus llaves. Una vez en el cuarto grande se pusieron a buscar. Daniel tomó un corredor lateral y encontró la puerta que daba a los corredores de la cárcel y vio que tenía un dispositivo de alarma y dos ventanitas con tapa. Los corredores estaban continuamente patrullados por boinas azules con perros.

Los técnicos abrieron archivos y buscaron datos. De pronto, en el apuro, uno de los técnicos empujó una caja y una herramienta cayó al piso. Permanecieron en silencio, quietos. Daniel se acercó a la ventanita y corrió el visor muy lentamente. Se encontró de lleno con la cara de una boina azul, quien, metralleta en mano y un perro a su lado se había acercado.

—¿Hay alguien ahí? —gritó, mientras su perro olfateaba nervioso el dintel de la puerta.

Silencio.

—¿Quién está ahí? —volvió a gritar—. ¡Abra la puerta!

Sintieron el clic de amartillar la metralleta. Daniel se congeló. Se corrió lentamente a un lado de la puerta por si le daba por tirar una ráfaga.

—¡Raúl!, ¡Raúl!.. ven —gritó de nuevo—. Hay alguien aquí.

Sintieron pasos que se acercaban. Otro perro. Escucharon ruidos de llaves. Iban a entrar. La puerta iba a ser abierta y las dos boinas azules se disponían a entrar con sus dos armas listas.

Daniel se aplastó contra la pared. No se podía mover. Escuchó otro clic. Se estaban preparando.

Más ruido de llaves. Iban a entrar y Daniel estaba en la línea de fuego.

Vio de pronto una sombra. El coronel Carvajal se había acercado a él, estaba a unos cuatro metros y le hacía señas con la mano para que se agachara. A la vez, tenía su arma lista, con silenciador, "Walter-el-silencioso", y se agachaba, ponía rodilla en piso, sujetaba su arma con las dos manos y se preparaba para disparar. A Daniel se le paró el corazón y pudo ver que Pereira escondido detrás de una caja, estaba blanco y pálido. El Orina-Gómez se había percatado de lo que sucedía y de su cintura sacó su pistola, una Browning, a la cual le atornilló un silenciador, y mostraba cara de que tenía ganas de dispararle a alguien. "Una Browning enorme" se dijo Daniel, "Y, ay, la va a usar en cualquier momento". De otro lado de su cinturón Gómez abrió un estuche, sacó una pistola automática y se la dio a Daniel. Era una Remington 51. "Estate listo, acuéstate en el piso, apunta hacia la puerta" le dijo al oído mientras Daniel se moría de susto y el corazón le salía de la boca. "Acá nos matan", pensó y se aplastó contra el piso.

—Abran o disparo —gritó el policía.

El Pancho se puso detrás de un mostrador de metal y sacó dos enormes armas de sus cananas, les atornilló silenciadores y se relamía con gusto. Se acercó a Daniel y le dijo "apártate, ponte atrás mío".

Un ruido más y los silenciadores iban a vomitar fuego. Los segundos pasaban. La tierra se detuvo.

Los dos agentes abrieron su bolsa de herramientas y sacaron una ametralladora cada uno. Daniel había visto esas armas en el polígono de tiro. Eran calibre 38 y tenían un doble cargador. Los dos estaban sonrientes, su oportunidad de matar a alguien había llegado. Uno de ellos le habló a Daniel, "hay un nido de ametralladoras a veinte metros de la puerta. Si nos ves usando las ametralladoras, escóndete detrás del gabinete ese de metal, por si las dudas".

Las gotas de sudor brotaban de Daniel y caían al piso. Sus intestinos lo estaban traicionando. Su mano sudaba y la Remington se le resbalaba. "Ay. Si disparan mejor me escapo. Subo las escaleras, voy al baño y me voy".

—Espera Pedro, espera. No dispares. Voy a llamar arriba, a ver qué saben. Espera, no abras.

Daniel trataba de sostener la Remington sin temblar. "Nos van a matar". Vio al oficial agachado, vio a Gómez detrás de unos archivos metálicos casi a punto de disparar. "Este Gómez va a matar a alguien" pensó. El Pancho sonreía por la emoción.

Escucharon pasos que se alejaban. El jadeo y el husmear de los perros se sentía en el borde de la puerta.

—Dale Raúl, que los perros están nerviosos. Algo pasa acá.

Daniel ya se había corrido y estaba agachado atrás del Pancho, y con mucho cuidado se acostó y se aplastó contra el piso. Su barriga era un tronar de gases. Si entraban, todo iba ser muy rápido. El teniente coronel le hizo una seña de que estuviera listo. Daniel sudaba. El Pancho se agachó un poco y le dijo en silencio "¡haz callar a tus tripas! ¿Qué comiste? ¿Otra vez pascualina con huevo?"

Los segundos pasaban.

De nuevo escuchó el ruido de las llaves. Una llave estaba entrando en silencio en la cerradura. La boina azul se preparaba para abrir la puerta.

El tiempo se detuvo. Las manos del teniente coronel estaban firmes. Un tiro iba a volar en cualquier momento.

—Espera Pedro —gritó una voz lejana—, hay unos técnicos de la IBM arriba arreglando algo. Los mandaron del ministerio.

—Ah, bueno —dijo la boina azul—, y comenzó a alejarse —vamos, vamos Chicho —le dijo al perro.

Sintieron pasos que se alejaban.

—¡Todo bien! —gritó Pedro a los del nido de ametralladoras.

El teniente coronel se levantó, bajó su arma y se la guardó. Daniel se dio vuelta en el piso y se puso boca arriba. Trató de recuperar su pulso y se juró que nunca más se metía en algo así. Apretaba su abdomen para hacerlo callar. Estuvo un rato ahí echado hasta que una mano del Pancho lo ayudó a levantarse.

—¿Quieres que te cambie el pañal? —le dijo Ramos al acercarse.

Daniel le sonrió y se dieron un silencioso abrazo.

Siguieron buscando. Lo que les interesaba estaba todo en papel y desperdigado en varios cajones, y les llevó mucho rato encontrarlo. Fotocopiaron lo que pudieron, imprimieron una buena parte y sacaron fotos del resto con la Asahi y la Rusa. Al salir, con un pañuelo, limpiaron y ordenaron todo lo que tocaron para evitar que alguien notara algo. Munidos de más datos, subieron de nuevo al cuarto de computadoras y buscaron y encontraron más datos aún.

Daniel buscó en los archivos su carpeta, para destruirla, pero no la encontró. "Acá no la vas a encontrar, Daniel" le dijo el Orina, "no eres tan importante ni eres un criminal. Lo tuyo está en el archivo general".

Horas más tarde, con la tarea cumplida, los técnicos salieron de la central y agradecieron a los agentes de guardia diciéndoles que todo estaba listo para el lunes. Daniel se había puesto una peluca de pelo negro y un gorro, aunque no se notaba, para ocultar su largo pelo ondulado. Se había puesto también un bigote de pelo marrón y usaba lentes gruesos para que su cara de judío bobito no lo delatara. No llamó la atención.

No hubo nada que comentar. Las dos camionetas partieron y ya para el lunes no había nada que hubiera sido irregular en las zonas que fueron visitadas. Nadie supo nada. No había nada nuevo.

Cuando Daniel llegó a su casa, guardó los uniformes y lo demás en la bolsa, y sacó todas las fotocopias y reportes de la valijita de IBM y los ordenó en carpetas numeradas correspondientes a cada caso. Al día siguiente hizo el revelado de las fotos en la Tecnofilm y comenzó a estudiar todo.

—Daniel —preguntó su madre—. ¿Por qué había una tarjeta de IBM en tu cuarto con un. . .? Eh. . . no, nada. Nada.

—¿Qué, mamá?

—Nada. No vi nada.

Era demasiada información, complicada, con detalles que no entendía. Iba a necesitar ayuda. Hizo copias de lo que pudo y pidió ayuda a la gente que conocía.

Con respecto a los resultados, Berta, Gina y dos técnicos juntaron los datos y los llevaron a un cuarto secreto de la división técnica del judicial, donde tuvieron una reunión con tres especialistas, quienes les ayudaron a analizar los datos. El Orina, Etcheverry y Maggiolo se unieron en secreto al grupo. La información estaba ahora mucho más completa, las características del plomo de cada bala y de los fulminantes estaba allí. Los forenses abrazaron y cachetearon a Daniel.

—El análisis cromatográfico, el reporte de los nitritos, los estudios del antimonio y boro y hasta los detalles de los vestigios de la pólvora están todos allí, Daniel —aclaró Berta, prendiendo un cigarrillo—. Se hizo cromatografía de gas y espectrometría de masa en cada caso y esa parte está completa.

—El análisis químico —le dijo Maggiolo—, combinado en tándem con un espectrómetro dispensador pudo encontrar y clasificar los proyectiles, las armas usadas, las marcas y detalles de lo que buscabas.

—Daniel —le dijo Gómez—. Estaba todo allí. Usaron la técnica de Grill-Swetsky como era debido, así que sabemos hasta qué tipo de munición se había usado. Lo habían desparramado todo para que no se encuentren los detalles, pero acá están.

El grupo trabajó en secreto, con mucho café y cigarrillos de por medio, y clasificó los detalles de simetría molecular, cromatografía electroforética, los signos balísticos de Springer y Jacobson y el análisis químico de los tejidos, con lo que obtuvieron información del fulminante de cada uno de los disparos. Luego pasaron a los reportes del plomo, luego a lo del porcentaje de nitritos, nitratos y sulfatos.

Daniel y Gina esperaron en el cuarto de al lado, dormitando en un sillón, comiendo pizza fría y pascualina. Daniel tuvo que usar el baño varias veces.

—¡Ya!, basta Daniel —lo criticó Gina—, no comas más pascualina. Ya sabes que te cae mal. Ya basta con tus angustias.

—Daniel, mira esto —dijo Gómez—. La primera parte mostró que el fulminante era a base de gelinita, y no de nitrotolueno, por lo tanto, eran balas de revolver y no de automática. Y ahora mira acá, ves?, ahí. La segunda parte mostró que el plomo no era de balas comerciales sino de plomo con aleación. Eso no tiene venta al público, sino que solo se distribuye a comisarías y cuarteles, por lo tanto, esas balas son solo usadas por policías, soldados rasos, cabos y sargentos. Nunca oficiales. El resto usan balas con camisa.

—Mmm. . .

El doctor Etcheverry salió del cuarto y le dijo

—Mira, Daniel, los soldados y oficiales de las fuerzas armadas no usan revólveres en esta época, si no que les han sido despachadas pistolas semiautomáticas con balas blindadas. La mayoría de los oficiales usan proyectiles parabellum, y los que no usan ni uno ni el otro, usaban calibre 44 con proyectil semiblindado. Hasta los que usan 38 tienen balas semiblindadas. ¿Vas viendo?

—Sí.

—El tipo de pólvora que usan las balas de los soldados y oficiales de las fuerzas conjuntas y los inspectores y oficiales de la Policía tiene mucho más nitritos y sulfatos para crear una mayor presión de gases para impulsar una bala más pesada por sus semiautomáticas. Por lo tanto, ninguno de esos era el asesino —continuó Etcheverry—, estos muertos no los ha matado alguien del ejército ni lo hizo alguien con fusil o con arma automática. No fue una bala de rifle, o un tiro de metralla en un intento de escape, ni fue un fusilamiento contra la pared. Fue una ejecución con revolver con la víctima sentada. La evidencia esta allí. Siempre el mismo revolver. Siempre el mismo tipo de bala.

—Explícame un poco más.

—El público en general no tiene acceso a esas balas por ser además mucho más caras. Sin embargo, las remesas a la policía y al ejército vienen de dos lugares especiales, de Argentina y de Brasil, yendo las de Brasil a las unidades del ejército. Seguramente el Belga está en el medio de este tráfico de municiones. El análisis de nitritos y nitratos mostró que en todos los casos las balas habían sido brasileras y siempre las mismas balas y de la misma arma. Cuando pusimos todas las gráficas juntas y cruzamos las derivadas, y comparamos los reportes, tuvimos la conclusión final.

—Así es —interrumpió Berta, con un cigarrillo colgándole de los labios—. Todos los tiros fatales se hicieron con el mismo revolver 38, no pistola, por una persona del ejército, no un policía, no un oficial, y de un cuartel de Montevideo y no del interior del país. Por lo tanto, comisarías y policías están excluidos. De acuerdo a esta información, los de la fuerza área y los de la marina quedan excluidos. ¿Entiendes por qué?

Estuvieron de acuerdo de que dada toda la información de la carpeta y los detalles que habían recopilado, se trataba de un cuartel o batallón del ejército que estaría en Montevideo al este de la línea Agraciada -General Flores. Su hombre, el hombre X, no era un oficial ni era un civil ni era un Policía, era alguien de bajo rango del ejército. Lo llamaron "el ejecutor X". Era derecho y no zurdo, media aproximadamente un metro setenta.

Daniel se quedó cavilando sobre lo que ya sabía, "Te voy a agarrar, hijo de las mil putas" se dijo.

—¿Quieres seguir con esto, Daniel? —le preguntó el Orina, sirviéndose café y dando un pedazo de torta a Daniel y Gina.

—Sí. Sigamos. Mmmm. . . qué rica, Gómez.

—Sí, la hice yo. Es mi tarta de café. Mmmm. . . bueno, muy bien, Daniel, pero escúchame bien. Luego de investigar todo esto, te vas a tener que salir del juego. Está claro que el Belga asesino ese está involucrado y si acá en la jefatura hay algún espía suyo es seguro que va a tratar de liquidar a los que están investigando esto.

—Sí. Me doy cuenta.

—Ponte un límite y salí de esto prontito —recalcó el agente, palmeándole la espalda—, no queremos que te pase nada.

Terminaron pasada la medianoche. Charlaron un rato más y Daniel se levantó para irse.

—Espera, espera Danielito —le dijo Gómez y le dio un paquete—, toma, llévale a tu mamá.

—¿Qué es?

—Es el arrollado de semillas de amapola. Sí. Receta rusa. Le va a gustar, vas a ver.

—Gracias —dijo Daniel, dándole medio abrazo—, muchas gracias.

Salió con Gina y encontró a Martínez durmiendo sobre unas sillas del corredor.

—¿Salió todo bien, Daniel?

— Sí, sí, avanzamos, muchas gracias.

—Sí. Ya vi. Ven que te llevo —dijo Martínez—. ¿Qué es eso?

—Un arrollado que Gómez le hizo a mi mamá.

—Uh, pobre mujer, con el hijo-dolor-de-cabeza que tiene.

—Sí, bueno. . . bueno, sí.

—¿Sabías que Gina es la hija de mi cuñada, ¿no? —dijo Martínez.

—Sí, ya sabía.

—Chau, Daniel —dijo Gina—, si necesitas algo más, avísame —y le dio un gran beso y se fue con Gómez.

Martínez lo llevó a su casa, se despidieron y él se fue a dormir.

Se despertó al día siguiente satisfecho de lo que había aprendido. Pero además se despertó con otro sentimiento muy particular. Todos aquellos de la jefatura y del judicial de quien necesitaba ayuda, habían venido a ayudar y lo hacían de corazón, enfocados en una causa común, una causa justa, colaborando con él con un compañerismo que hasta ese momento el desconocía, con una mano que iba más allá del deber o del sueldo, con una actitud casi como que fueran parientes.

# 43

Se reunió con el Pocho y empezaron a estudiar las preguntas y respuestas que obtuvieron de los familiares. Concluyeron que sí, que de alguna forma los secuestradores sabían de antemano que los padres podrían pagar. ¿Pero cómo? ¿Cómo lo sabrían? Elaboraron más preguntas sobre los padres y sus quehaceres, ya que por allí parecía haber una pista. Averiguaron qué hacía el padre y, si la madre trabajaba, obtenían los datos. Era claro que eran gente adinerada. ¿Lo sabrían los secuestradores de antemano? La otra casualidad era que las casas quedaban a una o dos cuadras una de la otra, y la última quedaba a corta distancia de la chica que se llamaba Mercedes Yanipietro. ¿Significaría algo todo eso?

Los números 91 y 16 no parecían significar nada. ¿Por qué esos números?

Revisó de nuevo sus datos. Treinta y ocho casos, de los cuarenta y cuatro.

No obtuvieron más datos importantes de los familiares. El gran problema era que a todos los que habían soltado decían que los cubrían con capucha para llevarlos de un lado al otro, hasta se duchaban e iban al baño con capucha, y no veían nada. Solo les sacaban la capucha cuando los dejaban en su celda a oscuras.

# 44

Los días pasaban. Daniel siguió averiguando. Con Pereira estudiaba el mapa y ponían tachuelas y ganchitos, tratando de ver que pistas podían sacar. Cada tanto se reunían a estudiar la carpeta de nuevo y a estudiar las respuestas que les habían dado. Llegaron a la conclusión de que necesitaban otro cerebro para discutir y posiblemente encontrar cierta relación entre los datos. Daniel lo discutió con el viejo verde.

De mientras, el espíritu del Nazismo rondaba por las calles. La violencia militar continuaba siendo un evento diario. La vida de los uruguayos continuaba con temor, mientras el militarismo progresaba. Los detenidos se multiplicaron, las torturas eran rutina, y las imágenes vergonzosas de ver y de cómo se llevaban a un vecino encapuchado eran bien comunes. Agruparse estaba prohibido y grupos de personas en la calle, hablando, no eran toleradas. Los militares uruguayos, nazis modernos, asesinos con licencia hacían lo que querían.

La represión era feroz y la gente tenía mucho miedo.

De mientras, cuidándose, Daniel continuaba con su rutina y sus relaciones peligrosas.

Un día Gina vino con una mala noticia. Ella y sus padres habían estado ligados en el pasado al partido socialista y sabían que sus nombres estarían escritos con tinta fresca en los libritos de las fuerzas armadas. En más de una ocasión lo hablaron a la hora de la cena y su preocupación iba creciendo. Los padres de la madre eran italianos y su madre decidió, hacía ya más de un año, pedir la ciudadanía italiana, la cual le fue concedida sin problema. De mientras no había pasado nada, pero eso no quería decir que no estuvieran poniendo sus barbas en remojo.

—Mi papá ya traspasó su capital a un banco español —le dijo—, por las dudas.

Daniel no supo qué consejo darle. Los tiempos eran muy difíciles.

De pronto, ella lo abrazó, llorando.

—¿Qué va a pasar, Daniel? ¿Qué pasaría si te tuvieras que escapar de apuro? ¿Qué pasaría si no pudieras volver?

—No hables así, Gina.

—Sí, sí hablo así. ¿Qué pasaría si yo me tuviera que escapar con mi familia? Adónde. . . A dónde. . . nosotros. . . ¿Dónde nos encontraríamos? Cómo. . .

—Esto es horrible, Gina. No pienses así.

Siguió abrazada a él un rato. Era poco lo que podía hacer para consolarla. Así que hablaron de Europa y de sus viajes. Ella le habló de París y de Londres, hablaron de trenes y comidas, y le hizo contar las cosas por las que pasó en Europa y se fue serenando. Él le contó de sus dos viajes y de los lugares que había visitado. Le habló de Barcelona y de cómo le había gustado La Boquería y la Plaza Real y su mercado de sellos y monedas de los domingos. "Allí vendí una vez unas monedas marroquíes" le contó. "Sí. Las había conseguido en Marruecos y las contrabandeé a España. Me pagaron bien". Ella se puso más tranquila. Fue ahí que, por primera vez, él le mencionó su preocupación.

—Sí, nena, mi situación parece que se está poniendo riesgosa. El problema de los secuestrados y mi participación en los escapes me acerca a una confrontación con los intereses de los militares. Cuando avancemos más, es posible que los culpables quieran suprimirnos, por lo tanto, no debería andar cerca de la operación.

—¿Y entonces? —preguntó ella.

—No sé. Cuanto más avance, a más riesgo voy a estar expuesto. Sin embargo, no puedo dejar de avanzar, no puedo cerrar las puertas a este compromiso. Por lo que me has contado, es muy posible que uno de nosotros, o los dos, tengamos que escaparnos del país.

Gina lo abrazó y se puso a llorar de nuevo, así que, para tranquilizarla, le siguió contando cosas de sus paseos.

Sin quererlo volvió a sus comentarios sobre Madrid y Toledo. "Pero más me gustó Barcelona", le dijo, y le contó de sus paseos por las calles y plazas, y de sus caminatas por la Rambla de Paseos y de nuevo le relató de la vez que vendió sus monedas marroquíes en la feria de monedas y estampillas que hay los domingos de mañana en Plaza Real y con eso había logrado pagar su pasaje de retorno.

—Quizás allí, Gina.

—¿Qué?

—No sé, no sé qué va a pasar, pero ese lugar. . . esa plaza. . . quizás ese sea el lugar.

Ella se tranquilizó. Se abrazaron mucho y ella se fue.

Al día siguiente se fue a lo del Pocho. Repasaron todos los casos y revisaron las respuestas y los datos de las entrevistas. Revisaron el mapa donde tenían todas las direcciones de los secuestrados, luego hicieron otro mapa separando hombres de mujeres con distintos colores. Hicieron varios mapas, hasta que de pronto Pereira notó que todas las direcciones estaban al este de la línea Bulevar España-Soca, al oeste de Carrasco y al sur de Avenida Italia. ¿Por qué sería? Se pusieron a revisar todo de nuevo, buscando algo que indique una pista.

Gina vino al rato y se les unió en el diálogo y comenzó a hacerles preguntas.

—Y. . . ¿y por qué esas dos muchachas vivían una a dos cuadras de la otra? ¿Habría alguna relación?

—¿Por qué lo decís, Gina? — increpó Pereira.

—No sé, pero puede haber más datos allí. Ah, ese muchacho, el caso catorce, vivía cerca también.

—Mmmm. . . muy bien. Sí.

Estuvieron horas analizando datos y hablando. Comieron sándwiches de salame y de pepino fresco. Gina de pronto dijo que la casa funeraria del padre de uno de los secuestrados estaba a dos cuadras del negocio de electrónica del padre de otro de los muchachos. Otra de las familias tenía su negocio en el medio de los dos.

—Quizás haya una relación geográfica —dijo Pereira.

Ahí se acordó Daniel de que el día que fue a ver la zona esa había pasado por las oficinas de abogacía del padre de otro de los muchachos, y que también estaba cerca de los otros. Además, una vecina le había dicho que sabía que en la misma zona había habido dos o tres casos.

—¿Qué? Pero. . . ¿Cómo? —habló el Pereira—, pero mira, mira aquí, ay, ay, ay, esa casa funeraria está a una cuadra y media de, ay, ay, no puede ser, del negocio de los padres de las muchachas nueve y diez. Sus padres eran socios en ese negocio. Ambos perdieron una hija. Esto es espantoso. ¡¡Aquí hay una conexión!! Una conexión geográfica.

—Ay, ay. . . ¡¡sí!!

Los tres se miraron sorprendidos y saltaron de sus sillones. Abrieron un mapa de la ciudad y empezaron a hacer puntos de colores en la ubicación de cada uno de los negocios de los padres de los secuestrados. La sorpresa fue tremenda. Se quedaron mirando el mapa con emoción. La mayor parte de las direcciones de los negocios de los padres quedaban sobre la calle Rivera o en una de sus colaterales, pero a no más de una o dos cuadras, y estaban todas ubicadas cerca del cruce con la calle Larrañaga. Había una concentración de puntos de colores cerca del cruce mismo de las calles Rivera y Larrañaga. Los padres de casi todos los casos tenían su negocio o sus oficinas cerca de ese cruce. Finalmente habían encontrado una relación entre las víctimas, aunque no sabían qué hacer con ello.

Pero ¿por qué esos negocios y no otros de la misma zona? ¿Serían todos de la misma página amarilla de la guía? No.

¿Serían del mismo club? No. ¿Pertenecían a la misma sociedad, o eran de la misma clase de liceo? No, entonces, ¿por qué?

Decidieron ir a explorar.

Al día siguiente, Daniel salió temprano del hospital y se fue con Pereira a explorar esos negocios. Entraron en algunos de ellos y los exploraron por dentro. Gómez y Gina buscaron en otros lados. Nada, no había nada que diera pista.

¿Por qué esos negocios en particular y no otros que estaban al lado? ¿Qué tenían los negocios que no fueron tocados?. . . ¿qué los protegió? No podían encontrar nada. Revisaron sus preguntas y respuestas, revisaron la carpeta, sin llegar a nada. Había que hacer un estudio de los negocios cuyos dueños no habían sido tocados por secuestro para tratar de entender por qué. Y había que estudiar de nuevo la carpeta y las respuestas para ver si había alguna clave.

Daniel decidió llamar a algunos de esos padres por teléfono y hacer unas últimas preguntas, pero no le sirvió de nada.

—¡Los censos! —exclamó Daniel—, la información de los censos de la zona nos puede dar las respuestas.

Llamó al viejo.

# 45

Llegaba a su casa la tarde siguiente cuando vio el auto de la malparida, quien se bajó y se le acercó con cara inquisitiva. "Ay, me va a gritar una grosería, aquí, delante de los vecinos", pensó y se quedó parado.

—¿Dónde estabas, idiota? —le dijo acercándose—. ¿Qué? ¿me tienes miedo?

"Ya está" pensó Daniel, "me va a dar un golpe", y comenzó a caminar hacia un costado.

—Pero no seas miedoso —le dijo—, ¿no habías pedido algo especial a cierta persona? ¿Eh, mariquita? Acá esta lo que querías.

Y le dio una carpeta gruesa. Le dijo que la había sacado de la oficina de censos y de otros centros de informática y que la revisara y la llamara si necesitaba más datos o si sacaba alguna conclusión, pero que la estudie bien. Su teléfono estaba escrito adentro. Daniel le preguntó qué era lo que había adentro, por qué la carpeta era media gruesa. Ella le dijo que era información demográfica sobre los hogares, negocios y oficinas de los padres de los secuestrados más los datos de muchos otros comerciantes y oficinas de la misma zona, en un radio de doscientos metros de cada negocio. Le dijo que la llame en cuanto descubra algo y le dejó varios números.

—Y estudia bien todo eso, y no te distraigas con esa india indecente, ¿oíste? Y me voy porque me da asco que me vean al lado de un maloliente como tú. El culo de aquel perro es más agradable —y se dio media vuelta y se metió en el auto. Escupió al piso desde la ventana como señal de desprecio.

"¡Qué venenosa!" pensó Daniel, "sangre mala".

Se puso a caminar hacia su edificio.

"Pero ¡qué yegua!" se dijo Daniel, "qué agresiva esta malparida. ¿Quién será la tipa esta?"

Siguió caminando. "Bueno, por lo menos no me dio un golpe. Se veía que ganas no le faltaban".

Se dio media vuelta. "Ah, pero un día de estos sí me va a dar un golpe. . . y en la calle".

Se detuvo y se puso a pensar. Dio media vuelta, se fue a su casa, llamó al Pocho, le contó y fue a su casa y le dejó la carpeta. Se reunieron al día siguiente.

—Bueno, ¿y la carpeta?. . . ¿mostró algo?

—Mira pibe, estuve estudiándola y estudiándola de mañana, tarde y noche, buscando datos, uniendo detalles en común, me enloquecí buscando. Te digo que me la llevaba al baño. No encontré nada. Hay que hablar con Gómez. Llámalo.

Daniel llamó y se fue a la jefatura. Le dejó la carpeta al Orina y se fue.

Al día siguiente el tipo se vino a la casa de Daniel. Pereira y Gina vinieron al poco rato.

—Hola —dijo excitado—. De pronto, de tanto buscar, de tanto fumar y hacer esquemas, encontré un detalle.

—¿Sí?

—Ay, señor Gómez, gracias por venir a visitarnos —dijo Lila.

—Sí. Mucho gusto, señora Lila. Bueno, todos los comerciantes afectados por secuestro tenían un hijo o una hija, de entre diez y ocho y veintinueve años —siguió el Orina—, estudiante o graduado, mientras que los comerciantes no afectados o no tenían hijos, o los hijos eran muy chiquitos o eran muy grandes y crecidos. ¿Qué te parece?

—No sé. ¿Qué te permite saber eso?

—No sé, pero es una pista.

—¿Eso es todo? ¿eso es todo lo que encontraste? —se quejó Daniel—, después no te quejes si las mujeres te hablan mal.

—No le hables así —se quejó Lila—, eh. . . mmm. . . a lo mejor solo hubo secuestro de hogares que tenían un hijo de esa edad, ¿sí?

—Ah, cállate y escucha a tu mamá, impúber. ¿Sabes lo que es la "Sociedad Amigos de Rivera", ¿eh?

—No, ni idea.

—A que nunca lo sentiste —dijo Gómez.

—No. No. No sé qué organización es esa. ¿Tiene algo que ver con el departamento de Rivera?

—No. Con la calle Rivera. Es una muy buena sociedad, integrada por muy buena gente, personas amables, bien educados, grandes comerciantes. Gente bien, no criminales como tú.

—Ah, no jodas ¿qué tiene que ver? —protestó Daniel.

—Fíjate que hace ya muchos años —continuó Gómez—, varios comerciantes y profesionales de la zona de Rivera y Larrañaga se juntaron y decidieron formar esta sociedad con el fin de hacer propaganda en común y obtener a su vez ciertos beneficios de la Intendencia Municipal y corresponder haciendo campañas y donaciones en común. Buena idea. Con el tiempo la sociedad se fue expandiendo en territorio y en número de miembros y se hizo más influyente.

—Sí, sí, ¿pero para que me cuentas eso?

—Espera. Con el tiempo, otros comerciantes de otras zonas quisieron unirse y hacerse miembros —explicó Gómez—, pero no fueron aceptados porque los miembros más importantes decidieron mantener la sociedad exclusivamente para los comerciantes de esa zona de Rivera y Larrañaga. ¿Escuchaste? Los miembros son so-la-men-te comerciantes de esa zona.

—¿Y qué?

— Y. . . y. . . pichón, casi cuarenta de los padres de los secuestrados son miembros de esa sociedad. ¿Qué te parece?

—¡Pa!!...¡a la pucha! —dijo Daniel, asombradísimo, prendiendo un cigarrillo—, ¡a la mierda, Gómez!

—Tremendo, ¿eh? Da para pensar. Pásame un cigarrillo. ¿Ves? Casi todos los padres de los secuestrados son miembros de esa sociedad, aunque hay que revisar los datos de nuevo.

—¿Y ahora? —preguntó Daniel, mientras le prendía el cigarrillo y Gómez se mandaba una fuerte inhalación y exhalaba dos chorros de humo por la nariz.

—Ahora hay que unir cabos, y si se puede, buscar más relaciones y datos —dijo Pereira, poniendo sus pies sobre una silla mientras se reclinaba victorioso en su sillón.

—Bueno, ¿lo están digiriendo? ¿mmmm? ¿no les gustaría escuchar otro detalle?

—¿Qué? ¿Hay más?

—Bueno, no sé si queréis que te lo cuente. Quizás a un gil como vos, que por una teta se mete con criminales, no le interese estos detalles.

—Ya, ya, entre mamá y mis vecinas ya me castigan bastante.

—¿Ah sí?. . . pero me dijeron que hubo veces en el colegio en que fuiste un idiota, che. Hiciste cosas que no debías.

—Sí, sí, ya sé, déjame.

—Bueno, con esta te hago reventar. Treinta y ocho de los cuarenta y cuatro padres cuyo hijo fue secuestrado son miembros de esa sociedad, y todos tenían un hijo de diez y ocho a veintinueve años, que es o fue recientemente un estudiante. Ese es un detalle que no se puede dejar pasar.

—Sí. Eh, eso indica varias cosas en las que hay que enfocarse. Hay que pensar al respecto. ¿Buscaste alguna relación militar, divorcios, cuentas de banco, estado civil, edades de los padres, cosas así? —agregó.

—¿Cuentas de banco?por qué. . .? . . . —dijo Pereira — espera. . . espera. . . por qué lo. sí, sí, ¡cuentas de

banco!.. ¡sí!. . .

—¡Claro! —dijo Gómez—, el siguiente paso es investigar las cuentas de bancos de cada negocio de padres afectados y además la cuenta personal de cada uno de esos padres, aunque hubiera que buscar en varios bancos.

—Parece tener sentido, pero ¿qué buscarías? Suena. . . bastante complicado.

—No sé, buscaría muchas cosas a la vez —aclaró el Orina—. Supongo que habrá varias cosas a revisar. Supongo que todas las cuentas deben mostrar un gasto en la época del pago del rescate, pero qué pensarías tú si ciertas cuentas, personales o comerciales, muestran ganancias cada vez que hubo un pago de rescate, ¿eh?

—¿Cómo?

—Sí, sí Pereira, imagínate si una cierta cuenta recibe una entrada grande similar a los pocos días de cada rescate, y que eso pasara treinta o más veces. ¿Qué pensarías?

—Que es un ejecutor. . . el ejecutor X, o. . . ¡o un cómplice! —dijo Pereira—, ¡uuuuuuuyyy!.. este paso es bravo. ¿Estás seguro de eso? Rivera y Larrañaga quedan muy lejos del barrio Capurro. ¿Queréis café?

—¿Y qué? Sí, ya sé, es un paso bravo, y no, no estoy seguro, es solo una teoría. Sin embargo, me huele que quizás es un paso en la dirección correcta. ¿Tienes vodka o gin?

—Abrí allí que hay una botella —dijo Lila—. No allá, en la otra puerta.

Daniel y Pereira se sirvieron torta y gin. Gómez se sirvió café y torta. Gina solo se agarró la barriga, estaba nerviosa.

—¿Te duele la barriga? —preguntó Gómez—. ¿Estás como Daniel con la pascualina?

—No, no. Es de nervios.

—Ah, toma un poco de tónica que te cae bien —agregó Gómez—. Bueno, pero tengan en cuenta que se pudo haber usado otro banco, y no uno en la cercanía. ¿Qué hacemos ahora?

—Pásame la tónica. Sí —dijo Gina—. Eh. . . Daniel, llévale todo esto que discutimos al viejo verde ese y fíjate a ver qué te dice.

Daniel bajó un pedazo de torta con un trago de gin. Discutieron todo de nuevo por un rato.

—¿Alguien quiere pascualina? —preguntó Gómez, riendo.

—No hagas broma con eso.

—Ay —dijo el Pocho—, esto es mucho lío.

Se dieron la mano y se despidieron. Gina corrió al baño.

Al día siguiente Daniel hizo unos llamados, dijo que había encontrado unas pistas y pocas horas más tarde recibió el lugar y hora de la cita.

Allí estaba sentado en un café de la calle General Flores y Domingo Aramburu, en pleno barrio Goes, disfrutando su cortado media hora después de salir de Anatomía, con un bolso lleno de papeles y datos, pensando y sabiendo que su entrevista no iba a ser muy agradable. Estaba medio nervioso. Prendió un cigarrillo, pensando si vendría el Mercedes o sería un chofer de otro lado, cuando un Citroën tocó bocina y la malparida antipática esa de siempre le hace señal de que vaya. "Me jodí". Daniel no se movió, no se sentía seguro. Ella le siguió haciendo señas y al final Daniel se levantó y fue hacia ella con las nalgas duras, preparándose para la agresividad verbal. La malparida le dijo que suba al auto.

—No. No subo. Me. . . me voy.

—Pero, sube, desgraciado. ¿O queréis que me baje y me ponga mala?

Daniel titubeó. "Ay, si se baja, me da un golpe aquí en la calle. Qué vergüenza".

Ella hizo un ademán de abrir su puerta y Daniel supo que la iba a pasar mal. Se detuvo, calculó.

—Está bien —dijo medio nervioso.

Se subió a la carroza de la muerte, esperando una puñalada. Ella no dijo nada durante el viaje. "¿Qué me va a hacer?" El auto se metió en la zona del Prado hasta llegar a una casa enorme con un rosedal y una gran enredadera en el frente. Dos policías cuidaban la entrada y la dejaron pasar. Daniel ya estaba nervioso y todavía más ansioso cuando la tipa le dijo:

—Prepárate para la paliza de tu vida. Ahora vas a ver, idiota.

"Esto va a ser horrible", pensó Daniel y se le cortó la sangre. Se sintió peor. No se animó a decirle nada porque sabía que la mano de esa mujer se transformaría en una garra de animal y le destrozaría la cara. Se asustó. No pudo responderle nada. "¿Para qué vine?"

Ella manejó y se metió hasta el fondo, donde estaban estacionados un Mercedes negro y varios autos europeos. Un oficial enorme, feo y armado hasta los dientes les abrió la puerta y Daniel salió del auto. Ella se quedó, pero le dijo al oficial "llévelo al cuarto de baño para que se higienice un poco porque anda asustado y se ensució, el pobrecito, y luego llévelo a donde lo esperan. . . sin los pantalones". Y cerró la puerta. Daniel se quedó sin respirar de la mala impresión. Qué vergüenza. No sabía si caminar flojito o durito. Miró al tipo sintiéndose chiquitito.

El tipo lo llevó derecho a la sala.

—No se preocupe que no lo voy a llevar al baño —le dijo tranquilizándolo—, ella siempre hace esos chistes horribles. Le gusta jugar y mortificar a la gente.

Es mala. De sangre mala. Si viera lo que me dijo el día que la conocí cuando vino aquí por primera vez con su padre. Es una yegua. No se preocupe, lo voy a llevar con su padre.

—Gracias —dijo Daniel mientras caminaba medio nervioso y medio asustado—, ¿eh? Eh. . . ¿quién es el padre?

—Es el veterano ese trajeado, el señor Saravia-Cohen, ¿lo conoce?, el que anda todo engominado, que tiene el botoncito verde en la solapa y el anillo de esmeralda. Ahora lo va a ver. Lo está esperando con los otros.

"¡Aaahhh!.. Saravia-Cohen. . . Así que esa yegua es la hija de Saravia-Cohen, el viejo verde", pensó Daniel.

—Y yo me llamo Anselmo, señor Daniel —le dijo el oficial grandote—, soy el coronel Anselmo Arellanes, pero llámeme, Anselmo. ¿Sí?

—Mucho gusto.

La casa era por dentro más grande de lo que parecía. La entrada tenía unos muebles bien bonitos. Por una ventana pudo ver unos perros grandes en uno de los patios. "Un error aquí y me tiran a los perros" se dijo.

Siguió pensando sobre la malparida y se empezó a irritar, "Así que esta mala mujer se escuda en el poder del padre para hablarme así". . . "aprovechadora". Su irritación aumentaba recordando las veces que le había hablado mal. "Pero. . . qué aprovechadora y mala".

—Pase por aquí —le dijo el grandote—, y no se preocupe, que todo está bien.

—Gracias. Sí —le dijo Daniel, quien sentía un creciente enojo por la actitud de la malparida. "Pero qué perra. Mmm, las veces que me dejó hirviendo en la calle. . . y por gusto nomás. Yegua malparida".

Doblaron por el corredor siguiente y el coronel Anselmo abrió una puerta grande que daba a la sala. Allí estaba el señor del Mercedes, "el Saravia-Cohen en persona", con su traje gris y su esmeralda bien verde en la solapa, junto con los dos oficiales que él había conocido aquella tarde en el cuartel, y otros dos oficiales de alguna rama, todos llevando esa chaqueta verde oscura con tachuelas brillantes pegadas y banderitas chiquititas de colores de mierda que tanto les gusta a los gorilas mandamases del ejército. Había además otras dos personas trajeadas, con cara seria.

Todos miraron a Daniel nervioso, con cara de piedra.

Irritado por el viaje y por la mujer, Daniel se quedó parado en la puerta, pensando y ya enojado. Su enojo por la malparida le daba ansiedad. Respiró hondo, busco tranquilizarse, pero aún nervioso y asustado, tuvo que aplacar sus latidos, y lo hizo tirándole una patada al viejo verde, hablándole con rudeza

—Gracias por hacer que su hija tan simpática me trajera aquí —le dijo—, muy amable.

Los ojos de Saravia-Cohen saltaron de sus orbitas mientras le mostraba sus dientes.

—Ponte cómodo —le dijo un oficial—, siéntate y tómate tu tiempo, y dinos qué encontraste.

—¿Y qué tal si comemos algo? —dijo uno de los oficiales.

Se abrieron unas bandejas de masitas y tortas, una empleada trajo café y té, y la conversación se puso animada. Había bebidas, pero sin alcohol, y su favorita, tónica Paso de los Toros. Antes de empezar de hablar del problema, uno de los oficiales pidió que de lo que se hablaba allí no saliera de los que estaban allí. Daniel se tranquilizó y pidió que trajeran un mapa grande de la ciudad y tachuelas de colores. Cuando lo trajeron, clavó el mapa en la pared y les mostró primero la zona lineal de los secuestros, como habían sucedido alrededor de la calle Rivera, progresando de izquierda a derecha en forma lineal, sugiriendo que los secuestradores usaban un mapa y tenían un plan conciso.

—Aquí no hubo coincidencia ni los elegían al azar ni por razones políticas —les dijo, mientras comía un pedazo de Pionono de dulce de leche—. Mmm, esto está rico. Bueno, estos no fueron secuestros por denuncia o por sediciosos o por sospechosos. Aquí había un plan de secuestros en progreso. Esto no estaba basado en denuncias. Los secuestradores tenían un plan con fines de lucro y nada tenía que ver la presunta ideología de los raptados.

Ellos todos miraron el mapa con atención. Estaban sorprendidos.

—A ver, muéstrame los datos —dijo Saravia-Cohen.

Daniel fue pasando por él y por los demás varios de los documentos.

—¿Y esos números? —dijo un oficial—, che, ¿no me pasas la de chocolate, por favor?

Daniel le explicó lo de los números y luego les dijo del detalle de que todos los padres afectados tenían hijos universitarios. Dejó el Pionono de lado y probó el postre Massini. Luego de discutir eso un rato y sacar varias conclusiones, el viejo verde preguntó unos detalles y Daniel aprovechó para despacharse media torta de queso que estaba buenísima.

—¿Queréis agua tónica? —dijo un general, y le llenó el vaso—, ¿y los demás comerciantes?

—Mmmmm, esta torta está más rica que la de mi abuela —dijo Daniel—. No, sus hijos son muy menores o muy mayores.

—Ya veo. Mmmm. . . esa es Larrañaga, ¿no? Sí, sí, voy viendo.

La curiosidad les picaba. Pasaron a otros detalles para luego entrar en el campo de la "Sociedad Amigos de Rivera" sobre lo cual hizo un análisis de esa sociedad y sus miembros.

—¿Cómo harán para que algo tan sencillo como la tarta esta les quede tan rica? —dijo el oficial Goicochea—, no hay, escúchame, no hay forma que mi mujer la haga tan rica.

—Es de la panadería rusa de Garibaldi.

—¿Ah sí?, ¿probaste este bizcochuelo? —dijo uno de los oficiales—, bueno, ¿pero quiénes en la zona no son miembros y por qué no lo son?

Daniel explicó con detalles lo de la sociedad. Mientras masticaba les dijo cómo los padres afectados eran todos miembros de la sociedad. Allí se calló un poco y esperó a que se les sedimente la idea en la mente. Lentamente todos dejaron de comer y lo empezaron a mirar. Tragaron lo que tenían en la boca, dejaron los cubiertos en el plato y abrieron sus ojos bien grandes.

—¿Qué dijiste? —gritó Goicochea—, ¿escuché bien?

—¿Qué?... vos... ¿sabes lo que estás diciendo?

—¿Cómo? Espera...

—Pero... vos... ¿dijiste bien? ¿Estás seguro?

Todos estaban asombrados. La explicación era clara, y ya no había coincidencia.

—Te das cuenta que... eso... entonces los secuestradores...

—Sí, eso mismo —les dijo—. Creo que este es un concepto importante. Los secuestradores o son miembros de esa sociedad o están relacionados a alguien de la sociedad y ese alguien es un cómplice.

—¡Pucha! —dijo un general—, ¿y ahora?

—Aaahhhh... está sí que es una información valiosa. Muy bien, Daniel.

—Eso lo descubrió Gómez. En verdad fueron Gómez y Pereira que lo estudiaron y se dieron cuenta —y les explicó quién era Pereira.

—Ya sabía, ya sabía que, si te dejábamos suelto en el circo romano frente a los leones, le ibas a encontrar la vuelta —dijo el viejo Saravia-Cohen contento.

—Sí. ¡A pesar de su bendita hija! —escupió Daniel.

—Bueno... mirá Daniel —dijo el viejo—, ella... eh... mmm... después hablamos.

—¿Y ahora? —dijo uno.

—Cuando terminemos de comer les digo mi plan.

En un cerrar de ojos la comida desapareció, las tortas se esfumaron, la mesa quedó limpia y a todos les dieron un pañito tibio para limpiarse las manos.

—¿Y?... ¿qué pasa? —dijo uno de los oficiales.

Siguiendo los datos de otro mapa, Daniel puso tachuelas negras en cada residencia de los veintiséis afectados. Les explicó que tarde o temprano el cómplice debería usar un banco para depositar lo que ganó, por lo tanto, había que buscar en todos los bancos de la zona por depósitos de similar cantidad que se hayan hecho dentro de los siguientes días después del pago de un rescate. Si eso fallara, quizás porque el culpable o culpables, hayan convertido el dinero a moneda extranjera y lo haya guardado en su cofre bancario, habría que revisar en cada banco por visitas periódicas luego de cada pago, transacciones de moneda extranjera, compra de oro, visitas a los cofres y cosas así. Puso tachuelas en los bancos que él más sospechaba. Barajó otras teorías, pero les dijo que el siguiente paso debería ser la exploración bancaria. Les mostró un banco en especial.

—¿Y vos ingeniaste todo eso? ¿tú?

—No solo yo. Lo pensamos los cuatro.

—¿Qué cuatro?

—Después le digo.

—Bueno. Aclárame eso, Daniel.

—El siguiente paso es la exploración de las actividades bancarias locales —dijo.

—Mmmm. . . sí —dijo uno de los oficiales—, sí. Estoy contigo. Sí. ¿Qué comes, Daniel? ¿Qué comes para que se te ocurran estas cosas?

—Ahora le digo. Hay una conexión —dijo—, entre este banco y la sociedad. Todos los padres de los secuestrados pertenecen a la sociedad y todos tienen su dinero en este banco. ¿Lo ven allí en la foto? Esa es la raíz del hilo y de allí hay que buscar y tironear hasta llegar a la madeja.

—¿Y si tu teoría falla, Daniel? —dijo uno de los oficiales.

—Entonces vamos a esto. Que los padres tengan todos un banco en común, sin saberlo, quizás el Banco Comercial que está a tres cuadras del cruce, u otro banco local, y que quizás dentro del banco haya un cómplice que sabe cuáles son los pescados gordos que hay que pescar y se pone de acuerdo con un pescador de afuera, quizás un pescador militar.

—Mmm, sí —dijo un oficial.

—¿Y? ¿y? Seguí.

—Que uno o dos cómplices o están relacionados a la sociedad o trabajan en ese banco o las dos cosas.

—¡Pa!, a la mierda, Daniel.

—Muy bien, che.

Lo discutieron un rato y todos quedaron de acuerdo en movilizar su grupo de investigadores para ver qué encontraban. Usarían las dos teorías simultáneamente. Sí, había que meterse en ese banco sin que nadie se diera cuenta. Sí, en la sociedad también. Y en los otros bancos locales también. Tenían que tener un plan.

Daniel les dijo que había terminado, lo felicitaron, y como todos tenían algo que hacer, se despidieron muy cordialmente con grandes estrechones de mano. Se comunicarían todos más tarde.

Daniel salió, saludando a la gente, y salió rápido hacia el corredor. Recorrió la casa hasta la entrada, saludó a Anselmo, "Mucho gusto, oficial Anselmo". Cruzó la puerta y salió al patio hecho una furia. Vio el Citroën con la mujer adentro y caminó rápido hacia ella y le dijo:

—¡Estúpida antipática! ¡Perra hija de tu papito protector!! ¡Eres una malparida! ¿Oíste? ¡Una mierrrrrrda!. . . y una. . . y una. . . —le gritó y le dio una patada fuerte a la puerta de su auto, dejando un abollón—, ¡¡yegua!!

Le dio otra patada a la otra puerta del Citroën y la abolló también. Luego sacudió el auto. La mujer no se animaba a bajar ni hacer nada ante tamaña reacción.

—¡Babosa! —le gritó con furia y agarró una piedra—, ¡perra sucia!

Sintió pasos atrás suyo. Era Anselmo, quien lo agarró del brazo y le dijo en voz alta "No haga locuras", pero le dijo en voz baja "gracias, gracias" y lo soltó. "Mejor váyase, señor Daniel, ella no tiene arreglo".

Daniel seguía enojado y la mujer no se animaba a salir del auto. Daniel le rayó el auto con la piedra mientras le gritaba.

—Salí, ¡puta barata!.. ¡abrí la puerta!

Anselmo lo abrazó de atrás.

—Ya, ya, vete. Déjala. No te rebajes.

Daniel se sintió mejor. Se arregló la camisa y respiró hondo.

—¿Te sentís mejor? —le preguntó Anselmo

—Sí. Mucho mejor. Esa mujer me dice porquerías en la calle y no tenía ninguna razón ni ninguna necesidad de tratarme en forma tan. . .

—Sí, sí, ya veo, tranquilo. . . vaya, vaya, el oficial Carranza está en su auto en la calle y lo va a llevar a su casa.

—Gracias, Anselmo.

Salió a la calle.

—Eres un polvorita —le dijo Carranza.

Al día siguiente nadie lo llamó ni lo sorprendió. Pasó muy bien y tranquilo. Le gustaban días así, sangre por la mañana y muertos por la tarde.

# 46

La vida en Montevideo seguía pasando peligrosamente. El temor social continuaba. La ciudad, bajo la dictadura militar, estaba cada vez peor. No había libertades personales ni libertad de prensa. Vehículos del ejército o de las Fuerzas Conjuntas circulaban en la calle deteniéndose en cualquier lugar y arrestando a quien les daba la gana. Policías y soldados empujando a la gente eran escenas diarias a lo largo y ancho de la ciudad. Muchos autobuses circulaban con un militar armado adentro. Parecía París durante la ocupación Nazi.

Los militares, dueños y señores de la tierra y vida de los uruguayos, se dedicaron a mantener a la población asustada. Mucha gente inocente fue visitada sorpresivamente por los soldados, luego encapuchados y llevados a centros de detención donde fueron torturados. Algunos ya no volvían y muchos terminaban en el hospital. Los golpes y las quemaduras por picana eléctrica eran cotidianas para los pobres presos. Los ahogados por el "submarino" eran cada vez más. Las violaciones y embarazos de mujeres presas eran terribles y efectuadas por hombres uruguayos contra mujeres de su propia ciudad. Los torturadores eran los mismos uruguayos de Montevideo. Animales uruguayos torturando compatriotas. Mujeres era violadas en grupos por los mismos uruguayos, Hombres y muchachos morían bajo las descargas de la picana eléctrica en las manos de soldados de su mismo barrio. ¿Dónde estaba la gran cultura uruguaya? ¿Dónde estaba el honor de la gente?

Daniel era estudiante y siempre andaba con libros. Era melenudo, y esa imagen típica de estudiante no le caía simpática a ningún militar. Sabía que se tenía que cuidar.

# 47

Pocos días más tarde, al volver a su casa, encontró a la malparida apoyada en su Citroën. "Qué me va a decir ahora esta mala mujer" pensó.

—Perra. Una palabra mala y te pateo el. . .

—Está bien. Sí. Perdón. Fui una grosera, sí —y le contó un poco de su vida. Luego le contó que su último operativo de sacar tres profesores hacia Argentina había fallado. Los habían agarrado y baleado.

—Ya veo, perra. ¿Y estás así porque tu fuiste la que lo organizaste todo?

—Sí —respondió ella con lágrimas en los ojos.

—Jodete por mala.

—Sí. Me doy cuenta. Soy una perra mala. Sí. Y yo soy la que lo organizó. Yo soy la que organiza todos, coordina las operaciones.

Se quedaron un rato en silencio, apenados.

—¡Mmmm!.. eres odiosa. Mmmm. . . ¿Quieres subir a casa? Veo que arreglaste el abollón que le hice a tu auto.

Ella no dijo nada, pero subió con él a su casa. tomó un café y escuchó un poco a su madre, pero casi no habló. Lila no la conocía, pero se dio cuenta de que algo le pasaba y trató de hacerla hablar. Le dio una copita de Frangelico. Daniel le explicó a su madre de los tres profesores asesinados. Su madre se sentó, con lágrimas en los ojos, y le tomó de la mano mientras le hablaba. La mujer le dijo lo mismo y le agregó unos detalles. Se fue al rato sin decir más. Estaba dolorida, se sentía responsable, y no había nada que Daniel pudiera decir o hacer.

— —

Daniel fue esa noche a tomar un café con el Pocho Pereira.

—¿No te das cuenta, Daniel? —le dijo el Pocho—, son círculos rojos. Esos círculos de la muerte se van a ir cerrando alrededor tuyo, Daniel, y solo causaran muerte. Sal de ahí. Vete antes de que sea tarde.

—Todavía no —contestó—, todavía no me salgo. Me falta algo por hacer.

# 48

Y en esas estaba, cuando un día al salir del hospital de Clínicas un médico se le acerca y le dice que un auto lo espera a una cuadra, pasando la pizzería. "Ah mierda, otra vez". Daniel se dirigió hacia allí, encontró un Mercedes blanco con techo azul, y vio que la puerta se abría. Miró, entró y saludó sin ganas.

—¿Y ahora qué? Yo ya estaba contento porque no lo veía por un rato —le dijo—, veo que cambió de auto.

—Buenas tardes, Daniel.

—Buenas tardes, señor Saravia-Cohen.

—No seas soberbio.

—Bueno, ¿qué es lo que pasa ahora? —dijo.

—Tenemos que hablar.

—¿Ah, sí? ¿se va a disculpar por la perra de su hija? No. Hoy no quiero hablar.

—Ah, estás en las malas. ¿Por lo de lo de mi hija o por los profesores?

—Sí. Las dos cosas. Me hizo ver el peligro.

El viejo de la esmeralda verde guardó silencio y esperó. Daniel esperó también, pero supo que, para el viejo, el dolor por la pérdida de gente no era nuevo.

—Pobres esos profesores. Y sus guardias —dijo Saravia-Cohen—. Observa, Daniel, la dictadura mata. El Cóndor mata. Matan a la gente. Tienes que saber que. . . No sabemos quién lo hizo.

—Mierda. No me distraiga con eso de los profesores. Su hija me trató peor que a un perro.

Se quedaron los dos en silencio. Miraron a los autos pasar.

—Sí. Mierda —dijo el viejo—, pero debemos continuar. Mira. . . oye . . . no lo tomes a mal, pero te voy a decir algo que quizás no te gustará oír. Quizás es tiempo de que empieces a acariciar la posibilidad de terminar tu carrera en otro lado.

—Bueno, yo. . .¿Por qué? ¿Por qué lo dice ahora? ¿No quiere hablar de su hija la yegua?

—Ahora te explico. Pero tenía que decirte que todo esto te ha expuesto mucho. Ahora se sabe de ti. Saben los de la comunidad, y así saben otros. Y saben dónde viven tus padres. Piensa en eso.

—Pero. . .¿ir a dónde? ¿Cómo? Yo ni sabría dónde. . .

—Eso lo ves después. Simplemente ve pensando en eso. Y cuando lo pienses, acuérdate de que hay varios a quien les gustaría agradecerte ayudándote en el proceso. ¿Oíste? Varios te van a dar una buena mano, aquí, ahora, o en donde sea.

—Gracias.

—Piénsalo Daniel. Y mientras lo estás pensando, toma en cuenta que hay gente que te aprecia y gente que quisiera poder devolverte favores que tú has hecho. Si llegaras, repito, si llegaras a considerar un cambio en la trayectoria de tu carrera, no va a faltar gente que con alegría te daría una mano. Da para pensar, ¿no?

—¡Pa!.. me sacude mis planes y mi cerebro con esa sugerencia. Bueno, y ¿qué pasa con la perra mala de su hija?

—Bueno, yo. . . eh. . . Gracias por hablar bien a mi hija al otro día en tu casa. A Inés le cayó bien tomar un café con tu mamá y poder hablar. Se sentía muy culpable por lo que pasó. Tu mamá la trató muy agradablemente y eso le hizo bien.

—Así que Inés, ¿eh? Inés Saravia-Cohen. Mmm. . . Diga, ¿por qué es tan antipática y mala? ¿Por qué me dice cosas feas cada vez? Es muy agresiva.

—Ay, ay, Daniel. El dolor la puso así. Su marido era del partido socialista y lo mataron en un operativo militar. Ellos se querían mucho y. . . y ella estaba embarazada. Su tristeza le hizo perder el embarazo y ella cayó en una depresión profunda. Estuvo un año entero encerrada en mi casa de Punta del Este llorando, pobre. Dejó su trabajo de profesora de la facultad y su consultoría y se encerró a llorar. No hubo nada que yo pudiera hacer. Yo lloraba con ella cada vez que la iba a ver. A veces hasta llorábamos juntos —continuó el viejo mientas sacaba un pañuelo y se secaba unas lágrimas involuntarias—. Puse una empleada para que me la cuide porque tenía miedo de que se suicidara. Al final me la traje a trabajar conmigo y se siente que se redime cada vez que organiza un escape. No le vayas a decir nada.

—Pucha. No. . . no se preocupe. Pero ¿por qué me habla tan mal? ¿Por qué me insulta?

—Es una forma de rechazo. Como de defensa. Es una agresividad con la que trata de evitar que alguien le tome cariño. Como una perra herida que muerde al que la trata de ayudar. Si bien ella es mayor que tú, sabe que sos mujeriego y podrías atraparla en tu red seductora, cerdo, y se protege de esa manera.

—Aaahh. Ya veo. Pobre. Ahora la entiendo.

El viejo se secó los ojos. Miró por la ventana y se secó más lágrimas.

—Bueno, a lo nuestro. ¿Algún detalle nuevo?

—¿Y qué se sabe del banco? —preguntó Daniel.

—Estamos investigando todo el asunto ese y juntando datos.

—Yo también estuve averiguando —dijo Daniel—. Estuve contactando los contadores de la jefatura y del poder judicial junto con ciertos archivos y discutiendo ciertas ideas y posibilidades con bancarios amigos de mi padre, pero sin dar idea para qué era.

—Mmmm.. bien. ¿Alguna opinión?

—Sí —explicó—, pasé por el banco y entré. Ese Banco Comercial es una sucursal grande, y me huele que podría ser el epicentro de la investigación. ¿qué tal si pone uno de los suyos adentro como empleado? Es más, ¿Qué tal si uno de su grupo se hace pasar como negociante de la zona y abre una cuenta generosa en esa sucursal, ¿eh? Para ustedes sería fácil hacerlo.

El tipo tomó nota y luego guardó su libretita.

—Lo vamos a tomar en cuenta y te avisamos.

—Bueno —continuó Daniel—, además entre en otros dos bancos. Uno que está en diagonal al zoológico y el otro que está casi cruzando con la avenida Propios. Habría que poner a alguien allí también. Alguien que tenga acceso a las cuentas corrientes y a las cajas de ahorro.

El viejo verde siguió tomando nota.

—Sí. Estoy de acuerdo.

—Bueno. Me voy.

—Nada es fácil, Daniel. Nada es fácil. Todos estos planes, todo este proceso, toda esta inestabilidad, nada es fácil. Estamos todos dentro de una gran lucha.

Daniel se bajó y se fue a tomar su autobús. Mientras viajaba, iba pensando sobre la ciudad. Montevideo iba de mal en peor.

La conciencia popular sobre los detenidos y torturados iba en aumento, con lo cual crecía en la sociedad uruguaya un clima adverso, donde el costo de la vida aumentaba y la pobreza, ahora silenciada a culatazos y amenazas, se expandía. En medio de ese panorama, de esa diaria realidad, de las dificultades financieras, los que pudieron se fueron y los que no se fueron seguían padeciendo la incertidumbre de vivir bajo la zarpa de esos Nazis modernos que, con sangre en sus garras, se auto-declaraban libertadores. Judíos e historiadores, más sensibles a los eventos, recordando los hechos de la segunda Guerra, solo veían en sus dictámenes y sus hechos un claro parecido con el nacismo y su

Gestapo. ¿qué eran sino las entradas súbitas en hogares y el arresto en capucha de presuntos disidentes? ¿qué eran esas torturas mortales y esas ejecuciones en manos de uniformados sino una copia de la Gestapo y las "SS" de la Europa nazi? Los vientos de fascismo atroz azotaban al país. Un fascismo uruguayo, dictado por uruguayos, ejecutado por uruguayos y diseñado para destruir uruguayos, se desparramaba por el país. Un canibalismo social.

Una brutalidad, primitiva y militar, cruel y uniformada, cercenaba los espíritus y mordía los cuerpos de los uruguayos. El desconcierto era tal que muchos ya no esperaban siquiera tiempos mejores.

"Y en medio de todo eso, aquí estoy yo" se dijo Daniel, pensando en todo eso, "y con mi familia, esperando que no nos pase nada".

Eran épocas muy difíciles. La violación de derechos humanos era cosa diaria. Los militares habían decidido firmemente que iban a hacer lo posible para aportar seguridad para el desarrollo nacional y participar en la organización moral y material del país. Lo cual significaba que planeaban tener la sartén por el mango y el mango también. El dictador animal de Paraguay, Stroessner, un asesino cruel, los vino a visitar y se sintió tan a gusto en ese fascismo uruguayo que se dijo que estaba cómodo como un chancho en el barro. Y al mes siguiente vino a verlos ni más ni menos que el gorila Pinochet, simio despiadado, un neo-Hitler, quien se sintió muy cómodo rodeado de carceleros y torturadores. Para Daniel era claro. Todo eso era parte de la Operación Cóndor, y esas visitas eran para confirmar y sellar los pactos de esa operación. Le daba asco pensar que de alguna forma él había sido, y aún era, parte de esa operación y de ese nacismo. Vivía acusándose y debatiéndose sabiendo por un lado que era un operativo de matanza sincronizada y crueldad coordinada a la cual él rechazaba, pero por el otro ofrecía un viaducto secreto para rescatar y salvar por lo menos a algunos de los desafortunados. Era paradójico. Allí, parado en medio de todo eso, se cuestionaba su propia moral y se veía a sí mismo en una posición cada vez más incómoda. "¿Qué hacer? ¿Separarme de todo? ¿Seguir mi camino?". Había ocasiones en que se sentía atrapado y yendo despacio hacia un embudo donde tarde o temprano la cosa se iba a poner crítica. Esas eran ocasiones en que acariciaba la posibilidad de continuar su carrera en el exterior. . . "¿y qué hago con Gina?" se dijo.

Así las cosas siguieron, sin tranquilidad.

Pocos días después de haber tenido esa conversación en el Mercedes, al salir un mediodía del hospital e ir a la parada, la malparida le tocó bocina y lo levantó con su Citroën.

—Hola, Inés. Lindo nombre para una perra mala.

—¿Mi papá te lo dijo, idiota?

—Sí. ¿Quieres ver cómo te pateo el auto?

—No, basta.

Daniel le dijo y le contó cómo su padre le había explicado lo que le había pasado. Ella se quería disculpar. "Sí, me llamo Inés" le dijo y comenzó sus disculpas. La verdad es que a Daniel no le interesaban esas disculpas. Y tampoco le interesaba estar con ella en el auto.

—Eres una antipática por donde uno te mire —le dijo—, y además. . .y además, eres mala, y no me interesan tus disculpas. Me gritaste cosas feas y. . . y. . . la verdad es que eres una malparida de mierda. Me tengo que ir.

Allí ella se puso a llorar. Daniel se subió al auto. Ella manejó lagrimeando y lo llevó a Anatomía. Él se bajó sin agradecerle.

Cuando salió de Anatomía se fue a la morgue al cuarto del fondo. No había nadie y solo dos ataúdes en las mesas. Se puso a tomar café y a fumar. Salió luego de la morgue al patio de los dolores, había una muchedumbre de acongojados allí, llorando. Les preguntó el nombre de la persona que había muerto. "Dinora Miranda" gritó uno. Volvió a la morgue, abrió un cajón, era un hombre, quien abrió los ojos y le dijo "Salí de acá, bobo, cierra el ataúd", vio que era un viejo, "pero cierra el cajón te dije, pon la tapa de nuevo, ¡estúpido!" le gritó el viejo. Daniel se asustó y cerró el ataúd. Fue hasta el otro cajón, lo abrió, y vio a la muerta.

—¿Esta todo bien? —preguntó la muerta.

—Sí, sí —contestó Daniel—. ¿Es usted Dinora?

—Sí, soy yo. ¿Están todos ahí afuera? ¿Mi marido también?

—Sí, ¿Se siente bien? ¿Está cómoda?

—Sí, sí. Estoy bien. Cómoda, sí. Dile a mi marido que siempre supe lo de su amante Mirabel. Díselo. Díselo.

Daniel cerró el cajón, salió de nuevo y se acercó a la gente y les dijo "todo va a estar bien para Dinora. Su alma llena de años descansará en paz en los brazos de nuestro señor", y cuando se pusieron a llorar, agregó "su espíritu está ya en los cielos, todos aquí hemos rezado por su bienvenida en el paraíso. Todo va a estar bien", los abrazó, los consoló y escuchó sus agradecimientos. Una mujer que parecía la hermana y otra que parecía la hija le besaron las manos mientras lloraban agradecidas por sus palabras. Antes de salir, llamó al marido a un costado y le dio el mensaje. No se quedó a mirar la cara del hombre. "Ahora que se joda", pensó.

Salió a la calle, fue al bar, saludó a varios amigos y se fue.

# 49

Al día siguiente, caminando por la calle, se le ocurrió algo con respecto a lo de los bancos, pero no tenía respuestas. Llamó al Pocho Pereira y le preguntó si en su edificio había algún banquero o contador de gran confianza. "Sí, hay dos". Coordinó el encuentro en su casa con los dos. Se encontraron allí luego de la cena y Daniel expuso el problema con gran cautela, evitando dar datos. La charla terminó en una hora y media con torta y gin. Daniel obtuvo sus respuestas y se fue a su casa. Llamó a Martínez y a uno de los números desde su casa y pidió una reunión. Lo llamaron a la media hora y le preguntaron detalles, les dijo que quería una reunión con todos. La reunión fue al día siguiente, tarde, en una sala del Poder Judicial, con Pereira, los oficiales, Berta, Saravia-Cohen, Inés, Martínez, Gómez, y los especialistas que pidió. Habían traído información de los bancos de los casos afectados, y café y torta de la Confitería Hamburgo.

—¿Vieron? —recalcó—. Todos ellos usaban el Banco Comercial de la zona, sí, inclusive el último. Muchos de ellos usaban otro banco para otras transacciones, pero esos era varios bancos distintos y en varias zonas.

—El factor común es el Banco Comercial —dijo Pereira comiendo torta sin parar—. Analizamos los datos y estuvimos de acuerdo. Hay que meter a alguien ahí mismo.

De las investigaciones que les había pedido, no se había averiguado nada, y los datos de las tres financieras de la zona no arrojaron datos. Ninguno de los casos parecía ser sospechoso ni había tenido ninguna actividad sospechosa dentro de su cuenta.

—Sí, ya colocamos a alguien allí —le respondió uno de los oficiales—. A través del subsecretario se trasladaron dos empleados del Comercial hacia la central en la Ciudad Vieja creando dos puestos vacíos que fueron llenados por dos contadores de la jefatura de Policía.

Tuvieron una larga conversación sobre posibilidades y Gómez y Pereira aportaron varias ideas. Las transacciones de las cajas de cuentas corrientes serían analizadas con retroactividad. Se consideró marcar el dinero, pero concluyeron que podría ser peligroso. Se iba a llevar a cabo el hacer que un detective se haga pasar por un nuevo comerciante de la zona y depositaría una gran suma de dinero. Los expertos bancarios aportaron la idea de darle a cada sección del banco un código diferente para poder entrar en la computadora y hacer trámites. No estaban seguros de eso, podría hacer sospechar al culpable. Daniel opinó que, si ponían un segundo comerciante falso, aumentarían las posibilidades de encontrar una veta, y discutieron un rato cómo hacerlo. Se encaró que se investigarían más a fondo los otros bancos. La reunión terminó, y Daniel se despidió.

La malparida Inés esperaba a su padre en el Mercedes blanco y Daniel la notó mejor vestida. Le quedaba mejor el pelo suelto.

—Que pases bien —le dijo—, ¡perra!

Su padre, el muy serio viejo verde, parecía estar preocupado por la situación y le hizo gestos a Daniel para que tuviera paciencia.

Pereira lo llevó a su casa. Cuando llegaron charlando, Pereira le dijo:

—Me perece que te están esperando.

Inés estaba allí, recostada en su auto.

—¡Ay, mierrrrrrrrrrda! Me jodí.

—Chau, gil —dijo Pereira y se fue—, que la muerte te sea leve.

Daniel fue caminando hasta la malparida y le dijo: Hola Inés.

—Hola, Daniel —le dijo—, yo. . . eh. . . yo. . .

—Ya. Está bien, Inés. Está bien.

—Me siento. . . yo entiendo que. . .

Se tomó el tiempo en escucharla y en responder a sus preguntas. Luego le habló, la enterneció y la hizo llorar de nuevo tratando de traer su dolor a la superficie. La siguió aconsejando hasta que ella se calmó. Se abrazaron e Inés se despidió.

—Yo no sé. . . no sé qué va a pasar conmigo, no sé. . . pero gracias. . . ¡¡Gracias, Daniel!!

—Está bien, Inés. Está bien.

—Y no sé qué va a pasar contigo, Daniel. Estás metido en el medio de. . . eh. . . entre cosas peligrosas. Quizás tendrías que pensar en una salida. Irte del país.

Y se fue.

"Mmm. . . tiene razón"

Hubo algo que le vino a Daniel esa noche, cuando se quedó solo en su cuarto, acompañado por los fantasmas de sus muertos, por sus recuerdos y por las imágenes que se le aparecían. Ese algo que le vino fue el entender lo que venía pensando desde hacía un tiempo, de que no podría quedarse en el país sin que su vida y la de su familia corriera peligro. "Me pueden matar, pobres mis padres, pero también les pueden hacer daño a ellos". "Son varios poderes en pugna y yo en el medio. Los círculos se van cerrando, hasta que un día me maten y solo un colgajo quedara de mi cabeza". Ahí, más que antes, se dio cuenta que se tendría que ir a estudiar a otro lado antes de que todo se pusiera peor. En esa plena dictadura nazi en la que vivía, él se había convertido en un "agent collaborateur" y mucha gente, ya demasiada. . .

"¿Qué? ¡No! ¡No! No es que me había convertido. ¡¡No!!" se dijo "¡Me convirtieron! Eso. Sí. Yo andaba como andaba y era lo que era, y ellos vieron en mí la oportunidad. Sí. Me convencieron. Ellos me dejaron entrar, me educaron, me instruyeron, me formaron y. . . y me entrenaron y cuando estuve listo, cuando ya podían contar conmigo como agente, me abrieron las puertas del coliseo y me dejaron lanzarme contra los leones".

"Sí. Fue suavemente. No me di cuenta. Y. . . y Matilde. . . Berta. . . sí, y los profesores, los detectives. . . sí. Ellos. Me abrieron las puertas que yo quería abrir y me iban formando. Sí".

"¡Ja! Danielito Blum, ¡¡agent collaborateur!! Y aquí estoy".

Se quedó preocupado. Se había metido en una vida con muchos muertos y aunque tenía un amor que lo atara, quizás era el momento de levantar vuelo, aunque eso significara que ese amorcito, Gina, viniera con él. "Antes de que te encuentren en un basural, medio comido por las ratas. . . sin orejas y sin los ojos".

Ese día supo que se iba del país.

# 50

Una tarde la morgue estuvo muy ocupada con asesinados y muertes sospechosas. Se tuvieron que hacer varia autopsias y Daniel se quedó hasta tarde sacando fotos, mientras tres de los muertos le hablaban a la vez y lo desconcentraban. "¿Por qué no se callan?" les dijo en voz baja, "hablen de a uno a la vez", pero lo insultaron y se rieron de él. Cabrera lo llevó luego de apuro a la jefatura Policial para el revelado de las fotos. Luego del notarizado ritual, el juez de turno las analizó.

Martínez lo llevó a su casa. Hablaron de cosas generales.

Cuando llegaron a su casa, Martínez hizo silencio y se puso serio.

—¿Qué pasa, Martínez?

Martínez se bajó del auto, se apoyó en un costado y prendió un cigarrillo.

—Esas cosas. . . Mmm. . . esas cosas que van sucediendo. . . nunca. . . nunca. . . eeeeh, yo no pensé que tú eras quien luego fui descubriendo que eras. . . y. . . y. . .

—¿Sí?

—Y. . .¿Quién eres, Daniel?

—¿Cómo?

—Y bueno, ahora que ocurren aún más cosas, yo me pregunto. . . mmm. . . digo, te pregunto una vez más, como amigo, porque es que te metiste en la jefatura. Es algo que. . . que no me quedó muy claro. ¿Cuál era tu verdadera razón? —dio una pitada y siguió—. Desde el inicio me di cuenta de que había algo más. No te eché a patadas porque. . . porque. . . no sé por qué. MacLagan y Pranchín se lo preguntaban también. Sabían que venías por algo. Se olía que tenías algo. . . que. . . que tenías algo así como una misión.

La gente pasaba por la calle en cámara lenta. Un taxi paró y se fue. Un perro ladró a lo lejos.

—Algo te comía, Daniel, pero no me daba cuenta de qué era. ¿qué era?

—Pero te diste cuenta de que ese algo no era malo —le contestó Daniel—, de que había una razón valedera, ¿sí?

—Sí. ¿Y? ¿Cuál es la verdad?

Daniel se quedó callado. No quería entrar en el tema. Le había costado mantener una cáscara sobre sus sentimientos.

—Martínez, yo. . . Hay mucho dolor atrás de eso. Yo no puedo. . .

—Daniel, Daniel, escúchame. Mira quien soy. Sabes ya que puedes confiar en mí. ¿Por qué fue que te metiste así en la jefatura?

Daniel se quedó en silencio un rato. Trataba de recordar, pero sin traer el dolor. Sin embargo, el sentimiento era muy fuerte y una llamarada de dolor y enojo se le vino encima.

—¡Venganza! —finalmente dijo, con lágrimas en los ojos—. Venganza. Sí. Eso.

—¿Qué? ¿Cómo que venganza? ¿Qué fue. . .? Cuéntame.

—Venganza, sí. Asesinaron a la mujer que quería. Fue cuando. . .

—¿A Isabel? Pero si ella. . .

—No, a Tamara. Mi pasión, mi amor prohibido —le explicó mirando al piso. Le contó sobre su relación con ella y sus idas y venidas. Los ojos se le llenaron de lágrimas que caían al piso. Tuvo que parar de contar varias veces porque se le cortaba la voz. Le contó cómo se conocieron y quién y cómo era ella.

—¿Cuándo?. . .¿Cómo fue?

Daniel le siguió contando de su relación tumultuosa con Tamara y cómo había sido. Prendieron otro cigarrillo. Pasaba poca gente y pudieron hablar tranquilos. Por suerte las vecinas no estaban.

—Yo la quería con locura —habló con media cara mojada—. Ella tenía ciertas actividades turbias con los Tupamaros, así supe, pero no podía dejarla. Hasta andaba armada.

—Uuuuuhh. . . eso era peligroso, che —recalcó Martínez, alisándose el bigote—. Tamara, ¿eh? Tamara la tupamara, vos sí que sabes cómo. . .

—Ya sé, sí, lo supe, pero. . . Bueno, la cosa fue que una mañana la encontraron muerta. . . En un basural —a Daniel le vinieron más lágrimas en los ojos—. ¡Desnuda, muerta, en un basural! Tamara.

—Qué horrible.

—Sucia, en la basura. Unos gatos la encontraron.

Daniel agachó su cabeza y lloriqueaba.

—Pero ¿Por qué desnuda?

—No sé. No supe.

—¿Fue violada? Eh. . . ¿abusada?

—No.

Martínez se quedó callado un rato y luego preguntó: "¿Cuándo? ¿Cuándo fue?"

—Tres semanas antes de cuando me presenté en tu oficina para ser auxiliar —contestó Daniel, mientras moqueaba.

Se quedaron los dos en silencio, fumando. Miraron pasar los autos. Daniel se dio vuelta para que unas señoras que pasaban no lo vieran.

—Mmmm. . . pero tú viniste como auxiliar, y hubo otros auxiliares antes de ti. Te mandaron del Instituto Forense como auxiliar, ¿Cómo lo mezclas con lo de Tamara?

—Es que. . . es que después de que mataron a Tamara yo andaba con mucho dolor. Y. . . y. . . andaba en las malas, Martínez. No tenía con quién hablarlo. Traté de contarle a mis amigos, pero ellos no entendían y. . . y. . . solo se compadecían. Yo andaba mal. Mal. Y un día. . . eh. . . un día Maggiolo me vio así y me preguntó y me llevó a su oficina y yo le conté lo que había pasado. El me escuchó, me aconsejó y yo me sentí mejor. Me habló como si fuera mi tío. Varios días más tarde Maggiolo y Etcheverry me invitaron a tomar café en su escritorio y me hablaron. Me explicaron lo que yo ya sabía. . . en parte.

—¿Qué?

—Que hubo otras Tamaras asesinadas, y muchachos también, y que no se sabía quién lo hacía. Que quizás el ejército, que quizás el Belga, que quizás alguien de la jefatura, pero que no se sabía. . . no se sabía quién. Que pedían rescate, que era horrible. Que había padres desesperados. Que yo podría ayudarlos.

—¿Ayudarlos? ¿Cómo?

—Metiendo las narices en la jefatura. Me dijeron que si ellos me ayudaban a meterme en la jefatura yo podría buscar algún indicio, algo, yo qué sé, alguna pista que sugiera quiénes estaban cometiendo esos asesinatos. Y de paso. . . y de paso. . .

—¿Sí?

—Y de paso, quizás, averiguar quién mató a Tamara. Que ellos me iban a ayudar, pero pidieron que yo los ayude.

—Pero. . . ¿ellos? ¿Quiénes son ellos? —preguntó Martínez—, seguramente no son solo ellos dos.

—No. Son muchos, y hacen todo en secreto. Me costó un tiempo el darme cuenta y saberlo. Ellos dos son parte de una sociedad secreta donde hay judíos y cristianos. Es más que nada una sociedad para el estudio de la historia y cultura y son todos descendientes de los escapados de la inquisición española. Usan llaves antiguas como símbolos de su unión, y las llaves tienen filigranas doradas para recordar a Toledo. Las llaves están unidas a un anillo de metal de donde cuelgan unos pequeños escuditos con las imágenes de los masones, la cruz cristiana y la estrella judía.

—¿Masones?. . .¿Masones con los judíos?

—Sí. Parece que muchos de los masones son judíos, y otros, siendo cristianos, tienen antepasados en la misma España de aquellas épocas. Por eso están unidos en eso.

—¿Y sabes quiénes son?

—Vagamente. Se mantienen alejados y en secreto. Se dedican al estudio, a revisar textos viejos, a unir el pasado con el presente, y cosas así. Y parece que varios de ellos perdieron hijos en forma similar.

—¿Y cómo te vinculaste con ellos?

—Bueno, no es que me vinculé, más que nada ellos me vincularon. Ellos vieron en mí una oportunidad. . . eh. . . una oportunidad de averiguar algo, no sé, algo. Así que me dieron. . . Me hablaron de. . . De hacer eso de meterme en la jefatura. Yo. . . yo andaba con dolor y con enojo por lo que pasó y no podía. . . no podía. . . no sé. . . vi la ocasión de. . . de meterme en la cueva de los lobos para. . . tú ya sabes.

Martínez se quedó callado un rato, luego suspiró y dijo:

—Así que era eso. Y ya venías con planes.

—Sí.

—Doble planes. Triple planes.

—Sí.

—¿Y los doctores Etcheverry y Maggiolo te ayudaron a entrar?

—Sí. Me ayudaron, sabían. Y luego me ayudaron con información. Pero ellos tenían ese otro plan.

—Yo sospechaba que había una razón de fondo. Se veía en tu cara. Pero no quisiste decir nada. Cuando quieres eres un mentiroso manipulador. MacLagan y yo te pensábamos echar, pero por un lado pensamos que había una razón fuerte detrás de todo eso y que la razón no era ni injusta ni equivocada y por curiosidad te dejamos quedarte.

—Sí, Martínez. Gracias.

—Ya veo. Pero hubo una otra razón. Tú no lo supiste, pero cuando estábamos en esa duda y te pensábamos echar, el doctor Maggiolo me vino a ver a mi casa y me explicó ciertas cosas que me dejaron preocupado. Que tú tenías que averiguar algo demasiado importante para que él me dijera lo que era. Que te diera una mano. Fue. . . Fue como. . . como un pedido de conciencia.

—Sí.

—¿Y qué planes tenías? ¿Qué pensabas hacer?

—No sabía. No sabía qué hacer. Pero sospechaba que algo en la jefatura me podía dar un indicio. . . una idea. . . algo para poder averiguar por qué la mataron. . . y. . . y. . . y quién la mató.

—¿Y qué ibas a hacer con esa información? ¿salir a matar?. . . ¿agarrar un revolver y balear al culpable?

—No sé. No sé. Yo. . . Yo quería. . .

—¿Querías qué? ¿Y si fue el Belga el que la mató por dinero entonces qué? ¿Te ibas a ir a atacarlo?

—No sé. Sí, sí, ya sé.

—¿No te diste cuenta de lo que planeabas? Digo, ni sabías lo que planeabas. No sabías lo que hacías. Podrías haber. . .

—Sí. Ya sé que no sabía. . . pero el dolor me torturaba, Martínez. El dolor. . . y. . . y además. . . mmmm. . . el vacío de sentir que la había perdido, y. . . mmm. . . además, ella. . . Tamara. . . se me aparecía de noche a veces.

—¿Se te aparecía? ¿cómo visiones?

—Sí. Yo. . . Desde hace tiempo, a veces, de noche me vienen a visitar unas. . .

—¿Visiones? Ya, ya déjame, con esas locuras. Te podían haber matado, Daniel. De haber descubierto o sospechado de alguien, ese alguien te pudiera haber baleado. ¿No pensaste en eso?

—No. Digo, sí. Pero me la mataron, Martínez. Me la mataron.

Martínez se quedó en silencio. Levantó la mirada, miró a Daniel, miró la calle. Marisa y otra vecina los vieron e hicieron ademán de acercarse.

—Te quiero preguntar algo ahora, Daniel, pero adentro del auto. Entra antes de que venga tu vecina.

Entraron en el auto, cerraron las ventanas para que no entrara el ruido y Marisa no se entrometiera.

—Cuando entraste en la jefatura como auxiliar, al poco tiempo nos dimos cuenta de que tenías conocimiento sobre investigación criminal y técnicas Policiales. Nos asombró.

—Sí. Tú ya sabes por qué y de dónde. De mi papá. Él era. . .

—Sí. Ya sé quién era tu papá. Investigador. . . inspector de la seccional séptima, siempre persiguiendo a criminales que se metían en el barrio Capurro. Esa zona costera, cerca del muelle, es una constante entrada de traficantes y porquerías.

—Sí.

—Casi lo matan, ¿eh? ¿Y qué pasó?

—Cuando él estaba activo allí, de sus comentarios, apuntes y libros me fui empapando de artes detectivescas desde temprana edad. El libro "Pesquisa Criminal" del argentino Vignalli fue muy didáctico.

—Sí. Es muy bueno.

—Sí, bueno, papá trabajaba en la zona brava de Capurro, zona bien difícil, con muchos contrabandistas y criminales de todo tipo. También investigaba secretamente las idas y venidas de varios oficiales de la séptima, incluyendo el corrupto comisario y varios de sus amigotes. Bueno, la cosa fue que aprendí muchas cosas interesantes sobre investigación de crimen. Fue ahí que se me despertó el interés de continuar estudios de medicina y desviarme hacia el campo forense en un futuro.

—Ya veo.

—Sí. Leí otros libros y unos cuadernitos, y a veces charlábamos sobre sus apuntes. En más de una ocasión me vinculé, sin permiso, cos sus pesquisas. Ahí fue que descubrí cosas que no debía sobre ciertas personas y policías de esa zona, donde la corrupción y las ventas ilícitas se daban la mano. Me habían dado un pequeño puesto, de quince horas por semana, como ayudante de fotografía técnica, pero en cuanto se dieron cuenta de mi curiosidad y de las cosas que preguntaba, me sacaron de allí. Al poco tiempo mi padre fue baleado.

—¿Por qué? ¿por quién?

—No se supo, pero tuvo algo que ver con la investigación que mi papá hacía sobre manejo de dinero entre varios subcomisarios y criminales de la zona. Él era muy curioso y metía las narices donde no debía, y por eso. . .

—Ya veo a quién salís tú, Danielito-mete-narices.

—Sí. Así es. La cosa es que le pegaron un tiro.

—¿Habrá sido. . .? mmm. . .¿Tuvo que ver con oficiales?

—No sé. No creo. No supe nada de eso. Hubo un allanamiento o algo relacionado con un contrabando grande o algo así y estalló una balacera donde murieron tres delincuentes y un policía y mi papá fue herido. Parece que el comisario y subcomisario estaban involucrados así que aprovecharon para culpar a mi padre y sacárselo de arriba. Hasta hoy en día pienso que el que le disparó el balazo fue un policía. Había interés en sacar a mi padre de ahí.

—Uy, eso es grave, Daniel.

—Sí. Estando en el hospital vino un emisario a hablar con mi padre. Un emisario de los oficiales de la séptima. Se le comunicó que no podía volver a esa comisaría, que se fuera. Que se fuera de la zona, que se mude. Que si alguna vez lo veían por esa zona o por el barrio Capurro, esa vez la bala iba a dar en el blanco.

—Y tu papá, ¿no pudo denunciar eso o consultar con alguien?

—¿Denunciar a quién? ¿consultar con quién? Nadie. Hay relaciones fuertes entre esos subcomisarios y oficiales del ejército y las fuerzas conjuntas. Hay vínculos, dólares, arreglos, cosas que ni se saben ni se podrán descubrir. No.

No se pudo hacer nada. Gracias a mi tío conseguimos un lugar en Pocitos y una agencia nos vació la casa de Capurro y traslado todo aquí, a Pocitos.

—¡Pa, mierda!

—Nunca más pasamos por ahí. Y yo no pienso pasar por allí tampoco. Me conocen la cara. Sé que hay más de uno que me tiene ganas.

—¿Y qué vas a hacer al respecto?

—Nada. No puedo hacer nada. Si tratara de hacer algo, podría tener severas consecuencias contra alguien de la familia.

—¿Y de la balacera? ¿Supiste algo?

—No mucho, pero uno de los criminales era el esposo de la pobre Carmen. Ella era maestra y sufría viviendo con ese animal delincuente. Cuando él murió, sin embargo, ella ya no pudo pagar el alquiler y se mudó con su hija a la casa de la madre. Quedó en la ruina. No sabía qué hacer. El sueldo de maestra no le alcanzaba. Trató de conseguir varios tipos de trabajo. Pero nada. Al final, juntó mucha valentía y empezó a trabajar de prostituta, primero en la calle y luego entró en el burdel de la calle Convención. Yo la busqué, y luego la encontré allí.

—Pobre. ¿Esa es la Carmencita?. . . ¿ese es el burdel El Ensueño?

—Sí. Me dio mucha pena, y me sigue dando, por eso la estoy ayudando.

Martínez se quedó en silencio. Se alisó el bigote. Miró hacia los lados, viendo autos y gente que pasaba.

—Podías haber hablado conmigo. Yo te hubiera. . .

—No, Martínez. No podía. Cuando me metí en la jefatura yo no sabía quién era bueno y quién era malo. Tuve que mentir. Tuve que tener mucho cuidado. Me sentía muy inseguro.

—Pero. . .

—Martínez, qué sabía yo. Había entrado en la cueva de los lobos y no sabía cómo me iba a ir.

—Pero sabías lo que buscabas, ¿no?

—Sí, pero no sabía qué buscar ni dónde. No sabía cómo hacerlo.

—¿Gina, mi sobrina, sabe algo de esto?

—Algo. Pedazos.

—Mierda contigo, Daniel. Tu vida complicada ahora le va a complicar la vida a ella.

—Espero que no.

—¿Le contaste esto a tus amigos?

—Pedazos. Pedazos. Venía tratando de dejar todo eso de lado y dedicarme a lo que soy, un estudiante. Ser un estudiante y nada más. Pero ya ves.

—Sí. Ya veo. Los muertos te persiguen. Vienen hacia ti.

—Sí. No sé por qué. Ahí me metí en la morgue, ahí me metí con los inspectores y con la técnica, ahí me mataron a mi Tamara, y mataron a otros y... y... luego vinieron más cosas, y más, y las escapadas de los muchachos y el viejo ese del Mercedes y... y... —Daniel se tomó la cara mientras lloriqueaba—. ¡No sé qué hacer!.. Martínez, no sé qué hacer.

Daniel salió del auto. Martínez salió también y lo sostuvo en un medio abrazo.

—No sé qué hacer. No sé cómo salir de todo esto y volver a la normalidad. Quiero una vida normal. Normal. Una vida de estudiante, con amor y sin muertos. Y no como me dicen mis vecinas.

—¿Qué te dicen?

—Me dicen "Oh, ahí vas por la vida con poco amor y mucho muerto". Y tienen razón. Tienen razón.

—Y sí Daniel. Tienen razón.

Se quedaron allí un rato. Sin hablar.

—Daniel, ¿tú entiendes que el peligro para ti ha aumentado? Deben saber de ti y de lo que has hecho.

—Sí. Martínez. Me doy cuenta.

—¿Y qué vas a hacer?

—No sé. No sé.

Daniel se repuso un poco y prendió otro cigarrillo.

—Bueno, me voy. Gracias por escucharme.

—Espero que me sigas contando cosas. Conmigo podéis hablar.

—Gracias, Martínez. Gracias por dejarme hablar.

Martínez le dio una palmada en la cara. "Chau, Daniel".

—Chau.

Martínez se fue. Daniel se quedó abajo un rato hasta que vino Marisa con la Gallega y su hija.

—¿Estás buscando víctimas? —le dijo.

—¿Qué le dijiste a ese señor que quedó preocupado?

Daniel las miró y se fue.

# 51

Al día siguiente, al volver de la facultad, su madre le avisó que Pereira lo esperaba en su casa y que Manuel también estaba allí. Se cambió de ropa y se fue. Pepe, Carlos y Pablo también estaban allí.

—Hola Pereira, hola, Manuel. Ah, hola todos. ¿Cómo andan?

—Hola.

—Hola, che.

—Te llamamos porque Gina me llamó y me dijo que hay cosas que te tenéis que sacar de adentro.

—Sí —agregó Manuel—. ¿Qué es? ¿Qué pasa o qué pasó contigo?

—Déjenlo ahora. No quiero empezar ahora con. . .

—Dale Daniel. Cuentanos Dinos que sucedió. —pidió Pereira—. Mira, no te enojes por lo que te voy a decir. Gina me llamó. Está muy preocupada. Sí. Dice que su tío, el Martínez ese, le dijo que tenéis mucha mierda psicológica adentro y que yo te haga hablar sobre la muerte de Tamara para ver si te ponéis mejor.

—Ah, ella. . . ¿ella te dijo?

—Sí. Me pidió que. . . bueno. . . que a ver si, como que, entre hombres, que. . . bueno, a ver si podemos hablar contigo.

—Prefiero. . . yo, prefiero otro día.

—Es algo con Tamara, ¿no? ¿Qué pasó? —preguntó Pepe—, dale. No lo dejéis para otro día. Habíamos quedado en que sufriste porque ella te dejó.

Daniel no quería empezar a hablar de eso y se resistió.

—Cuenta más, Daniel. Si me habías dicho que volvieron a engancharse —insistió Carlos—. A ver, ¿Qué pasó después?

Daniel se resistía, pero al final empezó a contar.

—Yo ya sabía que ella estaba vinculada a actividades clandestinas con Tupamaros, pero esa realidad me golpeó de frente cuando, una vez, en un motel, mientras ella estaba en la ducha, pude ver que en su cartera ella llevaba una pistola automática. La saqué con cuidado. Era una Colt 38.

Daniel siguió contando. El tiempo pasaba y Tamara lo preocupaba. ¿Pero qué hacer? Ella lo quería y él la quería y no podía dejarla, sobre todo intuyendo, como ella misma intuía, que un día se la iban a llevar porque ya estaba marcada. Así pasaron las semanas, y más semanas, y él y Tamara se dejaron llevar por esa fogosa relación combinada con un gran compañerismo.

—Fogosa, sí —agregó Manuel—, fogosa estupidez tenías.

—Sí, eso. Te iba a pegar un tiro con su revolver para terminar con ese amor profundo, gil. Para terminar con el enano que la manoseaba.

—¡Pablo, no seas malo!

—Bueno, ese día finalmente llegó y parada en la vereda de la calle Colonia y Paraguay, lloriqueando, me dijo que me dejaba por otro, que había conocido a un hombre, un arquitecto profesor de algo. Yo sabía que no era cierto, pero no le quise insistir sabiendo bien que ella merecía alguien mejor, y yo necesitaba salir de esa relación peligrosa.

—Menos mal que no sacó el revolver y te pegó un tiro.

—¡¡Pablo!!

Daniel se quedó en silencio y no habló. Se secó los ojos y dijo:

—Fue la última vez que la vi. Poco tiempo después se la llevaron.

—¿Qué? ¿se la llevaron? —saltó Pepe— Pero Por qué no nos dijiste?

—¡Eh!. . .¿Cómo que se la llevaron? ¿A dónde? ¿Cómo?

—No supe. No pude saber.

—¿Se la llevaron presa?

—Sí. Con capucha y. . .y. . . esposas.

—¡¡A la mierda!! —dijo Pereira, parándose.

—¿No supiste adónde?

—No. Un día me llama Chiqui, la vecina, y me dijo por teléfono "Daniel, Daniel. . . se llevaron a Tamara", "¡Se la llevaron encapuchada!.. encapuchada y esposada"

Hubo silencio. Los amigos se quedaron callados. Daniel estaba en el sillón, mirando sus rodillas, lágrimas cayendo, mientras los otros estaban parados, alterados, frente a él. Daniel no podía hablar.

Al rato Pereira habló y dijo

—¿Y? ¿qué pasó?. . .¿Qué pasó después?

_ Cuenta..Cuenta.

—La mataron.

—¿Qué?

—Ay, ¿Cómo que. . .?

—¡¡Ay, Daniel!!

—La mataron de un balazo en la cabeza. En la cárcel.

Se quedó callado, doblado sobre sus rodillas.

—Le volaron la cabeza de un disparo —siguió, y se puso a llorar—, y luego la tiraron en un basural. Desnuda. Unos gatos la encontraron.

—¿La viste en la morgue?

—Sí. Me acerqué al cajón, pasé mis dedos por su borde, estuve a punto de abrirlo, pero no lo hice.

—Ay, Daniel, Daniel.

—Fue horrible. Vino mucha gente al patio y se amontonaron muchas personas en el patio, y hubo gritos y hasta una manifestación callejera. Vinieron luego policías y soldados, hubo empujones, pero al final el cuerpo se cargó en una camioneta funeraria. Hubo más gritos, pedradas a los soldados, y ya se iniciaba una marcha cuando cayeron cuatro carros del ejército y dispersaron a la gente.

Daniel respiró hondo y Pereira le dio un gin. Daniel se quedó un rato callado e hizo lo que pudo para tranquilizarse.

—Juan me dijo "Anda Daniel, ve con la familia que te necesitan". Salí afuera y me fui a hablar con la familia. Me abracé con todos ellos y con Chiqui. Los padres estaban llorando. Era un momento horrible. Traté de mantener la compostura, pero no pude. Yo. . . yo la había querido mucho y. . . ya no la vería más.

Tomó otro sorbo de gin y siguió contando.

La empresa había sacado el cajón mientras todos ellos estaban abrazados como haciendo un esfuerzo para resucitarla. Se apretaban unos a otros como si con ese último esfuerzo desesperado pudieran obrar un milagro y traerla de nuevo a la vida. No, no podía estar muerta. Cargaron el cajón en la camioneta y en ese momento todos sintieron la absoluta e irreversible dureza de la muerte e irrumpieron en llanto.

Una vez tranquilizados, se prepararon para irse. Fue en ese momento que los padres dijeron que todo venía saliendo bien, no podían entender qué fue lo que pasó, habían pagado lo que se les pidió y les habían dicho que ella sería liberada en dos días. Ya estaban contentos porque les dijeron claramente que la soltaban sin mayores problemas. Daniel sintió curiosidad y les preguntó cuánto pagaron, y cómo lo habían pagado. La madre le dijo la cantidad, había sido mucho dinero. . . demasiado dinero. Se suponía que era para pagar gastos de abogado, de procesamiento y papeleo, pero habían exigido muchísimo más. Le intrigó lo del pago y más aún la forma en que se pagó. Había sido un encuentro pre-arreglado entre dos coches en el Parque de los Aliados, un mínimo contacto con un señor sin uniforme en un auto no oficial.

—¿Se dan cuenta? Pidieron rescate. Había sido un secuestro.

—¿Un secuestro?

—Sí. Me quedé en el patio mirando cómo se alejaba el carro fúnebre. Los padres y Chiqui vinieron, me abrazaron llorando y se fueron. Me quedé solo allí, parado en el patio, acompañado por los muertos, sintiéndome horrible. "Qué dura que es la muerte" pensé, "y cuán irreversible. Tantas noches. Tanto amor que nos dimos. Todo se fue con la muerte.

—¿Y qué hiciste? —preguntó Pepe—. ¿Lo hablaste con alguien?

—¿Con quién? No hice nada al respecto porque no había nada que podía hacer. No lo hablé con nadie porque con nadie lo podía hablar. De esas cosas nada se pública y nada se puede comentar. Esto no salió en el diario porque estas cosas no se publican en estos tiempos de dictadura en que los militares hacen cosas horribles con la población.

—Pero algo. . . hacer algo.

—No podía siquiera pensar con quién hablarlo, y aunque lo hablara, no tenía ni idea de qué hacer al respecto. No, no podría averiguar nada ni podría discutirlo con nadie.

Daniel se quedó un rato en silencio. Pereira le pasó un cigarrillo y el Pepe le puso un brazo sobre los hombros y le dio más gin.

—Horrible, Daniel, horrible —dijo Pereira, sirviendo a todos un gin con hielo, agua tónica y limón.

Daniel contó un poco más y luego se recostó en el sofá. Ya no pudo contar más.

Dos horas más tarde Daniel volvía a su casa. Se había dormido en el sofá de Pereira después del tercer gin, poseído por dolor, alcohol y un simultáneo sentimiento de culpa y venganza. Lo último que dijo antes de entregarse al sueño fue "me las van a pagar, hijos de puta". Pereira lo dejó allí y los otros se fueron. Cuando Daniel se despertó, vio la nota en la mesa, se arregló un poco el pelo y se fue.

Entró en su casa, habló con sus padres y se tomó una ducha. Se fue a dormir.

# 52

Se levantó de mañana con una piedra en el corazón por todo lo que había recordado y contado. "Tamara".

Se fue a clase y varios casos graves lo sacaron de su magma mental.

Sin embargo, sentía que le faltaban detalles, había algunas cosas que no encajaban en sus pensamientos y no se le aclaraban en su mente. Llamó a la jefatura y pidió una reunión. Se fue para allá. Entró en la jefatura, subió al tercer piso y fue al cuarto del fondo donde encontró cuatro oficiales, tres de los contadores, a Yamandú, Martínez, a un subsecretario del Judicial, y a la malparida Inés. Saludó a todos en forma muy simpática mientras se le volaban los papeles de la carpeta y volcó una de las tasas de café. Andaba medio entreverado consigo mismo y cuando se agachó para juntar los papeles, la camisa se le salió toda y se tropezó con el pizarrón, así que se tuvo que dar vuelta para meterla de nuevo en el pantalón y a la misma vez tratar de poner el pizarrón en orden. Esas cosas le pasaban cuando estaba nervioso.

—Ya tranquilízate —dijo el subsecretario—, estás hecho un torbellino.

Se sentó y le trajeron café y torta. Se puso a hablar y a explicarles las últimas conclusiones.

—Sí. Estoy de acuerdo —dijo Martínez—. El ejecutor-X de los muchachos ni titubeo ni tembló al disparar. Solo alguien que odia mucho o ha asesinado antes puede hacerlo así. Odio no hay, por lo tanto, aseveró que el ejecutor ha asesinado antes. Así que ya era un asesino antes de que esto empiece, debe de tener un prontuario y lo estamos investigando. Yamandú va a estar a cargo de eso. Y ese asesino debía de haber matado antes de esa misma manera y los archivos de la morgue y de la Policía deben ser revisados. Dentro de Montevideo y en todo Uruguay.

—Estoy de acuerdo, sí —agregó Inés—. Una persona normal no va y mata a una muchacha linda, sentada y atada, sin razón, a menos que uno ya esté sin conciencia por asesinatos anteriores.

—Muy bien. Sí.

Daniel opinó que seguramente, luego de asesinatos anteriores, ese asesino, con el cambio de régimen, vio la oportunidad de hacerse parte de las fuerzas conjuntas o del ejército y disimularse en un cuartel. De modo que alguien debería ir cuartel por cuartel, revisando archivos de cada soldado. Por los datos que él había encontrado, solo deberían estudiarse los cuarteles de la mitad este de la cuidad y les explicó por qué. Con respecto al banco, Daniel estaba convencido que el Banco Comercial era la clave.

—Debe de haber en esa sucursal fondos detectables con ganancias anormales y coincidentes con los eventos —les dijo—. El banco tiene también una sección financiera en el piso dos que debe ser investigada porque mantienen archivos por separado. Yo pienso que debe de haber una persona que coordine las actividades en las dos ramas, y en la computadora de la agencia central debe de haber actividades que fueron registradas, así que pongan un hombre, preferiblemente un contador de banco, en la sección de la Ciudad Vieja.

—¿Quién te dio esas ideas?

—Pereira. Él consultó a unos amigos suyos.

—¿Quién?

—Pereira, pero no importa.

—¿Y eso del ejecutor-X, ¿de dónde lo sacaste? —preguntó el subsecretario.

—¿Usted no mira televisión?

Había que revisar el grupo familiar de cada empleado del banco en cuestión y encontrar quién o quiénes tenían familiares en el ejército o en las fuerzas conjuntas o seguir a los más sospechosos para ver con quién se relacionaban. Por los datos que juntó, les dijo, Pereira y él estaban convencidos de que había por lo menos dos empleados de ese banco involucrados.

—Pero ese trabajo de investigación lo tienen que hacer ustedes —agregó Daniel—. No es algo que yo pueda hacer.

—No te preocupes que ya hiciste bastante.

Les dijo además que había otros factores.

—Así como hemos visto que los secuestros continúan, eso nos da la pauta que no sospechan de que estamos investigando, pero también nos indica que pronto podría aparecer otro muchacho asesinado. Teniendo eso en cuenta, la premura de la situación exige que se comience bien pronto con el plan que les voy a detallar —les dijo—. Y el plan exige un funcionario encargado de controlar el equipo económico que infiltrara y estudiara las transacciones de los bancos en cuestión. Tras haber hablado con varios de los contadores de la jefatura y del judicial, propongo al señor contador Bauza Fonseca para que comande la operación bajo directa supervisión de Yamandú.

—Muy bien, sí.

—He resuelto modificar el momento del comienzo de la infiltración bancaria para dentro de 48 horas, si ustedes lo aceptan —dijo Bauza Fonseca—. Es tiempo ya de empezar a tender la red.

—¡Sí!

—¡Dale, sí!

—Con motivo de evitar estorbos legales —continuó Fonseca—, he encarado el tema con dos personas que trabajan en el judicial y que son conocidas por Yamandú, María del Rosario y Berta, quienes me presentaron al juez de instrucción de primer turno, Castagno Méndez, de la corte de justicia. El juez sabe de nuestros planes, pero sin muchos detalles de nombres y lugares, y estará a la orden en caso de que Yamandú encuentre estorbos legales o problemas en el banco. Yamandú debe quedar con amplio poder de este caso, y hasta con autoridad especial, si entienden a qué me refiero, para proceder como decida, y se contactará con el señor Saravia-Cohen en cuanto vuelva para formar el dúo directivo de todo este plan. ¿Qué tal estamos?

—Sí, viejo, ¡sí!

Les dijo que antes de terminar quería compartir con ellos su hipótesis enfocada en una idea especial y que siguientes hipótesis se basaran en esa misma.

—Sí, Daniel, te escuchamos.

—Supongamos dos o tres personas empleadas del Comercial y relacionadas, tanto porque son amigos, hermanos o primos, y la esposa de uno de ellos es hermana, esposa o prima de un militar. Se encuentran sucesivamente en reuniones familiares y de una amistad nace una complicidad de unirse en un plan secreto con fines de lucro. Quizás probaron pequeños negocios sin éxito, hasta que un día, en una reunión familiar, palabra va, palabra viene, nació la idea del secuestro. Hacen el primero, todo marcha bien, y luego hacen el segundo, pero quizás ahí la cosa se complica. Necesitan ayuda, necesitan una mano fuerte que les ayude a controlar a los muchachos, y consiguen más gente, pero uno de los guardias en el cuartel es un inestable y mata por gusto nomás, y ahí la cosa se complica.

—Ya veo. Interesante. ¿Y lo del Belga ese. . . el Nubio?

—Sí. Ese debe ser el asesino, o uno de sus hombres. Sí. Hay que andar con cuidado.

Daniel les explicó un poco más de su hipótesis y les dijo que buscaran, a través de la gente que colocaron en el banco, cuáles dos o tres son compinches o hermanos o primos, y de esos busquen si alguna de sus esposas o hermanas o tías tiene familia cercana que sea militar. Les dijo que buscaran en la familia de cada empleado para ver si tenía parentela militar, sobre todo esposa con hermanos o primos en cuarteles. Que buscaran asesinos o sospechosos de asesinato que se hayan hecho militares.

—Espero que tomen nota de todo eso.

—¿Qué comiste anoche, Daniel, que andas inspirado? —dijo uno de los oficiales.

—Espera que aún no he terminado.

—¿Qué te pusieron en la sopa, che? —preguntó otro oficial—. ¿Qué comiste?

—¡Comió carne de mujer! —dijo Martínez, y todos se empezaron a reír, con lo cual Daniel se tranquilizó un poco.

Daniel agregó que lo siguiente iba a ser más difícil. Que buscaran las características y datos personales de cada empleado del Comercial, usando la contaduría central y que averigüen de los pagos de luz, gas y teléfono de cada uno para ver con qué cheques pagaba, luego que buscaran en los bancos de esos cheques si hubo depósitos adicionales en más de treinta ocasiones pocos días después de cada pago por rescate. Suponía que esos depósitos serían todos similares. Les dijo que habían hecho un cálculo de probabilidades y aplicado la regla del triángulo en cada caso y de acuerdo a eso el Banco Montevideo de Rivera y Propios, junto con el Banco Comercial, les resultaban estadísticamente atractivos, que pusieran dos investigadores allí e hicieran una intervención en su contaduría. Y nada más.

—Sí, muy bien —dijo uno de los oficiales—, ya pusimos a un hombre allí y vamos a poner otro.

—Pero, por amor de Dios, ¿Quién te dio esas ideas, Daniel? —preguntó Yamandú.

—Pereira, mi exprofesor. Tiene unos vecinos abogados y contadores de banco que son muy discretos y privados.

—¡Muy bien!

—Sí, sí, muy buen dato, Carmencito.

—Ya, terminen con ese apodo de una vez —se quejó Daniel.

—¿Carmencito? —preguntó el subsecretario—. ¿Por qué lo llaman así?

—¡Miren que me voy! —advirtió Daniel, parándose.

—Bueno, bueno.

—Sí, bueno. Volvamos a lo nuestro. Así que vamos a estudiar todo el personal del Comercial. Del Banco Montevideo también. Sí.

—¡Paaaa!... ¿¿estás seguro de que no eres más que un es-tu-dian-te, como tu dices? —dijo uno de los oficiales.

Daniel, todavía irritado, lo miró y le lanzó un beso para avergonzarlo.

—Bueno, está bien, Daniel, tranquilízate.

—¿Y si toda falla? —preguntó el subsecretario.

—Ya se me ocurrirán otras posibilidades. Pero me huele que por uno de esos rincones algo gordo va a aparecer. . . ¡Tiene que aparecer!.. Y no se vayan a olvidar de lavarse los dientes y de hacer pichi antes de acostarse —les dijo.

—Muy bien, ja, ja, muy bien —dijo el subsecretario riéndose, lo cual hizo que todos se relajaran y empezaran a reírse.

—Pero. . . al terminar —les dijo—, hay algo que también tengo que decir. Me huele que al final de nuestra búsqueda encontremos uno o dos oficiales del ejército o de las fuerzas conjuntas, alguien de alto rango, que quizás sea medio intocable. Si llegamos a eso, quizás sea un momento difícil.

—Mmmm, sí, ya veo —dijo el subsecretario—, pero lo encararemos en su momento, sí.

—Bueno. Y ya que estamos en el tema de los estudios, necesito que alguien me dé una mano con. . . eh. . . no importa.

—¿Y tú? ¿Qué vas a hacer?

—Es tiempo de apartarme un poco. No soy Policía y esto se está poniendo peligroso.

—Tenéis mucha razón.

—Sí, muy bien —dijeron y tomaron nota—. Sepárate de todo esto. Cuídate, sí.

—Sí. No queremos que te pase nada. Buena idea.

La reunión terminó con bromas de ambos lados. Se despidieron todos en forma muy simpática.

Siguieron despidiéndose un rato más y Daniel se fue. A la salida estaba Martínez esperándolo, lo llevó a su casa y casi ni hablaron. Estaban medio nerviosos los dos.

# 53

Al día siguiente aprovechó para hablar con Gina, haciendo hincapié en lo que pasaba y en lo que se planeaba. Le explicó lo de la reunión anterior. Ella le hizo muchas preguntas, preocupada.

—¿Y qué pasaría, Daniel? —le dijo ya con lágrimas en los ojos—. ¿Qué pasaría si algo pasa y uno de los dos, o los dos, tenemos que escapar y quedamos separados?

—No hables así, nena.

—Pero sí —dijo y lo abrazó llorando—, ¿y si te agarran?

La abrazó para consolarla e hizo como hizo antes y le contó de sus viajes y le hizo contarle de los suyos. Ella seguía llorando, abrazada. Tenía ese buzo blanco de lana con rulitos que tanto le gustaba, sus dientes blancos brillaban, y sus lentes la hacían todavía más linda. Su aroma de mujer se sentía entre sus brazos. ¿Qué tenía esa criatura de carne y hueso que tanto lo atraía y a quien él quería sin entender lo que sentía? Había querido a Tamara, sí, pero lo que sentía por Gina era distinto. ¿Qué es ese sentimiento que tengo por ella?

—Pero. . . Daniel, ¿y si no puedes?

Él le contó de nuevo sobre París y de nuevo le contó también sobre Barcelona y sobre el hotel donde estuvo y de los paseos que hizo. Le habló de la Plaza de Catalunya y de la Rambla y de la Boquería y de la Plaza Real con sus palmeras, "mi plaza favorita", sobre todo los domingos de mañana, que es cuando vienen los vendedores de estampillas y monedas, y es fascinante ver las monedas de los diferentes países.

—¿Me oíste?

—Sí. ¿Qué?

—Que es mi plaza favorita.

Le siguió hablando y hablando de lo mucho que le gustaron sus paseos, hasta que se tranquilizó.

—No importa donde estés, Gina, yo te voy a encontrar.

# 54

Esa noche durmió muy poco, preocupado. Las nebulosas imágenes de la noche volvieron a aparecer, más brillantes y con más personas que antes. Hombres y mujeres borrosos sacudían los brazos como la gente hace en la carretera para advertir a los autos que no sigan. Sus excitados gestos y cuchicheos eran más intensos y Daniel pudo escuchar voces y hasta un ulular que emanaba de ellas. Era una advertencia a algo que se aproximaba y él lo sabía. "¿Qué quieren?" les dijo, "¿Qué me quieren decir? ¿Qué es lo que va a pasar? No hay nada que pueda hacer. Tengo que continuar. ¿Entienden? ¿Hola? Pero, ¿quiénes son ustedes?" Y se abrumó al ver con sorpresa que las imágenes se aquietaban, como resignadas. Una vez más se dijo "no pueden ser reales, no pueden ser reales, visiones en mi cuarto, muertos que me hablan, no puede ser. Ya no estoy bien. No voy a terminar bien". Se durmió.

De mañana se despertó cansado. De nuevo había un leve olor a azufre en el cuarto. Abrió la ventana. Fue hasta el ropero y notó una ligera ceniza en el piso. Se agachó, la palpó con sus dedos. "¡¡Madonna!!". No le cupo duda. "Cruzaron el umbral. Mierrrrda" se dijo a sí mismo. "Cruzaron. ¿Qué quieren?" Limpió el piso y se fue a la cocina a tomar café.

—Daniel, te llaman —le gritó su madre—, es Martínez.

—¿Hola? Sí.

—Daniel. Hay una reunión en dos horas. ¿No te llamó Domínguez?

—No. ¿Por qué?

—No contesta. Hace dos días que no sabemos de él. No sabemos dónde está. Me voy a su casa. Pranchín va a buscarte. Estate listo abajo.

Daniel se vistió, bajó y Pranchín se lo llevó, rápido, a buscar a Domínguez.

—¿Qué pasa?

—Nada. Que Yamandú ordenó una reunión urgente con el sub-secretario y Domínguez tiene que estar allí con sus informes. Levantamos a Domínguez y de allí tú, Martínez y yo nos vamos a la jefatura, a la reunión. Cabrera ya está allí.

—Sí. Bueno —dijo Daniel, nervioso—. ¿Reunión sobre qué?

—No sé bien. Algo muy serio.

Pranchín manejó rápido. Subieron por Bulevar Artigas y se dirigieron con dirección al Prado. Antes que pudiera decir nada, se metieron en el barrio Capurro. Daniel se dio cuenta.

—Pranchín, esto es Capurro —dijo Daniel preocupado—. No puedo estar acá. Tú sabes que yo. . .

—Sí, ya sé. Pero vamos rápido.

—Mierda, Pranchín, ¡¡es Capurro!! —le dijo—. No debo andar por aquí de día. Sabes que aquí me pueden. . . Capurro es zona prohibida para mí, me pueden. . .

—Ya sé. Ya sé. Agáchate para que nadie te vea. Vamos a lo de Domínguez y nos vamos rápido.

Luego de unas vueltas rápidas llegaron a la casa de Domínguez. Martínez y dos patrulleros estaba allí, afuera. No habían entrado. Los dos árboles del frente estaba llenos de cuervos. "Cuervos de mierda", pensó Daniel, "Ah, pero eso indica que Domínguez esta adentro".

—¡Domínguez!. . . ¡Domínguez! —gritaron

Esperaron. No hubo respuesta.

—Domínguez no contesta, y escuchamos ruidos adentro. ¿Qué son esos cuervos?

—Son los que lo siguen a. . . nada. Es señal que él está adentro.

—Pranchín, un vecino dice que escuchó varios tiros.

—¡Domínguez! —gritó otro agente—. ¡Domínguez!

—Ay, puede que. . .

—¡¡Domínguez!!

—Quédate afuera, Daniel —dijo Martínez y él y los demás sacaron sus pistolas.

Había olor a humo. Había vibraciones de peligro. Los cuervos chillaban.

—Vete por allí. Vamos. Dale. José, tú y el agente López entren por atrás. Vayan.

Entraron medio agachados y se oyeron portazos, ruidos de muebles, un par de tiros, silencio, otros tiros, gritos, y más tiros. Luego, silencio. Varios cuervos salieron volando por la puerta.

Al rato salen Martínez y todos los demás, armas en mano. Uno de los policías estaba herido y lo apoyaron en la pared. Mandaron llamar a la ambulancia.

—No sé si deberías entrar, Daniel. Espera.

—¿Por qué? ¿no está ya seguro adentro?

—Sí, pero eso no es. . . espera, espera. . . ¡Daniel!

—¡Espera, Daniel! —le gritó un agente— Daniel! ¡No vayas!

Daniel ya había entrado.

Adentro todo estaba en desorden, con vidrios rotos y pedazos de mueble por doquier. El cuerpo desnudo y sin vida de Domínguez daba pavor. Estaba sentado y atado a una silla. Semi-reclinado. Tenía quemaduras de picana eléctrica y de cigarrillos. Su cuerpo tenía también cortes y agujeros y marcas hechas con algún instrumento.

—Eso son las marcas de la picana, Daniel. Lo torturaron.

—Ay, Domínguez, Domínguez. No.

—Pobre.

En el piso había sangre desparramada, vómito, cables, dedos y cuchillos de cocina.

Había varios cuervos caminando por el piso o parados en los muebles. Varios de ellos saltaron y volaron hasta el cuerpo de Domínguez y le picotearon los ojos. Otros cuervos le picoteaban las piernas y los dedos cortados. Pranchín y un agente los echaron usando pedazos de silla y un trapo.

—Pero ¿qué carajo hacen estos cuervos acá?

—Se vinieron a vengar —dijo Daniel, asombrado. "Era cierto. Lo seguían".

—Ya estás ahí diciendo idioteces, Daniel —dijo Martínez—, cuervos de mierda.

—Sí. Lo vienen siguiendo desde hace tiempo, Martínez.

—¡Cállate, Daniel!

—No me callo. Los cuervos se vengaron de Domínguez por las cosas que hizo.

—No podéis estar hablando en serio. No podéis creer en esas cosas. Cállate. Respeta el cuerpo de nuestro amigo.

Daniel espantó varios de los cuervos con las manos. Dio unos pasos al costado. Varios cuervos se habían parado sobre un escaparate y lo miraban. "¿Qué? ¿Me están mirando los cuervos? Pero. . .¿Por qué me miran?"

Un agente se dio cuenta.

—Los cuervos te miran, Daniel.

—Cállese —ladró Martínez.

Daniel miró a Domínguez. Le dio tanta lástima verlo. "Ay, Domínguez". Lo habían tajeado por varios lados. Los ojos estaban destrozados por picotazos. Había sangre en las paredes. Sus brazos retorcidos, los dedos reventados y amputados. "Debe de haber sufrido enormemente".

"Pobre".

—Esto es espantoso.

Atado, torturado, golpeado. Era horrible ver a este amigo que había sido tan bueno. Daniel se quedó como congelado mirando al que había sido un afectuoso hombre y amigo y recordó su ayuda de cuando mataron a Tamara. El horror ante esa imagen lo hipnotizaba. Los cuervos miraban a Daniel, mientras él miraba a Domínguez y luego miraba a los cuervos. Había un entendimiento en el aire que él no entendía. "¿Por qué me siguen mirando?"

—Vengan a ver esto. Aquí. ¿Ven? —dijo Martínez—, acá están los culpables. Estaban agazapados cuando entramos y lograron balear a José, pero los agarramos con fuego cruzado y cayeron.

—Hijos de puta —gritó un agente y los pateó. Pranchín los pateó también y los escupió.

Allí, en el suelo, en medio de charcos de sangre, había dos cuerpos inmóviles. El olor a pólvora y a sangre inundaban el aire. Un asco.

—Qué pena que no quedaron vivos para interrogarlos —dijo Pranchín, mientras otro agente comenzaba a registrar los cuerpos.

Fue en ese momento que se escuchó un tiro. Uno de los asesinos había estado agazapado dentro del ropero, había salido, disparó contra Daniel y giró para balear a los otros. Daniel logró verlo en su último segundo antes que una metralla de Martínez lo abatiera. Pero un segundo fue todo lo que necesitaba el hombre para balear a Daniel. La bala le había entrado en el lado izquierdo del pecho y Daniel cayó hacia atrás. "¡Ay, me mató!" se dijo y se desmayó del dolor.

Se despertó de inmediato cuando le arrojaron agua y le quitaron la camisa. La bala le había entrado por el músculo pectoral izquierdo, entre el pecho y el brazo, y había salido por debajo de la escápula. El pecho se había salvado. El dolor era horrible y Daniel pensó que seguramente era un neumotórax hemorrágico y un desgarro de la arteria axilar, "Me quedan segundos de vida", "Ay, los cuervos... me estaban advirtiendo" y recordó los pechos de Tamara como una última imagen mientras se entregaba a lo inevitable y cerraba los ojos. Abrió los ojos, "no, esos no son los de Tamara, son los pechos de Isabel, sí. No.. no, no", se dijo, "son los de Gina. Gina, sí". "¡Ay!"

—¡¡Ay!!

Alguien le dio un sopapo. "¡¡Despierta!!"

—¡Ay, ay!— gritó.

—Cállate y no te muevas, Daniel, que te estoy envolviendo con una venda —le dijo un agente—. Quieto.

Daniel pasó la mano por su costado izquierdo y la vio llena de sangre. "Ay, sangre de judío" pensó.

—La bala te entró en el frente y te salió por atrás —le dijo el agente mientras la ponía gazas y vendajes compresivos—, tuviste suerte. Ven, sientate acá.

Entre el agente y Pranchín lo sentaron en una silla y lo sostuvieron. Daniel apenas podía sostenerse y estaba en plena confusión mental. Recordaba a un militar frente a él, con un revolver en la mano que echaba humo por la boca, un dolor agudo y un golpe. El dolor le cortaba la respiración mientras trataba de aclarar su mente sin suerte. Se sentía entreverado entre el dolor, el golpe, el neumotórax, la sangre en su costado, los pechos de. . . de. . . "¿Quién era?", "ah, Gina", el olor a pólvora. Los cuervos y la imagen de Domínguez muerto frente a él.

—Ahora viene la ambulancia.

Daniel lucía medio catatónico. El muerto delante de él no se movía. Pranchín le hablaba y lloriqueaba. Alguien sacaba fotos.

Llamaron a otros agentes. Vino la ambulancia. Vino el forense. Los detectives se quedaron a un lado y se sentaron en una silla y de lejos observaron el cuerpo de su compañero y amigo. Con ojos llorosos se despedían de él mientras recordaban los momentos que pasaron juntos. Se decían unos a otros "¿te acordáis de aquella vez en que. . .?" y se contaban casos en que Domínguez se había destacado. Se agarraron de la cara y lloriquearon.

—¡Martínez!, ¡Martínez!, ven aquí rapido —gritó un agente—, ven. Tenéis que ver esto.

Todos se limpiaron la cara y fueron a ver. El agente les mostró las armas que los delincuentes usaron, las billeteras, y. . .

—Y esto. ¿Ven? Ellos dos y el último asesino tenían en sus bolsillos estos papeles. Son fotos sacadas de algo con la cara de Domínguez y Daniel. Esta gente tenía órdenes de agarrarlos. A los dos. Y matarlos.

—Mierda.

—A ver. Sí. Mierda, che. Ya liquidaron a Domínguez y. . . y esto debe indicar que debe de haber otros criminales con tu foto, buscándote. Daniel, ¡estás en peligro!

—Y. . . Daniel sería el siguiente.

—Ay, ¿Qué hago? ¿Qué hago? —preguntó Daniel, lleno de dolor—. Necesito una ambulancia, ir al hospital y. . .

—¡No! No te puedes quedar. No puedes quedarte aquí, en la ciudad. No.

—Sí, Daniel —dijo un agente dándole un vaso de agua—, en cualquier hospital de la ciudad te pueden pegar un tiro.

—¡¡Sí, y te van a agarrar!!

—No. Me tienen que llevar a emergencia, tengo hemorragia, puedo tener un neumotórax. Me voy a morir.

—Si fueron capaces de agarrar a Domínguez, eso quiere decir que son bien capaces de agarrarte a ti. Te tienes que escapar.

—No, ay, me duele mucho, me parece que la bala cortó el músculo serrato. ¡¡Ay, ay!!

—Tenéis que escaparte ya. Pueden contraatacar en cualquier momento. Estás en peligro.

—Piensan agarrar uno por uno. . . y el siguiente eres tú Daniel.

—¡¡Llévenselo!!

—Pero está herido —dijo un agente—, se desmaya en cualquier momento.

—Martínez, dile ya que se tiene que ir. . . y ya.

—Vamos, Daniel, vamos. Te llevamos. x

—¿Cómo?. . . ¡Pero, no!.. —protestó Daniel—. ¿A dónde? Mis padres. Mi. . .

—Daniel, no hay tiempo para planear nada. Escápate con Martínez e Inés. Ahora mismo. Ellos te protegerán. Estarás más seguro. Y no lo puedes pensar.

—Pero yo no quería ir con. . .

—No hay tiempo, no hay tiempo.

—Se tienen que ir. Esto se desparramó y ahora quién sabe cuántos lo saben. Pueden haber francotiradores.

—Mis padres. Gina, yo. . .

—Daniel, Daniel, escúchame —le dijo Pranchín agarrándolo de la solapa—, tenéis que ir ya. ¡Ya! Yo me encargo de tus padres y de tu hermano, y de Gina. Con guardias, con escondrijos, con lo que sea, van a estar bajo mi custodia y nada les va a pasar. Te prometo. Pero tú, tú tienes que sobrevivir a esto. Ya. Vete. Ahora. —lo abrazó y le gritó mientras le sacudía del cuello—, tienes que irte, tienes que sobrevivir. No importa lo que pase, eres ya parte de nosotros. Sobreviví, Daniel, sobreviví.

Daniel estaba en un estupor. Confuso.

Los agentes Pranchín, MacLagan, Martínez y demás se abrazaron todos y allí Martínez y un agente agarraron a Daniel del brazo y se lo llevaron, asustado, gimiendo y medio moribundo de dolor como estaba. En un momento se soltó y corrió hasta Domínguez y se acercó a su cuerpo y tuvo tiempo de decir una parte de la plegaria Kadish.

—Itgadal Veidjadash Shme Rabo. . . —pero no pudo terminar la oración. Dos agentes lo alzaron y se lo llevaron al auto goteando sangre y en pleno dolor. Al entrar al auto perdió el conocimiento.

# 55

Se despertó al día siguiente. Su brazo estaba todo envuelto, tenía una bolsa de suero goteando a través de su vena. Estaba en una habitación, solo. Lo habían desvestido y puesto un pijama. Estaba febril, le dolía mucho el brazo, trataba de hablar. Se quedó dormido.

Más tarde se despertó de nuevo, una mujer estaba sentada a su lado y diciéndole algo que no entendía. La luz de la habitación era extraña. La mujer siguió hablando.

—.. pero el clima es mejor hoy, y estamos consiguiendo para ti un..

—¿Qué? ¿Quién eres? Dónde. . .¿A dónde me. . .?

—Soy yo. Soy Inés. ¿Cómo te sentís? ¿Dolorido? Todavía estás febril.

—¿Inés? Yo.. ¿por qué. . .? ¿por qué. . .? uh, ay, mi brazo —dijo Daniel—. ¿Qué pasó?

Se durmió de nuevo. Lo despertaron más tarde y algunas almohadas estaban apiladas debajo de su espalda y bajo su brazo. Cuando abrió los ojos, una mujer colocó una cuchara con algo dulce en su boca. Dulce de durazno. Luego le dio un poco más y le dio un sorbo de algo amargo y más gelatinoso.

—Dale, trágalo rápido —le dijo.

Después de la gelatina vino algo pastoso y rico, luego pequeños trozos de pollo con salsa y puré de papas. Lo alimentaban con cucharita. Otra mujer entró y le dio una inyección. Se quedó dormido.

Se despertó al día siguiente, sintiéndose mejor, más fuerte. Se sentó a un lado de la cama. La mujer vino, le dio un poco de café y algo de comer. La solución intravenosa fue desconectada. Su brazo, rígido y dolorido, estaba todo envuelto. Otra mujer lo ayudó a ir al baño. Estaba muy débil. Le bajó los pantalones y lo sentó y se quedó esperando.

—¿Puede salir y cerrar la puerta, por favor?

—No. Apúrate.

Daniel hizo lo que pudo, pero sentía que se desmayaba. La mujer lo llevó luego a la cama.

—Estás en una clínica. Estamos en el balneario Piriápolis, a cien kilómetros de Montevideo. Te dispararon.

—Tuvimos que darte una transfusión de sangre —dijo otra mujer—. El cirujano te limpió y curó la herida. Te cosieron.

Pasó el día en la cama, dormitando de a ratos, comiendo, bebiendo, descansando. Un médico vino dos veces y lo revisó. Una enfermera vino varias veces. Recibió inyecciones de algo. Inés vino a verlo varias veces. Dos mujeres le dieron un baño de esponja.

—Perdiste sangre, niño.

Unos días más tarde le dijeron que recibiría una comida completa. Lo ayudaron a ducharse, lo sentaron afuera en el balcón, y le sirvieron una buena cena. Inés se sentó a cenar con él. Comenzó a recordar. Inés le ayudó a volver a la realidad y recordar los acontecimientos. Ordenaron la cena.

—¿No tuve neumotórax entonces? ¿Y mis costillas?

—Nada. Tuviste suerte.

—Mataron a Domínguez —le dijo ella—. Fue horrible.

—Sí. Lo sé. Lo vi. Y. . . y. . .¿Y quién me disparó? ¿Se supo?

—Un soldado. Un agente, creo que Martínez, le disparó y lo mató enseguida. Tenía uniforme y era parte de un regimiento de infantería, pero no tenía identificación. Creemos que los mismos asesinos lo enviaron.

Les trajeron la comida y el vino. Daniel comió un pedazo de pan y tomó un trago de vino.

—Pero. . .¿Por qué? ¿Por qué dispararme?

—Parece que te estabas acercando mucho a la verdad, y que Domínguez secretamente te ayudaba —le contestó ella tomando un sorbo de vino—. Salud.

—Entonces, ¿por qué no van y los matan? —preguntó Daniel mientras comía carne asada con chimichurri.

—¿A quién, Daniel? ¿Matar a quién? No sabemos. . . no sabemos todavía quiénes son los culpables.

—¿Fue el Nubio? ¿Eh? ¿Un ataque del Nubio?

—No nos parece. Y creo que a ti tampoco te parece que fue él. ¿Mmm?

—Sí. Sí. Opino lo mismo. No creo que le interesara matar a Domínguez. Se echaría a la Policía y al ejército contra él. Mmm. . . la carne está riquísima. Y qué tomates deliciosos.

—Sí. Está todo rico —siguió ella—. Quienquiera que dio la orden, desapareció. No hay pistas. Nosotros.. eh. . . No pudieron obtener ninguna pauta.

—¿Qué pasa con las otras cosas? Lo que estábamos buscando.

—Estás fuera del juego. Te estás quedando aquí, protegido, recuperándote, sanándote a ti mismo.. y nada más.

—¿Protegido?

—Sí, hay hombres afuera, algunos de ellos bien escondidos. Están ahí para tu protección y para asegurarse de que no te vayas y hagas locuras. Nadie más que yo y ellos saben dónde estás.

—Pero, ¿dónde estoy?

—Te lo he dicho. En una clínica privada en las afueras de Piriápolis. Eso es todo lo que te hace falta saber. No te iras pronto.

—¿Pero mis padres, y Gina?

—Todos protegidos. Todo seguro.

—¿Pero quién. . .?

—No más preguntas, Daniel —le dijo, comió un pedazo de pan, tomó un sorbo de vino y se levantó para irse.

—¡Espera! espera, Inés. ¿Qué está pasando? Vamos, decime. . .

—No puedo decirte mucho —respondió ella, corriendo la silla y dando dos pasos—. Necesitas descansar. Lo que comenzaste, el plan del que tú y los demás hablaron en las últimas dos o tres reuniones..

—Sí, ¿qué pasa con eso?

—Está en progreso. Todo el plan está en progreso. Tenemos que estar seguros de que no vas a meter la nariz o interferir. No intentes salir de aquí.

Se acercó a él, le dio un beso en la mejilla, le dio las "buenas noches" y se alejó.

El olor a mujer lo revivió. Inés tenía ese olor tan cálido a sudor de pecho de mujer.

Mientras reflexionaba, vino la enfermera, "ven a la cama, que te doy el postre". Lo acostó, le dio flan de vainilla, luego dos inyecciones y algunas pastillas, y le dijo "Descansa. Debes descansar. Todo esto es más grande de lo que pensabas, Danielito".

Se quedó dormido.

Se despertó al día siguiente. Paseó por la clínica, pero al acercarse a la puerta un hombre armado le indicó que volviera a su cama.

Estaba protegido, aislado y separado de todo. No había nada que hacer. Ni siquiera se le permitía usar el teléfono.

A medida que pasaban los días, continuó recuperándose. Su brazo mejoró mucho. "Oh, eres un buen sanador", dijo la enfermera. Daniel la miró y miró sus pechos. "No sea maleducado, señor Daniel" le reprochó ella.

Dos días más tarde comenzó a caminar y luego a trotar alrededor de la clínica, siempre seguido por un oficial o un jeep. Habló consigo mismo. Habló con los guardias.

—Necesito volver, Inés. Mi vida, mi familia, mis estudios.

—Las cosas están cuidadas. Todo está en marcha. Todavía no estás listo.

—Mis estudios. Inés, mis clases.

—Ya deja el tema.

De noche los recuerdos lo asustaban. Salía a caminar por el patio, con un guardia cerca, hablando solo.

No dormía bien. Pidió algo para dormir. Le dieron dos píldoras amarillas.

De mañana le daban desayuno en el balcón. Él miraba el paisaje, el ganado, las plantas. Luego del desayuno hacía ejercicios.

Días después lo trasladaron a un hotel cercano, también vigilado.

Trajeron a sus padres y a su hermano. Hubo muchas lágrimas y abrazos. Les dijo lo que sabía, pero le dijeron "ya lo sabemos". Todos se alojaban en otro hotel cercano, también vigilado.

—¿Y Gina? ¿Dónde está ella?

Sus padres le dijeron la verdad. Gina se había ido.

—¿Qué? ¿Ido a dónde?

—Sí, Daniel, se ha ido —le dijo su madre—. Tuvo que huir con su familia.

—¿Se escaparon?

—Sí. No sabemos los detalles.

—¡¡No!!.. ¡¡no!! —gritó gimiendo—. Gina.. Gina.. Cómo.. ¿Qué. . .?

—No lo sabemos. Ella se escapó. Ella y su familia estaban siendo buscados por las Fuerzas Conjuntas.

—Sí. Se enteraron de que los estaban buscando —dijo su padre—, un hombre amigo tuyo vendrá hoy o mañana y te lo explicará.

—¡No! ¡No! —gritó.

El viejo de las esmeraldas verdes, el mismo Saravia-Cohen, vino al día siguiente a verlo. Se abrazaron.

—Mira Daniel, siento pena por lo que te pasó. Vengo a..

—Gina.. Gina —dijo—. ¿Qué le pasó?

—Mira, oye Daniel.. Debes saberlo.. Ella tenía que.. Gina.. Tenía que irse —le dijo—. Se tuvo que escapar.

—Pero.. ¿La lastimaron? ¿Estaba bien? ¿Cómo lo sabes?

—Mientras estaba fuera, nuestro jefe de sección recibió una llamada del jefe de sección de las Fuerzas Conjuntas y. . . bueno. . . las cosas se complicaron,

Daniel —comenzó a explicar—. Tres o cuatro días después de que te fuiste, parece que llegó una notificación a su familia de que iban a ser registrados y llevados. Empacaron varias de sus cosas y se fueron a esperar a otro lado. Parece que esa noche o la siguiente su casa fue allanada y, al no ser encontrados, las fuerzas armadas anunciaron en televisión y radio que eran buscados. El resto lo podéis imaginar.

—¿Imaginar qué?

—Ya sabes cómo esto funciona. Huyeron. Como ya sabes.

—Pero ¿cómo? ¿Cómo huyeron, Saravia? No, no sé nada. Dime qué pasó.

—Cuando me enteré, procedí a hacer inmediatamente lo que dijiste. Los localicé alrededor de la casa de una tía en Punta del Este, y desde allí los llevé personalmente a un pequeño aeropuerto en las afueras de la ciudad. Volaron a Rivera y de allí a Brasil y de allí a algún lugar en Europa. Entiendo que estaban bien, y no les pasó nada a los cuatro. Seguimos tus instrucciones, así que sé que están a salvo.

—Y. . . ¿dónde están? ¿Para qué país se fueron?

—No lo sabemos, no nos lo dijeron.. por su seguridad. Pero deberías saberlo, ¿verdad?

Daniel estaba envuelto en una gran tristeza. Mientras Saravia-Cohen seguía hablando, su mente escapó en imágenes del amor que se le fue.

Gina.

Lentamente, el viejo dejó de hablar y se miraron el uno al otro, en silencio. Daniel estaba angustiado por la tristeza de perder a Gina y sintió que su fuerza se desmoronaba. El viejo estaba angustiado por todo lo que Daniel había pasado, de lo cual se había enterado a través de su hija y lo que otros le habían dicho. Se sentía culpable.

Daniel se sentó en el sofá. "Gina. . .". Sentado allí, su imagen vino hacia él y su memoria lo tenía absorto. Sus ojos, su sonrisa. Gina comiendo pizza, Gina riendo.. Gina.. Gina quitándose la toalla y contándole sobre la Cuarta Internacional, desnuda, frente a él.. Gina en casa cenando..

—¡No!

Saravia se sentó a su lado, desconcertado. Daniel le preguntó de nuevo. No sabía nada más.

Tenía una fuerte sospecha de que la asociación de Gina con Daniel había generado una cadena de eventos, pero no podía decirle por qué o cómo, no estaba seguro. Tal vez todas las razones juntas, tal vez ninguna, pero probablemente vieron en Gina a una cómplice que tuvo que ser sacada del camino.

—Pero lo vi venir, Daniel. Ella iba a terminar como Domínguez —le siguió contando—. Después de que te fuiste, sabía que sería vulnerable, así que le pedí a algunos amigos que levantaran sus antenas. Y cuando llegó la advertencia, no me sorprendió. Cuando me notificaron la queja y la solicitud inmediata, hice esas llamadas y procedí como tú hubieras querido que procediera.

—Gracias.. Gracias, Saravia. Eres mejor que un tío para mí. Muchas gracias.

—Es parte de nuestra responsabilidad, cuando enviamos amigos al extranjero, asegurarnos de que las personas que se van no pasen por problemas. Y no, no podía decir qué nombre usaban o a qué país iban. Es extremadamente importante que estas cosas no se registren ni se conozcan, tanto por temor a represalias como por no molestar a los amigos de la Interpol.

—Ya veo.

—No sé más, Daniel —agregó—. No puedo decirte más. Al menos no fue asesinada, ni atrapada en la calle haciéndola desaparecer, como sucedió con otros.

—Gracias.

—Daniel, no debéis hablar de esto con nadie. Debéis sufrir todo esto solo y esperar.. Tal vez algún día se vuelvan a encontrar. Lo siento mucho, Daniel. Lo siento por lo que hiciste, por lo que pasó, lo siento por Gina. Pero sabéis que te necesitaba y sabéis que tenías que hacerlo. Sí. Al igual que debo seguir haciendo lo que hago. Hablaremos más tarde. Mientras tanto, sanate y mejora. Sobreviviste, Daniel.

Los ojos de ambos comenzaron a gotear. El viejo abrazó a Daniel y se fue.

Daniel fue asaltado por los recuerdos. Una mezcla de amor y odio fluía por su mente. Gina. No supo hasta ese día cuánto había comenzado a quererla. Por la noche, los recuerdos del tiroteo y la muerte de Domínguez le llegaban como pesadillas, bailando como nebulosas.

Los sueños le llegaban con imágenes de armas y muertos, y se despertaba agitado y sudoroso. A veces gemía, a veces sollozaba, a veces una nurse tenía que despertarlo.

Se vio a sí mismo agarrando un arma mientras juraba venganza. La Remington. Una ametralladora. El humo. La bala en el brazo. La herida, el dolor. Domínguez. Los sueños se le mezclaban. Veía a Tamara, la morgue, Martínez. Sangre.

Algunas noches dormía con Gina a su lado, mirando su largo cabello negro mientras le apretaba las costillas y le pellizcaba los hombros. Le dijo a Gina una vez más que la quería. Ella le hablaba, pero sin voz y le sonreía y le decía cosas, cosas silenciosas que lo hicieron reír. Se durmieron, se abrazaron.

Nunca la iba a volver a ver. Nunca más su voz, nunca más su aliento.

Los oficiales Cabrera y Herrera vinieron a verlo varias veces, junto con otros agentes. MacLagan y Gómez vinieron varias veces también y le trajeron tortas y pasteles. Yamandú vino dos veces. Marisa, Estela y la Gallega también fueron invitados.

Continuó recuperándose y volvió a la normalidad, pero aun así le dijeron que se quedara en Piriápolis.

—¿Por qué tengo que quedarme?

—Lo vas a descubrir pronto.

# 56

En cuanto a los secuestros, no le dijeron nada hasta que volvió a la normalidad. Uno de los oficiales llegó a su hotel con Gómez y MacLagan para tomar un té. Le trajeron su pastel favorito. Lo saludaron con gran emoción y le contaron todo lo que lamentaban de lo que le había sucedido, pero luego le dijeron que estaban felices por el resultado. La historia había sido como Daniel lo había sugerido, pero no exactamente.

Dos señoras de mediana edad trabajaban en ese Banco Comercial, una en la sección de cuentas corrientes y la otra en la sección de depósitos, y tenían acceso a todo tipo de información. El esposo de una de ellas tenía dos hermanos que estaban en el ejército, y el esposo de la otra era financiero. De los dos hermanos en el ejército, uno era amigo de un tal coronel Pedraza.

—Escucha —comenzó Gómez—. La cosa era que estas dos mujeres, animadas por sus maridos, habían retirado silenciosamente una cierta cantidad de dinero del banco, desviando fondos de varias cuentas, calculando que devolverían todo sin que nadie se diera cuenta. Usaron el dinero para dárselo al financista para hacer inversiones con otro inversor que conocían, pero las cosas salieron mal. Muy mal. Perdieron todo. Entonces, este inversor, que ya había estado en la cárcel por fraude, se quedó debiendo dinero a varios clientes, al financista, a su familia y otros dos oficiales. Para empeorar todo, las cosas eran apremiantes, porque si el banco se daba cuenta de que los fondos habían desaparecido, las dos mujeres, sus esposos y otros miembros de la familia, irían a la cárcel.

—¿No podían simplemente devolver el dinero?

—No. No tenían forma de devolver ese dinero y las cosas se pusieron calientes en una reunión familiar, donde llovieron acusaciones y amenazas. Las dos mujeres con sus esposos, los dos soldados y otros miembros de la familia concluyeron que no había forma de obtener ese dinero dadas las malas circunstancias sociolaborales que vivía el país. Finalmente, después de una larga discusión, y presionados por el tiempo, decidieron proceder a llevar a cabo un acto criminal que podría proporcionar el dinero. Se consideraron varias posibilidades, incluido un robo a un banco, robos a casas e incluso asaltos callejeros.

—Pero. . . una variedad de crímenes.

—Sí. Sin embargo, sabiendo el riesgo que estaban tomando, tenían miedo de ser capturados y tal vez incluso fusilados. De alguna manera, la idea de un secuestro se discutió como si fuera un evento político-militar, que todos esperarían en estos tiempos, pero se dieron cuenta de que no podían hacerlo solos.

—Ah —dijo Daniel—. Entonces ellos..

—Espera, espera y escucha —agregó MacLagan—, luego, los dos soldados fueron a hablar con el coronel Pedraza, un comandante del ejército con sede en Montevideo. Ya conocían los gustos y el lado suave del coronel, por lo que plantearon la posibilidad de hacer algo juntos que fuera beneficioso para ambos lados. Pedraza ya era un veterano del abuso, la extorsión y la expropiación y ya se sabía que sus manos estaban manchadas y su conciencia comprometida y sucia con sangre y dinero de ciertos eventos anteriores. Hablaron sobre el tema del secuestro y al coronel le gustó la idea, y ayudó a organizar el plan general y muchas de las operaciones. Se usarían automóviles y algunos uniformes e incluso se dispondría de personal de esos cuarteles y celdas.

Daniel comió un pedazo de torta. Gómez tomó un sorbo de agua y continuó.

El plan estaba en marcha. Había entusiasmo entre la gente. Se decidió hacerlo con alguien rico. Las mujeres revisaron las cuentas de los comerciantes de la zona y revisaron los datos sobre la familia, los niños y la residencia. Encontraron al candidato ideal, un hombre de negocios que movía buen dinero y que tenía un hijo en la universidad. Sabían que no sería inusual si lo secuestraban fingiendo ser un arresto. Eso era común en ese momento, y todavía lo es. El primer secuestro se llevó a cabo utilizando un jeep del ejército y fue realizado por los dos soldados y un amigo del mismo cuartel que ese coronel. Invadieron la casa del comerciante por la noche como en una operación clásica y se llevaron al muchacho encapuchado. Una llamada posterior exigió una cierta suma, que los padres desesperados pagaron. Sin embargo, tal vez debido al nerviosismo y la inexperiencia, las cosas no salieron bien, y el muchacho murió, lo mataron. No se sabe si a propósito o qué. Enterraron al pobre en un pequeño campo en la carretera de Carrasco, y a los padres les dijeron que lo enviaron a la cárcel Libertad.

—Pero, qué horrible.

—Horrible, sí. El dinero valió la pena, y el coronel consiguió su parte, pero parece que a las mujeres no les gustó eso, eran buenas cristianas y había tensión en el grupo. El dinero obtenido se usaba para pagar las deudas, y la cosa se iba a quedar allí, nada más. Sin embargo, endulzados por la gran cantidad de dinero fácil, y entusiasmados por el coronel que se sintió atraído por la idea de recibir más dinero, se reunieron nuevamente para hacer su segundo caso. Esta vez se decidió hacerlo con más cuidado para asegurar que la persona regresara con vida. El dinero también fue muy bueno, y no se tardó mucho en hacer un tercer y cuarto secuestro. Como alguien en el cuartel olía algo y otros se enteraban y exigían participar, tenían que dejarlos entrar en la parcela, aunque en cualquier caso la gran cantidad de dinero fácil era suficiente para todos. El coronel ayudó a organizar cada caso y proporcionó jeeps y carros para el transporte y, por supuesto, obtuvo su gran parte.

—Algunos de ellos fueron baleados. ¿Por qué unos y no otros?

—Nosotros no.. no sabemos bien eso. Pero. . . espera.

—Y ese era el equipo principal, Daniel, ¿ves? —continuó el oficial—. Las dos mujeres, sus maridos, los dos militares, los de la familia y el coronel Pedraza. Ese era el núcleo. Sí. Pero más tarde se agregaron más personas del cuartel. De los tres soldados que se unieron al grupo, uno de ellos era el que había estado en prisión en Salto por matar a su esposa y a su amante en un ataque de celos y luego mató a dos personas más. Había venido a Montevideo y había cambiado su nombre para ingresar al ejército. Tenían que vigilarlo para que no matara a los rehenes. Un verdadero asesino.

—Sí. Al parecer, algunas veces logró matar a varios de ellos —agregó MacLagan.

—Oh. No varios, a muchos.

—Sí. Y Pedraza estuvo presente en algunas de esas ocasiones. Él lo sabía.

Gómez continuó.

—Así, los secuestros continuaron, guiados por la información que las mujeres trajeron del banco sobre aquellos que tenían buen dinero en la zona y tenían hijos que podían ser secuestrados haciéndolo parecer un tema político. Por eso no utilizaron niños, porque si lo hubieran hecho, el caso habría ido directamente a la policía y quizás a la Interpol.

Los amigos fueron cuidadosos en la elección de cada caso, asegurándose de que los fondos estuvieran disponibles. En varias ocasiones, como dijiste, el asesino tuvo la oportunidad de estar a solas con la víctima y tuvo el placer de dispararle con su arma, sí, siempre la misma arma, siempre de la misma manera, siempre en la misma posición y en el mismo ángulo, tal como tú, Daniel, habías dicho. Sí, siempre el mismo asesino, Daniel. Tenías razón.

Propusieron enterrar los cadáveres y hacerlos desaparecer, pero los amigos, sobre todo las mujeres, eran buenos católicos y exigieron que los cuerpos fueran entregados a sus padres por una cuestión moral y cristiana para que tuviera un descanso adecuado en una tumba bendecida por un sacerdote. Es por eso que los cuerpos fueron entregados al hospital o llevados a la morgue o arrojados a un basurero.

—Qué espantoso. Pero¿cómo los descubrieron?

—Siguiendo tu idea, Daniel —dijo el oficial.

—Así fue —dijo MacLagan—. ¿Qué tal está la torta?

—Muy rica. Gracias.

—Te la hizo Gómez.

—Oh, gracias, Gómez.

—Me alegro de que te guste. Bueno, trajimos más personal e hicimos seguimiento a todos los que se fueron en grupos de dos o más. Los siguieron durante varios días, para ver a dónde iban. Así fue que notaron que las dos mujeres siempre iban y venían juntas, y eso se anotaba en el archivo. Posteriormente, el ministro aportó seis o siete contadores bancarios que revisaron las cuentas de depósito de los cinco o seis bancos que estaban en un área de dos kilómetros del Banco Comercial. Se calculó que el dinero siempre se dividiría de la misma manera, por lo que se basaron en la teoría de que la misma cantidad habría sido depositada más de treinta veces dentro de los cinco días siguientes al pago del secuestro, y que, además, alguien visitaría la caja de seguridad de uno o más de esos bancos el mismo número de veces al mismo tiempo.

—¿Te das cuenta? Eso se consideró pensando que uno o más de los culpables seguramente tratarían de ocultar su depósito cambiándolo a moneda extranjera y asegurándolo en una caja fuerte bancaria. Se revisaron las cuentas de todos los bancos e incluso se instalaron especialistas en cuentas corrientes en cada uno de los bancos. Se revisaron las direcciones, se compararon los pagos y se hizo un trabajo muy minucioso.

—Sí. Sí.

—Así, se encontraron tres sospechosos, una de las mujeres, que cada vez hizo el depósito en el mismo banco a ocho cuadras de su trabajo, y dos de los hombres, que hicieron lo mismo en otros dos bancos. Se encontró un patrón común. Fueron seguidos y su dirección fue confirmada con los otros datos y así los soldados fueron localizados. Los soldados fueron seguidos hasta el cuartel y todos los datos fueron reunidos. Se agregaron muchos otros datos de seguimiento, contabilidad y archivo, y el panorama criminal comenzó a aclararse. Las cuentas fueron investigadas. Algunas cajas se abrieron en secreto. Se hizo más seguimiento.

—¿Y?...¿Y?

—Oye, eh...yo...Todavía faltaban piezas del rompecabezas. Necesitábamos que uno de ellos confesara. Luego se planeó una obra de teatro. Las mujeres fueron detenidas sigilosamente, sin que nadie se diera cuenta, en una ocasión cuando fueron al mercado callejero, y fueron llevadas a un cuartel, un cuartel diferente donde se colocaron un espejo doble y micrófonos ocultos.

—Los del cuartel general y los oficiales fueron puestos en la habitación oculta y las mujeres fueron interrogadas en habitaciones separadas. Lo negaron todo e incluso se sorprendieron de haber sido acusadas. No entendían lo que querían los investigadores. No se avanzó nada. Se intentó de varias maneras sin éxito; las mujeres todavía estaban asombradas de que hubiera tal acusación, hasta que Yamandú fue a su iglesia y trajo la ropa de su amigo sacerdote y le pidió a un actor que a veces los ayudaba a hablar con ellas. La más religiosa de las dos fue presionada con descripciones de lo horrible que había sido todo, desde el punto de vista cristiano y eclesiástico, y se le dijo que esos muchachos habían sido asesinados y que su espíritu estaba manchado con la sangre de esos muchachos. Sus pecados habían sido capitales y su alma ya no tendría paz. "Nuestro Señor Jesucristo lo ha visto todo" le dijo el actor y eso afectó a la mujer. La señora escuchó eso y comenzó a derrumbarse. Usando sus habilidades, el actor vestido de sacerdote fue muy bueno y continuó hablando con ella sobre temas de Dios, Jesús y el Espíritu Santo hasta que la mujer no pudo aguantar mucho más, y en lágrimas y más lágrimas confesó todo. Arrodillada y mortificada, explicó y dio detalles, pidiendo perdón divino y santiguándose cada minuto. Esa grabación fue reproducida a la otra mujer, y le dieron una pala y le dijeron que en poco tiempo iba a salir a cavar una tumba, su tumba, en el pequeño campo detrás del cuartel. Le dijeron que no iría a la cárcel por lo que hizo. "No puedes quedarte viva después de lo que has hecho", le dijeron. Al mismo tiempo, un oficial comenzó a quitarse lentamente la ropa mientras dos de los detectives desnudaban a la mujer, diciendo que eran judíos e hicieron bromas malvadas. Ambos se habían colocado un collar con la estrella de David. Le dijeron que iba a ser penetrada por dos judíos y luego asesinada y enterrada para siempre con el semen de los dos judíos dentro de ella por toda la eternidad. Ella nunca llegaría al cielo. Eso la destruyó emocionalmente.

—¡¡Ja!!.. Especialmente cuando vio al agente Berkowitz con los pantalones bajados y circuncidado.

—Sí, al Berkowitz lo llaman "tres patas".

—Ja, ja. Sí. Sí. Y escucha esto. Cuando le bajaron la ropa interior, y vio lo que se avecinaba, subyugada por el remordimiento, frente a la evidencia y horrorizada por ser violada por dos judíos impuros, se tiró al suelo, rompió a llorar y cantó todo lo que sabía con preciosos detalles. Los autores intelectuales le ocultaron muchos detalles. Pero ella tenía suficiente para conectar puntos. Ella fue capaz de explicar aún más de lo que había sucedido. Las dos mujeres fueron arrestadas y mantenidas en celdas separadas. Se registraron declaraciones. Los hombres fueron capturados y al primero, después de hacerle escuchar las dos grabaciones, le dijeron que las dos mujeres lo acusaban de haber sido el asesino y se le explicó que dada la situación del país era necesario terminar con su existencia, pero le dieron la oportunidad de ejecutarlo él mismo. Le dieron un revólver con una sola bala y lo dejaron solo en un cuarto. Después de un cuarto de hora de deliberación confesó todos los detalles. Los oficiales prepararon a sus soldados y los cuarteles en cuestión fueron invadidos. Los soldados se resistieron y dos murieron y dos resultaron heridos en el tiroteo. Cinco soldados y dos oficiales fueron encarcelados en el mismo batallón que tú visitaste. Allí se les preguntó con mucha delicadeza si querían confesar algo. En plena agonía cantaron lo que sabían. Describieron los secuestros, detalles de dinero, los dos infiltrados en la sede de la policía y otros.

—Nos contaron cómo agarraron, torturaron y mataron a Domínguez después.

—Pero pensé que los atacantes habían muerto.

—Nosotros también lo pensamos, pero había más.

—¿Pero por qué lo mataron?

—Eso es lo que nosotros.. eh. . . querían saber cuánto sabía. Terrible.

—¿Y quién estaba en la central Policial?

—Sí, sí, tenías razón. El ucraniano Statchenko fue uno de esos.

—¡¡Maldito ucraniano!!

—No tendrás que preocuparte por él. Se ha ido.

—¿Se fue? ¿A dónde?

—A Paraguay. Se escapó.

—¿Y el Nubio? ¿Ese tipo Anubis?

—El Nubio, sí, bueno, no tuvo nada que ver con eso. Nada. Él era solo nuestra teoría de trabajo, ¿te acordáis? Supimos que el Nubio y su gente no estaban en Uruguay y no estuvieron involucrados en esto, por lo que sabemos.

—Aaahh..

—No creo que le interesara —dijo MacLagan.

—Sobre los dos espías en la sede.. Statchenko y el otro hombre. . . bueno, Statchenko logró escapar, pero Yamandú, que estaba gravemente herido por la muerte de Domínguez, aprehendió al otro tipo. Lo llevó en un automóvil, y no regresó hasta el día siguiente, en un trance de excitación. Nadie se molestó en preguntarle al Ruso qué hizo con él, pero el que lo vio dijo que tenía manchas de sangre en las manos y que no quería lavarlas. Tenía sangre seca bajo las uñas.

Y no se lavó las manos por tres días, dicen, como para seguir saboreando su venganza. Nadie se atrevió a hacer un comentario sobre eso o hacer preguntas. Le llevó tres días al jefe a salir del frenesí.

—Ay, caramba.. ¿Qué crees que hizo con él?

—Ni siquiera quiero imaginarlo —contestó MacLagan, secándose un par de lágrimas—. Lo debe de haber descuartizado con sus manos. Domínguez era como un hermano para él.

—Ay, por Dios. ¿Y el asesino ejecutor?

—Ah, con ese diablo fuimos a hablar —respondió MacLagan—. Hablamos un rato con él, y muy lentamente. Pensamos que traeríamos a los padres de Tamara o a los otros cuyos hijos murieron para darles la oportunidad de gritarle algunas palabras, pero eso podría haber abierto sus heridas y dejar testigos.

—Sí, sí.

—Pensamos que te traeríamos, mi pequeño Carmencito, para que fueras tú, el padre de la investigación, quien le hubiera dado el disparo mortal. Pero pensamos que ya has tenido suficiente, que estabas tratando de sanar y que ya has visto demasiada mierda y muerte, y no deberíamos manchar tu vida con lo que técnicamente, después de todo, sería un asesinato. ¿Lo hicimos bien?

Daniel seguía pensando. Las imágenes volaron alrededor de su cabeza y sus ojos se llenaron de lágrimas.

—Cálmate, Daniel. Tómalo con calma.

—Sí. Sí. Lo hiciste bien, pero.. ¿Y qué hicieron? ¿Cómo?

—Mira, Daniel, oye, tenemos nuestro estilo, así que no te sientas mal —continuó MacLagan—. Ese hombre hizo cosas horribles y una muerte rápida, o una jaula cómoda con comidas gratis, no habría sido justo. ¿Ves?

—Sí, sí.

—Sabíamos que tarde o temprano, antes, durante y después del juicio de las mujeres, varios padres nos preguntarían sobre el asunto, y les daríamos una respuesta que las satisficiera. Pero no podíamos usar una opción que pudiera darnos problemas en el futuro, después de todo, con razón y sin ninguna razón, fue una ejecución.

—Sí, sí, ¿Y qué? ¿Qué pasó con. . .?

—Hubiera sido horrible para los padres de Tamara y para algunos otros padres, ¿entiendes? Pero sentimos que, sin embargo, era necesario y bueno para los demás.. y para ti. Mira, no es fácil de aceptarlo. No, no sé si te va a gustar esto.. Pero, mira, la vida no es una película, y a veces debes hacer cosas que no son tan..

—Sí, sí, ¿qué? Decime. ¿Qué has hecho con él?

—Bueno, pero tal vez eso no..

—Oh, vamos.

—Bueno, todo se hizo detrás del estadio poligonal, donde hay un campo, ¿ves? Es una zona rodeada de árboles. Es un paraje bonito, con árboles de varios tipos.

—Hay dos eucaliptus bien grandes —agregó Gómez.

—¡Sí!.. ¡¡sí!! —dijo Daniel, excitado—. ¿Y?

—El asesino fue traído allí, y le dimos una pala y le dijimos que comenzara a cavar. Pranchín trajo consigo al Pancho y a otro hombre más. ¿Te acordáis del Pancho?

—¡Sí!.. ¡Sí!.. ¿Y?

—Pancho y el otro hombre son personas no muy santas, tipos que nos deben favores. Trajeron sus propias herramientas. En esa área la tierra es dura y difícil de cavar, por lo que el tipo estaba cavando su pozo con dificultad mientras lloraba e imploraba por su vida, bajo la atenta mirada de esos muchachos. Tenían cada uno un arma cargada, por si acaso.

Daniel lo miró estupefacto.

—Bueno. . ..oye Daniel, teníamos que estar seguros, yo.. eh —continuó MacLagan, con lágrimas en los ojos—. Traje conmigo las fotos. Sí, las fotos de los ejecutados, sí, incluida la de Tamara, y bueno, eh.. Se los mostré uno por uno, mientras le daba falsas promesas.

—¿Y?

—Daniel, amigo mío, tal vez no debería continuar. Tu. . .tu eres muy. . .

—¡No! ¡¡Decime!!.. ¿Qué?

MacLagan guardó silencio por un momento. Gómez se sintió incómodo. El agente prendió un cigarrillo y se lo dio a MacLagan. Pranchín le pasó un pañuelo. Daniel escuchaba mientras sus lágrimas se deslizaban por sus mejillas.

—Bueno, no reconoció varias de las fotos, pero.. pero..

—Sí, ¿qué? ¿Qué hiciste? ¡Date prisa!

—Reconoció la de Tamara. La. . . eh. . .ella. . .el hombre supo quién era, Daniel y. y —el detective se pasó un pañuelo por los ojos—. Y sí.. dijo.. Recordó que ella era alta y tenía pecas.. y. eso.. Sí, la reconoció.

Daniel guardó silencio, recordándola. "Tamara". Su rostro se arrugó y sus ojos se llenaron de lágrimas. Se dio la vuelta, se cubrió con una almohada y comenzó a llorar. MacLagan y el oficial lo miraron preocupados. Pranchín le puso una mano en la espalda mientras los otros dos los dejaron solos y salieron a fumar. Esperaron a que se calmara. Después de un rato, cuando se calmó, volvieron a entrar.

—¿Y luego qué? —preguntó Daniel, controlándose.

—Y.. A medida que se formaba el pozo, las cosas se volvieron más dramáticas. Hasta que llegó el momento en que ni yo ni Pranchín podíamos seguir preguntando. Además, dada nuestra posición.. no deberíamos haber estado allí. Nos dimos la vuelta y fuimos a fumar detrás de un árbol. Los otros hombres se quedaron allí. Escuchamos algunos gritos de ahogamiento y luego silencio. Esperamos un momento y fuimos a ver. Estaba decapitado, y su cabeza estaba entre sus pies. Los muchachos estaban arrojando cal y tapando el pozo. Más tarde pisaron firmemente el suelo, arrojaron ramitas y pajitas, y allí no pasó nada.

El agente y los detectives guardaron silencio.

—Díselo, MacLagan —dijo Gómez.

—Yo.. tal vez.. Puede que no estés de acuerdo.. pero. . .

—¿Qué? ¿Qué?

—No sé.. quizás.. Es posible que no estés de acuerdo en cómo. . .

—Sí. Gracias. Sí, estoy de acuerdo.

Se dieron un abrazo, y permanecieron en silencio por un momento, mientras Daniel dejaba de lloriquear y se secaba los ojos.

—¿Y entonces?

—Y luego nada. Ahí es donde terminó la vida de ese asesino. El juicio de todos los demás aún está por delante. Y.. Y.. Ahí está el negocio del coronel Pedraza. Y este.. No lo sé.

—¿Qué hacer? ¿Está libre el coronel?

—Sí.

—Sí, está libre —respondió MacLagan—. Él es. . . él es intocable, Dani.

—¿Qué quieres decir?, ¿intocable? —preguntó Daniel.

—Tal como lo escuchaste —comentó Gómez.

—Pero.. Pero, él sabía de cada secuestro y sabía de las muertes, y él sabía. . . sabía. . .

—Sí, Daniel. Lo sabía todo —siguió MacLagan—. Y se supo en la central Policial y entre oficiales del ejército que él estuvo involucrado en todo eso. Es más, Pedraza es más que simplemente culpable. El asunto de los secuestros habría terminado después del segundo o tercer caso, pero Pedraza los alentó y empujó e incluso los amenazó con hacer más y más. Se hizo rico. Ganó mucho dinero.

—Entonces.. Así que ayudó a organizar todo.

—Sí. Así fue. Ayudó y promovió.

—Oh, oh. Pero ¿cómo puede ser que ese Pedraza esté libre?

—Es que él es de las Fuerzas Conjuntas —respondió Gómez—. Y las Fuerzas Conjuntas hacen lo que quieren con cualquier uruguayo. Torturar, matar, encarcelar, son cosas de todos los días para ellos.

—Pero ustedes son oficiales de la ley —se quejó Daniel—, podrían haber. . .

—Nada. Podríamos nada. ¿Qué ley? —respondió Gómez—. ¿Cuál ley? Es la ley de ellos. No. No podemos hacer nada. Algunos de nuestros miembros y amigos están vinculados al ejército y a las Fuerzas Conjuntas, les hablamos, les explicamos, e incluso estuvieron de acuerdo con nosotros. Sin embargo, debido a la jerarquía, el estatus y otros problemas, no podían hacer nada.

—¡Nada! —dijo el agente.

—No me digas eso. No puede ser.

—Sí, te lo digo. Así son las cosas. Las Fuerzas Conjuntas son todas poderosas y controlan este país, y Pedraza es parte de ellas. Es intocable.

Daniel los miró con ojos grandes, asombrado. No pudiendo creer o aceptar que Pedraza fuera tan intocable.

—Hay más —dijo Gómez—. Él era quien había traído al asesino al negocio de los secuestros, porque ya lo conocía. Lo usó a veces como parte de su guardia personal, y a veces para ciertos trabajos sucios.

—Después de los dos primeros casos, Pedraza se convirtió en el principal líder de todo, y.. ¡¡mierda!!.. eh.. él estaba al mando cuando Tamara fue asesinada. Él. . .Yo.. Mira Daniel, el asesino X ese nos dijo que.. hmmm.. No sé cómo decírtelo.. yo. . .

—¿Qué? ¡¡Qué!?

—Daniel.. que Pedraza vio a Tamara en el cuartel. ¿Te das cuenta? La vio, la vio allí desnuda y llorando y podría haber dicho que la liberaran viva. ¡Viva! ¡Viva, Daniel! Pero no lo hizo..

Daniel se congeló de asombro. "¡Viva! Una palabra de ese animal y ella podría estar viva". Inclinó la cabeza hacia abajo tratando de controlar un jadeo de dolor. Por un instante la vio en la calle, en la cama, en el café tango con su vestido verde, "su cabello, su olor, nunca más". Sintió un vacío en el pecho, un dolor y su garganta anudada. Las lágrimas llegaron a él. "Tamara". Se quedó así por un tiempo. "Nunca más su olor, nunca más su voz".

—Daniel, Daniel.

Se quedó así por un tiempo. No querían interrumpirlo.

—Daniel.. ¿Sí?.. Daniel..

—Sí. Es.. estoy bien.

—¿Debería seguir contándote?

—Sí. Está bien —respondió—. Ah. Entonces, el asesino no tuvo problemas para matar a los muchachos porque sabía que estaba protegido por el coronel, ¿eh?

—Así fue. Esta no es la única cosa sucia en la que este coronel ha estado involucrado.

—Mmmm.. así que —dijo Daniel, tartamudeando, y tuvo que contener las lágrimas de nuevo—. Así que si este coronel.. si este coronel Pedraza habría hecho algo después del primer asesinato, entonces.. Así que tal vez Tamara nunca habría sido asesinada, ¿eh?

—Sí. Creo que. . . creo que sí, eso, sí —dijo Gómez—, y tampoco los otros. Sí. Muchos de ellos se habrían salvado.

—Sé que esto es simplemente horrible, Daniel —explicó el agente—. Él los estaba matando, es decir, dejando que sus lacayos los mataran, uno por uno, sin siquiera considerar el dolor que cada una de esas muertes causaría.

MacLagan lo tomó de la mano. Pranchín se sentó a su lado.

Sentado, Daniel volvió a inclinar la cara hacia abajo y dejó que la tristeza lo inundara. De repente, todo ese dolor que había sentido volvió a él. Se sentía en un pozo, en una horrible oscuridad fría, poseído por un profundo dolor. Había logrado lentamente dejar su pena por Tamara y suplantarlo con su amor hacia Gina, pero ahora todo ese dolor volvía y hacia erupción. La congoja nublaba su mente. Se quedó así por un rato mientras que los demás guardaban silencio.

—¿Y por qué. . .? ¿Y por qué dicen que es tan intocable?

—Como te dije, ahora es coronel de las Fuerzas Conjuntas. Y es muy inteligente y poderoso. Un oficial inteligente y fuerte. Fue entrenado en la Marina, donde rápidamente obtuvo condecoraciones, medallas y menciones especiales por su valor y sus acciones. Subió de rango y se perfilaba para ser capitán y su camino para ser almirante se acortó. Sin embargo, a pesar de eso, pidió ser transferido al ejército.

—¿Al ejército? —preguntó Daniel, prendiendo un cigarrillo—. ¿Pero por qué mierda hizo eso? ¿Transferirse?

—Por lo visto tenía planes. Planes de poder. Planes de oportunidades, ¿Quién sabe? Pidió muchas veces ser trasladado y se lo negaron, hasta que amenazó con abandonar el país.

—Tenía 39 años.

—¡¡Siendo ya un oficial de 39 años!!

—Sí. Y se lo dieron, pero lo hicieron someterse a un entrenamiento riguroso, que pasó en dieciocho meses. Tenía gran capacidad física y mental. Lo hicieron coronel y a partir de ahí comenzó a crecer. Se unió a las Fuerzas Conjuntas, se vinculó mucho en la red de oficiales y ahora es parte del fuerte equipo militar de la dictadura. Eso le dio el poder de sumergirse en cualquier oportunidad de entrar en acuerdos turbios altamente rentables. Drogas, contrabando, venta de armas, le gusta todo. Lo del secuestro es una más de sus tareas.

—Mmm.. un verdadero hijo de puta de gran calibre.

—Sí. E intocable. Un hombre bravo lleno de maldad.

—Pero.. ¿va a haber un juicio? —preguntó Daniel—. Habrá un tribunal.

—El tribunal y los jueces que van a juzgar a los secuestradores es un tribunal cerrado, militar, con cualidades específicas y decidido a limpiar las cosas sin manchar el buen nombre ni el trabajo glorioso de las Fuerzas Conjuntas. No se va a publicar nada. No se sabrá nada. Nada irá al extranjero. Pedraza no va a estar involucrado ni será juzgado.

—Pero. . .pero.. algo se debe hacer. Hay que hacer algo.

—Cálmate, mi pequeño Carmencito, y escucha.

Le dijeron que se había hecho un informe largo y detallado. Ese informe fue elevado al ministro y de ahí al gran general "Beto" Garrido Alavart, quien aprovechó esa buena oportunidad para mostrar las fotos de todos ellos y mostrar que "esos son los malos, no nosotros". Hablo en radio y televisión diciendo que "esos fueron los culpables de los desaparecidos, de los muchachos asesinados y de las injusticias y no nuestras gloriosas Fuerzas Conjuntas. Seguiremos en nuestro camino por un Uruguay mejor".

Nada se dijo sobre el coronel Esteban Carlos Pedraza y sus asesinos con licencia. Nada. Utilizaron a los secuestradores para limpiar el mal nombre de las grandes Fuerzas Conjuntas, y todo terminó aún mejor cuando el Beto, con la ayuda del equipo que hizo la investigación, logró obtener parte del dinero del rescate, al que sumó algo de dinero que obtuvo de jubilados y gastos municipales. Buen dinero. Luego, en actos sensacionales, parte de ese dinero fue devuelto a cada uno de los padres, casi la mitad de lo que pagaron, con una carta especial de su oficina, la bandera nacional, una medalla al coraje y una imagen colorida. La enorme parte monetaria de Pedraza no fue tocada. Los padres cuyos hijos habían sido asesinados también recibieron un reconocimiento especial, un saludo oficial, un homenaje y una gran suma de dinero extra drenado de un préstamo del Banco Interamericano de Desarrollo.

De la Operación Cóndor, de la muerte de Domínguez y algunos otros hechos, no se dijo nada.

—Pero.. ¡Qué demonios!

—Así fue.

—¿Y los padres de Tamara. . .? ¿Qué dijeron?

—Tomaron todas sus cosas y el dinero y se fueron a España. Les dije lo que te había pasado y te mandan saludos y me dijeron que si vas a España su casa es tu casa.

—Gracias. Mmm.. caso cerrado entonces.

—Caso casi cerrado, Daniel, gracias a ti —contestó MacLagan—. Y quiero que sepas que cuando presenté al asesino a los dos amigos que vinieron a hablar con él, le dije "Te dejo en manos de mis tres amigos, pero solo vinieron dos, el tercero, un tal Daniel, te envía sus saludos". Lo hice pensando en ti.

Daniel se emocionó de nuevo y las lágrimas regresaron. Comenzó a llorar y escondió su cara en la almohada.

—Le dijiste mi nombre ¡Gracias! —gimió.

Gómez le dio un abrazo.

—Oh, oh, no me aprietes tanto. Mi brazo.

—Oh, perdón, lo siento.

—¿Y ahora? —dijo, pasando sus manos sobre sus ojos.

—Ahora nada. ¡Recuperarte! Mientras te estás recuperando, piensa que hay algunas personas poderosas que están ansiosas por recompensarte por lo que has hecho.. Medita. Ve pensando lo que quieras. El mundo de repente se abre frente a ti.

—Sí. Gracias —respondió Daniel—. Muchas gracias a todos. Y.. ¿Y cómo están los de la familia de Domínguez?

—Se reponen. El dinero que recibieron como compensación del cuartel general y del Departamento de Justicia, más la pensión, más un poco de dinero que les envió el jefe de las Fuerzas Conjuntas y algunas otras cosas, les ayudaron mucho a salir adelante. Agarraron sus cosas, y todo ese dinero, y se fueron a Portugal.

—¿A Portugal? ¿A dónde?

—A Porto.

—Me alegro por ellos. Bueno.. al menos. ¿Y qué más?

—Eso es todo. Sin embargo, ya que estamos en el tema, lo de Domínguez fue algo extraño.. No sé.. no sé qué pensar.

MacLagan explicó que Domínguez murió atado en una silla, sí, pero que su cara y ojos fueron mordidos y golpeados por esos cuervos. Horrible. La autopsia no mostró agujeros de bala ni apuñalamientos, ni ataque cardíaco, ni derrame cerebral, ni infección ni asfixia. No había muerto por manos de los atacantes.

—Entonces, ¿cuál fue la causa de la muerte?

—Bueno, esa es la pregunta. Es extraño —dijo Gómez—. Lo que sí encontraron fue un par de toxinas, venenos, una especie de toxinas fuertes en su sangre. Luego analizaron los cuerpos de algunos de los cuervos que murieron durante el tiroteo y ¿adivinen qué? Se encontró que esas toxinas estaban más concentradas en los picos de los cuervos. No tenía sentido. ¿Le estaban extrayendo toxinas o se las estaban inyectando? ¿Ven? Imposible.

—Eso no es posible —afirmó MacLagan.

—Daniel, es como si los cuervos lo hubieran picoteado con algo tóxico y... y que eso lo mató —dijo el agente—. Pero esa teoría es imposible de creer. ¿Qué vamos a decir? ¿que los cuervos lo encontraron y lo mataron? Simplemente no puede ser. Son pájaros.

—Yo sí lo creo —enfatizó Daniel—. Sí, puede ser. Finalmente, las almas de las mujeres de las que abusó se unieron, y lo hicieron.

—¿De qué hablas?

—Eso. Lo entendí gracias a Juan-Un-Ojo —explicó Daniel—. Domínguez era un gran detective, pero era un degenerado. Lo que hizo con esposas e hijas de los fallecidos no se debe hacer con mujeres afligidas. Se acostaba con ellas y hacía sus fiestitas sexuales. Luego me lo contaba. Qué vergüenza. Y. y a veces la madre naturaleza hace cosas extrañas para vengarse. Creo que las almas heridas de esas mujeres de alguna manera se vincularon con los cuervos o el espíritu de una con el espíritu de otra, y.. supongo que.. creo que la naturaleza se vengó inyectándole toxinas a través de los cuervos. No sé. No es posible, pero ¿qué otro. . .?

—¿De qué estás hablando? Las almas de las mujeres interactuando con.. con los espíritus de los pájaros. Por favor. Sabes que no puede ser.

—Escucha qué..

—No, Daniel. ¡Escucha! ¿Estás mezclando la realidad con tus fantasías?

—¡¡Escúchame, MacLagan!! —afirmó Daniel—. Si no lo sabías antes, si no te habías dado cuenta, ahora tendrás que aceptarlo. Domínguez fue seguido por cuervos por ciertas cosas que hizo, cosas inmorales, incluso él lo sabía, y esos cuervos..

—Ahaahh.. Déjalo ahí. No empieces con esas cosas.

—Está bien. ¡No me creas, Guillermo!

—Te dije que no me llames Guillermo.

Se quedaron todos en silencio, pensando, recordando. MacLagan encendió un cigarrillo, miró por la ventana.

—¿Qué pasa, Daniel? —preguntó.

—Nada. Bueno, es solo que.. Ese coronel sigue libre. Ese coronel Pedraza. Maldito. Permanece..

—Ya, cállate, Daniel. Lo que sea que debas pensar y decir, déjalo ahora. Ya no pienses en Pedraza. Déjalo todo aquí. Acéptalo más tarde, cuando tu cuerpo y tu mente estén mejor.

—Está bien, está bien, está bien, MacLagan, eres un hombre de honor y justicia; pero.. ¿Qué hay de él? ¿Alguna vez recibirá castigo?

—No. Una vez más, es intocable.

—Y tú, ¿No queréis justicia?

—Por supuesto. Pero Pedraza es parte del sistema dictatorial. Eso es innegable. No puede ser acusado. Tenéis que dejarlo ahí. No hay nada que ni tu ni yo podamos hacer.

—Pero demonios, no es justo que..

—¿Escuchaste lo que dije? ¡Nada! No podéis hacer nada.

—Sí, lo escuché.

Hablaron un poco más y decidieron irse. Le dieron palmaditas y grandes abrazos, y se despidieron.

El problema de los secuestros y la muerte de Tamara había terminado. Casi.

Y casi lo habían terminado a él. Casi.

# 57

El coronel Esteban Carlos Pedraza no fue acusado ni nombrado en absoluto. El hombre estaba limpio e inocente. Daniel estaba muy molesto al respecto y vocalizaba su frustración con cada persona que lo visitaba y en todas sus llamadas telefónicas. Habló con muchas personas al respecto.

Un día, un hombre llegó a su hotel vestido con uniforme de las fuerzas armadas, con muchas banderitas de colores en su pecho y tachuelas doradas en los hombros. Olía a colonia barata. Era de noche. Se presentó y habló con Daniel de una manera muy educada. Le habló claramente, diciéndole que las cosas habían salido mal, pero tenía que entender que ciertas personas, civiles y militares, realizaban ciertos trabajos necesarios para la dictadura para la cual eran y serían intocables. Que incluso si lograba saber quiénes eran, no habría nada que pudiera hacer. La situación era lamentable, pero Daniel tenía que aceptar las cosas como eran. "Estamos en un proceso político militar y ciertas personas y oficiales son indispensables, Daniel. Debes dejar de lado tu frustración y tu enojo. Nuestro importante proceso de mejorar la situación sociopolítica y económica del país tiene prioridad. Espero que comprendas". El oficial lo saludó cortésmente y antes de irse le dijo que lo que había dicho no indicaba que ciertas personas en el gobierno uruguayo no estarían dispuestas a echarle una mano en otras cosas., "Tal vez una ayuda o colaboración pertinente a tus estudios, Daniel, o a tus finanzas, a tu futuro, tal vez.. mmm.. desde un punto de vista de viajes o visas. Lo que necesites".

—Está bien —dijo Daniel, entendiendo el mensaje—. Está bien.

—Aquí está mi tarjeta. Si algo le interesa, si hay algo que usted quiera, si quiere saber más, llámeme.

La tarjeta decía Teniente General Ingeniero Mario Robledo Sosa, Ministerio del Interior, Gobierno de la República Oriental del Uruguay. "A la mierda!!" pensó Daniel.

Unas noches más tarde, Saravia-Cohen vino a verlo. "Escucha esto" le dijo "No puedo arreglar ese desastre que pasó, algunas cosas no sanan como lo hacen los brazos heridos. Pero quiero que sepas que, bueno.. en un sentido amplio, te compensaremos de la manera que prefieras, dinero, pasajes, no sé, lo que sea".

—Sí. Entiendo.

—Hay mucha gente agradecida detrás de las cortinas. Aprovéchate de eso.

Daniel lo miró y dijo las palabras que sabía que cambiarían su vida y su futuro: "Una visa y estudios en el extranjero".

—Para donde quieras y cuando quieras y con la ayuda que quieras.

—Gracias, Saravia. Gracias.

—Comenzad a recoger tus bendiciones y a poner tus oraciones al Santo Señor en orden —agregó, y luego explicó. Él arreglaría la visa a donde Daniel quisiera, los Estados Unidos, Francia, Suecia, España, donde quisiera. El Cóndor proporcionaría ciertos fondos y tal vez incluso una beca. El Cóndor Brasilero y el subsecretario del ministro estaban muy agradecidos, y era hora de que mostraran lo agradecidos que estaban. En las embajadas de cada país había libros que describían sus universidades en detalle y lo que la propia embajada no encontraría, él lo ayudaría a descubrirlo. En cada embajada también había traductores reconocidos que podían traducir y certificar lo que Daniel quisiera.

—Gracias. Es muy agradable escuchar eso.

—Así es, Dani Carmencito. La Operación Cóndor sabe cómo estar agradecida. Cómo devolver favores. Con cartas de recomendación del decano, uno o dos ministros y el cónsul, puedes entrar donde quieras.

—Gracias. Muchas gracias.

Hablaron un poco más y luego se fue.

# 58

Sin embargo, Daniel tenía otros planes. Estaba construyendo algo en su mente.

Llamó a Pereira y le dijo: "¿Pero ves? Mientras tanto, ese oficial, el coronel Esteban Carlos Pedraza, continúa con las manos sucias por la sangre de Tamara y los secuestrados. Y está libre".

—¡Oíme bien! —gritó Pereira en el teléfono—. Te dijeron que es intocable, Daniel. Sacalo de tu cabeza. Se acabó. Casi te matan.

—Pero él es culpable de la muerte de Tamara y..

—Y otras muertes también. ¡¡Pero basta!!.. ¡Basta, Daniel!! No podés seguir con eso. No hay nada que ni tú ni nadie pueda hacer.

Varios de los padres de los secuestrados comenzaron a visitar a Daniel para agradecerle y reconocerlo como el que había resuelto el asunto. Con hijo muerto o no, todos se sintieron aliviados por cómo se habían resuelto las cosas, muchos estaban felices y casi todos se habían alegrado de haber recibido parte de su dinero y una compensación adicional. Saber que se había hecho justicia con aquellos que secuestraron o asesinaron a su hijo o hija les dio a estas familias un alivio mental final, respondió a sus preguntas y les dio la fuerza para seguir adelante.

Qué mejor manera para esas familias que venir a visitarlo, agradecerle en persona y mostrar su aprecio con un sobre de dinero en efectivo. Al principio, Daniel no quería tomar ese dinero, pero al ver lágrimas en los ojos de estas personas y escuchar a Marisa, que era muy religiosa, decir y decir: "Dios dijo que de mi jardín puedes comer lo que te he dado, así que no puedes negar lo que te dan de corazón". Entonces decidió aceptar los sobres con gran gratitud. Lo bueno de esto era que, de sobre en sobre, iba acumulando buen dinero, lo cual mejoraba su panorama.

Pero su odio persistió. Eso era algo que masticaba día y noche, y aunque trataba de olvidar, no podía.

El rencor lo despertaba de noche y le hacía rumiar venganza.

Los recuerdos, el conocimiento, los flashbacks, todo se combinó para mantener un dolor caliente dentro de él y el creciente y profundo deseo de vengarse.

Los días y las noches pasaban. Daniel se hacía más fuerte y sanó bien. Comenzó a ayudar en el jardín y en la cocina. De día plantaba flores y juntaba yuyos. Ayudó en alguna cosecha, siempre vigilado. De noche ayudaba a cocinar y en lavado de los platos.

Se mostraba alegre, jovial y normal.

Pero por dentro su odio no se achicaba.

# 59

Por la noche descansaba bien, pero el calor del odio no menguaba. "¿Cómo puedo salir del país sabiendo que el asesino de Tamara está disfrutando de una buena vida? Su cuerpo está bajo tierra, junto con todo el afecto que nos dimos el uno al otro, mientras el coronel se divierte".

"El deseo de venganza es muy difícil de llevar", le habían advertido sus amigos, "te enfermará".

"Ya estás enfermo de odio, Daniel".

"Ah, mirá, es como te lo dije" le había dicho el entrenador. "La Remington 51 se ve bien en tu mano. Deberías llevarla contigo. Quizás algún día, en un futuro, te ayudará a ajustar unas cuentas"

"¡No lo hagas!" le dijo Marisa y le repitió Estela, "Serías un asesino. Te convertirías en la misma mierda que son ellos"

"Daniel, la venganza esclaviza a un ser humano".

—Ya estoy enfermo —se dijo a sí mismo—. Ya soy un esclavo.

"Si necesitáis algo, lo que quieras, házmelo saber", fue la despedida común de muchos padres.

"Sí", se dijo a sí mismo, "¡Sí!".

Desarrolló un plan. Lo pensó bien. Pidió que lo llevaran de regreso a su casa y le creyeron porque parecía haberse normalizado. Una vez allí, en su apartamento en la calle 21 de Septiembre, planeó su jugada. Muy arriesgada. "Qué me importa ya".

Hizo algunas llamadas telefónicas, investigó un poco y localizó a Pedraza y dónde vivía. Descubrió que siempre estaba saliendo con sus dos guardaespaldas.

No tenía otra opción que pedir información útil. Decidió hablar con Inés al respecto.

—¿Qué planeas hacer? —le preguntó ella en el auto—. ¡No lo hagas! Sea lo que sea, ¡no lo hagas! Quítate esos pensamientos locos de tu mente.

—Nada. Solo quería estar seguro.

—Daniel, la venganza envenena el corazón, así como hieres a tu enemigo, el corazón tuyo quedará enfermo. El rencor hará que tu vida se agrie. Puedes terminar con un disparo en la cabeza o en la cárcel.

—¡No! —le gritó.

—Sshhh.. no me grites —respondió ella—. Mira que el veneno ya está surtiendo efecto en tu mente. Ya estás enfermo de odio. Mejor ven a casa y lo hablamos tranquilos.

—¡No! Yo no.. no quiero hablar contigo.

—Idiota —le dijo—, loco, tonto, ¿¿no te das cuenta?? Te estás haciendo daño mentalmente.

Daniel se bajó del auto, ofuscado, airado.

Tres días después Inés se presentó en su casa. Lo llevó a su habitación y habló con él.

—Sí. Pedraza estuvo involucrado en todo eso. Él ayudó a planificar las acciones; ayudó a seleccionar a los candidatos; incluso estaba en el cuartel cuando más de uno fue asesinado. Proporcionó inteligencia y apoyo. Ganó mucho dinero. Pero nada podés hacer. Vas a limpiar tu mente para tu propia salud. Vas a dejar el país y vivir tu nueva vida en otro lugar.

—No puedo.

—¿Qué te pasa? ¿Cómo es que estás tan envenenado?

—Nada, Inés.

—Ah, no querés hablar, ¿estás planeando algo? ¡Estas trancado en tu propia estupidez!

—Nada, Inés.

—¡Lo siento! ¡¡Háblame, idiota!!.. ¿Qué estás pensando?

—Dejame ahora.

Pero ella no se rindió. Ella sabía que su mente albergaba algo, y no lo dejó solo hasta que Daniel accedió a ir a cenar y caminar con ella a la noche siguiente. Sabía que ella quería que él hablara, pero necesitaba hablar con alguien, de todos modos. Ella vino a buscarlo y lo llevó directamente a un tango bar donde comió medio sándwich, tomó un whisky y luego otro y bailó algunos tangos con ella. Ella había venido vestida muy sexy, con un vestido negro escotado, un sostén medio flojo, con un buen perfume y con malas intenciones. Tenía un plan. Bailaron y calentaron su sangre. Para cuando ella le dijo de ir a comer paella a su casa, Daniel ya tenía la sangre caliente y no se negó. Entraron en su casa, ella se quitó el vestido y desnuda se acercó a él. Lo desvistió e hizo con él lo que quería. Luego, una vez en la intimidad, resguardados en su cueva, comenzaron a comer y hablar.

—Mirá, Daniel. La venganza es traicionera y puede dejarte enfermo. ¿No te acordás de lo que le pasó a Rechnikoff? ¿De cómo la venganza lo volvió loco? ¿Siempre llevando un látigo y una daga? Terminó en un manicomio.

—Sí. Lo supe.

Inés se movió para acariciarlo y poner sus pechos cerca de su cara.

—Abrite a mí, mi Carmencito. Decime qué está pasando y qué pensás.

—Simplemente no lo sé.. No sé si me vas a entender.

—Mirá todo lo que ya sé de ti. Lo de Tamara, las cosas que hiciste en el pasado, tus cosas estúpidas, lo de Isabel, la Gina india sucia esa que es una mujer doble, las cosas que compartimos, muchas cosas, Daniel. No quiero que te pase nada.

—Es eso.. mirá Inés. He estado pensando en eso desde que mi mente mejoró después de la herida. El recuerdo de Tamara.. eh.. ¿Tendré el recuerdo de Tamara para toda mi vida? El dolor de que ella fue asesinada, y cómo, ¿me perseguirá durante muchos años? Inés, fue horrible lo que le hicieron. ¿Acaso voy a tener que vivir con eso? Sí, tengo odio, pero me lo tengo que sacar.

—Te escucho.

—Pero quiero el equilibrio de la justicia.

—No hay justicia en este país, y lo sabés bien. Te vas a poner en peligro. ¡Ja! Justicia. ¿Incluso si eso significa llevar una daga afilada? —preguntó ella, llevando su mano a su pecho.

—¿Una daga? Quizás. . .

Daniel se levantó. Caminó hacia el otro lado de la habitación y se volvió para mirarla.

—Cien veces me prometí a mí mismo y prometí al cielo que iba a atrapar al hijo de puta que la mató. Cien veces lloré por lo que le hicieron. Y ahora me enfrento a dos opciones. Seguir viviendo con ese dolor, pero dejando de lado la sed de venganza, o no dejar de lado la venganza. ¿Y por qué? ¿Por qué. . .? ¿A quién le importa si la venganza enferma el corazón? Mi corazón ya está enfermo.

Inés trató de tranquilizarlo. Se sentó en la cama.

—¿Y por qué también? —Daniel continuó—. ¿Por qué me hará daño la venganza? ¿Qué? ¿Aún más daño? ¿Ves lo que te estoy diciendo? Si no hago nada, si simplemente sigo viviendo mi vida, ¿voy a vivir muchos años más, años de dolor y sabiendo que los que hicieron ese asesinato bárbaro están vivos?

Ella se envolvió con la sábana y se paró delante de él.

—¡No! Estás equivocado. Tú ya estabas mejor. Ya te estabas reponiendo. Tus estudios, Anatomía, tus relaciones con los detectives, y sobre todo tu amor por la aborigen peluda esa habían ya calmado tu corazón y tu mente. Te estabas reponiendo, bobo, pero todo ese proceso de encontrar, juzgar y liquidar a los asesinos te abrió la herida, te causó un absceso mental y el pus te empezó a brotar.

—¿Qué queréis decir?

—Que te calmes. Que te des tiempo a ti mismo. Que hagas un viaje. Algo. Que te acuestes con tu Carmen. Mira televisión, emborráchate, pasa noches conmigo, lo que sea, para que te des tiempo a calmarte.

—¿Y qué? Inés, estas cosas me están despertando por la noche. Me despierto algunas mañanas pensando en ello. Lo que le hicieron a Tamara fue horrible, ella fue.. divina.. La amaba mucho.. aunque sabía..

—¡Sabías que ella no era para ti! Era una Tupamara grandota, demasiado grande, y tú lo sabías. Estabas prendido a sus tetas como un bebito. Tú mismo te diste cuenta y la dejaste ir sin decir una palabra para que pueda conseguir a alguien mejor que tú, ¿eh? ¿Sí? ¿O fue para tratar de desprenderte de ella de una vez, ¿eh? Sabías. Sabías que ella no era para ti. ¡Terco!

Daniel se sentó en la cama y se puso a lloriquear.

—Toma mi pañuelo.

—Gracias. Sí.

—Te pueden matar, Daniel. Podéis terminar en la cárcel. Estás hecho un terco.

—No lo creo. Me esconderé y escaparé, sí, pero no terminare en la cárcel.

Continuaron hablando hasta que él se durmió. Ella se dio cuenta de que no lograba convencerlo ni lograba sacarlo de sus ideas. Cuando él se durmió, se fue al comedor e hizo un par de llamadas telefónicas.

—¿Hola? ¿Guillermo?

—Te dije que no me llames Guillermo, Inés.

Por la mañana ella le preparó un café y un par de tostadas con dulce de durazno. Luego se bañó con él, se enjabonaron uno al otro despacio, hicieron el amor, y luego ella lo llevó a su casa y no dijo nada más.

Ese mismo día Daniel comenzó con su plan. Algunos de los padres lo ayudarían.

Comenzó a planificar todo en su mente e incluso hizo un plan secundario y uno opcional. El segundo plan sería mejor. Recibió sugerencias de algunos de los padres. Se les ocurrió algo aún mejor.

Se sentía seguro.

"Te voy a atrapar.. hijo de mil putas.. y el chasquido de un látigo y el filo de la daga será lo último que sentirás al morir".

# 60

Estaba allí, en su mundo de venganza, cuando una tarde Pranchín lo llamó y le dijo que lo iba a recoger para llevarlo a un lugar. Vino a buscarlo con MacLagan y otros dos oficiales, y se fueron.

—Mmm. . .oye, mira, Daniel, estás a punto de cometer un gran error de mierda, demasiado grande, y por eso vinimos.

—¿De qué estás hablando? —dijo mientras continuaban conduciendo hacia el este a través de la rambla de Pocitos.

—Lo sabemos, Daniel.

—Pero. . .¿Qué. . .?

—¡Inés nos dijo! ¡Varios padres de los secuestrados también! ¡¡Idiota!! —dijo uno de los agentes.

—Hijos de una mal puta..

—¡No! No, estás equivocado. Hijos de buenas madres —escupió Pranchín—. Sí. Hijos de muy buenas madres. ¿Pero estás borracho? ¿No te das cuenta?

—Estás mentalmente alterado.

—Pero ¿qué tan imbécil eres? —le gritó MacLagan—. Estás planeando el asesinato de un coronel de alto rango como alguien que planea una reunión para comer chorizos. ¿Sos estúpido? No. Ya sé que no sos estúpido. Estás alterado, ofuscado, poseído por tu idiotez con esa mujerota. ¿Qué demonios tienes en tu cabeza? Para empezar, la sed de venganza no te deja ver. Estás cometiendo errores y vas a cometer más. No podemos permitirlo.

—¡Déjenme en paz!

—¡No!

—¡No! ¡No te vamos a dejar solo! —gritó Pranchín—. Si te dejamos en paz y matas a alguien o te disparan, nunca nos perdonaremos. No es que sienta lástima por ti..

—¿No lo ves? —dijo MacLagan—. Estás hablando de tomar las armas y matar a alguien. ¡Y a sangre fría!

—¡Alguien culpable como el diablo mismo! —se quejó Daniel.

—¡¡Lo sabemos!! Todos lo sabemos.

—¡Basta de esto! —ladró Pranchín—. Él es para ti intocable.

—¡No lo pienses ni lo hagas! Te advierto. Estas planeando un homicidio —agregó uno de los agentes.

—No me importa —gritó Daniel.

—Te estamos advirtiendo. Termina ya con esa idea fija que tienes. Estás planeando un crimen de una manera estúpida. Ya basta con esas ideas.

—¡No! Llévame a casa. No quiero consejo de ustedes —gritó Daniel—. No tenía que pasar por este dolor. Yo la quería y. . . y. . .

—Pero qué trancado que estás. Tu tormento te enloquece —le dijo uno de los agentes—. Sé que fue horrible, está bien, pero.. eso no es de lo que estamos hablando aquí. Estamos hablando de un asesinato.

—¿Te vas a rendir? ¿Vas a dejar el asunto y cambiar de parecer?

—¡Esto es lo mío!! Mi venganza.

—¿Sí o no?? —le gritó Pranchín.

—¡No! Llevame a casa —gritó Daniel—. Esto es algo que debo hacer.. No puedo vivir sabiendo que Pedraza está tranquilo y. . . feliz con su. . .

—¡¡Me rindo, Daniel!! —gritó MacLagan—. No hay razonamiento contigo.

—¡¡No!!

—¡Mierda contigo, Carmencito!! Tratamos, pero no pudimos hacerte cambiar. Ahora las vas a pagar.

—¿Qué?

—Mmm, Pranchín, vayamos al segundo plan. Adelante. Pónselas y eso es todo.

—¿Poner qué?

MacLagan detuvo el coche. Se dio la vuelta y agarró la mano de Daniel. En el mismo instante, Pranchín agarró el cuello de Daniel y se aplastó contra su cuerpo. Uno de los agentes le sostuvo el otro brazo. Daniel no podía moverse ni respirar. Le pusieron esposas y luego una cinta adhesiva sobre su boca para mantenerlo callado. Trató de protestar, pero lo ignoraron. Las esposas estaban atadas a una barra de asiento y no había nada que pudiera hacer; Trató de luchar contra ellos, pero fue en vano. Estaba muy sorprendido y asustado.

Uno de los agentes sacó su pistola y la apuntó hacia él. Daniel se quedó quieto.

Informaron algo en la radio. MacLagan condujo rápidamente por el bulevar hacia el vecindario de Malvin.

—¿Sabéis que, Daniel? Eres un pequeño pedazo de mierda —dijo uno de los agentes—. Y ahora las vas a pagar.

—Hacemos esto porque vemos que no tenemos otra opción, estúpido —dijo MacLagan—. ¿O no te diste cuenta de eso?

Daniel trató de murmurar algo. Simplemente no podía decir nada. La cinta que cubría su boca era ancha y gruesa.

—¡Mierdita! ¡descerebrado! ¡¡terco!!.. ibas a ensuciarte con un asesinato y ensuciarnos a nosotros —le gritó MacLagan agarrándole el cuello y sacudiéndolo—. Y ahora vas a ver lo que te pasa.

—Y también lo hacemos por Inés —dijo Pranchín enojado y le dio una fuerte bofetada en la cara.

Daniel no tenía idea de lo que estaba pasando, pero sintió que la muerte se avecinaba. Estaba muy asustado.

Detuvieron el automóvil cerca de la entrada de una gran casa protegida por una gran valla y una puerta imponente. Dijeron algo en la radio.

—Mira, cállate y no luches.

Los tres se quedaron en el auto, mientras que los dos agentes salieron y fueron caminando hacia la puerta y tocaron el timbre. Uno de los guardaespaldas salió, atrás de él salió el otro, armado con una ametralladora. Los agentes les dijeron algo y hubo un silencio y una breve discusión. Los dos guardaespaldas saludaron y se fueron caminando rápido. Ni siquiera miraron hacia atrás. En el auto, uno de los dos agentes dijo algo en la radio. Desengancharon a Daniel de la barra y lo sacaron. Se acercaron a la puerta. Se unieron a los otros dos hombres y otro más vino de las sombras. Era el Pancho, el mismo grandote de cara marcada que les había ayudado en el operativo. Tenía cara de matar, como antes Daniel había visto.

"Mierda", pensó Daniel. "Viene a matar".

Fueron a la puerta y tocaron el timbre. Después de un rato, el propio coronel Pedraza abrió la puerta.

—Aquí está —dijo MacLagan, mientras todos entraban en la casa—. Este es el Daniel Blum que arruinó tu pastel.

—Ah, ese es él.. Sí. Pasen, pasen. Mucho gusto en conocerte, Daniel, en tu último día. Esto va a ser simplemente maravilloso —dijo Pedraza, refregándose las manos con deleite.

—Sí. Es este —agregó Pranchín.

Los dos agentes y el Pancho entraron y cerraron la puerta.

—Así que este es el amor de esa muchacha grande, ¿eh? —y volviéndose hacia Daniel le dio un pellizco en el costado y le dijo—. Estabas bien encariñado con esa tetona, ¿eh?, con esa vikinga. ¿Querías matarme por ella? ¿Y por esa gran mujer, cerdo inútil? —dijo, agarrándole el pelo y dándole una bofetada fuerte.

Daniel se sacudió, pero no podía gritar ni hablar y solo logró decir "Mmmm mmm mmmm. . .". Tenía las esposas en la espalda, la cinta tapándole la boca y Pranchín lo sostenía del brazo. Algo había sido arreglado de antemano.

—¿Quiere que lo dejemos aquí o necesitaría ayuda para cuidarlo?

—Sí, sí, por supuesto —dijo Pedraza—. Muy bien. Déjenlo aquí que yo me encargo de él con mis dos guardaespaldas. Váyanse nomás.

—Eh. . . eh. . . sus guardaespaldas se fueron. Se marcharon.

—¿Qué? ¿Por qué?

—No sabemos.

—Qué raro. Bueno. Ustedes me ahorrarán el trabajo entonces, ¿sí? —agregó Pedraza, y hablando con Daniel, dijo—, así que este es el gran estudiante malo, el que estaba buscando atacarme. ¿Mmm? Bueno, yo ya estaba pensando en buscarte. Últimamente, he estado ansioso por hacerte desaparecer. Pero estaba un poco preocupado de que un simple tiro en la cabeza, como a esa puta grandota, fuera demasiado rápido. Te mereces más, mi querido, te merece más.

—¡Mmmmm! —es todo lo que Daniel pudo decir.

—Tenemos una cuestión pendiente tú y yo. Por tu culpa mi negocio se jodió —continuó Pedraza—. Perdí mucho dinero y además mataron a mi sobrino.

Daniel siguió con el "Mmm mmm mmm" y trató de sacudir los brazos que lo sostenían. De repente se dio cuenta de que todos habían tramado algo, y había caído en una trampa. Esposado y agarrado. Aparte de sacudirse, no había nada que pudiera hacer. Lo iban a matar seguramente.

—Aquí está su dinero, muchachos. Gracias por traer a la basura esta. Vamos a ver, vamos a ver, vamos a quitar la cinta, vamos a ver lo que esta pequeña mierda quiere decir antes de que nos deje para siempre.

Lo habían vendido. Por dinero. "¡Traidores!".

Mientras Pancho y Pranchín lo sostenían, otro de los agentes le arrancó la cinta de la boca. Daniel ya lloraba de miedo e indignación, pero también tenía enojo y mucho odio.

—¡Asesino! ¡Hijo de puta! —gritó y escupió—. Tú mataste a mi Tamara. Y.. y. . . y a los otros.

—Uuuuhh.. este chico está molesto.

Daniel trató de alcanzarlo con una patada, pero no pudo. Tenían un fuerte control sobre él.

—Ah, cállate, idiota inmaduro. Lo de Tamara fue un buen negocio. Me dio buen dinero. ¿Qué te importa? De todos modos, era una comunista. ¿Qué? ¿Tuviste fiebre estudiantil con ella? ¡Bobito! Y ahora vas a morir por esa bestia.

Entonces el coronel lo sacudió por la oreja y le dio un golpe en la cara.

Un labio de Daniel comenzó a sangrar mientras tomaba realidad de su terrible situación. No pudo hablar.

—Ah, estabas caliente con esa gran mama, ¿eh pervertido? Estabas enamoradito de esa vaca, ¿eh? Oh, pobrecito. Oídme tonto, ella no valía nada. ¡¡Nada!! ¿Me escuchaste? Solo el dinero que recibí por ella. Como el ganado. Tenía más valor muerta que viva.

—¡¡Asesino!! Te pagaron por ella, ya tenías tu dinero, podías haberla dejado vivir.

—Oh, pero ella ya me había visto, ya ves. De todos modos, ¡ja! Deberías haber visto su miserable cuerpo desnudo atado. Ella estaba lista. Necesitaba una bala nomás.

—¡¡Animal!!

Daniel tuvo que respirar hondo. No quería lloriquear frente a él.

—Y por qué —dijo mientras corrían sus lágrimas—. ¿Y por qué tuviste que matar a los demás? Eran muchachos jóvenes. ¿Por qué. . .?

—Ay, Danielito querido, los negocios son los negocios —dijo—. Esas son cosas que no entendés, y no entenderás porque el tiempo se está acabando ya.

Pedraza le dio a MacLagan y Pranchín un gesto de asentimiento para llevar a Daniel a la parte de atrás.

—Llévenlo al patio que esta atrás del garaje.

Daniel se dio cuenta aún más de que lo habían traicionado y que no tenía escapatoria. Lo iban a matar.

—Sí, por supuesto, señor —dijo MacLagan—. Veamos si este pequeño metelíos lloriqueante finalmente se calla.

—Estabas enamorado de esa chica. Bueno —dijo Pedraza riéndose—. Estoy feliz de saber que van a estar juntos.. en los vientres de las ratas.

Todos comenzaron a ir al patio. Parecía que lo iban a dejar allí. La situación era horrible.

—¡¡Asesino!! Asesino de inocentes —gritó Daniel—. Asesinaste mucha gente inocente.

—Ah, no sigas diciendo eso.. Ninguno de ellos era inocente —respondió el coronel—. Eran un buen negocio, sí, lo eran, y tú tenías que venir a estropearlo. ¿Qué sabes?

—No sólo los mataste; destruiste a esas familias —gritó Daniel mientras lo empujaban al fondo hacia el patio de atrás.

—Ah —le ladró el coronel golpeándolo en la cara de nuevo—. No me vengas con sentimentalismo y empieza a prepararte para tu partida. ¿Te gusta ese fregadero? Bueno, ahí vas a desangrarte como otros sangraron ante ti. Como un pollo en el mercado callejero. ¡Ja!

Daniel vio el fregadero y un cuchillo grande en la mesa de al lado. Había dos cajas en el costado, con dos machetes y una sierra.

—No te preocupéis —dijo Pedraza—. La muerte llega rápido. Ya verás. Morir toma solo unos segundos.

Pranchín le volvió a poner la cinta. Una horrible angustia y un miedo enorme le vinieron a Daniel de repente.

"Es como dijo el Pocho Pereira", pensó, "los rojos círculos de la muerte se cierran conmigo adentro. Ay, no, no quiero morir. Pobres mis padres, nunca lo sabrán".

Las cosas sucedieron muy rápido. Daniel comenzó a pensar en su vida y en su familia mientras lo empujaban al fregadero. MacLagan y uno de los oficiales lo estaban empujando, y no había nada que él pudiera hacer. "Ay. . . no. No así. No quiero morir".

Lo mantuvieron allí, contra el fregadero. Daniel seguía viendo el cuchillo que estaba a un lado. Le iban a cortar la garganta. "Oh, mis padres. No quiero morir así. No hoy. No".

Lo mantuvieron allí mientras Pedraza se acercaba, sonriendo. Estaba disfrutando el momento.

"No hoy. No quiero morir hoy" se decía Daniel a sí mismo.

—Oh, esto va a ser bueno —dijo el coronel, riéndose, acercándose.

Daniel se desmoronó mentalmente y sentía desmayo ante la angustia de su propia muerte. Cerró sus ojos. "Mi ser, mis memorias, mis veranos. . ." sentía que la luz de la vida se escapaba de su mente como si todos los días de verano se estaban yendo y disipando.

De repente, los detectives se volvieron, apartando a Daniel y alejándolo a un lado. Pranchín y MacLagan sacaron sus pistolas y las apuntaron a Pedraza con clara intención de disparar. Daniel se apoyó contra la pared, asustado y confundido. No entendía qué sucedía. Iba a haber un tiroteo y podría recibir un disparo. Pedraza se quedó quieto, sin entender. A medida que pasaban los lentos segundos, ni él ni Daniel sabían lo que estaba pasando. Un agente se movió a la parte trasera de Pranchín, se dio la vuelta y sacó su arma apuntando al patio, como si protegiera la espalda de los dos detectives. Había una electricidad violenta encendida en el aire.

En ese momento confuso, Pancho dio unos pasos hacia adelante y le dio un empujón a Pedraza. El coronel se recuperó y le gritó. Pancho le dio un empujón más grande hacia el fregadero.

—¡Eh!.. ¡cuidado! Oye, ¿qué pasa? —se quejó Pedraza—. ¿Qué están haciendo? ¿Qué pasa? ¡espera!.. ¡¡Espera!!

Pancho lo golpeó fuertemente en la cara y el coronel cayó al suelo, donde se quedó, con el labio cortado. Levantó la vista y vio al enorme Pancho sosteniéndolo contra el suelo y a los dos detectives apuntándole con sus armas.

—Hijo de puta, ¿qué estás haciendo? ¡¡Oye, oye!! —gritó mientras veía a MacLagan y Pranchín apuntándole con sus armas y a punto de disparar.

—Esperen, muchachos, esperen. MacLagan, Pranchín, ¿Qué hacen?. . . esperen. ¿Qué están haciendo? ¿Qué están haciendo?

Daniel estaba mirando, asombrado, apretado contra la pared, sin entender.

—Quedate contra la pared, Carmencito, y no te muevas —gritó Pranchín.

El coronel trató de levantarse.

—Esto es por ti, Daniel —dijo MacLagan, pateando a Pedraza con fuerza en el estómago.

El coronel se inclinó de dolor.

—¿Te gustó, Daniel?

Pancho lo agarró, lo levantó del suelo, lo empujó al fregadero, le torció el brazo y lo sostuvo mientras Pedraza gritaba: ¡Nooo!.. ¡No!.. ¡¡esperá!!.. ¡No!.. ¡Un arreglo! ¡Teníamos un arreglo!! Muchachos, díganle que me suelte.

El coronel estaba inclinado sobre el fregadero. Pancho sostuvo su cabeza y cuerpo, luego empujó su cuerpo para mantener al coronel firmemente contra el fregadero. Daniel se aplastó aún más contra la pared. Pranchín estaba nervioso y buscando un ángulo para disparar a Pedraza.

—¡¡Esperá, esperá, Pranchínnetti!!

En un instante, Pancho se metió una mano en el bolsillo y sacó una navaja sevillana de hoja plegable. Desplegó la hoja plateada mientras Daniel no podía creer lo que sus ojos estaban viendo. El brillo y la nitidez de esa hoja anunciaban lo que venía. Pancho sostuvo a Pedraza un poco mejor, apoyando su cuerpo contra su espalda, y luego inclinó la cabeza con la mano.

—No.. ¡¡No!! —gritó el coronel, echando el puño hacia atrás—. Nnnno, esperá.. ¡No, por favor!

Uno de los agentes dio un paso adelante y tomó la otra mano de Pedraza.

Sin dudarlo, en un acto que mostraba la destreza de quien lo había hecho antes, Pancho puso el cuchillo contra la parte delantera del cuello de Pedraza, lo presionó contra la piel y en un rápido movimiento de izquierda a derecha hizo un corte profundo. Pedraza tembló mientras la sangre brotaba en varias direcciones. Pancho lo abrazó con fuerza, y el agente le controlaba la otra mano. El coronel se sacudió e intentó tirar de sus manos mientras chorros de sangre salían de su cuello. Un chorro de una de las carótidas pegó en la pared como quien arroja un vaso de pintura roja.

Los segundos duraron para siempre mientras los chorros de sangre continuaban y en el aire se sentía el ruido de la respiración áspera y los burbujeantes sonidos a través de la sangre. El cuerpo se estaba desmoronando mientras sufría espasmos y el agente ayudó a sostenerlo. Le quitaron las esposas a Daniel, pero le advirtieron que "se quedara quieto", con un dedo apuntando directamente a su cara.

El cuerpo de Pedraza entró en temblores y luego en contracciones, hasta que quedó quieto, inmóvil, inclinado sobre el fregadero. Daniel se acercó. La cantidad de sangre era enorme. Perplejo, se quedó hipnotizado por la escena.

No era la primera vez que Daniel veía morir a alguien. Su sensación de temor y satisfacción se mezclaba con curiosidad, morbosidad y asombro.

—Cuidado —le dijo Pancho, abriendo el grifo para que el agua corriera—. Muévase, señor Daniel.

La sangre comenzó a correr por la alcantarilla.

Daniel no pudo decir nada. Su sorpresa era enorme. Había una gran herida abierta en el cuello de Pedraza. Todo había sido rápido y horrible. Allí, frente a él, terminó la vida de un ser humano despreciable. No merecía otra cosa.

Pancho se lavó las manos y luego lavó la navaja y la volvió a colocar en su bolsillo. Se quitó la chaqueta y la puso en una bolsa de plástico. No era la primera vez que hacía este tipo de trabajo. Asintió con la cabeza a los detectives, quienes le devolvieron el movimiento de cabeza y volvieron a colocar sus armas en sus fundas.

—Buen trabajo, Pancho —dijo uno de los agentes.

—Hiciste muy bien, Pancho hermano —dijo Pranchín.

Pancho volvió la cabeza encontrándose con los ojos de Daniel, congelado de asombro, y dijo "Gracias, señor Daniel. Un gran gusto haberlo podido servir".

—¿Gracias? ¿Gracias? ¿Por qué. . .?

—Cállate, Dani —ordenó MacLagan—. Por una vez en tu vida, solo trata de entender y guardar silencio.

Daniel volvió a mirar a Pancho, quien lo miraba con lágrimas en los ojos. Había recuerdos de dolor y odio en sus ojos y una lenta paz entrante. Era como si Pancho se sintiera mejor después de lo que hizo. Daniel lo miró fijo y entendió. "¿Quién sabe lo que el coronel le hizo a su familia y a sus amigos?" pensó. Ambos se miraron con alivio y comprensión.

—Gracias, de nuevo, señor Daniel —agregó Pancho—, gracias por darme esta oportunidad —dijo y se alejó.

"Se vengó" se dijo Daniel, "se desquitó por algo. . . algo muy doloroso. Esa mirada me lo dijo. ¿Quién sabe a cuántos familiares o amigos le mataron?"

—Raúl, José, ya saben qué hacer —ordenó Pranchín—. Tú, Daniel, mantente a un lado.

Los dos hombres se pusieron guantes. Le quitaron el reloj y el anillo al muerto. Regresaron a la sala de estar y escucharon cómo otros hombres que habían entrado abrían todos los cajones y armarios. Estaban trayendo todo a la cocina. Relojes de oro, collares, perlas, anillos, ropa fina, recuerdos de viajes, colección de monedas, varias pistolas, un juego de tubos de cerámica, cubiertos de plata, monedas de oro y dinero en grandes cantidades.

—Muy bien —dijo MacLagan—. ¿Ves Daniel? Todo se verá como si fue un asalto, un robo.

—Esperé, eh, oí MacLagan —dijo José, un agente—. Ve para allá. Mirad.

—¿Qué?

—Ve hacia allá, Raúl está con la caja fuerte.

—Quédate quieto tú, Carmencito, no toques nada.

Estupefacto, Daniel no podía hablar.

—¿Te llamó Carmencito? —preguntó uno de los agentes.

Daniel no pudo responder

—Daniel, Daniel, ¿Por qué te llaman Carmencito?

Daniel seguía sin poder hablar.

Después de un rato, Raúl regresó y dijo: "Esta vez tenemos uno grande, hombre, suban con cuidado, tienen que ver esto".

Subieron las escaleras. Daniel era llevado del brazo por el agente. Entraron en una de las habitaciones. Allí, en uno de los armarios abiertos, con la ropa quitada y esparcida por el suelo, estaba la caja fuerte. Una enorme cantidad de billetes, todos en dólares y monedas europeas, se amontonaba allí, junto con pequeñas bolsas de monedas de oro. Una gran fortuna. Se quedaron maravillados.

—Pónganse en marcha. Raúl, José, empaquen todo y nos vamos. ¿Saben dónde va?

—Sí, Guillermo. Sabemos.

—José, te dije que no me llames Guillermo.

—Ah, ¿Y por qué llamas a Daniel Carmencito?

—Ya callate. Eso es otra historia. Agarrá todo y andate. Rompé la ventana y algunos muebles antes de irnos.

—Sí, sí, me voy. ¿Y el cuerpo?

—Dejalo ahí. ¡¡Eh!! asegúrate de no dejar tus guantes aquí. Escuchen todos, no dejen huellas ni pistas. Vamos.

—Dale a Pancho lo que le prometimos —dijo Pranchín a uno de los agentes—, llevalo a su casa y emborráchalo.

—Claro.

Todo fue cuidadosamente embolsado. Se hicieron varios paquetes. Un par de maletas que estaban allí se usaron para bajar todo. Uno de los autos entró por la parte trasera y todo fue tomado y el auto se fue. Con un martillo rompieron la cerradura en la parte inferior de la puerta y una segunda ventana, para que pareciera que forzaron le entrada.

—MacLagan, MaccLagan —dijo el agente que volvía—. Pancho no quiso el dinero. Dijo que se considera bien pagado. Y no quiso que lo llevara, se fue caminando con lágrimas en los ojos, pero contento.

—Sí, me imagino por qué. ¿Te acordáis de lo de su prima y lo de su cuñada?

—Sí. Fue horrible.

Daniel todavía estaba entumecido por el horror de lo que había sucedido y no hablaba. Lo llevaron al auto, ayudándolo con los brazos, lo metieron y se fueron.

—Ahora, ahora, ¿ves cómo son las cosas, Daniel? —habló uno de los agentes.

—Apenas podías soportar el mirar lo que pasaba, Danielito, ¿realmente crees que estabas dispuesto a hacerlo tú mismo?

Daniel no pudo responder. Tenía un nudo en el pecho y otro en la garganta, y estaba en un estupor. Después de un rato logró hablar y dijo:

—Yo.. Pensé que.. Pensé que.. eh.. pensé que ustedes. . .

—¿Qué?

—Yo creí. . . que. . . que. . .

—¿Qué? —dijo uno de los agentes—. ¿Qué te traicionamos? ¿Qué te vendimos? Pero ¿quién va a querer comprarte?

—Sólo una madre puede querer a alguien como tú, tan feo y estúpido, Danielito —dijo Pranchín, abrazándolo—, discúlpame por cómo te agarre. Tenía que hacerlo. Tuvimos que hacerlo así.

—Sos medio mierdita, Danielito, pero no tanto como para traicionarte. Discúlpanos el golpe en la cara, era parte de la trama.

—Además, no nos pagó suficiente. Si nos hubiera pagado un poco más, quizás. . .

Todos comenzaron a reír.

Daniel comenzó a lloriquear y terminó en un llanto profundo. Le vino náusea. Tosía. No podía salir del llanto. Detuvieron el auto, Daniel salió, se sintió mal. Vomitó. Se recostó en el auto. Vomitó de nuevo. Pranchín abrió una botella de agua tónica que tenían en el baúl del auto, y le dijo que tomara un trago.

Daniel vomitó de nuevo. Le hablaron un rato, lo palmearon, y comenzó a tranquilizarse.

Pranchín le dio un trago de whisky de un bolso que llevaba y un poco más de agua tónica.

—Tomate un buen trago. Whisky con tónica cae bien —le dijo recostado contra el coche, junto a él—, lo siento, te golpeé, sé que fue muy duro para ti. No había otra forma.

—Sí. . . entiendo. Sí.

MacLagan y los agentes se pararon junto a él. Le acariciaron el pelo, le palmearon la espalda en un gesto amistoso, le hablaron suavemente para tranquilizarlo. Un agente le dio un abrazo. "Está bien, Daniel, Está bien. Fue muy duro para ti. Pero no había otra manera. Cálmate, ya, ya, así, cálmate, estás con amigos. La pesadilla terminó".

El whisky le empezó a hacer efecto y su mente comenzó a relajarse.

Abrieron otra botella de agua tónica, la vaciaron un poco y echaron un poco de antiácido adentro y le dijeron que se tomara un buen trago.

—Aquí, esto te ayudará a sentirte mejor.

Daniel tomó unos buenos sorbos. Se sentó en el suelo. Pranchín lo levantó y lo abrazó. Lo hizo caminar mientras le hablaba y le daba más whisky.

—Toma más, debes de borrar lo que viste con alcohol. Y que debe ser bien borrado porque de ahora en adelante nunca se hablará de esto, y nunca se hablará de ello con nadie.

—Simplemente olvídate de todo lo que viste.

—¿Entendéis?

—Sí. Sí, no vi nada —respondió Daniel, titubeando—. Nunca hablaré de eso. No.

—Tenía que hacerse así, Daniel —continuó MacLagan—. Por un lado, tuvimos que detenerte antes de que hicieras algo malo y te jodieras a ti mismo y a tu familia. Y, por otro lado, este tipo tenía que ser detenido. Esto termina aquí.

—¿Entendéis, Daniel? —preguntó Prachín—. Esto termina aquí, ahora. Y lo termináis aquí. ¡Ahora mismo!

—¡No más Tamara, no más lloriqueos, no más preguntas! ¡Se acabó!

—Ssssí. . .

—Ya no hay necesidad de hablar de eso. Todo esto termina hoy, ahora, ¿me escuchaste? Hiciste un buen trabajo. Hiciste lo que se te pidió. Sabías cómo crecer en el sistema y llegar a donde no deberías haber llegado, pero ahora esto se acabó.

—Se acabó, Daniel. ¡¡Ya!! —le habló Pranchín en voz baja—, metiste tu nariz en el fuego y te quemaste. Te lo dijo tu amigo Pocho, te metiste tú mismo en el círculo de la muerte, y ahora sabés que quizás no deberías de haberlo hecho. No sé hablar.

—¿De qué círculos habla? —preguntó uno de los agentes.

—Esa es otra historia —le contestó Pranchín.

Daniel se sentía mucho más tranquilo, quizás gracias al alcohol, quizás gracias a las palabras de los que eran ya sus amigos. Logró hablar y dijo: "Me... me pregunto, ¿Qué van a hacer con ese dinero? Y con ese oro y el resto".

—Lo que hemos hecho antes —contestó el agente—. Eso va a media docena de escuelas en la periferia de la ciudad. Se compran alimentos, útiles escolares y utensilios para los niños. Compramos mantas, ropa e incluso agregamos sistemas de calefacción a esas escuelas. Conseguimos que la gente haga reparaciones para arreglar las paredes y los techos. A veces compramos libros. Tenemos dos personas que están a cargo. Bebé más whisky, Daniel, eso borrará las cosas.

—Ah. Sí. Sí. Gracias.

—¿Tenéis alguna pregunta?

—No, gracias —dijo Daniel, que comenzaba a estar mucho menos afectado por el miedo y más afectado por el alcohol. Poco a poco estaba entrando en un estado más cómodo—. Todo lo que recuerdo es que ustedes me llevaron a tomar unas copas. Nada más.

—Muy bien.

—Sí, muy bien, muy bien, Carmencito.

—Eh...¿Por qué lo llaman Carmencito? —preguntó uno de los agentes.

—Esa es otra historia —contestó Daniel.

—Mmm.

Condujeron lentamente y durante mucho tiempo. Daniel tomó más tónica con whisky. Lo llevaron a la casa de Inés. Lo sacaron del auto, tocaron el timbre. Daniel ya estaba mareado por el alcohol y estaba caminando, apoyado en Pranchín.

—Aquí lo tenéis. Se acabó todo, Inés —dijo MacLagan—. Dani no quedó bien y lo tuvimos que emborrachar. Te lo dejamos aquí. Hacé lo que puedas. Está medio borracho y medio en estupor, así que ten cuidado.

Lo metieron en la casa y lo desplomaron en el sofá.

—Sí, sí, adiós.

—Bueno, chau, Inés.

Se fueron. Daniel simplemente se quedó allí, dentro de la casa. Inés lo llevó a la cocina y le dio whisky con algo muy amargo. Él tomó un trago y fue al baño a vomitar. Se sentó en el piso del baño. Inés lo cubrió con una manta y le dio algo verdoso amargo. "Idiota. ¿No conocéis tu alma?", le dijo. Él se quedó allí un rato, gimió un poco, bebió un poco, tartamudeó un poco. Poco a poco, el alcohol y el remedio comenzaron a nublar su mente. Trató de explicarlo, pero Inés lo interrumpió.

—Bórralo de tu mente. No pienses en eso. No se habla más de eso y no quiero que me expliques nada.

Con el efecto del alcohol comenzó a sollozar, mientras Inés le daba otra bebida amarga y otro sorbo de algo muy dulce con gusto a menta. Se estaba volviendo somnoliento, así que ella lo dejó allí, luego le trajo una almohada, una manta y lo acostó allí en el baño. Se quedó dormido.

Un sorbo de café azucarado lo despertó por la mañana, tenía dolor de cabeza, ella le dio dos aspirinas, lo ayudó a desvestirse y lo metió en la ducha. Ella lo ayudó a lavarse, luego lo llevó a la cama y le lavó el dolor con el sudor de sus pechos.

Luego, tomando más café, ella le dijo: "Esta es la última vez que hablamos de eso. Se acabó, Daniel. Se acabó. Lo del secuestro, tu supuesta misión, Tamara, los muchachos, se acabó. ¿Me entiendes? No más.

—Sí. Sí, Inés.

—Y con eso del Judicial, y la jefatura de policía y esas malditas cámaras fotográficas, y.. y. . . y la morgue también deben terminar. Debés salir de eso, ahora. ¿De acuerdo?

—Sí. Sí. Muy bien.

—Debéis irte. Has perdido mucho y el peligro no ha terminado, debéis irte. Rehace tu vida y tus estudios. Con ayuda, con un camino bien planificado, per debéis irte, y no podéis pensar mucho en ello.

—Sí, Inés. Ya lo sé. Tenéis mucha razón.

Comenzaron a discutir posibles planes. Ella le dio algunas ideas.

—Sí. Gracias, Inés.

—Hay mucha gente agradecida. Aprovecha la oportunidad.

Ella lo llevó a su casa. Él salió del auto y la vio alejarse. Se quedó en la calle por un tiempo. Pensando. Sabía que tenía que trazar una línea en su mente y dejar muchas cosas atrás. Este juego había terminado. Había ganado, Pedraza y otros culpables estaban muertos, pero. . . ¿había ganado? Tamara no volvería. Gina se había ido. Sus actividades forenses y en la jefatura deberían terminar. Retomar los estudios sería un problema. Salir del país era un asunto sin resolver.

"Gané, sí". pensó, "¿Gané? Cuanta amargura, preocupación y sufrimiento me ha causado. ¿Realmente gané? Y ahora. . . ¿Debo separarme ahora de ese camino o acaso ese es mi camino?"

Saludó a Marisa y a Estela que venían caminando.

"¿Y cuál es mi camino?"

FIN

# NOTA DEL AUTOR

El manuscrito terminó aquí, ya que, en el momento de su publicación, se desconocían los paraderos de Daniel Blum. Seis días después de que Pedraza fuera asesinado, Daniel desapareció. No estaba por ninguna parte. Sus padres aparentemente sabían a dónde iba, pero se negaron a hablar. Su dinero, su ropa y su Remington 51 habían desaparecido. Nadie sabía lo que había pasado, ni Pereira ni sus amigos. Los agentes del centro Policial inspeccionaron sus lugares habituales y preguntaron a algunos de sus familiares, pero no había ninguna pista de su paradero. Una pesquisa mostró que Daniel había tomado un avión a Brasil. Dos días más tarde, una búsqueda de la Interpol lo encontró en São Paulo, Brasil, donde tenía una reserva para abordar un avión a Miami, pero nunca lo abordó. Él desapareció. Los oficiales del Cóndor ordenaron una búsqueda en el área, pero sin éxito. La interpol brasilera no pudo aportar datos.

Dos semanas después, un informe de la frontera con Brasil mostró que había ingresado a Uruguay, pero no se supo más. Había desaparecido de nuevo.

Un oficial de policía del barrio Capurro informó luego que lo vio conduciendo por la zona. Se pensó que el Nubio lo había encontrado y lo había asesinado. Sin embargo, un vecino de Domínguez lo vio entrar a la casa y salir con un paquete y lo que parecía un contenedor de rifles. Tres hombres lo acompañaban, uno de ellos muy grande y alto.

La búsqueda no dio pistas.

Poco tiempo después, hubieron varias balaceras en el barrio Capurro. Un comisario, un subcomisario y tres oficiales habían sido asesinados. Dos de ellos fueron degollados con un cuchillo muy filoso. Había otros muertos y heridos. Varios policías desaparecieron.

Cuando la información llegó a la Jefatura de Policía, Pranchín notificó de inmediato a Martínez, quien se rascó el bigote, hizo una mueca sardónica y dijo:

—Daniel volvió. Tenía cuentas que saldar.

FIN

# NOTA FINAL DEL AUTOR

El autor pide disculpas por algunos errores gramaticales y otros detalles de esta traducción del inglés. Para preguntas o adiciones a la próxima edición, o por detalles sobre la continuación, 'Operación Condor, segunda parte: Escapando de la Dictadura', comuníquese con el editor para obtener el correo electrónico del autor.

El autor también se disculpa si algunas descripciones resultan ser ofensivas o desagradables para algunas personas. No fue su intención causar desagrado, sino mostrar las cosas como fueron.

---
---
---

# NOTA TARDÍA DEL AUTOR DR. NUCHOVICH Y AGRADECIMIENTOS

Los detalles dramáticos de los acontecimientos que siguieron al regreso de Daniel Blum a Montevideo no estaban disponibles para cuando escribí el manuscrito de este libro. Sabíamos en ese momento de algunos eventos violentos contra los hombres del Nubio y el desorden entre los agentes del CÓNDOR, pero nada más. Varias muertes violentas ocurrieron en el barrio Capurro, incluidos algunos policías y oficiales. No se encontraron pistas de presuntos culpables ni rastros de Daniel Blum. Sin embargo, las investigaciones que procedieron revelaron gran cantidad de archivos, documentos, nombres, imágenes de centros de ejecución, etc., que fueron entregados por una persona anónima al juzgado número uno y al juez Castellanos Sarmiento, y que tuvieron que ser procesados y analizados. Mientras los revisaba, escribí un segundo manuscrito: OPERACIÓN CÓNDOR: ESCAPANDO DE LA DICTADURA. Este segundo libro, aún no terminado, describirá hechos reales e inéditos ocurridos en Uruguay, Brasil y Argentina, y está siendo escrito con información y datos en su mayor parte verídicos.

Envío aquí mi agradecimiento al personal del Departamento de Justicia y de la Jefatura de Policía, al Sr. Pereira, a los oficiales Pranchín, Martínez y MacLagan, a los contadores Petrucheli y Trapunski, a los abogados Salazar, Algoretti y Bermúdez. También agradezco a las declaraciones de diputados y oficiales del Ministerio del Interior, al comandante Saravia-Cohen y a su hija Inés, directores de servicios especiales de la Operación Cóndor. Los documentos y la información del Internet respaldan los informes del manuscrito.

Si USTED tiene alguna información adicional sobre los eventos de este libro o el paradero del Dr. Blum, o cualquier otro evento importante que podría agregarse a la próxima edición o al segundo libro, por favor escriba al editor para obtener mi correo electrónico y número de fax.

Estoy particularmente agradecido a Berta Tartaglia, al sargento Cabrera, y a los doctores Etcheverry, Fernández Troche y a la Dra. Susana Bassilek

(Jefa de la Biblioteca Nacional), por la asistencia en la recopilación de datos y la conexión de puntos en la narrativa. También agradezco la cooperación de algunos agentes del Cóndor y de algunas fuentes no descritas que no puedo revelar. Un agradecimiento especial al rabino Bernstein, a Marisa, a Estela y a Inés.

Pido disculpas a muchos de los que entrevisté en quienes refresqué el dolor que habían aprendido a mantener en lo más profundo de su alma. Lamento haber reabierto sus venas, pero sentí la necesidad de escribir sobre ello y mantener fresco en nuestra comunidad el dolor que todos pasamos en ese momento. No podemos olvidar.

FINAL. Como parte de mi investigación, me puse en contacto con Gina en Barcelona, y nos conocimos en una cafetería. Todavía estaba muy angustiada y se negó a hablar de "su Daniel". No pude obtener mucha información de ella, pero estaba claro que todavía estaba emocionalmente afectada por los eventos descritos en este libro. Mientras lloraba, me dio una larga declaración y me proporcionó una carpeta llena de información importante, que se agregó al manuscrito. Todavía desconsolada por los acontecimientos, se levantó y se fue sin decir nada más. El dolor que vi en sus ojos era demasiado profundo.

Enero de 2023